ANYA

Polêmico!

VOLUME 2

1ª Edição, 2021

EDITORA EUPHORIA

ILUSTRAÇÃO DE CAPA:
Beatriz Peretti
DESIGN DE CAPA:
Nathalia Brandão
ILUSTRAÇÕES INTERNAS:
Beatriz Peretti
Gabriela Paraizo
REVISÃO:
Andrea Santos
PREPARAÇÃO DE TEXTO:
Nathalia Brandão
DIAGRAMAÇÃO:
Nathalia Brandão

POLÊMICO!, VOLUME 2. 1ª EDIÇÃO
EDITORA EUPHORIA LTDA
CNPJ: 39.317.627/0001-06
Rio de Janeiro — RJ
Contato: editoraeuphoria@gmail.com
Site: www.editoraeuphoria.com.br

DADOS INTERNACIONAIS DE CATALOGAÇÃO NA PUBLICAÇÃO (CIP)
(CÂMARA BRASILEIRA DO LIVRO, SP, BRASIL)

Mikhaela, Anya. Polêmico, volume 2 / Anya Mikhaela ; [ilustrações Beatriz Peretti, Gabriela Paraizo]. — 1. ed. — Rio de Janeiro : Editora Euphoria, 2021.
ISBN 978-65-992796-7-6
1. Ficção brasileira 2. LGBT - Siglas I. Peretti, Beatriz. II. Paraizo, Gabriela. III. Título.
21-71882 CDD-B869.3

Índices para catálogo sistemático: 1. Ficção : Literatura brasileira B869.3 Cibele Maria Dias - Bibliotecária - CRB-8/9427

CAPÍTULO 1

Dezessete anos de vida.

Dezessete anos de vida e Lee Junwoo nunca havia experienciado algo próximo daquilo. Nem sua melhor refeição após horas passando fome ou a brisa de vento frio após um longo dia debaixo do sol escaldante. Nada, nunca, poderia ser comparado ao que sentiu quando os lábios de Ishikawa Takeshi encontraram os seus.

A sensação era familiar, aconchegante, quente. Era tudo que Junwoo nunca imaginou precisar e era tudo que ele buscaria dali para frente.

— *Hyung*... — sussurrou, arrastando seus lábios sob os de Takeshi lentamente, suas mãos segurando o rosto do ruivo com firmeza, sentindo o quão macia era sua pele. — Tão bom... — arfou, abraçando novamente a cintura do mais baixo com um braço enquanto sua outra mão permanecia no rostinho bonito dele.

Takeshi sorriu contra a boca do mais novo antes de envolvê-la novamente em um beijo, os pelinhos de seus braços arrepiando-se quando a língua de Junwoo amarrou-se à sua, mostrando-se já experiente mesmo com tão pouco contato.

Era possível ouvir os estalos dos beijos trocados naquele canto da biblioteca, os sons fazendo com que Takeshi se sentisse cada vez mais sedento. Seu corpo já estava quente e o toque de Junwoo em seu rosto estava se tornando pouco ao lado do fogo que subia por seu estômago, deixando sua face fervendo e a pele formigando.

Em um impulso, Takeshi desceu sua mão pelo braço direito de Junwoo, alcançando sua mão e puxando-a de suas costas até a lateral de sua coxa.

No mesmo segundo, Junwoo descolou as bocas, ofegando surpreso. Seus olhinhos se arregalaram levemente, brilhando como Takeshi nunca os viu brilhar antes.

Junwoo não removeu sua mão do local em que Takeshi a colocou, mas seus dedos tremeram levemente, hesitantes por não saber exatamente o que deveria fazer.

Takeshi fitou-o, mergulhando na galáxia que eram seus olhos, sem perceber que passou segundos assim, olhando-o como se ele fosse a coisa mais linda do mundo.

E ele era.

— O que houve? — conseguiu perguntar, entreabrindo os lábios em puro deleite quando Junwoo roçou as bocas sem perceber, seu corpo se inclinando sobre o dele. — Não faz assim — choramingou quando Junwoo umedeceu os próprios lábios, os olhos fixos nos semelhantes de Takeshi.

— Você quer que eu... eu... a-aperte? — Junwoo questionou em um sussurro, as pontas de seus dedos dedilhando lentamente a coxa de Takeshi coberta pelo jeans apertado.

— Sim — a resposta foi firme. Takeshi tirou a sua própria mão de cima da do moreno e segurou-o na nuca, os lábios raspando um contra o outro, em uma tortura silenciosa para ambos.

Junwoo assentiu, obedecendo ao pedido do outro. Seus dedos se esticaram o máximo que podiam e sua mão envolveu a lateral da coxa do ruivo, apertando a carne de maneira tão intensa que fez com que Takeshi fechasse os olhos e buscasse por sua boca novamente, sugando seu lábio inferior como Junwoo descobriu que amava.

O mais novo sentiu-se quente ao notar o quanto Takeshi parecia gostar daquilo e, quando viu, repetiu o movimento com mais força, puxando, sem notar, a perna dele até que ela estivesse na altura de sua cintura.

Junwoo estava envergonhado. Muito. Mas a sensação gostosa que aquele contato estava trazendo ao seu corpo superava qualquer resquício de vergonha que ele pudesse estar sentindo.

Inúmeras sensações desconhecidas estavam inundando seu corpo e ele não se preocupou em entendê-las naquele momento, ocupado demais em sentí-las percorrendo cada poro, veia e artéria em si. Takeshi, assim como ele, mergulhou em uma espécie de transe, beijando-o com a necessidade que não sentia há tempos.

Os lábios massageavam um contra o outro e enquanto a mão de Takeshi ocupava-se em mergulhar novamente nos fios sedosos de Junwoo, as semelhantes deste resolveram agir por conta própria, uma apertando a coxa dele enquanto a outra acariciava sua cintura.

— Faz em mim — Junwoo sussurrou quando ambos se separaram por alguns segundos para recuperar o ar. — P-por favor, *hyung*! — O garoto apertou os olhos, não querendo olhar o mais velho por estar tímido demais com a situação.

Mas ele queria sentir.

Ele queria mais, queria saber o motivo de Takeshi mencionar tanto aqueles tipos de toques e parecer gostar muito daquilo, visto que arfava cada vez que os dedos do mais novo pressionavam sua coxa. Por conta daquilo, não conteve sua língua e pediu.

Takeshi sorriu, tirando sua coxa da mão de Junwoo e ficando sobre seus dois pés, mordiscando o lábio inferior do mais novo de maneira lenta enquanto arrastava sua mão pelo corpo do garoto até chegar à sua coxa.

— Será que eu devo? — provocou, soltando o lábio dele.

O moreno ofegou, abrindo seus olhos em um pequeno desespero ao pensar na possibilidade de não conseguir sentir aquilo que Takeshi prometeu que ele sentiria. Takeshi, que o fitava profundamente, sorriu provocador.

— *Hyung*... — Junwoo choramingou, alimentando os pensamentos mais impuros de Takeshi e impulsionando-o a fazer o que o mais novo tanto queria.

Ao invés de apertar sua coxa, como Junwoo havia feito consigo, Takeshi escorregou sua mão até a bunda alheia, afastando seus dedos para conseguir agarrar uma banda inteira, apertando-a com força.

O ruivo observou atentamente os olhos de Junwoo se arregalando e a boca entreabrindo, mostrando sua surpresa com o toque. As bochechas de Woo tornaram-se ainda mais vermelhas e o garoto não soube como reagir, mas soube sentir: seu corpo esquentou e seu estômago se revirou. Ele engoliu em seco quando arrepios estranhos percorreram toda sua espinha e saltou em surpresa ao sentir uma espécie de choque em sua virilha.

Junwoo gaguejou palavras desconexas, sem entender o que era aquela queimação no corpo inteiro e, em um impulso, apoiou-se aos ombros de Takeshi, encolhendo os seus.

— O que houve, anjo? — murmurou Takeshi, com o sorriso provocativo ainda sambando em seus lábios. — Não gostou?

Junwoo ainda abria e fechava a boca, sem saber o que dizer, ocupado demais em tentar analisar tudo aquilo que percorria seu corpo. A mão de Takeshi ainda estava em sua bunda e, quando deu por si, fez de tudo para que ela permanecesse ali, segurando-a com a sua própria e empurrando-a contra aquela parte de seu corpo. Junwoo fechou os olhos lentamente, umedecendo seus lábios conforme aqueles arrepios gostosos subiam por sua coluna novamente.

Takeshi ofegou, observando-o, entorpecido no quão bonito ele ficava daquele jeito. Voltou a beijá-lo, não aguentando mais apenas olhar, e juntou seus lábios com uma fome nunca sentida antes. Junwoo teve certa dificuldade em corresponder, acabando por bater seus dentes por acidente e corando ao ouvir a risadinha do mais velho.

As mãos do mais novo voltaram a segurar os ombros de Takeshi e, assim como ele havia feito consigo alguns segundos antes, infiltraram-se logo em seguida nos fios desbotados, permitindo que o outro sentisse o quão nervoso ele estava, devido à tremedeira em seus dedos.

— Eu não... Não queria interromper. De verdade, eu não queria. Mas Takeshi, seu chefe está te procurando.

O atendente descolou sua boca de Junwoo com certa dificuldade, quase chorando ao ouvir um resmungo insatisfeito vindo do mais novo. Junwoo puxou o ar para dentro de seus pulmões, observando, com um bico nos lábios, Takeshi se afastar de si. Só depois de alguns segundos, ele percebeu que foi Syaoran quem os interrompeu. Syao estava apoiado em uma prateleira de livros, observando os dois com um sorrisinho divertido nos lábios.

— Se recuperaram?

Respirando fundo, os olhos de Takeshi vagaram por um Junwoo tão sem fôlego quanto ele. Ambos se encararam por alguns segundos até que o mais novo sorriu, as bochechas voltando a tomar o costumeiro tom escarlate.

— Gente... — Syaoran tentou chamar, mas os garotos permaneceram se encarando, perdidos no próprio mundo. Ele suspirou e se aproximou dos dois, segurando Takeshi pelos ombros e sacudindo-o sem muita força. — Takeshi, você não quer ser demitido, né?

O ruivo pareceu sair do transe e negou com a cabeça, puxando seus fios para trás antes de voltar a se aproximar de Junwoo e plantar um selinho em seus lábios.

Ele corou dos pés a cabeça.

Sem dizer mais nada, Takeshi saiu correndo dali para falar com seu chefe, que o esperava atrás do balcão. Enquanto aquilo acontecia, Syaoran cruzou os braços e virou para o melhor amigo, prensando os lábios para não rir antes de perguntar:

— Como foi?

Junwoo abriu e fechou a boca, não encontrando as palavras certas. Ele suspirou, passando as mãos por seu rosto e o esfregou, tentando, de alguma forma, acordar do transe em que Takeshi o tinha enfiado.

Syaoran não aguentou e começou a rir, se aproximando dele e abraçando-o pelo ombro.

— Tá feliz? — perguntou, assistindo o menino sorrir bobo e assentir. — Ele beija bem?

Junwoo suspirou:

— Sim... Muito, *hyung*!

— Olha ele... Nem gaguejou! — zombou. Junwoo deu-lhe um tapa fraco no ombro, abanando a cabeça. — E a mão boba?

— Ah, *hyung*... — Ele colocou as mãos nas bochechas, envergonhado. — Eu tinha que ter feito isso antes.

— Seu safadinho! — Syaoran exclamou.

— Para! — Junwoo acabou rindo junto ao mais velho. — O que o chefe dele queria? Ele vai ter problemas por... por ter saído pra vir comigo?

— Eu não sei, mas ele não parecia bravo. Eu disse que o Takeshi estava organizando os livros. — Deu de ombros, começando a caminhar com o outro em direção ao balcão. — É, acho que ele não está encrencado.

Não havia mais nenhum cliente no estabelecimento e o local parecia já estar perto de fechar. Takeshi já havia removido seu avental do uniforme e seu chefe também já não estava com o tal. Ambos conversavam sobre algo que Junwoo não conseguiu identificar por ficar perdidinho na maneira como Takeshi gargalhava.

Ah, aqueles lábios... tão gostosos!

— Temos que comprar uma rosquinha pro seu pai — Syao lembrou-se, aproximando-se do balcão. — Gente, sei que já estão fechando, mas por acaso tem como eu comprar uma rosquinha? Se não, estamos meio encrencados.

— Pode levar uma por conta da casa — Youngjae respondeu, sorrindo simpático.

— Poxa, obrigado — agradeceu, pegando a caixinha que Takeshi estendeu-lhe após colocar o doce dentro. — Junwoo... vamos?

Os três pares de olhos voltaram-se para o mais novo que, ao notar que todos o encaravam, corou dos pés a cabeça por ter sido pego em flagrante observando Takeshi.

Não era culpa dele, poxa! A culpa era de Takeshi por ser tão bonito.

— A-ahm... Vamos! — conseguiu dizer, desejando poder dar um beijo de despedida no ruivo, mas tendo vergonha demais para abordá-lo e pedir.

— Esperem! — exclamou Takeshi, saindo de trás do balcão enquanto seu chefe ia apagar as luzes da despensa. — Amanhã, eu e os meninos vamos sair para... ajudar Yoona em uma situação meio complicada. Digamos que... ela precisa de apoio. Vocês querem ir?

— Não vejo problemas. — Syao deu de ombros. — É só dar uma enrolada nos seus pais, Woo.

Junwoo concordou.

— Se Yoona precisa de apoio... eu quero ir.

Takeshi sorriu, sentindo o coração aquecido em orgulho.

— Que horas e onde? — Syaoran perguntou.

— Vamos nos encontrar, aqui, às três da tarde. Você tem Igreja, certo, Woo? — Takeshi puxou seus fios ruivos para trás, sentindo o olhar do mais novo queimar sua pele. Junwoo assentiu, coçando a garganta para tentar sair do transe que criou para si mesmo. — Então, venham depois.

— Tudo certo, então. Vamos, Junwoo, se não seu pai vai comer nosso cu. — Syaoran começou a falar, saindo do estabelecimento, mas parando do lado de fora ao ver que Junwoo não o acompanhava. — Pelo amor, Deus, me salve dessa *boiolice* toda — murmurou ao virar-se e ver que Junwoo e Takeshi se olhavam em silêncio.

— O que houve, Woo? — perguntou Takeshi, dando um passo na direção dele.

Junwoo sentiu o coração saltar.

— Eu q-queria... — Coçou a nuca, respirando fundo. — Ahm... Droga! — sussurrou, apertando os olhos.

— Quer uma bitoquinha?

Junwoo apertou a barra do suéter que vestia, prensando os lábios nervosamente antes de assentir, decidindo que não tinha motivo para fingir que não era aquilo que ele queria.

— Vem pegar — Takeshi provocou, abrindo um sorriso de lado ao ver Junwoo caminhar sem hesitar, pegando-o pela cintura e aproximando seus rostos. — Bom garoto! — sussurrou antes de segurá-lo pelos ombros e puxá-lo até que seus lábios estivessem colados.

Junwoo sorriu ao sentir o peito aquecido e os arrepios na nuca, apertando a cintura de Takeshi e puxando-o mais para si, virando a cabeça para o lado para poder ter um acesso melhor à boca do ruivo. O mais velho sorriu também, completamente bobo.

— Gente! A gente precisa ir! — Syaoran exclamou.

Junwoo afastou-se, plantando um último selinho na boca grossa de Takeshi por impulso, rindo envergonhado ao perceber o que havia feito antes de sair pela porta, meio estabanado.

— Ah... — Takeshi suspirou, assistindo aos dois se afastarem juntos. — Tô muito boiola.

!

Takeshi estava nervoso.

Foi preciso que ele passasse cinco longos minutos nos braços de Bonhwa para que se acalmasse e parasse de roer a pele ao redor das unhas. Era um combo perfeito o motivo de seu nervosismo: Yoona não aparecia, ele não sabia como ia iniciar o assunto sobre Jooheon com Junwoo e, para finalizar, Syao havia enviado uma mensagem perguntando quem era "Hyo Dongbyul", porque, aparentemente, Daejung havia pedido um nome para o filho e Junwoo dera aquele.

Takeshi nem respondeu a mensagem, decidindo que deixaria Junwoo explicar a Syaoran a grande bagunça que fora criada por causa de algumas atitudes tomadas por ele e Junwoo.

— Nada ainda? — Bonhwa perguntou quando Hajoon se aproximou.

O professor guardou o celular no bolso traseiro da calça social e negou com a cabeça, suspirando tão nervoso quanto os outros dois.

Hajoon passou os dias anteriores imerso na ansiedade. Desde seus quinze anos, quando descobriu o quanto os estudos podiam pressionar alguém, ele desenvolveu um complexo de ansiedade sério e o pior era que ele não conseguia se expressar sobre.

Assim como os amigos desconfiavam do possível déficit de atenção que Bonhwa aparentava ter em algumas situações, eles desconfiavam da possível ansiedade de Hajoon. Mas o professor nunca se pronunciou a respeito.

Hajoon, em seu canto, sofria em silêncio por causa dos inúmeros sintomas: tremores e náusea toda noite antes de adormecer, insônia, sensação de fraqueza quando estava muito atarefado, irritabilidade em algumas situações... Fora o grande problema que tinha com sua alimentação. Algumas pessoas ansiosas tendem a comer compulsivamente, como Hajoon fazia ao longo de sua adolescência. Por causa daquilo, o professor desenvolveu um transtorno alimentar preocupante: ele não comia; cortava tudo, achando que, caso comesse as coisas gostosas, não conseguiria se conter e acabaria extrapolando, destruindo seu corpo e sua saúde.

Takeshi, que foi o primeiro a notar o comportamento ansioso e a falta de comida ingerida pelo professor, tentava abordá-lo para tentar conversar sobre, mas nunca teve sucesso, pois Hajoon fugia do assunto como um vampiro fugia do sol.

Hajoon sentia que sua ansiedade era tratada com o emprego que escolheu ter. Ser professor, para ele, era um modo de poder ajudar os adolescentes em seu período mais complexo, em que enfrentavam não só a ansiedade como outros problemas e dificuldades. E, ensinando-os, Hajoon sentia que podia ajudá-los a passar por aquele momento complicado. Ele sentia que, por estar em uma posição respeitada e admirada por aqueles jovens, poderia transformar aquele momento em algo agradável, em uma época de descobrimento, coisa que ele não teve e que acabou influenciando em seu complexo de ansiedade.

— Ravi disse alguma coisa? — perguntou, ajeitando os óculos de grau no rosto.

Bonhwa, que ainda apertava Takeshi contra seu peito, abanou negativamente a cabeça:

— Nada.

— Junwoo está chegando com o Syao — pronunciou-se Takeshi, a voz um tanto abafada pelo tecido da roupa de Bonhwa.

— Que desculpa eles deram? — perguntou Bon, afagando os fios desbotados do melhor amigo.

— Eu não tenho ideia — Takeshi suspirou. — Só espero que Junwoo não se ferre por culpa minha.

— Deixa disso, Takeshi. — Hajoon tocou as costas do ruivo. — O Junwoo quer estar conosco e acho que ele já percebeu isso. Ele só tem que tomar coragem e contar aos pais.

— Não é só uma questão de coragem — ele rebateu, tirando o rosto do peito de Bonhwa e virando a cabeça para poder fitar Hajoon. — Os pais dele são bem difíceis, Joon. E... é tudo muito novo pra ele.

— Eu sei. Mas com o pouco que convivi com Junwoo, percebi que tudo o que perturba a cabeça dele envolve os pais e nada é um problema que vem, de fato, dele — Hajoon explicou o que enxergava, seus dedos ainda acariciando as costas do ruivo.

— Eu acho que vai chover — murmurou Bonhwa, disperso no quão cinza o céu se encontrava.

— Temos que ir logo — o professor comentou, tocando os ombros de Takeshi antes de abraçá-lo, acabando por envolver Bonhwa também em um abraço triplo.

Bonhwa sorriu e esticou os braços para abraçar Hajoon também, aceitando aquele carinho que, a princípio, era apenas para Takeshi.

Hajoon e Bonhwa tiveram uma conversa no dia anterior a respeito do afastamento que criaram entre si por causa de Yoona. Ambos concordaram que ainda tinham sentimentos pela garota, mas decidiram impedir que aquilo continuasse criando problemas entre eles.

O professor admitiu que se sentia um tanto preso à espera da decisão da menina, mas também disse que não cabia a ele e que não fazia mais que a própria obrigação aguardar a resposta dela sem interferir.

Contudo, seus sentimentos estavam em jogo e, querendo ou não, algo lhe dizia que sua carreira também.

Ele não era estúpido, nunca demonstrou como se sentia em ambiente escolar, nunca pensou em tocar na menina em tal lugar e o pouco que aconteceu entre eles foi consensual e bem, bem longe da escola.

Mesmo com todos aqueles aspectos e com o fato de Yoona ser maior de idade, Kwan Hajoon ainda se preocupava, já que sabia que o que sentia era antiético.

Toda aquela ansiedade acumulada desde a adolescência fazia menção de implodir dentro do peito do adulto, já que ele se pegava repetidamente pensando: *valia a pena arriscar sua carreira daquele jeito?*

Bonhwa, no entanto, não se prendia tanto como Hajoon. Ele estava apaixonado, sim, mas ainda sentia interesse sexual em muitas pessoas e não se importava em se envolver com as tais quando estas queriam. Quando contou isso para Hajoon, o homem, cuidadosamente, perguntou se ele estava, de fato, apaixonado por Yoona, porque, assim como Syaoran, Hajoon achava que, quando as pessoas se apaixonavam, não se interessavam sexual ou romanticamente por outras, caso fossem monogâmicas, como era o caso de Bonhwa.

— A sorte é que seu carro tem sete lugares — Bon murmurou.

— Ei!

Os três garotos se viraram e, no final da rua, estavam Syaoran e Junwoo correndo apressados, tentando não serem atingidos pela água que caía cada vez com mais intensidade.

Takeshi abriu um sorriso, abraçando o próprio corpo e ignorando os chamados de Hajoon para que entrasse no carro e esperasse ali dentro. Ele esperou Junwoo chegar perto o suficiente para poder envolvê-lo em um abraço apertado, pouco se importando se a chuva se tornara forte o suficiente para molhar suas camisas.

Junwoo suspirou, sorrindo contra o ombro do mais novo, sentindo o peito aquecido por, finalmente, matar a saudade que ele também estava sentindo do ruivo.

E foi apenas um dia afastado de Takeshi.

— Como você está? — Takeshi perguntou, afastando-se minimamente para fitar o mais novo.

Junwoo mordeu o lábio inferior.

— Estou bem agora.

— Gente, entrem no carro ou vão ficar doentes! — o educador exclamou, destravando a porta para que Syaoran entrasse.

Huang entrou, sentando-se ao lado de Bonhwa e sorrindo para este enquanto mexia no cabelo para remover o excesso de água:

— Oi!

— Oi, *hyung* — o de olhos claros respondeu, abrindo um sorriso retangular.

Takeshi entrou no banco de dois lugares que era mais atrás, puxando Junwoo para que se sentasse ao seu lado. O mais novo o fez, mesmo sentindo as bochechas queimarem de vergonha pelos três outros garotos, ali, lhe fitarem com olhares maliciosos.

— Você é o Hajoon, certo? — Syao se apoiou no banco do motorista para poder falar com o professor.

— Isso. E você... Huang Syaoran? — Estendeu a mão para que o outro o cumprimentasse.

— O próprio. — Sorriu. — Você é mesmo gatinho.

Hajoon riu junto a Bonhwa, que ouvia a conversa.

— Quem te disse isso?

— Bonhwa. — Deu de ombros.

Hajoon abanou a cabeça, rindo e virando-se para frente, ouvindo o Choi cantarolar alguma música, provavelmente já disperso com alguma outra coisa.

— Onde estão Ravi e Yoona? — Junwoo perguntou baixinho, brincando com as próprias mãos em seu colo. Takeshi ficou de lado no banco para poder ficar olhando para ele.

— Yoona não responde a gente. Nós já imaginávamos que isso ia acontecer — Takeshi suspirou. — Ravi foi atrás dela. Já têm uns quarenta minutos.

— Aonde nós vamos? — indagou, curioso pelo fato da situação trazer tanto receio à Yoona a ponto dela não aparecer.

— Na casa do pai dela — respondeu, observando as sobrancelhas do mais novo se franzirem. — Ela não o vê faz anos. Desde os oito anos de idade.

— Meu Deus! — Junwoo arregalou os olhos surpreso. — Mas... por quê?

— Aparentemente, ele abandonou ela e a mãe, porém, Yoona achou umas coisas esquisitas, esses dias, o envolvendo, e concordou em ir atrás dele para perguntar sobre — finalizou. — É uma situação bem complicada, eu entendo que ela esteja com medo.

— Sim... — Junwoo assentiu. — Espero que ela venha. P-pelo menos, ela terá nossa companhia.

— Eu estou muito feliz que você tenha vindo, Woo. — Takeshi abaixou o tom de voz, tocando no queixo do mais novo para que ele o fitasse nos olhos. As galáxias que eram os olhos de Junwoo sempre o deixavam sem palavras.

— Você disse que era importante pra Yoona, *hyung* e... eu gosto de estar com vocês. — Junwoo umedeceu os lábios, escorregando seu olhar para os semelhantes do mais velho. Eram tão tentadores. — Com você principalmente.

Takeshi sorriu abobalhado, esticando os dedos para que pudesse tocar o maxilar do garoto e encaixar o rosto dele em sua mão. A pele de Junwoo era suave e instigava-o a buscar por mais contato, impulsionando-o a fazer coisas como a que fez naquele momento: inclinar-se para selar seus lábios enquanto acariciava seu rosto.

O mais novo fechou os olhos lentamente, sentindo as pálpebras pesarem e tremerem em puro deleite. Uma de suas mãos fez seu caminho até a cintura de Takeshi e apertou-a delicadamente, levando Takeshi a suspirar contra sua boca. Não foi mais que um selinho, porque os dois garotos foram interrompidos por um assobio de Hajoon:

— Eu estava doido pra ver isso.

— Então, por que interrompeu? — Bonhwa resmungou cabisbaixo por ter tido a visão dos dois se beijando interrompida.

Syaoran apenas sorriu orgulhoso, sentindo-se bobo por ver o amigo solto daquele jeito. Era precioso para si poder ver aquela evolução de Junwoo e presenciar momentos em que ele, de certa forma, se libertava.

Junwoo sentiu as bochechas pegarem fogo e, envergonhado, escondeu sua cabeça no ombro de Takeshi, enquanto este ria baixo. Takeshi inclinou levemente a cabeça para o lado e sussurrou para que apenas ele ouvisse:

— Mais tarde, te dou mais bitoquinhas.

Alguns minutos depois, no fim da rua um tanto vazia, Ravi apareceu segurando um guarda-chuva para si e para Yoona que, encolhida dentro de seus costumeiros moletons e usando um chapéu de pescador, caminhava de cabeça baixa, sem falar nada com ele.

Ela entrou no banco de passageiro, ao lado de Hajoon, ignorando o silêncio que se fez e todos os olhares sobre si, assim que se acomodou no estofado. Ajeitou o cabelo por baixo do chapéu e colocou o acessório novamente, suspirando em seguida.

Ravi se ajeitou ao lado de Syaoran, não quebrando o silêncio pesado que se fez dentro do veículo, apenas sorrindo fraco para todos, demonstrando que algo estava bem errado.

Ninguém se mexia. Ninguém falava nada. A troca de olhares era significativa e Yoona permanecia com os seus olhos fixos na rua à sua frente, ainda ignorando tudo e todos.

— Eu... — Junwoo quebrou o silêncio, atraindo todos os olhares para si, inclusive o de Yoona através do retrovisor. Ele a fitava também. — Eu gostei do seu chapéu.

A garota não respondeu, mas o sorriso fraco que ela ofereceu no lugar foi o suficiente para os outros respirarem aliviados e Hajoon dar partida no veículo.

— Que desculpa vocês deram para conseguirem vir? — Takeshi indagou, curioso e tentando quebrar o clima ainda um tanto pesado.

— Eu disse que precisava comprar uma lembrança para uma amiga de Masan — respondeu Syao. — Daejung até tentou impedir que viéssemos, mas depois que eu disse que a garota era bem especial pra mim, ele deixou.

— Ou seja, ele acha que é a sua namorada — Bonhwa complementou.

— Ele deve ter imaginado e por isso deixou, acreditando que por eu ter uma “garota especial” — fez aspas com os dedos —, não sou gay e não influenciarei o Junwoo.

— Esse cara tem problemas — Ravi abriu a boca pela primeira vez, abanando a cabeça um tanto incrédulo.

— Meu pai é... difícil — comentou Junwoo, coçando a nuca.

— E meio lerdo. Ele caiu perfeitamente na minha atuação naquele dia — disse Yoona, a voz um tanto desanimada. Os outros ficaram mais aliviados ao vê-la interagir, porque era um sinal de que ela estava se acalmando.

— Atuação? — Syaoran franziu o cenho, virando-se para trás para olhar Junwoo.

— É... A *noona* fingiu ser uma menina que eu chamei para sair, pra que eu pudesse sair com o Takeshi *hyung* — explicou, sentindo as bochechas queimarem quando Takeshi depositou um beijo fofo em uma delas.

Ele queria aquele beijo em outro lugar.

— Que safadinho! — Syao brincou, arrancando risadas de todos.

Junwoo resmungou baixinho e fitou as próprias mãos, mexendo os dedos uns contra os outros até ver a mãozinha quente de Takeshi cobrí-los, sentindo o costumeiro aquecimento no peito e na pele. Ele ergueu o olhar, seus ouvidos não captando mais sobre o que os outros conversavam, e sim focando na maneira linda como Takeshi sorriu para si.

O ruivo mexeu os próprios dedos contra os de Junwoo, aproximando-se até ficar próximo da orelha dele.

— Você tá tão lindo — sussurrou, contendo o enorme sorriso que queria dar ao ver Junwoo apertar os olhinhos e corar. — Sério, eu queria te encher de beijo agora.

Junwoo prensou os lábios e suspirou, sentindo os pelinhos do braço levantarem por sentir a respiração de Takeshi naquela área. Ele olhou para o lado, respirando fundo ao notar a proximidade que se encontravam:

— Eu... também quero, *hyung* — sussurrou, erguendo a mão para tocar o rosto do ruivo. — Seu beijo é m-muito bom.

Takeshi suspirou, inclinando-se em direção ao toque de Junwoo. Ele se sentia totalmente necessitado de cada mísero contato com o mais novo e sabia que estava um tantinho ferrado por se sentir daquela maneira.

— Depois que sairmos da casa do pai de Yoona, eu preciso conversar com você, *okay*? — aproveitou para dizer, vendo Junwoo assentir prontamente. — É importante.

Alguns minutos depois, eles chegaram ao destino. Pyeongchang-Dong ficava quase nos limites de Seul, era uma área com menos prédios e mais casas. Parecia com o bairro em que Junwoo morava, calmo e sem muito comércio em volta, caminhada por mais de vinte minutos sendo necessária para chegar a locais movimentados.

Era um local agradável, mas o humor de Yoona não combinava nem um pouco com a ambiência do lugar. Ela estava com medo e sentiu vontade de chorar quando Hajoon parou o carro em frente ao endereço que havia passado para ele no dia anterior.

Yoona não estava arrependida de ter passado o endereço para o professor e ter aceitado a companhia de seus amigos até ali. Se ela fosse sincera, estava grata por ter dito a eles, porque caso não o tivesse feito, não teria tido a coragem de fazer o que sabia que queria fazer: conhecer seu pai.

Mas ainda assim, ela sentia medo. Medo de seu pai, assim como sua mãe, não aceitá-la. Medo dele, realmente, ter abandonado a própria família por ser mais um daqueles homens escrotos que só enxergam o próprio umbigo e querem apenas o prazer próprio.

Yoona tinha medo de encontrar o pior.

— Yoona!!!

A garota saiu do transe. Todos já estavam do lado de fora e Hajoon segurava a porta do banco de passageiro para que ela também saísse do veículo.

— Você quer mesmo fazer isso? — ele perguntou, tombando levemente a cabeça para o lado, preocupado.

Ela respirou fundo, passando seu olhar pela casa amarelada e com um jardim perfeitamente decorado com flores de todas as cores. As cortinas dos dois andares estavam fechadas, impossibilitando que o grupo visse qualquer coisa que acontecesse dentro da residência.

— Sim! — ela respondeu, por fim, soltando seu cinto e aceitando a mão que Hajoon estendera para si, saindo do veículo e deixando que o professor o trancasse. — Vocês vão todos entrar comigo?

Junwoo, Takeshi, Ravi, Syaoran e Bonhwa, que comentavam sobre o quão bonita a casa era, se viraram para a garota. Eles se entreolharam, tendo uma conversa silenciosa sobre quem responderia. Até que Bonhwa se pronunciou:

— Você quer que a gente entre com você?

Yoona respirou fundo e, após dar um sorriso fraco, assentiu.

— Então, vamos! — Ravi foi adiante, entrelaçando seus dedos nos da garota e puxando-a para que caminhassem até a casa.

O resto do grupo foi atrás, cada um se preparando de um jeito para o que estava por vir... A questão era que nenhum deles sabia exatamente o que viria.

Yoona ficou, alguns segundos, encarando a porta branca, seus dedos tremendo levemente contra os de Ravi. Ela abria e fechava a boca, os olhos fixos na madeira, mas não a enxergava, até que sentiu uma mão em seu ombro. Virou o rosto, vendo Takeshi direcionar um sorriso para si. Não só ele como Bonhwa, Junwoo, Hajoon e Syaoran a fitavam com um sorriso encorajador. Yoona percebeu que não importava o que acontecesse dentro daquela casa, ela já tinha uma família. Então, bateu à porta.

Foram longos segundos de espera. Longos segundos tortuosos. A respiração de todos, ali, engatou, não se ouvia nada e o silêncio só foi quebrado por uma voz fina e infantil quando a porta ainda estava fechada:

— Papai, tem gente na porta!

Em questão de milésimos, a porta foi aberta e uma garotinha com, pelo menos, sete anos, entrou no campo de visão do grupo. Ela observou cada um, com os olhinhos esbugalhados e a boca aberta, segurando a porta com uma mão enquanto a outra tentava impedir o chapéu de coelho que usava, cair de sua cabeça.

— Papai, tem uma moça bonita aqui na porta e muitos garotos também... — a criança se pronunciou, ainda encarando cada um com uma expressão um tanto perdida.

— Muitos garotos? Do que você... — Um homem apareceu atrás dela, abrindo a porta o suficiente para que o grupo de adolescentes visse a bagunça de brinquedos que havia dentro da casa. — Hm... Olá! Em que posso ajudar?

Os olhares dos rapazes se voltaram para Yoona. Ela encarava o homem em silêncio, as bochechas coradas e os olhos arregalados. Quando o tal percebeu que os olhos estavam todos voltados para ela, ele o fez também.

— Eu... — Yoona respirou fundo. — Você é... Min Chunghee?

— Eu mesmo — respondeu, segurando o ombro da pequena garota na sua frente. — Quem procura?

— Eu sou... Sou Min Yoona.

Chunghee não pareceu entender e, durante alguns segundos, permaneceu perdido, encarando-a com os olhos curiosos. A menininha, que havia aberto a porta para o grupo, se soltou dele e caminhou até ficar de frente para Bonhwa, encarando-o com os olhos admirados.

— Moço... Posso tocar no seu cabelo?

— Eunbi! — Chunghee exclamou, saindo do transe para puxar a garota para dentro. — Desculpem-me, ela é meio... assim.

— Está tudo bem — Bonhwa o tranquilizou, rindo fraco para tentar amenizar o clima estranho.

Junwoo, em um impulso, segurou o braço de Takeshi, aproximando-se deste, tentando, de alguma forma, sentir-se mais seguro dentro daquela situação estranha. Ele percebeu que o medo de Yoona estava relacionado ao fato dela ter mudado desde a última vez que ele o vira e Junwoo sentiu compaixão. O garoto sentia as próprias mãos tremerem em agonia ao assisti-la encarar o homem de maneira esperançosa.

— Então... Estava dizendo que você é... Min Yoona? — Chunghee repetiu, colocando a garotinha para dentro da casa. — Min Yoona, esse nome me é estranhamente familiar...

A frase fez com que a respiração de todos voltasse a travar e tudo se intensificou quando a expressão do homem mudou. Primeiro, suas sobrancelhas se franziram e seus orbes grudaram em Yoona de maneira que levou a garota a arregalar os olhos, totalmente nervosa.

— Min... Min Yoona — repetiu com sua voz décimos mais grave. — Yun?

— Não, Yoona — reforçou. — Meu nome de nascimento é Min Yun, mas eu sou Min Yoona, sou uma mulher.

As palavras da garota pareceram impactar o homem de maneira intensa, levando-o a afrouxar a gola da camisa e a bagunçar o cabelo, um tanto perdido. Seus olhos, entretanto, não deixaram Yoona e, depois de longos segundos que pareceram se arrastar, ele se pronunciou:

— Yoona... Min Yoona. Como eu pude não te reconhecer de primeira...?

Ela soltou o ar que antes pesava em seus pulmões, seus olhos lacrimejando quando viu Chunghee sorrir e abrir seus braços. Ela não hesitou e se jogou no abraço que ele ofereceu, recebendo, pela primeira vez em anos, o abraço de um parente.

Junwoo olhou para Takeshi e percebeu que seus olhos também lacrimejavam, assim como os do ruivo. O mais velho soltou uma risada abafada e segurou a mão de Junwoo, murmurando um "está tudo bem" que tranquilizou até o último nervo do garoto.

Syaoran, Bonhwa, Hajoon e Ravi trocaram olhares satisfeitos, mais felizes que nunca por não terem tido que enfrentar uma situação desagradável de rejeição e por não terem que ver uma amiga passar por algo tão ruim como aquilo.

— Entrem, por favor! — Chunghee chamou, abraçando a menina pelos ombros e adentrando a casa, com todos os outros em seu encalço. — Danbi! Eunbi! Temos visitas. E uma muito importante.

Eunbi, que tinha ido à cozinha ajudar a mãe a cozinhar, voltou correndo à sala:

— O moço do cabelo bonito! Ele vai jantar com a gente? — Correu até Bonhwa que, assim como todos os outros, estava parado no centro da sala.

— Eles podem jantar conosco, sim. Mas antes... — Chunghee virou-se para Danbi que saíra da cozinha com um sorriso simpático nos lábios, fitando cada um ali curiosamente. — Querida, essa é Yoona, minha filha mais velha.

— Filha? — Eunbi quem se pronunciou, aproximando-se de Yoona e agarrando o moletom preto da garota. — Eu tenho uma irmã? Papai, eu tenho uma irmã! Que legal! Ela pode brincar de carrinhos comigo?

— Filha? — Danbi franziu o cenho, se aproximando do grupo. — Eu achava que você tinha um filho.

— Meu nome de nascimento é Min Yun, *ahjumma*. Mas eu me chamo Min Yoona, sou uma mulher — repetiu, curvando-se em educação.

Danbi pareceu entender e, assim como Chunghee fizera, ela abriu um sorriso, surpreendendo mais uma vez todos ali presentes:

— Me desculpe pela confusão, Yoona. Eu sou Danbi, mãe de Eunbi e esposa de Chunghee.

— Muito prazer! — Yoona se curvou mais uma vez, mas Danbi abanou as mãos.

— Sem formalidades, venha cá! — E abraçou a menina.

Jung Ravi já chorava como um bebê, tentando ser discreto, mas falhava miseravelmente ao fungar alto demais, atraindo todos os olhares para si:

— D-desculpe, é que... eu tô emocionado.

Hajoon riu baixo e deu tapinhas nas costas dele, aceitando o abraço que este lhe deu logo em seguida, em busca de conforto, em uma situação que mexia com todas as suas emoções.

Junwoo estava sorrindo, ainda segurando o braço de Takeshi e observando cada mísera ação de Chunghee, vendo como o homem olhava de maneira afetuosa para Yoona, sem julgá-la por um segundo sequer. Era surpreendente perceber adultos aceitarem a diversidade daquela maneira, visto que ele convivia com dois que, de maneira alguma, ficariam bem em uma situação como aquela. Ver como Chunghee colocou a felicidade de estar reencontrando sua filha e o amor que sentia por ela acima da possível estranheza que poderia sentir com a situação, fez com que Junwoo se encantasse. Porque no fim, o que deveria prevalecer era o amor.

— Acho que tenho muito que explicar a você — disse Chunghee, segurando os ombros de Yoona e fitando-a com ternura. Ela assentiu, limpando as lágrimas que insistiam em escorrer pelo seu rosto.

— Eu vou terminar de preparar o jantar. Eunbi, quer me ajudar? — Danbi disse, já fazendo seu caminho para a cozinha.

— Não, *eomma*[1]. Eu quero ficar com o moço do cabelo colorido! — Eunbi exclamou, se jogando e agarrando uma das pernas de Bonhwa.

— Sentem-se, por favor! — Chunghee indicou o enorme sofá e as poltronas para o grupo.

Eunbi aproveitou e se sentou ao lado de Bonhwa, sorrindo animada quando este permitiu que ela ficasse brincando com seu cabelo enquanto ouvia as palavras de Chunghee.

Junwoo se sentou entre Hajoon e Takeshi e sorriu para o segundo quando ele tocou seu joelho e murmurou baixinho:

— Está tudo bem?

— Tudo ótimo, *hyung* — sussurrou de volta.

— Eu imagino que sua mãe tenha lhe dito algumas coisas... — Chunghee começou, sentado em uma poltrona ao lado da que Yoona estava sentada.

— Sim... Bem, ao que tudo indicava, você tinha nos... abandonado — respondeu, prensando os lábios em seguida, com medo de aonde aquela conversa poderia levá-los.

— Sua mãe me expulsou de casa. Eu tinha começado um trabalho novo em uma empresa nova, filial da que trabalhava antes, e me apaixonei por outra mulher. Danbi — suspirou. — Em nenhum momento, investi nela enquanto estava com sua mãe, nunca traí Dona. No entanto, ela insistia que eu tinha, de fato, a traído. Eu fiz de tudo, mostrei as mensagens em meu celular, cheguei a ir atrás de filmagens da minha sala na empresa — riu incrédulo ao se recordar. — Mas ela não acreditou em mim e, no fim, me expulsou. Eu tentei ir atrás de você, mas ela me impediu. Como ela ficou com a guarda, tinha acesso à sua escolaridade e documentos, e escondeu tudo isso de mim. Ela se mudou, levou você junto e impediu que qualquer informação chegasse a mim. Apenas me mandou a conta bancária dela, exigindo que eu pagasse sua pensão, o que fiz sem hesitar.

— Você é uma peça rara no universo masculino — Hajoon acabou soltando, corando ao ter todos os olhares sobre si. — Desculpe.

— Tudo bem e obrigado! — Chunghee riu fraco, virando-se novamente para Yoona e pegando a mão da garota. — Eu tentei ir atrás, mas sua mãe fez de tudo para que eu não te encontrasse. Ela escondeu tudo de mim e imagino que de você também.

— Ela me dizia que você tinha abandonado a gente por uma família melhor... — Yoona engoliu em seco, lembrando-se da dor que sentia ao ouvir

---

[1] *Eomma:* "Mãe", em coreano (TRADUÇÃO NOSSA).

aquelas palavras, repetitivamente, saindo da boca de sua mãe. — Que não queria saber de mim, muito menos quando soubesse que eu... que eu te decepcionaria por ser quem sou.

— Você nunca me decepcionaria por ser quem é. — Chunghee franziu a testa, incomodado com aquelas palavras de Dona. — Você é minha filha e nada, no mundo, me faria te amar menos. Eu, na verdade, te admiro por ter tido coragem em mostrar ser quem realmente é. Tenho orgulho de você.

Takeshi apertou a mão de Junwoo e o mais novo, que sentia o queixo tremer, fitou-o, vendo que Takeshi se debulhou em lágrimas assim como Ravi fizera mais cedo. Yoona estava na mesma situação, segurando a mão do pai com força, não acreditando que aquilo pudesse estar, de fato, acontecendo.

— Por que tá todo mundo chorando? — Eunbi perguntou, com seus dedos emaranhados nos fios vermelhos de Bonhwa. — Alguém morreu?

— Não, querida! — Chunghee riu, limpando as lágrimas que escorriam por seu rosto rechonchudo. — É só que é muito emocionante, para mim, reencontrar sua irmã, assim como para ela e seus amigos.

— Aaaaah! — Eunbi fez um som de compreensão, levantando-se do sofá e indo até Yoona, segurando a outra mão dela. A mais velha sorriu para a criança, sentindo o peito apertar. — É muito emocionante pra mim também! Me desculpe não estar chorando. Eu não choro muito.

— N-não tem problema. — Yoona riu fraco, apertando sem força os dedinhos de Eunbi. A pequena sorriu.

— Mas eu tô muito feliz por ter uma mulher linda, como você, como minha irmã.

CAPÍTULO 2

Havia coisas na vida que as pessoas, dificilmente, esqueciam.

Coisas que a mente gravava, às vezes de maneira inconsciente e, noutras, de maneira consciente. Havia coisas que as pessoas escolhiam se lembrar, como era o caso de Bonhwa com a cor da saia que ele presenteou Yoona na fase de descobrimento da garota.

Lembrava-se de ter registrado que compraria a saia azul no dia seguinte para dar de presente a ela no fim de semana que seguiria e, depois daquilo, nunca mais esqueceu a saia azul. Era uma memória boa para Bonhwa, ele a apreciava com todo seu coração e pensava na tal ao menos uma vez por dia.

Outrora, havia as coisas que a mente registrava inconscientemente e que, muitas vezes, não se encaixavam na categoria "boas lembranças".

Como era com Yoona e sua memória viva de todos os momentos em que sua mãe lhe chamara de "decepção" ou "aberração". As palavras ainda ecoavam em sua mente quando ela estava sozinha, em volume máximo, atormentando-a. Por causa daquilo, Yoona evitava ao máximo ficar sozinha até mesmo em sua própria casa, buscando a companhia de seus amigos ou de conhecidos não tão próximos.

E ali, naquele dia em que conheceu seu pai, Yoona se deu conta de que não precisaria mais sentir todo aquele desespero, sentiu que teria alguém que apagaria as palavras de sua mãe de sua mente e as substituiria por novas.

— Eunbi, larga o cabelo do menino! — Danbi exclamou quando estavam todos na sala de estar após o jantar. — Meu Deus, mil desculpas, Bonhwa.

— Está tudo bem, eu gosto de crianças. — Takeshi riu baixo, deixando que a menina fizesse trancinhas em seu cabelo.

Eunbi, no entanto, pareceu extremamente contente com o comentário feito pelo garoto, sorrindo de maneira que seus dentes faltando ficaram à mostra.

— Você gosta de mim, então?

— Ih, acho que alguém se apaixonou — brincou Ravi, rindo junto aos outros quando a garota corou dos pés à cabeça.

— Não te culpo, Bonhwa é muito bonito mesmo — comentou Takeshi.

— Todos vocês são — Danbi completou, dando um gole na taça de vinho que segurava. — Acho que nunca vi um grupo de amigos com tanta gente bonita.

— Desculpe-me a indelicadeza... — Chunghee começou, dirigindo-se a Hajoon, que deixou a taça de vinho de lado para fitá-lo, sorrindo simpático. — Quantos anos você tem? É que você me parece bem mais velho que os outros.

— Eu tenho vinte e nove, *ahjussi* — Hajoon respondeu, educado.

— E como você os conhece?

— Sou o professor de História deles — revelou, receoso que o homem, talvez, fosse ficar com um pé atrás por causa da distância que um professor, normalmente, deveria manter de seus alunos. — Desde que eles estavam no primeiro ano.

— Hajoon foi uma grande chave pra minha questão pessoal na escola. Ele foi o primeiro professor que me chamou pelo meu nome e aceitou que sou transgênero — Yoona se pronunciou, puxando as pernas para cima da poltrona que estava sentada.

— Isso é ótimo! — Chunghee sorriu, parecendo satisfeito em ouvir aquilo. — História era minha matéria preferida quando eu estava na escola.

— É a minha também, definitivamente — disse Ravi. — Até porque não me dou bem em nenhuma outra.

— Eu gosto de Matemática — a garota falou, rindo baixo ao receber olhares indignados dos outros.

— Matemática, eca! — Eunbi fez uma careta, fazendo um *high five*[2] com Bonhwa.

— Doidinha! — Takeshi murmurou, ouvindo uma risadinha baixa de Junwoo ao seu lado. — E você, Woo? Qual sua matéria preferida?

— Eu gosto muito de História também... — respondeu, as bochechas esquentando por ter todos os olhares sobre si. — E Geografia.

— Eu não gostava de nada — relatou Danbi, rindo. — Não suportava estudar.

— E você trabalha com o quê? — Syaoran perguntou interessado.

— Eu trabalho como inspetora em um colégio de ensino fundamental.

— Mamãe trabalha onde eu estudo. — Eunbi se enturmou, ajeitando-se ao lado de Bonhwa, balançando seus pés, que não tocavam o chão.

— E você, pai? — perguntou Yoona, virando o rosto para o homem.

Chunghee sorriu abobalhado:

— Eu sou dono de uma rede de manutenção de veículos.

---

[2] *High five*: expressão, em inglês, utilizada para se referir a um bater de mãos (TRADUÇÃO NOSSA).

— Dono? Que maravilha! — Ravi comentou, seus olhos brilhando para a taça de vinho que Hajoon segurava.

Como adultos responsáveis, Chunghee e Danbi não ofereceram a bebida alcoólica para os adolescentes, apenas a Hajoon, por já imaginarem que o homem era maior de idade. Mas aquilo não impedia Ravi de encarar descaradamente a taça do professor, sentindo a boca salivar por um pouco de álcool.

Enquanto aquilo acontecia, Junwoo estava encarando tudo ao seu redor com um sorrisinho, sentindo-se acolhido, de certa forma. Seu peito estava quentinho e o carinho que Takeshi fazia em seu joelho só servia para deixá-lo ainda mais amolecido.

A questão era que já fazia horas que estavam juntos ali e Junwoo estava se sentindo torturado por não poder dar uns beijinhos em seu *hyung*. E o pior era que Takeshi parecia ter adquirido uma mania desgraçada de umedecer os lábios a cada minuto, torturando o mais novo.

— *Hyung*... — sussurrou para Takeshi quando os outros presentes na sala entraram em uma conversa sobre carros. Takeshi virou o rosto para ele com um sorriso de lado, aproximando-se um pouco para poder ouvir o sussurro. — Você pode... — Deixou a frase no ar, quando Takeshi, mais uma vez, umedeceu os lábios, a língua parecendo se arrastar lentamente por seu lábio grosso, arrepiando os pelinhos da nuca do pobre Junwoo.

— Posso o quê? — sussurrou de volta, franzindo o cenho, confuso.

— N-não lambe a boca, *hyung* — conseguiu dizer, soltando um suspiro tremido quando Takeshi sorriu provocativo por, finalmente, entender o motivo de o garoto estar naquele estado.

Takeshi não respondeu, entretanto, virando-se para o resto das pessoas presentes enquanto sua mão apertava de leve o joelho do mais novo.

— Na parte de trás da casa eu tenho uma minioficina, bem ao lado da piscina e do trampolim de Eunbi. Querem ver? — Chunghee convidou, rindo ao ver Eunbi saltar animada do sofá.

— Meu trampolim! Vem, Bonbon, quero te mostrar! — exclamou, fazendo força para puxar Takeshi do sofá.

— Vamos, sim! — Bonhwa respondeu risonho, levantando-se.

— Vamos todos, então — Yoona sugeriu, também se levantando.

Danbi disse que, enquanto iam, ela lavaria a louça. Ravi, Hajoon, Syaoran e Yoona seguiram Chunghee e Eunbi, que puxava Bonhwa com sua mãozinha entrelaçada à mão do garoto. Junwoo levantou-se também, pensando em seguir o grupo, mas Takeshi segurou seu pulso, impedindo-o.

— Eu disse que precisava falar com você, hm? — disse Takeshi, aproveitando que todos tinham deixado o cômodo para tocá-lo mais intimamente, acariciando a bochecha rosada do mais novo.

— Ah, sim. O que era, *hyung*?

Takeshi olhou em volta, ouvindo o som da pia da cozinha ligada e, bem distante, as risadas de Eunbi, que podiam ser ouvidas pela porta dos fundos da casa ter permanecido aberta.

O ruivo avistou, então, perto da escada, que dava para o segundo andar da casa, uma grande porta de vidro que dava entrada a uma varanda.

— Vamos ali — indicou, puxando Junwoo delicadamente pelo pulso para que ele o acompanhasse.

Takeshi arrastou a porta de vidro e adentrou a varanda ao lado de Junwoo, apoiando-se ao parapeito enquanto o mais novo fechava a porta para que o vento gelado não esfriasse demais a casa. Era possível ver, dali, Eunbi pulando no trampolim junto a Bonhwa enquanto Ravi, Syaoran e Hajoon estavam, do lado da piscina, conversando, e Chunghee explicava algo à filha mais velha, mostrando as coisas dentro da pequena oficina improvisada.

Takeshi sorriu contente, sentindo-se incrível por ver sua amiga tão feliz e calma, como parecia estar naquele momento. Ela ria alto de algum comentário que o pai fizera e aquilo o fez sentir vontade de chorar. Ela merecia aquilo. Aquilo e muito mais.

— Ela está muito feliz — comentou Junwoo, apoiando-se, ao lado de Takeshi, ao parapeito.

— Ela merece. — Virou-se para o outro. — Então... O que eu quero falar com você é sério.

Junwoo virou-se, também, para o mais velho, os olhos arregalando-se levemente.

— Você está me deixando nervoso. É algo ruim?

— Não... Bem, eu acho que não. — Ele riu nervoso. — Você se lembra daquele dia em que esbarramos com um cara na rua? Quer dizer, ele derrubou as sacolas e nós o ajudamos?

— Lembro, sim.

— Então... Ele nos entregou um cartão e disse que podíamos contatá-lo, caso precisássemos de algo — continuou. Junwoo encarava-o com os olhos brilhando de curiosidade. — O que eu achei estranho na hora, mas depois entendi o porquê de ele ter feito isso.

— E por que ele fez isso? — questionou Junwoo, tentando apressar o mais velho.

— Acontece que ele te conhece. — Takeshi tateou o bolso traseiro até encontrar o pequeno cartão de visita, estendendo-o para o outro. — Olhe o nome no cartão.

Junwoo franziu o cenho, completamente confuso. Como ele conheceria aquele homem? Decerto, não se lembrava dele. Não o reconheceu naquele momento que o encontrou, então como reconheceria pelo nome?

Quando Junwoo colocou os olhos nas pequenas letrinhas do cartão de visita, seu queixo caiu. Ali, estava o nome que ele já ouvira seu pai pronunciar com tanto desgosto, o nome que seu pai avisava para manter distância e que

Junwoo sentia-se agoniado por não querer aceitar tal ordem. Afinal, por que manter distância de um parente que nunca o fizera mal algum?

Os olhos do garoto liam e reliam o nome “Lee Jooheon” diversas vezes, tentando processar o fato de que o conheceu sem seus pais saberem. Recordou-se da imagem do homem e ele era diferente dos outros membros de sua família, tinha tatuagens e não estava no padrão que via em seus parentes; aquele era, com toda certeza, o motivo de seu pai querer que ele mantivesse distância dele.

Mas Junwoo não queria.

— Ele é... seu tio? — Takeshi chutou e Junwoo assentiu, os olhos levemente arregalados enquanto ainda fitavam as pequenas letras. — Você o conhece, então?

— Apenas de nome, *hyung*. Não sabia qual era a aparência dele... até agora. — Respirou fundo e coçou a nuca, finalmente, erguendo o olhar até o mais velho. — Eu sei que ele já esteve presente em poucas festas de família, mas... faz anos desde a última. Por isso, não me lembrava da aparência dele.

— Então, ele não mantém relações com sua família?

— Não, nenhuma. Meus pais não gostam dele — contou. Seus dedinhos passando lentamente pelo cartão de visita. — Eles me pediram pra manter distância quando souberam que ele estava aqui... Mas eu nunca pensei em ir procurar.

— Por quê? — Takeshi aproximou-se um pouco, tocando o pulso do garoto carinhosamente.

— Não imaginei que ele fosse querer contato comigo... Não sei! — Abaixou as mãos, permitindo que o mais baixo se aproximasse ainda mais. — O q-que eu faço?

— Por que não conversa com ele? Digo... Você sabe o lado do seu pai, de certa forma, então é bom saber o outro lado da história. Sempre precisamos ter conhecimento de ambos os lados — explicou, os olhos fixos no mais novo enquanto este fitava ambas as mãos que se tocavam.

Quando Takeshi entrelaçou os dedos com os seus, Junwoo suspirou, sentindo seu coração massacrar o peito pela força e velocidade que batia contra o tal. Aquela chuva de sensações e sentimentos quando estava ao lado de Takeshi o deixavam perdidinho. Ele sentia como se algo o puxasse para um ambiente quente e confortável e, por mais que estivesse se sentindo bem ali, olhava para os lados e não enxergava nada. Estava perdido, mas de um jeito bom.

— Talvez... Será que é uma boa ideia? — soltou, levantando o olhar e percebendo que seu *hyung* estava bem pertinho de si.

Ah, ele amava aquela proximidade.

— Eu acho que é a ideia certa — murmurou Takeshi, pegando o celular no bolso traseiro e abrindo o ícone do telefone, o estendendo para Junwoo. — Faça as honras.

Engolindo em seco, Junwoo soltou a mão de Takeshi para pegar o aparelho enquanto a outra erguia o cartão de visita. Sentia a adrenalina em suas veias, sabendo que estava, naquele momento, criando uma das maiores afrontas contra seus pais. Seu pai o advertiu, mas Junwoo sentia que não deveria obedecer àquela ordem. Ela não fazia sentido para si. E ele não queria mais que as coisas não fizessem sentido. Então, discou os números e apertou o ícone verde para iniciar a ligação.

— Quer que eu ouça também? — Takeshi indagou, baixinho.

Junwoo assentiu, sabendo que não queria estar sozinho naquele momento importante.

— Aperta ali. — Takeshi indicou o ícone do viva-voz.

O moreno fez o que lhe foi dito e sentiu as pernas tremerem de nervoso ao ouvir os toques. Um toque, dois toques, três toques... E então, o som parou e um som de choro de criança pôde ser ouvido.

— Dakho, querido, por favor, pare de chorar para o papai conseguir falar ao telefone. Isso, pegue o boneco — a voz masculina ecoou, uns sons de objetos caindo e outros aleatórios juntos. — Merda.

Junwoo arregalou os olhos. *Papai? Jooheon era pai?*

— Alô? Desculpe-me, agora estou disponível — disse Jooheon, suspirando cansado. — Quem fala?

— É... — Junwoo fitou Takeshi, um tanto desesperado. Takeshi assentiu, incentivando-o. — É o Junwoo.

A linha ficou muda durante alguns longos segundos que pareceram uma eternidade. Junwoo fitava os segundos se passando no indicador de tempo da ligação, sua perna balançando agoniada. Takeshi, em um ato impulsivo, buscou pela sua mão que ainda segurava o cartão, pegando-o pelo pulso e fazendo um carinho lento, tentando acalmar o garoto.

— Junwoo? Lee Junwoo? — questionou, sua voz ansiosa.

— Isso. — O garoto respirou fundo. — Você é Lee Jooheon, certo?

— Isso! Sou... Sou irmão do seu... — Coçou a garganta. — Pai. Sou seu tio. É, sabe, quando se é irmão do pai da criança você se torna tio dela e... Deus, desculpe, eu estou nervoso.

— Tá tudo bem... — Junwoo soltou uma risada nervosa. — Eu também estou. E-eu... Não sei b-bem pra quê liguei. — Takeshi fitou-o. — Na verdade... e-eu... Meu pai me falou d-de você.

— Falou? Falou o quê? — Jooheon estranhou.

— Ele... Ele me disse pra f-ficar longe.

A linha ficou muda novamente e Junwoo, sem perceber, aproximou-se mais de Takeshi, que, notando que estavam quase colados com apenas o celular entre eles, soltou o pulso dele para abraçá-lo pela cintura.

Junwoo soltou o ar e, com um de seus braços, rodeou o pescoço de seu *hyung*, mantendo-o próximo como sentia que precisava o tempo inteiro.

— Junwoo... Seu pai é complicado, se você me permite dizer — o homem, finalmente, respondeu. — Eu tenho problemas com ele desde que você nasceu e até mesmo antes disso. Por falar nisso... Ele sabe que você está me ligando?

— Hm... Não.

— Eu imaginei. — Riu fraco. — Ele me excluiu tanto da vida dele e da sua que você nem me reconheceu naquele dia.

— Eu sei... Me desculpe por isso — murmurou, prensando os lábios ao sentir a mãozinha de Takeshi acariciando sua cintura.

O ruivo lhe olhava em silêncio, ouvindo suas palavras com atenção e buscando acalmar o mais novo com o carinho e a proximidade, esperando que ele pudesse se sentir mais à vontade tendo sua presença ali. E funcionou.

— Não peça desculpas por algo que não é sua culpa.

Junwoo abriu e fechou a boca, recordando-se de quando a mãe de Bora lhe disse as mesmas palavras. Foi engraçado perceber ali, naquele momento, que ele se culpava, sem perceber, por algumas atitudes de seus pais. Se fosse alguns meses antes, não teria visto grande problema naquela atitude sua, porém, ali, percebeu que ele estava pedindo desculpas, porque sabia que seus pais estavam errados.

Enfrentar seus progenitores, mesmo que mentalmente, estava tornando-se um hábito para Lee Junwoo.

— Não acha melhor conversarmos sobre isso pessoalmente? — Jooheon perguntou antes que Junwoo pudesse lhe responder.

Este ergueu o olhar para Takeshi, vendo-o dar de ombros antes de assentir, como se lhe dissesse que aquela era a melhor opção. Pensando por si próprio, sabia que, de fato, era melhor. Entretanto, ele apenas não sabia se conseguiria se encontrar com o homem sem que seus pais soubessem.

— Eu não sei se consigo te encontrar — respondeu, por fim. — Mas eu quero.

Takeshi sorriu em silêncio.

— Você estuda no central, certo? — Jooheon perguntou e Junwoo confirmou com um murmúrio. — Segunda-feira, depois do recesso e após sua aula, posso te encontrar na saída. Que horas você termina?

— Quatro.

— Perfeito. Pode ser?

— Sim! — Acabou sorrindo minimamente quando viu que Takeshi abrira um sorriso para si.

— Até lá, Junwoo. Eu estou an- Dakho, larga isso, agora! — exclamou, interrompendo-se e assustando tanto Junwoo quanto Takeshi. — Tenho que ir! Até!

— Até! — Junwoo respondeu, hesitante, vendo a ligação ter seu fim logo em seguida. — Eu acho que tenho um primo que não conheço.

— Ah, primos são a melhor parte da família, Woo. — Takeshi riu baixinho, pegando o celular que o outro lhe estendeu de volta e o guardando em seu bolso. — Está feliz?

— Eu estou... aliviado — Junwoo franziu o nariz. — N-não sei se é bem esse sentimento.

— O importante é que você fez algo que queria, hm? — Takeshi murmurou, sorrindo de lado ao ver o garoto assentir para si. — Merece até uma recompensa.

— O quê? — Junwoo perguntou, seus olhos arregalando-se levemente quando Takeshi subiu a mão livre até seu rosto enquanto a outra apertava sua cintura. — Oh, *hyung*... — exclamou surpreso e envergonhado.

— O quê? Não quer? — questionou, fazendo um bico, falsamente magoado, porque ele sabia o quanto Junwoo o queria.

— Eu q-quero... — Ele ofegou quando Takeshi segurou em seu pescoço, arrastando os lábios carnudos sobre os seus finos. Junwoo fechou os olhos e deixou o cartão de visita que segurava cair, usando sua mão para tocar o pescoço de Takeshi. — É que eu fico muito sem jeito quando você chega assim, *hyung*...

— É bom saber disso — ele rebateu, mordiscando o lábio inferior de Junwoo rapidamente antes de lhe dar um selinho. — Eu amo quando você fica sem jeito.

— *Aish*... — Junwoo sussurrou, os lábios formigando pela mordida que seu *hyung* lhe deu. Ele suspirou e resolveu que não ficaria de bobeira, selando novamente a boca de Takeshi e dando início a um beijo lento que arrepiou até o seu último pelinho do corpo.

Takeshi surpreendeu-se com a iniciativa, mas não perdeu tempo, firmando sua mão na cintura fina do garoto e puxando-o para mais perto, colando seus corpos ao ponto de sentir o mais novo estremecer com a proximidade. Enquanto isso, sua outra mão subia até a nuca de Junwoo e agarrava seus fios de cabelo, puxando sem força para que ele movimentasse a boca e a cabeça no seu ritmo... porque Takeshi gostava de comandar.

As línguas brigavam por espaço e a saliva trocada emitia sons que aos ouvidos de ambos os garotos eram deliciosos. Junwoo sentia o seu estômago revirar e a quentura de seu corpo aumentar, obrigando-o a buscar por mais daquela sensação. Ele mordiscou o lábio inferior de Takeshi e sugou-o, sentindo aquela queimação na boca do estômago se intensificar ao ouvir este arfar. Ao juntar suas bocas novamente, escorregou a mão que antes estava na cintura de Takeshi para a base de suas costas, mas hesitou ao perceber o que estava prestes a fazer. Separou minimamente os lábios e engoliu em seco, sentindo sua respiração se misturar com a de Takeshi.

— Faz — Takeshi ordenou, sabendo o motivo de ele ter hesitado e se afastado.

Junwoo, surpreendentemente, assentiu e escorregou sua mão até a bunda do outro, espalhando seus dedos ali como ele havia feito consigo antes e apertando, juntando sua boca à do ruivo para que ele não visse suas bochechas avermelhadas. Takeshi suspirou contra sua boca, sentindo uma queimação na virilha suspeita quando os dedos de Junwoo apertaram novamente sua bunda, lhe incitando a ficar na ponta dos pés e puxar seu cabelo com mais força. Ele queria tanto, tanto, mas tanto tocar Junwoo como ele merecia ser tocado! E também queria que Junwoo o tocasse e o descobrisse. Takeshi queria se perder nos toques e na boca de Junwoo, mas ele sabia que, ali, não era o local e nem o momento certo para aquilo.

— Junwoo... — ofegou, afastando sua boca da do garoto para que conseguisse pensar. — Melhor voltarmos para dentro para que não... — umedeceu os lábios — suspeitem.

O mais novo estava perdido, seus olhos mergulhados na imensidão vermelha que era a boca do mais velho. Uma imensidão vermelha deliciosa. E, enquanto isso, ele estava gostando de sentir a bunda macia de seu *hyung* em sua mão. Ela se encaixava perfeitamente ali e era tão boa de apertar...

Junwoo corou profundamente com seus pensamentos e saiu de seu transe, assentindo para Takeshi. Realmente, ele não conseguia imaginar a vergonha que sentiria, caso alguém os pegasse trocando bitoquinhas e mãos bobas.

— Então... Tire sua mão da minha bunda, Woo — Takeshi murmurou risonho.

— Oh! Sim! D-desculpe, *hyung*. — Junwoo tirou a mão e coçou sua nuca ao se afastar, totalmente envergonhado.

— Não tem problema. —Takeshi lhe deu um beijo na ponta do nariz, antes de caminhar até a porta de vidro. — Vamos?

O outro assentiu, meio abobalhado, mas recuperou-se prontamente ao ver que ele havia passado pela porta de vidro e estava a caminho da sala de estar, onde todos já estavam.

— Onde vocês se enfiaram? — Ravi quem foi indiscreto, questionando os dois assim que eles apareceram.

— Adivinha? — Syaoran provocou.

Junwoo estava completamente vermelho, a ponto de explodir por ter os olhares de todos ali sobre si, inclusive de Chunghee e Danbi, que não os julgavam nem pareciam incomodados. Na verdade, ambos pareciam estar se divertindo com a situação toda.

— Onde eles estavam? — Eunbi questionou um tanto perdida.

— É hora de criança dormir! — Chunghee exclamou, levantando-se. — Vamos pro quarto, Eunbi.

— Aaaaah! Mas eu não quero! — choramingou, agarrando-se no braço de Bonhwa para que seu pai não insistisse em levá-la para longe do ruivo.

— Já está tarde, filha, melhor você ir — reforçou Danbi, contendo a risada assim como os outros.

— Só se minha irmã me colocar pra dormir.

Yoona, que observava a situação com um sorriso divertido no rosto, arregalou os olhos, surpresa com o pedido da pequena garota. Eunbi não se intimidou e, sendo perseguida por todos os pares de olhos naquela sala, aproximou-se de Yoona e a pegou pelas mãos.

— Por favor! — insistiu, os olhinhos brilhando de expectativa.

— Eu... — Yoona estava sem jeito, sentindo-se observada por todos os presentes na sala de estar. — Sim, claro! Sem problemas.

Chunghee segurava a mão de Danbi enquanto observava Eunbi puxar a mão de Yoona escada acima, acenando para Bonhwa e gritando um "tchau, Bonbon". Este acenou de volta, meio abobalhado, porque ele, de fato, era muito apaixonado por crianças.

Yoona estava um pouco sem jeito, mas acompanhava a garota com um sorriso doce. Seu pai a observava com o mesmo sorriso nos lábios. O sorriso gengival era idêntico.

Junwoo sentou-se no sofá novamente, ao lado de Syaoran, ignorando o sorriso malicioso que o amigo lhe lançou. Ele ainda estava um tanto envergonhado, mas distraído com a fofura de Eunbi e com o quão empolgada parecia com sua nova irmã.

Takeshi aproximou-se de Hajoon.

— Acha que vamos demorar muito aqui ainda? — questionou baixo. — Estou com medo que fique tarde pro Junwoo voltar.

— Podemos apenas esperar Yoona voltar para irmos — respondeu.

— Muito obrigado por terem permanecido ao lado de Yoona quando eu não pude estar. — Chunghee chamou a atenção dos adolescentes e do professor. — Se eu pudesse voltar no tempo e ter impedido Dona de tirá-la de mim, eu o faria. Arrependo-me disso todo segundo — suspirou, sentando-se no braço da poltrona que Danbi estava sentada, ainda segurando a mão da mulher. — Eu imagino o quão difícil é afirmar a própria diversidade em uma sociedade como a nossa. Não é meu local de fala, mas eu admiro a comunidade a que ela faz parte e busco me informar sempre, porque o que eles merecem é amor.

— Não é preciso fazer parte da comunidade para lutar pelos direitos dela — Takeshi argumentou sorrindo para o homem. — É incrível o fato de você ser um homem hétero de uma geração anterior à nossa e, ainda assim, nos aceitar sem a menor estranheza. Yoona não poderia ter tido um pai melhor.

— Muito obrigado, meninos! — Chunghee soltou o ar. — Eu estou quase chorando novamente.

— Eu tenho um marido muito chorão. — Danbi fingiu desculpar-se, arrancando risadas de todos ali.

— Você pretende chamá-la para morar aqui? — Bonhwa quem perguntou, curioso.

— Mas é claro! Não posso ter a guarda dela, mas sei que ela já está quase atingindo a maioridade e, quando chegar lá, poderá vir por conta própria, caso queira — respondeu.

— Ah, ela com certeza vai querer! — Ravi rebateu.

Alguns minutos depois, Yoona voltou para a sala, um sorrisinho presente em seus lábios e os olhos brilhando, denunciando o quão feliz estava com a situação toda.

— Ela dormiu rapidinho — comentou, juntando as mãos em frente ao moletom preto. — E ficou falando do Bonhwa o tempo inteiro.

— A paixão é de família — soltou Ravi.

O silêncio pesou. Junwoo arregalou os olhos, surpreso com a informação que Ravi não soube guardar para si mesmo, assim como Chunghee e Danbi. Takeshi coçou a garganta, tentando quebrar o clima pesado enquanto Hajoon coçava a nuca, sem jeito pelo olhar de Bonhwa que voou para si.

— Ah, vocês namoram? — Danbi perguntou, vagando seu olhar entre Yoona e Bonhwa.

— Falei merda — Ravi sussurrou para si mesmo.

— Não, não — a garota, prontamente, negou. — Somos só amigos.

— É, bem... Acho melhor irmos, né? — Syaoran se pronunciou, agoniado com a troca de olhares entre Bonhwa e Hajoon enquanto o primeiro apertava o próprio joelho, incomodado. — Junwoo não pode voltar tarde.

— Sim, vamos — Hajoon concordou prontamente, levantando-se. — Foi um prazer, *ahjussi*. — Estendeu a mão para Chunghee.

— Oh, o prazer foi todo meu — respondeu, aceitando o cumprimento.

— Pai eu... eu posso dormir aqui? — Yoona indagou, levemente envergonhada.

Chunghee abriu um enorme sorriso.

— Mas é claro! Eu ia sugerir isso, mas achei que, talvez, fosse ser cedo demais.

— Eu posso preparar o quarto de hóspedes! — Danbi sugeriu, tão animada quanto Chunghee, levantando-se da poltrona. — Trocar os lençóis e passar um aspirador.

— Se não for muito incômodo — Yoona murmurou sorrindo.

— Claro que não! — rebateu, aproximando-se da garota e tocando-lhe no ombro. — Você sempre será bem-vinda.

O grupo, então, despediu-se dos pais de Yoona e da garota, saindo da casa após a longa sessão de cumprimentos e dirigindo-se até o carro de Hajoon. Quando já estavam todos dentro do veículo, o professor deu partida.

— Quem mora mais perto para eu deixar primeiro? — perguntou, os olhos focando a estrada.

— Acho que o Ravi — respondeu Bonhwa, voltando seus olhos para a janela em seguida.

Junwoo sentou-se ao lado de Takeshi novamente, sorrindo tímido quando Takeshi colocou sua coxa por cima das pernas dele e deitou a cabeça em seu ombro. Junwoo observou atentamente a forma como o jeans preto que Takeshi usava apertava suas pernas, tornando-as torneadas como ele nunca reparara antes. Era uma calça bonita e as pernas lindas. Era estranho, para ele, reparar, daquela maneira, no corpo do outro, visto que nunca havia se sentido atraído por alguém daquela maneira.

Mas ali estava ele, reparando nas pernas de Takeshi enquanto constatava que gostava tanto de apertá-las quanto de apertar a bunda dele que, poxa, era tão redondinha e cheinha.

— Troco um beijo por seus pensamentos — Takeshi murmurou.

Junwoo sentiu as bochechas queimarem e, imediatamente, abanou a cabeça para os lados:

— Nossa, não, *hyung*. Eu acho que... acho que v-vou explodir se eu disser.

Takeshi gargalhou baixinho, tampando a boca com a mão, seus olhinhos tornando-se duas linhas quando suas bochechas gordinhas subiram. Junwoo o observou, não conseguindo conter o sorriso, sendo contagiado pelo de Takeshi.

— Mas... — Junwoo continuou, os olhinhos brilhando de expectativa. — Eu a-aceito um beijo.

O mais velho cessou a risada aos poucos, observando a forma como Junwoo o admirava em silêncio, os olhos que mais pareciam galáxias passando por seu rosto, à espera de uma resposta. Então, se inclinou e selou os lábios de Junwoo, tocando-o carinhosamente no pescoço enquanto o polegar se arrastava pelo maxilar do mais novo.

Junwoo, nesse meio tempo, segurou na coxa de seu *hyung*, os dedos pressionando a pele com pouca força. Ele sentia-se no céu cada vez que tocava os lábios nos de Takeshi. Ele sentia que não precisava de mais nada. Apenas de Ishikawa Takeshi.

— Chegamos! — Hajoon anunciou quando parou em frente à casa de Ravi.

Os dois afastaram as bocas para poderem se despedir de Ravi, vendo-o descer do carro logo em seguida.

— Vejo vocês sábado?

— Sábado? — Syaoran perguntou curioso. — O que tem sábado?

— Meu show.

Junwoo arregalou minimamente os olhos.

— Eu quero ir! Q-quer dizer, se puder.

— Mas é claro que pode. E você também Syaoran — Ravi respondeu sorridente.

— Já tô lá — rebateu Syao, acenando para Ravi mais uma vez antes de ele fechar a porta e caminhar para sua casa.

— Agora... Junwoo e Syao — Hajoon murmurou para si mesmo. — Onde é?

Enquanto Syaoran dava o endereço ao professor, Junwoo aproveitou para olhar pela janela do carro, apreciando a vista urbana do bairro em que Ravi morava. Era bem mais movimentado que o seu, com mais prédios e fazendo mais jus à grande capital que era Seul.

Alguns minutos depois, Syao alertou Hajoon para que ele parasse um quarteirão antes da casa de Junwoo, imaginando que não seria bom se Daejung os visse chegando de carro quando eles haviam saído da Igreja andando.

Na hora da despedida, Syaoran deu um beijo na bochecha de Bonhwa e acenou para Hajoon e Takeshi, pedindo para o primeiro citado lhe mandar uma mensagem quando chegasse. Bonhwa sorriu, meio sem jeito, mas assentiu.

Junwoo tocou na perna de Takeshi para que a tirasse de seu colo, mesmo que ele não quisesse aquilo. Sorriu para Takeshi e se aproximou para dar-lhe um selinho. Takeshi sorriu contra a boca dele, sempre abobalhado quando ele tomava alguma iniciativa.

— Até sábado? — perguntou Takeshi, baixinho.

— Sim... A-até — respondeu, suspirando e dando mais um selinho em Takeshi antes de sair do carro.

Junwoo acenou para Hajoon e Bonhwa, assistindo junto ao Syaoran quando o carro desceu a rua e sumiu ao virar a esquina. Os dois caminharam um minuto até chegarem à casa, sendo recebidos por um Daejung irritado.

— Por que demoraram tanto? — ele grunhiu ao abrir a porta.

— O shopping estava muito cheio — Syao respondeu, sem paciência nenhuma.

— E onde está o presente que você disse que ia comprar?

Syaoran e Junwoo congelaram na sala de estar, se entreolhando rapidamente. Syao engoliu em seco antes de forçar um sorriso.

— Não achei nada de interessante. Acho que vamos ter que voltar amanhã.

— Junwoo não irá com você — disse Daejung.

Jiyoon apareceu na sala, secando as mãos com um pano de prato, observando a conversa entre os três homens.

— E por que não? — Syaoran cruzou os braços, apertando os olhos para o homem.

— Não o quero saindo o tempo inteiro, principalmente com você. — Passou os olhos em Syaoran, de cima a baixo, com nojo.

Junwoo sentiu o peito apertar com o olhar de seu pai sobre seu melhor amigo. Syaoran não merecia aquilo, aquele tratamento desgostoso. Seu pai não tinha o menor direito de tratar o seu convidado daquela maneira, passando por cima dele, como se pudesse decidir algo como aquilo por si.

Daejung não podia e não ia.

— Eu quero ir com ele.

Os três pares de olhos caíram sobre si. Um enraivecido, um surpreso e outro... inexpressivo.

— O que disse, Junwoo? — Daejung quase rosnou, dando um passo na direção do filho.

— Eu disse que quero ir com ele — Junwoo repetiu. — Ele é meu melhor amigo. Quero acompanhá-lo enquanto ele ainda está na cidade.

— Como você ousa, garoto? Eu sou seu pai e se eu lhe digo para fazer algo, você fará! Não tem essa de "querer", você... — Daejung rebateu, aproximando-se cada vez mais do filho.

Junwoo não deu um passo para trás, mesmo que seu corpo estivesse implorando para que ele o fizesse.

— Daejung — Jiyoon chamou, interrompendo a ameaça do marido. — Sua mãe está ligando. — Estendeu o celular para o homem quando ele virou o rosto para si.

Daejung lançou um olhar furioso para o filho antes de caminhar em direção à Jiyoon, pegando com violência o telefone de sua mão e adentrando a cozinha em seguida para ter privacidade.

— Vamos subir — Syaoran murmurou para o amigo, ainda embasbacado com a reação que ele teve.

Junwoo o fez, ignorando o olhar de sua mãe sobre si e seguindo escada acima ao lado de seu melhor amigo, soltando a respiração que não notara ter prendido assim que entrou no quarto.

— O que foi isso, Junwoo? — Syao perguntou, soltando uma risada incrédula com a expressão perdida do melhor amigo. — Eu nasci pra que esse dia chegasse, juro.

— Eu... — começou, não finalizando sua frase, para se interromper com uma risada tão incrédula quanto a de Syao. — Isso foi certo?

— Junwoo, isso foi mais que certo.

CAPÍTULO 3

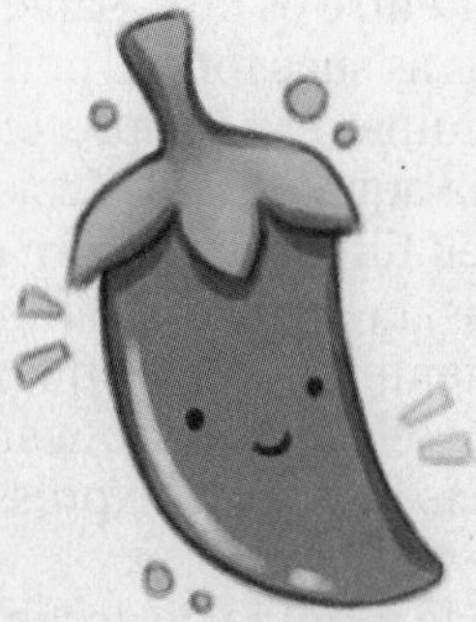

Daejung ignorou a presença de Junwoo na manhã do dia seguinte.

Durante o café, o silêncio reinou na mesa e foi quebrado somente quando o marido disse à Jiyoon que passaria o dia em seu escritório improvisado e não queria ninguém lhe incomodando. Após se pronunciar, o homem deixou a mesa, parecendo não enxergar que Junwoo e Syaoran estavam ali, ainda terminando a comida.

— Se arrume para irmos ao shopping — Syao murmurou para o amigo após eles deixarem a louça na pia da cozinha. O mais novo assentiu, se sentindo estranho por fazer algo que sabia que seu pai não aprovava, mas, ao mesmo tempo, sentindo que não estava errado e que deveria prosseguir com suas atitudes.

— Junwoo — a mãe o chamou, a voz sem nenhum resquício de sentimentos. Era totalmente inexpressiva.

Os dois adolescentes pararam na porta da cozinha e viraram para a mulher, que recolhia o resto dos itens da mesa, sem olhá-los.

— Seu pai foi atrás do garoto que você mencionou. Hyo Dongbyul — prosseguiu. Junwoo congelou. — Aparentemente, ele não tem boa fama no colégio de vocês.

— Eu... — tentou, mas sua mãe interrompeu.

— Eu sabia que não era uma boa ideia te colocar naquele lugar. Sabia que ia se meter com gente do tipo dele — ela parecia mais falar consigo mesmo, seus olhos acompanhando o pano que utilizava para limpar a mesa.

— Mas você... — *Não parece se importar de verdade.* Junwoo desejou dizer aquilo, mas não teve coragem quando o olhar de sua mãe colou no seu e ele não viu absolutamente nada ali. Não havia receio pelo seu filho estar se metendo com alguém "que não deveria , não havia decepção, não havia nada, apenas um comentário infeliz. — Nada. Eu vou com o *hyung* p-pro shopping.

Syaoran alternava o olhar entre os dois, sabendo que não era seu local de fala, mas desejando, com todas as suas forças, poder dizer umas poucas e boas para Jiyoon. Afinal, aquela mulher era a representação física da estranheza: ao mesmo tempo em que dizia aquele tipo de coisa, não parecia se importar, de fato, com o local em que seu filho estava, com quem ele falava ou com seu bem-estar. Qualquer mãe sensata chamaria o filho para conversar e tentaria descobrir o que estava, realmente, acontecendo, na opinião de Syaoran. Sua mãe faria aquilo, pelo menos. E ele tentava convencer a si mesmo de que nem todas as mães eram iguais, mas lhe doía a expressão do melhor amigo com o descaso da mais velha.

Jiyoon não disse mais nada e, então, Syaoran segurou o pulso de Junwoo e puxou-o até o quarto do garoto.

— O que acha de comprarmos umas roupas pra você, hm? — sugeriu, tentando mudar o foco do peso que a personalidade de sua mãe colocava em seus ombros.

— Hm... Eu não tenho dinheiro, *hyung*. — Junwoo coçou a nuca, sentando-se em sua cama.

— Mas eu tenho — falou como se fosse óbvio, capturando sua mala no canto do quarto para pegar uma muda de roupa. — E quero ver você deixando geral de queixo caído sábado.

— Como eu... como eu faria isso? — Junwoo franziu o cenho, tentando imaginar a situação.

— Vestindo algo que ninguém espera que você vista — rebateu, pegando a roupa que separou e caminhando até a porta. — Troque de roupa para sairmos.

Junwoo assistiu ao amigo deixar o quarto e suspirou, coçando a cabeça. Caminhou até o armário, os dedos emaranhados em seus fios. Abriu a porta e deparou-se com sua própria imagem no espelho. Ele nunca tinha parado para reparar em suas próprias vestimentas ou o quanto elas nunca foram, de fato, escolhidas por si. Sua mãe quem comprava suas roupas e a última vez que o fizera tinha sido há um ano, resultando em poucas calças que, realmente, coubessem em Junwoo.

Naquele momento, ele estava vestindo seu pijama de flanela, os cabelos totalmente bagunçados. Ele se encarou, tombando a cabeça levemente para o lado, observando seus fios castanho-escuros caírem sobre sua testa. Como estavam bagunçados, estavam um pouco ondulados e Junwoo gostou. Ele gostou dos fios longos com as pontas um pouco enroladas e da forma como aquilo enfeitava seu rosto.

Sorriu pra si mesmo e franziu a testa com seus dentes da frente salientes. Não lhe incomodava, era apenas estranho, porque ele percebeu que... sim, lembrava um coelho. Ele riu baixinho, recordando-se de quando Takeshi associou um emoji de coelho a ele.

Olhando para suas roupas penduradas no armário, fez um bico pensativo, notando que todas variavam em tons de bege e branco. Ele não gostava muito de ter apenas aquelas cores. As calças eram todas iguais, sociais, e as blusas eram simples. Junwoo, quando colocara seus olhos nas roupas de Yoona no dia anterior, chegou a perceber que gostava de tons escuros e de moletons. Pareciam confortáveis e eram bonitas de olhar. Talvez, Syaoran pudesse lhe presentear com algo naquele tom.

Ele tirou uma camisa branca e uma calça social bege, trocando-se rapidamente antes de se olhar no espelho novamente e perceber que... meu Deus, aquilo realmente não combinava consigo.

— Está pronto? — Syao questionou, adentrando o quarto.

O mais novo observou-o, vendo que ele vestia uma camisa preta, um jeans no mesmo tom e um casaco rosa. Ele estava lindo e... estiloso. Talvez, aquela fosse a palavra certa para definir o que Junwoo não era e o que ele queria ser. Estiloso.

— Acho que sim — respondeu, incomodado com as próprias vestimentas.

— Vamos, então.

No caminho para o shopping, os dois amigos escolheram pegar o metrô. Junwoo achou que seria um bom momento para contar a Syaoran sobre Jooheon. Eles estavam a duas estações do Times Square Mall, em Yeongdeungpo-dong, e, após Syao anunciar a distância que faltava percorrer, Junwoo abordou o assunto:

— *Hyung*... Teve um dia que eu saí com o Takeshi e nós encontramos um homem na rua. Ele era todo tatuado — constatou, seus olhos fitando as próprias mãos enquanto sentia o olhar do amigo sobre si. — Ele entregou um cartão para a gente depois de o ajudarmos. Ele disse que poderíamos contatar ele, se precisássemos de algo.

— Estranho — murmurou.

— Na verdade, não... E-era meu tio, *hyung*. Um tio que eu só vi quando era bem pequeno, porque ele se afastou da família por um motivo que eu não sei qual é — Junwoo continuou, erguendo o olhar para o mais velho antes de checar a estação em que estavam.

Syaoran estava surpreso:

— Você tem um tio todo tatuado? Ele é irmão do seu pai?

— Sim, Lee Jooheon — respondeu. — Eu liguei pra ele.

— O quê? — arregalou os olhos.

— É... Q-quando estava com Takeshi *hyung*. Jooheon faz parte da família e eu quero conhecê-lo. E eu quero saber por que ele não foi às festas de família e o porquê de meu pai não o querer por perto — Junwoo argumentou, recebendo um olhar curioso de Syaoran.

— Então ele é como uma ovelha má dos Lee, hm? Que surpresa! Nunca imaginei que teria alguém assim na sua família — comentou, por fim, levantando-se quando a voz robótica do metrô anunciou que chegaram ao destino deles.

— Ovelha má? — Junwoo franziu o cenho, caminhando ao lado de seu *hyung*.

— É uma expressão que se usa pra se referir a algum membro da família que é renegado ou por fazer merda, ou por pensar diferente do resto — explicou.

Ambos deixaram a estação, saindo logo em frente ao shopping. Junwoo deixou de responder o mais velho para admirar a estrutura urbana e brilhante do centro comercial. Era enorme e chegava a deixar Junwoo um tanto tontinho pela quantidade exagerada de luzes e vidros.

— É grande, né? — riu baixinho, puxando Junwoo pelo pulso. — Vamos!

Junwoo acabou esquecendo o assunto sobre seu tio, embasbacado demais com a quantidade de luzes, roupas e itens que ele nunca havia visto na vida, cercando-o. Syaoran não quis voltar ao assunto por imaginar que aquilo estivesse perturbando a pequena cabecinha do outro. Ele utilizaria aquele momento de compras como uma distração para o mais novo.

— Bem-vindo ao paraíso capitalista! — Syaoran exclamou quando chegaram ao corredor recheado de lojas de roupa.

— Tem muita coisa, *hyung*... Como vamos saber aonde ir? — Junwoo franziu o cenho, os olhinhos voando do *outdoor* de uma loja à outra. Tudo parecia tão caro.

Junwoo já havia ido a um shopping, obviamente, porém, em sua cidade natal, só havia um e ele era minúsculo. Havia mais restaurantes do que lojas de vestimentas e as tais eram todas de departamento, sem marcas específicas e sem aparentar serem extremamente caras.

— Eu tenho o local perfeito — segurou o pulso de Junwoo, puxando-o em direção à sua fiel companheira de compras. — Aquela ali. Roupas bonitas e não tão caras. A perfeição.

Era a loja que mais parecia estar cheia no local, mas aquilo não impediu os dois garotos de se infiltrarem em busca de peças que combinassem com seus gostos. Junwoo ficou perdido, apenas seguindo Syaoran e vendo-o pegar diferentes blusas sem nem as analisar direito, algumas calças e uma jaqueta.

Abraçou o próprio corpo, olhando em volta enquanto Syaoran buscava pela calça que era seu número. Desviou de algumas pessoas que pareciam afobadas atrás de peças mais baratas e acabou esbarrando em uma prateleira de jeans preto. Resmungou pelo leve incômodo em sua costela pelo esbarrão, atrapalhando-se, e acabou por se apoiar à prateleira, logo sobre um conjunto de jeans. Se distraiu ao puxar a peça para si, abrindo-a na sua frente e vendo que o tecido parecia ser bem apertado, com um rasgo no joelho. Ele sabia que algumas pessoas gostavam de usar roupas rasgadas, inclusive já vira Takeshi utilizando calças com rasgos. Junwoo achava bonito. Será que aquilo era considerado estiloso?

— Quer experimentar? — Syaoran apareceu ao seu lado, segurando uma sacola com muitas roupas dentro.

— Acho que sim — murmurou em resposta. — Só não sei qual o meu número.

— Olhe na que você está usando e pegue o número dela, um acima e um abaixo. Calças *skinny*, às vezes, são complicadas — explicou, puxando a barra da calça de Junwoo para checar a etiqueta.

Após pegarem as três calças do mesmo modelo, Syao levou Junwoo até uma seção com diversas jaquetas com desenhos de todos os tipos. Havia uns modelos estranhos que deixaram o garoto distraído. Ele passou tantos segundos pensando no quão brilhante era uma jaqueta fluorescente verde, que não percebeu quando o amigo parou ao seu lado, segurando duas blusas e uma jaqueta vermelha e preta.

— Olha essas aqui — Syaoran chamou.

Junwoo pegou primeiro a jaqueta, vendo que era toda preta com detalhes vermelhos e brancos nos braços, que desenhavam um dragão chinês, fora os detalhes nas costas nas mesmas cores. Era linda. Após analisar a peça, pegou as blusas que Syaoran segurava. Eram do mesmo modelo em cores diferentes. Uma era branca; a outra, vermelha, ambas sociais.

— Experimenta as duas blusas com a calça e a jaqueta — sugeriu o mais velho, estendendo as peças. — Leva meu celular e conversa com o Takeshi sobre, pra ver se ele gosta também. Ele é bem estiloso. Mas só escolhe a peça se você gostar mesmo! — advertiu, estendendo o próprio celular para o mais novo. — Enquanto isso, vou procurar mais roupinhas que eu goste.

Junwoo pegou as peças e o aparelho, um sorrisinho bobo em seu rosto enquanto procurava pelo provador. Afinal, falaria com Takeshi! Falar com Takeshi sempre animava o seu astral. Mesmo que houvesse milhões de coisas atormentando sua cabecinha, a presença de Takeshi limpava tudo. Era como um calmante. Ele sabia que tinha muita coisa para pensar, como o fato dele estar beijando, constantemente, um garoto, estar gostando e seus pais não saberem, ou o fato de que ele ia encontrar um membro renegado da família sem que seus pais soubessem... Ele estava, basicamente, vivendo às escuras. Seus pais não sabiam o que ele fazia quando, no passado, sabiam de cada passo seu. E aquele fato o incomodava.

Não era como se ele quisesse seus pais interferindo em todas as suas ações e impedindo-o de fazer o que ele sabia que queria. Não era por este lado. O que acontecia era que ele não queria ter que esconder o que realmente queria das pessoas que lhe colocaram no mundo. O problema, entretanto, também era que nem o próprio Junwoo tinha cem por cento de certeza de seus quereres e de seu ser. Ele precisava descobrir. E quando descobrisse, não esconderia de mais ninguém.

Junwoo conseguiu achar o provador e, após o funcionário contar suas peças e lhe entregar a pequena plaquinha com o número “6” escrito, ele seguiu para uma das cabines; colocou as peças de roupa no banquinho e pendurou a plaquinha, pegando o aparelho celular e abrindo-o no aplicativo de mensagem.

Dois segundos depois, Takeshi respondeu:

Junwoo sorriu.

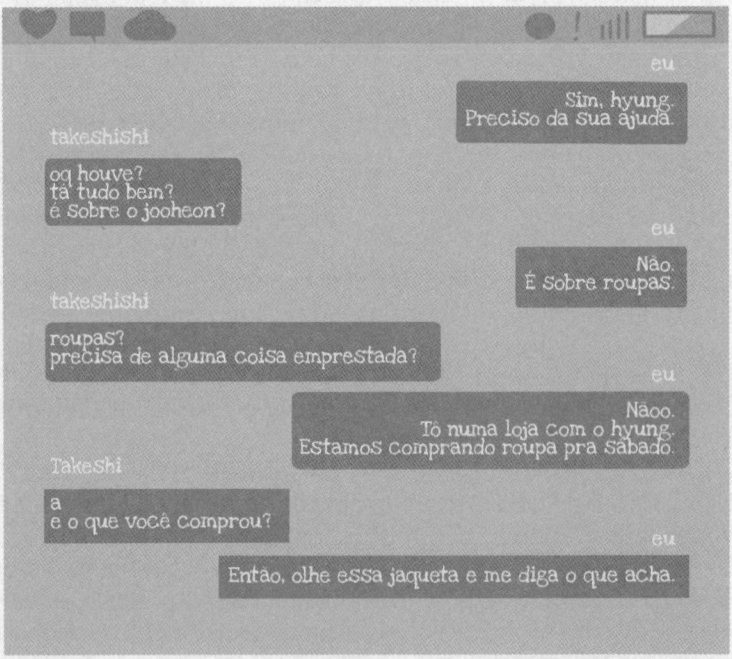

Junwoo pendurou a jaqueta e abriu a câmera do chat, como Syao lhe havia ensinado, tirando duas fotos da peça de roupa, de frente e de costas, e as enviou a Takeshi. Um minuto depois, o qual Junwoo passou se olhando no espelho e ajeitando seus fios longos, Takeshi respondeu:

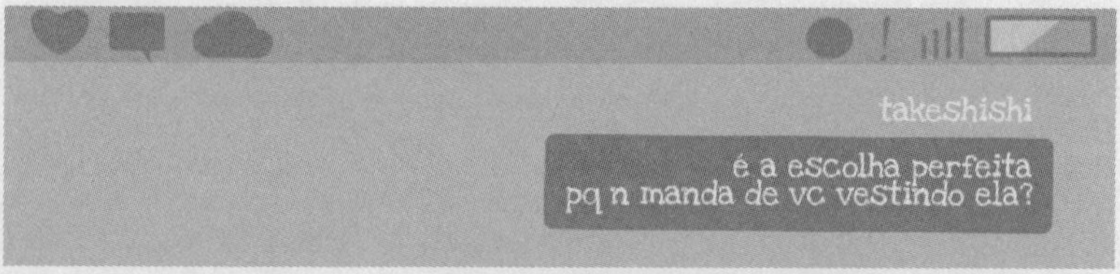

Junwoo até ponderou a possibilidade, mas chegou à conclusão de que queria ter Takeshi de "queixo caído" consigo, como Syaoran havia insinuado. Ele queria que Takeshi ficasse embasbacado com sua beleza, como ele ficava com a do ruivo. Ele queria Takeshi lhe elogiando.

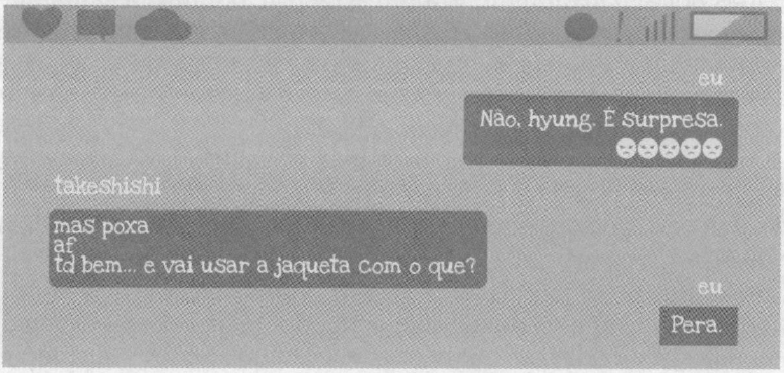

Junwoo enviou fotos do resto das peças e, enquanto esperava pela resposta do outro, decidiu experimentar as calças. Primeiro, tentou a calça que era do mesmo número que a que vestia, achando, no fim, que ficou larga demais. Então, tirou a peça e vestiu a do número menor. Ficou justa em toda sua perna, destacando suas coxas e expondo os joelhos branquinhos, e Junwoo se sentiu bem. Ele analisou sua própria forma e achou bonita. Era bonito de ver.

Sorriu para si mesmo e pegou a blusa social vermelha, vestindo-a e fechando até o penúltimo botão, colocando a jaqueta por cima em seguida.

E Junwoo amou.

Não parecia com ele, ao mesmo tempo em que parecia. Era algo novo, assim como tudo o que vinha enfrentando nas últimas semanas. Era agradável. Junwoo gostava daquela sua nova versão. Uma versão evoluída, diferente.

Pegou o celular novamente, vendo que havia diversas mensagens de Takeshi.

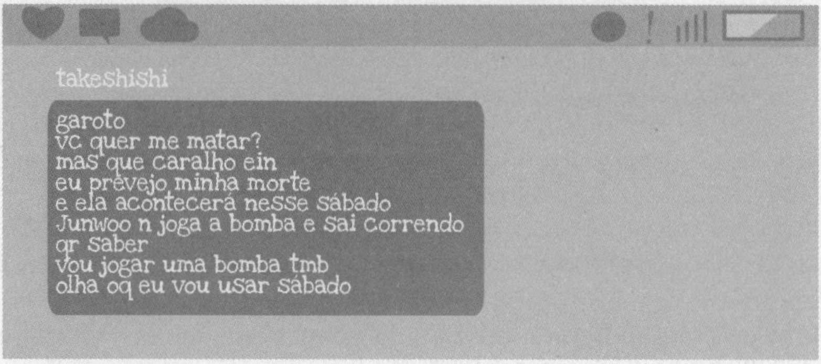

Junwoo ficou longos segundos encarando a foto do pescoço decorado com uma gargantilha, tentando lidar com a enxurrada de sensações pouco conhecidas por si o invadindo. Era um acessório bonito, elegante, mas saber que aquele era o pescoço de Takeshi despertava algo estranho no estômago dele, um rebuliço que ele sentia quando o outro apertava sua bunda ou mordia o seu lábio. Um rebuliço quente.

Rebuliço quente. Era a definição perfeita.

O pobre Junwoo umedeceu os lábios e suspirou, os dedos tremendo suavemente sobre o teclado, seu cérebro sem conseguir processar algo para que ele digitasse. Só conseguia pensar no quão bonita ficava aquela parte do corpo de Takeshi com aquela peça enfeitando-a.

Um minuto se passou e Junwoo ainda encarava a foto, sendo interrompido por uma chamada que ocupou a tela: Takeshi estava ligando. Ele gelou dos pés à cabeça e quase se esqueceu de atender, clicando no ícone verde após sete toques:

— A-alô! — Coçou a garganta. — Alô! — corrigiu, sem gaguejar.

— Junwoo? Por que não me responde? Aconteceu algo?

— Hm, não. É só que... — Junwoo respirou fundo, coçando a nuca e agradecendo mentalmente que Takeshi não podia enxergá-lo e ver suas bochechas extremamente coradas. — D-deixa pra lá, *hyung*.

— Poxa, Woo. Não vai me dizer? — choramingou.

— É que... — suspirou. — Eu achei seu colar muito... hm, bonito.

— Isso foi meio suspeito. O que houve? Não gostou e ficou com vergonha de me dizer? — Riu baixinho.

— Não! — exclamou. — Eu gostei, *hyung*. Muito. A-acho que até demais.

Takeshi ficou em silêncio durante vinte segundos que pareceram se arrastar para Junwoo, que encarava o próprio rosto no espelho, repreendendo-se por estar tão envergonhado com a situação. Passou a mão que não segurava o telefone pelo rosto, esfregando para ver se a vermelhidão diminuía. Não adiantou.

— Ah. — Takeshi soltou uma risadinha. — Acho que eu entendi. Você achou sexy, é isso?

Junwoo apertou os olhos, sabendo que, de fato, era aquilo. Ele tinha achado sexy. E ele nunca havia achado nada sexy antes. Contudo, lá estava ele, achando uma gargantilha no pescoço de Takeshi algo extremamente sexy e que lhe causava um rebuliço quente na boca do estômago. Junwoo não era tão ingênuo daquela maneira, ele sabia o que era aquela sensação. Era apenas novo, porque nunca sentira antes.

Novo e avassalador.

— É — por fim, murmurou.

— Isso é bom, Woo. Muito bom.

— Por quê?

— Porque vou usar isso contra você no sábado — rebateu. — Agora termine de escolher sua roupa. Até mais.

E desligou.

Junwoo soltou a respiração, franzindo o cenho e apertando o próprio peito por sentir o coração bater com força demais contra sua caixa torácica.

Deus, Takeshi tinha um poder sobre si que era assustador! E Junwoo precisava se acostumar.

— Junwoo? Ta aí dentro? Tô vendo seus tênis acabados. É, acho que você tá aqui — e Syao abriu a cortina da cabine em que o outro estava, o assustando. — Dei sorte, imagina se não fosse você.

— *Hyung*, eu poderia estar pelado! — Junwoo exclamou, acabando por rir quando o outro deu de ombros e jogou a bolsa recheada de peças de roupa no chão, junto à plaquinha com o número "15".

— Ninguém ia se incomodar com a visão, acredite. Por falar nisso, que desgraça, ein, Junwoo. Você nem faz exercício e tem esse corpo todo — resmungou, fechando a cortina da cabine. — E suas coxas ficaram mais incríveis ainda com essa calça.

— Ah... — Junwoo riu levemente envergonhado. — Obrigado. Eu acho.

— Ficou perfeito esse conjunto, mas... — deixou a frase no ar, parando de frente para o mais novo e analisando-o de cima a baixo. — Falta alguma coisa. Acho que... Ah! — soltou uma exclamação alta, abrindo a sacola que trouxera consigo e tirando uma gravata preta dali de dentro, item que havia pegado para testar com uma das camisas sociais que escolheu. Porém, vendo o conjunto de Junwoo, pensou que poderia ficar bem melhor no mais novo e, então, estendeu a gravata preta para o garoto.

— Eu não sei colocar isso, *hyung*... — Junwoo murmurou, fitando a gravata que tinha em mãos. — Me ajuda.

Syao riu baixinho e o ajudou a colocar o acessório, suspirando, no fim, ao observar o resultado:

— Eu estou orgulhoso de mim mesmo.

Junwoo riu junto com ele e se virou, vendo o próprio reflexo no espelho e sorrindo satisfeito com o resultado. Realmente, era... outra coisa. A gravata complementou o conjunto de uma maneira excepcional, dando um ar mais arrumado à roupa e, ainda assim, estiloso.

Ele estava incrível.

— Agora é minha vez! — Syaoran exclamou animado.

Vinte minutos depois, ambos saíram do provador já sabendo o que levariam e com os estômagos gritando de fome; teriam ido direto para o caixa, ansiosos para colocarem qualquer comida que fosse para dentro do organismo, se Syaoran não tivesse parado no meio do caminho, em frente a uma prateleira de bijuterias.

— O que houve? — Junwoo perguntou, abraçado com sua roupa, fitando o mais velho curiosamente.

— Posso testar algo em você? — questionou, já pegando o que o fizera parar de andar: um par de brincos de argola postiços.

Junwoo observou o acessório, os olhinhos levemente arregalados por nunca ter pensado em utilizar algo como aquilo. Era bonito e atiçou seu interesse ao ponto de fazê-lo pegar das mãos de Syaoran para observar melhor. Ele já tinha visto aquilo em orelhas de meninas algumas vezes, então, antes, não pensaria em utilizar, porém, naquele momento, achou boa a ideia de testar mais coisas diferentes que nunca havia testado antes. Por isso, assentiu, arrancando um sorriso animado do melhor amigo.

— Hora da comida — exclamou Syaoran após terem saído da loja de roupas. — O que você prefere? Doce ou salgado?

— Hm... Acho que doce, nesse momento — respondeu, segurando sua sacola como se fosse seu bem mais precioso.

— Deve ter alguma cafeteria nesse andar, vamos procurar.

Eles andaram cinco minutos à procura de algum local que servisse delícias doces junto a café e, por fim, acharam um que parecia perfeito por conter diversos tipos de bolinhos e *cookies* na vitrine. Junwoo sentiu o estômago revirar de ansiedade quando sentiu o cheiro de cafeína misturado com açúcar e, mesmo que estivesse se sentindo mal por deixar Syao pagar sua roupa, permitiu que este o presenteasse com um lanche também, após muita insistência.

— Vem cá, vamos experimentar o seu brinco — Syaoran se pronunciou após se sentarem à mesa, no canto do local, com suas bandejas.

Junwoo colocou os acessórios, sentindo-se estranho por ter um peso a mais em suas orelhas. Ele riu bobo, tocando os pequenos brincos:

— Como ficou?

— Sensacional, combina muito com você. — Syao tirou o celular do bolso. — Quero tirar uma foto, vai, faz pose.

Junwoo, que estava mastigando o pedaço que mordera de seu doce, limpou rapidamente o canto da boca, franzindo o cenho, sem saber o que fazer.

— Só sorri, sem mostrar os dentes — sugeriu, rindo por ver o amigo meio perdido.

Junwoo levantou um pouco o doce e sorriu minimamente para a câmera, esperando que o outro clicasse a foto para que ele pudesse voltar a saborear aquela coisa recheada com creme.

— Vou postar no Twitter.

— No quê? — Junwoo soltou de boca cheia.

— Twitter. É uma rede social. Quando você tiver seu celular, é a primeira que você tem que baixar. — Dedilhou rapidamente a tela antes de guardar o aparelho no bolso e voltar sua atenção para sua própria comida. — Você não terminou de falar sobre seu tio. O que mais tinha?

— Ah! — Junwoo exclamou, recordando-se do assunto que acabou por ser cortado no meio quando estavam no metrô. — Ele vai lá na minha escola segunda... pra gente conversar.

Syaoran começou a tossir, engasgado com seu *cookie*.

— O quê?

— Acha que... acha que fiz errado em concordar? — Franziu a testa, preocupado.

— Não! Não acho isso. Só estou surpreso que você tomou essa atitude. — Puxou seus fios pretos para trás, abrindo um sorriso orgulhoso. — Quero que me conte tudo depois por ligação, já que não vou mais estar aqui.

— Ah, *hyung*... — Junwoo choramingou. — Você podia ficar pra sempre.

— Eu queria — suspirou. — Mas tenho que terminar o ensino médio. Depois vou dar meu jeito de vir pra cá.

— Pelo menos, ainda temos um tempinho juntos — Junwoo murmurou antes de dar um gole em seu café com leite.

— Sim! E ainda vamos a uma festinha sábado, ein? Tô doido pra fazer parte dessa sua primeira experiência! — Syaoran esfregou as mãos, ansioso.

— Será que podemos chamar Bora também?

— Acha que já não chamei? Ela e Somi vão encontrar a gente lá — rebateu, rindo quando Junwoo abriu um enorme sorriso. — E Bora disse que podemos falar que você e ela foram a um encontro na parte da noite. Vão deixar os dois pais felizes e a mãe dela concordou em dar cobertura.

— Ah, isso é ótimo! — exclamou, aliviado que não precisaria pensar em uma desculpa sozinho e ainda teria um adulto o ajudando. — Estou ansioso.

— Eu também, Woo. Eu também.

!

Os dias pareceram se arrastar, o que contribuiu imensamente para a ansiedade de Junwoo. Ele já não aguentava mais checar a data no calendário e calcular quanto tempo faltava para sábado chegar, resmungando quando se tocava de que ainda faltava muito.

Durante a semana, fez de tudo para ignorar os comentários desrespeitosos de seu pai, não respondendo quando este o repreendia por algo que ele sabia que não era errado e apenas falava o necessário com ele, não prolongando uma conversa que sabia que o deixaria mal.

Junwoo queria focar nas coisas boas.

Por isso, preferiu passar todos os seus dias ao lado de Huang Syaoran, conversando sobre os mais diversos assuntos e indo a locais aleatórios com ele. Pela primeira vez, Junwoo comeu *Ttteokbokki*[3] caseiro, em uma barraquinha perto de onde ele morava. Chegou a anotar o local que a barraca ficava por querer levar Takeshi lá.

Daejung não estava gostando nem um pouco das saídas de Junwoo com Syaoran, mas deixou de fazer comentários infelizes quando Syao mencionou, em um jantar, o suposto encontro duplo que eles teriam, no sábado, à noite, com Somi e Bora. O homem pareceu ficar satisfeito e não impediu que os garotos saíssem no fim de semana. Ele pareceu até mesmo esquecer todas as desavenças dos dias anteriores.

Quando o dia chegou, Syao levou uma mochila com a muda de roupa de Junwoo, sabendo que não seria legal se ele fosse com aquela roupa "extravagante" à Igreja. Durante o culto, ficou do lado de fora, esperando pelo mais novo, ignorando os olhares feios por conta de sua roupa que carregava muito rosa, mexendo em seu celular e conversando com Bonhwa para ajudá-lo na escolha de roupas.

Junwoo, do lado de dentro, ficou o tempo inteiro conversando baixinho com Bora a respeito do local que iam:

— Onde está sua roupa? — sussurrou, franzindo a testa, incomodado com a gritaria excessiva do pessoal dentro do local. Ficar gritando "Glória, Deus", "Amém", realmente ajudava? Era o que ele se perguntava.

— Está com Somi. Syaoran disse que temos que parar em um local para que você se troque, então vou fazer o mesmo — respondeu, as pernas balançando, denunciando sua ansiedade.

— E sua mãe vai, realmente, nos acobertar?

— Sim. Ela está feliz que vamos sair em grupo para nos divertir — Bora sorriu, observando sua progenitora de longe. A mesma segurava a mão do marido e ouvia, atentamente, ao que pastor falava.

Alguns minutos depois, os dois adolescentes se despediram dos pais e Junwoo quase pulou de felicidade quando Daejung lhe deu um dinheiro,

---

[3] *Ttteokbokki*: tradicional prato coreano.

alegando que ele deveria dar as coisas de melhor qualidade para Bora. O pai da garota concordou e Gaeun apenas disse um "Desde que se divirtam".

Syaoran acenou para a mãe de Bora, somente, e acompanhou os dois para fora do local, soltando um suspiro de alívio assim que saíram.

— Não aguentava mais aquele ambiente tóxico — murmurou, tirando o celular do bolso. — A boate em que vamos fica em Samseondong... — indicou, abrindo o mapa. — Vamos de metrô e paramos em algum restaurante ou lanchonete perto para que vocês se troquem e pra gente esperar dar o horário, já que começa às nove horas e agora são seis. Somi vai encontrar a gente na saída do metrô.

— Boate? Ravi *hyung* vai fazer um show em uma boate? — Junwoo questionou curioso.

— Então... Você vai presenciar uma forma de expressão de arte incrível e diferente hoje, Junwoo... — Syaoran começou, já imaginando o choque que seria para o mais novo ver o seu amigo em sua versão *Drag Queen*.

— Como assim? — Franziu o cenho.

Bora riu baixinho. Ela já sabia do que se tratava, já que Somi contou a ela e, por mais incrível que parecesse, elas já haviam ido juntas a um show do Jung e por isso o garoto era tão familiar para elas.

— Ravi não faz parte de uma banda — murmurou Syaoran enquanto guardava o aparelho no bolso.

— Ele canta sozinho?

— Hm... De certa forma, sim. — Riu. — Você vai ver, Junwoo. Eu quero que tenha uma surpresa.

— Eu acho que você vai gostar — Bora se pronunciou, apertando a barra do vestido florido que usava. — Quer dizer, mesmo que eu nunca tivesse visto algo como aquilo antes, eu amei.

— Vocês estão me deixando cada vez mais ansioso. — Riu nervoso.

— E com motivo, *saeng*. Com motivo.

Após pegarem o metrô, o grupo desceu na estação mais próxima ao clube, dando de cara com Somi, na saída principal da estação, que os esperava, apoiada a um poste e com um cigarro entre os lábios. Usava uma regata cavada, com uma meia-arrastão, e o estilo diferenciado chamou a atenção de Junwoo, que elogiou sua meia-calça, gostando da peça.

— Qualquer dia eu te empresto — rebateu a garota, brincando. Junwoo riu envergonhado, mas seu cérebro não descartou aquela possibilidade por mais "estranha" que ela pudesse soar em um primeiro tempo.

Somi e Bora trocaram um selinho que arrancou suspiros bobos de Syao e um sorriso de Junwoo, que estava contente por ver uma amiga próxima feliz e na companhia de alguém. Ele gostava de ver seus amigos felizes. Achou que, por ser a primeira vez que vira, de fato, duas meninas tendo um contato romântico, estranharia. Mas não! Ele se sentiu confortável, tranquilo, não houve estranhamento algum. Perceber aquilo foi, de certa forma, um calmante para a ansiedade que estava sentindo naquela noite.

— Tem uma lanchonete ali que não parece tão suja quanto a maioria. — Somi apontou e o grupo seguiu para a tal lanchonete, avisando ao balconista que precisavam usar o banheiro.

Syaoran e Somi ficaram do lado de fora dos toaletes, conversando sobre as diferenças entre a capital e a cidade em que Syao e Junwoo moravam antes, esperando pelo último citado e por Bora.

Junwoo enrolou-se um pouco ao colocar os brincos postiços que estavam guardados embaixo de seu travesseiro desde que ele e Syaoran voltaram do shopping no dia em que compraram o acessório. Obviamente, ele havia removido antes de entrar em casa, porque sabia que seu pai teria um surto por vê-lo utilizando um acessório *feminino*.

Supostamente feminino.

Junwoo sabia que roupas e acessórios não tinham gênero e aquela foi uma das lições aprendidas por si que mais fizeram efeito, porque ele aprendeu a apreciar os estilos e diferentes roupas sem se importar se era um garoto ou uma garota utilizando-as. Era muito bom para si não se sentir culpado por querer utilizar algo que ele vira no corpo ou rosto de uma garota. Era ótimo sentir que podia escolher como se expressar.

— Acho que eu vou colocar um verdadeiro desses aqui — Junwoo murmurou ao sair do banheiro, o olhar preso nas roupas que utilizava antes.

— Meu Deus... — Somi soltou.

O garoto ergueu a cabeça e viu que os três pares de olhos estavam colados em si. Syaoran estava orgulhoso enquanto as outras duas garotas estavam surpresas.

— É você mesmo, Junwoo? — Bora questionou zombeteira.

— É você mesmo, Bora? — ele rebateu, analisando o short curto da garota e o *cropped* preto de renda e alcinhas. Ela vestia um casaco preto também, mas que não impedia que qualquer um visse a quantidade de pele exposta, coisa que Junwoo não esperava que a garota fosse usar. Foi surpreendido de maneira positiva, pois assim como ele, ela também parecia confortável utilizando aquelas roupas.

— Os santinhos se revelando — brincou Somi. — O que acham de tomarmos um milkshake aqui enquanto esperamos a hora? Preciso forrar meu estômago. Não quero dar PT.

— PT? — Junwoo repetiu confuso, acompanhando os três até o balcão da lanchonete.

— "Perda Total", é o que acontece quando você bebe demais e coloca tudo pra fora — Syaoran explicou, fazendo uma expressão de nojo em seguida. — Não recomendo.

— Junwoo, minha mãe está perguntando que horas pretendemos voltar — murmurou Bora, os olhos focando no celular enquanto se ajeitava no banco.

— O que você acha? — Junwoo rebateu. — Não tenho ideia de quando vamos voltar.

— A gente pode falar que fomos todos pra casa da Somi, hm? Dormimos em quartos de casal e tal — sugeriu o Huang. — Sungwon e Daejung já vão achar que terão netos.

— Eles acham que estamos em um encontro duplo? — Somi perguntou, gargalhando quando ele assentiu. — Coitados. Dois gays e duas lésbicas.

— Ow, sem rótulos! — Bora apontou o dedo para a outra, tendo a ponta deste mordiscada por ela.

— Desculpa, anjo! — Somi estalou um beijo na bochecha da morena, recebendo um sorriso em resposta. — Mas sim, podem falar que vão dormir lá em casa.

— Tô me sentindo um criminoso... — Junwoo murmurou quando Bora começou a digitar a resposta, rindo baixinho. — Mas nós vamos dormir lá mesmo?

Syaoran riu maldoso:

— Junwoo... Nós não vamos dormir.

!

Quando deram oito horas da noite e o grupo já estava cansado de encarar os copos vazios dos *milkshakes* que tinham pedido, decidiram rumar para o clube após Syaoran receber uma mensagem de Bonhwa. O tal havia escrito que já estava em frente à boate, esperando pelo resto do pessoal.

Em questão de minutos, eles chegaram ao local que, para a surpresa de Junwoo, estava com uma fila enorme. O mais novo engoliu em seco, sentindo-se mais nervoso do que antes por estar fazendo algo que nunca pensou em fazer. Fingir que estava em um encontro com uma garota quando, na verdade, ela estava para se encontrar com outra menina, ele ansioso para ver outro garoto e os quatro indo para um clube onde parecia haver somente adultos para beber e... Junwoo ia, com certeza, explodir.

— Olá, pimpolhos! — Bonhwa cumprimentou cada um com um beijo e um abraço.

— Trouxe o que eu pedi? — perguntou Syaoran.

Junwoo franziu o cenho. *O que Syaoran havia pedido?*

— Claro — respondeu, tateando o bolso traseiro até tirar algo de dentro, que Junwoo não soube identificar. — O seu. — Estendeu um dos itens para Syao. — O seu. — Fez o mesmo com Bora. — E o seu, Woo. Somi, Syaoran me disse que você já tinha, certo?

— Sim — respondeu.

Junwoo encarava o documento falso que Bonhwa lhe havia entregado. Era a perfeita cópia de sua identidade, mas com a data de nascimento modificada. *Meu Deus, aquilo era um crime.*

— Precisa ser maior de idade pra entrar? — Junwoo questionou o óbvio, corando ao ouvir uma risadinha de Bonhwa.

— Sim, anjo — respondeu. — Eu sei que é sua primeira vez, mas... temos que fazer com estilo.

— Isso é crime... E se pegarem a gente? — Junwoo já sentia sua mão tremer e, por isso, apertou o documento falso entre os dedos.

— Relaxa, não vão. Eu e os meninos entramos aqui desde que tínhamos dezesseis e nunca fomos pegos. — Deu de ombros.

— Desde os dezesseis? Nossa! Como conseguiram enganar os seguranças? Tipo... vocês tinham rosto de menores — Bora perguntou, abraçando o próprio corpo pelo vento gelado que bateu no grupo.

— Nem eu sei. Acho que a tia do Ravi limpava a barra pra gente e... sempre tivemos a companhia de Hajoon — explicou Bonhwa, seus olhos captando quando Syaoran umedeceu a própria boca ao observar a sua se movimentar. — Por falar em Hajoon, faz dez minutos que ele disse que estava chegando.

Junwoo parou de ouvir a conversa do grupo quando, por um deslize, ergueu o olhar para o outro lado da rua e viu a outra parte do grupo descer do carro do professor. Hajoon saiu primeiro e abriu a porta para Yoona e Takeshi — estes que desceram rindo de algo que Junwoo não teve interesse em saber o porquê, já que, Deus, Takeshi estava... excepcionalmente bonito. Takeshi vestia uma calça preta como a de Junwoo, mas com rasgos nas coxas que deixavam sua pele exposta, só não expunham tanto quanto o *cropped* branco que usava, peça que fazia com que o brilho de sua jaqueta prateada fosse completamente ignorado, porque, Deus... que corpo!

Junwoo sentiu suas bochechas formigarem e o estômago se revirar em agonia ao vê-lo caminhar em sua direção, com aquele jeito todo confiante e aquela roupa que o deixava mais lindo do que já era. Ele se viu reparando nas coxas do mais velho e no formato esplêndido que o corpo dele tinha.

Era fascinante.

Quando Takeshi chegou perto o suficiente, Junwoo notou que ele usava maquiagem em seus olhos e... ah, a gargantilha. Aquela gargantilha prendeu o olhar de Junwoo durante dez segundos que pareceram se arrastar. Ele admirou, silenciosamente, a forma como o acessório enfeitava a pele sem falhas de Takeshi, trazendo-lhe um ar tão elegante e sensual.

— Eu tô tão bonito assim? — Takeshi provocou, despertando-o do transe que já durava quase um minuto inteiro.

— É... M-muito, *hyung* — suspirou, a mão quase amassando o documento falso feito por Bonhwa com a ajuda da tia de Ravi.

— Você também está... sensacional — Takeshi respondeu, seus olhos passeando pela roupa que o outro usava.

Era diferente vê-lo daquela maneira, mas era bom. Era bom, porque via que Junwoo usava aquilo porque queria, porque parecia ter percebido que o que o faziam usar não combinava consigo. Não era como nos filmes clichês em que uma garota não popular mudava completamente o jeito de ser e de se vestir para agradar os outros. Não! Era porque Junwoo *queria* e se identificava com a mudança. Ele queria mudar, mas queria continuar sendo ele mesmo. Ele queria *evoluir*.

Takeshi sorriu e levantou a mão, tocando o rosto do mais novo carinhosamente, e se aproximou em seguida para depositar um selinho nos lábios ansiosos de Junwoo. O mais novo fechou os olhos, apreciando o contato rápido que fez todo seu corpo esquentar.

— Gente, deixem as *boiolagens* pra mais tarde — Syaoran interrompeu os dois.

Todo o resto do grupo os encarava com sorrisos orgulhosos e alguns risinhos presos pelo quanto ambos pareciam perdidinhos um no outro. O mais novo corou fortemente e abaixou a cabeça, envergonhado ao perceber que havia trocado um beijo com Takeshi, ali, na frente de todos.

— Vamos entrar? A fila está grande demais — Hajoon sugeriu, apontando.

O grupo seguiu até a fila que crescia a cada dois minutos, dando a crer que não haveria espaço para todos dentro do local. O clube era espaçoso, mas não o suficiente para todo aquele público, fora que já havia pessoas lá dentro.

— Os brincos ficaram incríveis! — Takeshi comentou, tocando a orelha de Junwoo. — São falsos, né?

— Sim... Mas eu tô pensando em fazer de verdade — o outro respondeu, sorrindo de canto.

— Seus pais vão surtar — disse Bora. — Mas ficou incrível mesmo.

— Eu sei... Mas quero muito fazer algo pra mim mesmo, sem ter que esconder. — Junwoo coçou a nuca, sentindo o olhar de todos ali sobre si. — Eu quero ter meu... meu próprio estilo. E eu gostei muito dos brincos.

— Combinam mesmo com você. — Yoona tocou a orelha do garoto. — Você fica melhor que eu de brinco.

— Poxa, obrigado! — Ele riu baixinho.

— Por que não faz uns três furos de uma vez? Ou dois — sugeriu Somi, puxando uma mecha de cabelo para trás da orelha direita para mostrar os inúmeros furos e piercings que ela tinha ali. — Pra ficar meio assim.

— Eu tenho três também — comentou Takeshi, virando a cabeça de lado para mostrar os três furos em sua orelha esquerda. Um que era o usual, outro logo acima e outro na cartilagem, cada furo carregando um brinco prateado pequeno.

Junwoo tombou levemente a cabeça para o lado, tocando a orelha de Takeshi para olhar os pequenos furos enfeitados:

— Eu quero!

— Precisa ser maior de idade, não? — Hajoon comentou cuidadoso, sem querer estragar a animação do mais novo.

— Hm... — Junwoo ergueu o documento falso que segurava. — Posso usar isso?

— Esse é meu garoto! — Bonhwa o abraçou de lado, rindo junto ao resto quando Junwoo corou, sorrindo tímido.

— Foi assim que eu fiz. — Takeshi também ergueu a própria identidade falsa, dando um sorriso perverso com o olhar repressor que Hajoon lançou-lhe. — Ah, Joonie, nem vem. Você sabe como somos.

— Me deixe tentar amenizar minha culpa por ser um adulto que vê crianças fazerem coisas ilegais e não impede — Hajoon resmungou, passando as mãos pelo próprio rosto.

— Ô, tadinho! — Yoona zombou, dando tapinhas no ombro do professor.

— A fila está começando a andar — apontou Syao, começando a mover-se para frente junto ao resto.

— *Hyung*... — Junwoo chamou Takeshi baixinho, segurando o pulso dele para mantê-lo perto. — Você vai... beber?

— Com certeza! — Takeshi respondeu, sorrindo doce.

— Hm... Acha que eu posso provar algumas coisas? — perguntou, timidamente, vendo que faltavam apenas três casais para entrarem antes deles.

— Claro, é só não extrapolar como muita gente faz — Takeshi rebateu, apertando os olhos ao se lembrar de certo dia. — Como eu fiz quando apareci, na sua casa, naquela noite.

— Oh... Você tinha bebido tanto assim? — Junwoo franziu o cenho.

— Muito. Mas ficar bêbado foi uma... consequência. E eu sei lidar com ela. Sabe, não é saudável e não é recomendável beber demais, porque o álcool faz mal, sim. Mas algumas pessoas apreciam o gosto de algumas bebidas, como é o meu caso, e bebem em ocasiões especiais — explicou, dando de ombros. — O problema começa quando você quer beber no dia a dia, na hora do almoço, no jantar, nos intervalos do trabalho ou da escola... Isso já indica que você está viciado. E tem aqueles casos estúpidos de pessoas que bebem sem gostar e com o objetivo de ficar bêbado, sem ter noção nenhuma da merda que pode dar.

— É complicado... — Junwoo murmurou, prensando os lábios em seguida. — Mas eu, realmente, tenho muita vontade de provar.

— Não vou falar que isso é normal, porque não é. Digo, se eu falar que é normal é como se eu dissesse que todo adolescente sente vontade de beber e, bem, não é o caso — Takeshi continuou. — Mas eu te ajudo, hoje, em suas escolhas de bebida, tudo bem?

— Sim, *hyung* — Junwoo sorriu animado.

Alguns minutos depois, o grupo conseguiu, por fim, adentrar o clube. Os seguranças chegaram a olhar mais de uma vez para Junwoo e Bora, pois ambos eram os que aparentavam serem mais novos. No entanto, a maquiagem que a garota usava ajudou, e o fato de Takeshi puxar Junwoo consigo para dentro antes que os seguranças o chamassem novamente, também foi de grande ajuda.

Lee Junwoo nunca se sentiu tão bandido quanto naquele momento.

Ele somente desfocou aquele assunto quando parou para observar o clube. Era um lugar completamente fora dos padrões que se encaixavam em seu costume, levando-o a ficar longos minutos olhando em volta, fascinado com a mistura de luzes escuras e pessoas diferentes. A maioria do público era de adultos e casais, vestidos de maneira que antes Junwoo pensaria ser vulgar, mas que estava longe de incomodá-lo naquele momento.

— Vamos sentar ali — Somi sugeriu, apontando para a mesa redonda e vazia no canto esquerdo do palco.

O olhar do garoto passou rapidamente pelo palco, analisando-o vagamente por apenas conseguir ver uma fresta, visto que a cortina vermelha e pesada impedia que fosse visto por inteiro. Os bancos de couro o fizeram sorrir, sentindo-se estranhamente confortável sob a iluminação roxa, ao lado de seus amigos e em um ambiente novo e interessante. Ele se sentou entre Takeshi e Hajoon, bem no meio do grupo, enquanto os que ficaram na ponta eram Bonhwa e Somi, um de frente ao outro.

— *Hyung*... Até agora eu não sei o que o Ravi faz — sussurrou, lembrando-se dos comentários de Syaoran mais cedo.

— Em... — Takeshi checou o celular — dez minutos, você vai saber.

— Poxa... Mas eu tô curioso — resmungou, observando Somi, Syaoran e Hajoon discutirem a respeito de alguma bebida, enquanto Yoona, Bonhwa e Bora conversavam sobre a roupa da primeira, que havia sido um presente de sua madrasta e estava esplêndida.

— Vai valer a pena, Woo — Takeshi murmurou sorrindo. — Eu estou muito feliz que você esteja aqui.

— Eu também tô, *hyung* — respondeu, abrindo um sorriso tímido que salientou ainda mais seus dentes. — Eu adoro essas coisas... novas. E sinto cada vez mais vontade de descobrir mais.

— Bem, hoje, você vai descobrir... — Takeshi puxou o cardápio de bebidas que estava no centro da mesa. — O álcool.

— O que acha de começarmos leve? Com *drinks* — sugeriu Syaoran. Ele estava ao lado de Hajoon. — Depois, o professor gostosão aqui vai fingir que não nos viu pedir uma garrafa de vodka.

Bonhwa, Yoona e Somi soltaram exclamações animadas, também concordando em começar leve. Takeshi abriu o cardápio na parte dos *drinks* e indicou com o dedo para Junwoo. O acastanhado se inclinou junto com

Takeshi, ambos ficando bem próximos e, ali, Junwoo sentiu o cheiro inebriante de seu *hyung*.

— *Hyung*... — sussurrou, inclinando-se um pouco mais sobre Takeshi para sentir melhor. — Que cheiro bom!

— É um perfume novo — Takeshi respondeu, rindo baixo pela expressão do mais novo. — Gostou?

— É muito bom! — Junwoo franziu o nariz de maneira fofa, impulsionando Takeshi a se inclinar e beijar a ponta do nariz dele. — *Aigoo*!

— É que você é fofo demais, desculpe. — Riu bobo.

— Não precisa pedir desculpa... Eu gosto — quase sussurrou a última parte, corando sob o olhar intenso de Takeshi. — Não me olha assim, *hyung*.

— Por quê? Te deixa envergonhado? — provocou, inclinando-se sobre o outro para se aproximar da orelha dele. Soltou o ar ali, lentamente; sua mão, que antes segurava o cardápio, arrastando-se até tocar o pulso do mais novo, dedilhando a pele e sentindo os pelinhos eriçarem. Takeshi sorriu, checando se o resto do grupo não os olhava. — Você sabe que eu gosto de te deixar envergonhado, Woo — soprou, observando-o prensar os lábios um no outro e engolir em seco.

— Eu s-sei... — Junwoo suspirou, quase saltando em seu lugar quando os lábios de Takeshi tocaram superficialmente sua orelha.

Aquele rebuliço quente voltou com força.

— Então... — Takeshi riu baixinho. — Eu não vou parar. — Afastou-se. — Posso te mostrar os *drinks*?

Junwoo quase bufou, agoniado com a quentura em seu estômago e por não saber como resolvê-la. Ele coçou a nuca e assentiu, desviando o olhar para o cardápio e ignorando o olhar divertido de seu *hyung* para cima de si.

— Tem uns bem docinhos, como Piña Colada, que são de abacaxi, coco e rum. O teor alcoólico é bem leve, então é uma boa opção pra começar. Docinho também tem o *Apple Martini*, que é basicamente vodka com maçã, e o *Sex On The Beach* que é licor de pêssego, vodka e suco de laranja. É uma delícia. Tem também o...

— *Sex On The Beach?* — Junwoo repetiu, as sobrancelhas se franzindo. — Por que esse nome?

— Porque é refrescante, docinho, é laranja, ou seja, lembra o pôr do sol e é uma delícia. Tipo sexo na praia — Somi quem respondeu, atraindo os olhares para si. — O quê? — Riu.

— Você já transou na praia? — Bora perguntou, incomodada.

— Já... Mas não fica com ciúmes. Faz tempo — respondeu, estalando um beijo na bochecha de Bora, esta que fez um bico, emburrada.

Junwoo coçou a nuca, novamente, meio encabulado com o assunto, mas resolveu voltar sua atenção para as bebidas.

— Tem uns mais fortes como o *Daquiri*, feito à base de rum, limão e...

Junwoo interrompeu Takeshi:

— *Hyung*! É coisa demais! — Riu. — Escolhe um para mim.

— Tudo bem! — Takeshi riu junto. — Chamemos o garçom, então.

Hajoon acenou para o garçom, e este prontamente veio, anotando todos os pedidos. Takeshi pediu uma Piña Colada para Junwoo, achando que seria a melhor opção para que ele começasse. As bebidas chegaram antes de o show começar e, assim que o homem colocou o copo decorado em frente ao Junwoo, ele respirou fundo.

— Pronto pra provar do paraíso? — disse Yoona, suas unhas longas tamborilando o seu copo com Sangria.

— Acho que sim — Junwoo murmurou nervoso, mas sorrindo.

— Timtim! — Takeshi sugeriu, erguendo o seu copo. Todos à mesa fizeram o mesmo e fizeram o famoso *timtim*, soltando exclamações altas e arrancando risadas de Junwoo. — Vai, Woo!

Seguindo o movimento de seus amigos, Junwoo levou o canudo de metal à boca, provando o *drink* e descobrindo que a bebida era, realmente, extremamente doce. O gosto do abacaxi e do coco se misturavam e impediam que o álcool da bebida fosse, de fato, sentido. Entretanto, ainda havia algo ardido no fim do gole e aquilo encantou Junwoo. Era uma mistura deliciosa!

— E aí? — Takeshi chamou sua atenção, após dar um gole na própria bebida.

— É uma delícia! — Junwoo exclamou, já tomando outros goles longos.

— Meu neném tá crescendo. — Syaoran fingiu limpar algumas lágrimas, arrancando risadas de todos.

— Atenção, atenção!

Os oito pares de olhos viraram-se para o palco, onde um homem de smoking estava segurando um microfone sem fio e esperando receber a devida atenção das pessoas para continuar. Quando os olhares estavam todos sobre ele, sorriu satisfeito e prosseguiu:

— Hoje é uma noite muito especial, pois contará com uma apresentação criada e estrelada inteiramente pela nossa mais querida e amada *performer*[4]...

Junwoo puxou mais de seu *drink* para dentro.

— Quero que aplaudam a nossa estrela de pé nesta noite, porque posso garanti-los que a última coisa que ela fará é decepcioná-los. — O homem sorriu, expondo a arcada dentária extremamente branca. — Com vocês... *Madame LaQueer!*

Junwoo estava mais confuso que nunca. Afinal, onde estava Ravi? Não era ele que se apresentaria naquela noite?

---

[4] *Performer*: "performista", em inglês (TRADUÇÃO NOSSA), aquele que executa obra artística, como dança, canto, teatro, mímica, entre outros, por meio de performance.

O homem saiu do palco e a cortina vermelha levantou logo que uma batida se iniciou. Era apenas o som de dedos estalando e uma voz grossa atrás:

— *Where's all my soul sistas? Lemme hear ya'll flow, sistas*[5]...

E então, a voz principal ecoou e, de prontidão, Junwoo a reconheceu. Era uma voz característica demais para ser esquecida com facilidade.

— *Hey sista, go sista, soul sista, flow sista*... — E quando a batida principal começou, um outdoor enorme se acendeu no palco e Junwoo conseguiu ler "Moulin Rouge", com luz dourada e vermelha enfeitando-o e dando-lhe um ar tão extravagante quanto a pessoa que estava em pé logo abaixo dele. Ela vestia um vestido típico de cabaré, inspirado no filme *Moulin Rouge*, com brilho preto e prateado, de alcinhas e detalhes na parte dos seios e no quadril. Junto com a meia-arrastão preta, o salto prateado e a cartola negra, *Madame LaQueer* encantava qualquer um que pusesse os olhos nela. Inclusive Junwoo.

— *He met Marmalade down in old Moulin Rouge. Struttin' her stuff on the street* — cantou, os movimentos sensuais, perfeitamente, sincronizados com a batida da música. As expressões eram fascinantes, esbanjando o ar sexy e cativante que aquela música exigia. — *She said, "Hello, hey Joe! You wanna give it a go?"*

Quando o refrão iniciou, outras dançarinas apareceram, dançando com uma vontade que fez as coxas do próprio Junwoo tremerem. Os movimentos acompanhavam os comandos de *Madame LaQueer* e esta cantava com toda sua potência vocal, deixando que aquela música, que já era conhecida pela maioria do público ali, ficasse ainda mais atraente. As luzes piscavam; os brilhos, no corpo e no palco, gritavam por atenção, e Junwoo estava completamente fascinado.

Seus olhos acompanhavam cada movimento da *Drag*, sua mente perdida no quão bonito e chocante era cada passo que ela dava em perfeita sincronia com a música e tão característico a ponto de apagar o que as outras dançarinas faziam em torno dela. Ela brilhava.

— *Voulez-vous coucher avec moi, ce soir?* — cantou em francês perfeito, sorrindo para algumas pessoas do público, acenando com as unhas vermelhas e enormes.

Junwoo acabou sorrindo junto quando ela abriu um sorriso de lado, usando toda sua potência vocal para as notas altas que aquela música pedia.

— *Touch of her skin, feeling silky smooth* — continuou, descendo do palco com uma fileira de dançarinas atrás dela.

Madame LaQueer andava como se estivesse em um desfile de moda, os quadris se mexendo de um lado para o outro, acompanhando a batida enquanto sua voz não vacilava, perfeitamente afinada e soando sublime aos

---

[5] Música: *Lady Marmalade*, Labelle (1974).

ouvidos de todos ali presentes. Junwoo acompanhou cada passo dela, os olhos brilhando em pura curiosidade e admiração, perdido em tanto brilho e vocal impecável. Até que ela veio à mesa deles.

Somi e Bonhwa gritavam, erguendo os braços e soltando elogios em exclamações. Yoona filmava, cantando a música junto em alguns momentos enquanto Hajoon ria, bebericando sua bebida, os olhos seguindo também cada movimento da *drag*. Syaoran estava de pé, cantando a música em plenos pulmões e Bora fazia o mesmo, também de pé. Takeshi sorria, os olhos quase se fechando pelo tamanho do sorriso, a mão segurando o seu copo de *drink* e o olhar demonstrando o principal sentimento naquele momento: orgulho.

A *drag* parou em frente à mesa deles, as dançarinas, atrás, fazendo uma formação no espaço livre ou entretendo outras mesas, com os movimentos ensaiados perfeitamente sincronizados. *Madame* abriu um sorriso divertido antes de prosseguir com a letra:

— *Now he's back home doin' 9 to 5.*

Junwoo não sabia o que olhar. Seus olhos vagavam entre a perfeita e extravagante maquiagem que a *drag* usava, a roupa dela ou os perfeitos movimentos confiantes que fazia, acompanhando a letra e a melodia da música. Mas outra coisa prendeu sua atenção: ele reconheceu a voz no primeiro momento que ela soou, mas, ali, quando teve seus olhos encarados pelos da artista, ele soltou seu copo de *drink* já vazio, seu choque sendo exibido pelo queixo caindo lentamente. Porque ele sabia quem era. Estava mais que óbvio depois de tudo que seus amigos não lhe disseram. E Junwoo entendeu o porquê de eles quererem fazer surpresa. Porque era incrível.

Foi algo de outro mundo, para Junwoo, ver *Madame LaQueer* performar com tanta habilidade ao mesmo tempo em que seus vocais estavam no ponto para uma música tão difícil. Foi lindo ver a arte sendo expressa daquela forma pela música e pela originalidade.

Junwoo amou.

Madame LaQueer sorriu para ele, os lábios revestidos em vermelho sangue, em perfeita combinação com a maquiagem avermelhada e sombreada de seus olhos, tão extravagante quanto deveria ser. Ela piscou e Junwoo sorriu, a boca ainda entreaberta pelo espanto, devido ao fato de ter gostado de algo tão fora do comum para si, tão original e cativante.

Foi um momento mágico para ele.

!

— O que você achou?

O show encerrou após uma chuva de notas altas dada por *Madame LaQueer*, arrepiando até o último poro de Junwoo. E ele estava ali, ainda encarando a cortina vermelha do palco, que voltou a descer após o encerramento da apresentação, estupefato com a mistura de sentimentos e sensações que lhe abraçavam naquele momento.

— Eu... — Junwoo engoliu em seco, sentindo todos os olhares pesarem sobre si. Ele não sabia como se expressar, mas o sorriso em seu rosto foi o suficiente para aliviar a maioria das feições ali. — Eu não sei nem o que dizer, para ser sincero — respondeu a Takeshi.

— Foi algo bom? Ruim? — insistiu.

— Bom. Definitivamente. Foi... diferente. Eu nunca pensei que veria algo assim. Sabe, Ravi *hyung* e... — Gesticulou, deixando a frase no ar.

— Também fiquei assim na primeira vez — comentou Somi. — Mas é lindo, não é?

— Sim, parece algo de outro mundo. É... original! Fora do comum! E eu gosto disso — continuou, o sorriso em seus lábios tremendo levemente pela euforia de ter presenciado algo tão lindo como aquilo.

— Gostou tanto que virou seu *drink* sem nem perceber. — Hajoon apontou para o copo vazio de Junwoo enquanto todos os outros estavam na metade ou perto do final.

— Oh... — Junwoo franziu a testa. — Posso pedir mais um? Eu tenho dinheiro.

— Deus... — Takeshi murmurou baixinho, rindo em seguida. — Pode sim. Você quer o mesmo?

— Hm... Acho que quero esse que a Somi tá tomando. A cor é bonita — indicou, vendo o copo com o líquido alaranjado nas mãos da garota. — Posso?

— Claro! — Bonhwa quem respondeu, já levantando a mão para chamar o garçom. — Alguém mais vai querer outro *drink*?

Enquanto todos os outros pediam por mais um copo de bebida, Takeshi virou o rosto para Junwoo, vendo que o mais novo havia voltado a encarar o palco, parecendo à espera de mais um concerto, a perna balançando de ansiedade e os lábios com um pequeno sorriso. Takeshi sorriu, apoiando o cotovelo em uma mão e olhando Junwoo mais de perto.

— Você gostou mesmo, né? — perguntou sorridente.

Junwoo desviou o olhar para seu *hyung*, os dedinhos brincando com o zíper de sua jaqueta. Ele sorriu e assentiu:

— Eu só não sei... Não sei o que é. Sei que é o Ravi *hyung*, mas por que ele canta vestido daquela maneira? — Seu tom não foi, em nenhum momento, ofensivo, esbanjando apenas a curiosidade que o garoto sentiu após presenciar a apresentação.

— Porque ele é uma *drag queen* — começou Takeshi. — Ele escolheu expressar sua arte do jeito que ele se sente confortável. Ravi sempre gostou de maquiagens e sempre teve um talento para elas, descobriu que poderia usar aquilo enquanto fazia o que gostava: dançar e se vestir de maneira não padronizada. A tia dele o ajudou. Ela era uma das dançarinas daqui.

— Isso é legal! — Junwoo murmurou. — *Drag queen*... Eu gostei. Muito.

— Eu achava que você ia ficar assustado — Takeshi comentou, rindo.

— Eu fiquei, por um segundo, quando o reconheci. Mas minha admiração foi maior. — O momento em que seus olhos se conectaram com os de Ravi foi repassando em sua mente.

Alguns minutos depois que a música ao vivo foi substituída por uma música ambiente, levando algumas pessoas a se levantarem e irem à pista de dança perto do bar para dançar, Ravi apareceu, com um algodão na mão. Ele o esfregava em seus olhos, removendo a maquiagem forte que deixava todos com inveja de sua habilidade. Ele sorriu para o grupo assim que parou de frente para a mesa, corando com as exclamações e elogios.

— Você tava incrível! — Somi gritou. — Sério, sempre que tiver algum show seu, me chama.

— Digo o mesmo — acrescentou Bora, erguendo seu copo como se fizesse um brinde em homenagem ao Jung.

— Você nunca decepciona — declarou Yoona, envolvendo o amigo pelos ombros e dando-lhe um abraço apertado que foi prontamente correspondido. Bonhwa se juntou ao abraço.

— Muito obrigado, gente! — Ravi agradeceu, rindo um pouco sem jeito. — Mas o que eu mais quero saber é... Junwoo, você gostou? — perguntou enquanto se sentava na ponta do banco, empurrando um pouco os membros do grupo, os deixando mais grudados uns aos outros.

Junwoo tentou ignorar o fato de que estava sendo prensado por Hajoon contra Takeshi e assentiu, abrindo um sorriso doce para Ravi.

— Eu adorei, *hyung*! Você é incrível!

Ele poderia ficar horas refletindo o quão chocante aquela situação deveria ter sido para si. Afinal, viu seu amigo homem usar um vestido, saltos, maquiagem e uma peruca preta sob uma cartola. Deveria ser estranho, mas não foi. Foi somente uma contribuição para que percebesse que o mundo era muito mais do que ele enxergava antes.

Qual era o problema se Ravi queria se expressar daquela maneira? Era seu direito. Todos tinham os seus e não era mais que obrigação as pessoas respeitarem. E Junwoo não somente respeitava como admirava. E foi naquele momento que viu Ravi ser quem era, que aquilo ficou claro para si.

As bebidas chegaram e Junwoo se viu quase virando o copo com o *drink* doce de leve gosto amargo no fim, deliciando-se. Takeshi arregalou os olhos, segurando o pulso do garoto e impedindo que ele, realmente, terminasse com o líquido em um gole.

— Junwoo! Não bebe tão rápido assim — advertiu, rindo pela expressão perdida que o outro fez.

— Mas tá muito... — interrompeu-se ao arrotar. — Ops! — tampou a boca.

— Você pode não sentir, Woo, mas tem álcool aí dentro. E quando se bebe rápido, bate mais rápido — explicou Takeshi, acariciando o pulso do moreno com seus dedos que ainda o seguravam.

— Bate? — Junwoo franziu o cenho.

— Você fica bêbado mais rápido.

— Oh... Entendi. — Junwoo fitou o próprio copo, sentindo a boca salivar por mais daquele docinho. — Mas tá tão gostoso.

— Eu sei, Woo. Mas toma cuidado. — Ele ergueu a mão, tocando o rosto do mais novo e se aproximando para lhe dar um selinho. — Se não, não vai ganhar bitoquinhas.

— Poxa, *hyung*... — Fez um biquinho. — Eu quero muitas bitoquinhas — resmungou, inclinando-se sobre o mais velho.

Takeshi gargalhou, segurando ambas as bochechas do mais novo e dando-lhe mais um selinho, daquela vez, mais lento.

— Quer, hm? — provocou, mordiscando rapidamente o biquinho que o garoto tinha nos lábios. — Então se comporte, tudo bem?

— Sim... — Junwoo suspirou, sentindo a nuca se arrepiar com o tom sério e rouco que a voz do ruivo tomou.

E lá estava o rebuliço quente.

— Ei, garçom! — Bonhwa questionou, abraçando Ravi pelo ombro com um braço e fazendo o mesmo com Yoona em seguida.

Depois de alguns minutos, o funcionário chegou com uma garrafa de vodka e nove copinhos de *shot*, atraindo o olhar curioso de Junwoo.

— Por que esse copinho é menor que os outros? — perguntou, erguendo seu copo.

— Porque vamos fazer *shots* — explicou Syaoran. — É uma bebida forte demais, que só doido toma muito de uma só vez. Por isso, temos que tomar em doses pequenas e, por isso... — ergueu o copo — precisamos de copinhos pequenos.

— *Shots*... — Junwoo repetiu. — Então... temos que virar.

— Isso! — Takeshi abriu a garrafa e começou a servir todos os copos. — Eu tenho quase certeza de que você não vai gostar. São raras as pessoas que gostam, de fato.

Junwoo aproximou o pequeno copo do nariz e cheirou o líquido, começando a tossir desesperadamente, depois, pelo cheiro forte que o tal emanava.

— *Hyung*, parece acetona!

— O gosto é igual — murmurou Bora, dando de ombros. — Mas eu gosto.

— Quem diria, hein? Santinha do pau oco — Syaoran debochou, rindo junto à garota.

— Sabe como é, né? Temos que manter as aparências. — Ela deu de ombros, esperando que todos estivessem com o copo cheio para brindar. — Nosso brinde será em homenagem a quem?

— Ravi! — Yoona, prontamente, disse. — Um brinde ao talento e originalidade desse homem incrível.

— E ao Junwoo — Ravi acrescentou. — Por ter evoluído tanto.

— *Aish*... — Junwoo sentiu as bochechas corarem, sorrindo tímido quando Hajoon deu tapinhas em seu ombro. — O foco é você, *hyung*.

— Deixa disso. — Ravi gesticulou, negando. — Timtim!

Todos do grupo ergueram o copo, brindaram e, logo em seguida, viraram. Junwoo fez o erro de hesitar e, logo que o líquido tocou a ponta de sua língua, começou a tossir pela ardência instantânea.

— Meu Deus! — exclamou, recebendo risadas dos outros que já haviam virado seus respectivos copos. — É estranho demais!

— Na primeira vez, sim — Takeshi comentou, umedecendo seus lábios e sentindo as próprias bochechas esquentarem pelo álcool que circulava em seu sangue. — Depois de um tempo, parece água.

— Só pra você — murmurou Ravi, fazendo uma careta. — Eu gosto, mas desgosto dessa merda.

— Eu gosto. — Hajoon deu de ombros, já enchendo outro copinho.

— Eu também — murmurou Syaoran, estendendo seu copo para que o professor o enchesse.

— Uh, tudo bem... — Junwoo sussurrou, fitando o líquido transparente em seu copo, que tremia levemente pelas batidas altas da música no local. Ele segurou o objeto e, tomando coragem, virou-o de uma vez, sem derramar uma gota.

Ele não prestou atenção nas exclamações de seus amigos, pois se ocupou em tentar diminuir a tontura imediata que deu em sua cabeça. Ele grunhiu ao sentir a garganta arder e, sem pensar muito, virou o resto de seu *drink*.

Péssimo erro.

— Vamos dançar! — Somi exclamou.

— Vão vocês, eu não sei dançar — resmungou Hajoon, coçando a nuca. Yoona deu-lhe um tapa na testa.

— Vamos, sim. Vem! — A garota desviou dos outros e, por fim, conseguiu ficar de pé, estendendo a mão para ele, que logo a acompanhou com um sorriso meio abobalhado nos lábios.

— Quer dançar? — Syaoran perguntou a Bonhwa, que encarava o nada, pensativo após virar o *shot* de vodka.

— Quero — ele respondeu após alguns segundos, levantando-se junto ao mais velho e seguindo para a pista de dança, assim como Hajoon e Yoona fizeram.

Somi, Bora e Ravi foram logo atrás e Takeshi ia chamar Junwoo também, se não tivesse visto o garoto massageando as próprias têmporas.

— Está tudo bem?

Quando o mais novo não respondeu, Takeshi desviou o olhar para os dois copos em frente a ele e arregalou os olhos.

— Você virou seu *drink* também?

— É que... — soluçou, rindo baixo em seguida. — Eu queria algo docinho pra poder tirar o ardido daquela... acetona.

— Vodka, Woo — ele suspirou, já vendo que o garoto não estava cem por cento são. — Acho que vou pegar uma água pra você. — Fez menção de se levantar, mas Junwoo segurou seu pulso antes que ele o fizesse.

— Não! — exclamou. — Não me deixe aqui sozinho, *hyuuuuung* — choramingou, encostando a bochecha ao pulso do ruivo e o olhando com os olhos pidões.

— Junwoo... — Takeshi acabou rindo. Rindo de nervoso. Não era possível que ele fosse ser tão azarado a ponto de deixar Junwoo bêbado com apenas três bebidas. Por Deus, ele deveria ter prestado mais atenção e não ter permitido que o garoto virasse tudo de uma vez! Estava se sentindo completamente irresponsável.

— Por favooooor! — Junwoo fez um bico, puxando o pulso do ruivo para que ele voltasse a se sentar. — *Hyung* — chamou baixinho. — Preciso te falar algo.

— O quê? — Takeshi sussurrou de volta, aproximando-se quando Junwoo sinalizou para que ele o fizesse.

— Eu... — engoliu em seco, soltando uma baforada de vodka no ruivo que não se incomodou e apenas riu baixinho. — Quero bitoquinhas.

— Deus, como você conseguiu ficar assim com apenas três copos? Eu achava que eu era fraco... — Takeshi murmurou, vendo a testa do garoto se franzir em pura confusão. — Vem comigo pegar um copo de água.

— Tudo bem — Junwoo soprou, parecendo extremamente tristonho ao acompanhar seu *hyung* até o bar. — Você vai me dar bitoquinhas, se eu beber? — perguntou quando já estava com o copo de água nas mãos, olhando para o mais baixo com seus olhinhos levemente arregalados.

Takeshi acabou gargalhando e tampando a boca como sempre fazia, por achar que seu dente tortinho não fazia jus à sua beleza.

Mas para Junwoo fazia.

— Oh, não, *hyung*! — exclamou, deixando o copo em cima do balcão do bar para segurar os pulsos de Takeshi. — Não tampe seu sorriso.

— Junwoo, sou eu quem tem que te deixar sem graça aqui — ele resmungou, aproximando-se mais dele e tentando ignorar o rubor que nasceu em suas bochechas.

— Eu tô sendo sincero, *hyung* — murmurou, abraçando Takeshi pelo pescoço e enxergando, sobre o ombro dele, os amigos dançando na pista. — Podemos dançar também?

— Espera... Deixa-me ficar mais um pouquinho abraçado com você — Takeshi respondeu, a bochecha encostada ao ombro direito dele, enquanto abraçava a cintura do mais novo, aproveitando a proximidade.

Junwoo deu uma risadinha tímida, fechando seus olhos e apertando mais os braços ao redor de Takeshi, fechando os olhos e sentindo a cabeça tontear quando o fez. Resmungou e abriu os olhos, inspirando fundo e acabando por inalar o cheiro delicioso que o outro tinha. Não bastava estar lindo, precisava cheirar bem também.

— Você tá tão cheiroso! — resmungou, esfregando o nariz lentamente pelo cabelo dele.

— Junwoo... — o mais velho advertiu, rindo baixinho e se afastando um pouco para encará-lo. — Vamos dançar?

— Mas e minha bitoquinha? — Fez um bico, suas mãos escorregando até a cintura do ruivo.

— Vem aqui — Takeshi murmurou sorridente, puxando o garoto um pouco para baixo para colar ambas as bocas, dando início a um beijo bagunçado pela tontura do moreno e pela risada do mais velho que não se aguentava por não acreditar que estava mesmo naquela situação.

Junwoo, o garoto tímido e que não conhecia um centímetro do mundo em que vivia, estava ali, bêbado, tocando-o com toda a vontade que Takeshi sabia que ele possuía e que, muitas vezes, não tinha coragem de demonstrar. Mas Takeshi não estava interpretando mal, porque ele, realmente, apreciava o jeito tímido e curioso de Lee Junwoo, porque era dele. Takeshi gostava de Junwoo do jeitinho que ele era.

— *Hyung*, tô todo babado — Junwoo resmungou risonho, limpando os cantos da boca.

— Isso que dá beijar bêbado — Takeshi brincou, entrelaçando seus dedos aos de Junwoo para puxá-lo para a pista de dança quando *Youth* começou a tocar. — Eu amo essa música!

O grupo não estava mais dançando separado: todos se encontravam em uma espécie de rodinha bagunçada que foi prontamente aberta quando Takeshi e Junwoo se aproximaram, os acolhendo. O mais novo, mesmo um pouco tonto, riu, mantendo seus dedos entrelaçados aos de Takeshi e tentando acompanhar os passos que ele fazia.

Takeshi gargalhou, se balançando para os lados, em sincronia com a música, virando-se para Junwoo para pegar a outra mão dele. Junwoo acabou rindo ainda mais, sentindo-se bobo por ver um sorriso tão grande no rosto do outro direcionado a si.

— *And when the lights start flashing like a photobooth*[6]... — Takeshi cantarolou, puxando Junwoo para mais perto e entrelaçando os braços em seu pescoço. — *And the stars exploding, we'll be fireproof.*

Junwoo fechou os olhos, a batida tomando conta de todos os seus sentidos, impedindo até mesmo que a tontura do álcool lhe afetasse demais. Porque ele estava sentindo outra coisa mais. Ele ouvia seus amigos cantarem em volta de si, ouvia a voz de Takeshi e pensava no quão bem estava se sentindo.

---

[6] Música: *Youth*, Troye Sivan (2015).

— *My youth, my youth is yours* — murmurava Takeshi, sua testa encostada à de Junwoo e seus olhos captando o momento em que este abriu os seus semelhantes, expondo a imensa galáxia que havia dentro deles. — *Trippin' on skies, sippin' waterfalls* — continuou, roçando seu nariz contra o dele, não desconectando nem por um segundo os olhares. — *My youth, my youth is yours. Runaway now and forevermore.*

— *My youth, my youth is yours...* — Junwoo acabou repetindo, acabando por acertar que era o que, de fato, o cantor dizia em seguida. Ele sorriu entorpecido, seus lábios roçando contra os de Takeshi, ao que o abraçava pela cintura. — Minha juventude é sua, *hyung*.

Takeshi ofegou e, sem se conter, juntou seus lábios nos dele, sentindo seu coração espancar o peitoral pela força que usava para bater. Estava rápido. Rápido demais.

Junwoo ofegou, sentindo todo o estômago formigar quando a língua de Takeshi entrou em contato com a sua e compartilharam aquele sentimento bom que estavam sentindo no momento. Foi mágico. Sentiu que estavam sozinhos, apenas sentindo um ao outro com uma calma e necessidade que ele nunca sentira antes. E era maravilhoso, para si, experienciar um sentimento novo a cada momento que passava com Ishikawa Takeshi. Era sempre entorpecente. Junwoo não queria, nunca mais, deixar de sentir aquilo.

— Yoona!

O berro de Ravi interrompeu o ósculo intenso que ambos compartilhavam, levando ambos os adolescentes a se afastarem um pouco para entender o que acontecia. Junwoo ainda segurava a cintura de Takeshi quando viu sua amiga se afastar do grupo, dirigindo-se ao banheiro. Ele ficou confuso e, um tantinho tonto, olhou em volta, vendo que, um pouco afastados da pista de dança, estavam Bonhwa e Syaoran... se beijando.

Junwoo arregalou os olhos e o queixo de Takeshi caiu, ambos totalmente surpresos por presenciarem algo do tipo quando, dois minutos antes, ambos estavam ali com eles, dançando.

— O que... — Junwoo murmurou, vendo Bora ir atrás de Yoona junto com Somi.

Ravi e Hajoon pararam de dançar e estavam lado a lado, se encarando, também surpresos e parecendo não saber o que fazer. Em volta de todos, havia mais pessoas dançando, mas era como se elas não estivessem ali quando o foco de cada um era outro.

Takeshi, então, puxou Junwoo até pararem ao lado de Ravi e Hajoon, desviando de algumas pessoas no caminho.

— O que aconteceu? — perguntou, mesmo já sabendo do que se tratava.

— Estávamos dançando e nem percebemos quando Syaoran e Bonhwa se afastaram — começou Ravi, falando um pouco mais alto para que eles escutassem. — Yoona viu quando eles estavam aos beijos e só... saiu. E ela parecia mal.

— Eu... Acho que vou pra casa — Hajoon murmurou, massageando as próprias têmporas. — Vou chamar Yoona. Acho melhor ela ir pra casa também.

— Mas eu não quero ir agora e tenho que ir com vocês, *hyung* — comentou Takeshi, apertando Junwoo contra si, este que ainda encarava em volta de si com a testa franzida, tonto e confuso, sem conseguir processar tanta informação ao mesmo tempo.

— Você não pode ir pra casa do Ravi? — o professor perguntou, parecendo realmente agoniado.

— Não dá, a casa tá em obra. Eu e minha tia vamos ficar na casa de uma amiga dela nessa semana — Ravi respondeu, olhando para Takeshi com certa pena. — Desculpe.

— Não, não tem problema. Eu acho que vou pagar um táxi pra casa mesmo — Takeshi murmurou, um tanto decepcionado por ter que gastar suas economias com o transporte caro.

— Vai pra casa da Somi comigo, *hyung*!

Os três pares de olhos voaram para o mais novo, que encarava Takeshi com um sorriso no rosto.

— Como assim? Você não vai dormir em casa? — ele perguntou surpreso.

— Não. Papai acha que vou dormir com Bora na casa de Somi e que ela vai dormir com Syaoran... Sabe, dormir — sussurrou a última parte, fazendo uma careta que foi tão adorável a ponto de fazer até mesmo Hajoon suavizar.

— Sei bem. — Takeshi riu. — Tudo bem, então.

— Você vai, mesmo? — Junwoo indagou, quase tropeçando ao se virar de frente para o mais velho e abraçá-lo pelos ombros. — Eba! Muitas bitoquinhas! — exclamou bêbado.

— Eu não aguento... — Ravi resmungou, abanando a cabeça negativamente.

Alguns minutos depois que Hajoon foi atrás de Yoona, Somi e Bora voltaram para onde Junwoo e Takeshi estavam. Os dois estavam apoiados ao balcão do bar e Takeshi o ajudava a beber um copo de água quando as garotas pararam em frente a eles.

— Você se incomoda de irmos agora, Junwoo? Bora tá passando um pouco mal — pediu Somi.

— Não me incomodo, mas... Takeshi *hyung* pode ir conosco? — Sorriu tímido, os dentinhos de coelho totalmente salientados.

— Claro! — Somi sorriu, e Bora, mesmo incomodada com a dor em seu estômago, riu baixinho.

— Temos que chamar Syaoran! — Takeshi alertou, lançando seu olhar para o dito cujo, que ainda se atracava com Bonhwa. — Como está Yoona?

— Ela estava estranha. Não chorava nem nada do tipo, mas estava... estranha — Somi respondeu, suspirando. — Adolescentes e suas paixões.

— É complicado — acrescentou Takeshi. — Quer que eu peça um táxi por aplicativo enquanto você o chama?

— Sim, vou te passar o endereço por mensagem. — Somi tirou o celular do bolso e passou o seu endereço a ele, entregando Bora nas mãos dos dois garotos enquanto se dirigia até Bonhwa e Syaoran.

Junwoo gritou para Ravi, despedindo-se deste com um aceno, já que ele estava distante demais e parecia muito entretido ao dançar com algumas de suas dançarinas. Ele acenou de volta, no entanto. Já Hajoon e Yoona já haviam deixado o clube.

Takeshi chamou o táxi e, no momento em que este chegou, Somi apareceu com Syaoran. O garoto parecia um tanto alterado, mas feliz. Ele tinha as bochechas rubras e um sorriso no rosto que, imediatamente, contagiou seu melhor amigo.

— Takeshi também vai? — perguntou para o mais novo, sorrindo quando este acenou positivamente.

— Moro em um apartamento pequeno, gente. Tenho apenas um quarto. Fico com Bora neste e vocês três ficam na sala, pode ser? — Somi ditou ao que entravam no táxi, apertando-se para que todos coubessem. Naquele horário, eles não costumavam se importar tanto com um número ilegal de pessoas dentro de um veículo.

Somi morava no subúrbio de Seul e, por mais que o bairro não parecesse muito agradável, o grupo não se incomodou de caminhar calmamente até o prédio. A garota explicou que escolheu morar sozinha por não ter uma boa relação com a mãe desde que o pai faleceu. Ela conseguia manter o apartamento com o emprego noturno que tinha, nos dias de semana, em um restaurante.

O apartamento era, de fato, pequeno, mas extremamente aconchegante. Havia apenas três cômodos: a sala que era separada da cozinha por um balcão, o banheiro e o quarto de Somi. A garota, assim que chegaram, foi buscar o colchão de solteiro extra que tinha em seu quarto e o colocou na sala, com a ajuda de Syaoran, enquanto Bora usava o banheiro e Takeshi fazia um cafuné em um Junwoo sonolento.

Não era como se ele tivesse ficado completamente bêbado. Ele ficou apenas um pouco... soltinho. Foi o suficiente para uma primeira experiência, já que ele, com certeza, não teria uma ressaca forte no dia seguinte e não se esqueceria do que acontecera.

Takeshi acariciava os fios levemente ondulados dele, vendo-o quase fechar os olhos, mergulhado na sensação boa que era ter seu toque em si. O mais velho sorriu e depositou um beijo em sua testa.

— Vocês ficam no colchão e eu fico no sofá? — indagou Syao, se alongando e bocejando, em seguida.

— Pode ser — devolveu Takeshi, tentando conter a euforia ao perceber que dormiria ao lado de Junwoo. Era surreal pensar que poderia sentir o cheirinho dele, abraçá-lo, o ver ressonando calmo ou roncando alto... fosse o que fosse, Ishikawa Takeshi se sentiria no paraíso.

— *Hyung*... Preciso fazer xixi — Junwoo murmurou, completamente sonolento.

Takeshi sorriu bobo.

— Vou te ajudar.

Ele se levantou do sofá e segurou ambas as mãos de Junwoo, ajudando-o a caminhar até o banheiro que já havia sido liberado por Bora — esta que já estava no quarto de Somi enquanto a outra pegava cobertores para dar aos garotos. Junwoo entrou primeiro, tirando sua jaqueta e deixando-a ao lado da pia. Takeshi, no entanto, parou em frente da porta, sem saber se Junwoo precisaria de ajuda para fazer o xixi, de fato.

— Hm... Você... — tentou, sem saber como perguntar. — Vai precisar de ajuda?

— Oh... Acho que não. — Junwoo franziu as sobrancelhas, corando ao perceber que estava dentro de um banheiro com ele. — E-era só pra me mostrar onde era.

— Ah, sim! — Takeshi soltou uma risada sem graça. — Vou esperar ali, na sala, então. — Ele voltou para a sala, onde Syaoran já estava deitado, embaixo de uma coberta. Takeshi riu pela expressão completamente sonolenta do outro e, com cuidado, removeu a jaqueta que utilizava, colocando-a no chão. Fez o mesmo com sua camisa, pois odiava dormir com algo tampando seu torso. Ele apenas esperava que Junwoo não se incomodasse.

Junwoo saiu do banheiro após lavar o rosto e fazer suas necessidades, coçando os olhos. Quando parou ao lado do sofá e colocou o olhar em Takeshi, suas bochechas viraram dois tomates e sua boca se abriu, mas nada saiu.

— Eu espero que não se importe, não consigo dormir de camisa — o outro explicou, coçando a nuca.

Junwoo engoliu em seco, observando o torso nu do mais velho e quase suspirando. Era tão bonito e tão... instigante. Observar o peitoral forte, o torso definido e o metal no mamilo do ruivo atiçava as áreas mais inexploradas da cabeça de Junwoo. Ele acabou prensando os lábios, sem saber direito o que dizer por estar perdido demais no formato bonito que o corpo de Takeshi tinha. Foi totalmente diferente de quando viu o torso dele na lavagem de carros, porque, ali, Junwoo tinha consciência das intenções de Takeshi consigo e das suas com ele. Sabia o quanto aquele corpo e o próprio Takeshi lhe afetavam. Ele sabia que aquele corpo era uma das causas do rebuliço quente em seu estômago.

— Hm, n-não — respondeu, por fim. O efeito do álcool ia embora aos poucos, dando lugar à timidez e ao sono em seu corpo. Ainda corado, deixou que Takeshi fosse ao banheiro e, timidamente, deitou-se no colchão. Observou o tamanho do objeto e percebeu que ele ficaria muito próximo de

Takeshi, já que o colchão era de solteiro. Será que se sentiria confortável? *Será que Takeshi se sentiria confortável?* Ele encostou a cabeça no travesseiro e puxou o cobertor para cima, deixando somente sua cabeça de fora após checar Syaoran e ver que ele estava adormecido.

A luz da sala foi apagada e os passos de Takeshi se aproximaram de onde Junwoo estava deitado. O coração do mais novo parecia um tambor em seus ouvidos e ele nem percebeu quando travou a própria respiração, nervoso ao sentir o mais velho levantar a coberta para deitar ao seu lado.

Era Takeshi ali. Sem camisa.

Sentiu o calor humano de Takeshi extremamente próximo do seu e acabou arfando baixinho, sentindo o próprio corpo formigar de ansiedade. Ansiedade para ter o que ele sabia que queria ter. Tímido, inclinou um pouquinho o rosto e encostou sua testa na de Takeshi, já que Takeshi deitou de frente para ele, os corpos quase colados. A proximidade era tanta e, mesmo que não estivessem grudados, eriçava cada pelinho do corpo de Junwoo, já que sentia todo o calor que emanava do corpo alheio.

— Posso te abraçar? — Takeshi perguntou, sua voz em um sussurro.

— Por favor — respondeu, sentindo o peito se aquecer quando os braços dele envolveram sua cintura e este permitiu que o mais novo encaixasse a cabeça entre seu pescoço e peito.

Eles ficaram em silêncio durante alguns segundos, uma paz tranquilizante ocupando ambos os corpos. Paz e alívio por estarem juntos e tendo o contato que ambos desejavam. No entanto, Junwoo acabou distraindo-se com o metal no mamilo de Takeshi, pois o objeto brilhava e parecia gritar por atenção.

O ruivo não sentiu o olhar do mais novo sobre o metal e soube, apenas alguns longos segundos depois, que Junwoo estava fascinado com aquilo. O que aconteceu foi: Junwoo também abraçou a cintura de Takeshi, sua mão grande sobre as curvas perfeitas que Takeshi tinha, acariciando a pele branquinha com a maior calma e afeição. Porém, assim que os olhos dele captaram o brilho do piercing, sua mão subiu lentamente, chegando ao peitoral alheio. Quando se deu conta, Junwoo tinha o indicador bem ao lado do mamilo furado do ruivo, roçando, quase que superficialmente, a pele dele.

— O que...? — Takeshi sussurrou surpreso com o contato.

— Doeu fazer? — questionou, prensando os lábios para conter a vontade que tinha de tocar o metal apenas por curiosidade.

— Um pouco — foi sincero, engolindo em seco quando o dedo de Junwoo esbarrou em seu mamilo. Ele apertou os olhos, tentando focar o fato de que o mais novo estava apenas curioso com algo e não estava, de fato, o provocando.

— É bonito — continuou, agradecendo mentalmente por Takeshi não poder ver seu rosto, porque ele estava totalmente vermelho. — É... sexy.

Takeshi arfou.

— Woo... — disse em tom de aviso, a mão pressionando a lombar de Junwoo e puxando-o um pouco mais para perto. Junwoo quase arfou ao sentir a pressão do toque do mais velho ali, desejando, internamente, que ele descesse mais um pouquinho. — Não fala assim.

— Eu tô sendo sincero, *hyung* — resmungou, subindo sua mão até o pescoço dele, tocando com o indicador a gargantilha que Takeshi usava, a unha raspando, por acidente, a pele do ruivo.

Takeshi quase gemeu.

— Você me acha sexy, então? — rebateu, jogando tudo pro alto quando decidiu escorregar sua mão até chegar à bunda de Junwoo, agarrando uma das bandas e apertando-a lentamente, fazendo com que Junwoo quase se esfregasse nele.

— Uhum — ronronou, passando o dedo pela corrente que tinha na gargantilha, segurando-a sem força. — Me dá um... — deixou a frase no ar, com vergonha de continuar.

— Fala. — Takeshi apertou a bunda dele com mais força.

Junwoo arfou, quase resmungando em agonia:

— Um rebuliço quente, *hyung*. No estômago.

Takeshi sorriu de lado, subindo a mão rapidamente até o queixo de Junwoo para erguer o rosto dele e poder fitá-lo nos olhos, mesmo que no escuro. Junwoo deixou sua mão sobre o peitoral dele, o dedão quase tocando o mamilo furado.

— Sabe o porquê, Woo? — provocou, roçando sua boca na do mais novo, sem beijá-lo e apenas mordiscando seu lábio inferior, arrancando um suspiro longo do mais novo.

Junwoo sentia todo seu corpo entrar em alerta com o tamanho e a quantidade de sensações que sentia. Eram todas boas o suficiente para causar uma euforia absurda no corpo do garoto e fazê-lo sorrir contra a boca de seu *hyung*. Takeshi sorriu junto e continuou a roçar os lábios nos dele, provocando-o.

— Por quê? — Junwoo ofegou ao ter sua bunda apertada novamente, acabando por escorregar sua mão e permitir que seu polegar pressionasse o mamilo enfeitado com o metal transversal. Takeshi gemeu baixinho.

Junwoo arregalou levemente os olhos, todos os pelos de seu braço se eriçando ao ter a voz rouca de Takeshi esbanjando tanta necessidade quanto fez com aquele gemido. Ele quase gemeu junto, totalmente perdido naquele rebuliço quente e na fisgada agonizante que sentiu em sua virilha.

Deus, Lee Junwoo nunca sentiu aquilo antes.

— Porque eu te excito — respondeu Takeshi, por fim, colocando a própria língua para fora para raspá-la no lábio superior de Junwoo.

A fisgada na virilha se intensificou e Junwoo estava pronto para reclamar dela e buscar por mais toques quando o ronco de Syaoran interrompeu o momento que ambos os garotos estavam tendo no chão. Os dois ficaram alguns segundos em silêncio, tentando recuperar a respiração e desacelerar o ritmo que os corações estavam tendo.

— M-me desculpe, *hyung* — murmurou, tendo toda sua excitação interrompida para dar espaço à vergonha.

Takeshi sorriu compreensivo, já imaginando que aquilo aconteceria.

— Não peça desculpas. Apenas se expresse comigo quando sentir isso de novo, tudo bem? — respondeu, subindo sua mão até o rosto do mais novo para colocar as mechas de cabelo atrás da orelha dele. Depositou um selinho lento nos lábios de Junwoo e sorriu novamente. — Agora, durma. Amanhã, será um dia longo pra você.

Junwoo assentiu, tentando esquecer o fato de que ficaria longe de seu *hyung* por mais um dia e focando o fato de que ele estava ali consigo em seus braços, dando-lhe aquela sensação de preenchimento que não sentia com mais ninguém, sendo seu complemento. Sendo seu Takeshi.

CAPÍTULO 4

Huang Syaoran nunca foi alguém que caía de amores facilmente.

Ele não sabia dizer se já se havia se apaixonado, mas sabia que já havia sentido coisas espetaculares por outros garotos. Ele já sentiu as borboletas no estômago, já sentiu o formigar nas mãos e nos lábios, já chorou por outro menino. Mas, assim como todas aquelas sensações o invadiram em uma velocidade incomum, elas se esvaíram com facilidade. Então, ele não tinha certeza do que era se apaixonar, mas sempre que aquelas sensações afloravam em seu ser, ele as aproveitava o máximo possível por saber que, um dia, elas iriam embora. Ou seja, ele sentia *demais*, mas durante pouco tempo.

Syao não sentiu tudo aquilo quando viu Choi Bonhwa, apenas sentiu um baque no peito pela beleza estonteante do garoto e ficou interessado, pois o de cabelo vermelho era incrivelmente legal e uma ótima companhia. Ou seja, não houve borboletas no estômago ou lágrimas por saber que Bonhwa também se interessava por Yoona. Syaoran não estava apaixonado e, por mais que Bonhwa fosse alguém apaixonante e Syao reconhecesse isso, não aconteceu.

E aquilo não era um problema para Bonhwa, assim como não era para Syao. Ambos aproveitaram o tempo que tiveram juntos e, quando tiveram a oportunidade, trocaram uns beijos por se sentirem fisicamente atraídos um pelo outro. Nenhum dos dois se arrependia, o que era bom.

Para eles.

Para Syaoran, porque ele saciou suas vontades sexuais; para Bonhwa, porque ele chegou a uma conclusão sobre os próprios sentimentos e sobre sua pessoa.

Quando Syaoran acordou no domingo, ele estava no chão, ao lado de um Junwoo que roncava profundamente por estar cansado demais. Syao franziu o cenho, sem saber como havia parado ali.

— O que... — murmurou, erguendo o olhar e vendo uma Bora afobada, correndo de um lado para o outro com sapatos na mão e vestindo a roupa que usou na Igreja no dia anterior. — O que houve?

— Estamos atrasados para a Igreja! Acordei com uma ligação da minha mãe. Meu pai vai me matar e o pai do... — Syao a interrompeu, já se virando para o garoto sonolento ao seu lado.

— Junwoo! — exclamou, sacudindo-o para que acordasse. — Acorda, garoto!

Junwoo resmungou algo incompreensível, remexendo-se enquanto Bora voltava para dentro da cozinha, onde Takeshi preparava um café forte para aqueles que tinham excedido a quantidade aconselhada de álcool na noite anterior.

— Junwoo... — Syao repetiu, levantando-se e puxando o amigo pelo braço. — Vamos, porque você ainda tem que se trocar e eu ainda tenho que arrumar minha mala pra ir embora hoje à noite.

— *Hyuuuung*! — Junwoo resmungou, prolongando o "u". Tateou o outro lado do colchão e franziu o cenho, tentando abrir os olhos pequenos, incomodado com a claridade. — Cadê o Takeshi *hyung*?

— Jura? — Syao ironizou, rindo baixo. — Vamos, levanta! Seu homem tá na cozinha.

Mesmo envergonhado com a fala anterior, Junwoo levantou-se, deixando a coberta que usava no chão e acompanhando seu melhor amigo até a cozinha, parando na porta ao ver Takeshi de costas para si, balançando-se com alguma música que ele, provavelmente, cantava em sua cabeça.

Com Syaoran parado atrás de si, Junwoo não evitou o sorriso bobo em seus lábios, deixando seu rosto aparentar mais inchado do que estava de fato. Takeshi virou-se naquele mesmo momento, segurando um copo de café.

— Bom dia — murmurou, abrindo um sorriso tão abobalhado quanto o de Junwoo. — Dormiram bem?

— Como um bebê — Syao quem respondeu, adentrando a cozinha antes para pegar um copo de café também. — Junwoo, coma rápido para que possamos ir à Igreja.

— Ah... A Igreja. — Junwoo se desanimou por saber que não poderia ficar mais tempo com o Takeshi. Por isso, aproximou-se do mais velho que, para a sua decepção, já vestia uma camisa, e abraçou-o, apoiando a cabeça contra o peito coberto dele. — Eu queria ficar mais.

— Eu também queria que você ficasse mais — devolveu Takeshi, abraçando-o pelo ombro, com o braço que não segurava o copo de café.

— Putz, me queimei! — exclamou Syao, desviando o olhar dos dois agarrados.

— Com o quê? O café? — questionou Junwoo, preocupado, afastando-se de Takeshi para ir até ele.

— Com a vela que eu tô segurando.

Takeshi gargalhou e Junwoo ficou sem entender, encarando o melhor amigo com a testa franzida e um bico confuso nos lábios. Antes que Syaoran pudesse explicar, Somi e Bora apareceram na cozinha, a primeira ainda vestindo seu pijama e a segunda com uma pequena mochila nas costas com a roupa que usou na festa.

— Junwoo, vá se trocar! — Bora exclamou, gesticulando exageradamente. — Temos que correr!

— Tô indo, tô indo — ele resmungou, soltando-se de Takeshi para ir à sala buscar a mochila de Syaoran e, em seguida, ir ao banheiro.

— Todos bem recuperados? — perguntou Somi, pegando um copo de café para si e apoiando-se à bancada para encarar o grupo.

— É... Pode-se dizer que sim — murmurou Syao, coçando a nuca.

— Syaoran... — Takeshi chamou hesitante, aproximando-se dele. — Sobre o... Bonhwa. Quer falar sobre?

— Falar o quê? — Syao franziu o cenho.

Somi e Bora trocaram olhares, ambas sem saber o que dizer e preferindo deixar com que Takeshi abordasse o assunto com mais precisão.

— É que... sabe que Yoona ficou mal com o que ela viu, né? — falou, cuidadoso ao extremo.

Syao fez um "aaa" prolongado, demonstrando que havia compreendido, mas, logo em seguida, riu baixinho.

— Antes de acontecer... eu perguntei pro Bonhwa se haveria problema, mesmo pensando que não tinha nada de mais.

— Por que acha isso? — Bora indagou, franzindo as sobrancelhas.

— Ambos são solteiros, certo? — começou Syao, deixando seu copo de café, já vazio, dentro da pia. — E, pelo que Bonhwa me contou, Yoona já beijou Hajoon mesmo sabendo que o Bonhwa também gostava dela. Ela não tem o direito de ficar brava, o Bonhwa não é propriedade dela e ela sabe que ele está aguardando uma resposta dela — suspirou.

— Bem... Você tem um ponto — Takeshi respondeu após alguns segundos, coçando a nuca.

— Não me leve a mal, eu apenas enxergo a situação de uma maneira diferente — Syaoran comentou, assistindo ao Junwoo voltar para dentro da cozinha com sua mochila nas costas e vestindo a roupa que usava na Igreja no dia anterior.

— Eu tô pronto — Junwoo interrompeu a conversa, sem perceber, tirando os pequenos brincos das orelhas e colocando-os na parte da frente da bolsa. — Bom dia — disse para as garotas, acenando minimamente para elas, já que não havia cumprimentado corretamente antes.

— Bom dia, santinho do pau oco. Dormiu bem? — Somi ironizou, rindo baixinho.

— Dormi sim... — respondeu, desviando seu olhar para Takeshi e vendo-o com os olhos preso em si e um sorriso nos lábios. — Muito bem.

Takeshi se aproximou dele e o envolveu mais uma vez pela cintura, ignorando o fato de que havia outras pessoas naquela cozinha. Ele depositou um beijo na testa de Junwoo e suspirou, olhando-o nos olhos:

— Eu não queria que você fosse.

— Nem eu, *hyung* — respondeu baixinho, aproveitando que os outros três voltaram a conversar sobre o que falavam antes. De qualquer forma, não era aquilo que tinha a sua atenção. — Mas vamos nos ver amanhã, certo?

— Claro. Volta às aulas, sabe como é, né? — Takeshi murmurou, dando mais um beijo na testa dele. — Você vai querer que eu fique com você para falar com seu tio?

— Hm... Eu acho que tenho que fazer isso sozinho, *hyung*. — Junwoo brincava com a barra do *cropped* de Takeshi, sentindo a pele quente do mais velho roçar na ponta de seus dedos. — Sabe? Eu quero... q-quero...

— Eu entendo, Woo, não precisa se explicar. — Ele sorriu, apertando levemente a cintura do mais novo.

— Mas eu vou te contar tudo depois! — Junwoo o olhou nos olhos, abrindo um sorriso doce. — E... — Engoliu em seco. — S-sobre ontem à noite? — Sentiu as bochechas esquentarem com as lembranças que não foram embora e não iriam tão cedo. Ele se lembrava de ter bebido rápido demais o pouco álcool que lhe tinham oferecido, lembrava-se de ter gostado do docinho dos *drinks* e não ter apreciado o ardido da vodka pura. Ele se lembrava de ter dançado com seus amigos, de ter beijado Takeshi enquanto a voz do Troye Sivan inundava seus sentidos, de ter dormido agarrado com Takeshi depois de... de sentir o rebuliço quente.

Junwoo se lembrava de tudo e não se arrependia de nada. Ele aprendeu que não beberia mais vodka, mas que se, em alguma ocasião, lhe oferecessem um "Sex On The Beach", ele aceitaria, mas não beberia rápido. Ele aprendeu, também, que gostava muito daquela música do Troye Sivan e que queria sentir mais aquele rebuliço quente. Ele queria tocar mais Takeshi, queria *mais*.

— Vamos falar disso quando estivermos sozinhos, *okay*? — Takeshi respondeu baixinho, sabendo o que estava rodando, incansavelmente, a cabeça dele.

— Tudo bem. — Mordeu os lábios.

— Vamos? — Bora interrompeu o momento dos dois enquanto checava, mais uma vez, sua bolsa. — O culto começa em dez minutos e nós vamos chegar atrasados.

— Vamos — Junwoo concordou, depositando um selinho nos lábios de Takeshi, que sorriu.

— Takeshi, você fica pra almoçar? — Somi perguntou enquanto olhava a própria geladeira.

— Fico sim.

Bora, Junwoo e Syaoran deixaram o apartamento de Somi e chamaram um táxi na frente do prédio. Assim que chegaram à Igreja, Syao preferiu ficar do lado de fora, como fez da última vez, refletindo sobre a vida, já que a bateria de seu celular tinha acabado. Bora e Junwoo adentraram o culto pela porta que permanecia aberta, sabendo que todos teriam olhares sobre eles. Os dois se sentaram na parte de trás, como sempre faziam.

— Seu pai está olhando pra cá — Bora murmurou e Junwoo desviou o olhar para seu pai, vendo-o com os olhos presos em si, mas sem deixar nenhuma palavra errada deslizar por seus lábios.

— Os seus pais também. — Junwoo indicou com a cabeça, vendo os dois progenitores de Bora com os olhos sobre eles.

— Bem, eu sei que minha mãe não ficou brava — ela rebateu, suspirando cansada.

Junwoo virou o rosto para responder, mas se interrompeu ao ver uma grande marca arroxeada na base da nuca da garota. Ele corou, recordando-se de quando viu o mesmo em Bonhwa e este lhe explicou o que era. Coçou a nuca e desviou o olhar para o chão antes de voltar para a garota:

— Bora... Acho que seus pais não vão gostar de ver essa marca no seu pescoço.

— Marca? — A garota franziu o cenho, colocando a mão no local indicado por Junwoo e arregalando os olhos alguns segundos depois. — Merda, Somi... — sussurrou, puxando seus fios longos e castanhos para cima dos ombros.

Junwoo riu baixinho, achando certa graça do desespero da garota. Ele só esperava que os pais da garota não vissem aquilo e acabassem achando que tinha sido ele quem o fez. Porque, ora, ele não sabia fazer aquilo e, por mais que tivesse curiosidade a respeito, não era em Bora que ele queria fazer.

E lá estava a vontade de tocar em Takeshi novamente.

Por Deus, Junwoo se perguntava como conseguia pensar naquilo quando estava no culto, com seus pais a alguns metros de si e com o fato de que encontraria com seu tio, rondando sua mente.

Era inevitável, no entanto. Ele *só* conseguia pensar em Takeshi.

Trinta minutos depois, os dois saíram da Igreja, sendo seguidos pelos pais da garota e Jiyoon. Daejung ainda falava com alguns fiéis dentro do local e, por isso, demoraria a se juntar com os outros cinco.

— Como foi a noite? — Gaeun perguntou, abraçando a filha pelos ombros enquanto seus olhos se prenderam a Junwoo.

— Por que se atrasaram? — Jiyoon questionou, os braços cruzados assim como Sungwon. Syaoran se aproximou do grupo naquele momento.

— Foi minha culpa, mil perdões — Bora quem respondeu, forçando um sorriso para Jiyoon, que não disse mais nada e apenas assentiu.

Daejung aproximou-se, um sorriso estranho em seus lábios. Ele deu uns tapas no ombro de Junwoo e perguntou:

— A noite foi boa, garoto?

Junwoo franziu a testa, incomodado:

— Hm, sim.

— Que bom! Protegeram-se? Ainda não quero netos, ein?

Junwoo respirou fundo, seu maxilar travando pelo comentário inoportuno do pai.

— Pai, pare, por favor!

— O quê? — O pastor arqueou as sobrancelhas.

Os outros encararam Junwoo, estranhando a atitude dele. O garoto se afastou do pai e virou-se para ele, o incômodo visível em suas feições. Não era culpa sua, apenas não aguentava mais os comentários de seus pais a respeito dele e Bora. Ele queria desmentir, queria dizer que não era Bora que ele queria beijar e tinha vontade de tocar. Mas sabia que todas suas mentiras a envolvendo, para encontrar Takeshi, iriam por água abaixo, se dissesse. Seus pais descobririam tudo sobre ele e ainda não era o momento.

— Nada — respondeu, por fim, depois de encarar seu pai por longos segundos em silêncio.

— Bem... Acho que nós já vamos — Gaeun se pronunciou, sorrindo para o grupo antes de entrelaçar seus dedos com os da filha para iniciar seu caminho até o carro. — Vamos, Sungwon?

Bora se despediu de Syaoran e Junwoo com um aceno e acompanhou seus pais até o carro. Nesse meio tempo, Daejung se virou para o filho com uma carranca no rosto:

— Não ouse me desrespeitar assim na frente dos outros, ouviu? Nunca mais! — exclamou em voz baixa, tomando cuidado para que as pessoas em volta não escutassem.

Junwoo não respondeu e não se moveu, mas seguiu o homem quando este se dirigiu até o carro. Syaoran posicionou-se ao lado do melhor amigo e ofereceu-lhe um sorriso que foi logo correspondido e observado pela mulher que andava atrás deles. Jiyoon, diferente do marido, não tinha uma carranca no rosto, ela apenas observava tudo ao seu redor com a expressão mais indiferente possível. Como sempre fazia.

!

Depois do jantar que tiveram, Syaoran acompanhou Junwoo até o quarto dele e o ajudou a esconder as roupas que havia comprado para o garoto no dia anterior, após ter finalizado a arrumação de sua mala. Seu trem para Masan sairia às dez e quinze da noite e já eram sete horas.

— Você gostou da noite, então? — o mais velho iniciou o assunto.

— Muito. — Junwoo sorriu. — Fiquei bem surpreso no início, mas foi bem divertido.

— E ainda dormiu agarradinho com o crush, ein? — Syao deu um tapa no ombro do moreno, rindo quando este arregalou os olhos, com medo que seus pais pudessem ouvi-los.

— Shiu, *hyung*!

— Desculpe, desculpe! — Ele ergueu as mãos como se se rendesse, sentando-se na cama do mais novo.

— E você também agarrou seu crush que eu sei — brincou, sentando-se ao lado de Syao e rindo com a expressão indignada dele.

— Você também viu? — Riu.

— Acho que todo mundo viu. — Junwoo coçou a nuca, ainda rindo.

— O que você acha sobre isso? — perguntou, de repente, observando a expressão confusa no rosto do outro se formar. — Digo, sobre Bonhwa e Yoona, sabe? Eu e ele nos beijamos e, supostamente, ele está apaixonado por Yoona e ela por ele.

— Eu acho estranho — foi o que Junwoo respondeu, após alguns segundos analisando a questão. — Quero dizer... se ele está apaixonado por ela, como ele consegue beijar outras pessoas e não se sentir... culpado?

— Por que ele deveria se sentir culpado? — Syao se ajeitou na cama.

— Porque ela gosta dele... — Junwoo franziu o cenho.

— Mas eles não são namorados, certo?

— É... Não são. — Ele tombou a cabeça para o lado. — Mas... ainda se gostam.

— Sim, mas pensa comigo. A Yoona também gosta de outro e está fazendo ambos esperarem por uma decisão. Ambos são solteiros, então, tecnicamente, eles têm o direito de ficar com outras pessoas, hm? — iniciou. Junwoo assentiu, buscando enxergar aquele ponto de vista. — A diferença entre eles dois é que o Bonhwa não mistura interesse sexual com interesse romântico. Ele tem ambos os interesses na Yoona, de fato, mas isso não o impede de ter o interesse sexual despertado por outras pessoas. Entende o que quero dizer?

— Acho que sim... Então o Hajoon *hyung* não sente interesse sexual em outras pessoas, porque está apaixonado por Yoona e só sente por ela? — chutou, sorrindo minimamente quando Syao assentiu. — E o Bonhwa, mesmo apaixonado, consegue sentir interesse sexual em outras pessoas... Você é como ele, *hyung*?

— Não... Na verdade, é complicado. — Riu baixinho. — Eu não acho que já tenha me apaixonado, de fato, porque sempre que gostei de alguém, os sentimentos iam e vinham muito rápido. Eles vinham com força, por isso eu não tinha espaço na cabeça para me interessar por outros, mas eles também se esvaíam muito rápido.

— Entendi... — Junwoo suspirou, desviando o olhar. A questão era que aquele assunto começou a martelar em sua mente por dois fatos: ele queria saber qual era o seu caso e queria saber qual era o caso de Takeshi. O problema era que, pensando naquilo, ele deveria considerar a possibilidade de estar apaixonado pelo ruivo. Lee Junwoo estava apaixonado?

— O que houve? — Syao perguntou quando viu o garoto começar a roer o canto das unhas.

— É que... Hm, e-eu... — Respirou fundo, sentindo as bochechas esquentarem. — Estava p-pensando em qual seria o meu caso.

— Você ainda tem tempo pra descobrir, sua vida romântica acabou de começar, e a sexual... hm... — Sorriu maliciosamente. — Já fez alguma coisa com o Takeshi?

— *Hyung*! — exclamou, sabendo que estava completamente vermelho, jogando seu travesseiro em Syaoran.

— É sério! — Syao gargalhou, pegando o travesseiro antes que este o atingisse. — Temos que normalizar esse assunto, Woo! É sexo! É, literalmente, a coisa mais normal no mundo.

— E-eu sei... Mas é que eu nunca falei muito sobre isso, *hyung*. — Tampou o rosto, esperando que suas bochechas ficassem menos quentes. — É estranho.

— Não deveria ser. Sexo é normal, Junwoo, masturbação também.

Ele soltou um arfar envergonhado e olhou seu *hyung* por entre seus dedos, vendo-o arregalar os olhos antes de exclamar:

— Junwoo, você nunca se masturbou?

— N-não... — Franziu a testa, destampando o rosto.

— Mas já sentiu vontade, né?

— Já, sim. Mas... nunca tive coragem. Sinto que não deveria... — murmurou incomodado. — Meu pai já disse na Igreja que todo contato sexual deveria ser após o casamento e...

Syaoran o interrompeu:

— Junwoo! Masturbação é autodescobrimento, não tem nada a ver com se entregar à outra pessoa. Tem a ver com o prazer próprio — explicou, assistindo ao olhar do outro tornar-se cada vez mais curioso. — Se sentir vontade e estiver sozinho, não se prive disso. Com relação ao sexo depois do casamento... é mais complicado.

— No culto, meu pai disse que o ato sexual é uma aliança de sangue que reflete no mundo espiritual e, por isso, não deveríamos praticá-lo antes de nos casarmos — explicou o que se recordava, brincando com seus dedos.

— Eu concordo que, de certa forma, o ato sexual é uma união extrema e eu, particularmente, não gosto de fazer com alguém que eu conheça há pouco tempo, mas não julgo quem o faz, porque cada um tem suas vontades e escolhas. — Gesticulou. — O casamento, pra mim, não quer dizer muita coisa em si, porque muita gente que não está realmente apaixonada se casa e muita gente que está não se casa.

— Então... Você acredita que se deve cometer o ato apenas quando sentimos algo pela pessoa? — Junwoo perguntou, visivelmente interessado.

— Não precisa ser paixão em si, mas, no mínimo, confiança. Você vai se entregar pra outra pessoa e, para isso, é preciso confiar nela — Syao finalizou, ficando alguns segundos em silêncio antes de prosseguir. — Você confia no Takeshi?

A pergunta o pegou de surpresa, porque, sim, ele confiava em Takeshi. Ele confiava mais em Takeshi do que jamais confiou em alguém, pois fora ele quem abriu as portas de um mundo novo para si e se mostrou receptivo em todas as questões. Foi Takeshi quem o ajudou, Takeshi quem despertou todas as sensações em si... Junwoo confiava nele. E queria se unir com ele daquela maneira. Lee Junwoo queria Ishikawa Takeshi.

— Confio. Muito! — respondeu, por fim.

— Então se a oportunidade surgisse... Você faria sexo com ele? — Syao lançou a pergunta.

Junwoo suspirou, sentindo, novamente, as bochechas ferverem.

— Eu teria vergonha, porque n-não sei fazer nada, mas... a-acho que sim.

— Eu tenho certeza que o Takeshi vai te ensinar tudo, Woo, e o melhor é que vai ser especial, porque vocês estão apaixonados.

Junwoo ofegou com a fala de seu melhor amigo. Estaria Takeshi, de fato, apaixonado por ele? Não era como se fosse louco pensar naquilo, era apenas assustador, porque Junwoo não sabia como reagir com aquele pensamento. Estar apaixonado era novo, sentir tudo aquilo era novo e, por mais que não sentisse a mínima vontade de fugir daquilo, não sabia como viveria naquela situação. Se ele estivesse apaixonado, não poderia esconder por muito tempo. Não ia *querer* esconder. Ele acreditava que não se devia esconder quando se estava apaixonado e ele não seria um a fazer.

Mas como contaria para seus pais?

O problema sempre era aquele. Seus pais. O problema nunca estava nele.

Quando deram oito horas da noite, Syaoran anunciou que deveria ir embora, pois precisava chegar, no mínimo, uma hora antes na estação de trem. Junwoo, com uma vontade absurda de chorar por ter que ficar distante de seu melhor amigo, nem perguntou aos seus pais se poderia levá-lo à estação e saiu de casa com o amigo.

A despedida foi demorada, pois o abraço que eles deram foi longo. Junwoo não queria soltá-lo.

— *Hyung*, você não pode mesmo ficar?

— Não, Junwoo, você sabe que preciso finalizar a escola. Não posso fazer transferência no meio do ano — Syao suspirou, tão triste quanto o amigo. — Mande beijos para o pessoal.

— *Aish, hyung*.

Junwoo derramou algumas lágrimas traidoras enquanto assistia ao Syao subir no trem e acenar para ele. Não via a hora de tê-lo ao seu lado novamente. Doía vê-lo partir, mas a sensação amenizou quando se deu conta de que *sabia* que Syaoran voltaria.

Já estava tarde quando voltou para casa. Quando tentou abrir a porta, percebeu que estava trancada. Todas as luzes da casa estavam apagadas.

— O que... — Junwoo sussurrou arregalando os olhos.

Seus pais o trancaram fora de casa.

Junwoo girou a maçaneta com força, empurrando-a com uma brutalidade que ele não tinha, começando a ficar desesperado com a ideia de passar a noite ali, na rua, em frente à sua casa. Como os pais foram capazes de algo como aquilo? Ele tinha apenas ido levar o amigo até a estação! O adolescente estava quase chorando de desespero quando a porta foi aberta e sua mãe, vestindo um roupão, com o cabelo molhado, apareceu.

— Por que trancaram a porta? — ele exclamou, não se importando se estava soando grosso.

— Seu pai achou que seria um bom ensinamento deixar você do lado de fora para você aprender a não enfrentá-lo. — Ela deu de ombros, não parecendo se importar.

Junwoo bufou e entrou em casa, a mente turbinando pensamentos a respeito do comportamento de sua mãe. Indignado, ele se virou para ela, vendo-a trancar novamente a porta antes de arrumar o roupão para fazer seu caminho de volta ao quarto. Antes que pudesse impedir a si mesmo, Junwoo abriu a boca:

— O que eu lhe fiz?

— O quê? — ela indagou, surpresa com o tom do garoto.

— O que eu te fiz pra você ser tão estranha comigo? — Ele se encolheu, abraçando o próprio corpo quando o olhar duro da mulher caiu sobre si.

— Estranha? Junwoo, como ousa falar assim comigo? Eu sou sua mãe! — exclamou, aproximando-se dele.

— Sim! E como minha mãe, você deveria me tratar como uma! — rebateu, seus olhos arregalando-se com sua própria fala.

Junwoo não sabia de onde aqueles impulsos surgiram. Talvez, fosse a grande quantidade de sentimentos e emoções que havia experienciado no fim de semana. O caso era que ele apenas não aguentava mais, não aguentava mais olhar para aquela mulher e não saber como agir, não saber qual o problema ela tinha consigo e o motivo dela agir daquela maneira nada ordinária com ele. Ele queria saber, queria entender.

— Vai dormir, Junwoo — ela disse após longos segundos em silêncio, encarando-o profundamente.

Junwoo travou o maxilar, a postura endurecendo com a resposta que recebeu. Ele suspirou e abanou a cabeça negativamente.

— Eu só queria entender.

Sua mãe não respondeu e apenas o deixou sozinho na sala de estar, divagando sobre sua família problemática e incompreensível. Ele só esperava que Jooheon fosse capaz de, ao menos, ajudá-lo com aquilo.

!

Quando Junwoo chegou à escola, estava atrasado para a aula de Hajoon.

O professor riu baixo quando ele abriu a porta após ter tido sua entrada permitida, todo vermelho e suado por ter corrido até ali.

— Pode se sentar, Junwoo. — Hajoon ajeitou os óculos, terminando de escrever as partes do capítulo sobre a Guerra Fria na lousa.

— Obrigado! — agradeceu baixinho, envergonhado. Ele passou, rapidamente, o olhar pelos dois lugares livres na sala. Um era muito no fundo e Junwoo odiava sentar no fundo da sala, pois acabava disperso. O outro era à frente de Yoona e ao lado *da garota que lhe beijou*. Ele engoliu em seco e caminhou até ali, ignorando o olhar pesado que a segunda citada colocou sobre si. Eles não se falaram mais depois do incidente do beijo e Junwoo, sinceramente, não sentia vontade. A garota mentiu para ele e se aproveitou de sua vulnerabilidade e Junwoo não perdoaria algo como aquilo.

Yoona sorriu para ele quando este se virou para cumprimentá-la. Duas carteiras atrás dela, estava Takeshi e assim que colocou os olhos no ruivo e observou aquele sorriso brilhante nos lábios carnudos, Junwoo suspirou, porque, Deus, ele estava apaixonado. Muito apaixonado. Completamente apaixonado. *Boiola.*

Junwoo deu um sorriso tremido e virou-se para frente novamente, os olhos arregalados pelos próprios sentimentos. Meu Deus, ele estava apaixonado por alguém. Apaixonado por Ishikawa Takeshi! Aquele pensamento martelou tanto sua cabeça que ele somente prestou atenção, de fato, no que acontecia quando o dono de seus pensamentos chamou sua atenção na aula de Química.

— Você tá bem? — Takeshi perguntou baixinho.

Depende, você está apaixonado por mim também?

— Hm, t-tô sim. — Ele forçou um sorriso.

— Não tá não. É por causa do seu tio? — Takeshi reforçou, apoiando o queixo na mão para observá-lo.

Era por causa de seus pais. Era sempre por causa de seus pais. Como seria quando resolvesse contar a seus pais que estava apaixonado por um menino? Porque Junwoo não queria esconder.

— Posso falar com você sobre isso depois, *hyung*? — soltou, por fim, baixinho. Takeshi assentiu e estendeu sua mão por baixo da mesa, segurando a semelhante do mais novo.

Os dois se olharam e trocaram sorrisos bobos que fizeram com que o coração do pequeno Junwoo batesse com tanta força contra seu peito ao ponto de fazê-lo considerar a possibilidade de um infarto. Era o poder que Takeshi tinha sobre ele. O garoto acariciou as costas das mãos de Takeshi com a sua e sentiu a pele dele se arrepiar sob seu toque. Takeshi suspirou baixinho e fechou os olhos, apreciando o toque.

Quando a última aula do dia acabou, Junwoo se distraiu arrumando os seus materiais. Bonhwa, Yoona e Ravi passaram por ele e se despediram rapidamente, pois os dois primeiros tinham que trabalhar e Ravi ia fazer um trabalho em dupla. Quando Takeshi chegou perto dele — que já tinha colocado sua mochila nas costas — Takeshi o surpreendeu ao segurá-lo pela cintura e prensá-lo contra a carteira em que, antes, ele estava sentado.

— *Hyung*! — exclamou assustado, segurando nos ombros dele. — Não me assuste assim!

— Já está me dando ordens, Woo? — brincou, aproximando-se e dando um selinho nos lábios alheios. Prontamente, Junwoo relaxou, se dando conta de que eram os únicos na sala de aula.

— É que você me assustou... — murmurou, suspirando pelo contato repentino que teve com a boca deliciosa de Takeshi. Arrastou suas mãos pelos ombros do ruivo até segurá-lo pela nuca, puxando-o pra perto novamente e beijando-o.

Takeshi abriu um sorriso contra sua boca, não deixando de correspondê-lo avidamente, segurando firme na cintura fina de Junwoo e puxando-o contra si. O mais alto ofegou, deixando que a língua de Takeshi tomasse o total controle sobre a sua e guiasse os movimentos, tornando-o completamente mole em seus braços. Quando sentiu o sorriso contra sua boca, Junwoo sorriu também, abraçando o pescoço do outro e deixando-o ainda mais colado em si, o corpo quente do ruivo rente ao seu.

— Eu tenho que ir — murmurou entre os selinhos que Takeshi deixava em seus lábios. — Meu — mais um selinho — tio — e mais um.

— *Aish*, só mais um pouquinho! — Takeshi respondeu, mordiscando o lábio inferior do mais novo e puxando-o para si, descendo as mãos até a bunda do garoto e apertando-a.

Junwoo ofegou e voltou a juntar as bocas, beijando o mais velho de maneira faminta, enrolando as línguas e explorando todo o espaço disponível. Desceu suas mãos pelo peitoral do garoto, sentindo o corpo quente com os apertos que continuava a receber em sua bunda, o metal do piercing alheio roçando seu dedo quando o passou superficialmente sobre o mamilo dele, ainda por cima da camisa que Takeshi vestia.

Quando ouviu o arfar do mais velho e sentiu este afastar minimamente os lábios dos seus, Junwoo sorriu satisfeito, voltando suas mãos para cima e deixando-a sobre o peitoral do ruivo, seu polegar direito ainda se arrastando sobre o mamilo furado do outro.

— Agora que descobriu que este é um dos meus pontos sensíveis, vai se aproveitar, é? — Takeshi perguntou baixinho, os lábios roçando nos dele.

— Ponto sensível? — O mais novo franziu a testa. — Qual deve ser o meu? — perguntou mais para si mesmo, corando ao ouvir a risada dele contra sua boca.

— Vamos descob...

— Esse é um ambiente escolar, garotos. Vou ter que contar para o diretor.

Takeshi se afastou de Junwoo, pego de surpresa pela voz masculina que os interrompeu. Quando ambos os adolescentes viraram para a porta, viram um Hajoon zombeteiro, apoiado contra o batente do móvel, segurando a chave mestra da escola.

— Vocês têm sorte que eu me ofereci, como voluntário, para fechar as salas hoje, porque o zelador está doente. — Ele apontou o dedo para os mais novos, rindo enquanto estes tentavam ajeitar suas roupas ao se afastarem. — Vazem!

— Quanta delicadeza! — resmungou Takeshi, pegando sua mochila e saindo da sala ao lado de Junwoo.

O mais novo se curvou para o professor, totalmente envergonhado por ter sido pego no flagra, mas este apenas riu e bagunçou os fios longos dele, o assistindo se afastar ao lado de Takeshi.

— Será que ele já está aqui? — Junwoo perguntou ansioso enquanto andavam em direção ao pátio da escola.

— Fique tranquilo, *okay*? Vai dar tudo certo — murmurou Takeshi, acariciando o ombro dele quando pararam em frente ao portão da escola. — E se não der, você não fez nada de errado. Você está certo em buscar conhecer sua família e tirar suas próprias conclusões ao invés de seguir o que seus pais contaram.

— Eu tô certo... — Junwoo murmurou, olhando em volta e vendo apenas alguns adolescentes entrando nos carros dos pais e outros apoiados aos muros, conversando ou fumando. — Eu queria poder te ligar quando acabasse.

— Eu queria ter dinheiro pra te comprar o melhor celular — Takeshi suspirou. — Eu vou ver se ainda tenho um antigo em casa, *okay*?

— Oh, não precisa, *hyung*! — Junwoo abanou as mãos. — Você já faz muito por mim.

— Deixe de bobeira, se eu quiser te dar um celular, eu vou! — Takeshi teimou, batendo o pé no chão como se fizesse birra, rindo do bico de Junwoo e selando-o em seguida. — Vou indo pro trabalho. Lembre-se de preparar uma desculpa para os seus pais!

— Pode deixar — respondeu, selando mais uma vez os lábios de Takeshi antes de lhe assistir descer a rua.

Quando estava para virar a esquina, Takeshi se virou e fez um coração usando os braços e a cabeça, rindo quando Junwoo corou e acenou timidamente. Sorriu, também, completamente abobalhado, mal notando o homem que se aproximava dele:

— Junwoo?

Assustou-se e virou-se em direção a voz, observando o homem já conhecido, de terno e com uma mochila de criança nas costas. Ele sorriu e estendeu uma mão para Junwoo, tirando-a antes que o garoto pudesse pensar em corresponder o cumprimento.

— Deus, não estamos na Inglaterra — corrigiu-se e se curvou. — Oi, Junwoo. Sou o Jooheon. Lembra? Marcamos de nos encontrar aqui e...

Junwoo acabou rindo baixo, interrompendo o falatório do mais velho. O adolescente estava nervoso, de fato, mas observar aquele homem e ver o quão diferente ele era do resto de sua família chegava a ser cômico para si.

— Eu me lembro. — Junwoo se curvou também, ainda sorrindo.

— Desculpe a afobação, eu tô realmente nervoso. — Jooheon coçou a nuca, soltando uma risada nervosa e o adolescente franziu o cenho ao perceber que ele tinha a mesma mania que ele de coçar a nuca quando ansioso ou nervoso.

— Não tem problema, eu também estou — suspirou, juntando ambas as mãos em frente ao corpo. — Tanto que não sei como c-começar.

— Por que não sentamos em algum lugar? Pode ser melhor — sugeriu.

— Não posso demorar muito... Se não meus pais... — começou, mas foi interrompido pelo aceno de Jooheon.

— Eu entendo, sem problemas. — O homem sorriu. — Quer ir caminhando na direção da sua casa?

— Pode ser.

Os dois iniciaram a caminhada, ambos sem jeito e em silêncio. O desconforto durou apenas alguns segundos, pois Jooheon foi rápido e eficiente para quebrá-lo ao iniciar uma conversa:

— Você ficou em Masan até o início deste ano?

— Sim.

— Como sobreviveu naquele fim de mundo? — brincou, arrancando uma risadinha de Junwoo.

— Eu não conhecia muito, então... não era bem um fim de mundo pra mim. — Deu de ombros. — Mas agora que c-conheço um pouco do que tem fora, não penso em voltar.

— Seus pais pensam? — questionou.

— Eu não sei — foi sincero. — Espero que não.

— Mas se eles forem... Você pode ficar, sabe, né? Com uma autorização deles, você pode alugar um apartamento como estudante.

— Sim... Mas não tenho como me manter aqui, eu não trabalho — suspirou.

— Por que não procura um emprego? — Jooheon sugeriu, ajeitando a mochila de criança nas costas.

— N-não sei... Não tenho muitas aptidões. — Franziu a testa, considerando aquela possibilidade pela primeira vez.

— Todos nós temos, só falta descobrirmos. Você pode começar por algo que todos sabem fazer como... limpar. Tenho um amigo que tem um clube, se quiser, posso perguntar se tem vagas. — Jooheon sorriu, animando-se quando a expressão de Junwoo iluminou-se surpresa.

— Jura? Faria isso p-por mim? — questionou, quase pulando no meio da rua. Se começasse a trabalhar, poderia juntar dinheiro! Juntar dinheiro para comprar um celular, comprar suas próprias roupas e... quem sabe até viajar com os seus amigos. Só de considerar aquela ideia, Junwoo sentia o coração acelerar de animação, mesmo que também considerasse o fato de que seus pais nunca o deixariam morar sozinho ou viajar com apenas dezoito anos.

Era muita coisa para pensar.

— Claro que faria, você é meu sobrinho.

Junwoo suspirou e acabou sorrindo para o mais velho, sentindo uma sensação boa no peito que somente se intensificou quando o homem correspondeu ao seu sorriso. Como nenhum familiar nunca havia sorrido para si.

— Sobre isso... — murmurou, tentando raciocinar para dar início ao assunto que tanto martelava sua mente. — Por que você não mantém mais contato com a família?

Jooheon olhou para o chão, acompanhando os próprios passos. Ele ficou alguns longos segundos em silêncio, aumentando a tensão que surgiu nos ombros de Junwoo para, em seguida, voltar seus olhos para o sobrinho e abrir um sorriso fraco ao iniciar:

— A família pode ser algo complicado. Nem todos nascem com a sorte de se encaixar logo de cara — suspirou. — Tem aqueles que, com o tempo, conseguem e outros que não. Eu fui um desses. Sabe... nunca concordei com a forma de pensar dos meus pais. Eles não conseguiram me doutrinar como fizeram com meu irmão e isso os incomodou a ponto de desistirem de mim quando eu ainda era um adolescente. — Coçou a barba por fazer. — Eles me aturavam até que, com o acúmulo de muitas coisas, aquilo mudou.

— Que coisas? — Junwoo questionou curioso.

— Eu sempre contestei os pensamentos religiosos e fanáticos deles — respondeu firme. — Nunca consegui seguir a religião deles, dormia nos cultos e sabia que não era em nada daquilo que eu acreditava.

— Então você faz parte de outra religião? — Junwoo arregalou levemente os olhos.

— Sim, sou agnóstico. Depois, posso te explicar melhor sobre. — Sorriu doce. — Além da questão religiosa, eu andava com pessoas que eles não aprovavam e eles sempre reclamavam disso, mas eu nunca deixei meus amigos.

Junwoo abaixou o olhar, pensando na possível reação que seus pais poderiam ter ao descobrirem com quem ele andava. Sabia que não seriam reações positivas e aquilo o assustava, afinal, ele não queria que seus pais fizessem algo contra seus amigos.

— Nós tínhamos dois vizinhos principais em Masan: a sua mãe e uma antiga amiga minha, Dahyun.

Junwoo voltou a erguer o olhar quando ouviu a palavra "mãe" ser citada.

— Acontece que seu pai tinha um interesse romântico em Daehyun e, quando descobriu que era minha amiga, ficou com inveja e contou aos pais dela que ela saía comigo. O problema era que os pais dela eram como os meus e ela era como eu, o que causou uma discussão enorme e... ela teve que se mudar — suspirou visivelmente entristecido.

— Ela era sua namorada? Por isso o pai ficou com ciúmes? — Junwoo franziu o cenho.

— Não, ela não era minha namorada porque, com quinze anos, me descobri gay e isso só aconteceu quando eu tinha dezoito.

Lee Jooheon soltou uma risada fraca só de pensar na possibilidade de ter tido um contato romântico ou sexual com Dahyun.

— O que você pensa sobre isso? — Virou-se para o sobrinho, que o encarava com os olhos esbugalhados. — Sobre eu ser gay — explicou.

— Eu... — Junwoo coçou a garganta, soltando, em seguida, a respiração que não notou ter prendido. — Seria hipocrisia minha te j-julgar.

Jooheon apertou o olhar, observando as feições envergonhadas dele, parecendo analisar as palavras que deixaram a boca do adolescente. Então, o mais velho sorriu, trazendo aquele quente ao peito de Junwoo de volta.

— Acredito que Daejung e Jiyoon não saibam, certo?

Junwoo coçou a nuca.

— Certo.

— Não se apresse para contar a eles. Não é como, se algo que fizessem, pudesse mudar quem você é — acrescentou. — Acredite, você tem uma sorte imensa por nascer nesse século. Eu não tive essa sorte e, com muita luta, consegui aceitar quem sou.

— Eu... tenho... tenho amigos que me ajudam. Muito! — Junwoo respondeu, notando que já estavam quase chegando a casa. — Mas e sobre meus pais? O que mais você ia falar?

— Ah, claro... — Jooheon coçou a garganta antes de continuar: — Como eu disse, minha amiga acabou se mudando e, depois disso, eu deixei ainda mais claro para meus pais que nunca seria o que eles desejavam. Queriam dois filhos pastores e, nossa, eu nunca quis ser um. Daejung sempre foi... me desculpe a expressão: pau-mandado deles. — Acabou soltando uma risada com as lembranças. — Sempre fez questão de se mostrar melhor do que eu no que nossos pais queriam, sempre me dedurava por mais estúpido que fosse o meu ato... Seu pai sempre foi um...

Junwoo o interrompeu.

— Um babaca.

Jooheon o olhou surpreso.

— Também acha isso? — O homem franziu as sobrancelhas.

— Eu percebi, com o tempo, que meu pai não era bem uma boa pessoa. Ele tem atitudes que acho que não condizem e... n-não sei, é estranho, pra mim, falar isso do meu próprio pai — suspirou confuso com o rumo de seus pensamentos.

— Não é estranho. Você reconhecer isso em um familiar próximo como seu pai, é incrível. Eu só consegui rejeitar, de fato, tudo vindo da minha família, quando fiz dezenove. Eu ainda tinha o pensamento de que não importava o que meus pais fizessem, eles ainda eram meus pais e, por isso, eles tinham um motivo — Jooheon riu fraco, abanando a cabeça. — Mas não importa se é sangue do teu sangue, temos que saber reconhecer quando uma pessoa é ruim.

— Você não mantém contato com mais ninguém mesmo? — perguntou, parando quando estavam a algumas casas de distância da sua e olhando em volta para saber se não havia nenhum vizinho os observando.

Jooheon parou também e negou com a cabeça.

— Nenhum me quis por perto e eu não queria manter tanta gente tóxica ao redor. Então, me mudei. Consegui vaga em uma faculdade na Inglaterra e fui pra lá.

— Inglaterra? — Junwoo arregalou os olhos. — Que legal!

— Sim! O país é incrível! — Jooheon riu, assentindo. — E todo mundo que eu conheci lá também.

— Você tem um filho, né? — Junwoo brincava com a barra da blusa. — Eu lembro que ouvi na ligação.

— Sim, tenho. — Ele sorriu abobalhado e colocou a mochila de criança na frente do corpo. — É pra ele, comprei antes de te encontrar.

— É fofa! — Junwoo riu com a empolgação do homem ao mostrar o presente que comprou para o filho. Seu pai nunca lhe presenteara.

— D-desculpe se for indiscreto ou invasivo... — Junwoo coçou a nuca. — M-mas como você tem um filho, se v-você é... sabe, gay?

— Eu e meu marido adotamos. — Ele sorriu, ajeitando a mochilinha novamente nas costas e sorrindo com o fato de o sobrinho estar encabulado.

— Você é casado? — Junwoo arregalou os olhos, cada vez mais surpreso. — C-como?

— Nos casamos na Inglaterra, lá é legalizado — suspirou. — Infelizmente, a Coreia ainda não tem esse avanço.

— M-meus pais sabem que você é casado?

— Não. — Jooheon se encostou ao poste de luz. — Um dia eles vão saber, provavelmente. Não vai me incomodar se descobrirem, na verdade. Nem meus pais sabem.

— O que meu pai fez quando descobriu que você gostava de outros homens? — Junwoo abraçou o próprio corpo, ansioso pela resposta.

— Ele disse todo tipo de palavra suja pra mim, me xingou, me chamou de aberração e disse que eu não merecia estar vivo. — Riu incrédulo ao se recordar. — E eu fiquei muito mal. Não sei o motivo, mas as palavras de Daejung pesaram mais do que as de meus pais.

Junwoo franziu o cenho ao analisar a expressão cabisbaixa do homem, vendo-o com os olhos presos ao chão.

— Daejung tem um dom de persuadir pessoas com palavras e de quebrá-las com palavras — continuou, acabando por sorrir triste. — Eu o vi fazer isso com sua mãe algumas vezes.

Junwoo ofegou.

— Você sabe quando meu pai começou a namorar minha mãe?

— Acho que quando ela tinha uns dezessete anos. Mas, sabe... nenhum dos dois queria. Os pais de cada um juntaram-nos, como costumam fazer até hoje com as pessoas da Igreja, eu suponho — contou, cruzando os braços.

— Nenhum dos dois se gostava? — Junwoo apertou os olhos.

— Não, nenhum dos dois. Seu pai, por mais que reconhecesse que não gostava dela, aceitou quando nossos pais falaram sobre a união, mas sua mãe... ela discutiu muito com os próprios pais — explicou.

— Como você sabe s-sobre minha mãe?

— Eu era muito observador. Ficava na minha, quieto, mas ouvia e via demais. Fora que minha janela ficava de frente pra janela da sua mãe. — Jooheon deu de ombros. — A vi discutir muito com os próprios pais e... — Engoliu em seco. — Levar cintadas do pai.

— Cintadas? O vô batia nela? — Ele arregalou os olhos, sentindo o peito apertar. A violência familiar era algo que o incomodava demais, fosse na própria família ou nas de outras pessoas, como quando ele ficou mal por ver Bonhwa tendo problemas mal resolvidos com o próprio irmão. Aquele tipo de coisa deixava-o para baixo e saber que sua mãe passara por algo como aquilo, o deixava mal. Talvez, aquele fosse o motivo dela agir como agia com ele.

— E muito — suspirou. — Teve um dia que houve uma briga feia entre ela e os próprios pais no jardim da casa deles. Ela ia ser espancada em público. Eu teria impedido, se alguém não tivesse feito isso antes.

— Meu pai? — Junwoo arqueou as sobrancelhas.

— Não, seu pai apenas assistiu. — Abanou a cabeça. — Foi uma amiga dela de infância... Mei, se me lembro bem.

— Huang Mei? — Arregalou os olhos.

— Isso! Essa mesma! Você a conhece? — perguntou.

— Ela é... mãe do meu melhor amigo. — Prensou os lábios um no outro.

— Bem, ela nunca gostou de seu pai e tentou impedir que sua mãe se casasse com ele — apontou, vendo o sobrinho coçar a nuca e respirar fundo. — O que houve?

Junwoo ergueu o olhar e negou, tentando ignorar as imagens dos desenhos de sua mãe que rondavam sua mente.

— N-nada, só... é estranho saber que meus pais se casaram mesmo sem a minha mãe querer, de fato.

— Isso acontece muito, Junwoo, infelizmente — o homem suspirou, pegando o celular do bolso traseiro e checando as horas. — Eu tenho que ir, mas não quero perder contato. Se incomoda em me passar seu número?

— Eu não tenho celular... — Junwoo fez um bico sem perceber.

— Poxa, a única pessoa legal e sensata da minha família não tem celular... — Jooheon dramatizou, arrancando uma risadinha fraca dele. — Acho que posso resolver isso.

— C-como?

— Eu tenho um celular antigo que troquei por esse. — Balançou o aparelho que tinha em mãos. — Posso te dar amanhã, com um chip e tudo.

— Jura? — Junwoo arregalou ainda mais os olhos. — Mas é algo caro! N-não posso aceitar!

— Pode, sim, eu insisto. Ou isso é uma desculpa pra não manter contato comigo? — Jooheon ondeou as sobrancelhas e Junwoo arfou.

— Não! Não é isso! — exclamou gesticulando. — Eu g-gostei muito de você, foi legal te conhecer e n-não... não me basear só no que meus pais me falaram.

— Preciso te dizer que achava que você não aceitaria me conhecer ou que ia ficar assustado comigo por eu ser muito diferente do... do resto da família — explicou, brincando com a alça da pequena mochila.

— Ser diferente é bom.

A frase pegou ambos de surpresa, mas arrancou um sorriso de Jooheon que, estupefato com o quão mente aberta seu sobrinho era, sentiu-se orgulhoso. Já Junwoo estranhou aquele impulso de fala que teve, mas se tocou que, de fato, era aquilo que pensava. O diferente era assustador de vez em quando, mas era bom. Todos os "diferentes", que lhe foram apresentados, foram únicos, surpreendentes e com os mais diversos significados. Junwoo aprendeu a apreciar o diferente, a apreciar o que não se via todo dia e o que, muitas vezes, era rejeitado pela sociedade.

Sim, foi assustador para ele e ainda era em alguns momentos, mas foi o melhor que pôde acontecer. Junwoo não se arrependia e queria cada vez mais o diferente em sua vida.

Lee Junwoo queria ser diferente.

CAPÍTULO 5

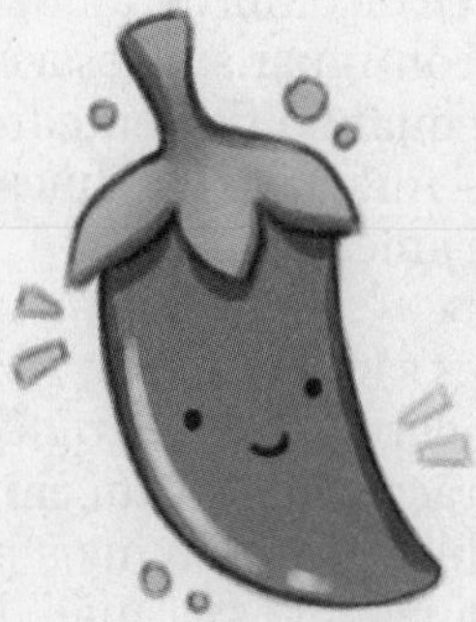

Quando Takeshi chegou a sua casa na segunda-feira, após o trabalho, estava tão distraído com a preocupação que vinha sentindo com relação ao encontro de Junwoo e seu familiar renegado que não notou a cena constrangedora que acontecia no centro de sua sala de estar. Só percebeu quando ouviu um estalo e uma exclamação alta que fez com que ele virasse na direção do som. E o que viu não foi nem um pouco agradável.

— Eu te disse que não ia conseguir ficar nessa posição! — Shutaro exclamou.

— Você é um velho molenga, isso sim! Porra, era só me segurar que ficava tudo certo! — Sanji rebateu.

— Te segurar como, mulher? Minha mão tava ocupada!

— Gente! — Takeshi gritou, chamando a atenção dos dois adultos jogados no tapete da sala. — O que tá acontecendo?

— Sua mãe quis dar uma de adolescente ativa e achou que jogar *Twister* seria uma boa ideia — o Ishikawa mais velho explicou, resmungando de dor com a batida que sofreu nas costas, deitado no chão. — Acho que quebrei minha coluna.

— Você é o médico aqui, se vire — murmurou Sanji, mas, contradizendo sua própria fala, aproximou-se do marido e tocou nas laterais de seu torso. — Onde dói?

— Tudo, porra, eu sou um velho com uma coluna fodida e- ai, ai, ai! — gritou, ao que Sanji massageou sua pele no caminho até a coluna, tentando achar o ponto certeiro da dor.

— Bem, eu tenho a coluna fodida com dezoito anos. — Takeshi deu de ombros, largando sua mochila no chão e se aproximando dos pais, abanando negativamente a cabeça ao colocar os olhos no tapete do jogo. — Mãe, o que deu em você pra querer jogar isso?

— Estava entediada. — Deu de ombros, ajudando o marido a se sentar no chão, ficando atrás dele para continuar a massagem.

— Sabe como sua mãe é quando fica entediada — Shutaro resmungou, levando um tapa no ombro. — Au! Eu tô machucado!

— Quer ficar mais? — ela ameaçou.

Takeshi riu.

— Nem acredito que vocês são meus pais.

— Somos pais muito modernos, ok? Agradeça por nos ter — o homem rebateu o filho, esticando o braço e dando um empurrão na cabeça dele.

— Realmente... — Takeshi murmurou mais para si mesmo, recordando-se dos pais de alguns dos seus amigos: a mãe de Yoona, por exemplo, e a péssima maneira como ela tratava a filha e o fato dela ter mentido durante anos para esconder o pai da garota; a mãe de Hajoon que, mesmo não sendo uma má pessoa no total, não respeitava a sexualidade dele; e os pais de Junwoo, religiosos fervorosos e fanáticos que mantinham o filho em uma espécie de cativeiro. Takeshi tinha sorte e reconhecia aquilo.

— O que houve? — Sanji perguntou ao filho, notando a mudança de expressão deste.

— Nada, só estava me lembrando dos pais de alguns amigos meus. — Sentou-se com as pernas sob o corpo, ignorando a possibilidade de elas ficarem dormentes alguns minutos depois. — Já falei pra vocês dos pais do Junwoo?

— Pra mim não, você não me conta nada — dramatizou Shutaro, levando mais um tapa da mulher.

— Fica quieto, porque você foi o primeiro a quem ele contou sobre a sexualidade dele — contestou, soando irritada.

— Claro, você já sabia! — Takeshi foi quem respondeu, recebendo um olhar divertido da mãe.

— As mães sempre sabem.

— *As mães sempre sabem* — Shutaro repetiu, como uma criança birrenta.

— Duas crianças — resmungou Takeshi, abanando a cabeça. — Mas é sério, os pais do Junwoo são... estranhos. Eu nunca os conheci pessoalmente, mas sei de coisas que eles fazem e, Deus, não sei como o Junwoo é quem é, com aquela prisão toda em que foi criado.

— Nossa mente pode transcender prisões psicológicas às vezes. Aproveite, porque são raras as pessoas que conseguem, de fato — Sanji respondeu o garoto, encostando-se ao sofá.

— Mas o que quer dizer com o Junwoo ser quem é? — perguntou seu pai, interessado.

— Ele aceitou a gente muito bem, sabe? Não se afastou quando descobriu que a Yoona era trans, que eu era gay ou que o Bonhwa era pan. Nada pesou tanto na mente dele ao ponto de fazer com que ele se afastasse — explicou, o olhar preso nas próprias mãos. — E eu entendi que o problema nunca estava nele e sim...

— Nos pais dele — concluiu Shutaro, suspirando ao receber um aceno positivo do filho. — Isso é complicado demais, filho. Querendo ou não, nossos pais, sendo biológicos ou não, sempre têm uma influência grande sobre nós. Conseguir retirá-los das nossas vidas quando são tóxicos é complicado.

— Eu sei... — Takeshi suspirou. — Mas sinto que, me tendo ao lado dele, junto com todos os nossos amigos, ele vai conseguir superar isso e não vai ser mais o grande problema da vida dele.

— Os pais dele não têm ideia de que vocês estão juntos, né? — Sanji questionou.

Shutaro arregalou os olhos:

— O quê? Você tá namorando, filho?

— Quê? — Takeshi grunhiu. — Não tô namorando.

— Mas queria — cantarolou Sanji, fitando as próprias unhas.

Takeshi abriu e fechou a boca, sem saber como responder aquilo. Ele tinha o olhar de seus dois pais sobre si enquanto pensava que, por Deus, quem ele queria enganar? Estava mais que óbvio que ele estava completamente caidinho por Junwoo e pelo jeitinho do garoto de ser. Tudo em Junwoo era motivo para suspiros deixarem a boca de Takeshi, cada toque do menino levantava todos os pelinhos do corpo do ruivo e cada palavra que saía da boca do moreno era motivo para seus maiores sorrisos.

Takeshi estava bem ferrado quando o assunto era Lee Junwoo, porque era óbvio que ele o queria para si, queria poder andar de mãos dadas com ele na rua, apresentá-lo formalmente aos seus pais, mesmo que sua mãe já o conhecesse, queria poder beijá-lo nos quatro cantos, sem se importar com os pais do garoto. Ele queria namorar Junwoo e sabia que aquilo seria uma tarefa difícil, dadas as circunstâncias em que o mais novo se encontrava.

Mas ele não ia desistir.

— Não mentiu — respondeu, por fim.

— Ok, vamos ligar pra esse garoto agora e chamá-lo aqui em casa, porque quero bater um papo reto com ele — Shutaro iniciou o falatório enquanto se levantava com dificuldade. — Não tem essa de magoar o meu filhote e... — foi interrompido.

— Pai, aquieta o cu, porque nem telefone ele tem. — Takeshi riu fraco.

— Nem isso? — Shutaro parou, virando-se para o filho. — Meu Deus!

— Mas já rolou algo entre vocês, né? — Sanji perguntou, apoiando o queixo na mão para observar o filho mais atentamente.

Quando Takeshi corou, sem responder de imediato, sua mãe bateu palmas, animada, e seu pai voltou a se sentar ao seu lado, exclamando:

— Conta, conta, conta!

— Já nos beijamos muitas vezes. — Takeshi fitou o chão, um sorriso bobo tomando seus lábios. — Já saímos juntos e, no sábado, dormimos juntos.

— Vocês já transaram? — seu pai perguntou surpreso.

— Não! Só dormimos — Takeshi gargalhou.

— E ele parece estar aceitando muito bem, é isso? — questionou Sanji, tombando levemente a cabeça para o lado.

— Sim, do tipo que dá pra ver que o problema não está nele — respondeu. — Hoje ele encontrou outro membro da família dele, um que seus pais disseram pra ele não manter contato, aparentemente.

— Sem os pais saberem, então? — Ela arregalou os olhos quando Takeshi assentiu. — É, ele já está bem avançado na questão de pensar por si próprio.

— Por que os pais dele não queriam que ele mantivesse contato com esse outro membro? — Shutaro perguntou curioso.

— Aparentemente, Jooheon é como uma ovelha má da família. — Deu de ombros, voltando a sentir o peso nos ombros ao pensar na conversa que Junwoo teve com o tio.

— Jooheon? — Shutaro franziu o cenho. — Qual o sobrenome do Junwoo?

— Lee — Takeshi respondeu confuso.

— Lee Jooheon? — O pai arregalou os olhos e, em seguida, riu incrédulo. — Eu o conheço.

— Como? — Takeshi arregalou os olhos.

— Eu me lembro de você mencionando esse nome... — Sanji franziu a testa, tentando se recordar de quando o marido havia mencionado o tal nome.

— Lembra-se daquele casal que adotou um filho que tinha um tumor cerebral? Que eu salvei a criança, porque os cirurgiões ignoraram a informação no prontuário sobre a alergia do garoto a alguns químicos presentes na anestesia? — explicou. — Um dos pais do garoto era o Lee Jooheon. O outro era estrangeiro, se não me engano. Algo como... James! Isso, James. Ele era britânico.

— O tio do Junwoo é casado com um homem? — perguntou Takeshi, os olhos esbugalhados e sua mente quase explodindo com a coincidência. — Agora tudo faz sentido.

— Meu Deus, que mundo pequeno! — Sanji comentou tão surpresa quanto o filho.

Takeshi ficou, alguns longos segundos, pensativo. Ele não sabia como encarar aquela informação, já que não sabia qual impacto aquilo teria em Junwoo. Ele não sabia se ia ser bom o garoto descobrir que tinha um tio homossexual, porque, junto com aquela informação, tinha a de que Jooheon não era aceito pela sua família, ou seja, Junwoo poderia acabar achando que contar aos seus pais e ao resto de sua família sobre sua preferência romântica/sexual não seria a melhor opção.

E Takeshi não saberia como lidar com um relacionamento às escondidas, não sabia se aguentaria aquele sufoco, por mais que a situação não dissesse, totalmente, a respeito dele. Afinal, contar ou não contar era uma escolha de Junwoo, uma decisão que apenas ele poderia tomar, pois afetaria a vida *dele*.

— Será que ele contou ao Junwoo? — perguntou mais para si mesmo, mas acabou por receber uma resposta de sua mãe.

— Eu acho que deveria. Afinal, pode ter um impacto bom sobre os pensamentos do garoto.

— Mas também pode ter um ruim — suspirou, massageando as próprias têmporas. — Acho que vou dormir.

— Nada disso, você tem que comer antes — Shutaro apontou. — Eu que fiz a comida.

— É, boa noite, família! — Takeshi exclamou, levantando-se e correndo para seu quarto.

— Ishikawa Takeshi! Volta aqui!

!

Quando chegou a casa na segunda-feira, Junwoo agradeceu mentalmente que seus pais ainda não haviam jantado, o que indicava que ele não havia se atrasado muito, mas colocar os olhos sobre seus progenitores foi totalmente diferente naquela noite. Olhar para seu pai e saber que ele separou o próprio irmão da melhor amiga por pura inveja, saber que ele assistiu à sua mãe levar uma surra e não fez nada, saber que ele renegou o próprio irmão por ele ter prioridades na vida diferentes da sua, fez com que o adjetivo “babaca” que atribuíra a ele, mudasse para "asqueroso”.

Junwoo sentiu nojo. Nojo do próprio pai.

Todos os momentos em que o homem foi ignorante consigo voltaram à sua mente, comentários que o homem fez que acabara o deixando para baixo, questionando a si próprio sobre coisas que foram totalmente distorcidas pelo mais velho. Junwoo passou quase o jantar inteiro com o olhar sobre seu pai, pensando no quão decepcionado os fiéis da Igreja ficariam ao saber o quão sujo aquele homem era. Afinal, o quão hipócrita era falar, em solo sagrado, que o sexo deveria ser apenas após o casamento e, em outra ocasião, perguntar ao filho se a noite “havia sido boa” com uma garota que nem namorada dele era. O quão errado era citar o ensinamento “amar o próximo como a si mesmo” e rejeitar o próprio irmão pela sua orientação sexual e pelas suas escolhas de vida ou, pior, assistir a uma mulher ser espancada e não agir.

Lee Daejung vivia da maneira errada e Junwoo não faria parte daquilo.

Na manhã de terça-feira, Junwoo foi recepcionado na cozinha por sua mãe e, ao ouvi-la murmurar um “bom dia” desanimado para si, pensou em quando seu tio lhe contou sobre o fato de nenhum de seus dois pais querer se casar um com o outro. Sua mãe não gostar de seu pai explicava muita coisa ao menino, como o desânimo com a própria arte que ela teve após se casar.

E Junwoo tomou seu café da manhã pensando em abordá-la para conversar sobre aquilo. Sobre como ela se sentia, porque ele sabia que aquilo ajudava algumas pessoas e ela poderia ser uma delas. No entanto, ao receber um olhar duro da mulher por ter derrubado o copo de chá na mesa, desistiu.

Quando chegou à escola, Junwoo foi recepcionado por Jung Ravi, que assistia a algo em seu celular, na mesa em que sempre se sentavam para esperar a aula começar.

— Bom dia, *hyung* — murmurou, sentando-se ao lado do mais velho, que retirou um fone de ouvido e pausou o vídeo que assistia para cumprimentá-lo.

— Bom dia! — respondeu animado, estalando um beijo na bochecha do moreno. Junwoo corou pelo contato repentino, mas sorriu, gostando de ser recepcionado com aquele carinho. Ele gostava muito de carinho.

— A que está assistindo? — perguntou, apoiando o queixo no ombro de Ravi para poder enxergar melhor a tela do celular.

Na pequena tela, havia a imagem pausada de um homem retirando uma maquiagem forte do rosto, vestindo apenas uma samba-canção. Ao ver a pintura no rosto do homem, Junwoo recordou-se do próprio Ravi e acabou soltando antes de receber uma resposta para sua pergunta anterior:

— Me lembra você.

— Nossa, me senti honrado, porque essa é a melhor *drag queen* já existente nesse programa. Amém Adore Delano! — Ravi fingiu limpar uma lágrima.

— Tem um programa disso? — Junwoo perguntou curioso, os olhinhos brilhando.

— Sim! Tem muitos, mas esse é o mais famoso. É uma competição pra ver quem é a melhor *Drag*.

— *Drag*... É o que você é? — perguntou, tombando levemente a cabeça para o lado.

— Sim. É o termo utilizado para as pessoas que escolhem se expressar dessa forma. *Drag Queens* são artistas que se vestem e se maquiam desse jeito para o entretenimento — Ravi explicou, deixando o fone de lado para dar atenção às perguntas dele.

— Então você não se identifica como mulher? — Junwoo franziu as sobrancelhas.

Ravi sorriu compreensivo.

— Não, não me identifico como mulher. Ser uma *Drag Queen* não tem influência na identidade de gênero e nem na orientação sexual, não é como ser transgênero ou travesti.

— Travesti? Nunca ouvi esse termo antes. — Junwoo fez um bico sem perceber, curioso.

— Muita gente confunde com o termo “transgênero”. Aqui não se utiliza muito esse termo, ele está mais presente em países da América Latina, na Espanha e em Portugal, e é bem marginalizado — explicou. — Para grande parte da comunidade LGBT, a travesti, ainda que invista em roupas e hormônios femininos, como as mulheres transgêneros, não sente desconforto com sua genitália e, de maneira geral, não tem a necessidade de fazer a cirurgia de redesignação sexual ou mudar suas características primárias.

— Então a Yoona *noona* é transgênero e não travesti. — Junwoo concluiu por si próprio, soltando uma risada surpresa depois. — É muita coisa.

— Diversidade é tudo, meu caro Junwoo — brincou Ravi, dando tapinhas no ombro do mais novo. — Não tem problema não entender tudo de cara, é algo que vai se aprendendo com o tempo e, muitas vezes, muda.

— Eu gosto de aprender sobre — Junwoo murmurou. — Gosto da diferença.

— Isso é muito bom, Woo.

Antes que Junwoo pudesse responder, teve sua visão bloqueada por um par de mãos. Assustado, deu um pulo em seu lugar quando uma respiração bateu em seu ouvido. Todos os pelos de seu braço levantaram e ele sentiu o próprio coração saltar em agonia e ansiedade quando a voz rouca se fez presente:

— Adivinha quem é?

Junwoo suspirou, o peito se aquecendo.

— *Hyung...*

— Qual deles? — Takeshi provocou, não se afastando se quer um milímetro da orelha de Junwoo, provocando uma série de arrepios no mais novo que fizeram com que ele engolisse em seco. Os arrepios, as bochechas quentes, o coração acelerado... *Por Deus, Takeshi.*

— Takeshi, o garoto vai infartar — interrompeu Ravi, soltando uma risada ao observar o estado de Junwoo com aquela mísera aproximação.

— Poxa, só queria brincar — resmungou, destampando os olhos dele e depositando um beijo em sua bochecha antes de se sentar ao lado do moreno, apertando a ele e Ravi no banco que era para ser apenas para duas pessoas. Não era culpa sua, só não conseguia ver Junwoo ali e não ficar colado nele. — Como foi ontem, Woo?

— O que aconteceu ontem? — questionou Ravi, curioso, remexendo-se um pouco, mas não reclamando do pouco espaço que estava tendo pelo grude dos outros dois.

— Foi bom, *hyung* — Junwoo respondeu, sorrindo para Takeshi, as bochechas em tom escarlate por estar perto demais dele. Ele virou o rosto para frente, tentando ignorar o fato da boca de Takeshi parecer gritar para que ele a tomasse para si. Ela estava ali, do seu ladinho, vermelhinha e cheinha... Era tortura! — Eu conheci meu tio ontem — explicou a Ravi.

— Tio... Aquele que você mencionou, Takeshi? — perguntou, recebendo um aceno positivo como resposta.

— Ele me contou muitas coisas a respeito da juventude dos meus pais, coisas que me assustaram um pouco e me deixaram com umas pulgas atrás da orelha — comentou Junwoo, o olhar preso nas próprias mãos, já que evitava olhar para Takeshi, com receio de se distrair. — Ele até mencionou a mãe do Syao.

— O que tem a mãe do Syaoran? — Takeshi franziu o cenho, confuso.

— Ela e minha mãe são amigas desde bem novas, mas tem algo estranho... Eu sinto que n-não é só isso, que tem algo a mais, porque... — Respirou fundo. — Eu achei um caderno de desenho da minha mãe, que ganhou quando tinha dezesseis anos, e o primeiro desenho do caderno é da mãe do Syao. E o Jooheon me contou que teve um dia em que minha mãe levou uma surra, em frente à casa dela, dos próprios pais, e nem meu pai impediu, só a mãe dele. E meu pai... ele nunca gostou dela.

— Isso me soa como um romance mal contado — Ravi soltou, fazendo com que ambos, Takeshi e Junwoo, olhassem para ele.

— Como assim? — Junwoo perguntou confuso.

— Talvez, sua mãe e a mãe do Syao tenham vivido algum romance. Seu pai não gosta dela, tem um desenho da mãe do Syaoran no caderno dela e a questão da surra... Bem, se a mãe do Syaoran teve a coragem de interromper uma briga de família, é porque amava demais a sua mãe. Não sei, eu enxerguei dessa maneira, mas, talvez, eu esteja viajando muito. — Deu de ombros, rindo fraco logo em seguida.

— Meu tio disse que meus pais não queriam se casar... — Junwoo refletiu, os olhos presos no nada enquanto a hipótese de Ravi rondava sua mente.

A ideia de que sua mãe, em um momento de sua vida, amou uma mulher, deixou Junwoo chocado. Afinal, tendo visto Jiyoon passar uma vida na Igreja, apoiando comentários preconceituosos, não deixaria que aquela hipótese crescesse por si só na mente do garoto, mas, ali, ouvindo as palavras de Ravi, ele refletiu e recordou-se dos momentos estranhos em que sua mãe não se mostrava tão incomodada com a amizade que ele tinha com Syaoran, os momentos em que ela pediu o telefone para falar com Mei, o fato dela não querer se casar com seu pai e não parecer amá-lo verdadeiramente, o desenho de Mei e a falta de desenhos depois do casamento... Tudo, pela primeira vez, parecia se encaixar.

— Junwoo...! — Takeshi chamou pela terceira vez, vendo o garoto em uma espécie de transe, os olhos arregalados e presos no nada.

— Minha mãe... i-isso explicaria muita coisa — murmurou, levando o dedo até a boca e começando a roer a pele em volta da unha. — *Hyung*... o q-que eu faço? — Virou-se para Takeshi, sentindo o nervosismo diminuir quando Takeshi pegou em sua mão e olhou-o nos olhos.

— Se essa questão está te incomodando, Woo, conversa com ela e... — foi interrompido.

— Não está me incomodando pela possibilidade dela ter amado outra mulher — esclareceu, imediatamente, não percebendo a troca rápida de olhares entre Ravi e Takeshi. — Me incomoda, porque, talvez, i-isso explique o porquê d-dela não... dela não gostar de mim.

Takeshi não soube o que responder. Ele não sabia o que era ser rejeitado por um de seus progenitores, então ele apenas entrelaçou seus dedos com os de Junwoo e apertou a mão do garoto, buscando demonstrar apoio:

— Woo... Converse com ela. Isso pode melhorar muito o convívio de vocês dois.

— E-eu não sei como. *Hyung*, ela não vai querer! — choramingou, abanando a cabeça negativamente.

— Você não vai saber, se não tentar — foi Ravi quem respondeu, tocando o ombro de Junwoo.

— Podemos mudar de assunto, por favor? — pediu, sentindo o peito apertar com uma espécie de sufoco que somente diminuiu quando mais um beijo foi depositado em sua bochecha e os carinhos em suas mãos se intensificaram.

— Você vai à palestra comigo semana que vem? — indagou Takeshi, atendendo ao pedido dele. — Lembra? Sobre feminismo e tal.

— Sim, vou sim — Junwoo suspirou. — Mais alguém vai conosco?

— Acho que a Yoona queria ir e o Bonhwa também, mas não sabia se poderia. Ravi, você vai? — perguntou, mirando o mais velho.

— Acho que sim, ainda não sei se minha tia vai precisar de mim, mas a princípio vou, sim — respondeu, antes de voltar a colocar os fones de ouvido para assistir ao programa no celular.

— Ah, *hyung*, me esqueci de dizer que, talvez, eu ganhe um celular do Jooheon hoje — murmurou, sorrindo quando viu uma expressão animada no rosto de Takeshi. — Aí vou poder falar com você e, é... — Corou, já sabendo que passaria as noites conversando com o mais velho, visto que não se desgrudavam.

— Já vou anotar meu número na sua mão para você não se esquecer de colocar no celular — disse Takeshi, tirando uma caneta de sua mochila e pegando a mão de Junwoo para anotar o número ali. — Nem tô acreditando que vou poder falar com você o dia todo.

— Nem eu, *hyung*! E ainda vamos poder mandar fotos! — ele respondeu tão animado quanto o mais velho, observando a caligrafia delicada dele até mesmo para anotar números em sua mão.

Takeshi soltou uma risadinha.

— Sim, muitas fotos.

— E vou poder ouvir sua voz antes de dormir... — murmurou, sorrindo contido ao imaginar ter uma conversa por áudios com o mais velho antes de adormecer. Só de pensar naquilo, seu coração acelerava de maneira inexplicável, batendo em seu peito com uma força que só se fazia presente quando o assunto envolvia o Takeshi.

O dito cujo, após guardar a caneta, virou-se para o mais novo e sorriu abobalhado, segurando em sua nuca e aproximando-se dele, ficando a poucos centímetros de distância. Junwoo suspirou, seu olhar escorregando para os lábios gordinhos dele, admirando-os silenciosamente. Takeshi sorriu de lado, roçou seu nariz no de Junwoo, fechando os olhos quando aquela sensação boa de estar ao lado da pessoa pela qual estava apaixonado invadiu todo seu ser.

Sem perceber, Junwoo fez um biquinho, desesperado para ter o contato que tanto queria ter com o mais velho. Ele não se importava se estava no meio do pátio, se outros alunos daquela escola podiam ver que ele e Takeshi se beijavam quando queriam, ele só queria tê-lo para si, lhe tocando e beijando.

Junwoo sabia que aqueles eram sintomas de sua paixão e que não agia cem por cento são quando o assunto era o outro garoto, afinal, algum inspetor ou professor poderia vê-los e relatar aquilo aos seus pais. Entretanto, ele não conseguiu se importar com aquilo naquele momento. Era só Takeshi que importava. Ishikawa Takeshi e Lee Junwoo.

— Já na melosidade? Essa hora da manhã? — Yoona interrompeu o momento dos dois, sentando-se no banco da frente junto com Bonhwa, rindo com a careta que Takeshi fez para si.

— Desculpa interromper, eu não me aguentei — zombou, mandando um beijo no ar para ele.

— Bom dia! — Junwoo cumprimentou os dois, acenando minimamente, um sorriso tímido nos lábios.

— Bom dia! — Bonhwa e Yoona responderam em uníssono. — Vocês viram? Yejun vai dar uma festa — comentou Bon.

— Festa? Eu ouvi “festa”? — Ravi removeu os fones de ouvido.

— Bom dia para você também — Yoona respondeu irônica, rindo quando Ravi mostrou a língua para ela.

— Eu vi no Twitter. — Takeshi deu de ombros, colocando sua coxa por cima da de Junwoo, ficando mais acomodado. — E no Facebook.

O mais novo se dispersou do assunto por alguns segundos ao sentir a perna de Takeshi sobre a sua. Suas mãos, que antes estavam em seu colo, ergueram-se para dar espaço para Takeshi se acomodar e, em seguida, Junwoo não soube onde colocá-las. Engoliu em seco, franzindo o cenho ao observar a coxa farta sobre a sua, um tanto exposta pelo jeans rasgado que o mais velho usava. Sem pensar muito, colocou suas mãos sobre aquela parte do corpo de Takeshi, os dedos tremelicando um pouco por pensar que aquele era um toque um tantinho íntimo, mesmo que ele já tivesse pegado naquela parte do corpo do outro. Ele suspirou e ergueu o olhar, voltando sua atenção para o assunto.

— Parece que os pais dele vão ficar fora durante o fim de semana que vem e ele vai dar uma festa à fantasia — explicou Yoona. — E ele convidou todos do primeiro ao terceiro ano.

— A gente vai, né? — perguntou Ravi.

— Junwoo? — Takeshi indagou, virando o rosto para o mais novo.

— Festa? Hm... Acho que sim — respondeu, sorrindo junto com Takeshi quando ele sorriu para si. — Eu só não tenho fantasia.

— Nisso a gente pensa depois. — Bonhwa deu de ombros.

O sinal bateu e o grupo se dirigiu para suas respectivas salas, Junwoo se separando deles para poder ir ao banheiro antes. Após fazer suas necessidades, lavou as mãos e seguiu porta afora, não pensando que poderia haver alguém passando ali naquele momento e acabar por esbarrar com uma pessoa quando saiu de cabeça baixa do local.

— Desculpe! — exclamou, ajudando a recolher os pertences da menina que caíram no chão, estendendo para ela que colocava tudo na bolsa, apressadamente.

— Não tem problema — murmurou baixinho, a voz rouca.

Quando Junwoo estendeu o último item, seu olhar prendeu no braço estendido da menina. A manga da blusa que ela vestia havia escorregado, expondo um pedaço de pele e permitindo que ele enxergasse mais de um hematoma, todos em tons de verde e roxo. Assustado com os ferimentos, ele levantou os olhos até o rosto da garota, vendo a expressão surpresa no rosto dela ao perceber que ele tinha visto *tudo* aquilo.

— E-está tudo bem? — Junwoo perguntou. Mas não obteve respostas, pois a garota pegou todo o seu material, o mais rápido que pôde, e correu para longe.

!

— Ele disse que horas estaria aqui? — Takeshi perguntou para Junwoo, já que este estava agoniado pelo atraso do tio. Afinal, se ele chegasse muito tarde, teria problemas. Takeshi se ofereceu para esperar consigo, pois entrava mais tarde no turno na cafeteria.

— Disse que seria o mesmo horário de ontem, mas... — Junwoo interrompeu-se ao ver Jooheon do outro lado da rua, parecendo estar com uma pressa absurda, completamente afobado e com as roupas um pouco fora do lugar. — Ali.

O homem se aproximou sob o olhar dos dois e, quando chegou perto o suficiente, sorriu para ambos. Um sorriso tremido, nervoso, que deixou o sobrinho, imediatamente, preocupado.

— Está tudo bem?

— Eu... — o homem puxou os fios para trás e suspirou. — Não, não está. Meu filho teve uma recaída e tivemos que levá-lo ao hospital, por isso me atrasei. Mil desculpas!

— N-não! Não precisa se desculpar! — Junwoo, prontamente, impediu-o. — Ele está bem?

— Quando saí de lá, já tinha melhorado, mas não está cem por cento. — Respirou fundo.

— Fique tranquilo, aquele hospital tem médicos muito bons. — Takeshi tentou tranquilizá-lo.

— Como sabe qual o hospital? — Jooheon franziu o cenho, confuso com a frase do ruivo.

— Meu pai trabalha lá e ele conhece você — explicou, tendo o olhar de ambos sobre si. — Ele falou sobre você, o filho e o seu marido.

— Você sabia... antes? — Junwoo perguntou, as sobrancelhas curvando-se com dúvida.

— Não! Eu descobri isso ontem — se apressou em explicar, aliviando-se quando a compreensão ficou visível na face de Junwoo.

— Que mundo pequeno! — Jooheon soltou uma risada fraca. — Eu te vi antes, mas ainda não sei seu nome.

— Takeshi Ishikawa, ou Ishikawa Takeshi, se usar a forma coreana de dizer um nome — disse, curvando-se em respeito. Recebeu um sorriso do homem mais velho em resposta.

— Prazer, Takeshi! — cumprimentou e virou-se para Junwoo. — Eu trouxe o telefone. Coloquei meu número nele, caso você precisasse de algo. — Mexeu no bolso rapidamente antes de estender para Junwoo o aparelho em conjunto com um fio de carregador. — Ele é o meu antigo, mas é um aparelho recente, eu troquei, porque ganhei um novo da empresa — explicou.

Junwoo, ainda sem reação com tudo aquilo, pegou o que lhe foi estendido e soltou uma risada sem graça:

— Eu não sei nem como agradecer, de v-verdade...

— Me agradeça mantendo contato comigo, Junwoo. Até porque nós somos os únicos que prestam na família Lee — brincou, dando tapinhas no ombro do sobrinho. — Eu preciso voltar ao hospital, me desculpe por vir e ir tão rapidamente.

— Não precisa pedir desculpas — respondeu, sorrindo para o homem. — E eu vou manter contato, sim.

— Perfeito.

Jooheon se despediu dos garotos e saiu correndo, visando chegar ao hospital o mais rápido que pudesse. Junwoo o acompanhou com o olhar até o homem virar a esquina, já que não estava de carro por ter deixado o veículo no hospital.

— Seu primeiro telefone é um *IPhone*, olha o luxo — zombou Takeshi, pegando o aparelho e ligando-o, vendo que já estava com chip.

— É igual ao seu, né? — questionou, recordando-se do telefone que o mais velho tinha.

— Sim... Vamos inaugurar essa câmera. — Takeshi abriu a câmera do telefone e apontou para Junwoo, este que teve o impulso de aproximar o rosto dela e deixar seu nariz e olhos salientes. — Meu Deus, o narizinho! — exclamou abobalhado ao olhar para a foto. — Vou enviar essa foto para mim agora. — Takeshi adicionou seu número no telefone do mais novo, explicando-o como fazia e, em seguida, enviou a si mesmo a foto que havia tirado.

— *Hyung*, você tem o número do Syao, certo? — perguntou, recebendo um aceno positivo em resposta. — Pode colocar ele aí pra mim?

— Claro.

Após ter o número de todo o seu grupo de amigos, Junwoo e Takeshi iniciaram o caminho para a casa, parando, no caminho, na cafeteria em que o mais velho trabalhava. Antes de entrar no local lotado, ele virou para o mais novo e o pegou pelas bochechas, beijando-o carinhosamente. Junwoo sorriu entre o beijo e abraçou a cintura do outro, apertando-o contra si por não querer se separar. *Nunca mais.*

— Me avisa quando chegar? — Takeshi pediu, roçando seus lábios contra os de Junwoo, provocando arrepios em ambos os corpos.

Com um suspiro tristonho, não querendo ir para casa, Junwoo assentiu.

— Até, *hyung*. — Beijou-o mais uma vez antes de afastar-se e começar seu caminho para casa.

Quando estava a alguns quarteirões de distância, Junwoo recebeu sua primeira notificação no novo celular:

!

Junwoo chegou um pouco depois do horário normal a casa, mas não recebeu xingamentos ou repreensões. Na verdade, quando chegou a casa, seus pais estavam quietos, já jantando, e nem ao menos o cumprimentaram. Ele nem passou em seu quarto, preferindo jantar logo para se livrar daquela situação fria e incômoda o mais rápido que pudesse. Mandou a mensagem para Takeshi do banheiro, avisando que tinha chegado e dirigiu-se à cozinha para jantar.

Após tomar um banho e certificar-se de que seus pais estavam bem distraídos com a televisão na sala de estar, Junwoo fechou a porta de seu quarto e deitou-se na cama, pegando seu mais novo telefone e mandando uma mensagem para Syaoran:

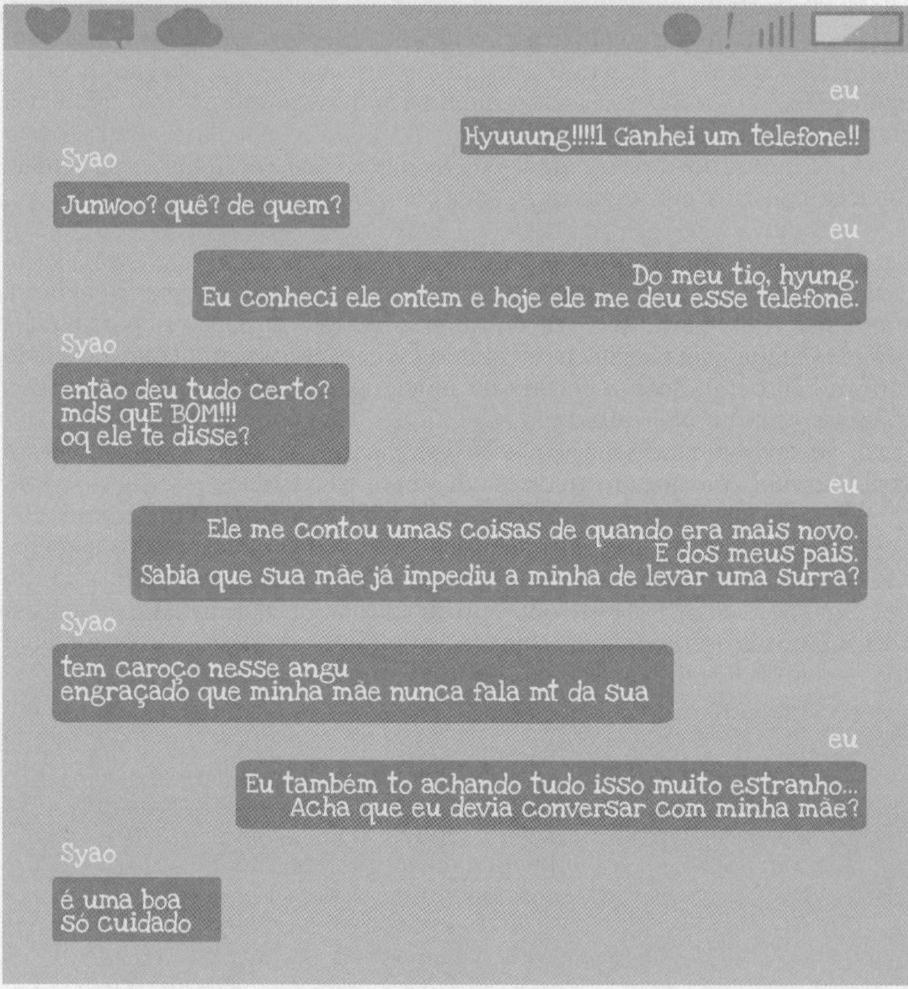

Junwoo passou uns bons minutos conversando com o amigo, rindo dos áudios que ele mandou comentando sobre o homem bonitinho que sentou ao lado dele no trem de volta para Masan. Preferiu não comentar sobre a hipótese que Ravi havia dado mais cedo, no entanto, envolvendo ambas as mães, por não ter certeza e não querer colocar lenha em uma fogueira que nem sabia se existia. Eles chegaram a conversar sobre Bonhwa e, quando o assunto “Takeshi” apareceu, Junwoo sentiu que ia explodir.

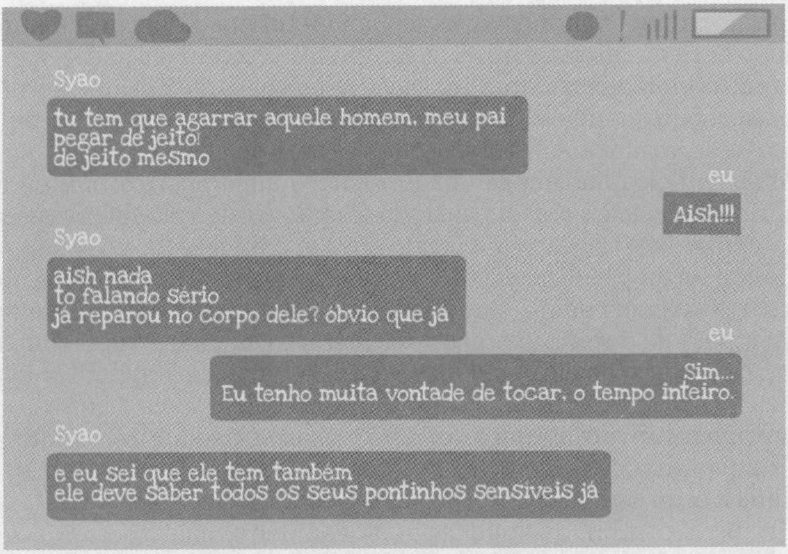

Junwoo engoliu em seco. Nem ele sabia os seus pontos sensíveis. Ficou longos segundos encarando a tela de seu novo celular, as bochechas vermelhas por ainda achar aquele assunto um tanto vergonhoso, mesmo que, no fundo, soubesse que era algo natural e, como Syaoran havia dito alguns dias antes, para algumas pessoas, era uma necessidade. Ele mesmo já havia sentido vontade, mas nunca havia se dado a liberdade de fazer tal coisa.

Após dois minutos, refletindo sobre aquele fato, Junwoo recebeu um link de Syaoran. Ele clicou no tal e uma página foi aberta no seu navegador. Logo de primeira, leu: *Cinco dicas para ter uma masturbação efetiva e gozar muito.*

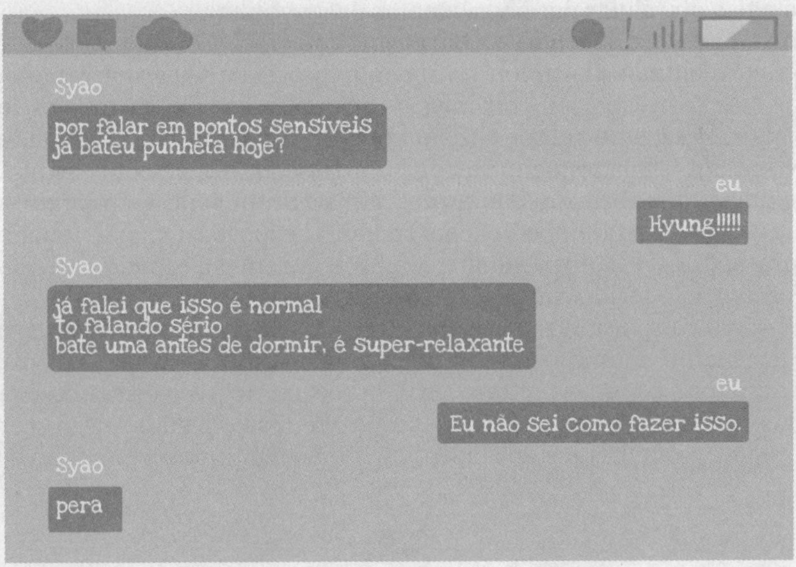

Em um impulso, levantou-se da cama e foi até a porta de seu quarto, checando se seus pais estavam ali. A luz da sala já estava apagada e não havia mais som de televisão, o que indicava que seus pais tinham ido dormir. Mesmo sabendo daquilo, ele preferiu trancar a porta, com medo de ser pego, caso ele fosse, realmente, fazer algo.

Ah, quem ele queria enganar? Era óbvio que faria algo. Junwoo queria descobrir a si mesmo para que, quando fosse a vez de Takeshi, a experiência fosse ainda melhor.

Dando início à leitura, ele sentia suas bochechas cada vez mais quentes ao ler as palavras "pênis", "pau", "punheta", "glande", "períneo" e "gozo". Passou a mão pelo rosto, tentando recuperar-se e ignorar a vergonha para memorizar as cinco dicas que aquela matéria incentivava os homens a tentarem.

A primeira envolvia explorar o próprio corpo, não ir diretamente para o pênis e sim tocar todos os locais mais íntimos de seu corpo antes de ir lá, como os mamilos ou as coxas.

Depois, era sobre a estimulação da glande, já que costumava ser um ponto bem sensível para a maioria dos homens. Tocar com a ponta dos dedos e pressionar era o mais aconselhado.

A terceira envolvia torcer o pulso na hora de fazer os movimentos de vai e vem para dar mais intensidade aos movimentos.

Na quarta, a pessoa que escreveu a matéria aconselhou a usar um travesseiro para fazer movimentos contra, já que era como uma imitação da sensação de penetração e costumava agradar muitos homens. Quando leu aquela dica, Junwoo olhou para o próprio travesseiro e engoliu em seco.

A quinta dica envolvia a estimulação do períneo, pois também era um local de comum sensibilidade entre os homens. Por não saber onde ficava aquele tal "períneo", Junwoo pesquisou na internet e, quando viu onde era, travou a tela do celular por não aguentar de vergonha.

Mas... vergonha de quê? De si mesmo?

Respirou fundo e levantou-se, abrindo a porta de seu armário para olhar no espelho. Ele vestia seu costumeiro pijama de flanela, os cabelos longos completamente bagunçados e o rosto um tantinho amassado pelo cansaço.

No entanto, pela primeira vez, Junwoo buscou se olhar com outros olhos.

Lentamente, abriu os botões da camisa do pijama, respirando fundo quando a pele branquinha foi, aos poucos, exposta. Quando finalizou a abertura, soltou o ar que prendeu e removeu, por fim, a camisa.

Ele deixou o tecido cair no chão e se observou.

Observou as pintinhas que tinha espalhadas pelo seu tronco e peitoral, o torso levemente definido em conjunto com os ombros largos, os mamilos amarronzados e os braços fortes. Curioso, tocou seu braço esquerdo com sua destra, sentindo algumas veias se salientarem ali quando ele forçou, de maneira leve, os músculos dos bíceps. Sua mão continuou o caminho e ficou sobre seu peitoral por alguns segundos, os dedos arrastando-se superficialmente sobre seu mamilo. Junwoo observou a forma como seu mamilo se enrugou e eriçou-se em conjunto com os pelinhos de seu braço que, imediatamente, levantaram.

Suspirando, desceu a mão por seu tronco até chegar ao cós da calça do pijama, arrastando o seu indicador pela área abaixo de seu umbigo, ameaçando puxar a barra da calça para frente. Em um surto de coragem, ele o fez e, após alguns segundos, desceu a peça, removendo-a de seu corpo e chutando-a para longe.

O garoto arrastou os dedos pelas laterais da cueca que vestia, sentindo, daquela vez, os pelos das pernas se arrepiarem. Ele engoliu em seco quando, por um descuido, sua mão esbarrou em seu membro ainda coberto. Houve um choque inicial, pois foi a primeira vez que tocou ali, sabendo que tinha segundas intenções.

Então, ele travou por alguns segundos.

Somente deu continuidade ao que fazia quando se deitou novamente na cama, fitando, daquela vez, o teto. Ele respirou fundo e voltou a tocar o próprio peitoral, com ambas as mãos. Não sabia o que pensar, não sabia onde colocar seus pensamentos, se não no constrangimento que estava sentindo por fazer aquilo com seus pais no quarto ao lado.

No entanto, como sempre, seus pensamentos viajaram até Takeshi.

Junwoo estava se descobrindo e sabia que estava fazendo aquilo para si mesmo, mas faria pensando no que lhe trazia a vontade de fazê-lo. Faria pensando em Takeshi.

Takeshi e sua boca, Takeshi e seu beijo, Takeshi e seu corpo.

Fechando os olhos, se deixou ser tomado pelos arrepios peculiares que subiram por sua espinha e, mais uma vez, estimulou os próprios mamilos, recordando-se de como Takeshi gostava de ser tocado ali. Com os polegares, pressionou ambos os mamilos e fez movimentos circulares, beliscando-os em seguida e suspirando ao fazê-lo.

Aquilo, definitivamente, era bom.

Escorregou a destra pelo tronco, dedilhando seu baixo abdome rapidamente antes de, mais uma vez, roçar os dedos em seu membro ainda coberto, ofegando ao que o choque subiu por seu estômago novamente. Seus dedos seguiram para as coxas e, ali, ele apertou. Apertou a própria carne com força, sentindo o melhor dos arrepios ao que as unhas pressionaram sua pele. Então, ele fez de novo. E arranhando aquela parte de seu corpo, Lee Junwoo soltou o primeiro arfar.

O choque em seu estômago se intensificou e, pela primeira vez na noite, Junwoo sentiu a fisgada na virilha. O garoto abriu os olhos e fitou a própria pélvis, subindo sua mão até o próprio membro e, por fim, apertando-o com pouca força.

O primeiro gemido veio, afinal, a fisgada na virilha foi forte daquela vez.

Então, ele continuou, apertando seu membro com cada vez mais intensidade, movimentando a mão de maneira lenta sobre o tecido, fechando os olhos novamente quando as fisgadas se tornaram cada vez mais intensas.

Quando fechou os olhos, a imagem de Takeshi voltou à sua mente; a imagem dele arfando pelas mordiscadas que Junwoo adorava dar em seus lábios, a imagem dele sussurrando seu nome, a imagem de Takeshi apertando sua bunda e puxando-o contra si.

Deus, aquela imagem fez com que Junwoo mordesse o lábio inferior e usasse mais força para estimular seu membro.

O calor começou a subir no corpo dele e, quando viu, tentava remover a cueca o mais rápido que conseguia, sentindo o próprio pau tocar em sua coxa, quente e cada vez mais pesado.

Junwoo dedilhou sua extensão pela primeira vez, arfando quando sentiu o quão bom era aquele toque e, por fim, segurou-a firme. Sem saber muito o que fazer e com a mente focada no rapaz da cabeleira ruiva, começou a movimentar a mão para cima e para baixo, quase gritando com o espasmo de prazer que se alastrou por seu corpo naquele segundo.

Recordando-se das dicas que leu antes de iniciar aquilo, soltou sua extensão a contragosto e esticou o indicador, tocando a glande exposta que passou a pingar assim que recebeu o primeiro toque. Imerso em uma onda de prazer, Junwoo não conseguiu conter a série de gemidos que deixou seus lábios quando ele começou a pressionar aquela área sensível. Moveu o dedo em círculos, erguendo o quadril para cima, em busca de cada vez mais contato com a própria mão... e com o próprio pensamento. Porque seus pensamentos estavam no beijo e no toque de Takeshi.

Ele imaginava o mais velho tocando-o com aquela firmeza que ele tinha, segurando-o pelas coxas e prensando em algum canto para poder beijá-lo e apertá-lo com mais força. Junwoo choramingou, voltando a fechar o punho em torno de seu pau, movimentando a mão para cima e para baixo, já completamente duro.

Sua esquerda voltou ao peitoral e, quando viu, ele voltava a massagear o próprio mamilo enquanto torcia o punho em seu membro, dando-se cada vez mais prazer. Os movimentos aceleraram gradativamente e, sem perceber, ele já fazia o vai e vem em uma velocidade exagerada, causando tremores em seu abdômen e arrepios por toda sua espinha.

Seus gemidos ficavam cada vez mais altos e ele estava quase se perdendo no quão boa aquela descoberta estava sendo quando resolveu testar outra dica que lera. Inquieto, virou-se de bruços na cama, agarrando o travesseiro com a mão esquerda, colocando-o contra seu rosto enquanto a mão direita agarrava o lençol de sua cama.

Quando seu membro tocou o tecido e ele se movimentou apenas um pouco, grunhiu contra o travesseiro, sentindo-se queimado com excitação. Sua mente voltou a focar Takeshi quando ele começou a se mover para frente e para trás, roçando o pau contra o tecido do lençol, se dando tanto prazer ao ponto de revirar os olhos.

Ele se mexia cada vez com mais força, seu corpo suava e as coxas começaram a tremer quando sua destra se infiltrou por baixo de seu corpo para agarrar seu mamilo novamente, beliscando-o com a intensidade que Junwoo precisava.

Gemendo contra o travesseiro, Junwoo não enxergava as loucuras que idealizava com Takeshi em sua mente. Ele pensava no ruivo ali, tocando-o como fazia anteriormente, arranhando suas coxas e brincando com seus mamilos para, em seguida, pegar em seu pau e proporcioná-lo mais prazer do que estava sentindo, ali, sozinho.

Intensificando as investidas contra o lençol, ele gemeu, agarrando o travesseiro que antes estava sob seu rosto, para colocá-lo embaixo de seu quadril, choramingando satisfeito quando teve mais tecido envolvendo seu membro e mais estímulos. Ele não cessou os movimentos e encostou a testa contra o outro travesseiro, abrindo e fechando a boca em puro deleite, sentindo aquela série de arrepios gostosos por todo o corpo.

Quando os tremores se intensificaram e ele já pingava em suor, achou que desfaleceria em prazer. A imagem que tinha em mente era de Takeshi lambendo o seu mamilo enquanto o tocava lá embaixo, estimulando-o com rapidez e intensidade. O garoto se descontrolou, soltando um grito alto contra o travesseiro e pressionando seu membro no tecido com força, levando sua destra até a bunda, buscando se empurrar mais para frente, mas acabou por mudar de ideia e iniciou uma série de apertos ali.

Ele apertava a própria bunda enquanto se movimentava, ouvindo a própria respiração acelerada e os próprios gemidos contidos, não se dando conta de que estava quase chegando a seu ápice. Ele somente focou os espasmos que subiram por sua barriga, os tremores em suas pernas e no quão bom foi quando seu dedo roçou seu períneo. Quando usou o polegar para pressionar ali e deu uma forte estocada contra o travesseiro, Junwoo gemeu alto e manhoso, interrompendo-se ao morder a mão esquerda para que não fosse escutado, mas sem conseguir pensar em nada além da explosão que sentiu ao gozar contra os tecidos de sua cama.

Ele ficou longos minutos parado naquela posição, buscando controlar a respiração ofegante que insistia em sair de seus lábios. Quando deu por si, ergueu o olhar e, ao seu lado, viu que seu telefone brilhava com mensagens. Ignorando as bochechas e o corpo quente, esticou a mão trêmula até o aparelho e tentou ler as notificações.

Eu também, hyung. Eu também.

CAPÍTULO 6

!

Junwoo nunca imaginou que ficaria até duas horas da manhã esfregando um lençol e um travesseiro, tentando, incansavelmente, remover qualquer resquício de que ele havia batido uma punheta pensando em Ishikawa Takeshi.

No calor do momento, ele não havia pensado na mancha que o gozo poderia deixar no tecido e aprendeu com o próprio erro, passando a tentar decifrar como faria para que sua mãe não suspeitasse de nada quando fosse lavar aquele lençol e o travesseiro. Ele acabou indo dormir apenas às duas e meia, com os olhos pesando de sono e a cabeça turbinando o possível esporro que receberia da mãe.

Quando acordou de manhã, por causa do barulho que vinha da cozinha, jogou o cobertor que tinha por cima das manchas e pegou o celular às pressas, recordando-se de que não havia respondido Takeshi na noite anterior e, ainda por cima, não disse mais nada para Syaoran depois de receber aquele link. Deu um tapa na própria testa e resolveu responder apenas depois, pois viu que estava alguns minutos atrasado.

Após se arrumar, correu escada abaixo, sentando-se na cozinha para engolir o seu café e desejar um "bom dia" aos pais, que não foi respondido. Junwoo, sem perceber, soltou uma risada incrédula, achando a situação familiar em que se encontrava completamente absurda. Foi a primeira vez que desejou morar com outras pessoas.

Quando chegou à escola, foi recepcionado por Bonhwa, que buscou acalmá-lo e mostrar que ainda faltavam quinze minutos para dar o horário de início das aulas. Junwoo respirou fundo, aliviado, e sentou-se na grama como o outro também havia feito.

— Conhece o Charlie Chaplin? — perguntou o Choi, aleatoriamente, olhando alguma coisa em seu celular.

— Já ouvi falar... — Junwoo respondeu duvidoso. — Hajoon-*ssi* já mencionou esse nome em uma aula de História, não?

— Sim, sim. Ele é um ícone histórico, principalmente quando tem a ver com a Segunda Guerra Mundial. Ele criticava tudo e criava polêmicas, porque era um ator muito famoso, então todos viam suas críticas — explicou. — Acho que vou me vestir como ele pra festa do Yejun.

— Como ele se veste? — indagou, curioso.

— Assim ó. — Bonhwa virou a tela de seu celular para ele, mostrando o estilo característico de Charlie Chaplin.

Junwoo achou engraçada a forma como o homem se vestia e tentou imaginar Bonhwa daquela maneira, acabando por soltar uma risadinha.

— O quê? Não gostou? — Bonhwa perguntou.

— Eu gostei, é diferente — devolveu, ainda sorrindo. — Você tem alguma ideia do que eu posso usar?

— Hm... Por enquanto, não. Mas você pode vir conosco quando formos comprar as fantasias, já te disse.

— E quando vocês vão?

— Takeshi pediu para irmos logo depois da palestra. — Guardou o telefone no bolso. — Vamos nós três, Yoona e Hajoon.

— Ravi não vai mesmo conseguir ir? — perguntou, um quase bico se formando em seus lábios. Ele gostava muito quando o grupo saía todo junto e não ter a presença de algum deles deixava tudo meio incompleto.

— Não, ele vai passar o dia com a tia. Já conheceu ela?

— Já a vi uma vez... Mas não falamos muito. — Coçou a nuca.

— Ah, na reunião de pais, alunos e professores, você, talvez, a veja.

— Reunião? — Junwoo engoliu em seco.

— Sim, acho que o Hajoon vai relembrar aos alunos, hoje, a reunião, e a administração vai enviar e-mails para todos os pais. Sabe, como foi final de semestre antes do recesso, eles querem conversar sobre o desempenho de cada aluno e passar uma imagem boa da escola. — Deu de ombros.

— Os p-pais são obrigados a vir? — sua voz soando um tanto tremida. E com motivo.

— Não, mas a maioria vem.

Junwoo não ouviu mais o que Bonhwa disse, pois sua mente vagou para a situação em que seus pais chegavam naquela escola, encontravam professores e, por uma obra do destino, encontravam seu grupo de amigos. O que ele faria, visto que teria que ir com seus pais? Ignoraria, solenemente, os amigos? Aquilo não parecia uma opção viável em sua cabeça, mas, talvez, fosse a melhor maneira de evitar algum problema.

— Oh... — Bonhwa pareceu entender o motivo da expressão de Junwoo ter mudado de repente. — Seus pais...

— É, meus pais... — Junwoo suspirou, massageando as têmporas.

— Vamos dar um jeito.

— No quê? Pode falar que eu já bolo o plano. — Yoona apareceu ao lado de Ravi e Takeshi. O último citado usava óculos de sol e Junwoo estranhou, pois não fazia sol algum.

— Sabe a reunião de pais e professores? — Bonhwa perguntou enquanto os outros se ajeitavam no gramado. Quando recebeu um aceno positivo dos três que chegaram, continuou. — Os pais do Junwoo vão ter que vir.

— Oh, merda! — Takeshi sussurrou, aproximando-se de Junwoo e segurando a mão do mais novo, olhando-o através dos óculos.

Junwoo ficou incomodado. *Poxa, ele queria ver os olhinhos de seu hyung*. Então, em um impulso, levou a mão livre até o rosto dele e tirou os óculos de seu rosto, sorrindo abobalhado ao ter a visão dos olhos do ruivo, menores que o normal por conta do possível sono que ele sentia.

— *Aish*, Woo! Eu não passei maquiagem hoje, não faça isso — resmungou, sorrindo, no entanto, porque o olhar que Junwoo tinha em si era de pura admiração.

— Você não precisa de maquiagem pra ficar bonito, *hyung*.

— Agora é a hora que eu vomito? — brincou Yoona, quebrando o contato visual dos dois pombinhos e arrancando risada dos outros. — Sobre seus pais, Junwoo, não se preocupe, nós... Merda! Eles já me conhecem, não é?

— Meu Deus, t-tem isso! — Junwoo exclamou, arregalando os olhos, tornando-se extremamente preocupado, naquele momento, ao recordar-se da mentira que havia inventado, envolvendo Yoona. — O q-que eu vou fazer? — gaguejou nervoso, fitando o chão, começando a balançar a perna e agoniado.

— Não tem como você vir caracterizada, Yoona, igual da vez que conheceu eles? — sugeriu Takeshi, roendo o canto de suas unhas bem feitas.

— Ter, tem. Só teria que explicar a situação toda pro meu pai e minha madrasta. Eles quem vão vir — ela suspirou, dando de ombros.

— E sua mãe...? — Ravi questionou cuidadoso.

— Eu ainda não falei com ela. Vou falar hoje.

— Quer que eu vá com você? — Bonhwa perguntou receoso, mas sempre buscando ajudar a amiga.

— Não precisa. Eu tenho que fazer isso sozinha. — Ofereceu um sorriso fraco para Bon. — Mas eu posso te ajudar, sim, Woo.

— Só eu o chamo de Woo, inventa outro apelido — resmungou Takeshi, deitando a cabeça no ombro do mais novo.

Imediatamente, o corpo de Junwoo ficou menos tenso.

— Que cheiro é esse? — Ravi franziu a testa, começando a fungar ao redor, parecendo estranhar, de fato, o que sentia.

— Que cheiro? — indagou Junwoo, confuso, pois não sentia nada além do cheiro da grama.

— De ciúmes. — Por fim, Ravi olhou para Takeshi, que estalou um tapa na coxa dele.

Junwoo precisou de alguns segundos para assimilar a piada de Ravi e, quando entendeu e todos ainda riam da situação, zombando de Takeshi, ele corou até o último fio de cabelo.

O que aquilo queria dizer? Que Takeshi, realmente, tinha ciúmes dele?

Junwoo sabia que, quando alguém sentia ciúmes de outra pessoa, era porque gostava dela e não queria que outra pessoa ocupasse seu lugar. E, ali, ele pensou na possibilidade de Takeshi também estar apaixonado por ele. Afinal, ele o beijava, fazia carinho, fazia sentir-se especial e sentia ciúmes dele, aparentemente.

Então, Takeshi também estava apaixonado? Quando ele lhe diria com aquelas exatas palavras? Porque Junwoo queria *muito* ouvir.

Ele já sentiu ciúmes de Takeshi e sabia que sim. Lembrava-se que, quando o ouviu comentar sobre o irmão de Dyul, com quem mantivera uma relação, ficou extremamente incomodado. E, ali, naquele momento, já reconhecia bem o que era aquele incômodo. *Ele estava muito apaixonado.*

— Vai dar tudo certo na reunião, *okay*? Vamos dar um jeito — Takeshi sussurrou para ele quando os outros entraram em outra conversa.

— Eu confio em você, *hyung* — murmurou em resposta, recebendo um olhar doce, que o desmontou por completo.

O mais velho não soube o que responder e, totalmente sem palavras para o quão significativa aquela frase soou em seus ouvidos, ele se inclinou e depositou um beijo na bochecha de Junwoo.

Muito apaixonados.

— Por que não respondeu minha mensagem, ontem, à noite?

Junwoo arregalou os olhos, surpreso com a pergunta que veio do nada, atingindo-o como um piano em um daqueles personagens de desenho animado. Agradecendo o fato dos outros estarem imersos em algum assunto que ele não conseguiu prestar atenção, o garoto corou e desviou o olhar de Takeshi, sabendo que este ainda o encarava e o pressionava por uma resposta.

Deus, que vergonha!

Ele abriu e fechou a boca, sem saber como responder. O que diria, afinal? Que se masturbou pela primeira vez na vida e passou a madrugada tentando remover a mancha de gozo de seu lençol e travesseiro? E, por causa daquilo, atrasou-se na manhã seguinte e não conseguiu pensar em dar uma resposta tanto para Takeshi como para Syao? *Sem condições de dizer tudo aquilo.*

— E-eu posso responder agora... — dito isso, tentando desviar da pergunta, Junwoo pegou o celular no bolso da calça e abriu o aplicativo de mensagens.

— Não precisa, Woo, eu imaginei que você tivesse ido dormir. — Deu de ombros, sorrindo doce. — Aproveitou um pouquinho seu celular novo?

Se vir dicas de masturbação era aproveitar, então sim.

— M-mais ou menos, não sei muito o que fazer.

— O que acha de criar um Twitter? — sugeriu. — É uma rede social, lembra?

— A que todos vocês têm?

— Essa mesmo. Dá pra postar fotos e interagir com outras pessoas, além de ver notícias. É bem legal — Takeshi explicou, indicando que queria pegar o celular de Junwoo. — Posso te mostrar como baixar?

Assentindo, Junwoo se sentiu aliviado que conseguiu desviar a atenção da falta de resposta da noite anterior para o tal aplicativo, buscando focar a felicidade de poder, finalmente, participar de tudo aquilo que os adolescentes, em um geral, falavam que era divertido. Mesmo que fosse algo supérfluo, Junwoo conseguiu se sentir mais participativo no grupo ao ter aquela tão falada rede social em seu telefone e ele não poderia estar mais feliz.

!

A semana passou em um flash, e, quando viu, já era o dia da palestra. Junwoo conseguiu sobreviver ao longo dos dias com a ajuda de seus amigos, mesmo quase passando mal de nervoso e tensão após ouvir de seus pais que eles iriam para a tal reunião, pois queriam conversar com alguns professores e saber sobre seu desempenho.

Yoona contou a ele que já tinha falado com a mãe dela e que, mesmo com a tal tentando, de novo, impedir que Chunghee se aproximasse da filha, Yoona deixou claro que não a queria presente naquele dia. A garota também falou com seu pai a respeito da situação de Junwoo e contou que se vestiria de maneira não convencional — para si — e agiria estranhamente, caso esbarrassem com os pais do garoto.

Ele ficou um pouco mais aliviado. Talvez, aquele dia, o da palestra, fosse o essencial para si: um momento em que sua mente não focaria o problema envolvendo seus pais e focaria o aprendizado. Estava curioso, afinal, nunca ouviu nada a respeito do feminismo, não sabia sobre o que se moldava o conceito, mas sabia que era algo importante, visto a empolgação e o interesse de seus amigos na palestra e a reação deles quando disse que não sabia o que era. Contudo, eles entenderam, devido ao pouco acesso que Junwoo tinha a qualquer coisa que não fosse o que seus pais lhe diziam.

Para poder comparecer à palestra, Junwoo deu aos pais a desculpa de uma aula extra que Hajoon faria para que os alunos pudessem ter pontos a mais em algumas provas. Eles caíram, como sempre.

Outra coisa que assolou a mente do garoto durante a semana foi a questão de ter que esconder seu aparelho celular. Ele trocou mensagens com todos os seus amigos e aprendeu a usar a rede social que Takeshi lhe ajudou a criar. Fora aquilo, conversou algumas coisas com Jooheon, também, ficando feliz ao saber que seu primo, Dakho, estava se recuperando muito bem. Seu tio até mesmo o convidou para jantar na casa deles e conhecer tanto Dakho quanto James. Sem nem hesitar, Junwoo aceitou.

Ele sabia que poderia ser complicado esconder aquilo de seus pais, mas queria passar mais tempo com seu tio, queria conhecer o resto de sua família. E não seria Lee Daejung que o impediria.

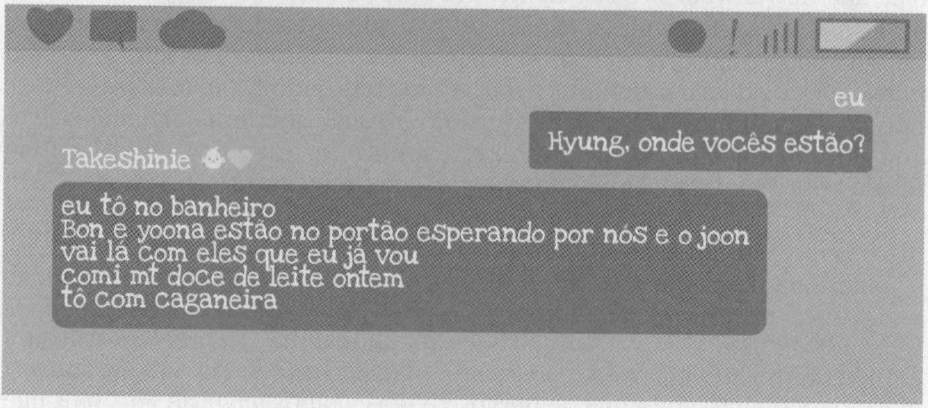

Junwoo gargalhou enquanto caminhava pelos corredores da escola, dirigindo-se ao portão da tal, interrompendo-se apenas quando ouviu um choro alto.

— Não, Eunhye! Você não pode deixá-lo fazer isso com você!

Odiando-se, naquele momento, por ser tão curioso, Junwoo aproximou-se do corredor dos laboratórios ao ouvir a fala. Engoliu em seco, guardando o celular no bolso traseiro e apoiou-se à parede, observando as duas garotas agachadas no chão.

Uma, de cabelo marrom, estava encostada contra a parede, o rosto entre os joelhos, enquanto a outra, loira, estava de frente para ela, sobre os próprios joelhos e com as mãos tentando erguer o rosto da outra. Quando ela conseguiu, Junwoo reconheceu a menina que chorava. Era a mesma que esbarrara com ele no corredor no outro dia.

— O que eu deveria fazer, Mirae? Ele está certo, eu t-tenho que dar m-mais atenção pra ele e... — a garota gaguejava e fungava, as lágrimas descendo sem controle pelo seu rosto.

— O quê? Eunhye, você dedica cem por cento do seu tempo para aquele *playboyzinho* de merda e ele reclama que você saiu uma noite com a gente? Caralho, já não basta o... — a loira foi interrompida por um inspetor que apareceu do outro lado do corredor.

— Garotas, a escola já vai fechar, vocês têm que se retirar.

Antes que Junwoo pudesse ser visto por um dos três, correu para onde seus amigos estavam. Quando chegou lá, tentando processar sobre o que as duas garotas falavam, foi cumprimentado por sorrisos e tapinhas dos outros nos ombros. Ele não se enturmou na conversa e permaneceu em silêncio, curioso a respeito das duas meninas. Elas, provavelmente, falavam sobre o namorado da morena. Junwoo não entendia... Para ele, soava como algo estranho, uma pessoa manter um relacionamento com outra que a fazia chorar daquele jeito.

Perdido em seus pensamentos, não viu quando um grupo de alunos se aproximou dele e de seus amigos e só foi notar quando teve seu ombro esbarrando em outro.

— Olha por onde anda, viadinho — soltou Dyul, seu braço em torno do ombro de uma garota ruiva.

— Mas eu não estava andando... — Junwoo murmurou a resposta, tocando em seu próprio ombro.

— Dyul, pelo amor de Deus. Já deu, né?! — exclamou Bonhwa, cruzando os braços.

— Não se mete, rato nojento — retrucou, não notando que a garota ao seu lado parecia extremamente incomodada com a situação.

— *Oppa*, por favor... — a menina murmurou, puxando-o pelo braço para que fossem embora. — O Yejun e o Juno estão nos esperando.

— Cala a boca, Yerim, eu tô ocupado. — E soltou a menina, ainda encarando Bonhwa com o olhar fulminante.

— Olha como você fala com ela, babaca. — Yoona se meteu, tendo sua mão segurada por Bonhwa quando ela fez menção de avançar nele.

— Olha, a mocinha quer voltar a ser macho, hm? — Dyul provocou, levando um tapa de Yerim em seu peitoral.

— Você é impossível! — ela exclamou, dando as costas para ele e indo até um par de garotos que observava a cena de longe, em frente ao ponto de ônibus do outro lado da rua. Junwoo sentiu o rosto esquentar quando viu o tal Juno, pois se recordou de que ele era o garoto da cartinha em seu armário.

— Só sai daqui, Dyul — Bonhwa suspirou, parecendo cansado da situação toda.

— Vocês mal perdem por esperar — ele retrucou, lançando um último olhar para Junwoo antes de dizer: — Mande um beijo para o Takeshi por mim. — E sorriu irônico, dando as costas em seguida.

Junwoo engoliu em seco, sentindo uma sensação ruim no peito que só foi amenizada quando Takeshi apareceu, abraçando-o por trás e colocando o queixo sobre seu ombro:

— Tudo bem?

Os olhares de Bonhwa e Yoona estavam sobre si, então Junwoo preferiu não demonstrar ainda estar um pouco incomodado com o comentário de Dyul e sorriu, virando o rosto para Takeshi após este esquentar seu corpo com o beijinho na bochecha que lhe deu.

— Cadê o Joon? — Takeshi indagou, sem soltar o mais novo.

— Aqui — o professor apareceu, logo antes do zelador fechar o portão da escola. — Vamos?

O local não era longe e foram todos no carro do professor, que parecia incomodado com algo que nenhum dos adolescentes soube distinguir. Ele dava respostas curtas, sorrisos que pareciam forçados e nada parecia animá-lo. Junwoo sentiu uma imensa vontade de abordar o homem e perguntar o que acontecia, mas não sabia se era íntimo dele o suficiente para invadir sua vida daquela maneira.

O local onde a palestra aconteceria era um auditório dentro de um centro comercial. Estava lotado, com um público diverso, variando entre adultos com mais idade e até mesmo crianças em torno doze anos. Quando entendeu que feminismo era sobre mulheres, Junwoo imaginou que a maioria do público seria feminino, mas se enganou.

Eles conseguiram ficar na terceira fileira de cadeiras e Junwoo ficou aliviado ao ver que ficaria ao lado do ruivo. Quando todos estavam acomodados, este virou-se para o mais novo e sorriu doce:

— Tudo bem?

— Tudo ótimo, *hyung* — respondeu baixinho, apoiando a cabeça no ombro do outro.

— Não deveria estar... Sabe por quê? — Takeshi sussurrou, já que os rostos estavam em uma proximidade suficiente para que eles se escutassem, mesmo com tanta gente em volta conversando.

— Por quê? — Junwoo franziu o cenho.

— Nós não nos beijamos hoje.

Mesmo com o rosto pegando fogo pela naturalidade de Takeshi em dizer coisas como aquela, Junwoo respondeu baixinho:

— Ainda.

Takeshi sorriu completamente bobo, pegando a mão dele e entrelaçando os dedos, os olhos virando para o palco quando duas mulheres subiram no tal. Uma era preta, com trança afro da cor verde, alta e muito bonita. A outra parecia ser nativa coreana. Ambas seguravam microfones, então Junwoo presumiu que a coreana fosse a tradutora, visto que a que daria a palestra era brasileira.

O auditório ficou em um silêncio ensurdecedor quando as duas se posicionaram no centro, ambas sorridentes e trocando palavras baixinhas antes da brasileira iniciar:

— Nossa, não imaginava que teriam tantas pessoas, aqui, hoje — ela riu, no microfone, após falar em português, o que soou lindo aos ouvidos de Junwoo, mas ele não entendeu bulhufas até a mulher coreana traduzir. — Mulheres, homens, crianças... É muita gente. E eu gostaria de saber... Quantas de vocês aqui, se consideram feministas?

Após a tradução ser feita, pelo menos, metade das mulheres no auditório levantaram a mão, incluindo Yoona. Junwoo ficou sem reação.

— E se eu disser que todas vocês, até mesmo as que levantaram a mão, estão erradas? E que todos, aqui, são machistas? — Ela sorriu. — O machismo está implantado em todos nós e ter consciência disso, buscar evitar e acabar com isso é o que importa. Mas, sabe, ninguém está isento. Todos falamos coisas que soam absurdas de vez em quando. — Ficou alguns segundos em silêncio, passando o olhar pela plateia. — Até nós, mulheres que não suportamos ouvir comentários do tipo vindo de homens.

Junwoo se ajeitou na cadeira, ouvindo a tradução e ficando cada vez mais interessado com o rumo que aquilo estava tomando.

— Ser feminista consiste em almejar a igualdade entre as mulheres e homens, tanto no mercado de trabalho quanto na vida em um geral, caso alguém aqui não conheça o termo. — Ela sorriu mais uma vez.

Esperou a tradução ser feita antes de continuar:

— O problema de ser feminista é que vivemos em um mundo onde tudo gira em torno do termo contrário, o machismo. E isso começa no início de nossas vidas, sabem? Por exemplo, eu conheço uma garota de dez anos que foi uma das únicas, na idade dela, que percebeu que, quando as amiguinhas dela ficam brigando por algum menininho da escola, é um ato machista. Afinal, nesse mundo dominado pelo homem, as meninas precisam estar unidas, certo? Então, ver garotas se autodenominando como vadias, putas, entre outros xingamentos, por causa de rivalidades causadas por homens... Aonde estamos querendo chegar? Mas, muitas vezes, não é nossa culpa. Como eu disse, às vezes, soltamos comentários machistas sem nem perceber, e um dos motivos pelos quais isso acontece é a falta de referência que temos. Se vocês forem observar em todos os personagens históricos que estudamos, noventa e sete por cento são homens e, dentre eles, noventa por cento, homens brancos.

Junwoo repassou todos os personagens importantes históricos que aprendera sobre ao longo de sua vida e só conseguia recordar-se de duas mulheres. E ele se sentiu mal.

— Sabem a missão Apollo 11, que levou, com sucesso, as duas primeiras pessoas para a Lua em 1969? — Ela cruzou os braços. — O foco é sempre o homem que estava dentro da nave, certo? Mas vocês sabiam que, por trás de toda a operação, havia diversas mulheres? Inclusive, Margaret Hamilton. O programa de computador que ela e sua equipe desenvolveram levou os astronautas da NASA a pousar com segurança na Lua. Ou Victoria Woodhull, que foi reformadora, espiritualista e defensora dos direitos das mulheres americanas, conhecida como a primeira mulher a apresentar sua candidatura à presidência dos EUA em 1872.

Ela deu uma pausa, dando tempo para a mulher traduzir. Sorriu agradecida e virou-se para a plateia novamente:

— Rosalind Franklin, uma cientista britânica que fez uma contribuição inovadora para entender a estrutura molecular do DNA e do vírus. Chien

Shiung Wu, uma física nuclear americana, nascida na China, que contribuiu muito para o Projeto Manhattan, da Universidade de Columbia e para a física nuclear em geral. Nettie Maria Stevens, uma bióloga e geneticista americana e uma das primeiras mulheres a descobrir que os cromossomos determinam o sexo biológico... Vocês conheciam algum desses nomes? É triste pensar que estes são apenas alguns e que existem tantas, mas tantas mulheres que nunca serão reconhecidas, porque a imagem delas é ofuscada por causa de algum homem.

Junwoo, apressado, tirou uma caneta do bolso, anotando os nomes citados, planejando chegar a sua casa e pesquisar sobre as tais mulheres importantes na história, que eram pouco estudadas.

— E o pior é você pensar que isso acontece com toda mulher, pelo menos, uma vez na vida delas. E, muitas dessas vezes, elas não percebem — suspirou. — E, por não perceberem, muitas mulheres acham que o feminismo não é necessário, que é uma bobeira criada apenas por outras mulheres para causar revolta e discórdia. Então, eu lhes pergunto, às mulheres presentes aqui... Vocês sabem por que precisamos do feminismo?

Junwoo olhou em volta, vendo algumas meninas assentirem e outras se entreolharem um tanto confusas.

— Algumas pessoas têm ideias muito errôneas sobre o que é, realmente, tudo isso que a gente chama de feminismo. Feminismo não é sobre se fazer de vítima, como muitos argumentam quando as mulheres reclamam de alguma injustiça. E, na verdade, ela está apenas reconhecendo que está sendo prejudicada por algo tão simples como os cromossomos que a compõem ou como ela se identifica. Não é vitimismo, é consciência sobre a realidade e a luta pela justiça. Muita gente diz que é "mimimi" reclamar, por exemplo, da falta de oportunidade no mundo do trabalho, pois acham que a mulher sempre pôde trabalhar. Não, a mulher nem sempre teve o direito de trabalhar. E o feminismo não é sobre a questão de trabalhar ou não trabalhar, porque se você não quiser, não trabalhe! O feminismo é isso, é você poder *decidir* se quer ou não, é ter a opção. Até hoje, existem mulheres que desejam trabalhar, mas porque têm filhos e porque os maridos acham que elas têm que ficar em casa cuidando deles, não podem, porém existem outras que escolhem ficar em casa e deixar que o dinheiro fique nas mãos do homem. E é exatamente isso, poder escolher.

Quando ouviu aquelas palavras, Junwoo franziu o cenho, a imagem de sua mãe surgindo em sua mente sem que ele permitisse. Era inevitável não pensar em qual seria a situação dela. Afinal, ele descobriu que sua mãe gostava de desenhar e... e se ela quisesse trabalhar com aquilo e seu pai a tivesse obrigado a ficar em casa para cuidar dele, já que o tiveram um tanto cedo? E se fosse por causa daquilo que sua mãe parecia não gostar dele?

— Muitas dizem não precisar do feminismo, pois querem ser sustentadas pelo marido, ter filhos e ficar em casa. Mas aí está a questão, pois a parte do "eu quero" já está inclusa no feminismo. Como eu disse, o conceito se baseia nisso: no poder querer e não ter ninguém que, sem que você queira, chegue e diga "vai casar, vai ter filho e vai cuidar da casa". — Ela apontou o dedo, como se imitasse alguém dando aquela ordem. — E o mais absurdo são as pessoas que acham que o feminismo é sobre a supremacia da mulher, como o "femismo". Esse é um erro muito comum, sabe? O termo é um termo irrealista, ele não existe.

Junwoo se recordou de alguns momentos em que viu seu pai e sua mãe serem tratados diferentemente, de comentários que surgiram em que o seu pai utilizava um "porque você é mulher" ao minimizar sua mãe. O quão errado eram aqueles pensamentos? Ele sentiu-se extremamente incomodado ao perceber que, Deus, ele vivia em um ambiente extremamente machista e nunca tinha sido conscientizado sobre!

— E, me deixa comentar com vocês sobre mim. — A garota se levantou, ajeitando a trança afro em seu cabelo. — Meu nome é Nicole, eu sou brasileira. Venho de um país extremamente racista, por mais que quase todos, no país, tenham pretos em sua linhagem, o que torna ainda mais surreal a questão preconceituosa. Fora o racismo, é um país extremamente machista, assim como a maioria dos países nesse mundo. Mas, vocês sabem o quão difícil foi assumir a posição de uma mulher preta e feminista? O feminismo popular é o branco que defende a demanda de mulheres brancas e não leva em consideração o recorte de raça necessário para mulheres negras. Sem contar as mulheres trans — suspirou. — O feminismo surgiu e ainda é um movimento segregador de mulheres pretas e trans e, muitas vezes, pelas próprias mulheres brancas.

Yoona sorriu satisfeita.

— Existe um privilégio com as mulheres cis, que são aquelas que se identificam com o gênero de nascimento, ou seja, o gênero imposto pela sociedade sobre as mulheres trans. Eu sou uma mulher cis, apenas para ilustrar o exemplo para vocês que ainda não entendem muito bem esse assunto — exemplificou, dando tempo para a tradução antes de continuar. — Por exemplo, com o simples fato de dizer que sou uma mulher. Quando eu, uma mulher cis, digo que sou uma mulher, eu não sou desrespeitada. Porém, quando uma mulher trans diz para cinco pessoas que é uma mulher, pelo menos, duas ali dentro vão desrespeitá-la.

Junwoo deixou seus olhos repousarem sobre Yoona enquanto ouvia as palavras da tradutora, pensando no quão complicado deveria ser para a amiga se afirmar como uma mulher.

— Todas as mulheres trans, em algum momento da vida, vão ouvir um "você não é uma mulher de verdade". Mas a questão é... Existe mulher de mentira?

Junwoo sorriu junto com Yoona.

— No meu país, uma mulher é morta a cada duas horas. — Ela olhou o relógio. — Uma mulher morreu agora. — Sorriu triste e desolada. — É horrível, não é? Ter consciência disso e achar que não pode fazer nada. Mas essa é a questão: todos nós podemos. Todos nós podemos mudar e conscientizar o próximo. Todos nós podemos ajudar. Todos, juntos, podemos fazer desse mundo um lugar mais respeitável e melhor para todos. Todos, juntos, podemos.

!

Yoona aproveitou que Takeshi e Nicole eram conhecidos virtuais e pediu para que Takeshi convencesse a celebridade virtual a tirar uma foto consigo. Nicole foi simpática e conversou com a garota, em inglês, sobre a condição da mulher trans que havia mencionado na palestra, trocando números, no fim, com Yoona, para que mantivessem contato.

Era possível ver a felicidade irradiando de Yoona.

Junwoo, mesmo envergonhado, cumprimentou a brasileira e tentou dar o seu melhor em inglês para lhe dizer que havia gostado da palestra e que aprendera muito. Só havia um problema: sua mãe não saía de sua cabeça. Sua mãe e a situação dela, sua mãe e o porquê dela não gostar do filho. Ele precisava conversar com ela e aquela palestra o havia motivado, então, seria naquele dia.

— Vamos ao shopping comprar as fantasias? — Bonhwa perguntou quando já estavam do lado de fora do centro comercial, abraçando Yoona pelo ombro.

— Ahm, podemos ir amanhã? Eu queria muito fazer algo e... precisa ser agora — disse Junwoo, a perna balançando de ansiedade.

— Está tudo bem? — indagou Takeshi, segurando a mão do mais novo ao se aproximar mais dele.

— Eu quero conversar com minha mãe, *hyung* — foi sincero, segurando na cintura de Takeshi quando este ficou de frente para si, com as mãos em sua nuca. — Quero... entender.

Ele sorriu orgulhoso e assentiu:

— Você tem todo o meu apoio. Quando acabar de falar com ela, me liga?

— Sim. — Junwoo lançou um olhar para o resto do grupo e viu-os checando algo no celular de Bonhwa. — Posso ganhar meu beijo agora? — perguntou envergonhado, apertando de leve a cintura do ruivo.

— Pode ganhar todos. — Riu baixinho, aproximando-se do mais alto e colando ambas as bocas.

Junwoo e Takeshi suspiraram juntos, ambos imersos num conjunto de sensações boas que os inundava sempre que trocavam aquele tipo de contato físico. As mãos do mais novo o puxaram para mais perto e ele abraçou-o pela cintura enquanto Takeshi fazia o mesmo com seu pescoço, inclinando a cabeça para o lado para intensificar o beijo.

A cada dia que passava, Junwoo sentia *mais* quando tocava em Takeshi. As sensações sempre o atingiam como se fossem algo novo e revolucionário, deixando-o sem jeito e completamente mole nos braços daquele pelo qual estava apaixonado, mesmo que fosse a trigésima vez que fizessem algo do tipo.

Hajoon deixou Junwoo na rua de casa, tomando cuidado para não chegar perto demais e ter seu carro visto por algum vizinho fofoqueiro ou pelos próprios Lee. Após terem decidido que iriam comprar as fantasias no dia seguinte, Junwoo seguiu rumo à sua residência, tomando um susto quando foi abrir a porta e esta foi aberta antes por sua mãe.

— Eu te vi chegando pela janela da cozinha — ela explicou o motivo de ter aberto a porta tão subitamente, dando as costas para o garoto e voltando para o cômodo citado.

Antes que perdesse a coragem, Junwoo soltou:

— Posso te perguntar algo?

Jiyoon não respondeu e apenas voltou a lavar os pratos. Junwoo, no entanto, insistiu:

— Posso?

— Só pergunte logo e depois vá se arrumar para dormir, seu pai já reclamou que você não estava no jantar e...

Junwoo a interrompeu:

— Você não trabalha, porque não quer ou porque o pai não quer?

Jiyoon parou de esfregar o prato que segurava, de costas para o filho, não possibilitando que ele visse sua expressão. Ele engoliu em seco, apoiando-se contra o batente da porta e não tirando os olhos da expressão corporal da mais velha. Ela continuava travada.

— Porque, sabe... Você deveria fazer algo que você quer. Você deveria ter esse direito — continuou, esperando que a mulher lhe respondesse ou, ao menos, o olhasse. — Você...

Ela o interrompeu.

— Não é sobre mim, Junwoo. Nunca foi.

O garoto ficou em silêncio.

— Nunca vai ser sobre mim. Toda minha vida foi dedicada ao seu pai e toda minha vida vai ser dedicada a ele e a você — prosseguiu, o tom de voz sério enquanto voltava a esfregar o prato.

— Porque você quer ou porque foi obrigada? — ele questionou, sentindo o peito apertar em um sentimento ruim quando a mãe virou de supetão, jogando o prato que segurava no chão e olhando-o nos olhos enquanto gritava.

— Óbvio que fui obrigada, garoto! Eu não queria nada disso, nada! Eu...

Ela pareceu perceber a intensidade do grito que deu e se recompôs, orando mentalmente para que Daejung não fosse atrás do som para saber o que era. Jiyoon se agachou e começou a recolher os vidros, lançando um olhar duro ao filho quando este se agachava ao seu lado e o ajudava a recolher os estilhaços.

— Ele te obrigou? — perguntou, a voz falha.

— A vida me obrigou.

— E... O q-que você queria? — Ele engoliu em seco.

Jiyoon ergueu o olhar, sem remorso nenhum ao dizer:

— Eu não queria você.

Junwoo não soube o que dizer depois daquilo e sem forças para continuar a insistir na conversa que estava o quebrando, deu as costas para a mulher e deixou a cozinha, sentindo as lágrimas começarem a escorrer pelas suas bochechas de maneira descontrolada.

Sua mãe foi obrigada a se casar. Sua mãe não queria se casar.

Sua mãe foi obrigada a tê-lo. Sua mãe não queria tê-lo.

CAPÍTULO 7

!

Quando Hajoon deu início à relação que tinha com Takeshi, Bonhwa, Ravi e Yoona, ele não enxergou o que poderia vir em conjunto com a bela amizade. Não estava em seus planos de homem crescido, andar com menores de idade e não falar nada ao vê-los ingerindo álcool, por exemplo, porém Hajoon conhecia os limites de cada um deles e sabia que eles estavam conscientes de suas próprias escolhas. Além de que seria irrealista controlá-los quando sabia que fariam aquilo de qualquer maneira, com Hajoon ou não. Então, melhor era conscientizá-los sobre o que ele já tinha conhecimento por experiência própria.

Também não estava em seus planos se relacionar com sua aluna e melhor amiga, mas Hajoon nunca pensou tanto antes de agir. Ele nunca ficou com ela em ambiente escolar, nunca a favoreceu em sala de aula ou na hora de corrigir as provas da garota e, por Deus, nunca a forçou a nada e tinha certeza de que a garota sabia o que queria ao beijá-lo, afinal, já era *quase* maior de idade.

Contudo, ainda era antiético e Hajoon sabia, sabia que ele era o errado na história, sabia que poderia ser preso e, pior, despedido e impedido de exercer o que mais amava fazer; por isso a pergunta que dançava em sua mente vinte e quatro horas por dia era: *valia a pena?*

Um inspetor que viu Hajoon conversando demais com aquele grupo específico de alunos resolveu abordá-lo a respeito:

— Você sabe que o diretor não vai apreciar saber que você anda com esses alunos — Yeobin comentou, na sala dos professores, no dia da palestra. — A principal regra é não se envolver com alunos, Hajoon.

— Eu não estou envolvido com nenhum deles, apenas apoio as mesmas causas que eles e os ajudo na organização de eventos — mentiu, guardando sua carteira e celular no bolso, querendo fugir dali o mais rápido que pudesse.

— Não é comigo que você tem que se justificar — Yeobin suspirou, massageando as têmporas. Ele estava preocupado com o amigo.

Yeobin era inspetor daquele colégio há anos e foi quem acolheu Hajoon quando todos os outros inspetores e professores esnobaram-no por ser o mais jovem da equipe. Hajoon se lembrava dele mostrando todos os cantos do local e fazendo piadas bobas para amenizar o nervosismo do professor, o que funcionou perfeitamente. Então, naquele momento, ele sabia que não se tratava de uma ameaça ou de coisa do gênero, mas de um aviso, pois se acontecesse algo com ele, Yeobin ficaria mal.

— Hajoon — chamou, quando o homem estava prestes a deixar a sala. — Me promete que é apenas viagem minha e do diretor e que você não está envolvido com nenhum deles?

Hajoon forçou um sorriso:

— Eu prometo.

!

— Qual desculpa vai dar aos seus pais? — perguntou Takeshi.

Junwoo apertou o telefone entre seus dedos, olhando o mapa do metrô e registrando, mentalmente, a estação em que teria que descer.

— Eu não vou dar desculpa, *hyung*. Eu vou trabalhar e contar a eles — suspirou, parando na plataforma para aguardar o transporte. — Não tem como eu esconder, se fizer turnos no fim da tarde, como meu tio disse.

— Realmente... — ele murmurou na ligação. — E você já sabe o que é?

— Não tenho ideia. Sei que é em um clube. — Deu de ombros, mesmo que soubesse que Takeshi não lhe via naquele momento.

— Espero que seus pais não surtem.

— É possível que meu pai brigue comigo, e minha mãe... — Engoliu em seco, observando o metrô na sua frente desacelerar aos poucos e parar na plataforma. — Acho que ela n-não vai se importar.

Junwoo não trocou uma palavra com sua mãe desde o dia da palestra, no qual teve que ouvir da sua boca que ela não o queria. Ele não era tão lento e já havia ligado os pontos de que sua mãe, com certeza, havia se casado à força e que não quis engravidar dele, mas teve que tê-lo e criar a família.

Obviamente, o garoto estava mal com aquilo, afinal era sua mãe ali. No entanto, não conseguia mais culpá-la por todas as más formas de tratamento, mesmo que ele nunca tivesse lhe dado motivo. Junwoo apenas imaginava que deveria ser muito ruim conviver com o fruto de algo que ela nunca desejou.

Ele chorou a noite inteira após ouvir as palavras da mulher, porque ele não sabia o que fazer. Não sabia se era melhor evitá-la ou fazer algo a respeito... *Ele estava perdido.*

Quando recebeu a mensagem de seu tio a respeito da entrevista de emprego, pensou na possibilidade de conversar com o homem sobre sua mãe e mantinha aquele pensamento. Jooheon, talvez, fosse a solução para que ele conseguisse resolver o que fazer com relação à mulher.

Ele queria contar a Takeshi e a Syaoran o que havia acontecido, mas sentia que não estava pronto para falar sobre, visto que era algo que somente o pensamento trazia a mais profunda dor ao seu peito. Porém, mesmo sem saber o que incomodava Junwoo, Takeshi sentiu a tristeza e a agonia dele e tratou de buscar fazê-lo se sentir melhor.

— Sabe que vou te visitar no trabalho, né? — zombou, sua risada arrepiando os poros de Junwoo e relaxando-o.

— Eu espero, *hyung*.

— Já sabe com qual fantasia vai pra festa? — puxou assunto, recostando-se contra a cabeceira de sua cama.

— Não... Eu nunca fui a uma e não conheço muitas coisas. — Apoiou-se contra a porta do metrô quando esta se fechou.

Era a primeira vez que Junwoo pegava um transporte público sozinho e, ao contrário do que imaginava, não estava com medo ou nervoso, estava apenas ansioso e feliz por estar fazendo algo sozinho e para si. Não era mais sobre seus pais, era sobre ele.

— Eu pensei em coelho, mas ia ser muito óbvio... — Takeshi riu baixinho, sendo acompanhado pelo outro.

— Você vai como, *hyung*?

— Eu vou de marinheiro. — Junwoo sentiu o sorriso na voz dele. — De farda, bem sexy.

Junwoo olhou para os lados, por um segundo, achando que as pessoas, em volta, poderiam saber o motivo de suas bochechas terem corado. Coçou a garganta:

— E os o-outros?

— Bonhwa ia de Charlie Chaplin, mas descobriu algumas coisas ruins a respeito dele e acabou mudando. Agora, ele vai de “Edward mãos de tesoura”. Yoona vai de Branca de Neve e, hm, Ravi vai de *Madame LaQueer*.

Junwoo sorriu, saindo na estação de seu destino enquanto ouvia a listagem de Takeshi.

— “Edward mãos de tesoura” é um desenho? — perguntou, curioso.

— É personagem de um filme e o primeiro que a gente vai ver junto quando você puder passar as noites aqui na minha casa.

Junwoo sorriu abobalhado com a ideia de passar noites agarradinho com o mais velho, assistindo aos filmes e conversando sobre tudo e nada. *Ah, apaixonado.*

— *Hyung*... Eu tenho que desligar, estou chegando ao clube.

— Poxa! — Takeshi suspirou — Me liga quando sair?

— Ligo, sim. — Avistou o estabelecimento no fim da rua e sentiu suas mãos começarem a suar. — M-me deseje sorte.

— Boa sorte, *saeng*. Você vai conseguir.

Quando deu fim à ligação, Junwoo estava parado em frente ao clube, encarando as portas abertas e as famílias que entravam e saíam. Havia crianças carregando boias, pais enrolados com a quantidade de coisas nos braços e adolescentes com fones de ouvido. Os frequentadores do local eram variados e Junwoo apreciou aquilo enquanto caminhava pelo local, à procura da administração. Jooheon lhe disse para procurar por Sooyoung, a aparente dona do local, que lhe diria se ele teria o emprego ou não.

— Com licença... — ele chamou o homem no balcão que dizia “recepção”. — Eu estou procurando por Sooyoung.

— Quem procura? — perguntou um tanto indiferente.

Junwoo engoliu em seco.

— Lee Junwoo. Ham... Lee Jooheon é um conhecido d-dela e... — foi interrompido.

— Espere aí, garoto.

O homem deixou sua cadeira atrás do balcão e passou pela porta logo ao lado da estante com diversos arquivos. Junwoo batucou os dedos no balcão, sentindo-se extremamente nervoso e ansioso com a situação toda. *Deus, o que ele estava fazendo ali, afinal?* Era muito louco pensar que estava em busca de sua independência, escondido de seus pais e pronto para dar início à nova fase de sua vida. Junwoo estava nervoso, mas não estava arrependido.

— Oh, aí está ele!

A voz vinha de uma mulher extremamente animada, parecendo ter em torno dos trinta anos, o cabelo longo e castanho e um sorriso extremamente acolhedor nos lábios. Ela segurava uma prancheta e saiu de trás do balcão para cumprimentar Junwoo que, todo sem jeito, curvou-se para ela.

— Junwoo, certo? Jooheon me falou muito bem de você! — Sorriu, tocando no ombro do adolescente que, envergonhado, assentiu. — Muito prazer, eu sou Sooyoung, sou meio que a coordenadora de tudo isso aqui e quem vai te dizer se você ficará com o emprego ou não. — Arqueou as sobrancelhas, divertida.

— Prazer. — Ele se curvou mais uma vez, esfregando as mãos suadas no jeans bege.

— Deixe de formalidades e venha, vou lhe mostrar o clube.

Sooyoung arrastou o garoto por cada metro quadrado do local, deixando-o boquiaberto com a quantidade de lazeres possíveis ali. Havia salas de videogame, piscina interna e externa, aquecida e gelada, sauna, hidromassagem, academia e campos para jogar tênis, basquete e futebol. Fora os locais para comer que eram diversos e espalhados. Era um luxo, de fato, e Junwoo se perguntou como se acharia lá dentro.

— Temos o total de vinte e nove mil membros no clube, que é o que permite esse luxo e essa diversidade toda. — Ela riu, parando ao lado da piscina externa, que fora o último local que mostrou ao garoto. — Seu trabalho seria como um... faz tudo, mas mais inclinado para checagem e limpeza.

— Checagem? — perguntou já mais relaxado por causa da simpatia da mulher.

— Checar se os pontos de água estão com garrafas suficientes, se os locais estão propriamente limpos e limpá-los, caso não estejam, e checar se a sala de videogame não está sendo destruída pelos pestinhas — suspirou, rindo logo após. — O clube fecha às oito horas e você seria o responsável pela limpeza da piscina interna, sauna e hidromassagem. O chefe dos faxineiros lhe explicaria direitinho o processo de limpeza de cada um.

— Entendi. — Ele olhou em volta e mordeu o lábio inferior.

— Acha que é capaz? — Ela abraçou a prancheta que tinha nos braços.

— Sim — foi firme na resposta. Junwoo estava pronto.

— Então eu não vejo o porquê não lhe contratar, Lee Junwoo! — exclamou, arrancando um sorriso animado do adolescente. — Como você é menor, preciso apenas da assinatura do seu tio no contrato que vou lhe entregar e de uma cópia da sua identidade e da dele.

Ele abriu a boca, tendo o impulso de dizer que seus responsáveis legais eram outros, mas sabendo que aquilo traria mais problemas do que resolveria, pensou em não dizer até ter a certeza de que eles permitiriam que fosse trabalhar. Ele fechou os lábios e forçou um sorriso, assentindo:

— Claro!

— Você pode começar semana que vem. Os seus horários baterão com os seus horários escolares, então não se preocupe, apenas preciso que me informe — gesticulou, iniciando o caminho de volta para a recepção. Junwoo apenas a acompanhou.

Quando saiu do local, ele tinha um sorriso nos lábios. Estava ansioso para começar seu novo trabalho, buscando apagar de sua mente que tinha que contar aos seus pais antes e encontrar seu tio para pegar a assinatura.

— *Hyung*! Eu consegui! — exclamou no telefone quando Takeshi atendeu.

— Jura? Parabéns, Junwoo-*ah*! — gritou, o sorriso podendo ser sentido em sua voz. — Eu sabia que você ia conseguir.

— Eu tô muito feliz! Vou fazer algo pra mim, *hyung*! Pra mim! — Quase saltitou dentro do metrô, não se importando com os olhares que caíram sobre ele. — S-se eu conseguir juntar dinheiro, posso até viajar com vocês!

Takeshi ficou em silêncio, sem esbanjar reação alguma, mas não foi porque a ideia de Junwoo com ele e o grupo, na viagem, era ruim, muito pelo contrário, soou como a melhor ideia que alguém já teve. Ele suspirou e, em seguida, soltou uma risada incrédula. Não conseguia acreditar que aquilo estava acontecendo, não conseguia encarar o fato de que o garoto por quem estava completamente apaixonado e que, há alguns meses, não sabia que homossexualidade era possível, estava ali, tornando-se parte da comunidade e querendo ir a uma parada gay consigo.

Takeshi estava realizado.

— Você deve — conseguiu dizer, por fim. — Eu não... Eu não tenho palavras pra descrever o quão maravilhosa essa sua ideia é.

— Você me quer lá?

Junwoo sentia as bochechas queimando, porém, acima de sua vergonha, estava a vontade de ouvir que Takeshi estava tão apaixonado por ele a ponto de o querer consigo em qualquer lugar, a qualquer hora.

— Eu quero você comigo a todo o momento — foi a resposta do ruivo.

— Por quê? — insistiu, saindo do metrô e apertando o telefone na orelha para não permitir que os barulhos do local atrapalhassem sua audição.

— Porque...

Junwoo não ouviu mais nada e franziu o cenho, confuso. Tirou o telefone da orelha e observou o aparelho, vendo a tela totalmente preta. Apertou todos os botões e viu apenas o símbolo da bateria aparecer, indicando que o telefone estava zerado.

Incrédulo com seu azar, ele choramingou irritado, fazendo o caminho para sua casa, com um bico nos lábios, apressando o passo para poder chegar o quanto antes e mandar uma mensagem para Takeshi, já que não poderia falar com ele por telefone, com seus pais acordados.

— Onde você estava? — Daejung soltou assim que ele passou pela porta.

— Eu... — ele respirou fundo, apertando o telefone dentro do bolso. — Eu p-preciso contar algo a vocês.

Jiyoon, que olhava para a televisão, abaixou o volume e olhou para o filho. Daejung cruzou os braços, as sobrancelhas se franzindo de irritação.

— Desembucha — exigiu.

— E-eu quero trabalhar.

Seus pais ficaram em silêncio por longos segundos e Daejung pareceu não entender o que o filho estava pedindo, pois abanou a cabeça negativamente e coçou o rosto:

— O quê?

— Trabalhar. D-depois da escola, em um clube. — Ele coçou a nuca, sua perna balançando levemente pelo nervosismo.

— Por quê? — Daejung quis saber, o tom sério.

— Q-quero ganhar dinheiro e p-poder ajudar em casa — mentiu, respirando fundo e encarando seu pai, tentando passar credibilidade.

Daejung franziu as sobrancelhas mais uma vez, os olhos se apertando, como se buscasse a mentira nas palavras do filho. No entanto, surpreendentemente, ele disse:

— Não vejo mal. Você é um garoto crescido, deve começar a trabalhar mesmo.

Junwoo quase soltou um suspiro alto de alívio.

— T-tem uma coisa!

— O quê? — inquiriu, ainda desconfiado.

— T-tem horários no sábado... manhã até noite — mentiu mais uma vez, mesmo sabendo que Sooyoung não havia mencionado nada de fins de semana. — Então só poderei ir à Igreja aos domingos.

A verdade era que Junwoo se aproveitaria daquilo para encontrar seus amigos.

— Você está faltando muito com Deus ultimamente, Junwoo — ele reclamou, abanando a cabeça negativamente.

Junwoo sentiu como se um peso fosse colocado sobre seus ombros, pois ele, realmente, se sentia na ausência de Deus nos últimos meses. Mesmo que não concordasse com tudo que ouvia na Igreja, gostava de se sentir na presença Dele, pensar que estava sendo observado e cuidado por aquele ser divino, e servindo, de certa forma, a uma boa causa. E ali, naquele momento, repassando as diversas vezes em que não prestou atenção em nada quando estava em solo sagrado, Junwoo sentiu-se culpado.

— É por uma boa causa — falou Jiyoon, pela primeira vez. — Ele vai trazer mais dinheiro pra casa.

— De fato — Daejung suspirou, sentando-se no sofá. — Tudo bem, então.

Junwoo quis gritar.

— O-obrigado! — agradeceu, curvando-se.

— Segunda-feira, irei ao seu local de trabalho para ver do que se trata — disse Daejung, passando pelos canais de televisão.

— Sem problemas. — Junwoo sorriu discreto. — M-mas eu começo sábado — mentiu, *mais uma vez*, lembrando-se da festa que teria. — E t-tenho que ir amanhã pra pegar algumas coisas — acrescentou, sabendo que seus amigos iriam ao shopping no dia seguinte.

— Preciso estar na Igreja sábado e amanhã encontrarei Sungwon, então só na segunda — respondeu, aliviando todos os nervos de Junwoo. — No fim do mês tem a reunião da sua escola, certo?

Junwoo gelou.

— Hm, sim.

— Já lhe disse que vamos, quero apenas confirmar a data — Daejung acrescentou.

— É na última sexta do mês... — suspirou, coçando a nuca. — P-posso ir deitar?

— Não vai jantar? — a mãe indagou, o tom seco, sentando-se ao lado do marido.

— Não estou com fome — murmurou, querendo apenas correr para o quarto e colocar seu celular para carregar para poder falar com Takeshi e Jooheon.

— Tudo bem — disse seu pai, por fim.

Quando já estava com seu pijama e com o celular conectado à tomada, Junwoo pegou o aparelho e acomodou-se em sua cama, abrindo o chat de mensagem com Takeshi.

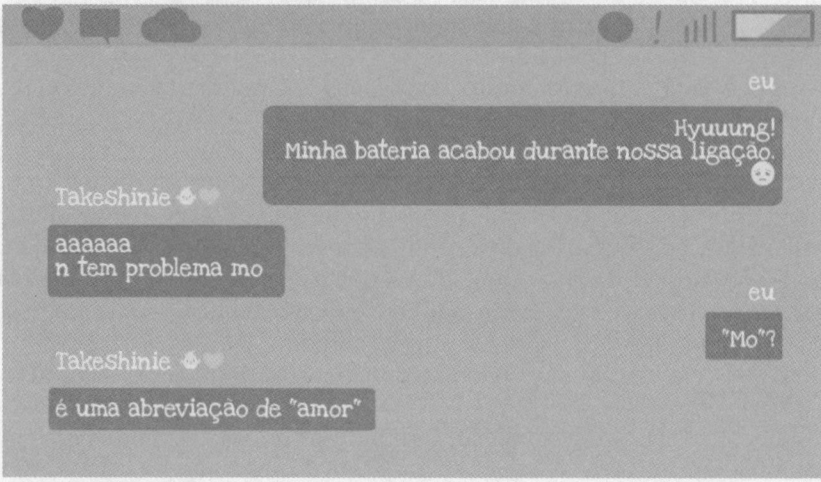

Junwoo engasgou.

Ele sorria como um idiota para o celular e somente não rolou na cama, porque o aparelho estava conectado à tomada. Algum dia, Takeshi ia acabar com ele.

!

No dia seguinte, Junwoo chegou animado à escola, sabendo que sairia com os amigos, depois das aulas, para comprar uma fantasia. Ele não tinha ideia do que escolheria, mas sabia que não ia extrapolar, porque Takeshi lhe daria a fantasia de presente e ele não queria que Takeshi gastasse muito dinheiro consigo.

Durante a aula de História, em que se sentou ao lado de Takeshi e ficou com os dedos discretamente entrelaçados aos dele, Junwoo notou que Hajoon parecia mais tranquilo em comparação ao outro dia. Ele sorria e não parecia tão tenso, o que, talvez, indicasse que qualquer que fosse o problema dele no outro dia, estava resolvido. Era o que Junwoo esperava.

Como saíam cedo naquele dia da semana, o grupo rumou ao shopping assim que o sinal bateu, decidindo que iriam de metrô, porque o táxi não aceitava cinco pessoas no carro.

— Eu adoro metrôs — Ravi comentou, abraçando Junwoo pelos ombros por este ter ficado muito perto de si quando o vagão encheu. Junwoo sorriu, sentindo o peito quentinho com o ato carinhoso.

— Ônibus: maiores e melhores — rebateu Yoona, encostando-se à porta enquanto enlaçava o braço de Bonhwa, sentindo-se incomodada com a quantidade de homens desconhecidos que havia no local.

— Eu prefiro andar — acrescentou Takeshi, rindo baixinho e entrelaçando seus dedos com os de Junwoo, que estava logo na sua frente. — Além de gastar calorias, é sempre bom pegar um arzinho.

— Eu também gosto mais de andar — Junwoo comentou, brincando com os dedos de Takeshi, cheios de anéis. — Ei... Vocês me ajudam, hoje, com a fantasia?

— Claro! Eu até tenho umas ideias. — Yoona arqueou as sobrancelhas de um jeito falsamente maldoso.

— Cuidado com ela, Junwoo, ela vai querer te vestir de coelhinho da Playboy — murmurou Ravi, gargalhando junto a Bonhwa.

— Playboy? — Ele franziu o cenho, confuso.

— Não pergunte, Woo-*ah*. — Takeshi riu baixinho, apertando os dedos dele. — Mas eu acho que tenho uma ideia.

— Qual? — Junwoo sorriu curioso.

— Surpresa.

Vinte minutos depois, eles já rodavam o shopping à procura da loja de fantasias que Ravi sabia que tinha no local. Yoona reclamava de ter que andar demais e Bonhwa até sugeriu carregá-la, mas ela recusou.

Takeshi andava lado a lado com Junwoo, rindo de seus amigos e não percebendo as encaradas que Junwoo lhe dava, porque mesmo depois de ter perguntado a ele o que ia falar quando a ligação dos dois, no dia anterior, caiu,

Takeshi não abriu o bico. E Junwoo estava agoniado, pensando na possibilidade de Takeshi não gostar tanto de si quanto ele gostava dele.

Era desesperador.

Quando chegaram à loja, a mulher da recepção ajudou, animando Bonhwa e Yoona por ter o conjunto completo da fantasia que eles desejavam.

— Tem até mesmo um tutorial da maquiagem do personagem atrás. — Mostrou a Bonhwa, virando-se para Takeshi e Junwoo em seguida. — E vocês?

— Eu quero uma de marinheiro e ele... — Virou-se para Junwoo, olhando-o, de cima a baixo, antes de sorrir para o mais novo e voltar a atenção para a vendedora. — O que você tem aí que possa ser uma fantasia de vampiro?

— Vampiro, *hyung*? — Junwoo arregalou os olhos, não entendendo a empolgação de Ravi com os pedidos de Takeshi. — O que tem de tão legal em vampiros?

— Eles são charmosos, misteriosos e se vestem bem — Ravi quem respondeu, olhando algumas diversas perucas e pegando uma rosa com cachos.

— Tenho um modelo novo que chegou ontem! — a vendedora disse animada. — Ele vem com um sobretudo vinho, um blazer preto que deve usar sem camisa por baixo, as presas falsas e uma meia-arrastão. — Ela pegou o pacote, virando de costas. — Eles aconselham a utilizar com uma calça preta rasgada para a meia aparecer.

— Meia-arrastão? É i-igual a que a Somi estava usando? — indagou com curiosidade, aproximando-se da vendedora e de Takeshi.

— Isso mesmo. — Yoona se meteu.

— O que acha? Posso te ajudar com a maquiagem e vai ficar igualzinho a um vampirinho. — Takeshi sorriu, balançando o pacote com os itens na frente de Junwoo.

— Eu... E-eu gostei — murmurou, observando a foto do conjunto na embalagem e sorrindo discreto.

— Ótimo! — a vendedora exclamou animada. — Vou pegar a farda de marinheiro e já volto. — Ela os deixou sozinhos naquela parte da loja.

Bonhwa, que encarava os diversos itens que teria que comprar, tirou as mãos, com falsas lâminas, de um dos pacotes para mostrar aos outros:

— Olhem que perfeito!

— Deus, *hyung*! — Junwoo exclamou assustado. — São falsas, né?

— Sim, sim. — O Choi riu. — Não correria o risco de machucar alguém.

— Gente, qual das duas? — Ravi chamou, mostrando uma peruca de fios lisos, extremamente longos e avermelhados, e a de cachos rosa.

Yoona e Takeshi apontaram para a rosa enquanto Bonhwa preferiu apontar a vermelha. Junwoo hesitou; no entanto, seu olhar parou no item atrás do Jung:

— Hm... *Hyung*, q-que tal aquela? Combina com você. — Apontou para a peruca que imitava uma chama nos fios ondulados.

Ravi, que não havia visto aquela peça, deixou a rosa e a vermelha de lado para pegar a indicada:

— Incrível! Obrigado, Junwoo!

— Vão querer experimentar? — a vendedora perguntou, voltando para o mesmo ambiente que eles, com o pacote para Takeshi nas mãos. — Tenho muitas cabines de prova. O suficiente para irem todos juntos, caso queiram.

— Ah, eu quero experimentar! — Junwoo pediu, abraçando o pacote de sua possível fantasia.

— Eu só vou levar a peruca, então vão vocês — falou Ravi.

Os quatro foram em direção à cabine enquanto Ravi ficou conversando com a vendedora a respeito das diversas perucas no local que, surpreendentemente, eram de ótima qualidade, o que não era frequente em lojas de fantasia, apenas em lojas especializadas.

Já na cabine, Junwoo removeu a camisa e sorriu ao ver seu corpo no reflexo, sentindo-se satisfeito por não estranhar mais ver a si mesmo sem camisa. Sempre que ia tomar banho ou se arrumar, ele passava alguns segundos olhando o próprio reflexo, buscando ficar à vontade com o próprio corpo.

No começo, fazia aquilo inconscientemente, mas depois de ter uma conversa com Syaoran, entendeu que muitas pessoas se sentiam mal com o próprio corpo e, muitas vezes, não conseguiam se olhar no espelho. E o que ele estava fazendo poderia ser um ritual de aceitação imaginável para outros.

Junwoo não queria ser daquele jeito. E sentiu-se mal por saber que havia pessoas que sentiam aquilo. Então, ele passou a se conscientizar sobre aquele ritual que havia criado sem perceber e que o ajudou muito.

Ele vestiu o blazer preto e o sobretudo vinho, removendo, em seguida, a calça bege, mas recordando-se que não tinha nenhuma calça preta para experimentar com a fantasia.

— *Hyung*! — chamou por Takeshi que estava na cabine ao lado.

— Sim!

— Me empresta sua calça preta? Pra eu provar o conjunto — pediu, abrindo apenas uma fresta da cortina para pegar a calça que foi estendida para si por meio de uma fresta aberta da cortina ao lado.

Junwoo pegou a meia-arrastão, desembolando-a lentamente, sentindo o tecido suave sob seus dígitos. Era uma peça linda, e ele estava ansioso para usá-la. Vestiu-a com certa dificuldade, pois seus pés sempre passavam nos buracos errados, mas, no fim, conseguiu. Ergueu a meia até a cintura para a calça não tampar tudo e parou para se olhar. A peça deixava suas coxas ainda mais realçadas e, por Deus, Junwoo gostou muito daquilo.

Passou a mão pela coxa direita, observando o tecido preto mexer um pouco sobre sua pele e sorriu satisfeito. Vestiu, em seguida, a calça jeans de

Takeshi, que tinha rasgos no joelho e estava pronto. O conjunto era tão bonito que não parecia nem uma fantasia e foi o que Bonhwa disse assim que Junwoo pisou para fora do provador para mostrar.

— Você tá incrível — Yoona, vestida de Branca de Neve, constatou, sorrindo satisfeita com a escolha do mais novo.

Bonhwa concordou, batendo as lâminas falsas de sua fantasia, como se batesse palmas, enquanto Takeshi permaneceu em silêncio.

— *Hyung*? — chamou pelo ruivo, vendo que este tinha os olhos presos na área de seu torso. — V-você gostou?

Takeshi coçou a garganta, lutando muito para levantar o olhar e conseguir olhar Junwoo nos olhos. Takeshi engoliu em seco, aproveitando que Bonhwa e Yoona se olhavam no grande espelho do local, aproximou-se, segurando o mais novo pelos quadris:

— Você está... — não soube como proceder.

— Ficou feio? — Junwoo franziu o cenho, olhando para o próprio corpo e vendo que seu mamilo havia escapado para fora do blazer. Ajeitou a peça, um tanto envergonhado.

— Não, não... Você está incrível. Irresistível — Takeshi suspirou, aproximando o rosto e depositando um selinho lento nos lábios dele.

O mais novo sorriu aliviado. E então, se permitiu analisar a fantasia de Takeshi. Ele estava estranhamente atraente naquela farda. Dava-lhe um charme a mais, certa autoridade e Junwoo sentiu as próprias bochechas corarem com aquela constatação e com a ideia de gostar daquela pose dominante que a farda dava ao mais velho. O chapéu, complementar à farda, somente contribuía para aquela imagem. *Por que era tão sexy?*

— Me diz... Como vou resistir durante a festa inteira? — choramingou, colocando uma mecha de cabelo de Junwoo atrás da orelha.

— Resisti-tir a quê, *hyung*? — Engoliu em seco, subindo o olhar até os olhos dele, tentando não olhar demais como as coxas dele estavam fartas naquela calça branca.

— A você.

Junwoo ofegou quando os lábios de Takeshi juntaram-se aos seus, de repente, Takeshi beijou-o com uma fome que ele nunca havia demonstrado antes, não tão explicitamente daquela maneira. Apertou a cintura de Junwoo com possessividade, puxando-o contra si como se não houvesse mais ninguém ali.

Enquanto isso, o mais novo não soube como reagir, hesitando onde colocar suas mãos, estas também curiosas para tocar Takeshi e descobri-lo. Mas, no fim, correspondeu. Correspondeu ao beijo necessitado, porque ele estava tão necessitado quanto o outro. Era assustador.

— Ei! Sem putaria aqui! — Bonhwa deu um tapa na bunda de Takeshi para quebrar o momento deles.

— Parem de interromper a gente! — Takeshi exclamou quase em um choramingo triste, porque, meu Deus, ele só queria beijar Junwoo!

O mais novo estava completamente corado e ofegante, sem saber como lidar com o rebuliço quente que o outro lhe causou. Ele observou Takeshi lançar uma piscadela antes de entrar na cabine novamente. Junwoo fez o mesmo, controlando a respiração para que não começasse a tossir ali mesmo.

Takeshi iria enlouquecê-lo.

Quando voltou para dentro da cabine, pegou o pacote e viu que havia se esquecido das pequenas presas. Leu como colocá-las e seguiu cada passo, sorrindo para o espelho quando viu o resultado. Ele sabia sobre toda a moda envolvendo vampiros, pois Syaoran, quando estava viciado, lhe contou sobre as histórias famosas envolvendo tais criaturas; no entanto, ele nunca havia visto nenhum filme ou lido algum livro que os envolvesse. Nunca havia tido muitas oportunidades de escapar para a casa de Syao e assistir aos filmes ou séries com ele.

— Você vai mesmo pagar a minha, *hyung*? — perguntou, agarrando o braço do mais velho ao que este tirou seu cartão do bolso para pagar a sua fantasia e a de Junwoo. Takeshi sorriu e assentiu.

— É meu presente de aniversário atrasado... ou adiantado. Meu Deus, quando é seu aniversário? — Takeshi até mesmo fez a vendedora esperar, inconformado com o fato de não saber quando era o aniversário de Junwoo.

O mais novo riu baixinho.

— Dois de setembro.

— Ah, ainda falta, ufa! — Respirou aliviado, com medo de ter perguntado tarde demais ao garoto. — O meu é doze de outubro.

— Vocês podem falar disso mais tarde, né? A coitada tá esperando vocês ali. — Yoona indicou a vendedora, com a cabeça, que deu uma risada sem graça.

Junwoo se curvou de leve e pediu desculpas, soltando o braço do outro, envergonhado.

Quando o grupo deixou a loja e seguiu para a saída, ele observou Takeshi trocar a sacola que segurava para a mão esquerda, que estava do lado contrário de Junwoo. Ele franziu as sobrancelhas, curioso com aquele ato e viu Takeshi olhá-lo com um sorrisinho antes de fitar a própria mão direita.

Junwoo corou.

— Q-quer segurar minha mão? — murmurou sem jeito, o coração acelerado em seu peito.

Takeshi não respondeu e apenas entrelaçou os dedos com os dele, puxando-o para mais perto, fazendo com que toda a pele de Junwoo ficasse vermelha como o fogo. Mas não houve afastamento.

— Hajoon *hyung* vai à festa? — Junwoo perguntou ao grupo quando estava entrando no metrô.

— Não... Chegamos a chamá-lo, mas ele disse que não queria. — Ravi deu de ombros, mesmo tendo estranhado no momento em que Hajoon negara.

Todos desceram juntos a Junwoo na estação mais próxima à casa dele, cada um seguindo em direção diferente depois, para irem para seus respectivos lares. Takeshi levou a fantasia do mais novo consigo para que não este tivesse que explicar o que era aos seus pais. No entanto, quando Junwoo chegou a casa, seu pai não estava, e sua mãe assistia a algo na televisão. Como Junwoo não fez muito barulho para passar pela porta, ela não o notou ali.

A cena na televisão era um jantar, parecia se passar em uma época mais antiga e as pessoas pareciam ser extremamente ricas. Junwoo foi se aproximando, lentamente, tentando ouvir as vozes. O idioma era inglês, coisa que não era muito comum seus pais assistirem.

— *Sabe que não gosto disso, Rose* — uma mulher com um enorme chapéu disse à mulher ao seu lado, que fumava um enorme cigarro na mesa de jantar. A menina pareceu não se importar e soltou a fumaça no rosto da mais velha.

— *Ela sabe* — o homem de terno e cabelo lambido disse, tirando o cigarro da mais nova que estava ao seu lado.

O homem de terno puxou algum assunto desinteressante com o outro na mesa, mas o foco da câmera era a expressão insatisfeita da moça que queria fumar seu cigarro e da senhora mais gordinha sentada de frente para eles. Quando o homem fez algum comentário sobre a comida da moça bonita e insatisfeita, a senhora não se conteve:

— *Você vai cortar a carne pra ela também, Cal?*

Jiyoon riu. Riu da expressão insatisfeita que o homem fez para o comentário da senhora.

— Que filme é? — Junwoo perguntou, sem conseguir controlar sua língua.

Jiyoon se assustou e, imediatamente, mudou o canal. Quando viu que era o filho, soltou a respiração e virou-se para frente novamente, mas sem voltar ao canal em que o filme passava.

— Titanic — respondeu, no entanto.

— Hm... É sobre o quê? — Junwoo tentou, aproximando-se e sentando-se na poltrona ao lado do sofá em que ela estava.

— É um romance — disse, surpreendendo o filho por não ter sido grossa.

— Posso assistir com você? — pediu.

Jiyoon o fitou por breves segundos, os olhos duros analisando seu rosto antes de sua voz seca dizer, em alto e bom som:

— Não, vá dormir. Você tem aula amanhã.

Junwoo sentiu o peso sobre seus ombros crescer e, sem saber o que dizer a ela em retorno, levantou-se. Entretanto, as palavras, que fizeram sua mãe rir, rondavam sua mente de maneira incansável, fazendo com que ele não fosse diretamente ao seu quarto e parasse, por alguns segundos, para analisar as tais palavras e, por fim, soltar:

— Não deixe o papai cortar a carne para você.

Pela primeira vez em muito tempo, o olhar que sua mãe lhe lançou foi diferente. Junwoo deu um sorriso triste a ela e se virou para deixar o cômodo, mas sua mãe lhe interrompeu.

— Onde estão as coisas que você disse que ia buscar no seu trabalho novo?

Junwoo arregalou os olhos, martirizando-se mentalmente por ter esquecido que havia dado aquela desculpa para encontrar os amigos. Engoliu em seco e virou-se para Jiyoon, pronto para inventar outra baboseira que a fizesse esquecer aquilo, como sempre acontecia com seu pai. Mas Jiyoon não era Daejung.

— Não precisa inventar desculpas pra mim, garoto. Eu já sabia que coisas assim iam acontecer.

— C-coisas assim? — Ele franziu as sobrancelhas.

— Você desviar do caminho certo, mentir pra gente... Eu já sabia. — Ela deu de ombros, parecendo não se importar realmente com o que falava.

— Caminho certo? — Junwoo respirou fundo. — E qual é o caminho certo? O que você seguiu?

Jiyoon levantou o olhar para ele. Fria.

— Não quero acabar assim, *mãe*.

Junwoo deu as costas e foi para seu quarto.

!

A semana passou rapidamente e, na sexta-feira, depois de passar a noite de quinta em claro conversando com Jooheon, Syao e Takeshi, Junwoo não poderia estar mais animado para o dia seguinte. Poucas pessoas chegavam com um sorriso no rosto à escola, mas Junwoo foi uma delas. Mesmo que, no fundo de sua mente, várias coisas estivessem martelando ali para que ele as resolvesse, o seu foco era o seu novo emprego, a festa à fantasia e sua aproximação com Jooheon. E, claro, Takeshi. Takeshi sempre o deixava feliz.

Caminhando até seu armário, Junwoo cantarolava uma melodia aleatória de que se recordava e, quando parou em seu destino para pegar seus livros, interrompeu-se ao ver quem estava pegando coisas no armário ao lado. Era a garota dos outros dois dias, machucada, com arranhões no rosto e hematomas no pescoço e braço.

Junwoo ofegou surpreso, sentindo algo ruim no peito ao ver todos aqueles machucados. Era a terceira vez que "esbarrava" com aquela garota; na mente dele, aquilo não podia ser apenas uma coincidência. Hesitante, Junwoo abriu a boca, sendo pego de surpresa quando ela falou algo antes:

— Não me olhe com pena, por favor.

O garoto franziu o cenho, confuso.

— P-pena?

— Sim, meus machucados e tal... é óbvio que foram feitos por outra pessoa — continuou, sem nem colocar os olhos nele.

— Seu namorado?

A garota olhou-o surpresa. Sua boca ferida se abriu, mas fechou-se logo em seguida e ela engoliu em seco. Alguns segundos depois, passando os tais com os olhos fixos no adolescente envergonhado, a menina, finalmente, disse:

— O q-que te faz pensar que foi ele?

— Eu... O-ouvi uma conversa sua com uma amiga... E aí deduzi. — Junwoo coçou a nuca, tímido em admitir que havia escutado uma conversa da qual ele não fazia parte.

— Mirae? — Ela soltou uma risada triste. — É, ela foi uma das que me avisou que tudo ia piorar com o tempo.

— Tudo...? — Junwoo tentou, apoiando-se contra o armário.

— Minha relação com o Seungyo, meu namorado — explicou, passando os dedos trêmulos por entre seus fios longos e castanhos. — No começo eram apenas palavras que soavam estranhas, depois passou para comentários insatisfeitos, repreensões e, por fim... agressões.

— P-por que você permitiu isso? Que chegasse a esse ponto. — Junwoo abraçou o próprio corpo, travando em seu lugar e não querendo fazer nenhum movimento que pudesse soar brusco perto da garota. Foi um instinto que pareceu deixá-la mais tranquila.

— Eu n-não achei que ele fosse capaz, achava que era apenas uma fase e que... ele fosse mudar. E agora... — Riu incrédula. — Agora, ele me ameaça se eu levantar a hipótese de terminarmos.

— A minha pergunta fez parecer que é c-culpa sua, me perdoe por isso — corrigiu-se ao perceber. A garota pareceu surpresa com a fala e, sem elaborar uma resposta, assentiu. — E-eu posso te ajudar.

Junwoo não sabia bem como poderia resolver um problema como aquele, mas sabia que deveria fazer alguma coisa. Sua intuição lhe dizia que não era certo uma mulher passar por aquilo e, por Deus, ele não podia fechar os olhos para uma situação daquelas. Então, ele agiu.

— Você é policial? — debochou, sem soar rude, no entanto.

— Não, mas o marido do m-meu tio é advogado. Ele deve conhecer policiais e pessoas que possam te ajudar — respondeu, as mãos brincando com o suéter que vestia.

A menina, que Junwoo lembrou que se chamava Eunhye — ouviu sua amiga chamá-la daquela maneira —, pareceu verdadeiramente surpresa com a resposta do adolescente. Eles se encararam em silêncio, Junwoo aguardando pela resposta dela e não a recebendo durante longos segundos. Após quase um minuto de silêncio, ele coçou a garganta, achando que oferecer aquela ajuda, talvez, não fosse o que a menina queria. *Mas... Como não querer sair de um relacionamento como aquele?*

— Eu quero!

Eunhye segurou o pulso de Junwoo quando ele deu um passo para trás, impedindo que ele desistisse daquela ideia. Nos olhos da garota, viu o desespero, viu que, por trás das orelhas e dos hematomas, havia um grito desesperado por ajuda. E ele ia fazer de tudo para atender.

— Me passa seu telefone — pediu, tirando o seu do bolso e abrindo a agenda telefônica, coisa que Takeshi lhe havia ensinado como fazer.

Eunhye anotou o próprio telefone no aparelho de Junwoo, as mãos levemente trêmulas, que quase fizeram com que Junwoo as tocasse no intuito de acalmar a menina e de tentar mostrar que a ajudaria e que, no fim, tudo daria certo.

— Eu coloquei o da minha amiga Mirae também, caso algum problema surja e você não consiga falar comigo... — explicou, os olhos baixos enquanto entregava o telefone ao dono.

— Tudo bem. Hm, é... — Ele avistou seus amigos no fim do corredor, se aproximando deles. — Você quer almoçar comigo e meus amigos hoje?

— A-amigos?

Antes que Junwoo abrisse a boca, Takeshi, Bonhwa, Yoona e Ravi juntaram-se a eles, já cumprimentando Eunhye com animação e entusiasmo, como se ela fosse uma antiga amiga deles.

— Você não está com a gente na aula de História? — Ravi perguntou, um sorriso doce em seus lábios.

Eunhye assentiu.

— Ah, eu já notei você várias vezes, é bastante inteligente — comentou Takeshi, suas mãos envolvendo a cintura de Junwoo por trás.

— Sim, Hajoon te adora — acrescentou Yoona.

Eunhye foi ficando mais tranquila, conforme os assuntos e comentários eram feitos pelo grupo e, quando viu, ela sorria também, encostada ao armário e sentindo-se acolhida por aquele grupo com quem nunca havia socializado antes.

Junwoo sentiu o peito aquecido, tendo a certeza de que estava fazendo algo certo. Mais tarde, no mesmo dia, ligou para Jooheon e contou-lhe sobre Eunhye, pedindo ajuda ao marido do tio.

— Vou falar com ele assim que chegar do escritório — Jooheon respondeu, o tom de voz motivado. — Pode deixar.

— Obrigado, tio. — Junwoo soltou a respiração, aliviado, sentindo o aperto em sua mão, vindo de Takeshi, que sorriu acolhedor. Junwoo, então, encostou a cabeça em seu ombro, arrepiando-se levemente quando o mais velho envolveu sua cintura e puxou-o para mais perto.

— Quando você vai vir jantar aqui em casa, hm?

— Ah, pode ser, semana que vem, depois do trabalho — Junwoo sugeriu, animando-se com a ideia.

— E seus pais?

Suspirou, fechando os olhos por breves segundos.

— Eu a-acho que vou contar a eles.

— Isso é bom, por mais que eu não apoie nada vindo deles, esconder as coisas não é a solução — Jooheon argumentou. — E eu passei, hoje, no seu trabalho para assinar a autorização.

— Muito obrigado! Meus pais até concordaram em me deixar trabalhar, mas não queria que eles soubessem os horários exatos... — Ele riu baixinho, sentindo-se um fora da lei ao dizer aquilo.

— Seu pestinha! — Jooheon gargalhou. — Tudo bem, Junwoo, eu entendo. Tenho que desligar, estou no hospital para buscar os remédios de Dakho.

— Oh, ele está se recuperando bem?

— Perfeitamente, daqui a duas semanas, poderá começar a escola finalmente. — Era possível sentir o sorriso na voz de Jooheon e aquilo alegrou o sobrinho. — Estou doido para que você o conheça.

— Eu, t-também, quero muito conhecê-lo.

Takeshi apertou a cintura de Junwoo, sentindo a satisfação na voz do maior. Takeshi sorriu, o coração aquecido por vê-lo cada vez mais espontâneo com relação às suas reações e sentimentos. Quando Junwoo finalizou a ligação e notou o quão grudado ele e Takeshi estavam, as bochechas do adolescente coraram e ele riu envergonhado, apertando a camisa do outro entre os dedos, não querendo que aquela proximidade cessasse.

— Seu tio é muito legal — murmurou, tocando o queixo de Junwoo para que os olhares se conectassem e as bocas se roçassem; Junwoo suspirou.

— Sim... — Não sabia muito bem o que havia acabado de afirmar, pois seus olhos estavam conectados nos lábios rechonchudos de Takeshi e na forma quente como eles foram umedecidos.

Ah, o rebuliço quente estava ali novamente.

Junwoo engoliu em seco, colocando a mão sobre o baixo ventre, tentando controlar aquela sensação avassaladora, mas ela só piorou quando Takeshi sorriu e se aproximou ainda mais, o beijando delicadamente. Estavam na parte lateral do pátio, no horário do almoço. Foram até aquela parte mais vazia, porque o tio de Junwoo ligou e ele quis atender, então perguntou a Takeshi onde havia um lugar mais calmo para falar sem interrupções, então foram juntos.

— *Hyung*... — chamou quando teve sua cintura apertada, quase ofegando contra a boca do mais velho. — E-eu... — Não conseguiu finalizar, arfando quando Takeshi mordiscou seu lábio inferior e chupou-o para dentro de sua boca. Ele não conseguia se controlar, não quando o assunto era Lee Junwoo.

Junwoo tinha dificuldade, às vezes, em manter o ritmo quando Takeshi o beijava com aquela fome, porque ele se desmontava todo e acabava deixando que Takeshi comandasse e controlasse tudo, o tomando da forma que só ele sabia fazer.

As mãos de Takeshi não sabiam onde ficar, então se arrastavam pelas costas do mais novo, puxavam seus fios de cabelo de vez em quando e, quando ousavam mais, agarravam a bunda arrebitada dele. Junwoo soltou um som surpreso contra os lábios do outro, mas suspirou logo em seguida, porque gostava tanto quando ele o apertava que chegava a ser assustador.

— Temos que ir... — Takeshi murmurou após ouvir o sinal do fim do almoço soar, dando mais uma mordida na boca de Junwoo e apertando sua bunda uma última vez.

— *Aish, hyung*... — choramingou, apertando os braços em torno do pescoço do mais velho, não querendo que ele se afastasse.

— Prometo que, nesse fim de semana, te dou quantos beijos você quiser e, quem sabe, até mais — deixou o suspense no ar, estalando um selinho em sua boca antes de puxá-lo de volta para o prédio onde teriam aula.

Junwoo estava surpreso, sem saber como interpretar aquele "quem sabe, até mais". *O que Takeshi queria dizer com aquilo? Que eles passariam dos beijos?* Deus, Junwoo ia explodir.

Quando o sábado chegou, Junwoo deixou sua casa cedo, com a desculpa, formada há dias, de que tinha que ir para o trabalho, e não teve problema algum. Levou uma mochila com o pouco de dinheiro que tinha, o celular, carregador e uma muda de roupa, caso precisasse. Como sua fantasia estava com Takeshi, não teve que sair carregado de casa. O destino era a casa de Ravi, pois teriam todas as maquiagens necessárias para preparar perfeitamente o grupo, segundo ele e, ainda, teriam a ajuda de Ária.

— Porra! — ela gritou quando abriu a porta da humilde casa e teve a visão de um Junwoo extremamente envergonhado. — O assustadinho bonitinho chegou! — Estendeu a mão e puxou-o para dentro da casa, cumprimentando-o com um abraço, rindo das bochechas coradas, mas comentando o quão fofas eram.

— Junwoo! — Ravi apareceu na sala, caminhando até o amigo e envolvendo-o em um abraço. — Bonhwa também já chegou, Yoona e Takeshi chegam daqui a pouco.

— Oh, sim — ele assentiu, ainda meio envergonhado por estar na casa de outra pessoa. — Obrigado por me receberem!

— Sem formalidades, criança. — Ária abanou as mãos. — Querem comer?

— Não, não, tia, não precisa. — Ravi abanou as mãos, puxando a mão de Junwoo para guiá-lo ao quarto.

— N-na verdade... — Junwoo ergueu a outra mão, como se pedisse permissão. — Eu q-queria, sim... Não comi antes de sair de casa.

— Tá vendo? — Ária apontou o dedo para o sobrinho, que apenas revirou os olhos e riu contido. — Vou preparar um lanche pra vocês e levo lá pra cima.

Ravi e Junwoo agradeceram e seguiram para o quarto, onde Bonhwa se encontrava, tentando limpar as lâminas falsas de sua fantasia com uma mão enquanto a outra segurava o celular, procurando maquiagens do seu personagem para inspirar Ravi.

— Oi, *hyung*! — Junwoo exclamou, sentando-se ao lado dele para lhe dar um abraço. Bonhwa sorriu e tirou a atenção do celular para dar um beijinho na bochecha de Junwoo que, como sempre, corou. — O que está fazendo?

— Salvando fotos de diferentes maquiagens do personagem que escolhi pra usar a fantasia — explicou, mostrando as fotos para Junwoo. O mais novo franziu o cenho.

— Nossa, ele é feio, *hyung*.

— Não ouse falar mal do meu Edward! — exclamou Ravi, os olhos focando uma de suas bolsas de maquiagem. — Ele é lindo, por mais que o ator que o interprete seja um merda.

— Por quê? — Junwoo questionou curioso.

— Porque ele agrediu a mulher dele — Bonhwa quem respondeu. — Só tem homem merda no mundo — suspirou.

— Mas você é homem. — Junwoo franziu o cenho, achando engraçado o fato de Bonhwa julgar a si mesmo daquela maneira.

— Sim, e é meu dever reconhecer que somos todos uns merdas, querendo ou não. Consciência de classe. — Deu de ombros, finalizando a limpeza das lâminas. — Acabei! Ravi, quer que eu limpe sua peruca?

— Não... Decidi mudar a fantasia. — O mais velho sorriu culpado, finalmente, olhando para os outros dois. — Eu ia como minha *Drag*, mas decidi, ontem, ir como Adore Delano.

— Ah, pelo menos a troca não foi ruim — disse. — Qual peruca vai usar?

— A de fios ondulados e marrons. Vou fazer um *outfit* que ela usou durante a *Drag Race*, em algum momento do qual não me lembro. — Ravi tirou o celular do bolso e estendeu para Junwoo para que ele e Bonhwa vissem a que roupa ele se referia.

— Meio policial, né? — Bonhwa murmurou sorrindo, aprovando a escolha.

Junwoo observou a roupa da *Drag* e acabou sorrindo também, gostando do que via. A roupa era toda preta e, por baixo de uma jaqueta de couro que quase brilhava, havia uma blusa com inúmeros furos, quase como a meia-arrastão que ele usaria, uma espécie de cinto e uma saia de couro que estava acompanhada de botas altas até os joelhos, com saltos enormes. Não era algo que Junwoo usaria, mas admirava Ravi, porque ele não conseguia sequer cogitar andar naquelas coisas.

— Junwoo, eu achei uma maquiagem que pode ficar legal em você. — Bonhwa mostrou uma foto em seu celular a ele que se assustou a princípio, mas logo se recuperou para analisar os detalhes da pintura.

O rosto do homem era branco e, ao redor dos olhos, havia um reforço de sombra preta e lápis preto, dando uma aparência bem mórbida que, pelo que Takeshi havia explicado nos outros dias, era o objetivo. Era um tantinho assustador, principalmente com o sangue falso em torno dos lábios do homem, mas Junwoo gostou.

— Essa eu consigo fazer fácil — comentou Ravi, olhando para a porta quando esta foi aberta por Takeshi e Yoona. Os dois entraram juntos, Takeshi segurando a bandeja que Ária lhe havia entregado para alimentar o "pobre garoto assustadinho", nas palavras dela.

— Oi — disse Yoona, simplesmente, jogando-se na cama e esticando as pernas. — Tô morta.

— E eu? Tive que discutir com meu chefe, hoje, pra ele me liberar — resmungou Takeshi, deixando a bandeja sobre a escrivaninha para se aproximar de Junwoo, sorrindo quando notou os olhos deste sobre ele. — Oi — murmurou, inclinando-se e plantando um selinho nos lábios do mais novo.

Junwoo derreteu.

— Oi, *hyung*... — Coçou a garganta. — Você teve problemas no trabalho para vir?

— Não, ele acabou deixando no final, pois sempre cumpri meus horários direitinho. — Deu de ombros, sentando-se ao lado de Bonhwa. — Hoje é dia de festa — cantarolou, fazendo uma dancinha boba.

— E uma puta festa, pelo que vi nas redes sociais. Vai muita gente — Yoona comentou, seu dedo se arrastando pela tela do aparelho.

— Eu vi! Tem até um grupo de jogadores que vem de uma escola de Busan — acrescentou o Jung, tirando milhares de coisas de suas bolsinhas de maquiagem e colocando sobre a cama.

— Busan? Uau! — Junwoo soltou, as mãozinhas brincando uma com a outra. — Hm... Vocês sabem que horas devemos sair da festa? Porque tenho que ver como vou voltar...

— Não tenho ideia, mas você pode ficar na minha casa, Woo — Takeshi soltou, arrancando exclamações maliciosas de todos no recinto.

Junwoo olhou de um lado para o outro, confuso, até que o olhar envergonhado de Takeshi para os amigos o fez compreender.

Oh...

— Oh... — Junwoo arregalou os olhos surpreso. — N-não!

— Não? — Yoona provocou, arqueando as sobrancelhas.

— N-não, digo, não que eu n-não... *Aish*! — Junwoo tampou o rosto ao ouvir as gargalhadas de Ravi e Bonhwa. — Por que vocês g-gostam de me deixar envergonhado?

— É fofo — murmurou o anfitrião, bagunçando o cabelo de Junwoo. — Precisamos fazer algo pro tempo passar mais rápido. Quero ir pra festa logo e ainda faltam horas.

— Ótimo, vamos dormir! — Yoona deixou o telefone de lado e se ajeitou na cama, encolhendo-se para tirar uma soneca.

— Posso comer? — pediu Junwoo, indo até a bandeja quando Ravi assentiu. Takeshi foi até ele e abraçou-o por trás.

— Sabe que pode ir pra minha casa mesmo, né? Não precisamos fazer nada, Woo.

Junwoo engoliu em seco. A questão era que: ele *queria* fazer algo. Ele queria Takeshi de todos os jeitos possíveis e estava começando a entender aquilo, mas tinha vergonha. Vergonha de expressar aquele tipo de sentimento, vergonha, porque nunca sentira algo como aquilo antes. *Mas, por Deus, como ele o queria.*

— Eu tenho Igreja amanhã, *hyung*... Eu q-queria, mas não posso — suspirou, o corpo aquecido quando Takeshi encostou o queixo em seu ombro e assistiu-lhe mordiscar um pedaço de pão com manteiga.

— Posso te deixar em casa ao menos? — Takeshi perguntou, sorrindo ao receber um aceno em resposta. — Ótimo.

!

Quando deram cinco horas da tarde, Ravi finalizou a maquiagem de Bonhwa, após ter passado duas longas horas fazendo os detalhes dos diversos machucadinhos que o personagem possuía pelo rosto. Junwoo estava fascinado e ficou ainda mais quando Bonhwa vestiu a fantasia por completo.

— Ficou incrível! — comentou Takeshi, sentando-se na cadeira giratória, pronto para ser a próxima vítima de Ravi. Sua maquiagem era simples e, portanto, não demoraria tanto.

— Agora, eu não me mexo mais — Bonhwa murmurou, após encaixar a peruca da fantasia, sentando-se na ponta da cama e permanecendo parado, com medo de estragar algo na arrumação perfeita que conseguira finalizar.

— Vocês acham que eu faço uma maquiagem muito elaborada? — Yoona, que já estava com o vestido da Branca de Neve, perguntou um pouco inclinada contra o espelho, passando o corretivo sob seus olhos.

— Acho que o que mais importa é o batom vermelho — respondeu Ravi, espalhando a base pelo rosto de Takeshi.

Junwoo observava tudo com atenção, segurando a sua fantasia em seus braços, abraçando as peças como se elas fossem algo bem precioso. Ele não sabia se deveria se vestir primeiro ou *fazer* a maquiagem, então resolveu perguntar.

— *Hyung*... — chamou por Ravi. — Eu me visto antes?

— Sim! Coloque tudo, a maquiagem é por último. Só estou fazendo a do Takeshi antes, porque a roupa dele é branca e tenho medo que caia pó em cima.

Junwoo assentiu e dirigiu-se ao banheiro do quarto para se trocar. Removeu a roupa que usava e dobrou-a perfeitamente, deixando-a de lado e pegando a primeira peça que deveria vestir: a meia-arrastão. Sorriu e colocou a peça lentamente, apreciando a forma como ela envolvia sua pele e encaixava perfeitamente com a modelagem de seu corpo. Após vesti-la, colocou a calça que Takeshi lhe emprestara, pois, segundo ele, combinaria mais do que a que Syao havia comprado, por ter mais rasgos e ser mais justa.

Junwoo não contestou e a vestiu, tendo um pouco de dificuldade para passar o jeans pelas coxas, mas conseguindo, por fim, e sorrindo com o resultado. A barra da meia ultrapassava a da calça de cintura baixa e Junwoo se sentia sexy.

Sem pensar muito, tirou o celular do bolso da calça que usava antes e apontou a câmera para o grande espelho em que se encarava, capturando a beleza que viu em seu próprio corpo naquele momento. Quando viu o que fez, engoliu em seco, corado, e deixou o celular na bancada do banheiro, não conseguindo evitar o pensamento de como Takeshi se sentiria ao vê-lo vestido daquela maneira. Suspirou, sentindo um arrepio na nuca somente por pensar no olhar faminto de Takeshi sobre si. Ele amava *muito* aquele olhar.

— Para, Junwoo — murmurou para si mesmo, focando terminar de se vestir. Colocou o blazer, não se incomodando com a quantidade de pele sua que ficou exposta por não utilizar nenhuma camisa por baixo. Sua clavícula estava saliente e seu peitoral transparecia um pouco, trazendo-lhe aquele ar sensual que Junwoo percebeu que gostava muito de ter.

Finalizou com o sobretudo vinho, sorrindo para o seu próprio reflexo. Não entendia nada de vampiros, mas gostou muito da fantasia. Colocou a bota preta e de couro que Bonhwa lhe emprestou e saiu do banheiro com sua roupa na mão, tendo todos os olhares em si quando deixou o cômodo. Corou.

— O q-quê?

— Uau! — Ravi disse simplesmente — Você está absurdo, Junwoo!

— Eu tô tão fodido! — Takeshi resmungou, deitando a cabeça para trás na cadeira.

Junwoo, com as bochechas quentes, sorriu, sabendo que todas foram reações positivas à sua fantasia. Voltou a se sentar na cama, perto da cadeira em que Takeshi estava, após guardar sua roupa na mochila dele. Observou Ravi finalizar a maquiagem do ruivo para chamá-lo logo em seguida. Takeshi não havia feito nada extravagante no rosto, apenas colocou uma base e algo nos olhos para dar um charme a mais em seu olhar.

— Seu olhar já é charmoso o suficiente, *hyung* — murmurou.

O outro sorriu abobalhado e deixou um selinho nos lábios de Junwoo, levando um tapa de Ravi por interromper o início da maquiagem.

A maquiagem de Junwoo não foi muito demorada, pois foi algo mais puxado para o simples, para Ravi. Então, em vinte minutos, estava finalizado e Junwoo se encarava no espelho, tentando não fazer careta com o sangue falso ao redor de seus lábios.

— Ficou perfeito! — Takeshi sorriu, pegando as presas falsas que Junwoo havia deixado sobre a escrivaninha e se aproximando dele. — Deixa eu colocar pra você.

Junwoo abriu bem a boca e permitiu que Takeshi encaixasse as presas em seus caninos pouco afiados, rindo fraco pela leve cosquinha que as peças faziam em sua gengiva.

— Tão bonitinho — murmurou, segurando a cintura de Junwoo para dar-lhe um beijinho nos lábios. — Pena que eu só consigo pensar no quão gostoso você está com essa calça e essa meia.

— *Hyung*! — Junwoo arregalou os olhos, dando um tapa no ombro do mais velho antes deste se afastar para ir se vestir no banheiro. — Bobão.

— Junwoo! — Ravi exclamou, estendendo dois brincos falsos para ele. Um era uma argola e o outro uma espécie de argola dupla com uma corrente que as ligava. Junwoo sorriu e colocou-as, sentindo-se completamente satisfeito com o resultado.

Yoona finalizou a maquiagem simples em pouco tempo, parando para tirar fotos com Bonhwa, que tentava não se mexer muito para não estragar nada em sua montagem.

— A festa começa em trinta minutos, vamos nos atrasar — Takeshi comentou, saindo do banheiro com sua farda falsa. Junwoo quase arfou.

— Ótimo! — Ravi, que estava no meio do processo de sua maquiagem, resmungou. — Alguém pode pentear minha peruca?

— Eu posso! — Junwoo se ofereceu, divertindo-se, logo em seguida, ao passar a escova pelos longos e ondulados fios castanhos.

Quando Ravi finalizou todo o longo processo, e o resto do grupo já reclamava da demora, eles se juntaram para tirar uma foto em grupo, que acabou não funcionando, pois a *selfie* que Bonhwa sugeriu não pegava as fantasias inteiras. Então, o grupo desceu e pediu para que Ária o fizesse, coisa que ela nem pensou em negar.

Os cinco posaram alegres e ansiosos para exibir o bom resultado de suas fantasias na festa. Ária se despediu deles com avisos como "usem camisinha", "fiquem de olho em seus copos" e "não deem PT". Junwoo ficou envergonhado, mas anotou todas as dicas mentalmente.

O táxi que eles pegaram para ir até o casarão demorou a chegar e, quando viram, a festa já havia começado há quase duas horas. Não foi um problema, pois, quando chegaram, a ambiência parecia estar boa. No entanto, foi bizarro para Junwoo, que nunca havia estado em um local com tantos adolescentes dispostos a cometerem atos fora da lei enquanto fantasiados. Ele reconheceu alguns estudantes e, quando seus olhos passaram por um grupo de meninas, uma ideia surgiu em sua mente.

Tirou o celular do bolso, parado no grande jardim da casa, perto da entrada e digitou uma mensagem para Eunhye, perguntando se ela iria à festa. Para a surpresa dele, a resposta foi rápida e era positiva, o que o animou, pois aquilo, talvez, significasse que ela estava se livrando, aos poucos, do namorado abusivo. Junwoo ficou ainda mais animado.

Takeshi se aproximou dele e entrelaçou os dedos para que entrassem juntos. Na porta da casa, esbarraram com Yejun, já um tanto alterado pela quantidade assustadora de álcool que havia ali dentro.

— Oi, gente! — exclamou, abrindo os braços e quase derrubando o líquido em cima de Bonhwa, que conseguiu desviar. — Bem-vindos!

— Valeu! Pelo visto a festa parece estar pegando fogo — Takeshi comentou.

— Sim! — O loiro gargalhou, gesticulando, em seguida, para que eles entrassem. — Entre, gente! Tem bebida pra todos!

Os cinco adolescentes entraram na casa, a música alta recepcionando os tímpanos da melhor maneira possível enquanto os cheiros de cigarro e droga quase fizeram com que Junwoo caísse duro no chão. Mesmo incomodado com o odor, sentiu vontade de dançar, por ver muita gente fazer o mesmo no meio da pista improvisada na sala de estar.

— Vou ao bar! — exclamou Ravi, puxando o pulso de Bonhwa para que fosse consigo.

— Vou explorar — Yoona informou a Takeshi, acenando e afastando-se dele e de Junwoo.

Seguindo para o bar improvisado, Takeshi e Junwoo não viram que a garota havia seguido um conhecido seu que era o responsável por seus *mantimentos* em algumas festas. Ela o abordou discretamente, perguntando se ele tinha algo de interessante.

— Alucinógenos? — perguntou surpresa.

— Não! — Riu. — São balinhas pra dar energia.

Com o resto de dinheiro que tinha, Yoona pegou um pacotinho. Deu um último sorriso agradecido a ele e deu as costas em seguida, voltando para onde Junwoo e Takeshi estavam, vendo-os em um canto do bar improvisado — que consistia no balcão da cozinha americana chique de Yejun —, mexendo-se no ritmo da música que tocava, rindo de algo que Takeshi dissera.

— Yoona! Vem dançar com a gente! — Junwoo chamou visivelmente animado, sendo abraçado pela cintura por Takeshi.

— Hm, não tô muito animada... — suspirou, seus olhos parando na palma de sua mão ao que se encostava ao lado deles, vendo as balinhas rosas darem leves saltos pela batida forte do som alto que soava no local.

— O que é isso? — Junwoo perguntou confuso, aproximando-se um pouco para olhar o que tinha na mão dela.

— Yoona... — advertiu Takeshi.

— São balinhas, apenas. Pra dar energia — explicou, sua outra mão brincando com a barra da saia amarela de sua fantasia.

— Balinhas? — Junwoo franziu o cenho. — Eu quero! — Esticou a mão, sorridente.

— Junwoo... É uma espécie de droga — Takeshi avisou. — Serve apenas para dar energia, mas tem riscos e podem fazer mal pro seu coração.

— Oh... Eu não deveria tomar? — Ele coçou a nuca, envergonhado por ter pedido sem pensar.

— Não é que "não deveria" — Yoona explicou. — Praticamente, todos experimentamos de tudo em algum momento de nossas vidas, sabe? E se você realmente quiser, tem que ter noção do que está fazendo e tem que estar por perto das pessoas nas quais confia.

Junwoo vagou o olhar entre Takeshi e Yoona, sem saber o que dizer em seguida. Ele era mente aberta, afinal, e queria experimentar as coisas que nunca tivera a chance de experimentar antes. Takeshi estava ao seu lado e poderia cuidar dele, caso algo acontecesse, certo? Pensando por aquele lado, não enxergava problema em experimentar algo que apenas lhe daria energia.

— Eu q-quero tentar... — murmurou. — Se der algo errado, você me leva pro hospital? — perguntou para Takeshi, tocando a mão dele que ainda estava sobre sua cintura.

— Não precisava nem perguntar. — Ele sorriu, aproximando-se um pouco e roçando a boca na bochecha de Junwoo, carinhoso como ele gostava de ser e como Junwoo gostava que ele fosse.

Yoona sorriu levemente ao assistir aos dois e entregou uma das balas para Junwoo, pedindo um copo de água no bar improvisado. Colocou uma das balinhas na boca e engoliu em um pequeno gole, estendendo o copo para Junwoo em seguida e assistindo a ele, junto a Takeshi, engolir a droga.

— Não tô sentindo nada. — Junwoo fez uma careta.

Os outros dois riram.

— Não é imediato — Takeshi respondeu, selando a bochecha de Junwoo. — Quer dançar?

— Na pista? — indagou, as sobrancelhas se arqueando. Quando Takeshi assentiu, ele hesitou. — Hm... N-não sei.

— Vamos! — Yoona puxou ambos pelo pulso, indo até o meio da pista improvisada.

Alguma música que Junwoo desconhecia tocava, a batida forte fazendo com que ele sentisse as vibrações do som no corpo. Takeshi já se remexia entre as pessoas, os braços levantando e puxando as mãos de Junwoo para cima. Foi questão de dois minutos para que Junwoo e Yoona acelerassem os movimentos, os sorrisos crescendo nos lábios e as risadas se amplificando, quase competindo com a altura da música no ambiente. Era como se um peso deixasse os ombros dele e ele fosse incapaz de sentir a gravidade, o corpo parecendo levitar e os pés se mexendo por conta própria, acompanhando o ritmo da música.

— Junwoo! — Takeshi gargalhou quando o mais novo o puxou pelos braços, agarrando-o pelo pescoço para dançar grudado nele.

— *Hyung*! É muito alto! — referiu-se à música, gritando perto do ouvido do ruivo, que se afastou um pouco, com uma careta.

— É mesmo! — respondeu, abraçando a cintura do mais novo e deixando que as mãos dele percorressem sua farda.

Junwoo fechou os olhos, sentindo a música vibrar em seus poros, as mãos descendo pelo peitoral de Takeshi, coberto pelo uniforme branco, apertando sem nem perceber. Estavam perto, bem perto, e, quando as bocas se roçaram e as mãos de Takeshi apertaram sua cintura, Junwoo sentiu o corpo queimar. Ofegando, agarrou o tecido da farda na área do torso de Takeshi, tentando mantê-lo perto como podia, a boca secando cada vez mais, pedindo para entrar em contato com a do ruivo.

— Você tá tão gostoso com essa roupa — disse Takeshi, a boca próxima demais da dele, quase se fundindo.

Sem controle algum das sensações em seu corpo, Junwoo soltou:

— Então me toca, *hyung*.

Takeshi arfou e beijou-o, com fome, com um pouco de dificuldade por causa das presas falsas, as mãos apertando a pele por cima da meia-arrastão exposta pela calça de cintura baixa. Eles não se importaram com mais ninguém e somente se agarraram, como estavam querendo fazer há tempos.

Junwoo infiltrou seus dedos pelos fios avermelhados, quase derrubando o quepe do outro, as línguas batalhando por espaço enquanto seus corpos se grudavam cada vez mais. Ninguém em volta deles se importou. Yoona, por exemplo, estava de olhos fechados, dançando como se não houvesse um “amanhã”, cantando a música de Rihanna como se fosse a própria.

Takeshi não se conteve, seus lábios esmagados contra os de Junwoo, e ousou mais, suas mãos descendo até a bunda do mais novo quando eles estavam colados, apertando a carne com força.

— *Hyung*... — Junwoo sussurrou, apertando os fios vermelhos entre os dedos. — Eu a-acho que vou explodir.

Takeshi riu antes de voltar a beijá-lo, necessitando do moreno como nunca necessitou. Suas mãos não deixaram a bunda arrebitada dele e ele o puxava cada vez para mais perto, brincando com sua língua e amassando as fantasias.

Junwoo sentia a boca queimar, a garganta queimar, o peito queimar, a virilha queimar. Gemeu contra os lábios do mais velho quando teve sua bunda, mais uma vez, explorada pelas mãos safadas do ruivo e uma delas resolveu descer até sua coxa farta e puxá-la contra o quadril.

O rebuliço quente estava ali com todo fervor e a balinha serviu apenas para intensificar tudo que Junwoo sentia, dando-lhe a impressão de que ele, realmente, ia se desfazer nos braços de Takeshi.

— Me deixe te tocar mais — pediu em um quase choramingo, a mão deixando a bunda de Junwoo para subir até o seu peitoral praticamente exposto pela falta de tecido.

— C-como? — Junwoo inclinou levemente a cabeça para o lado quando a boca do ruivo desceu pelo seu maxilar e pescoço. — Oh, *hyung*...

Takeshi lambeu a pele dele e mordiscou, sentindo-a se arrepiar sob seu toque. Sorriu satisfeito e continuou a judiar dela, a mão se aproveitando da coxa de Junwoo enquanto este segurava em seus ombros para não cair. O mais novo não raciocinava e não conseguia focar mais nada que não fosse no modo como os toques de Takeshi estavam fazendo seu membro se contorcer sob os tecidos.

Ele estava muito excitado.

Choramingou, perdido, abrindo os olhos e fechando a boca ao perceber que ainda estavam no meio de um bocado de gente, mesmo que ninguém os olhasse naquele momento, pois todos estavam preocupados demais em aproveitar a noite com muito álcool e muita dança.

— Vem comigo — Takeshi murmurou, puxando-o pelo pulso até encontrar um canto, em um corredor, perto do banheiro e prensar Junwoo contra a parede. — Posso?

Junwoo não sabia a que Takeshi estava se referindo, mas apenas assentiu. Takeshi suspirou e enterrou sua cabeça no pescoço do mais novo, lambendo e mordendo como sabia que ele gostava. As mãos dele subiam e desciam pelas coxas grandes, aproveitando-se da leve exposição delas pelos furos da calça.

— M-mais... — Junwoo pediu, esfregando tanto suas mãos sobre o peitoral de Takeshi a ponto de abrir a farda, tocando-o por entre os botões já abertos da camisa social.

Sabendo que Junwoo queria tocá-lo, o descendente japonês abriu ainda mais a própria camisa, pegando a mão dele e colocando-a por cima de sua pele quente. Junwoo gemeu.

— Porra! — xingou o mais baixo, ao que sentiu o quão necessitado Junwoo também estava. Ambos já tinham ereções, mas apenas Takeshi soube lidar com ela, apalpando-a por cima da calça social branca que usava, assustando Junwoo.

Ele teve um momento de clareza, vendo a marcação na calça de Takeshi e arregalou os olhos. *Ele causou aquilo? Takeshi estava tão excitado assim como ele? O que eles fariam?* Em um surto, soltou-se de Takeshi e empurrou-o sem muita força pelos ombros, ainda sentindo os efeitos da droga fazendo seu coração palpitar.

— O quê? — Takeshi franziu o cenho, ofegante.

— E-eu preciso ir ao banheiro. — E, sem dizer mais nada, correu para o banheiro que havia ali ao lado, quase tropeçando em seus próprios pés.

Quando se encarou no espelho do cômodo vazio, arregalou ainda mais os olhos, vendo a maquiagem ao redor de sua boca completamente borrada, os desenhos, que Ravi havia feito com o sangue falso para ele realmente parecer pingado, destruídos.

— É proposital o sangue todo borrado?

Junwoo deu um pulo, assustado, virando-se na direção da porta e vendo Bonhwa.

— Você me assustou, *hyung*.

— Perdoa. — Riu. — Eu vi vocês dois no corredor.

— Oh... — Corou. — Você viu?

— Foi meio difícil não olhar — rebateu rindo. — Por que saiu correndo?

Junwoo tampou o próprio rosto, sentindo as bochechas queimarem e ficarem, provavelmente, da cor do sangue falso espalhado ao redor de sua boca. Era muita coisa acontecendo ao mesmo tempo: ficando cara a cara — quase — com o pau duro de Takeshi, usando uma droga que, com certeza, estava lhe causando alucinações e, naquele momento, tendo que conversar com Bonhwa a respeito. *Que noite...*

— Me assustei com o... — gesticulou. — Duro.

Bonhwa, mais uma vez, riu.

— O pau do Takeshi?

— É... e o meu.

— E você nunca ficou assim antes?

— Não, eu já fiquei assim, mas não com ele. Foi a primeira vez.

— Acho que você vai ter muitas primeiras vezes com o Takeshi, Woo. Isso te assusta?

— Na verdade, isso me assegura... Eu confio no *hyung* — disse, recordando-se da conversa que teve com Syaoran a respeito daquele mesmo assunto. — Foi só que, no momento, me assustou, porque eu não... n-não sei o que fazer, como fazer.

— Você não gosta de se expressar sobre esse assunto? — perguntou Bonhwa. — Se não quiser, não precisamos falar sobre.

— N-não é bem isso... — Junwoo respirou fundo. — Eu gosto muito de falar, gosto de me expressar, mas sempre tive dificuldade, porque... estive "preso" a maior parte de minha vida. — Fez aspas com os dedos.

— Como um passarinho na gaiola.

— Sim... Mas era mais como uma gaiola mental, entende?

— E quem o coloca em uma gaiola?

Junwoo suspirou, percebendo que a pergunta não se tratava mais somente da situação sexual em que se encontrava alguns minutos antes. Bonhwa lhe perguntava sobre tudo naquele momento e lhe olhava como se conseguisse enxergar tudo o que Junwoo não conseguia dizer.

— Meus pais, você sabe, *hyung* — murmurou.

— Sim, eu sei, mas você sabe que o fato de você reconhecer isso é um grande passo, né? Quer dizer, você tava se agarrando com outro homem e tá aqui só porque se assustou com seu primeiro contato sexual e não porque estava tendo um contato com um homem.

— Eu... Eu sei — concordou, umedecendo os lábios. — Vocês me ajudam muito a sair dessa gaiola em que me colocaram.

Bonhwa sorriu.

— E com o maior prazer. Tenho certeza que essa *parte* da gaiola de que estávamos falando antes, vai ser muito bem destruída pelo Takeshi. Ou melhor, por vocês dois, porque, você sabe, né? Precisa pensar bem antes de ter seu primeiro contato sexual com outra pessoa. — Junwoo assentiu. — Você gosta do Takeshi?

— Sim — a resposta foi certeira e, logo depois de tê-la soltado, Junwoo engoliu em seco e soltou o ar, não acreditando que admitira aquilo com tanta convicção, sem precisar de muito estímulo, mas, no fim, fez bem a ele. E ele sorriu para aquilo. *Ele gostava de Takeshi, sim. Estava apaixonado.*

— Eu... sou apaixonado por ele. — Riu bobo. — Muito.

Bonhwa pegou nas mãos dele e fez um carinho ali, contente com o que estava ouvindo.

— Ele é meu melhor amigo, Junwoo. E acredite, eu reconheço um Takeshi apaixonado.

O coração de Junwoo acelerou.

— Sei que você tem muitas questões relacionadas aos seus pais e a todo o bloqueio que eles ajudaram a implantar na sua vida, mas eu acredito que você já tenha descoberto como escapar dessa gaiola que mencionou e só está com medo de seguir em frente. Acredite, Woo, eu entendo o medo, sei que ele existe, mas também sei que ele pode te impedir de muitas coisas, se você não aprender a dominá-lo. Digo dominá-lo, porque, querendo ou não, vai sempre estar ali. Você precisa enxergá-lo como algo positivo, como algo que vai te fazer pensar duas vezes antes de cometer algum ato, mas não como algo que vai te impedir de viver. Então, mesmo com medo, você precisa ir, precisa agir.

Junwoo ficou sem palavras após ouvir as palavras de Bonhwa. Nunca havia tido uma conversa como aquela com ele, mas estava sentindo-se a pessoa mais sortuda do mundo por estar tendo aquele momento, porque ele precisava daquilo. Precisava de um conselho, de algum guia para o que deveria fazer, não somente com relação a Takeshi, mas com relação aos seus pais também. E era aquilo: ele tinha que ir. Mesmo com medo, ele tinha que ir, não podia ficar parado no mesmo lugar. *Ele tinha que ir.*

— Junwoo? — A voz feminina fez com que ambos se afastassem e encarassem a porta, vendo Eunhye apoiada ao batente desta, com uma roupa de guerreira chinesa que o vampiro Junwoo não reconheceu, mas que o outro o fez imediatamente.

— Mulan! Eu amei a fantasia, Eunhye! — exclamou Bonhwa, desconectando-se imediatamente da conversa que estava tendo com Junwoo; este riu baixinho do jeito disperso do mais velho.

— Obrigada, Bon! — agradeceu tímida. — Junwoo, queria falar com você.

— Claro! Eu ia te procurar — respondeu.

— Bem, eu vou atrás de Ravi e de álcool! — disse o Choi, acenando para os dois antes de sair do banheiro.

— Como você tá? — perguntou para Eunhye, recebendo um sorriso meio cansado em resposta.

— Cansada, mas feliz por ter vindo. — Ela se apoiou à pia, massageando as têmporas com uma mão enquanto a outra servia de suporte para o corpo. — Eu... fugi dele.

Junwoo ofegou.

— V-você mora com ele? Pra onde você foi?

— Fui pra casa da Mirae — respondeu, brincando com o cinto preto em torno do uniforme chinês antigo. — Sim... eu me mudei pra casa dele ano passado e não tem nada de que eu me arrependa mais. Hm... Você conseguiu algo com seu tio?

— Eu falei com ele, e ele e o marido vão ajudar. Acho que você terá que encontrá-los em algum momento, e eu posso ir com você. — Ele sorriu acolhedor.

— Muito obrigada, Junwoo. Eu não tenho como lhe agradecer, eu... — começou a dizer, mas foi interrompida pela música do local abaixando e o som de algo se quebrando. — Que porra!

Os dois saíram do banheiro às pressas, descendo as escadas da enorme mansão até chegar à sala de estar, onde uma roda se formava em torno de dois garotos: Juno e Dyul.

— Seu viadinho de merda! — Dyul gritou para Juno e, no automático, Junwoo revirou os olhos.

As pessoas em volta soltavam exclamações, mas não faziam nada para impedir que os dois continuassem a se baterem. Juno sangrava e Dyul, por mais que fosse o que dominava os golpes, tinha diversos machucados pelo rosto.

— Que porra, Dyul! — Yerim gritava, tentando se aproximar, mas se afastando ao quase ter o rosto socado por um dos dois.

— Quebra ele no meio, Juno! Revida! Amassa ele! — gritou Ravi.

Junwoo segurou firme a mão de Eunhye e puxou-a até conseguirem sair em frente das escadas e irem atrás de seus amigos. Ele precisava falar com Takeshi.

— Onde estão seus amigos? — ela exclamou, sua voz tentando sobressair à gritaria.

— Estou tentando achá-los! — gritou de volta, apertando os olhos para tentar encontrar o seu grupo.

Avistou Ravi de longe, agarrando os ombros de um Takeshi muito surpreso enquanto Yoona parecia tentar lidar com uma dor de cabeça ao lado deles. Junwoo puxou Eunhye consigo até que pararam ao lado deles.

Ao ver Junwoo, Takeshi abriu um sorriso aliviado e, imediatamente, agarrou-o pela cintura, enterrando a cabeça em seu pescoço, em um abraço apertado.

— Mil desculpas se eu avancei demais, mil desculpas! Eu não quis forçar nada! — exclamou perto do ouvido de Junwoo, a respiração acelerada assim como a de Junwoo, que correspondeu o abraço imediatamente.

— *Hyung*! — ele exclamou, impedindo que Takeshi continuasse a falar. Um tanto envergonhado, aproximou os lábios da orelha dele. — Eu quero!

Takeshi demorou, alguns segundos, a entender sobre o que Junwoo falava e, quando entendeu, arregalou os olhos, afastando um pouco o rosto para fitá-lo.

— Q-quer? — E abriu um sorriso enorme. Junwoo sorriu junto.

— Sim, eu quero.

O foco deles era outro, tão imersos um no olhar do outro que não perceberam quando mais pessoas entraram na briga. A gritaria, no local, era alta, todos surpresos com o ataque inesperado de outros meninos, uns ajudando Dyul; outros o Juno. Enquanto uns filmavam, outros apenas encaravam, em choque. Até que Juno deu com uma garrafa entre as pernas de Dyul. Todos à volta se contorceram de agonia com a visão enquanto Dyul tinha uma expressão de dor aguda e de falta de ar.

— Como se sente com um viadinho te destruindo, filho da puta? — E acertou o rosto de Dyul com um golpe de direita brutal. Junwoo cambaleou para trás, segurando suas partes, nitidamente atordoado.

Naquele momento, muitas pessoas tinham saído da casa, imaginando que alguém poderia chamar a polícia e acabar ferrando todos aqueles que estavam ali sem a permissão dos pais ou os menores que bebiam e se drogavam.

Takeshi tentava se comunicar com sua mãe, ao lado de Junwoo e Eunhye em um canto da festa, mas a mulher demorou a responder e quando o fez, pediu para que Takeshi dormisse na casa de um amigo, pois ela e Shutaro tinham planos.

— Merda! — Bufou. — Não vai dar pra dormir lá em casa.

— O que vamos fazer, então? — Junwoo indagou, já imaginando que estaria ferrado assim que pisasse em casa. Antes, ele pensava em voltar, mas sabia que preferia adiar o sofrimento para o dia seguinte e focar ficar com Takeshi e seus amigos o máximo de tempo que pudesse. Ele iria fazer o que desse vontade. Mesmo com medo, contaria a seus pais o motivo de ter dormido fora. *Mesmo com medo, ele iria.*

— Mirae também não me responde... E ela nem veio para a festa — murmurou Eunhye, os dedos tremendo sobre a tela com as inúmeras notificações vindas de seu namorado.

— Hm... — Junwoo pensou. — Posso perguntar ao meu tio, se podemos ir os três para lá.

— Por favor! — Eunhye quase choramingou, ignorando o seu celular que começou a tocar.

— Os outros vão para casa? — o mais novo perguntou, já tirando o seu celular do bolso do sobretudo para enviar a mensagem ao seu tio.

— Bonhwa já foi há algum tempo, pois estava cansado e alguém quebrou uma de suas luvas. Ravi, provavelmente, vai levar Yoona consigo para casa — explicou, vendo de longe que Ravi segurava o rosto de Yoona e tentava convencê-la de algo enquanto a garota parecia extremamente perdida com a situação toda.

— Ele disse que pode! — Junwoo exclamou após receber a resposta do tio que veio apenas alguns segundos depois dele ter recebido a mensagem.

— Você sabe ir? — Eunhye perguntou ao que saiam do local, se apoiando ao ombro de Junwoo para não cair, devido à leve tontura que sentia por causa do álcool.

— Ele me disse pra dar o endereço pro taxista e passou o endereço — respondeu, os dedos da mão esquerda entrelaçados aos de Takeshi enquanto a outra mão segurava o aparelho celular.

Os três adolescentes pararam na rua em frente à mansão e fizeram sinal para o primeiro táxi que passou, adentrando o veículo em seguida. Junwoo disse o endereço ao motorista e suspirou aliviado quando o carro deu partida.

— Não vai ter problemas com seus pais? — Takeshi murmurou, seus pequenos dedos fazendo um carinho nas costas da mão de Junwoo.

— Isso é problema pra depois, *hyung*.

A resposta de Junwoo foi a última coisa que eles disseram dentro do carro. Eunhye apertava seu telefone entre os dedos, a cabeça recostada no banco e os olhos fechados, apertados, denunciando o quão cansada ela estava, tanto física quanto mentalmente. Saber que estava a ajudando era bom para Junwoo, ele gostava de saber que estava fazendo o bem para alguém.

Quando chegaram à casa de Jooheon, ele aguardava-os do lado de fora do prédio e, assim que o veículo estacionou, ele pagou a corrida. Cumprimentou o sobrinho com um abraço, assim como Takeshi e, para Eunhye, ofereceu um sorriso. Ele deu espaço para que os adolescentes entrassem no condomínio e foi atrás, indicando o caminho que deveriam seguir quando não sabiam.

Era um local um tanto luxuoso e urbano, diferente da área onde os meninos moravam e, mesmo assim, era aconchegante e agradável. Jooheon morava na cobertura e, como era um prédio com um apartamento por andar, assim que as portas do elevador se abriram, Junwoo deu de cara com o marido de seu tio com uma criança adormecida nos braços, sorrindo para eles enquanto apoiava-se à porta para que esta não fechasse.

— Entrem! Tem lugar para todos.

James era um homem robusto, Takeshi podia jurar que ele frequentava a academia todo dia. No entanto, o rosto dócil e a expressão gentil não condiziam com o físico um tantinho assustador por conta dos ombros extremamente largos e bíceps gritantes.

— Junwoo, esse é James, meu marido — Jooheon o apresentou.

— Eu te daria um abraço, mas Dakho tem um sono um tanto leve. Não sei como ainda não acordou — explicou James, soltando uma risadinha nasal.

— Não precisa! Muito obrigado por ter acolhido a gente, aqui, hoje — agradeceu, curvando-se um pouco. — E por aceitar ajudar a minha amiga.

— Oh, é ela? — James virou-se para Eunhye que abriu um sorriso envergonhado e assentiu. — Amanhã de manhã conversamos?

— S-sim. — Ela abraçou o próprio corpo.

— Junwoo e Takeshi... Acho que não se importam de dormirem juntos no quarto de hóspedes, não? — Jooheon perguntou, abrindo um sorriso quase malicioso.

Takeshi notou e coçou a nuca, um tanto envergonhado com a situação.

— Não, não — Junwoo apressou-se em dizer, não vendo o duplo sentido no sorriso de Jooheon.

— Vou mostrar o quarto e... James, pode colocar o Dakho no quarto e pegar as coisas para Eunhye ficar aqui na sala? — pediu, já sinalizando para que os dois garotos o seguissem para o corredor do apartamento, onde o quarto de hóspedes ficava.

Eunhye acenou para Junwoo e sibilou um "obrigada", recebendo um sorriso em resposta, que aliviou a noite da menina.

— Tem cobertores no armário e é uma suíte, então podem tomar banho à vontade. As toalhas estão embaixo da pia — foi explicando, apontando para os respectivos locais que mencionava. — Amanhã de manhã, conversamos melhor e... Junwoo, e seus pais? — Seu tom ficou sério.

— Vou falar com eles amanhã de manhã. Vou direto pra Igreja — murmurou em resposta, removendo o sobretudo que utilizava. — Pode ficar tranquilo, tio.

— Tudo bem... Boa noite, então, garotos. — Jooheon lançou um último olhar para Takeshi antes de sair do quarto, fechando a porta.

Takeshi se jogou na cama.

— Não vai tomar banho? — Junwoo perguntou, rindo baixinho quando Takeshi resmungou contra o travesseiro. — Porquinho.

— Eu ainda estou cheirosinho, *okay*? — respondeu, virando de barriga para cima e vendo Junwoo adentrar o banheiro. — Você vai? — prensou os lábios, contendo a vontade de perguntar se poderia ir junto, caso ele fosse.

— Não, vou só lavar o rosto.

Cinco minutos depois, Junwoo voltou para o quarto e subiu na cama, soltando uma gargalhada gostosa quando Takeshi envolveu sua cintura e o puxou para deitar-se com ele, abraçando-o com força.

— Não solto mais.

— Não precisa — murmurou Junwoo, abraçando o outro de volta.

Eles ficaram alguns segundos em silêncio, apenas apreciando o contato um do outro. Tal silêncio foi quebrado quando Junwoo afastou um pouco o rosto para poder encarar Takeshi.

— Você gosta de mim?

A pergunta pegou Takeshi de surpresa, mas ele não hesitou:

— Sim, muito.

Junwoo soltou a respiração que não notou ter começado a prender e seus olhos caíram para as mãos de Takeshi em sua cintura, estas que se mexiam lentamente, acariciando a pele do garoto por cima do tecido da meia-arrastão, já que o blazer subiu um pouco e expunha tal parte do corpo de Junwoo.

— Eu... Acho que... — Engoliu em seco. — E-estou apaixonado por você.

Takeshi ofegou. Ofegou porque ele não esperava que Junwoo fosse ser o primeiro a dizer. Ele não imaginava que, depois de tudo que passaram, depois de terem vindo de onde vieram, Junwoo fosse admitir aquilo primeiro. Mas ali estava ele: olhando-o com aqueles olhos semelhantes a galáxias, na esperança de que Takeshi fosse dizer aquilo de volta. E ele ia, porque também estava apaixonado. Deus, estava muito apaixonado!

— Eu também estou apaixonado por você.

Junwoo corou. Sorriu e corou. Tentou conter o sorriso que quis rasgar seus lábios, mas falhou miseravelmente ao sentir suas bochechas doerem pelo tamanho do tal.

— Não sorri desse jeito... Meu coração dói — Takeshi resmungou, segurando o queixo de Junwoo e selando seus lábios rapidamente. — Mas é de um jeito bom.

— Uma dor boa? — Junwoo franziu o cenho, rindo baixinho quando Takeshi mordiscou seu lábio. — Isso é possível?

— Junwoo... — Takeshi riu, apertando a cintura do outro. — Tenho muito pra te mostrar.

— Então me mostra.

Com aquela frase, um ósculo faminto teve início e Junwoo soube acompanhá-lo perfeitamente, suas mãos subindo até os ombros do mais velho para apertá-los e puxar o corpo dele de encontro ao seu, mantendo-o o mais próximo que podia. Já Takeshi tinha as juntas brancas pela força que usava para apertar o quadril de Junwoo, acabando por ousar mais quando escorregou sua destra para a parte posterior da coxa grossa do mais novo.

— Vai realmente dormir de calça? — sussurrou contra os lábios finos de Junwoo, não abrindo os olhos e mantendo a proximidade torturante.

— Q-quer que eu tire? — perguntou, afastando-se minimamente para conseguir pensar em suas ações.

— Se você quiser — Takeshi apressou-se em dizer. Obviamente, tudo que ele mais queria naquele momento era que Junwoo permitisse que ele avançasse um pouco mais nos toques. No entanto, ele só faria aquilo caso o mais novo permitisse e, por Deus, aquilo não era nada mais que sua obrigação. Mas Junwoo queria e ele não poderia estar mais contente.

O mais novo não respondeu e, com os olhos colados aos dele, desceu as mãos até a própria calça, abrindo os botões e puxando-a para baixo, ficando somente com a meia-arrastão e a cueca.

Takeshi arfou quando se permitiu descer o olhar pelo corpo do garoto, vendo como aquela peça moldava as coxas fartas e pareciam atiçá-lo ainda mais. Engoliu em seco, observando Junwoo jogar as calças no chão com a ajuda dos pés e encolher-se levemente.

Antes que ele pudesse pensar no que fazer a seguir, Takeshi ergueu a mão e tocou sua coxa, afastando os dedos para apertar o máximo que podia, erguendo-a até que ela ficasse sobre o seu quadril.

— Hoje é sobre você — sussurrou contra os lábios de Junwoo, sorrindo quando viu este suspirar. — Sobre você e suas descobertas. Hoje é sobre você e para você.

Os dedos de Takeshi roçaram a pele ainda coberta, lentamente, parando somente quando chegou ao cós da meia que se encontrava colado ao cós da cueca. Junwoo apertou os olhos e prensou os lábios, nervoso por estar permitindo que Takeshi, finalmente, lhe tocasse intimamente como ele havia feito sozinho no outro dia. Pensando nele.

Meu Deus, que calor, pensou.

Quando Takeshi chupou seu lábio inferior para dentro da boca e infiltrou a mão para dentro de sua cueca, Junwoo deixou o primeiro gemido escapar. Ele tremeu dos pés à cabeça, sentindo a famosa fisgada na virilha, e segurou no ombro de Takeshi, buscando um apoio, porque mesmo que estivessem deitados, ele sentia que poderia cair a qualquer momento. Apertou o tecido da farda branca entre os dedos, amassando-o.

— Quero que se solte totalmente pra mim — sussurrou, sua mão envolvendo a base do membro semiereto de Junwoo, sem cerimônia alguma, fazendo o que ambos tinham vontade.

— *Hyung*... — Junwoo choramingou, seus quadris mexendo-se um pouco, sem controle algum e em busca de mais contato com a mão do ruivo.

Takeshi sentiu todo o corpo se arrepiar com aquele gemido e, para causar um misto de sensações ainda maiores no outro, colou suas bocas e beijou-o, com força, suas línguas se enrolando ao que a mão dele começava os movimentos para cima e para baixo, tendo o primeiro contato físico com o pau que tanto queria.

Junwoo apertou os olhos, gemendo contra os lábios do outro. Os movimentos começaram lentos, torturando cada átomo dele, mas quando Takeshi resolveu atender suas lamúrias entre o ósculo, com um sorriso provocativo nos lábios, Junwoo sentiu que poderia explodir. Sua virilha ardeu quando o polegar alheio pressionou o topo de seu membro e, quando a pressão do pulso dele aumentou e os movimentos aceleraram, Junwoo teve que afastar suas bocas para conseguir gemer.

Ele não conseguia mais se conter.

Gemia baixinho contra os lábios do ruivo, as pernas tremelicando levemente, conforme seu pau pingava pré-gozo e ficava cada vez mais duro, recheando a mão de Takeshi e deixando-o ainda mais sedento pelo o que ele tinha ali embaixo.

Takeshi queria tanto chupá-lo!

— *Hyung*... — manhou, arqueando as costas quando Takeshi usou mais força para provocar a glande, espalhando o pré-gozo pela extensão toda. — E-eu...

— Você gosta? — provocou, mordendo o lábio superior dele e arrastando a boca até seu maxilar em seguida, chupando a pele ali. — Diz pra mim o quanto você gosta.

— M-muito... Muito, *hyung*. D-Deus! — exclamou, tampando a boca com a mão para que não corresse o risco de ser escutado.

Os quadris do mais novo mexiam-se para frente e para trás, fodendo a mão de Takeshi sem perceber, tentando aliviar a sua excitação que crescia a cada segundo que passava. Seu pau pulsava, a virilha aguentava fisgadas profundas e suas coxas começaram a tremer ao que os espasmos familiares tomaram conta de seu corpo.

Os lábios de Takeshi desceram até o pescoço exposto de Junwoo, arrastando-se por ali; fez um caminho com a língua pela pele branquinha, desejando marcá-lo como sabia que ele desejava ser marcado. Mas não podia.

— Hm... Vai gozar pra mim, Woo-*ah*? Mas já? — sussurrou, soltando uma risadinha nasal, como se ele também não estivesse quase gozando em suas próprias calças pela situação em que se encontrava. Junwoo acabava consigo.

— E-eu... — Junwoo tentou, mas nada saiu. Não conseguia pensar, não conseguia raciocinar. Ele nunca teria imaginado, alguns meses antes, que se encontraria naquela situação com um garoto. Pronto para se entregar e se entregando com toda a força de vontade que tinha. Mas era aquilo que era estar apaixonado: *não pensar direito e se entregar*. E Junwoo estava amando estar apaixonado, era a melhor sensação que ele já havia sentido.

Sua garganta estava seca, seus lábios ameaçavam sangrar pela força com a qual eram mordidos e seu estômago revirava em pura euforia. E tudo se intensificou quando Takeshi fez um movimento com mais rapidez e força, arrancando de Junwoo o gozo que ele estava louco para liberar. Ele manhou alto, esquecendo-se da presença dos outros na residência, arqueando as costas e franzindo as sobrancelhas em puro deleite.

Takeshi sentiu as coxas dele tremerem em torno de seu quadril e quis chorar. Chorar porque Junwoo era lindo. Lindo em todos os sentidos, em todas as situações. Lee Junwoo era lindo. E era seu.

CAPÍTULO 8

!

— Junwoo...

Takeshi soltou uma risada baixinha, seus dedinhos — os limpos — cutucando a cintura de Junwoo, tentando fazer com que o garoto virasse de frente para si e superasse a vergonha que tomava seu corpo.

— Não, *hyung* — choramingou, tampando o rosto com o travesseiro.

— Por que está tão envergonhado? É algo natural, Woo — insistia, controlando-se para não gritar por causa da fofura dele.

— Eu te sujei todo! — exclamou baixo, no entanto, tirando o travesseiro do rosto e parecendo indignado. — Como tá tão tranquilo com isso, *hyung*? E-eu gemi, eu... — Bufou, emburrado.

— Você gozou, sim, acontece quando estamos excitados e alguém nos toca — zombou um tantinho, umedecendo os lábios e rindo, mais uma vez, quando o bico na boca de Junwoo aumentou.

O mais novo não respondeu, mas, curioso, desceu o olhar lentamente pelo corpo de Takeshi, parando sobre suas calças brancas. Corou como o inferno quando viu o volume abundante ali.

— *Hyung...* — chamou, não notando que Takeshi estava mais ocupado em admirar as feições atrapalhadas dele e a situação toda do que preocupar-se com o próprio pau duro. — Não quer que... hm... — Acenou com a cabeça na direção do membro dele.

Takeshi olhou para baixo e, por fim, lembrou-se de que ele também estava duro e com uma vontade imensa de gozar. No entanto, negou:

— É tentador, mas eu falei que ia ser só sobre você, Woo.

— M-mas eu já... — Prensou os lábios antes de continuar. — J-já... gozei.

Takeshi riu baixinho, erguendo a mão até tocar o rosto do mais novo, esticando o polegar para que o dígito roçasse em seu lábio inferior. Puxou a carne levemente para baixo, sentindo a textura gostosinha da boca alheia, suspirando baixinho com a sensação. O mais novo, do seu lado, estremeceu, sentindo a fisgada em seu baixo ventre voltar a aparecer.

De novo?

— E quem disse que acabou? — provocou, aproximando-se o suficiente até ambos os torsos ficarem colados. Respirou fundo, controlando-se para, simplesmente, não jogar tudo para ar e agarrar Junwoo de maneira faminta e desesperada. — Me diz... o que você quer fazer?

— C-como vou saber? — Junwoo franziu o cenho, sentindo o corpo inteiro esquentar quando sentiu os lábios do outro roçarem nos seus.

— Foque no que está sentindo, Junwoo — sussurrou. — O que você quer fazer? — repetiu.

Junwoo não respondeu de imediato, suas mãos agarrando-se novamente a farda branca que ainda impedia que a pele de Takeshi ficasse totalmente exposta. Seus dedos se afastaram, pressionando o tecido contra o torso durinho, e foi quando ele entendeu o que seu corpo estava pedindo por: Takeshi. Ele queria ver Takeshi, queria tocá-lo plenamente, sem aquele tecido lhe impedindo.

Engoliu em seco e mordeu o lábio inferior, fitando o mais velho sob os cílios que batiam lentamente pelo peso de suas pálpebras. Takeshi aguardou, o polegar ainda acariciando o rosto dele, mantendo cada pelinho de seu corpo eriçado.

— Eu queria... — Coçou a garganta, seus dedos se afastando mais e espalmando o peitoral de Takeshi. — T-te... te tocar, *hyung*.

Takeshi soltou um suspiro pesado, desejando congelar ambos naquele momento. O momento que entrou para a lista de momentos em que Junwoo mostrou-se como um garoto completamente evoluído que conseguia falar o que seu corpo e mente desejavam, que começou a construir seus próprios conceitos e entender suas próprias vontades.

E, Deus, a vontade que ele tinha de tocar Takeshi era a maior de todas.

Ele queria que Takeshi se sentisse do mesmo jeito que ele se sentia, queria vê-lo tremendo em seus braços assim como ele tremia nos dele, queria Takeshi mostrando-se tão entregue quanto ele se mostrava com um mísero toque do ruivo.

— Então, me toque.

Junwoo abriu botão por botão da farda de Takeshi, a pontinha de seu indicador roçando em cada pedaço de pele que era exposto aos poucos. Seus olhos brilhavam em curiosidade e excitação, e Takeshi não sabia se desmontava pelo quão fofo era ou se gemia pela excitação que aquele simples ato de remover sua camisa estava causando em seu corpo. Antes que ele pudesse escolher qual dos dois faria, teve seus devaneios interrompidos pelo arfar que escapou de sua boca ao que Junwoo pressionou o polegar em seu mamilo.

— Você g-gosta? — Junwoo ousou perguntar, ignorando como um simples arfar vindo de seu *hyung* arrepiava todo o corpo. — Eu posso... — E não deu fim a sua fala, concluindo-a com mais uma pressão feita pelo seu dedo no mamilo não furado e amarronzado de Takeshi. Mordeu o próprio lábio inferior ao ouvir um suspiro mais alto escapar dele e, em um impulso, esticou sua mão até roçar seu indicador no mamilo furado do ruivo.

Junwoo observava a própria mão, sem saber como dar prazer ao mais velho com apenas um roçar de dedos e, então, em um impulso, esticou a cabeça e roçou seu nariz bem acima daquele ponto erógeno do ruivo e, após umedecer os lábios, tocou-os contra a pele sensível e enfeitada. Takeshi gemeu, de fato, quando a língua do mais novo fez um movimento atrapalhado em torno de seu mamilo e, extasiado, levou a mão até os fios longos do mais novo.

— J-Junwoo — arfou, seus dedos apertando os fios de Junwoo.

— O quê? N-não gostou? — Junwoo afastou-se, imediatamente, mas Takeshi impediu-o.

— Não, não. Eu gostei! — prontificou-se a falar, engolindo em seco antes de continuar. — Continue...

Junwoo assentiu e voltou a envolver o mamilo do mais velho com seus lábios umedecidos, ignorando o rubor evidente em suas bochechas para fazer bem ao seu *hyung*. Fechou os olhos e respirou fundo antes de passar sua língua lentamente em torno do metal, brincando com ele logo em seguida, tendo seus fios, mais uma vez, apertados pelos dedos de Takeshi.

— Chupa — ofegou.

E Junwoo o fez, sem hesitar, apertando os olhos ao chupar com força o mamilo alheio, estremecendo ao ouvir um gemido manhoso escapar do mais velho. Ele era, realmente, sensível ali.

E Junwoo amou descobrir aquilo.

Quando percebeu, pressionava a língua novamente ali e chupava com mais força, sentindo, com sua mão, o braço de Takeshi todo arrepiado. Sentiu-se satisfeito ao perceber que estava dando prazer a ele e resolveu dedicar-se ainda mais, escorregando sua mão pelo corpo forte dele até colocá-la sobre seu membro, hesitando. Afastou-se minimamente do corpo para olhá-lo, buscando por um guia.

— Você está fazendo tudo certo, Woo. Só... aperte... — Takeshi tentou, a voz rouca e falha pela excitação que corria em suas veias.

Junwoo engoliu em seco, assentindo afobadamente enquanto seus dedos pressionavam o pau dele com pouca força. Takeshi grunhiu e escorregou sua mão até o pulso do mais novo, indicando que era para ele usar mais força. E ele o fez. O gemido relativamente alto, que Takeshi deixou escapar, fez com que Junwoo olhasse receoso para a porta.

— P-podem nos ouvir, *hyung*.

Não houve resposta, o cérebro do mais velho não conseguia processar o fato de que eles não estavam sozinhos. Suas pálpebras tremiam junto a seu corpo, extasiado pelos toques mais firmes de Junwoo. Moveu-se um pouco mais para frente, sua mão escorregando até a coxa farta do mais novo e puxando-a até que ele ficasse colado em si.

Junwoo mordeu o lábio inferior, sentindo a virilha voltar a formigar. Seus olhos passaram pelo rosto vacilante de Takeshi, a forma como ele entreabriu os lábios, os sons baixos e ofegantes que escapavam dali, o suor que começava a se formar em sua testa. Não se conteve e ergueu o rosto até colar sua boca na de Takeshi, deixando seu mamilo de lado, mas não deixando de apalpar seu membro com vontade. Eles se beijaram, por fim, as línguas brigando por espaço.

No entanto, a porta abriu.

Junwoo pulou na cama, a respiração descompassada, com medo de que pudesse ser seu tio, vendo-o fazer uma coisa pornográfica como aquela. *Deus, que vergonha!* Takeshi travou, sem conseguir mover um músculo, a não ser seu pau que pulsava por si só, já sentindo falta do toque de Junwoo.

Mas era apenas Dakho.

O garotinho soltou uma risada gostosa quando viu Junwoo e andou, quase tropeçando em seus próprios pés, até a cama do adolescente, segurando nos edredons e tentando dar impulso para subir no móvel. No entanto, ele era pequenino demais, o que resultou em um quase choro enquanto esticava os braços para que Junwoo o ajudasse.

O adolescente ficou imóvel durante alguns segundos, movendo-se apenas quando Takeshi tocou a ponta de seu braço e murmurou:

— Pega ele.

Junwoo hesitou, fitando as próprias roupas e, ao ver que havia um armário no quarto, murmurou:

— Espera aí.

Correu até o armário, com os olhos de Takeshi e Dakho sobre si. Abriu a gaveta e viu que havia camisetas velhas e calças de moletom um tanto desgastadas, mas que serviriam naquele momento. Tirou duas camisetas e duas calças que pareciam mais inteiras e entregou um conjunto para Takeshi, seguindo para o banheiro em seguida.

Retirou a meia-calça com cuidado, corando ao sentir o tecido levemente úmido na área onde ficava seu pênis. *Deus, que vergonha que ele estava sentindo.* Riu de si mesmo e dobrou a meia desajeitadamente, tirando a cueca em seguida e passando um pouco de água na parte da frente, deixando-a estirada no vidro do box para que ela secasse até o dia seguinte.

Vestiu a calça e a camisa e deixou o banheiro, observando Takeshi levantar-se naquele momento e entrar em seu lugar para se trocar também. Junwoo sorriu para Dakho que estava sentado no chão, observando-o curioso e coçando os olhinhos com uma mão.

— Vem — murmurou, esticando os braços para ele e sorrindo quando a criança fez o mesmo. Sentou-se com ele em seu colo na cama e esperou por Takeshi, que voltou depois de um minuto, com a roupa que Junwoo tinha pegado.

Dakho gargalhou gostosamente quando Junwoo segurou-o em seu colo, desajeitado.

— Ele é tão fofo — Takeshi murmurou, sentando-se ao lado de Junwoo e esticando as mãos para tocar no rostinho de Dakho. — O cabelo dele é tão lindo.

— Sim... — Junwoo acabou sorrindo, aliviado que Takeshi parecia mais tranquilo com a situação. — Eu achei muito incrível a atitude de meu tio e James adotá-lo.

Takeshi sorriu abobalhado, seus braços envolvendo Dakho em um abraço quando este fez o mesmo com seu pescoço.

— Quem diria... — Takeshi murmurou.

— Deve ter sido difícil, né? Pra eles — Junwoo prolongou o assunto, acariciando as costas da criança, que se aconchegou no peito do mais velho.

— Com certeza, muitas pessoas ainda acham que dois iguais não podem ter filhos — respondeu, olhando de maneira terna para Dakho e acariciando os fios enroladinhos do cabelo dele. — Quando, muitas vezes, querem adotar o que dois diferentes abandonaram.

— Todos que estão em orfanatos foram abandonados assim? — Junwoo soltou, franzindo o cenho.

— Não, não. Muitos são órfãos, muitos a mãe não tinha condições para cuidar e acaba preferindo deixar nas mãos de outro casal... Tudo varia — explicou sorrindo quando percebeu que Dakho havia dormido. — Ele dormiu — sussurrou.

— Poxa ele veio para interromper a gente e dormiu... — Junwoo não percebeu que seu tom soou um tanto decepcionado. Takeshi prensou os lábios, divertido, fitando o mais novo com vontade de rir. — N-não! Eu...

— Relaxa, Woo. Ainda temos muito tempo pra fazer tudo que a gente ia fazer e muito mais. — Piscou para ele. — Acha que tem problema ele dormir aqui?

— Acho que não. — Junwoo olhou, mais uma vez, para a porta entreaberta, vendo que as luzes do corredor e do resto da casa estavam todas apagadas. — Ele vai ficar entre a gente? — Fez um biquinho quase imperceptível.

— Junwoo, você vai ficar com ciúme de uma criancinha? — zombou, deitando-se na cama enorme e colocando Dakho ao seu lado que ressonou e ajeitou-se melhor contra o peito de Takeshi.

— Não é ciúme, *hyung*... — Junwoo deitou-se também, sorrindo discretamente com o quanto Dakho parecia acolhido contra Takeshi. Talvez, Takeshi, realmente, passasse aquela sensação de acolhimento para todos que se aproximavam. — É que eu queria ficar com você... — Esticou a mão para colocá-la sobre a do outro que, prontamente, entrelaçou seus dedos.

— Você está comigo. — Trouxe a mão de Junwoo até sua boca e depositou um beijinho ali.

— Eu tô com medo de amanhã... — Junwoo murmurou, após passar alguns míseros segundos em silêncio por lembrar-se que, no dia seguinte, teria que enfrentar seus pais. — Não sei o que... o que vou dizer.

— Eu acho que você vai descobrir isso na hora. Se você se preparar, é pior, vai te deixar mais nervoso — respondeu baixinho, usando o polegar para acariciar as costas da mão dele. — Siga seus instintos, até agora eles te guiaram bem, não?

— Sim, m-mas você também ajudou a me guiar — murmurou, rindo baixinho quando Takeshi grunhiu e fingiu contorcer-se na cama pela fofura dele. — É sério, *hyung*!

— Eu sei, mas eu te ajudei a encontrar a si mesmo, eu te ajudei com uma parte, mas a maior foi toda e completamente feita por você. — Takeshi umedeceu os lábios, seus olhos presos nos de Junwoo. — Você sempre teve essa pessoa de mente aberta dentro de você, você sempre foi assim, Woo. Eu apenas te ajudei a descobrir que você era essa pessoa.

Junwoo abriu e fechou a boca, sem saber o que responder depois de ouvir aquelas palavras. Não desviou o olhar, no entanto, e viu o exato momento em que Takeshi sorriu acolhedor e continuou:

— Você vai saber o que fazer amanhã, Junwoo. Confia em mim.

— Eu confio — respondeu de imediato. — Obrigado, *hyung* — murmurou, esticando o dedo para também fazer carinho na mão de Takeshi.

— Não precisa me agradecer. Agora, vamos dormir, amanhã será um longo dia. — Ele deu mais um beijo na mão de Junwoo antes de se ajeitar sob as cobertas. — Espero que ele não ronque — referiu-se a Dakho, rindo baixinho quando o pequeno se remexeu e virou para Junwoo, encostando-se contra o peito do moreno.

Junwoo apenas sorriu, sentindo-se melhor sobre o dia seguinte, mesmo que aquela pontinha de medo não tivesse desaparecido completamente. Contudo, mesmo com medo, ele iria, seguiria seus instintos, pois sabia que, se algo desse errado, tinha as pessoas certas ao seu lado para ajudá-lo.

!

Junwoo sentiu algo em seu rosto. Não incomodava, era até gostoso. Era... carinho. Seus olhos abriram-se lentamente, as pálpebras pesando e, quando ele conseguiu enxergar, viu Dakho sorrindo para ele, a barriguinha de fora, porque a blusa subira enquanto dormia.

— *Hangry* — disse que estava com fome, em inglês, colocando a mão, que antes acariciava o rosto de Junwoo, na própria barriga que, como se ouvisse o comando, roncou alto.

— Oh! — Junwoo sentou-se na cama, virando-se para a cômoda apenas para checar o horário. Eram oito horas da manhã apenas. — Vamos tomar café, então? Espero que seus papais estejam acordados — murmurou, checando se Takeshi ainda dormia, e conclui que ele parecia em seu décimo quinto sono, a camisa completamente amassada e a boca aberta. Junwoo sorriu bobo.

— Colo! — Dakho exclamou, naquela vez em coreano, esticando os braços para o primo, que se levantou da cama e pegou-o com certa dificuldade por não estar acostumado a fazê-lo.

Foi para a cozinha com a criança, sentindo-se aliviado ao ouvir os sons de talheres, pratos e café sendo feito. O cheiro da bebida e a imagem que teve de James e Jooheon rindo juntos enquanto separavam as coisas para a refeição, fez com que o calor no peito que apenas Takeshi lhe causava, aparecesse.

Jooheon sorriu para ele e exclamou um "bom dia" animado e James fez o mesmo enquanto terminava de passar o café. Naquele ponto de sua vida, Junwoo já sabia o que era aquele calor no peito: acolhimento e afeição. Ele se sentia em casa, como nunca se sentiu com seus próprios pais.

— Dakho, você fugiu do seu quarto de novo? — Jooheon suspirou, aproximando-se do adolescente para pegar o próprio filho e colocá-lo na cadeira de criança em volta da mesa de jantar. — Ele vive fazendo isso, mas normalmente vem para o nosso quarto.

— Ele deve ter se confundido. — James deu de ombros. — Mas é bom para se aproximar do primo, não é? Espero que ele não tenha causado nenhum problema na hora de dormir. — Riu fraco, colocando a garrafa térmica de café sobre a mesa.

— Hm, n-não deu não. — Junwoo corou levemente, coçando a nuca. — Eunhye ainda não acordou? — Encaminhou-se até uma das quatro cadeiras e sentou-se quando James e Jooheon fizeram o mesmo. No entanto, ninguém começou a comer para esperar os outros.

— Não, mas ouvi barulhos através da divisória da sala e do corredor pros quartos, mas não fui lá para dar privacidade a ela. E Takeshi? — indagou o tio.

— Dormindo. — Junwoo nem percebeu que sorriu abobalhado ao recordar-se da imagem de Takeshi dormindo.

— Vocês namoram, né? — James soltou.

— James! — Jooheon exclamou, dando-lhe um tapa no ombro. — Desculpa, é que eu estava com essa dúvida e contei pra ele e...

Foi interrompido:

— Não tem problema — apressou-se, envergonhado. — N-não sei se namoramos exatamente, mas estamos j-juntos. — Franziu as sobrancelhas.

— Não oficializaram, então — James deduziu. — Bem, está mais que na hora. Vocês dois tem uma química que eu só vi em filmes.

— O-obrigado! — Junwoo sentia as bochechas formigarem pela vergonha e para disfarçar, encheu um copo com água da jarra que Jooheon havia colocado ali.

Antes que James conseguisse o envergonhar com mais algum comentário, Eunhye apareceu na cozinha, vestindo uma parte da fantasia da noite anterior: a camiseta verde musgo e a legging preta. Sorriu para todos os presentes na cozinha, inclusive para Dakho, que pareceu curioso com a presença da garota desconhecida por ele.

— Bom dia — murmurou um tanto envergonhada.

— Dormiu bem? — Jooheon perguntou doce.

— Sim, muito, pela primeira vez em muitos meses — respondeu, sentando-se na última cadeira livre. — Eu não tenho nem como agradecer a vocês... — Ela colocou uma mecha de cabelo atrás da orelha, desviando o olhar para as próprias mãos.

James a observou em silêncio, notando como as atitudes da garota eram fugitivas. E não se assemelhava à timidez: as mãos dela tremiam levemente e as peles em volta das unhas pareciam todas ruídas, os lábios estavam rachados e seus olhos fugiam dos de Jooheon quando este lhe respondeu que estava tudo bem e que eles o ajudariam no que fosse preciso.

— Você quer conversar sobre o que faremos, aqui na mesa, ou prefere que eu fale a sós com você depois? — James indagou, puxando os fios loiros e longos para trás e fazendo um coque desajeitado.

— Eu... Acho que não tem problema eles ouvirem. — Eunhye deu de ombros, indicando a garrafa térmica de café com a mão. — Posso?

— Claro! — Jooheon respondeu.

Takeshi apareceu naquele momento, o cabelo mais arrumado e a camisa menos amassada. Cumprimentou a todos com um bom dia e se aproximou de Junwoo, inclinando-se para dar um beijo em sua testa. Quando viu que não havia mais cadeiras disponíveis, apontou para a perna de Junwoo e este, imediatamente, entendeu.

— Se importam? — Junwoo perguntou, afastando um pouco sua perna. — N-não tem cadeira pro *hyung*...

James sorriu discreto e negou.

— Fiquem à vontade, mas não tanto.

Takeshi riu envergonhado e sentou na perna de Junwoo, prensando os lábios para não soltar um comentário sobre como as coxas do garoto eram grossas. Suspirou baixinho e serviu-se com café, todos os outros fazendo o mesmo em seguida.

— Dormiram bem? — perguntou Jooheon, sorrindo para Takeshi enquanto pegava uma fatia de pão e enchia de manteiga. Ele assentiu.

— Muito. Dakho me fez companhia. — Sorriu para a criança que fitou ele ao ouvir seu nome e gargalhou.

— Ele realmente gostou de vocês — James comentou ao ver o garotinho se esticar para agarrar a mão de Takeshi sobre a mesa.

Junwoo sorriu ao ver Takeshi entrelaçar os dedinhos com os de Dakho e, impulsivamente, abraçou-o pela cintura, apoiando o queixo em seu ombro, inalando inconscientemente o cheiro natural dele. Fechou os olhos sem perceber a abriu-os apenas quando ouviu James falar com Eunhye.

— Você precisará denunciá-lo e, provavelmente, terá que apresentar tudo o que tiver que incrimine ele. Mensagens, fotos, áudios, testemunhas... Você tem alguém que presenciou algum ato dele? — James perguntou após dar um gole em seu café.

— A minha amiga, Mirae, ela já me ligou diversas vezes depois de agressões dele e, uma vez, tirou foto de meus machucados, mas eu nunca deixei ela ir até lá em casa... T-tive medo de que ele fizesse algo contra ela — Eunhye contou, seus dedos seguravam o pão intocado por seus lábios.

— Isso é ótimo, ela pode ir com você prestar a denúncia. Olha, eu odeio ter que perguntar isso, porém... — Respirou fundo. — Você teria alguém do sexo masculino que tenha visto algo?

Eunhye abriu e fechou a boca, e, após alguns segundos, negou com a cabeça.

— N-não... Eu não tenho nenhum amigo próximo homem que tenha visto algo e...

Junwoo interrompeu a garota.

— Eu vi.

Os olhares voltaram-se todos para o mais novo e, sem se envergonhar, ele continuou:

— Eu vi você desnorteada na escola, vi machucados em seus braços, eu vi você e Mirae conversando. Isso serve de algo?

— Sim, pode ajudar. — James assentiu. — O fato de eu ser o advogado que a representa na denúncia já ajuda. Infelizmente, se fosse uma mulher, nesse tipo de caso, não teria tanta... influência positiva — suspirou, passando a mão pelo rosto. — Eu odeio ter que dizer isso, de verdade, me desculpa.

— Não é culpa de homens como você que a sociedade é machista — ela devolveu, um sorriso triste em seus lábios. — É culpa de homens como Seungyo.

— Nosso trabalho é ter consciência de classe — acrescentou Takeshi, colocando sua mão sobre a de Junwoo. — Se eu puder ajudar em algo, farei sem problema algum.

— Muito obrigada, mesmo — ela agradeceu mais uma vez. Seus olhos estavam levemente úmidos e ela precisou tomar um gole de água antes de continuar. — Eu tenho que ir à polícia fazer a denúncia, certo?

— Sim. O juiz determinará, com isso, uma ordem de restrição que obrigará Seungyo a manter distância de você e de tudo que tenha a ver com você, como seus amigos e familiares. E, caso ele não cumpra essa ordem, ele será preso — James explicou.

Eunhye confirmou que havia entendido e suspirou, sentindo o peito apertar com quão complicada era aquela situação. Ela tinha medo; medo que Seungyo decidisse ir atrás de si e não cumprisse a ordem que o juiz desse. Tudo bem, ele poderia ser preso, mas e se fizesse algo pior com ela antes? Era horrível ter que pensar naquilo.

O grupo entrou em outro assunto para descontrair e Junwoo aproveitou para desviar sua mente dos acontecimentos mais problemáticos que teria, dentro de algumas horas, para observar, em silêncio, Takeshi dar comida na boca de Dakho. Suspirou baixinho, abobalhado, sentindo o coração bater mais rápido quando um sorriso alegre ocupou os lábios bonitos do parceiro.

— Amor, você viu as fotos que a Janet mandou no grupo? Ela foi naquela cidadezinha de peregrinação na França que você sempre quis ir — disse James, checando algo em seu celular e estendendo o aparelho para o marido.

— Meu Deus, é incrivelmente lindo... — Jooheon choramingou.

— Qual cidade? — Takeshi perguntou.

— Lourdes. É onde a Santa Bernadette viu a Virgem Maria, segundo a história da Igreja Católica — James explicou. — Ela foi canonizada e a cidade, onde teve a aparição, é uma das mais visitadas em peregrinações.

— Vocês são católicos? — Junwoo perguntou curioso. Afinal, seu tio veio de uma família Evangélica, onde uma das principais diferenças do Catolicismo era a não crença aos santos, então saber que ele queria visitar uma cidade que fazia referência a tal crença era curioso para si.

— Não, não, mas eu gosto da história. Tanto a da católica quanto a de outras religiões — Jooheon explicou.

— Eu venho de família católica e não me considero como tal, porque, diferente dela, eu não levo todas as imagens bíblicas ao pé da letra. Vejo mais como um simbolismo, sabe? — James explicou, seu sotaque carregado fazendo com que Junwoo ficasse ainda mais imerso no assunto. — Então, não sei se católico é o termo certo pra mim, mas acredito em algo, sim.

— Por falar em religião... Junwoo, você quer que eu te leve até a Igreja? — Jooheon perguntou. Junwoo respirou fundo e abanou a cabeça negativamente, decidido.

— Não, vou enfrentar isso sozinho. Preciso enfrentar isso sozinho.

Todos encararam o garoto em silêncio e se entreolharam em seguida, pensando se deveriam comentar algo sobre aquela decisão dele. Eunhye era a única um tanto perdida, então focou comer seu sanduíche e beber seu café. No entanto, ninguém se pronunciou e Takeshi apenas se inclinou até deixar um beijo na testa de Junwoo.

— Me liga se precisar — sussurrou.

Alguns minutos depois, Junwoo deixou a mesa para passar uma última vez no banheiro e pegar suas coisas. Quando voltou para a cozinha, viu James, em um canto, conversando com Eunhye enquanto esta tinha Dakho em seu colo e Jooheon e Takeshi lavavam a louça.

Junwoo conteve um sorriso leve. O fato de Lee Jooheon ser um homem mentalmente aberto e evoluído, tendo vindo de uma família que possuía crenças totalmente diferentes das que ele adquiriu, trazia esperanças ao garoto.

Não era como se Junwoo não tivesse nenhuma crença, ele tinha, isso era certo para si. No entanto, suas crenças não eram como as de seus pais, não se baseavam no que seu pai dizia todo fim de semana para um grupo grande de fiéis. Fora que, diferente de seus pais, ele gostava do conhecimento, ele queria aprender sobre outras religiões, queria conhecer pessoas que enxergavam o mundo diferente dele. Junwoo queria abrir-se para o mundo e ter alguém, na família, que apoiava essa sua vontade era gratificante.

— Eu vou indo — disse para os presentes na cozinha, despedindo-se de todos com um abraço e sorrindo envergonhado quando recebeu um selinho de Takeshi. — Você vai pra casa? — perguntou.

— Sim, só vou passar no meu trabalho antes para resolver umas mudanças de horário com meu chefe — respondeu, sorrindo leve em seguida. — Se precisar de mim, me liga que vou correndo, *okay*?

— Você já disse isso, *hyung*... — Junwoo murmurou envergonhado com a risadinha que seu tio, ao lado deles, deu.

— Estou reforçando. Não me repreenda, Lee Junwoo — disse mais sério, sorrindo quando o mais novo entreabriu os lábios um tanto surpreso com sua atitude. — Estou brincando.

Junwoo ignorou o arrepio que subira em sua nuca com o tom que Takeshi havia usado e riu, dando mais um selinho no ruivo antes de sair do apartamento.

!

Hajoon correu até a porta de sua casa quando ouviu a campainha tocar e, assim que a abriu, viu um Bonhwa todo encapuzado, com olheiras profundas e, mesmo assim, um sorriso leve nos lábios.

— Oi, *hyung* — murmurou, aproximando-se de Hajoon e envolvendo-o em um abraço que foi correspondido. — Tudo bem?

— Não muito — foi sincero, fechando a porta quando Bonhwa adentrou a casa.

Os dois sentaram-se no sofá da sala e o professor nem, ao menos, hesitou em começar a abordar o assunto que tanto estava o atormentando:

— É sobre Yoona.

— Eu imaginei — murmurou Bonhwa, pegando uma almofada e se agarrando a ela.

— O Yeobin, o inspetor, me advertiu que a administração está de olho em mim. Por causa da minha proximidade com vocês — suspirou. — E eu não vou me afastar, não vou quebrar esse laço que tenho com vocês. No entanto, sobre Yoona... Vou me afastar romanticamente. Eu não quero que... Não quero que eles suspeitem ainda mais nesse sentido. Então, não vou permitir uma aproximação romântica de novo, porque... — Respirou fundo. — Eu amo mais o meu trabalho do que sou apaixonado por ela.

Bon ficou alguns instantes em silêncio e Kwan chegou a achar que ele se distraiu e não ouviu o que disse. No entanto, o mais novo fitou-o e assentiu.

— Eu te entendo.

— E essa coisa de estar esperando uma resposta dela... E-eu... — Bufou, passando as mãos pelo rosto. — Isso tá acabando comigo e com o meu psicológico.

— Eu fiz algo que a magoou — soltou. Hajoon esperou que ele continuasse. — Eu fiquei com um garoto na festa à fantasia. Ela pareceu magoada, na verdade, mas não me falou nada.

— Mas por que você ficou com alguém? — ele indagou, sem julgá-lo em nenhum momento.

— Porque eu consigo sentir interesse físico por outras pessoas, mesmo estando apaixonado por uma específica — explicou. — Obviamente que se eu a namorasse, não faria isso, mas não tenho nada que possa me impedir. Não namoramos, sou solteiro. Não posso me prender dessa maneira enquanto ela me faz esperar meses por uma mísera resposta.

— Sim — Hajoon concordou. — Mas você tem certeza de que está apaixonado por ela?

— Sim, certeza absoluta — Choi respondeu imediatamente.

— É isso que importa. Eu acho — acrescentou, respirando fundo mais uma vez. — O que vamos fazer?

— Você vai continuar a se dedicar ao seu trabalho, a fazer o que você ama e não correr o risco de ser demitido — Bonhwa respondeu, segurando a mão de Hajoon e apertando-a carinhosamente. — Eu vou seguir minha vida, o que quer dizer que ainda vou esperar pela resposta de Yoona, mas não vou permitir que isso me prenda e que se torne tóxico.

Os dois se encararam e, quando Hajoon sorriu, Bonhwa fez o mesmo.

!

Junwoo ouviu passos e vozes altas e, imediatamente, levantou-se do banquinho no qual se sentou para esperar o culto acabar. Suas mãos suavam, sua respiração estava descompassada e ele estava começando a achar que não conseguiria fazer o que havia planejado fazer.

Ele assistiu ao pai sair, acompanhado de sua mãe e dos pais de Bora. A garota não estava com eles, mas ele não conseguiu prestar atenção nisso quando seu raciocínio foi interrompido por uma exclamação de seu pai.

— Lee Junwoo!

Junwoo tremeu dos pés à cabeça, porém não vacilou e marchou na direção de seus pais.

— Onde você estava? — Daejung esbravejou, segurando o pulso de Junwoo com uma força desnecessária e puxando-o para um canto mais afastado dos fiéis. Sua mãe olhava tudo de longe.

— Eu fui ao meu trabalho ontem — mentiu, até porque não era aquela parte que ele planejava revelar naquele momento. — E acabei dormindo fora, porque ficou m-muito tarde.

— E onde você dormiu, seu moleque? — Apertou os olhos e o pulso de Junwoo.

— Na casa do tio Jooheon.

Silêncio.

Junwoo só enxergou a expressão de seu pai cair e vacilar por longos segundos, dando tempo de sua mãe se aproximar por ter ouvido o nome do familiar ser citado. Jiyoon se posicionou ao lado do marido e assistiu à forma como ele começou a torcer o pulso do filho, sua voz saindo quase como um rosnado:

— O que você acabou de dizer?

— Eu disse que eu dormi na casa do tio Jooheon — repetiu, não vacilando, mesmo sentindo a dor cada vez mais intensa em seu pulso. *Mesmo com medo, é preciso ir.*

— Aquele viadinho de merda está tentando te induzir a algo? — Daejung xingou e era possível ver o fogo em seus olhos.

— Não o chame assim — rebateu, sentindo o peito torcer em raiva. Era irônico para ele: ver seu pai saindo de um culto que valorizava o amor ao próximo e usar aquelas palavras contra o próprio irmão daquela maneira logo em seguida. *Hipócrita*, pensou.

— Agora, vai defender aquela bicha, Junwoo? Que diabos ele fez com você? Você dormiu fora sem falar com a gente, faltou ao culto...

Daejung foi interrompido:

— Ele ajudou a abrir meus olhos! — Junwoo exclamou, puxando o próprio pulso e soltando-se do pai. — Me fez enxergar o que eu não enxergava na minha própria família!

Os olhares estavam todos sobre a família Lee e os burburinhos já se iniciavam. Jiyoon olhou em volta, vendo que os fiéis tinham toda a atenção neles e, em um impulso, segurou o pulso do marido para impedi-lo de avançar no filho quando ouviu as palavras proferidas pelo adolescente.

— É claro que esse filho da mãe apareceu para te virar contra seus próprios pais! — Daejung riu ironicamente. — Ele não consegue viver sem tentar acabar com a minha vida.

— Você não o conhece! — Junwoo esbravejou, dando um passo para trás quando seu pai deu um para frente, soltando-se violentamente do aperto de sua mulher.

— Eu não o conheço? — Riu irônico. — Eu morei com ele minha adolescência inteira. Ele é um ingrato, viado de merda que só deu desgosto à própria família!

— Você não sabe o que diz — enfrentou, arrancando arfares surpresos de pessoas em volta que estavam perto o suficiente para ouvir a discussão. — Prega o amor ao próximo, o respeito à própria família e está aí... xingando o próprio irmão com palavras que não deveriam nem ser consideradas xingamentos.

— Como ousa enfrentar seu próprio pai? — rosnou, seu rosto começando a ficar vermelho e suas ações mostrando o quão violento ele estava, segurando-se para não ser. — A gente te dá teto para morar, comida, te trata como o nosso filho e você... Você faz isso?!

— Isso o quê? Conhecer o meu próprio tio a partir dos meus próprios julgamentos e não somente ouvir o que o senhor fala e admite que seja o certo? — perguntou, seus olhos arregalando-se com as próprias palavras. — Ele é meu tio e eu tenho total direito de conhecê-lo!

— Não, você não tem! Você faz o que nós dizemos para você fazer! — Daejung rebateu, sua voz cada vez mais alta. — Entra no carro, agora. — Apontou para o carro da família, virando-se para Jiyoon para se recuperar antes de, também, ir para o carro.

— Não.

Jiyoon arregalou os olhos. Daejung virou-se lentamente para ele:

— O que disse?

— Eu disse não. Não vou pra casa hoje. Eu vou passar o dia com meu tio.

— O que caralhos você disse? — o pastor, mais uma vez, tentou aproximar-se do filho e agarrar seu pulso, mas foi impedido por Jiyoon, que sabia que todos aqueles olhares sobre eles não resultariam em algo bom. — Me larga, mulher! — E ela se afastou.

— Você deveria enfrentar ele também, mãe — murmurou, desviando seu olhar para a mulher. — Nós dois sabemos que você não queria estar aqui.

— Lee Junwoo! — esbravejou. — Entra na porra do carro agora.

— Não — repetiu, o coração acelerado como nunca esteve antes. — Eu já disse aonde vou.

— Se você fizer isso, você... — Daejung foi interrompido por uma tosse masculina. Virou-se e viu que os pais de Bora se aproximaram e Sungwon negava com a cabeça, como se dissesse para ele não fazer aquilo ali.

— Até mais tarde, pai — disse, simplesmente, deixando os pais em choque quando simplesmente deu as costas e seguiu caminho para o metrô.

E no caminho, ele sorriu. O sorriso não deixou seus lábios até ele pisar no apartamento de seu tio que, assim que o viu, abraçou-o. E aquele toque sim, aquele toque o fazia se sentir em casa. Aquele carinho era fraternal, aquilo o fazia sentir que tinha uma família verdadeira, uma família que lhe traria o conforto de que ele precisava. Lee Jooheon era sua família.

CAPÍTULO 9

!

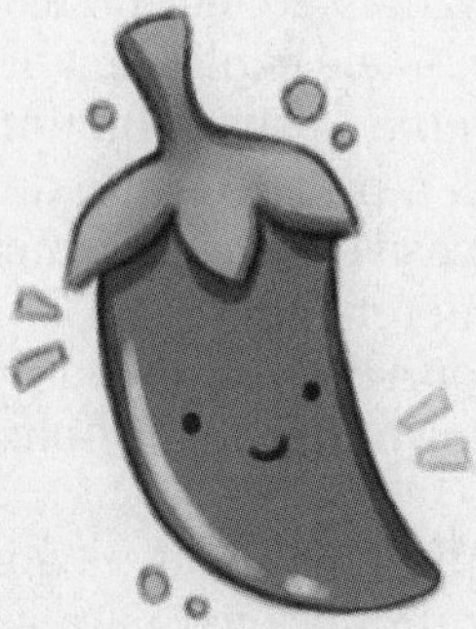

— Eu não sei nem como responder. — Jooheon arfou incrédulo, jogando-se, no sofá, ao lado do sobrinho.

Junwoo havia acabado de lhe contar o que dissera aos seus pais na Igreja, com medo de que, talvez, seu tio pudesse pensar que ele tinha exagerado em enfrentá-los em um local sagrado, mas o homem parecia apenas surpreso. Chocado. Ficou alguns segundos em silêncio, os olhos presos no nada antes de abrir a boca e dizer:

— Eu sempre quis enfrentar meus pais como você fez.

— Mas você enfrentou, não? Você mudou de país e...

Junwoo foi interrompido:

— Não, eu nunca disse abertamente o que pensava deles, o quão hipócritas eram e o quanto discordava com o modo de pensar e viver deles — explicou. — Eu só explodi um dia e resolvi sair de casa.

— Oh... — Junwoo coçou a cabeça. — Com relação a isso, eu não sei o que vou fazer.

— Você tem que voltar para casa, pelo menos, por mais um tempo e resolver isso, pegar suas coisas e...

Jooheon quem foi interrompido daquela vez:

— E ir aonde, *hyung*? — Junwoo olhou para as próprias mãos, sentindo a realidade bater à sua porta. Afinal, o que ele esperava? Ele enfrentou seus pais em solo sagrado e teria que voltar para casa em algum momento, teria que ouvir seu pai e, muito provavelmente, levaria uma surra por sua atitude rebelde. No entanto, o arrependimento não esteve presente por nem um segundo. Junwoo disse o que pensava, fez o que queria e teria que lidar com as consequências.

— Pra cá.

Junwoo ergueu a cabeça, os olhos arregalados.

— O q-quê?

— Você pode morar comigo. Digo, em pouco tempo, você será maior de idade e não será um problema — ele explicou, abrindo um sorriso terno.

— Eu tenho dezessete, *hyung* — suspirou um tanto desapontado.

Ele realmente considerou a possibilidade de morar com o tio? *Sim*. Ele não se sentia bem na própria casa e, talvez, a única solução fosse se mudar, já que seus pais não pareciam querer cooperar.

Respirando fundo, acabou recordando-se de sua mãe lhe dizendo que nunca o quis. Talvez, se mudar pudesse ser bom não só para ele como para ela. Ele esperava que sim.

— Oh... Isso talvez seja um problema. — Jooheon fez uma careta. — A gente pensa nisso depois, *okay*? Você vai para casa hoje à noite, já que tem aula amanhã e depois pensamos no resto, tudo bem? — Junwoo assentiu. — E se Daejung tentar qualquer coisa contra você, você fala comigo imediatamente.

Ele assentiu mais uma vez, abrindo um sorriso leve para o tio, que o tocou no ombro fraternalmente e puxou-o para um abraço em seguida. O adolescente arfou surpreso, mas não hesitou em corresponder, sentindo o peito apertar e os olhos lacrimejarem de alívio por ter, pela primeira vez, um apoio fraternal em uma situação difícil.

Seu pai nunca foi assim. Seu pai nunca lhe abraçou daquele jeito.

Junwoo apertou mais o tio em seus braços, sentindo um bolo se formar em sua garganta e uma vontade absurda de chorar o tomar por inteiro. Seu rosto enterrou-se no ombro do mais velho e ele deixou com que a primeira lágrima caísse, prensando os lábios para que aquela fosse a única. Mas não foi.

— Não chore, Junwoo! — exclamou, afastando-se um pouco para segurar ambos os lados do rosto do sobrinho. — Eu tô aqui pra você, criança.

— Eu sei, *hyung*. É por isso que tô chorando — fungou, rindo depois quando seu tio deixou uma risada boba escapar.

— Eu queria ter te conhecido antes, sabe? Mas eu acho que tudo acontece no momento certo — murmurou, fazendo um cafuné no cabelo de Junwoo quando este voltou a deitar a cabeça em seu ombro. — Quer chamar seus amigos aqui para a gente animar?

— Eu p-posso? — Os olhos do garoto brilharam.

— Claro.

E então, trinta minutos depois que Junwoo mandou uma mensagem a Takeshi pedindo para que ele fosse à casa de Jooheon e pedindo para avisar aos outros, o grupo de amigos apareceu à porta. Na casa, havia apenas o tio e o sobrinho, visto que James saíra com Dakho e Eunhye para um parque para que pudesse conversar mais com a menina a respeito da situação dela.

— Meu Deus, isso não é um tio, é um Deus — Bonhwa murmurou baixinho para Takeshi assim que a porta foi aberta.

— Ah, entrem! — exclamou Jooheon, dando espaço para o grupo passar. Cumprimentaram-no com um curvar, menos Takeshi que tomou a liberdade de abraçá-lo rapidamente, e Hajoon que optou por um aperto de mãos.

— Junwoo! Como você tá? — Ravi jogou-se, ao lado do amigo, no sofá, abraçando-o pelo ombro. — Takeshi contou pra gente que teve treta na igreja.

— Ravi, seja mais delicado — Bonhwa repreendeu e sentou-se ao lado do dito cujo enquanto Takeshi sentava-se ao lado de Junwoo, Yoona e Hajoon, escolhendo o chão. — Como você tá? Takeshi contou pra gente que teve treta na igreja — repetiu, visivelmente preocupado.

— Eu tô bem, gente — tranquilizou-os, soltando uma risadinha boba por ter tanto carinho e preocupação ao mesmo tempo. Sentia que nunca se acostumaria com o quanto seus amigos se preocupavam com ele e protegiam-no. Como uma família.

— Você não vai voltar pra casa, né? — Yoona perguntou, tirando o boné que vestia para ajeitar seus fios já bem longos e cada vez mais castanhos.

— Eu preciso... Preciso, pelo menos, voltar lá hoje e pegar minhas coisas para a escola, mas não sei quando vou s-sair definitivamente — explicou, vendo que seu tio se juntou ao grupo e se sentou, na poltrona, ao lado do estofado.

Takeshi esticou a mão e tocou a cintura de Junwoo, puxando-o para mais perto de si. O ato carinhoso foi bem recebido pelo mais novo que apoiou uma mão no joelho dele e deitou a cabeça em seu ombro logo em seguida.

— E como você tá se sentindo? — perguntou Hajoon.

— Renovado... de certa forma — respondeu. — Eu precisava fazer isso, entendem?

— Sim, e estamos orgulhosos de você — murmurou Ravi, pegando a mão livre de Junwoo e segurando-a. — Isso merece até uma comemoração.

— Que tal... — Takeshi iniciou, continuando assim que teve a atenção de todos sobre si. — Vermos um filme? Algum que o Junwoo precise ver.

— Fácil... Vingadores! — Bonhwa deu de ombros após lançar sua sugestão.

— Mas aí teríamos que ver todos os filmes até chegar aos Vingadores. E são muitos — rebateu Yoona, abanando a cabeça negativamente. — Senhor dos Anéis?

— Eca! — Hajoon fez uma careta. — *Harry Potter*?

— Aí, sim! — Jooheon se intrometeu, esticando a mão para fazer um *high 5* com o professor. — Não sei se mencionei, mas tenho uma sala de cinema no apartamento.

— Assistir ao *Harry Potter* em uma sala de cinema? — Ravi perguntou. — Puta que pariu, não peço mais nada, tô realizado!

— Na verdade... Tem pipoca? — Yoona olhou para Jooheon, dando um sorriso tímido a este.

— Posso fazer. — Ele deu de ombros. — É a porta logo depois do quarto em que vocês ficaram, Woo. — Levantou-se. — Vou fazer a pipoca!

Quando Jooheon dirigiu-se para a cozinha, Yoona e Hajoon foram atrás para ajudá-lo enquanto Ravi e Bonhwa permaneciam no sofá, debatendo qual era melhor entre Harry Potter e Senhor dos Anéis. Ravi não soltou a mão de Junwoo e continuou a fazer um carinho nela enquanto Junwoo focava sua atenção no ruivo ao seu lado.

— *Harry Potter* será. — Takeshi sorriu doce, roçando o nariz contra a bochecha de Junwoo antes de continuar: — Vamos nos distrair e, à noite, eu te levo para casa, *okay*?

— *Hyung*, eu... N-não sei se é uma boa ideia que meus pais te vejam — ele murmurou, tentando ignorar os arrepios gostosos que Takeshi causava em seu corpo. — Não agora pelo menos.

— Eles não precisam me ver. Só quero ficar lá e me assegurar de que você vai se trancar em seu quarto e não vai deixar que eles te toquem. Tudo bem? — explicou, segurando no maxilar de Junwoo para virá-lo de frente para si.

O mais novo assentiu meio abobalhado com a preocupação do outro. Takeshi lhe fazia um bem tão imenso que era até mesmo difícil de controlar suas reações. A forma como o mais velho o olhava, o tocava e mostrava se preocupar consigo só deixava Junwoo mais apaixonado pelo garoto de cabelo desbotado.

— *Hyung*... Seu cabelo não está... hm? Não sei o termo ao certo, mas é tipo... saindo a cor? — tentou explicar, levando seus dedos até os fios de Takeshi.

— Desbotando, sim — Takeshi suspirou. — Tô pensando em pintar de outra cor. O que acha?

— Que cor? — Os olhinhos de Junwoo brilharam curiosos.

— Hm, não sei... Mas, no Twitter, me disseram pra tentar roxo. — Deu de ombros. — O que acha? Vai gostar do seu homem de cabelo roxo? — balançou as sobrancelhas de um jeito engraçado.

— M-meu homem? — gaguejou surpreso. Incerto sobre como encarar aquela maneira de Takeshi de se referir a si mesmo, virou o rosto, rapidamente, para o lado, vendo que Ravi e Bonhwa passaram a encará-lo, ambos com sorrisos presunçosos nos lábios, divertindo-se com a situação. Junwoo sentiu as bochechas queimarem, como se, de fato, estivessem pegando fogo. Com a mão que Ravi não segurava mais, coçou a própria nuca, rindo sem jeito.

— E aí Junwoo? Vai gostar do seu homem de cabelo roxo? — Ravi repetiu zombeteiro, dando ênfase ao modo como Takeshi havia se chamado.

— Vocês amam me deixar com vergonha... — Junwoo resmungou e, como se fizesse birra, levantou-se e dirigiu-se à cozinha, um sorriso bobo aparecendo em seus lábios ao que "seu homem" ressonava em sua cabeça.

Takeshi era seu homem. E não tinha absolutamente nada de errado com aquilo.

— Comecei o tratamento com Androcur, que diminui a concentração de testosterona no sangue — Yoona falava para Jooheon, aparentemente, ajudando-o a fazer a pipoca e a separar os potes. — Foi o que os profissionais, que conheci com meu pai, aconselharam.

— Então não tem problema você ter começado depois da puberdade? — Hajoon perguntou.

Junwoo, curioso com o assunto, aproximou-se um pouco, recebendo olhares dos outros presentes na cozinha. Encostou-se ao balcão e mostrou-se interessado, abrindo um sorrisinho para Yoona.

— Não. A médica disse que era melhor o meu "corpo" — fez aspas com os dedos — estar formado e que não interromper o processo da puberdade seria melhor. No caso, é como se eu revertesse e não interrompesse, já que "meu corpo" está formado.

— E você vai fazer o tratamento hormonal completo? — indagou Jooheon, distribuindo, nos potes, a pipoca recém-feita no micro-ondas.

— Tratamento hormonal? — Junwoo perguntou confuso.

— É quando você injeta hormônios no corpo. No meu caso, vou injetar estrogênio — ela explicou a ele, que assentiu, compreendendo. — E só farei a cirurgia com vinte e um.

— Ah, não vai mais ser quando completar a maioridade? — Hajoon surpreendeu-se.

— Não, a médica disse que é melhor eu ter um bom tempo de tratamento hormonal antes de fazer a cirurgia. — Ela deu de ombros, suspirando em seguida. — No início, fiquei meio receosa, porque eu... eu tô ansiosa pra ter o *meu* corpo, mas entendi que o processo vai ser mais efetivo, se eu fizer o tratamento antes e a cirurgia depois de já ter um tempo de tratamento.

— Entendo. — Jooheon assentiu. — James tem um amigo transgênero. Ele mora na Inglaterra e nós acompanhamos o processo de transição dele. Ele tinha um caso de disforia muito intenso antes da cirurgia, então passava por recaídas constantemente.

Junwoo franziu o cenho, confuso com a palavra "disforia". Coçou a nuca e quase levantou a mão, pensando que deveria pedir permissão para fazer uma pergunta, mas preferiu esperar e falar com Yoona depois que eles terminassem de falar com a garota.

— Ah, sim. Eu... tenho minhas recaídas também. — Deu um sorriso triste.

Yoona passou por um episódio mais intenso de disforia de gênero quando estava se descobrindo. O fato de não aceitar a si mesma, durante um bom tempo, fez com que ela rejeitasse o próprio corpo de maneira intensa, machucando a si mesma, muitas vezes, inconscientemente.

Quando se aceitou e entendeu quem era, o incômodo com o próprio corpo diminuiu. Yoona reconheceu que seu corpo não definia seu gênero, no entanto, ela ainda sentia que aquela não era sua *verdadeira* forma. Ainda não se sentia confortável. Então, a garota ainda tinha episódios de disforia quando ficava nua e, de relance, via o que tinha entre as pernas. Por causa desses episódios, muitas vezes, evitava olhar o próprio corpo, no espelho, incomodada.

As poucas pessoas, que ela já beijou e tocaram-na, não incomodaram, pois pegaram somente em suas coxas, bunda e cintura. Os poucos momentos quentes, que teve com os únicos três garotos que ela já beijou, ou ela parou por algum acontecimento alheio, como foi com Bonhwa e Hajoon, ou porque seu pênis ficou duro, como foi com Yuto, um garoto japonês com quem ficou em uma festa. Ele não se incomodou e, sem hesitação nenhuma, cessou o que estava fazendo com ela e voltou para a festa com a garota, se incluindo no grupo dela e fazendo amizade, não deixando de mostrar carinho por Yoona. Yuto era um garoto incrível e, infelizmente, passou apenas dois meses na Coreia por causa de um intercâmbio.

Os episódios de disforia estavam diminuindo cada vez mais. Fatores externos como a aceitação de seu pai, a aproximação de seus amigos e as constantes conversas, que tinha com a família sobre como se sentia, ajudavam-na.

— *Noona*... — Junwoo chamou quando Hajoon e Jooheon deixaram a cozinha para preparar a sala de cinema e ela ficou para fazer mais um pacote de pipoca. Quando Yoona ergueu o olhar para o mais novo, sorriu, permitindo que ele continuasse. — O que é disforia?

— Disforia de gênero é quando alguém tem um desconforto persistente com características que remetem ao gênero com o qual a pessoa não se identifica — explicou, apoiando-se ao balcão ao lado de Junwoo. — Muitos transgêneros enfrentam isso no dia a dia; alguns não, pois, mesmo que se identifiquem com o sexo oposto ao qual nasceram, entendem que as genitálias não definem o gênero deles.

— Como assim? — Franziu o cenho.

— Não é porque eu tenho um pênis que sou menos mulher que uma mulher que nasceu com vagina — desenvolveu, gesticulando minimamente. — Entende?

— Acho que sim — o mais novo assentiu. — Então... por que você quer tirar seu p... — Corou, engolindo em seco antes de continuar. — Pênis?

— Fofo. — Yoona riu baixinho. — Eu não sinto que estou no meu corpo. Isso não acontece com todos os transgêneros, mas comigo aconteceu.

— Oh, entendo. Eu... — suspirou. — Espero ainda estar próximo de você quando for fazer a cirurgia. Pra... poder te acompanhar e te ajudar, se precisar.

Yoona ficou em silêncio, olhando-o, durante longos segundos, antes de abrir um sorriso brilhante. Pegou a mão grande de Junwoo e entrelaçou seus dedos, puxando-o para um abraço:

— Obrigada por isso. Saiba que se depender de mim, ainda vai ter que me aguentar por muito tempo.

Junwoo correspondeu o abraço imediatamente, sorrindo timidamente e sentindo o peito quentinho com o momento que estava tendo. Cada dia que passava, ele se aproximava mais de seus amigos e era tão incrível para ele quanto para todos, visto que o admiravam por ter evoluído tanto em tão pouco tempo.

Yoona sentiu seus olhos lacrimejarem enquanto apertava o mais novo em seus braços, realizada por um garoto, que foi tão privado do mundo real, conseguir enxergar nela o que muita gente não conseguia.

— Junwoo não era gay?

Os dois adolescentes olharam para a porta da cozinha e viram Ravi parado no batente, ao lado de Takeshi, ambos sorrindo para eles. Bonhwa apareceu, logo em seguida, abraçando a cintura de Takeshi por trás para poder ver o que se passava no cômodo.

— Por algum tempo, eu achava que você era *demi* — Yoona comentou, afastando-se do corpo de Junwoo para olhá-lo.

— Demi? — O garoto apertou as sobrancelhas, extremamente confuso.

— É, tipo... — Ravi aprontou-se para explicar, adentrando a cozinha e se sentando em uma das cadeiras para ficar mais perto de Yoona e Junwoo. Ambos, Takeshi e Bonhwa, encostaram-se contra o batente da porta da cozinha. — Alguém cuja atração sexual surge somente quando existe um laço emocional afetivo.

— Mas ele poderia ser demissexual e gay, ora. — Bonhwa deu de ombros, recebendo um aceno de Ravi, confirmando aquilo. — Um não influencia o outro.

— Eu... não sei. — Junwoo franziu o cenho. — Eu nunca dei espaço pra ver se... Se sinto atração por outros homens a não ser o... o *hyung*. — Corou, no fim, ao receber uma piscadela de Takeshi.

— Syao *hyung* me disse que entre mim e a *noona*, você disse que preferiria me beijar — Bonhwa dedurou.

— O quê? — Yoona dramatizou. — Que absurdo, Junwoo!

— Que história é essa, Junwoo? — Takeshi arqueou uma sobrancelha, se aproximando de Junwoo lentamente, quase que como um leão em direção à sua presa. — Quer dizer que você quer beijar o Bonhwa?

— Q-quê? — Junwoo arregalou os olhos, encostando-se cada vez mais contra o balcão, dando curtos passos para trás até ter Takeshi bem de frente para si, com os braços cruzados e a expressão séria. — N-não! Foi uma situação hi-hipotética, *hyung*!

— Deixa o garoto expressar a sexualidade dele, Takeshi — zombou Ravi, sabendo que o amigo estava apenas brincando com o mais novo.

— Pode deixar que, se quiser, eu te ajudo, Woo — Bonhwa reforçou a provocação, piscando para ele de longe, deixando as bochechas do garoto quase roxas. Takeshi prendeu o riso, completamente bobo pela vergonha que Junwoo estava sentindo. Era divertido provocá-lo.

— Quer dizer que acha o Bonhwa atraente, hm? — Apoiou uma mão de cada lado do corpo de Junwoo, deixando seus rostos a poucos centímetros de distância, arrancando um arfar do garoto.

— E quem não acha? — Yoona se intrometeu, assistindo à cena como se assistisse a um filme.

— Não mentiu — Bonhwa murmurou, sentando-se ao lado de Ravi. — Sou um pitel.

— *H-hyung*... — Junwoo gaguejou, abaixando o rosto por se sentir extremamente tentado com a proximidade do ruivo. — Não f-fica bravo comigo, e-eu...

Takeshi riu, interrompendo a fala de Junwoo, roçando seus lábios contra os do mais novo, mordiscando-o antes de lhe dar um selinho e se afastar em seguida.

— Relaxe, *saeng*. Eu quero que você explore sua sexualidade. Não do tipo... sair beijando todo garoto que achar bonito. — Fez uma careta com o pensamento. — Mas quero que consiga entender o que sente com relação a outros homens, mulheres e afins, *okay*?

Junwoo precisou de alguns segundos para conseguir recuperar sua respiração e não se sentir totalmente intimidado com os olhares divertidos que estava recebendo dos outros presentes na cozinha.

— Entendi... — Coçou a nuca. — Eu... realmente, quando Syao *hyung* falou sobre a hipótese de beijar a *noona* ou o Bon, e-eu... — Olhou de relance para Bonhwa, rindo tímido quando este piscou mais uma vez para ele. — É.

— E você nunca se sentiu atraído por nenhuma menina? — Ravi perguntou curioso. Quando Junwoo negou com a cabeça, Ravi continuou: — Obviamente que a maioria diria que você é gay, mas não se precipite quanto a isso. A sexualidade é um espectro e, obviamente, existem os dois extremos, o hétero e o gay, mas tem tanta coisa no meio que é difícil definir o que somos...

— *Hyung*, o que você é? — Junwoo perguntou, visto que tinha aquela dúvida há tempos.

— Uma obra de arte — brincou, rindo em seguida. — Sou assexual, Woo.

A resposta o pegou tanto de surpresa que, em uma reação impensada, tombou a cabeça para o lado, como um filhote em dúvida. Yoona resmungou algo como “Por que tão fofo?” e Takeshi xingou baixinho, aproximando-se do mais novo e envolvendo-o pela cintura em um abraço. Ravi riu e, sem incômodo algum, lhe explicou:

— O espectro assexual é extenso, tipo, muito. Existem pessoas assexuais, como eu, que são, basicamente, incapazes de sentir atração sexual por outras pessoas, não importa a identidade de gênero. Ou seja, eu não sinto vontade de transar, mas isso não quer dizer que não posso me apaixonar por alguém, também sem me importar com a identidade de gênero. Só quer dizer que... não vou sentir vontade de transar com qualquer pessoa que seja, até mesmo por quem eu me apaixonar.

— Oh, isso é... diferente! — Junwoo comentou, cada vez mais interessado. — E quais são as outras... hm, sexualidades? No espectro assexual? — perguntou em tom de dúvida, incerto se tinha feito a pergunta do jeito certo. Quando sentiu o sorriso de Takeshi contra seu ombro, deduziu que não havia dito nada de errado.

— Existem muitas sexualidades dentro desse espectro. Além do assexual, tem os arromânticos, por exemplo, que são o oposto. São pessoas que sentem atração sexual, mas são incapazes de criar laços românticos — explicou.

Quando tinha quatorze anos, Ravi percebeu que ele era diferente de seus amigos. Ele não via nada de interessante nos corpos nus em pornôs que eles mostravam, tanto masculinos quanto femininos. Quando pesquisou por si mesmo, em casa, sozinho, não sentiu o corpo esquentar e o pau endurecer como seus melhores amigos disseram que aconteceria. No início, achou que era um problema consigo e tudo piorou quando seu melhor amigo da época o empurrou para cima de uma garota em uma festinha e ela tentou colocar a mão em suas calças.

Ravi ficou traumatizado.

Ele se afastou do seu grupo de amigos, na época, com medo de que eles fossem julgá-lo por não conseguir ter as mesmas vontades e interesses que eles tinham.

Com dezesseis anos, quando conheceu Takeshi, Bonhwa, Yoona e Hajoon, pensou que, talvez, devesse tentar, novamente, algo sexual com algum homem daquela vez. Queria explorar sua sexualidade, entender o que estava sentindo, mas não deu certo, porque ele não sentia *nada*. Não conseguiu finalizar o ato com o garoto que ele conheceu em uma festinha qualquer e abandonou-o no quarto da casa, indo para sua casa às pressas.

Sua tia lhe recebeu de braços abertos, sem questionar o motivo de ele chorar tanto e escolheu apenas deitar-se ao lado do sobrinho, fazer carinho no mais novo e lhe dizer, a noite inteira, que tudo ficaria bem.

Durante muitos meses, Ravi tentou ignorar aquilo, colocando, no fundo de sua mente, a possibilidade daquilo ser um problema nele, que podia ter algo de errado com ele. Ter descoberto que queria ser uma *Drag Queen* o ajudou muito, lhe distraiu em diversos momentos em que se pegava pensando naquilo, mas não durou muito.

No entanto, Bonhwa aconteceu.

Quando desenvolveu uma amizade com o garoto, sentiu as primeiras palpitações no coração. Bonhwa foi a primeira pessoa que despertou algo a mais. Despertou a vontade de estar ao lado de alguém, de receber carinho, despertou a paixão.

Contudo, foi apenas aquilo. Ravi sentiu apenas amor, sem a parte sexual. Mesmo percebendo que estava apaixonado por Bonhwa, não sentia vontade de ver o garoto sem roupa, de tê-lo tocando em partes íntimas ou de o tocar intimamente.

E perceber que estava apaixonado por Bonhwa foi a chave para a porta que o impedia de ver que se encaixa no termo "assexual", pois foi quando confessou seus sentimentos a Bonhwa e disse exatamente como se sentia, que o garoto lhe perguntou sobre a assexualidade. Bon era, de fato, quem sempre teve mais conhecimento sobre a comunidade LGBTQI+ e, assim como ajudou Yoona, ajudou Ravi a se encontrar.

O problema foi que Bonhwa não correspondia aos sentimentos de Ravi, pois era apaixonado por Yoona. Durante muito tempo, o Jung ficou mal com aquilo. Sentiu-se mal por não ter um amor correspondido e, mesmo sabendo que aquilo acontecia com qualquer um, em algum momento da vida, doía. Doeu muito e demorou a superar, mas, no fim, conseguiu.

Bonhwa, por outro lado, soube como lidar com aquilo perfeitamente e, em nenhum momento, deu falsas esperanças ao garoto por mais que o achasse lindo e atraente, e permaneceu ao seu lado, como o melhor amigo que era.

Ravi, no início, achou que Bonhwa não o queria por ele não ter vontades sexuais, mas a primeira coisa que o outro especificou, quando lhe disse que não o amava da mesma forma, foi que não era *mesmo* por causa daquilo. E não era, pois não tinha nada de errado em não ter vontades sexuais. E, com o tempo, Ravi entendeu aquilo.

— Eu sempre me perguntei o que você era, para ser sincero, *hyung* — Junwoo admitiu, rindo junto aos outros.

— Eu sou um garoto misterioso — ele zombou, mexendo as sobrancelhas de um jeito engraçado. — E o garoto misterioso está com vontade de assistir ao *Harry Potter*. Então, vamos?

O grupo deixou a cozinha e seguiu para a sala de cinema, onde Hajoon e Jooheon estavam conversando sobre algo, preparando as poltronas e abrindo o catálogo da Netflix que havia disponibilizado os oito filmes da franquia escolhida pouco tempo antes.

— É sobre o quê o filme? — Junwoo perguntou baixinho a Takeshi, ambos sentados lado a lado quando o filme teve seu início.

— Um garoto órfão que descobre que é um bruxo — respondeu, pegando um punhado de pipoca do pote em seu colo. — Mas um bruxinho especial.

— Oh, parece legal.

E, de fato, Junwoo não conseguiu tirar os olhos da tela por um segundo sequer. A pipoca foi esquecida e, conforme o filme ia passando, os olhos do adolescente brilhavam cada vez mais. Suas reações eram genuínas: a tristeza quando descobriu como os pais do tal Harry foram assassinados; a surpresa quando descobriu que o vilão voltou; a fascinação com as cenas de magia.

E, enquanto Junwoo ficava encantado com o filme, Takeshi ficava encantado com ele. Takeshi não conseguia deixar de olhar para o mais novo. Seus olhos tinham controle próprio e viajavam até ele, sem controle algum.

Takeshi só conseguia se sentir extremamente feliz por ver Junwoo cercado de pessoas que amava, contente como estava. Ele teve uma sensação de déjà-vu e sabia de onde vinha: da primeira sessão de cinema que Junwoo presenciou. E o que aqueceu o seu coração foi perceber que, em tão pouco tempo, o mais novo havia crescido e evoluído de maneira imensurável.

— *Hyung*! A pedra! — Junwoo exclamou, em uma das cenas mais tensas do filme em que Harry brigava com o Lorde das Trevas.

Takeshi riu baixinho e pegou a mão do outro, entrelaçando os dedos e apoiando a cabeça no ombro dele, realizado.

— Será que o Lorde das Trevas volta depois? — Junwoo perguntou curioso quando o filme acabou, chamando a atenção de todos para si.

— Você nunca viu os outros filmes? — Jooheon perguntou assustado. — Como assim?

— Outros? Tem outros? — Os olhos de Junwoo brilharam.

— São oito filmes — Hajoon respondeu risonho, esticando-se na poltrona e apoiando a cabeça no ombro de Ravi.

— Oito? — Junwoo quase gritou. — Podemos ver todos?

— Agora é meio difícil, porque já está ficando tarde, mas podemos, sim. — Jooheon riu. — James vai fazer questão de ver todos com você. Ele se gaba o tempo inteiro, porque toda a franquia foi filmada na Inglaterra.

— Queria eu — murmurou Bonhwa. — Mas vou ficar feliz com São Francisco.

— Por falar nisso...! — Hajoon exclamou, levantando a cabeça quase que imediatamente. — Eu achei um pacote de viagem que cabe no nosso orçamento! Deixei salvo para conferirmos juntos depois, com relação às datas e tal. Mas o preço é perfeito para cinco.

Junwoo murchou.

— Cinco? São Francisco? — Jooheon perguntou, intrometendo-se.

— Vamos fazer uma viagem para São Francisco no verão — Takeshi explicou, virando o rosto para Junwoo em seguida. — Vai conseguir ir com a gente, Woo?

— Ahm... Ainda não sei. Não sei nem se vou conseguir permanecer trabalhando depois de ter feito o que fiz na igreja. É capaz do meu pai aparecer no trabalho e me tirar aos tapas de lá — respondeu, fitando as próprias mãos. — Vão descobrir que meu responsável legal é ele... — Suspirou.

— Infelizmente, ele tem o direito de te impedir de trabalhar — Yoona murmurou, igualmente desanimada.

— Se você não conseguir pagar com esse trabalho, eu pago pra você e você me dá com seu próximo trabalho quando já for maior e puder fazer as próprias decisões — disse Jooheon, surpreendendo todos os presentes no recinto. Junwoo arregalou os olhos e, imediatamente, negou, abanando as mãos. — Nem vem! O dinheiro é meu e, se eu quiser comprar uma casa pra você, eu compro.

— N-não, *hyung*! — Junwoo choramingou. — Não posso aceitar isso, você já faz demais por mim!

— E eu quero fazer mais, oras. — Jooheon deu de ombros. — Inclusive, eu vou ver com o James se podemos fazer algo a respeito disso tudo, porque você, provavelmente, ainda vai ser menor quando a viagem acontecer.

— Oh... Não tinha pensado nisso. — Junwoo coçou a nuca, fazendo um bico logo em seguida. — Por que tudo tem que ser tão complicado?

Takeshi sentiu o peito apertar com a reação do garoto e puxou-o contra seu corpo, deitando a cabeça dele em seu peito.

— Woo, você já passou por muita coisa hoje, vamos deixar esse assunto pra depois, hm? — E ergueu o olhar para o resto do grupo, pedindo, silenciosamente, que eles não insistissem naquilo.

— Vou ligar para o James e ver aonde esse homem se meteu. — Jooheon foi o primeiro a se pronunciar, levantando-se e saindo da sala de cinema, já com seu celular em mãos.

— Eu tenho que ir pra casa. — Bonhwa foi o próximo, também se levantando. — Hajoon-*ah*, me dá carona?

Ravi e Yoona acompanharam o pedido, decidindo que seria melhor aproveitar a carona do professor, que não hesitou em aceitar. O grupo despediu-se, cada um dando um beijo na testa de Junwoo e pedindo notícias, caso algo acontecesse. O garoto não conteve o sorriso, o coração acalmando-se com a proteção que os outros demonstraram com relação a ele.

— Você contou ao Syao? — Takeshi perguntou, sentando-se de lado na poltrona de cinema e ficando de frente para Junwoo, que negou.

— Não! Vou fazer isso agora. — Tirou o celular do bolso, abrindo o chat que tinha com Syao e digitando rapidamente, surpreendendo Takeshi com a rapidez de seus dedos.

— Não acha melhor ligar? É um assunto sério — sugeriu.

Junwoo concordou e apertou o botão de ligação, sendo atendido em poucos segundos.

— *Hyung*! Não fala nada! Deixa eu te falar tudo antes! — exclamou, rindo baixinho quando o outro murmurou um palavrão.

— Não me assusta assim, garoto — Syao respondeu. — *Vai, manda bala.*

— Eu fui a uma festa à fantasia, ontem, com o pessoal. E, hoje, eu fui à igreja e... enfrentei o pai. Contei a ele que dormi na casa do tio Jooheon e...

nós brigamos na frente de todo mundo — suspirou, já antecipando a agonia que sentiria quando voltasse a casa de seus pais.

— *Quê? Como assim, Junwoo? Me conte isso direito!* — Syao exclamou tão alto que Takeshi ouviu, mesmo que o telefone estivesse contra a orelha de Junwoo. Ambos riram.

— Eu disse que o tio me ajudou a abrir meus olhos... — Engoliu em seco. — E enxergar o que eu não enxergava na minha própria família.

— *Caralho...* — Syao murmurou. — *Eu tô em choque.*

— Eu disse que ele prega o amor ao próximo, o respeito à família e fica ali, depois, xingando e difamando o próprio irmão — acrescentou, sorrindo envergonhado quando Takeshi, na sua frente, arregalou os olhos, surpreso, porque não sabia daquela parte.

— *Amado! Meu Deus, que orgulho! Junwoo, tudo que eu queria era estar aí com você para presenciar a sua nova fase* — Syao suspirou. — *Mas só devo ir no inverno.*

— Ah, *hyung*, pelo menos você vai conseguir vir... E vai ser bem melhor! Eu, provavelmente, já vou estar totalmente desconectado dos meus pais. — Ele quase fez uma pose de orgulhoso, contente por conseguir enxergar que era aquilo de que precisava. Distância daquele ambiente tóxico.

— *Eu espero. E o resto? Como estão as coisas? Takeshi já te pediu em namoro? Ou você pediu?*

A pergunta pegou Junwoo de surpresa que, sem controle algum sobre o próprio corpo, não conseguiu impedir que suas bochechas tomassem um tom escarlate visível aos olhos de Takeshi que, com isso, franziu o cenho, curioso com o que Syao havia dito para fazê-lo corar daquela maneira. Completamente travado e sem reação, Junwoo gaguejou:

— A-ahm, fala aqui com ele.

O mais novo jogou o telefone para cima do ruivo e levantou-se, murmurando um "vou ao banheiro" antes de se retirar da sala.

O pensamento de namorar assustava Junwoo pelo simples fato de que o fazia perceber que as coisas estavam, realmente, sérias. Não era algo ruim, era apenas uma ideia nova querer namorar alguém e, por Deus, Junwoo não teria coragem de pedir, ele mesmo, para namorar Takeshi. Como ele diria aquilo sem gaguejar ou trocar as palavras? Só de pensar na possibilidade, já sentia a nuca suar e o rosto esquentar.

Entrou no banheiro e fez suas necessidades, resmungando quando sujou as mãos por falta de atenção. Quando checou a pia, não havia nenhum sabonete que pudesse usar, então abriu o armário do móvel para ver se havia algum ali dentro, porém só havia um objeto estranho que parecia um conta-gotas enorme. Franziu o cenho, confuso, pegou o objeto, curioso com o que podia ser.

— Junwoo? Você tá aí? — Jooheon bateu à porta. — Preciso muito usar o banheiro.

— Ah, tô sim, *hyung*. Pode me dizer onde tem sabonete para eu lavar as mãos? — perguntou enquanto abria a porta, ainda com o objeto estranho em mãos.

— Tem um... — Jooheon ia continuar, mas assim que viu o que o sobrinho segurava, interrompeu-se. — Por que tá segurando isso? — Ele deu um sorrisinho, que brotou no canto de seus lábios.

— Oh, fui procurar um sabonete no armário, mas só tinha isso e fiquei curioso. — Deu de ombros, completamente alheio ao que era aquilo que segurava.

— Não sabe mesmo o que é? Takeshi nunca te explicou? — Jooheon apoiou-se ao batente da porta, cruzando os braços fortes e tatuados.

— Hum... Não! Ele deveria?

— Em algum momento, sim. — Jooheon riu. — É um aparelho de, ham... Lavagem intestinal. *Chuca*, basicamente.

— Chuca? — Junwoo franziu o cenho.

— É pra limpar o intestino, Woo. É pra higiene. — Virou levemente de lado e apontou para a própria bunda. — Mas, sabe, é principalmente usado por casais homossexuais antes de terem relações, pro pênis do que for ativo não sair sujo...

— Quê? — Junwoo arregalou os olhos, assustado. Ficou, alguns segundos, em silêncio, observando o aparelho até que a imagem clareou em sua mente e, em puro reflexo, jogou o aparelho dentro da pia. — *H-hyung*!

Jooheon gargalhou.

— Relaxa, tá limpo. — Abanou as mãos.

— M-mas... — Engoliu em seco. — E-eu... Ham... — Respirou fundo. — Vou p-precisar disso com o Takeshi?

— Pretende transar com ele? — Jooheon foi direto, tombando levemente a cabeça para o lado.

Junwoo corou e não respondeu. Seu tio, no entanto, levou o silêncio como uma confirmação:

— Então, sim. Quem for o passivo da vez vai precisar fazer.

— Passivo? — Franziu o cenho.

— É quem vai ser penetrado — explicou, dando de ombros. — A limpeza não é difícil, te garanto.

A palavra "penetrado", no entanto, rodava na mente de Junwoo, impedindo-o de raciocinar direito. Meu Deus, que tipo de imagens eram aquelas?

— C-como... C-como vou saber quando eu... quando eu vou precisar fazer? — Coçou a nuca, sem conseguir encarar seu tio.

— Quando quiser tentar algo com Takeshi ou quando forem ficar sozinhos em algum lugar, pense em levar a ducha higiênica com você. É pequena e cabe em uma bolsa, hm. É bem simples, olha. — Ele se aproximou, pegando a ducha da pia e erguendo-a na frente do rosto do sobrinho. — Você enche essa parte com água... — iniciou a explicação, abrindo a pia e aproximando a ponta do aparelho da água. — E é melhor lubrificar a ponta para inserir no ânus com mais facilidade. — Gesticulou em torno da ponta do objeto. — Aí você tem que ficar em posição fecal, sabe? De cócoras. Eu costumo fazer dentro do chuveiro, mas o James prefere fazer na privada, aí ele coloca um banquinho na frente e sobe ali para conseguir ficar na posição certa. — Riu com a expressão extremamente envergonhada de Junwoo. — Aí, depois, você aperta a bombinha pra água entrar. — Apertou a parte indicada e mostrou a Junwoo que a água saía perfeitamente pela ponta. — E o que tiver pra sair, vai sair.

— E-eu acho que entendi...

— A primeira vez é horrível, parece uma diarreia. — Jooheon fez uma careta. — E ah, o sexo só pode acontecer entre duas e doze horas depois de você fazer a limpeza. E não pode fazer muito, pra não prejudicar o intestino e nem o ânus. E lembre-se: sempre use camisinha. — Estendeu o aparelho para que Junwoo o pegasse. — Tente uma vez, como eu fiz.

Mesmo quase explodindo de vergonha, o mais novo aproximou a ducha da água e encheu pela ponta como vira Jooheon fazer. Quando estava apertando a bombinha e assistindo à água espirrar sem dificuldade nenhuma, ouviu uma voz chamando-o.

— Ahm... Não queria interromper, mas... tá ficando tarde, Woo. — Takeshi apareceu na porta, os lábios prensando-se para conter o riso que queria escapar. Ele segurava o telefone de Junwoo contra o peito e estava tendo verdadeira dificuldade para não rir com a cara que o mais novo fizera.

— *Hyung*! — gritou, jogando a ducha pro alto em um reflexo. — E-eu...

— Meu Deus... — Jooheon gargalhou, recuperando a ducha e limpando-a. — Deixe de vergonha, Junwoo, o Takeshi, com certeza, sabe o que é isso.

— Sei, sei muito bem — Takeshi respondeu, estendendo o celular para que ele o pegasse.

Junwoo ia explodir.

— E-eu tô com muita vergonha, então eu v-vou... Vou sair — Junwoo murmurou, antes de deixar o banheiro para o seu tio usar e correr para a sala, completamente envergonhado.

Takeshi o seguiu e agarrou-o pela cintura em um abraço quando ambos estavam no meio da sala de estar.

— Relaxa, *saeng*! Uma hora ou outra você aprenderia isso.

— M-mas eu tô com vergonha! Nunca fiz nada do tipo! — choramingou, virando-se de frente para Takeshi.

— Não? — Takeshi zombou e arqueou uma sobrancelha desafiadoramente.

— A-ah, *hyung*... Mas não nos tocamos, a-ahm, ali atrás. — Apertou os olhinhos, sem conseguir encará-lo. — M-meu Deus, que vergonha!

— Não, mas ainda vamos, hm? Então... aprendeu direitinho? — Takeshi gargalhou com o olhar chocado de Junwoo. — Tô falando sério!

— *Hyung*, chega! — Tampou o próprio rosto. — Não t-temos que ir? Tá tarde, hm?

— Ora, garoto. Tá querendo fugir? — Takeshi brincou, mas assentiu em seguida. — Temos mesmo, quanto mais tarde você chegar em casa, pior.

— Sim... — Junwoo suspirou, sentindo a ambiência mudar totalmente do divertido para o sério. — Preciso resolver tudo logo e... ver como tudo vai ficar.

— Sim. — Takeshi fez um bico. — Eu vou ficar ali perto até ver você acender a luz do seu quarto e abrir a janela para acenar pra mim e me mostrar que está tudo certo, ok?

— Ok, *hyung*. — Junwoo sorriu, aproximando-se e encostando sua testa contra a dele, sentindo os pelinhos da nuca levantarem quando Takeshi plantou um selinho em seus lábios. — Obrigado por hoje.

— Não precisa me agradecer... — Takeshi negou com a cabeça, apertando mais o garoto em seus braços. — Eu sempre vou estar aqui pra você.

— E eu pra você, *hyung*.

Quando Jooheon voltou para a sala, despediu-se dos dois garotos e exigiu que Junwoo lhe avisasse também quando estivesse já deitado e seguro. Estava ficando tarde e Junwoo começando a ficar ansioso demais, o nervosismo já tomando seu estômago e revirando-o a ponto dele sentir-se levemente enjoado. Tudo piorou quando ele e Takeshi pisaram fora do apartamento e começaram o caminho para a sua casa.

Ele trocou mensagens com Syao e Bora, explicando mais detalhes sobre o que estava para acontecer e deixando a garota por dentro da situação toda, já que Syaoran havia feito questão de criar um grupo dos três para falarem sobre as "peripécias da família Lee". Takeshi o ajudou, mandando alguns áudios e rindo dos áudios de Syao. Foi bom para distrair Junwoo, que só faltava se jogar no chão e grudar ali para não ter que enfrentar, mais uma vez, a fúria de Lee Daejung.

Quando chegaram à rua da casa, Takeshi ficou a duas quadras de distância, não desgrudando seus olhos de cada passo que o mais novo dava, acompanhando-o com o coração na boca, tão nervoso quanto ele.

Eram nove horas da noite quando Junwoo tocou a campainha de casa e nove e um quando sua mãe abriu a porta, o rosto completamente banhado em lágrimas.

CAPÍTULO 10

As pessoas tinham o costume de dizer o que fariam em determinadas situações extremas como se, com todas as falhas que o ser humano tinha, fossem capazes de, realmente, saber como reagiriam ao encarar algo de tamanha intensidade.

Como quando tentavam pensar no que fariam, caso os pais morressem naquele momento ou caso o melhor amigo sofresse um acidente. *O que eu faria? Ah, eu com certeza...* E milhares de hipóteses falhas que nunca se encaixavam na realidade seguiam, arrastando-se pela frase, sem consistência alguma. Sem consistência e irreal, porque a realidade era: ninguém nunca sabia o que faria em determinada situação até dar de cara com ela.

E Junwoo se preparou. Ele se preparou para as diversas cenas que poderia encontrar, assim que pisasse os pés em sua casa. Ele preparou seus argumentos contra seu pai, ele se preparou mentalmente e tentou grudar em sua pequena cabeça que, qualquer coisa, Takeshi e Jooheon estariam ali, esperando o seu chamado.

E, de todas as coisas que ele listou que faria, nenhuma delas contava com ficar estático, parado, encarando sua mãe aos prantos.

— M-mãe...! — sua voz falhou.

A mulher nada disse e não deu espaço para ele entrar. Pelo contrário, ela deu um passo para frente, parecendo querer sair dali de dentro e não permitir que o filho entrasse. No entanto, sua tentativa falhou quando Daejung apareceu atrás dela e puxou-a para dentro:

— É o moleque? Sai da frente, mulher — exclamou raivoso.

Junwoo engoliu em seco, sentindo-se totalmente despreparado quando seus olhos receosos encontraram os olhos ferventes de ódio de seu pai.

— Entra! Agora! — rosnou.

Discretamente, Junwoo olhou sobre o próprio ombro, tentando enxergar Takeshi ao longe, porém não querendo que seu pai notasse aquele ato seu e acabasse seguindo sua visão, desistiu e entrou em casa.

— Você tem um minuto para me explicar o que caralhos foi aquilo na igreja, Junwoo! — Seu pai bateu a porta, provavelmente acordando a vizinhança inteira.

O corpo do adolescente estremeceu de medo, mas, surpreendentemente, o receio não o invadiu e ele soube reagir.

— Eu disse verdades, pai.

— Verdades? Verdades? — a voz do homem subiu gradativamente. — Você me enfrentou na frente de todos os fiéis! Me disse aquelas merdas do seu tio, aquele desgraçado, filho da puta que quer se aproveitar de você para me atingir!

— Ele não quer se aproveitar de mim! Ele me ajudou! — Junwoo exclamou, dando um passo para trás quando seu pai deu um em sua direção.

Junwoo procurou sua mãe com o olhar e viu a mesma no canto da sala, os braços abraçando o próprio corpo enquanto lágrimas ainda molhavam suas bochechas de maneira incansável. Seu corpo implorava para ir em direção à progenitora e entender o que havia acontecido antes dele chegar, mas seu cérebro o alertava que aquele ainda não era o momento.

— Te ajudou? Você ainda ousa me enfrentar na nossa casa, garoto? — Daejung deu mais um passo para frente. — Me diga, agora, onde ele mora, eu vou tirar satisfação com esse merdinha.

— Não.

— Lee Junwoo — ele quase rosnou, ficando cara a cara com o filho. Era quase como se fumaça pudesse sair de seu nariz a qualquer momento. — Você vai me falar, agora, onde Jooheon está e eu vou até esse filho da mãe para...

Foi interrompido:

— Não — repetiu teimando.

Os segundos em que pai e o filho passaram se encarando pareceram se arrastar, tensos e demorados, foram o suficiente para alertar todos os sentidos de Jiyoon que, em reflexo, deu um passo na direção dos dois, porém, no segundo seguinte, surpreendeu todos dentro do recinto: Daejung não somente estalou um tapa no rosto do filho como também o pegou pelo antebraço, apertando com força suficiente para mudar a cor da pele de Junwoo, e prensou-o contra a parede.

— Que porra está acontecendo com você, seu moleque ingrato? — rugiu, a saliva escapando de sua boca e atingindo o rosto do garoto, que quase choramingou ao sentir a pele do braço arder com o aperto.

Junwoo respirou fundo, tentando ignorar toda a bagunça em seu âmago e mente. Parecia que ondas o reviravam por dentro, dançando em conjunto às batidas de seu coração, vindo tão intensamente quanto o olhar de seu pai. Ele não conseguia controlar seus pensamentos, que viajavam dos momentos que teve com seu tio até Takeshi. O que sentia quando estava com seu tio, o que sentia quando estava com Takeshi, o que sentia pelo ruivo. Nenhuma gota do ódio que seu pai estava sentindo ou da dor que ele estava causando no filho era suficiente para apagar aquilo. Nada tiraria Jooheon e Takeshi da vida de Junwoo.

— Eu acordei, pai.

Junwoo não sentia mais a dor em seu braço, seu foco era outro. Seu foco era acabar com o poder que o pai achava que tinha sobre ele. Seu foco era acabar com o fato de seu pai achar que Junwoo seria igual a ele.

— Eu entendi que o problema é você. Que os meus problemas são todos por causa de vocês! — exclamou, nem ao menos notando que o aperto de seu pai se intensificou e as unhas do velho cravaram em sua pele. — Eu nunca pensei igual a vocês! Nunca! Vocês sempre impuseram as coisas para mim e eu abaixava a cabeça, porque achava que por serem meus pais, minha família, era o certo a se fazer, mas não é o certo! Vocês não estão sempre certos! Vocês *nunca* estão certos.

O choque era visível nas feições de Daejung e Jiyoon, ambos encaravam o filho como se ele fosse algum ser extraterrestre. Naquele momento, ele, de fato, era, já que qualquer um que pensasse diferente dos dois era alguém de fora. Fora da caixinha.

— Você passa pros seus fiéis que temos que amar o próximo, mas e você pai? Você ama o próximo? — continuou, os olhos lacrimejantes e já sem qualquer tipo de filtro entre o cérebro e a boca. — Você amaria uma mulher com tatuagens? Um homem com cabelo pintado? Uma pessoa que não acredita no mesmo que você? Um homossexual? Ou você só os julgaria como sempre faz?

— Mas que merda a sua escola e seu tio vêm te ensinando, seu moleque? — o pai, finalmente, conseguiu se recuperar do choque e sair do transe que Junwoo o havia enfiado. — Você vai calar essa sua boca agora e vai me dizer onde Jooheon mora e...

— Não! Não! Eu não vo...

Outro tapa interrompeu a fala do adolescente, assim que interrompeu seu pai. Daejung rosnou e puxou, com mais força, o braço do garoto, batendo o corpo dele contra a parede. Junwoo gemeu dolorido.

— Cala a merda da sua boca!

Junwoo não desviou o olhar do de seu pai, mesmo que seu corpo doesse, seu peito estivesse apertado e seu corpo quisesse se jogar para qualquer canto longe daquele homem, ele não vacilou, encarou o mais velho, olho no olho e insistiu:

— Você não vai conseguir me calar.

O músculo da têmpora de Daejung tremeu e o ódio vibrou em seu olhar ao que sua mão torcia o braço do filho, ameaçando quebrá-lo. Jiyoon gritou quando Junwoo se retorceu de dor, um urro esganiçado rasgando sua garganta.

— Chega! Por favor, Daejung! Enfia o garoto no quarto dele, tranque-o, mas não o machuque assim, por favor! — exclamou, aproximando-se do marido, mas dando um passo para trás quando este desviou o olhar odioso para ela.

— Não me diga o que fazer, mulher! — gritou e se virou para Junwoo novamente. — Eu só não quebro a porra do teu braço, porque vai ser ruim para mim — cuspiu. — Eu quero que você vá para o seu quarto e só saia quando eu mandar. Você só vai da escola para casa e da casa para a escola e não ouse me contrariar. Vai, agora, seu nojento de merda! Eu nem te reconheço — continuou a gritar, empurrando o corpo do garoto para longe, finalmente, soltando-o.

Jiyoon somente chorava ainda abraçada ao próprio corpo, os olhos fechados, como se não quisesse ter que assistir àquilo.

Sem olhar para trás, Junwoo subiu para seu quarto, sentindo o braço formigar, os olhos lacrimejarem e o estômago se revirar, enojado de toda a cena que acabara de vivenciar. Daejung lhe dava nojo e somente aquilo. *Nojo. Nojo do próprio pai.*

Arfou dolorido quando chegou a seu quarto, apoiando-se contra a porta fechada e apertando os olhos com força enquanto se abraçava, tentando amenizar a dor física que passou a ser quase tão intensa quanto a dor emocional. O garoto fitou o próprio braço e ofegou surpreso, vendo a mancha roxa e o sangue prensado na pele. Aquilo, com toda certeza, ficaria ali por um bom tempo.

Tentando ignorar o conjunto de coisas que o fazia querer somente deitar e chorar, Junwoo andou até a janela e olhou para o outro lado da rua, vendo Takeshi com os olhos presos no vidro transparente, esperando pelo seu sinal.

Junwoo sorriu triste.

Acenou, fazendo um "joinha" com a mão direita em seguida, imaginando que Takeshi não ia conseguir ver a marca em seu braço daquela distância. E, de fato, não viu, apenas se sentiu aliviado que o mais novo estava seguro em seu quarto. Então, sorriu e deu as costas àquela casa, seguindo caminho para a sua própria, onde contaria tudo o que vinha acontecendo à sua mãe.

Junwoo se jogou em sua cama, tirando o celular do bolso para enviar uma mensagem a Jooheon e lhe dizer que estava tudo bem. *Estava tudo bem. Ficaria tudo bem.*

Encolhido em sua cama, o garoto passou a noite em claro, tentando adormecer e falhando miseravelmente. A única coisa que conseguia era cochilar, de vez em quando, nos únicos momentos em que sua mente lhe permitia desfocar o evento que acontecera naquela noite. Ele até pensou em ir até o banheiro para passar um pouco de água e algum remédio no braço, mas não sabia como fazer aquilo e não tinha ninguém para fazer para ele.

Por volta das três horas da manhã, sua garganta começou a arder de sede, então, com dificuldade, ele se levantou e saiu do quarto, sem medo, já que os pais estavam, com certeza, adormecidos. A casa estava escura e silenciosa, fria, arrancando arrepios ruins do corpo do garoto.

Ele odiava aquela casa.

Seguiu até a cozinha, uma mão sobre o hematoma em seu braço, e abriu a geladeira em busca de água gelada. Quando estava em seu segundo copo, foi interrompido por um coçar de garganta. Virou-se assustado com a possibilidade de ser seu pai, mas seu corpo inteiro relaxou ao que viu sua mãe parada na porta do cômodo, vestindo um robe bem mais longo do que o usual para dormir. Ela ainda abraçava o próprio corpo.

— E-eu já vou voltar pro meu quarto — aprontou-se a dizer, não obtendo resposta nenhuma ao que a mulher se aproximava da geladeira para pegar também um copo de água. — Hm... está tudo bem?

— Você acha que está?

O rebote da pergunta pegou o garoto de surpresa que, sem saber como responder aquilo, somente ficou quieto, observando a mulher bebericar o líquido transparente com a maior calma do mundo.

— Por que você não brigou comigo como Daejung fez?

Os olhos de Jiyoon ergueram-se até o filho no momento em que o nome do homem foi pronunciado, o estranhamento visível em seu olhar. *Afinal, desde quando Junwoo chamava o pai pelo nome?*

— Eu deveria? — soltou surpreendentemente. — Eu já te disse: eu já sabia que algo assim ia acontecer — a mulher suspirou, desviando o olhar do mais novo. — Você sempre foi diferente.

— Como assim? — Junwoo franziu o cenho, sentindo-se completamente confuso com aquela conversa.

— Diferente dos outros filhos dos fiéis. Quando você era pequeno, sempre perguntava o motivo das coisas antes de obedecer ao seu pai, eu... Eu te conheço, Junwoo. — Ela ergueu, novamente, os olhos, encontrando os do filho. — Apesar de não querer, eu sou sua mãe.

— Você nunca agiu como uma — rebateu, sentindo as batidas de seu coração falharem quando a mulher riu ironicamente.

— Eu nunca quis ser uma, Junwoo.

— Eu... — Ele arfou. — Eu sei. E você... você tinha que ter tido o direito de escolher.

— Seu pai e meus pais não me deram esse direito — respondeu, largando o copo na pia, silenciosamente, para não acordar alguém que nenhum dos dois queria ver naquele momento.

— Esse direito deveria ser seu e apenas seu — murmurou, seus olhos focando o movimento dos braços de sua mãe que deixaram de envolver o próprio corpo e caíram para os lados.

— Mei me dizia a mesma coisa. — Jiyoon olhava para o nada, os olhos enxergando algo que Junwoo não podia enxergar. — Ela dizia que eu não precisava me casar, que eu não precisava ter um filho, que eu podia trabalhar e ser independente, se quisesse... Mas eu nunca pude — ela pausou. Junwoo ficou em silêncio, desejando que a mãe continuasse a falar. Ela prosseguiu: —

Eu sei que te tratei mal, sei que fui péssima com você, mas eu apenas sigo o que seu pai e meus pais me ensinaram... Mesmo que eu... Mesmo que eu não concorde, é o que devo fazer.

— Não, mãe. — Junwoo passou as mãos pelo próprio rosto, sem saber como reagir a tudo que estava sentindo naquele momento. — Daejung é um hipócrita! Para início de conversa, ele nem deveria ter te obrigado a casar com ele! O tio disse que nenhum dos dois queria.

— Você realmente fez amizade com Jooheon? — seu tom não foi muito bem identificado por Junwoo. Ele não conseguia entender se ela estava indiferente, irritada ou decepcionada com aquele fato.

— Sim — foi firme.

— Você sabe que ele é gay, não é?

Junwoo sentiu o coração errar uma batida.

— S-sim — gaguejou.

— E está de acordo com isso? — A sobrancelha da mulher se arqueou e os olhos se fixaram nos dele.

O garoto estava nervoso. Ele nunca soube identificar direito o que sua mãe sentia, o que ela achava de determinadas situações. Em sua mente, a possibilidade de Junwoo estar envolvido com pessoas que não fossem "tradicionais" enlouqueceria a mulher, assim como enlouqueceu seu pai. No entanto, não foi o que pareceu quando sua mãe não teve reação ao vê-lo assentir.

— Não vejo problema algum. O que ele faz ou deixa de fazer na vida pessoal dele não diz respeito a mais ninguém além dele, mãe — conseguiu responder, sem vacilar.

— Nem a Deus?

Junwoo abriu e fechou a boca diversas vezes, pego de surpresa pela resposta da mulher. Era óbvio que ele já tinha pensado naquela questão diversas vezes e, por mais que não tivesse tido muitas conversas com outras pessoas a respeito do que as religiões diziam sobre pessoas homossexuais ou com outra sexualidade que não fosse hétero, Junwoo conseguiu chegar a algumas conclusões por si próprio: ele acreditava em Deus, se prendia a Deus quando estava com dificuldade e sabia que Deus não o levaria ao inferno por amar. Amar quem quer que fosse.

Existiam muitos outros motivos que Junwoo tinha plena certeza de que eram os principais fatores para o caminho das pessoas ao tal inferno. Os piores, como o assassinato, a imoralidade, a perversão. Amar não fora um pecado. Nunca tinha sido e não deveria ser.

— Amar não é errado — foi a resposta que deu, sua garganta secando quando, novamente, a mulher não reagiu. — Errado é bater, ser hipócrita, ser perverso. Não escolhemos quem amamos, mãe, simplesmente amamos. Eu tenho certeza de que se pudéssemos escolher quem amamos, você escolheria Daejung. — Sorriu triste. — Mas não é ele quem você ama, não é?

Jiyoon não disse nada. Ela somente encarou Junwoo, sem o peso e intensidade ruim usual que, normalmente, tinha para cima dele. Era só um *olhar*, limpo, sem julgamento, sem seriedade.

— Vai dormir — foi o que ela disse, por fim, após respirar fundo e fugir do olhar dele. — Você tem aula amanhã e trabalho, não?

— Você acha que Daejung vai me deixar trabalhar? — Ele engoliu em seco, já desesperado com a possibilidade de seu pai impedi-lo de fazer algo que ele estava querendo fazer há tempos.

— Você parou de fazer o que ele permite há tempos, Junwoo — ela retrucou, saindo da cozinha, já de costas para o filho. — Apenas continue.

Passaram-se longos minutos e Junwoo permanecia estacado no centro da cozinha, os olhos presos à porta por onde sua mãe passou após ter tido, pela primeira vez, uma conversa decente consigo. Ele se sentia estranho: dolorido, bagunçado, porém bem. Não havia sido como o esperado, afinal, pensava que teria que aguentar a indiferença de sua mãe mesmo após tudo o que ele havia feito, mas ela o surpreendeu.

No dia seguinte, ele foi para a mesa de café já com a mochila nas costas, decidido apenas a pegar o mínimo para comer e seguir para a escola, desejando encontrar logo seus amigos e não precisar encarar seu pai. Assim que ele pisou na cozinha, no entanto, seu pai já lhe dirigiu a palavra:

— Garoto — chamou.

Junwoo olhou-o, sem transmitir nada em seu olhar. Nem receio, nem medo. Nada.

— Eu não vou ao seu trabalho hoje, mas quero deixar claro que se eu souber que você não esteve lá ou que esteve com seu tio novamente, eu acabo com você. E não só com você, mas com aquele viado de merda também.

A ameaça para cima de Jooheon fez com que a pele de Junwoo fervesse de ódio. Como seu pai ousava dizer aquilo? Sua hipocrisia era tão grande a ponto de ameaçar alguém daquela maneira, com aquelas palavras e aquela raiva que não deveria tomar os sentidos de um pastor devoto.

— Como quiser — soltou, por fim, decidindo que não pegaria nada daquela mesa e, simplesmente, deu as costas, ignorando os chamados de Daejung.

Então, o adolescente apertou as alças da mochila e *correu*. Correu como nunca, sabendo que seu pai, doido como era, seria capaz de ir atrás dele com o carro. Chegou ao colégio suado e ofegante, os fios castanhos e longos grudados na testa e uma expressão cansada evidente.

— Junwoo!

Quem se aproximou primeiro foi Ravi, que tocou no ombro do garoto e o encarou assustado:

— Tá tudo bem? Parece que correu uma maratona.

— Foi tipo isso — arfou, apertando a costela, sentindo as famosas pontadas por não ter respirado corretamente enquanto corria.

— Estava fugindo de alguém? — o mais velho franziu o cenho, confuso.

— Mais ou menos. — Junwoo sentou-se em uma das mesas do pátio com Ravi ao seu lado. Este tirou um lenço umedecido da bolsa e entregou ao amigo. — Obrigado, *hyung*. — Passou o objeto pelo seu rosto, removendo o excesso de suor.

— Era seu pai? Como foi ontem?

— Melhor do que eu esperava. — Soltou uma risada triste. — Foi doloroso, mais emocional do que fisicamente.

— Fisicamente? Então aquele babaca encostou em você? — Ravi arregalou os olhos.

— Fica tranquilo, *hyung*, não me machucou — aprontou-se a explicar, rezando para que o amigo não quisesse inspecionar seu corpo, já que a camisa de manga comprida cobria o hematoma em seu braço.

— Mas não pode isso, Junwoo! Isso pode dar cadeia pra ele! — Ravi exclamou, suas sobrancelhas franzidas em pura preocupação.

Junwoo abanou a cabeça, suspirando.

— Não foi nada — sussurrou por fim.

Ravi ajudou o mais novo a se secar e arrumar o estrago que aquela corrida até o colégio havia feito e, naquele meio tempo, o resto do grupo chegou. Takeshi, assim que o viu, correu para seus braços, sentando-se sobre a perna do garoto, já que Ravi ocupava o lado.

— Você está bem mesmo, né? — murmurou, segurando o rosto de Junwoo pelas bochechas, apertando-as.

— *Xim, hyung* — respondeu com dificuldade na fala pelas bochechas pressionadas.

— Não tá nada bem! O pai dele tocou nele, Takeshi — dedurou Ravi, recebendo um olhar desesperado do mais novo.

— O quê? Como assim, Junwoo? Que história é essa? — Bonhwa soltou, inclinando-se sobre a mesa junto à Yoona para ver se conseguiam enxergar alguma marca no corpo do mais novo.

Takeshi não conseguiu pronunciar nada, somente abriu e fechou a boca, perplexo com o fato de que *seu garoto* pudesse estar machucado. Em um impulso, começou a puxar a camisa de Junwoo para baixo, tentando expor sua pele e saber se havia alguma marca por ali, mas Junwoo, envergonhado, foi mais rápido, puxando as mãos de seu *hyung* e entrelaçando seus dedos com os dele.

— *Hyung*, olhe pra mim! — exclamou, implorando mentalmente que Takeshi não insistisse. — Está tudo bem! Fica tranquilo, eu estou bem.

— M-mas ele te machucou, ele te...

Takeshi foi interrompido:

— Não importa. Já passou, *hyung*, já foi. E não está doen...

— Junwoo, me mostra seus braços — o pedido veio de Yoona. A voz dela soou séria e sua expressão não deixava aquilo menos explícito; seus lábios estavam prensados, os olhos fixos no braço direito de Junwoo.

O mais novo engoliu em seco, fugindo dos olhos de Takeshi pela primeira vez naquele dia, e encarou sua *noona* com os olhos quase lacrimejando:

— P-por quê?

— O braço, Junwoo — exigiu.

Quando ele percebeu que todos os seus amigos tinham olhares duros sobre ele, sua expressão caiu e o desespero deu lugar à tristeza, pois ele sabia que a preocupação deles seria grande e tudo o que ele menos queria era preocupar aqueles que amava.

Então, levantou a manga larga da camisa até expor seu antebraço marcado por dedos e pela torção que Daejung havia deixado. Era uma mistura de roxos e verdes e, imediatamente, Takeshi soube que o garoto tinha mentido ao acenar, para ele, pela janela, e mostrar um gesto positivo, como se tudo estivesse bem. Não estava nada bem.

— Junwoo! — Ravi exclamou, pegando na mão do garoto para conseguir ver direito a marca que o homem havia deixado. — Caralho... Como ele foi capaz?

— Ele é capaz de muita coisa... — Junwoo murmurou, seus olhos fixos nas marcas em sua própria pele, ainda fugindo do olhar duro e triste de Takeshi.

— Você vai deixar isso assim? — Yoona perguntou, abanando a cabeça.

— O que eu poderia fazer? — questionou, seus olhos começando a lacrimejar. — Ainda é meu pai e eu sou menor...

— Isso não te impede de denunciá-lo! Fala com o seu tio, eu tenho certeza de que ele vai saber o que fazer — Bonhwa argumentou, sendo apoiado pelos outros, na mesa, que assentiram.

Ele suspirou, mas também concordou, decidindo que, talvez, a melhor solução fosse falar com Jooheon, já que ele também fazia parte da família e, por ser maior, poderia o ajudar. O pobre garoto não tinha ideia como aquela ajuda poderia acontecer, só esperava que, no fim, tudo ficasse bem.

Seus olhos, finalmente, se voltaram para o garoto sentado sobre sua perna. Takeshi ergueu uma mão e o tocou no rosto, encostando suas testas e suspirando tristonho.

— Você deveria ter me dito.

— Eu... — Junwoo engoliu em seco, sem saber como argumentar. — Eu só não queria que você ficasse preocupado. Nenhum de vocês.

— Isso seria impossível, Woo — ele rebateu, respirando fundo antes de continuar: — Você é importante demais pra gente.

Junwoo não respondeu, somente correspondeu ao selinho doce que foi depositado sobre seus lábios, sentindo o peito quentinho pela demonstração de carinho que tanto Takeshi quanto os outros fizeram questão de deixar transparecer.

Por estar imerso naqueles pensamentos e no toque do parceiro, não viu quando Yoona se inclinou um pouco sobre a mesa e tirou uma foto de seu braço.

!

— Seu pai não tinha dito que ia ao seu trabalho? — Takeshi perguntou quando os dois caminhavam na direção do metrô.

— Ele deixou de ir hoje, não sei bem o motivo. — Deu de ombros. — Meu primeiro dia e já tô cheio de estresse.

— Bem-vindo à vida adolescente — brincou, rindo junto ao mais novo. — Falou com seu tio sobre se encontrar com ele?

— Eu mandei mensagem, mas ele ainda não me respondeu... — Junwoo tirou o celular do bolso para conferir o aparelho outra vez, não vendo nenhuma notificação de mensagem de Jooheon. — Estranho ele não olhar o celular esse tempo todo... Eu mandei a mensagem de manhã antes de entrar na sala de aula.

— Vai ver ele tá ocupado — sugeriu. Junwoo assentiu, guardando o telefone de volta no bolso. — Ah, Woo, eu vou pintar o cabelo no fim do mês, assim que meu salário cair na conta.

— Jura, *hyung*? — Junwoo arregalou os olhos, animado. — De roxo mesmo?

— Sim. Quer vir à minha casa quando eu for pintar? — Fitou-o esperançoso.

— Com certeza! Nunca vi ninguém pintando o cabelo. — Fez uma careta. — Machuca?

Takeshi riu.

— Não. Quando a gente descolore o cabelo, pode arder um pouco, mas nada insuportável.

Junwoo fez uma careta.

— Não gosto de dor, *hyung*.

— Não? — Arqueou uma sobrancelha, sapeca. Junwoo franziu o cenho, estranhando a pergunta, mas negou veemente. — Tem algumas dores que são gostosinhas, Woo.

— Não faz muito sentido...

— É uma das coisas que eu tenho que te mostrar. — Takeshi riu de novo, parando em frente à roleta do metrô. — Bem, eu te deixo aqui...

— Sim... — Junwoo fez um biquinho. — Posso te ligar quando sair do trabalho?

— Claro, vou querer saber tudo do seu primeiro dia.

Ele se aproximou do mais novo e envolveu-o pelo pescoço, não se incomodando nem um pouco com os olhares que receberam por serem dois homens e estarem tão perto um do outro.

Junwoo, por sua vez, abaixou a cabeça, envergonhado. Não, porque não queria ser visto com Takeshi daquela maneira, mas sim, porque sentia vergonha quando recebia tanta atenção quanto estava recebendo naquele momento. Sua timidez excessiva ainda era um traço que ele queria eliminar ou diminuir em sua personalidade. Sabia que, comparado ao dia que pisara em Seul pela primeira vez, aquele tal traço já havia se esvaído muito, mas ainda estava presente e não era lá muito fã dele. Ele queria ser solto, queria conseguir falar tudo o que pensava, queria argumentar sem medo de ser mal interpretado ou julgado. Era um dos objetivos que ele estabeleceu para si mesmo.

Mordeu o lábio inferior, erguendo o olhar para fitar Takeshi que o observava sem nem um resquício de receio. Então, a coragem subiu ao peito do mais novo e ele se inclinou, selando sua boca contra a do ruivo, ainda sentindo os olhares queimando sobre eles e, sinceramente, pouco se importou com aquilo no momento em que os lábios se conectaram. Suspirou contra a boca de Takeshi e envolveu a cintura dele, puxando-o para mais perto, encostando os narizes e testas quando as bocas se soltaram.

— Tenham mais respeito — um senhor de terceira idade murmurou quando passou ao lado deles, quase trombando com Junwoo. — Tem crianças aqui.

Junwoo fez menção de se virar, sentindo-se indignado pelo homem não achar correto crianças testemunharem uma troca de carinho tão singela quanto aquela, mas Takeshi segurou seu rosto e fez com que ele o encarasse novamente.

— Não liga. Essas pessoas não sabem o que é amor — murmurou, dando mais um selinho no mais alto antes de se afastar. — Me ligue quando sair do trabalho.

Junwoo assentiu, observando ao mais velho mandar um beijo para ele enquanto subia as escadas rolantes. Suspirou, sorrindo bobo. *Takeshi era tudo.*

!

Quando Junwoo chegou ao clube, foi muito bem recepcionado pelos outros funcionários que lhe deram as melhores boas-vindas e ainda lhe passaram dicas de como fazer melhor o trabalho. Mesmo tímido, cumprimentou todos e conversou o máximo que pôde, tentando se enturmar e conseguindo.

O uniforme do clube era simples, sem graça: camisa social cinza de mangas longas — para a sua sorte — e uma calça social preta, ambas carregando a logo do local. Sooyoung demorou a encontrar o tamanho dele, alegando que as coxas e peitoral do garoto eram maiores do que da grande parte dos outros funcionários. Ele ficou bem envergonhado, mas levou aquilo como um elogio.

Limpar as piscinas não foi muito difícil, pois a maior delas não ficava em uma área exposta, então não havia muitas folhas ou resíduos. A piscina externa, por mais que estivesse cheia deles, não era tão grande, e Junwoo não a limpou sozinho, pois outro funcionário, Hyojong, ofereceu-se para ajudá-lo no primeiro dia.

O mais difícil foi a área infantil, pois as crianças realmente eram profissionais no quesito bagunça: derrubaram todos os brinquedos das prateleiras, o videogame do suporte ao lado da televisão e sujaram o chão por completo, tanto de comida quanto de outros resíduos que ele não estava nem um pouco interessado em saber o que eram. No meio de sua limpeza, enquanto tentava esfregar o que jurava ser catarro, da parede, um garotinho entrou na sala, ofegante e parecendo se divertir.

— Ahm... O clube já está pra fechar, s-senhor...? — Não sabia muito bem como se referir ao pequeno e acabou soltando aquilo. A criança riu.

— Sou muito novo pra ser "senhor", *hyung*! — exclamou, checando o corredor uma última vez antes de voltar a grudar-se à parede, como se estivesse se escondendo. — É rapidinho, juro!

— Está fugindo de alguém? Onde estão seus pais? — questionou um tanto receoso, já que não queria problemas em seu primeiro dia. Levantou-se, largando o paninho encharcado de produto dentro do balde que carregava consigo.

— Eu tô me escondendo do meu irmão, *hyung*. Os nossos pais já foram embora e ele ficou até mais tarde comigo — sorriu, exibindo sua arcada dentária quase vazia. — Papai disse que ele era incapaz de cuidar de mim sem que eu sumisse e o *hyung* disse que aquilo era mentira... Eu tô mostrando pra ele que não é.

Junwoo prendeu o riso, achando aquilo um tanto fofo.

— Oh, sim. Mas é melhor você ir atrás dele. O clube já vai fechar.

— Ele... — o garoto se interrompeu ao ouvir seu nome ser gritado no corredor. — Caracolas! Não fala que eu tô aqui! — a criança sussurrou aquilo antes de se enfiar, sem dificuldade alguma, no armário de brinquedo que Junwoo arrumou. Ele até tentou impedir, mas parou ao ver que um adolescente tão afobado quanto a criança, adentrou o recinto.

— Junwoo? — perguntou, arregalando os olhos.

— Oh! — ficou surpreso. Apertou os olhos, tentando recordar-se do nome do garoto e não demorou muito: — Juno?

— S-sim! — O pobre adolescente parecia extremamente envergonhado, até mesmo mais que Junwoo que estava todo bagunçado e sujo. Juno coçou a nuca, desviando o olhar. — Você... trabalha aqui?

— Ahm... — Junwoo fitou as próprias roupas e o balde de limpeza ao seu lado, pensando que aquilo, talvez, fosse óbvio, mas que o garoto estivesse envergonhado demais para se tocar. — Sim... Você, hm... é sócio daqui pelo visto.

— Sim, sou — concordou. Suas mãos, que passaram a esfregar a própria camisa, tremiam por estar conversando com seu *crush*. — Eu... — Coçou a garganta. — D-desculpe estar envergonhado e sem jeito, é que eu... Eu... Você sabe, né?

— Sei o quê? — o mais novo demorou a entender, mas compreendeu quando Juno abaixou o olhar e suas bochechas tornaram-se dois tomates. — Oh! O bilhetinho! L.J, Lee Juno, certo?

Juno assentiu.

— M-me desculpe.

— Desculpar por quê? — Junwoo franziu o cenho, abrindo um sorriso sem dentes para o outro em seguida. — Eu fiquei s-sem jeito no dia, mas me senti lisonjeado.

— É que... Espera, mesmo? — perguntou confuso. — Eu achava que você nunca tinha ido falar comigo, porque... Porque não se interessava por garotos — conseguiu, finalmente, olhar Junwoo nos olhos.

— Não, eu me interesso, sim. — Quando percebeu o que falou, Junwoo sentiu o coração acelerar. *Ele, realmente, havia dito aquilo?* — N-na época, eu não sabia, mas é que... Eu t-tenho alguém, *hyung*.

— Ah! — Juno acabou ficando tão envergonhado que tropeçou nos próprios pés quando foi mudar de posição. Desajeitado como era, acabou caindo de joelhos no chão, conseguindo colocar as mãos diante do corpo para seu rosto não ir junto.

— Meu Deus! — Junwoo exclamou, aproximando-se do outro e ajudando-o a levantar. Não se conteve, no entanto, e quando viu, estava rindo leve da situação. — Eu achava que eu era meio destrambelhado...

Juno riu junto ainda envergonhado, no entanto.

— E-eu sou bem desastrado. — Ele passou as mãos pela camisa, tentando retirar a poeira que havia grudado ali e aproveitou aquele momento de silêncio para pensar em uma resposta. No fim, conseguiu. — Me desculpe por... por ter dado em cima de você, eu realmente não sabia que você tinha alguém.

— Não precisa pedir desculpas, Juno *hyung*. — Abanou a cabeça, como se o outro tivesse dito uma besteira. — Pouca gente sabe que eu e Takeshi *hyung* estamos, ham... juntos.

Junwoo não sabia se era correto colocar daquela maneira, visto que nem ele e nem Takeshi haviam se denominado como namorados anteriormente.

Eles estavam juntos, sim, não queriam e nem se viam ficando com mais ninguém, mas ele não sabia dizer se eram namorados.

Namorar. Wow. Aquilo era novo.

— Takeshi? Wah... — Juno parecia verdadeiramente surpreso. — Eu sempre admirei muito ele — revelou, coçando a nuca, parecendo pensar se deveria continuar a dizer o que havia pensado: — Não sei se queria ser você ou ele, sinceramente.

Junwoo gargalhou. E Juno riu junto, pois seu *crush* tinha um sorriso lindo demais.

Um espirro, no entanto, interrompeu a conversa dos dois.

O mais velho franziu o cenho, esquecendo-se de que, minutos antes, estava à procura de seu irmão e, quando se tocou, sorriu zombeteiro:

— Junwoo... Você, por acaso, viu um garotinho correndo ou se escondendo por aí?

— Er... — o mais novo pareceu hesitar, olhando, imediatamente, para o armário, rindo baixinho em seguida quando viu Juno se aproximar do objeto. — Não, não vi.

— Estranho... Ele fugiu de mim e até agora eu não achei. Acho que vou ter que voltar pra casa sem ele.

Naquele momento, o desespero devia ter tomado conta da criança, pois o garotinho abriu a porta do armário com tudo:

— Não! Eu não sei voltar sozinho!

— Te peguei, peste! — Juno grunhiu, capturando o garoto no colo e colocando-o sobre seu ombro. — Vamos pra casa.

— Poxa, *hyung*, você mentiu! — O pequeno apontou o dedo para Junwoo, que fez uma careta culpada.

— Desculpa, eu preciso terminar meu trabalho — explicou, sorrindo leve.

— Desculpe atrapalhar, Junwoo. Se sua chefe reclamar, me diga que eu faço questão de assumir a culpa — Juno ofereceu, a expressão preocupada em seu rosto.

Junwoo negou.

— Não tem problemas, só vão logo, pois o clube vai fechar.

Depois que os dois irmãos saíram, Junwoo sentiu certa paz interior ao focar a limpeza. Não saberia explicar, mas conversar com Juno e dizer aquelas coisas, dizer que ele tinha alguém, foi gratificante. Além de ter resolvido a questão do tal admirador secreto, pôde ver que o garoto era alguém simpático e, com toda certeza, Junwoo tentaria mantê-lo por perto. Gostava de fazer novas amizades, afinal, por mais que tivesse dificuldade para tal.

No fim de seu expediente, recebeu uma mensagem de seu tio. Jooheon pediu encontrá-lo naquele momento, pois precisava falar com ele e aproveitaria o fato do sobrinho também precisar falar consigo. Sem pensar que teria de dar uma desculpa aos seus pais, Junwoo aceitou, pedindo o endereço do ponto de encontro ao tio.

No metrô, mandou uma mensagem a Takeshi:

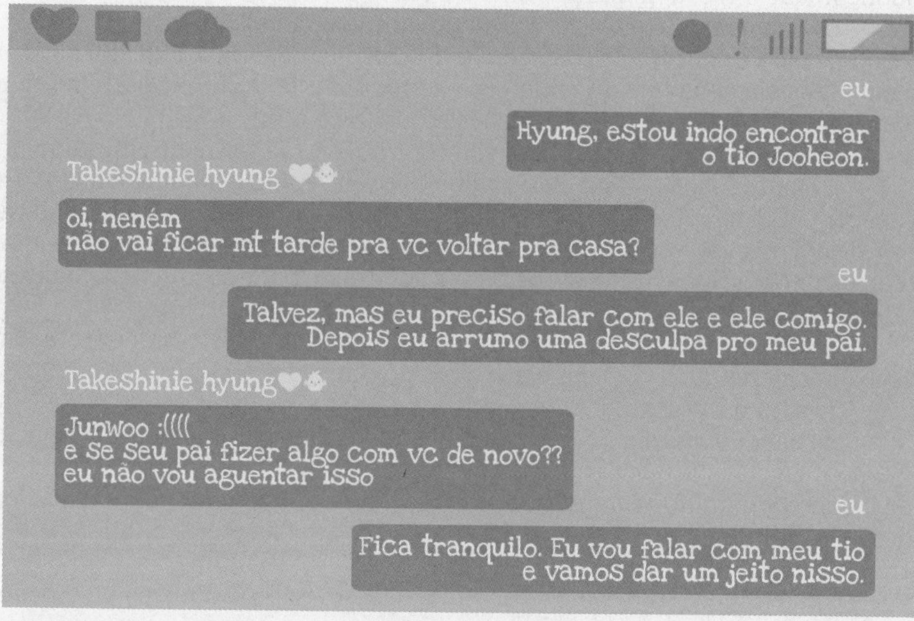

Depois de receber uma resposta confirmativa de Takeshi, Junwoo guardou o telefone no bolso e esperou mais duas estações até chegar aonde desceria. O café que marcou de encontrar Jooheon era bem em frente ao metrô, para a sua sorte, e ele não estava muito longe de casa.

Talvez desse a desculpa da caganeira de novo.

Entrou no estabelecimento, curvando-se por educação para o senhorzinho atrás do balcão. Avistou o tio, James e Dakho em uma mesa no fundo da loja e seguiu até eles, sendo agraciado pelo cheiro de café e salgados enquanto caminhava.

— Oi! — cumprimentou, sentando-se ao lado de Dakho que parecia extremamente feliz ao vê-lo. — Oi, pequeno. — Sorriu bobo.

— Wah! — Dakho exclamou, jogando-se nos braços de Junwoo e subindo em seu colo.

— Como está, Junwoo? — Jooheon perguntou.

O sobrinho ergueu, pela primeira vez, naquele fim de tarde, o olhar até o casal, vendo que a expressão no rosto de seu tio não era muito boa. Ele parecia triste, cansado e, sem pensar duas vezes, Junwoo abriu a boca, preocupado:

— *Hyung*... Eu quem pergunto. O que aconteceu?

— O irmão dele aconteceu. — James foi direto. Diferente do marido, ele parecia estressado. Puto.

— Meu pai? — Junwoo arregalou os olhos. — O que ele fez?

— Ele teve a audácia... — o britânico ia contar, mas foi interrompido por Jooheon que o tocou no braço e olhou-o em meio a um suspiro.

— Deixa que eu conto, você ainda tá dominado pela raiva. — Riu triste. Virou-se para o sobrinho e começou: — Ele foi até nossa casa hoje. Eu não sei como, mas ele achou nosso endereço e... apareceu lá. A minha sorte foi que James e Dakho não estavam, então ele só atacou a mim.

— Fisicamente? — perguntou, sua expressão cada vez mais em choque.

— Não. Ele sabe que não teria chances contra mim. — Jooheon abanou a cabeça. — Ele me atacou verbalmente, como faz com qualquer um. Me disse pra ficar longe de você, me ameaçou e ameaçou o "viadinho qualquer que morasse comigo" — usou as palavras do irmão para se referir a James, fazendo aspas com os dedos.

— Ele... — Junwoo engoliu em seco, tentando digerir tudo que havia acabado de escutar. — Ele me machucou, no outro dia.

Jooheon quase gritou: — O quê?

Sem saber como explicar e com dificuldade de proferir palavras, naquele momento, pelo bolo que se formava em sua garganta, Junwoo ergueu a manga do casaco larguinho para mostrar seu braço ainda vivamente marcado pelos dedos e brutalidade de seu pai. James ofegou surpreso e horrorizado enquanto o tio tornou-se inexpressivo.

Dakho, inocente como era, inclinou-se sobre Junwoo e tocou, cuidadosamente, no machucado:

— Dodói?

Quando o adolescente assentiu, sentindo-se amolecer minimamente pela pureza da criança, Dakho virou-se para seus pais e choramingou:

— *Dada!* Papa! Woo, *hurt*[7].

— Como ele... — Jooheon começou, mas sua voz parecia sumir e ele não conseguia fazê-la voltar. Passou as mãos pelo seu rosto, puxou seu cabelo para trás e, por fim, olhou para o marido: — Nós podemos fazer algo a respeito, não?

— Nós... Nós podemos, sim — James pareceu hesitar. — Mas é algo bem sério.

— O que é, *hyung*? Eu não a-aguento mais o mal que Daejung está me fazendo, eu não... — Fungou, sentindo o bolo em sua garganta cada vez mais em cima e o peito apertar com mais força, quase o sufocando. — Eu não quero mais ele em minha vida.

Era aquilo. Lee Daejung havia feito tão mal ao pobre garoto que o próprio filho decidiu que não o queria mais presente em sua vida. Junwoo reconhecia o quão podre seu progenitor era, a hipocrisia sendo sua principal característica. *Junwoo não queria aquilo em sua vida.*

---

[7] *Hurt*: "machucado", em inglês (TRADUÇÃO NOSSA).

Daejung nunca agiu com ele, como um pai, sempre foi frio, com os objetivos mais sem fundamentos. Parecia que ele só queria dar continuidade ao patrimônio, queria que Junwoo seguisse seus passos, se casasse e fosse fiel aos ensinamentos como nem ele próprio era. Então, para que mantê-lo em seu dia a dia? Para que prolongar aquele sofrimento e agonia sem fim? Mentir sobre quem Junwoo era apenas para não ter que aguentar mais surtos dele? Aquilo era sufocante, agonizante. Junwoo queria dar um ponto final àquilo.

— Podemos entrar com uma ação de guarda.

!

A última semana do mês seguiu lenta, tortuosa.

Cada vez que Junwoo colocava os olhos sobre Daejung, as palavras de James voltavam em sua mente. Seu pai abria a boca e Junwoo não o ouvia, somente analisava a situação. Ia e vinha com os mesmos pensamentos, com as mesmas vontades e com a convicção de que, realmente, faria aquilo.

— Junwoo, está pronto? — sua mãe bateu à porta do quarto, adentrando quando não houve resposta deste. O adolescente estava em silêncio. Observava a si mesmo no espelho, inexpressivo. — Junwoo! — repetiu mais firme. O garoto a fitou. — Está pronto?

— Sim — foi sua resposta.

Junwoo prendeu o cabelo com uma chuquinha que Yoona lhe havia emprestado no outro dia, fazendo um meio rabo. Seus cabelos já batiam abaixo de seu queixo e ele gostava daquele corte por mais que fosse bem difícil cuidar. Gostava de penteá-los, de passar os dedos por entre os fios, gostava de quando Takeshi passava os dedos por entre eles e puxava-os enquanto o beijava. Suspirou.

— Moleque, você precisa cortar esse cabelo. Está parecendo uma garota — foi o que Daejung disse assim que Junwoo pisou na sala.

O filho quase respondeu um "E?", mas ficou quieto, sem sequer fitá-lo.

— Podemos ir? — pediu, querendo acabar com aquela ansiedade o mais rápido que pudesse.

A família deixou a residência e seguiu para o carro. No banco traseiro, Junwoo ouvia seu pai falar e falar sobre como esperava que os professores fossem competentes, que não dissessem baboseiras para os alunos e que respeitassem "as normas de Deus", seja lá o que aquilo fosse para Daejung. Jiyoon e Junwoo permaneciam quietos, olhando pela janela.

Quando chegaram ao colégio, havia pais acompanhando seus filhos no pátio e, diferente dos Lee, eles pareciam contentes, conversavam com os filhos como se fossem *amigos,* além de pais. Junwoo nunca sentiu aquilo com os seus progenitores, nunca sentiu que eles eram seus confidentes, nunca sentiu que podia contar com eles. Não queria mais aquilo.

— Temos uma lista pra seguir. Primeiro é a professora de matemática — comentou Daejung, andando na frente do filho e da esposa.

Junwoo fitava o chão, traçando o caminho já tão conhecido dentro de sua escola, na direção da sala em que suas aulas de Matemática aconteciam. Receoso, olhou em volta, não vendo nenhum de seus amigos e agradecendo mentalmente por aquilo, pois sabia que, no momento em que seu pai descobrisse sobre suas amizades, tudo iria para os ares. O grupo combinou de não ir até Junwoo, caso o visse no dia da reunião, menos Yoona que sabia que os pais do garoto a reconheceriam. Ela também evitaria cruzar o caminho da família Lee, mas se os visse e se eles a vissem, não pouparia esforços para interpretar o papel de "bela recatada do lar".

— Oh, senhor Lee — a professora de Matemática cumprimentou Junwoo assim que ele e seus pais entraram na sala.

O adolescente sorriu pequeno, curvando-se em respeito. Ele gostava da mulher, ela ensinava bem e não destratava os alunos, o que, para Junwoo, era o suficiente. Afinal, nem todos os professores tinham a sorte de ser como Kwan Hajoon, amado e venerado por todos os estudantes.

— Sentem-se, sentem-se — indicou as cadeiras, em frente à sua mesa, após cumprimentar os pais de Junwoo. — Então... senhor Lee, o que tenho para dizer sobre você, hm? — brincou, sorrindo doce para o aluno.

— Não me esconda nada. Esse garoto vem sendo tão desrespeitoso com os próprios pais que eu não duvido que seja a mesma coisa com os professores — Daejung reclamou um tanto rude, surpreendendo a mulher com seu tom.

A senhora Choi franziu o cenho.

— Hm, não... Na verdade, Junwoo é um dos meus melhores alunos. Suas notas são altas, ele é atento em sala, não tenho nada que reclamar.

Daejung, no entanto, não se deixou abalar.

— Isto é o mínimo.

— Notas altas não são o mínimo... Não acho que seja o mais importante. — Ela coçou a garganta, visivelmente incomodada com o olhar de julgamento que recebia de Daejung. — O senhor deseja ver o boletim do trimestre do seu filho?

Os próximos cinco minutos foram apenas interações mínimas entre Daejung e a senhora Choi, que explicava o que cada nota no boletim era e desenvolvia os comentários que havia posto para o adolescente, sobre seu comportamento perfeito em sala e trabalhos bem-feitos.

Quando deixaram a sala da professora e deram espaço para a próxima família entrar, Lee Jiyoon observou o papel que tinha em mãos, que indicava a ordem dos professores que deveriam consultar, já que era tudo bem organizado para que nenhuma família deixasse de ver algum professor.

— História — murmurou. — Kwan Hajoon, sala vinte e cinco.

Junwoo engoliu em seco.

Os três caminharam até a sala do professor e, quando pararam em frente a tal, tiveram que esperar, pois havia uma família ali dentro: a família de Bonhwa. O garoto estava entre os dois pais, que riam de algo que Hajoon havia dito; o clima parecia muito bom, e Junwoo teve a certeza de que aquilo teria um fim assim que os olhos de seu amigo e do professor se voltassem para ele.

De fato, quando Hajoon lançou um olhar rápido à porta e viu quem era, engasgou.

— M-me desculpem! — o professor pediu, sorrindo educado, aos pais de Bonhwa, que não se importaram com a crise de tosse. — Mas, sim, a senhora pode acompanhar seu filho à feira de profissões do mês que vem, claro.

— Oh, que bom. Sabe como é, eu estou desempregado e quem está cuidando da casa é ela, nada mais digno do que ela vir representar a família — o pai de Bonhwa comentou, recebendo um sorriso da mulher em resposta.

— Que absurdo! — Daejung, na porta, murmurou, intrometido o suficiente para escutar e comentar sobre a conversa que a família estava tendo na sala do professor.

Jiyoon e Junwoo não disseram nada, ambos desviando os olhares, desconfortáveis. Hajoon levantou-se de seu lugar após mais dois minutos e deu um aperto de mão em cada membro da família de Bonhwa, sorrindo mais aberto para o próprio, despedindo-se deste com um abraço também. Daejung fez uma careta, mas nada disse, observando a família alheia deixar a sala.

Bonhwa, quando viu que era a família de Junwoo, tropeçou nos próprios pés, se estabacando no chão. Seu pai gargalhou e sua mãe, mesmo rindo também, ajudou o filho a levantar:

— Tudo bem, querido?

— Sim, sim, eu só... — Coçou a garganta, olhando de soslaio para Junwoo que entrava atrás de seus pais na sala de Hajoon. — Nada, não, vamos.

— Bom dia. — Hajoon curvou-se para Daejung e Jiyoon, sendo cumprimentado em retorno. — Olá, Junwoo.

— Olá — murmurou, a voz tremida. Ele estava nervoso e qualquer um que o olhasse direito, perceberia.

O olhar que o professor ofereceu a ele, no entanto, foi tranquilizante. Enquanto os pais de Junwoo se ajeitavam nas cadeiras, Hajoon sibilou um "relaxe" sem som para ele, sentando-se também. Coçou a garganta antes de começar:

— Então, o Junwoo... — Sorriu sem mostrar os dentes. — Ele é, sem dúvida, o meu melhor aluno.

Junwoo ofegou baixinho, surpreso. *O melhor?*

— Desde que chegou aqui, mostrou cem por cento de interesse. Mesmo com dificuldade, não se abalou e insistiu em todos os aspectos, conseguindo as melhores notas da sala — continuou, tirando o boletim de Junwoo do bolo de papéis em sua mesa, mostrando-o aos pais do garoto. — Tirou nota máxima no trabalho que valia mais da metade da nota do trimestre.

— Trabalho? — Daejung questionou, seus olhos apertando-se em direção às notas, realmente, altíssimas de seu filho.

— Sim, sobre o fascismo.

— Fascismo? É isso que você vem ensinando para os seus alunos? — o tom de voz do homem era duro, acusador.

— Eu sou um professor de História, o que você quer que eu ensine? — Hajoon franziu o cenho, incomodado.

— Coisas que realmente existiram, talvez. — Daejung riu irônico. — O que pretende ensinar nos próximos semestres?

— Isso não lhe diz respeito, senhor. O programa de História é aprovado pelo governo e não importa se o senhor acredita ou não nos assuntos ensinados, são fatos e fim — Hajoon rebateu sereno.

Jiyoon prendeu a respiração quando seu marido se ajeitou na cadeira, parecendo indignado com as palavras do professor.

— Não enfrente um pai de aluno assim, senhor Kwan, sou eu que pago o seu salário.

— Pai... — Junwoo chamou, querendo dar um fim naquele comportamento constrangedor. Daejung, no entanto, nem, ao menos, o olhou.

— Não me importo com seu dinheiro, senhor, garanto que os outros pais estão muito bem satisfeitos com o que está sendo ensinado e felizes com os resultados de seus filhos — respondeu, cruzando as mãos sobre sua mesa.

— Ora, seu... — Daejung ia, provavelmente, dizer algum absurdo, mas Jiyoon lhe impediu.

— Daejung, vamos, né? Ainda temos muitos professores para ver.

O pai pareceu hesitar entre continuar sua discussão sem fundamentos com Hajoon ou deixar a sala de aula, mas acabou escolhendo deixar a sala, visto que havia pessoas do lado de fora, curiosas com o que acontecia ali dentro. Lançou um último olhar crítico ao professor e deu as costas a este, puxando Junwoo pelo pulso de maneira bruta, assustando tanto Hajoon quanto Jiyoon.

— Estou pensando seriamente em te tirar desta escola — grunhiu, arrastando o garoto para fora da sala.

Junwoo entrou em desespero.

— O quê? Não! Você não pode fazer isso!

— Eu não posso? — Riu debochado, virando-se para o filho, no meio do corredor, não ficando intimidado com os olhares sobre eles. — Eu sou seu pai, seu ingrato, eu escolho sua educação e eu escolho o que é melhor pra você.

— É isso que você ensina na igreja?

A família Lee virou-se na direção da voz, vendo uma mulher esbelta parada ao lado da porta da sala de Hajoon, com este ao seu lado. Enquanto ele estava com os olhos arregalados, sem saber como reagir à personalidade e ações de Daejung, a mulher, que Junwoo reconheceu imediatamente, encarava o pastor com desdém.

— Quem é você? — Daejung questionou, analisando a mulher de cima a baixo, o julgamento visível em seus orbes.

— Jung Ária, prazer — debochou, tombando a cabeça para o lado. — E você é Lee Daejung, certo?

Junwoo não sabia se ficava desesperado pela mulher estar prestes a enfrentar seu pai, sem filtro algum, ou surpreso pelos dois se conhecerem. Quando parou para prestar mais atenção, viu Ravi a poucos metros dali, com dois copos em mãos, tão assustado quanto ele. Bonhwa estava ao seu lado e os pais dele logo atrás.

— De onde o conhece? — Jiyoon tomou fôlego para perguntar, parecendo tão perturbada quanto o próprio filho com a situação toda.

— Oh, eu só ouvi falar dele. Quem o conhece é uma amiga minha... Soo Bunmi. Lembra-se dela, pastor? — Ária sorriu zombeteira.

Daejung ficou branco. E calado.

Jiyoon voltou o olhar para o marido e Junwoo, perdida como um cego em um tiroteio, olhou para a mulher em busca de respostas. Do que ela estava falando, afinal? O garoto olhou para Ravi, ao longe, que passou a correr na direção deles e, assim que parou ao lado da tia, murmurou algo para ela, implorando para que a mulher parasse.

— Parar? E assistir, em silêncio, a um macho escroto ser hipócrita e nojento desta maneira? — exclamou. — Se está me pedindo isso, não me conhece, querido.

— Do que ela está falando? — Jiyoon perguntou ao marido que ainda não havia se pronunciado.

— Senhora Jung, acho melhor você entrar com o Ravi na minha sala e... — Hajoon iniciou o pedido, pretendendo amenizar a situação toda, já que o corredor estava começando a encher de curiosos.

— Não, não — ela o interrompeu. — Vamos, pastor, conte à sua mulher quem é Bunmi. — Cruzou os braços, apoiando-se à parede. — Estou esperando.

— Daejung... — Jiyoon murmurou, segurando o pulso do homem, tentando chamar atenção. Ele virou para ela, ainda em silêncio, soltando-se em um movimento bruto, como se tivesse saído de um transe profundo.

— Vamos embora — quase rosnou. — Junwoo nunca mais pisa aqui.

— Não! — Junwoo gritou, dando passos para trás, se afastando dos pais. — Você não tem o direito! — repetiu.

— Junwoo, agora! — Daejung grunhiu, caminhando até o filho em passos duros e agarrando-o pelo braço novamente, arrancando um gemido dolorido deste.

— Solta ele! — Hajoon exclamou, aproximando-se dos dois.

— Não ouse dar outro passo! — Daejung gritou, apontando o dedo para o professor. — Eu quero meu filho longe dessa poluição! De você, dos seus ensinamentos errados, daquela megera e do filho ridículo dela — referiu-se à Ária e a Ravi.

— Lava sua boca para falar do meu sobrinho, seu filho da puta! — Ária desencostou-se da parede, se aproximando também. — Se quer ele longe de poluição e ensinamentos errados, o tire da sua casa e da sua vida!

— Como ousa? — Daejung rugiu, travando o maxilar com força e controlando-se para não falar o resto das coisas que passavam pela mente podre. Então, apenas lançou um último olhar à mulher e virou as costas, puxando Junwoo junto consigo, Jiyoon vindo logo atrás.

Hajoon, Ária, Ravi, Bonhwa e seus pais os seguiram, com medo que o homem fizesse algo mais com o pobre adolescente que se debatia, tentando, a todo custo, se soltar das garras sujas de seu pai. Quando todos chegaram ao pátio, mais olhares e exclamações foram direcionados à família e os que a seguiam estavam em choque com a cena de violência e indignação do professor e dos outros familiares.

— Junwoo!

O dito cujo parou de se debater ao ouvir a voz conhecida, virando o rosto na direção da tal e vendo um Takeshi assustado correr em sua direção com seus pais, Yoona e os pais dela logo atrás.

Fodeu, foi a única coisa que ele conseguiu pensar.

Daejung também parou de caminhar ao ouvir o nome do filho ser gritado e, puto da vida, virou-se para Takeshi, franzindo a testa em desgosto ao ver o garoto de cabelo tingido e roupas cor de rosa ir à direção de seu filho.

— Mas que merda...! — o pastor grunhiu. — Quem é esse? — perguntou a Junwoo, virando-se para ele e sacudindo-o violentamente. — Ein?

— Solte o garoto ou eu chamo a polícia! Isso é violência contra menor e dá cadeia, seu desgraçado! — Shutaro mal havia chegado e já apontou o dedo para Daejung, virando o rosto para Jiyoon e analisando-a. — A senhora está bem? Ele fez algo contra você, também?

Ela não respondeu, sua boca abrindo-se e fechando-se, sem controle algum. Shutaro e sua mulher, Sanji, percebendo que se tratava de um pai e marido abusivo, coisa que não era difícil de deduzir, visto o estado de Junwoo e de Jiyoon, voltaram-se para Daejung.

— Solte ele! — Sanji repetiu a fala do marido. — Takeshi, pega o Junwoo.

O ruivo não hesitou em ir até o parceiro, pronto para puxá-lo pela mão até si, mas Daejung impediu-o, puxando Junwoo pelo braço:

— Não encoste nele, seu viado doente.

— Do que você chamou o meu filho? — Shutaro questionou, seu olhar tornando-se puro fogo em questão de milésimos.

— Shutaro... — Chunghee, que até então estava quieto, tocou no ombro do amigo recém-feito, com medo que ele partisse para cima do outro pai. Um pouco atrás dele, Danbi, Eunbi e Yoona assistiam à cena em puro choque.

— Do que você chamou meu filho, seu pastor de merda? — Shutaro gritou, soltando-se de Chunghee para ir até Daejung e empurrá-lo pelo peito. O pastor cambaleou e acabou soltando o filho, permitindo que ele se jogasse nos braços de Takeshi, sendo recepcionado por um abraço caloroso.

— Você tá bem? — Takeshi sussurrou, acariciando as bochechas do mais novo, observando-o de perto.

Junwoo assentiu, sentindo o peito aquecer imediatamente com a proximidade e o carinho. O toque era completamente distinto do que ele estava sentindo antes com seu pai. Ele nem, ao menos, se importou em disfarçar, mesmo que sentisse o olhar de sua mãe queimando sobre si naquele momento.

— De viadinho! Olha a porra daquela roupa! — Daejung acusou, sem olhar, de fato, para Takeshi e sem ver o filho nos braços deste.

— Ele é gay mesmo, viado, mas não é um doente! É um ser humano! E é muito mais homem que você, seu filho da puta! — Shutaro exclamou, surpreendendo todos quando socou o maxilar de Daejung.

Jiyoon gritou, sem saber o que fazer, mas desesperada, porque sabia que, no fim, a revolta toda do marido poderia se virar contra ela. Enquanto isso, Junwoo somente assistiu à cena, não conseguindo negar que foi satisfatório ver Daejung se estatelando no chão, sem tempo de se defender. No entanto, Takeshi, sensato como era, sabia que aquilo não resolveria o problema, se virou para Chunghee, em desespero:

— Segure ele, por favor — pediu.

Chunghee, ao lado de Hajoon e Sungjae, pai de Bonhwa, caminharam até Shutaro e Daejung. O pai de Yoona segurou o amigo enquanto Hajoon e Sungjae seguravam o pastor e o impediam de tentar revidar o soco que quase deslocou seu maxilar.

— Alguém chama a polícia! — Ária exclamou, gesticulando para Bonhwa e Ravi. — Rápido.

— Não, não! Por favor! — Jiyoon implorou, as lágrimas descendo por suas bochechas sem controle algum.

— Mãe, se não o pararmos, ninguém vai parar! — Junwoo falou, aproximando-se da progenitora com cautela, ouvindo as exclamações de seu pai e Shutaro ao fundo.

— Não, não, não... Ele v-vai conseguir sair e v-vai tudo voltar pra mim, sempre tudo volta pra mim — chorava, não conseguindo pronunciar as palavras corretamente.

— Senhora, nós podemos ajudar. — Sanji se intrometeu, aproximando-se com o filho desta. — Se ele... — Coçou a garganta, sem saber como explicar aquilo na situação em que estavam. — Junwoo, querido, ele o machucou?

— Sim! — Takeshi quem respondeu, fitando o mais novo logo em seguida, nervoso. — Mostra seu braço, Junwoo! — Voltou-se para a mãe. — Não é nem de hoje a marca!

— Marca? — perguntou confusa.

Junwoo, sob o olhar pesado e choroso de sua própria mãe, levantou a manga do braço, expondo as marcas horríveis ali presentes. Sanji ofegou assustada, colocando a mão em frente à boca em puro espanto, e Jiyoon, perturbada, desviou o olhar.

— Ele já me bateu mais de uma vez — dedurou. — E na minha mãe.

— Junwoo! — Jiyoon tentou impedir, mas o filho a interrompeu.

— Mãe, é óbvio que ele já te bateu! E você tem que se livrar disso! Eu não posso nem imaginar o que ele faz com a senhora quando eu não estou, não posso nem imaginar o que ele faz para você ficar nesse estado, mas não dá mais, mãe, não dá! — gritou, gesticulando exageradamente pela indignação.

Jiyoon não respondeu, as lágrimas deixando seus olhos cada vez com mais intensidade e rapidez.

— Saiam de perto da minha mulher!

O grupo se virou, vendo Daejung tentando, a todo custo, sair dos braços de Sungjae e Hajoon, mas falhando, pois ambos juntos eram mais fortes que ele.

— Junwoo e Jiyoon, entrem na porra do carro agora! — gritava a plenos pulmões, deixando aqueles que assistiam cada vez mais em choque por saberem que se tratava do pastor da Igreja central.

Sanji, ao lado do filho e de Junwoo, murmurou algo para Takeshi e se afastou, indo em direção ao marido.

— Mãe... — Junwoo implorou baixinho, virando-se para a mulher. — Por favor...

— Eu... — ela tentou dizer algo, mas foi interrompida pelo som das sirenes da viatura que entrara no pátio bem naquele momento.

Foi quase tudo em câmera lenta: o momento em que os dois policiais saíram do carro e caminharam até Daejung, que se debatia desesperado, amaldiçoando as sete gerações da família de Sungjae e Hajoon.

Os dois fardados fizeram alguma pergunta rápida ao professor, que respondeu sem hesitar e, em seguida, soltou o pastor para que um dos policiais o segurasse em seu lugar. O outro policial, enquanto isso, caminhou até Shutaro, Chunghee e Sanji, estes bem mais calmos, que gesticulavam, apontando para dentro da escola e para Junwoo e sua mãe. Eles explicavam algo que o adolescente não conseguiu entender perfeitamente, mas que foi o suficiente para o policial gesticular para o outro, apontando para a viatura, exclamando logo em seguida:

— Leve-o para a delegacia.

CAPÍTULO 11

!

Meses antes, Junwoo nunca imaginaria que terminaria um dia de escola na delegacia.

Afinal, quais eram as chances? Quais eram as chances de um Junwoo completamente ingênuo, sem uma mente formada, sem a imagem de seu pai revelada, denunciar o próprio progenitor e pastor? Zero. E, mesmo naquele momento, diante da policial que estava prestes a lhe fazer diversas perguntas, Junwoo não estava acreditando em tudo o que estava acontecendo.

— Você prefere esperar o seu advogado? — a policial perguntou, abrindo um sorriso gentil para o garoto. Por mais que estivesse em estado de choque, ele se sentia confortável com aquela oficial, que fazia questão de abrir sorrisos revigorantes e repetir que estava tudo bem.

— Na verdade, sim — confirmou com a cabeça, sabendo que James estava a caminho. — Eu só... queria saber se minha mãe também vai ser interrogada.

— Sim. Ela está sendo examinada, na verdade, no momento — respondeu, apoiando os cotovelos sobre a mesa cinza e sem graça.

— Examinada? — Junwoo arfou, imaginando o provável desconforto da mulher na situação em que estava. — Demora muito?

— Não se preocupe com isso, a médica está acompanhada de uma psicóloga, então, qualquer desconforto de sua mãe será minimizado ao máximo. Imagino que seja isso que está incomodando no momento, certo?

Quando o adolescente assentiu, mais um sorriso lhe foi direcionado.

— São profissionais nesse quesito. Infelizmente, temos vítimas de violência doméstica quase todo dia.

— T-todo dia? — Junwoo arregalou os olhos, extremamente surpreso. A policial assentiu. — Minha nossa...

Alguém bateu à porta da sala de interrogatório e, quando a policial, que Junwoo descobriu que tinha o sobrenome "Park", deu permissão para a pessoa entrar, outro policial adentrou o recinto, acompanhado de James, que era quase o dobro do tamanho do pobre oficial.

Junwoo sentiu uma leve vontade de rir quando o marido do tio passou pela porta e o policial que o acompanhava o olhou de cima a baixo, engolindo em seco.

— Senhor Walsh, estou correta? — a policial curvou-se em educação, sendo correspondida por James. Ele se sentou ao lado de Junwoo.

— Isso mesmo.

— Bem, você será responsável pelo caso de ambos os Lee e estará ao lado tanto de Junwoo quanto da senhora Lee quando eu a interrogar, certo?

— Sim. Gostaria apenas de solicitar um momento com a cliente antes que ela assuma o lugar do filho na sala — pediu James, colocando sua maleta sobre a mesa, lançando um rápido olhar para o sobrinho.

— Sem problema algum. — Coçou a garganta. — Começarei, então, com as perguntas ao garoto. — Ela ergueu seu olhar até o adolescente. — Pode me descrever o comportamento de seu pai ao longo dos anos?

Junwoo respirou fundo.

— Até o início do ano eu não enxergava as coisas que ele fazia. Como ele inferiorizava a minha mãe; era bruto tanto comigo quanto com ela; fazia pouco caso quando eu estava doente e já me deixou em casa por um bom tempo quando eu estava com uma gripe. Ele já me deixou sem comer, além disso... — Coçou a garganta. — Quando comecei a enfrentá-lo, as coisas pioraram: ele me bateu no rosto, quase quebrou meu braço e me ameaçou. — Ergueu a manga, mostrando a enorme marca dos dedos de seu pai ainda presentes.

Junwoo sabia que quem o havia impedido de comer tinha sido sua mãe, mas ele também sabia que aquilo era tudo sob comando de seu pai. Sua mãe era uma vítima, assim como o filho, e ele não desejava vê-la pagando pelas coisas ruins que Daejung a obrigou fazer inconscientemente. Junwoo entendia, de certa forma, como ela se sentia, ela lhe mostrou e deixou transparecer. Jiyoon era vítima de um marido abusivo que a sugava tanto psicológica como fisicamente. Ela não merecia pagar pelo que ele fizera.

A oficial Park anotou algumas coisas antes de James se pronunciar:

— O tio dele ia entrar com uma ação de guarda. Como temos, visivelmente, a negligência de um menor, além de maus tratos, a escolha do garoto é levada em conta — o homem explicou, a coluna reta e as mãos sobre a mesa deixando claro o quão impassível e imponente ele era.

— O tio dele precisaria de uma notificação no conselho tutelar — a policial comentou, não desconsiderando tudo que ele lhe havia dito.

— Sim, Kim Gaeun a faria. — James rebateu.

Gaeun? Junwoo arregalou os olhos.

— Essa seria... — A oficial Park anotou o nome da mulher na ficha que tinha em mãos.

— Uma das fiéis da igreja e uma amiga próxima da família. Ela já viajou com eles, o marido dela e a filha, Kim Bora, que, inclusive, também se dispôs a prestar depoimento, caso seja necessário.

Junwoo abaixou o rosto, sentindo um sorriso querer se apossar de seus lábios. Não sabia como a família da amiga havia se inteirado nos problemas de sua família, mas estava grato que ambas as mulheres haviam se disposto a ajudar em uma situação difícil como aquela. Lembraria-se de falar com Bora depois, já que fazia um tempo que não se encontravam e conversavam verdadeiramente.

— Vou pedir a um dos meus parceiros para chamá-las. Você teria o número da senhora Kim? — pediu, levantando-se após James ter estendido um papel para ela. — Volto em dois minutos.

Quando a policial deixou a sala, fechando a porta após passar por ela, Junwoo virou-se para James:

— *Hyung*... Vai ficar tudo bem com minha mãe?

— Sim, temos testemunhas e provas o suficiente para colocá-lo na cadeia, Junwoo. — Sorriu, tranquilizando-o. — Ainda nem mencionei a ameaça que ele fez ao seu tio.

— Isso é... Bom, muito bom. — O adolescente soltou o ar, aliviado. — Quando falou com Gaeun?

— Um dia, após a ameaça que seu pai fez a Jooheon. Eu contatei Takeshi, perguntei se você tinha amigos próximos na igreja e ele mencionou Bora. Falei com ela e Gaeun — explicou. — Logo, logo, você e sua mãe estarão livres das mãos desse desgraçado, Woo.

— Você acha que... Eles vão permitir que o tio fique com a minha guarda? Mesmo que quem tenha feito a maioria das atrocidades tenha sido meu pai, e não minha mãe?

— Sim, pois ela ficou calada diante de tudo. Se ela apenas concordasse diretamente, seria mais fácil, claro, mas ela...

Junwoo interrompeu o advogado.

— Eu acho que ela concordaria.

James franziu o cenho.

— Concordaria?

— Minha mãe nunca quis me ter, *hyung*.

O peito de Junwoo apertou ao que ele proferiu aquelas palavras. Ele engoliu em seco, deixando com que seu olhar caísse sobre as próprias mãos. Era óbvio que ainda doía em si recordar-se de que sua mãe não quis pô-lo no mundo, mesmo que o tenha feito, mas, ao mesmo tempo, Junwoo lembrava-se de que, ainda assim, ele tinha uma família. Jooheon, James, Dakho, Ravi, Yoona, Bonhwa, Hajoon e Takeshi eram sua família. Eram eles que o apoiavam, que lhe davam amor e carinho, que o aconselhavam, que o protegiam. Eles eram a sua família.

Lembrar-se daquilo o fez erguer a cabeça novamente, sorrindo pequeno para James. Antes que o marido do tio pudesse rebatê-lo ou lhe perguntar algo sobre o que foi dito, a porta da sala foi novamente aberta e, por ela, passou a oficial Park.

— Chamamos Gaeun e sua filha para prestar depoimento — disse, voltando a se sentar. — Acho que já temos o suficiente do senhor Junwoo. — Sorriu leve para o adolescente. — Gostaria de acrescentar algo?

— Minha escolha é levada em conta, então? — Ele engoliu em seco.

— Após os depoimentos da senhora Kim e sua filha, confirmaremos, porém posso lhe afirmar que é bem possível que sim.

Junwoo respirou fundo.

— Eu quero morar com meu tio.

!

— Oh, Junwoo!

Assim que Junwoo deixou a sala de interrogatório e voltou para a recepção da delegacia, foi recebido por exclamações e abraços. Todos os seus amigos, os pais de Yoona, a tia de Ravi, seu tio, Dakho e os pais de Takeshi estavam ali.

Ele ofegou surpreso com tantas pessoas presentes. O garoto deixou a escola junto à mãe, os pais de Takeshi e o dito cujo, então sabia que eles estavam ali, mas não tinha ideia de que os outros também apareceriam. A reação de seu corpo, no entanto, foi imediata: seu peito aqueceu e seus olhos lacrimejaram.

— Você está bem? Sua mãe já entrou na sala de interrogatório? — Jooheon, que o abraçava com um braço por segurar o filho no outro, perguntou.

— E-eu acho que sim. — Coçou o queixo, ainda encarando o restante das pessoas que o olhavam, curiosas e preocupadas. — Eu n-não podia vê-la antes.

— Que absurdo! Vocês dois são vítimas e eles fazem isso — Sanji reprovou a situação, abanando a cabeça negativamente.

— Você está bem? — Takeshi repetiu a pergunta feita antes, aproximando-se de Junwoo e pegando em sua mão. O mais novo entrelaçou os dedos com os do ruivo.

— Sim... Estou bem agora — respondeu, os olhos brilhando, repleto de lágrimas, na direção de Takeshi. — Obrigado a todos por terem vindo.

— Somos seus amigos, Woo, é óbvio que viríamos — rebateu Bonhwa, abrindo um sorriso retangular para Junwoo.

Não, hyung, vocês são minha família, pensou.

O grupo grande de pessoas sentou-se, espalhado, pelas poltronas da sala de espera. Junwoo escolheu sentar-se entre seu tio e Takeshi, ambos lhe dando o suporte emocional que precisava naquele momento, através de comentários que o distraíam, abraços e beijinhos na testa e na bochecha.

Hajoon precisou se afastar para falar com o diretor no telefone e explicar o motivo de ter se retirado da reunião de pais e professores. Enquanto isso, Dakho e Eunbi brincavam no chão; Shutaro e Sanji conversavam com Ária; Yoona, o pai e sua madrasta, junto a Ravi e Bonhwa, jogavam *adedonha*. Mesmo estando em uma delegacia, Junwoo sentiu-se extremamente acolhido no ambiente em que estava. Não pediria por mais nada.

Quarenta minutos passaram voando e, quando menos esperavam, Gaeun e Bora apareceram, pela primeira vez, desacompanhadas do pai e marido. Ambas se dirigiram, diretamente, a Junwoo, abraçando-o e perguntando-o como ele estava.

— Estou bem, obrigado por virem — murmurou envergonhado, porém contente.

— Não me agradeça. Não é mais que minha obrigação o ajudar a colocar esse homem na cadeia — respondeu Gaeun. — Depois do que eu o ouvi dizendo a meu marido... Foi o estopim.

— O que ele disse? — Junwoo perguntou curioso e confuso.

Bora olhou, para a mãe, receosa e, antes que a mulher respondesse, a adolescente interrompeu:

— Não acho que é bom você saber, Woo. Te deixaria mais preocupado.

— Mas eu...

A oficial Park também interrompeu o pobre adolescente, chamando por ambas as mulheres quando estas a fitaram. Elas deixaram a sala de espera e Junwoo voltou a se sentar ao lado de Takeshi, suspirando, ansioso. O mais velho se inclinou e o abraçou pelo ombro, raspando o nariz em sua bochecha.

— Fique tranquilo, vai tudo dar certo — murmurou. — Você merece ser feliz, Woo. Totalmente feliz. E você vai conseguir.

Mais trinta minutos se passaram, preenchidos por um silêncio confortável entre os presentes no local, alguns comentários aleatórios sendo feitos, em alguns momentos, por Ária ou Shutaro. Enfim, a porta da sala de interrogatório foi novamente aberta e, por ela, passaram James, a oficial Park, Bora, Gaeun e Jiyoon. A última parecia ter chorado durante muito tempo, visto que seus olhos estavam inchados e o rosto levemente avermelhado.

James e a policial ainda trocavam umas palavras e, observando-os, todos os que esperavam por repostas, se levantaram, ansiosos. Quando James apertou a mão da oficial e virou-se para o marido e Junwoo, a policial se encaminhou até Jiyoon, murmurando algo e recebendo um sorriso fraco em resposta.

— Lee Daejung foi indiciado por violência contra mulher, contra menor, maus tratos a uma criança e confusão em local público. — As palavras da policial trouxeram uma onda de satisfação às pessoas na sala de espera, arrancando exclamações comemorativas e um sorriso enorme de Junwoo que observou, em seguida, sua mãe caminhando até ele.

— Vamos para casa — disse ao filho. Não parecia brava, nem triste, somente exausta.

Antes de responder, Junwoo olhou para o advogado e o viu assentindo para si, como se indicasse que estava tudo bem. Sentiu certo alívio por causa daquilo e da expressão Jiyoon, acompanhando-a, então, para fora da delegacia depois de se despedir de todos ali dentro e agradecer, mais uma vez, pela presença deles. Trocou um abraço apenas com Jooheon e Takeshi, este último que resolveu, também, deixar um beijo na testa do mais novo.

Mãe e filho pegaram um táxi de volta para casa e o garoto sentia-se estranho. Era estranho saber que não teriam a presença de Daejung lá, que não teria que ouvir as palavras ofensivas e as atitudes errôneas e preconceituosas do antigo pastor. Era estranhamente *bom*.

— O que vamos fazer agora? — perguntou para sua mãe quando ambos entraram em casa. Ela respirou fundo.

— Eu não sei, Junwoo, não consegui digerir tudo que aconteceu ainda. — Ela puxou os fios escuros para trás, fechando os olhos por um breve segundo. — Eu achava que iríamos apenas a uma reunião da sua escola.

— Eu t-também... — Ele engoliu em seco, analisando-a, ainda sem saber como ela estava se sentindo exatamente.

— E agora o seu pai está preso — ela disse. Junwoo assentiu. — Preso. Ele não ficará mais aqui, não irá mais à igreja, não discutirá mais com você, ele não... Ele não estará mais aqui. — Jiyoon parecia mais falar consigo mesma, os olhos ainda fechados e as mãos apertando os fios entre os dedos. E então, aconteceu: Jiyoon sorriu.

Junwoo ficou totalmente sem reação ao vê-la abrir um sorriso tremido, quase hesitante, expondo os dentes branquinhos e relaxando a expressão e o corpo como Junwoo nunca a viu fazer. Foi quase visível o peso deixando os ombros da mulher naquele momento: as costas se ergueram, os braços não abraçaram o corpo como sempre faziam e, os olhos, ao se abrirem, estavam repletos de lágrimas. No entanto, pela primeira vez, eram lágrimas de felicidade. De alívio.

— Eu tenho que... Tenho que pensar no que farei daqui pra frente. É muito pra processar. — Ela olhou para o filho, o sorriso não deixando seus lábios. — Se importa de ficar no seu tio por uns dois dias para me dar um tempo de... de me organizar e... — Não soube como prosseguir, mas Junwoo interrompeu-a.

— C-claro, não tem problema. Vou... Vou fazer minha mochila e... E avisá-lo. — Coçou a garganta, totalmente perdido com o que havia acabado de ver e ouvir.

— Precisa do meu telefone para... — ela interrompeu a pergunta ao ver o garoto tirar o próprio aparelho do bolso. — Eu não vou nem perguntar.

Os dois riram.

Em poucos minutos, Junwoo já tinha uma mochila pronta e uma resposta positiva de seu tio. Ele voltou para a sala e viu sua mãe com muitos papéis na mesa e uma expressão concentrada. Aproximou-se e abriu um pequeno sorriso antes de dizer:

— Se precisar de algo... Pode ligar pro tio ou pra mim. Posso te dar meu telefone, se quiser.

— Sim, sim, quero — ela se apressou em responder, tirando o próprio telefone do bolso e estendendo para Junwoo. — Coloque seu número aí.

Ele salvou seu contato como "Junwoo" e ofereceu-lhe mais um sorriso antes de sair pela porta de casa, sentindo o coração quentinho com tudo que acabara de vivenciar. O sorriso não deixou seu rosto até ele chegar à casa de Jooheon e, mesmo lá, suas feições não mudaram.

— Tudo bem? — o tio perguntou, abrigando-o em um abraço assim que ele passou pela porta.

— Eu acho que hoje é o melhor dia da minha vida. — Ele riu após responder.

— Eu acho que o meu também — Jooheon rebateu, bagunçando o cabelo dele e rindo junto ao sobrinho. — Deixe suas coisas lá no quarto.

— Onde está James? — perguntou o mais novo, já fazendo o caminho indicado.

— Ele tá dando banho no Dakho.

— Ele te falou o que minha mãe disse sobre a ação de guarda?

— Não, disse que queria conversar depois que você conversasse com ela sobre — respondeu, sentando-se no sofá. — Essa semana, quando voltar pra casa, tente levantar o assunto com ela. Quanto mais rápido resolvermos, melhor.

Junwoo assentiu e, logo após, foi para seu quarto. Assim que conseguiu um momento parado e quieto, tirou o celular do bolso e entrou no aplicativo de mensagem, convidando Syaoran para uma chamada de vídeo. Sua perna balançava incansavelmente, deixando visível o quão ansioso estava para atualizar o melhor amigo sobre tudo que acontecera.

— Daejung foi preso — foi a primeira coisa que conseguiu dizer, assim que o rosto bonito do melhor amigo apareceu na tela.

— *Bom dia*?

— *Hyung*, eu estou tão feliz, você não tem noção! — Jogou-se na cama, soltando um suspiro aliviado.

— Junwoo, que porra tá acontecendo? Eu só dormi!

— Então... Tudo começou com a reunião de pais e professores. Lembra que eu comentei com você? — Virou de bruços no colchão. Syaoran murmurou um "uhum". — Ele já estava meio revoltado com tudo que vinha acontecendo, tipo eu dizendo umas verdades na cara dele e... — parou de falar ao que seu amigo riu. Sorriu. — O quê?

— *Eu só acho incrível ver você falando isso. Mas continue.*

— Então, continuando. O que aconteceu foi que, na reunião, estavam todos os pais. Tipo os pais do Takeshi *hyung*, do Bon, da *noona* e a tia do Ravi *hyung*. E, *hyung*, você não vai acreditar, até o Hajoon arrumou discussão com meu pai. De uma forma mais pacífica, mas foi muito tenso! E, meu Deus, aí a tia do Ravi reconheceu Daejung e perguntou pela tal Bunmi, que eu ainda tenho que descobrir quem é. E aí ele ameaçou me tirar da escola e me arrastou, *hyung*! Ele me arrastou até o lado de fora e todo mundo seguiu a gente, porque ele tava todo bruto e, inclusive, ele já tinha me machucado feio, olha! — Ergueu o braço, não diminuindo, no entanto, o ritmo de sua fala. — E aí, ele chamou o Takeshi de viadinho doente e, caramba, o pai do *hyung* ficou muito puto por causa do "doente", foi e deu um socão no rosto do Daejung!

— *Não creio...* — O queixo do mais velho estava no chão.

— Sim! E aí chamaram a polícia e ele foi levado pra delegacia e eu fui interrogado sobre a situação da minha família, minha mãe também, mas eu ainda não sei o que ela disse, e a Bora e a mãe dela também foram e elas prestaram depoimento contra Daejung e aconteceu tudo muito rápido! — Respirou fundo. — E, agora, eu tô aqui na casa do tio. Deixei minha mãe resolver algumas coisas dela lá em casa e amanhã, acho, vou passar lá para conversarmos melhor.

— *Meu Deus, eu... Eu tô em choque.* — Syaoran olhou em volta, como se procurasse palavras. Junwoo ficou em silêncio, o esperando continuar. — *Você... Você vai morar só com sua mãe, então?*

— Não — a resposta foi imediata. — *Hyung*, ela nunca me quis. Ela nunca quis um filho e, como não deram a escolha a ela, eu vou dar agora. E sei o que ela vai escolher. Ela pode não me tratar mal mais, até porque todas as atitudes ruins dela foram por causa do meu pai... Mas sei que ela, mesmo assim, não quer um filho. E eu me sinto muito bem ao lado do tio Jooheon, morar com ele é o certo a se fazer e é o que quero.

— *Se é o que você quer, Woo, é isso que tem que ser* — o mais velho respondeu, abrindo um sorriso brilhante. — *O importante é que você tem que se sentir bem, tem que se sentir em casa.*

— Eu me sinto em casa com ele, *hyung*. Sinto, realmente, que aqui é meu lar.

— *Sabe o que te faria se sentir ainda melhor?* — Ele arqueou uma sobrancelha. Junwoo franziu as suas.

— O quê?

— *Saber que, em poucas semanas, eu chego aí.*

— Quê? — exclamou. — Jura, *hyung*?

— *Sim, vou passar as férias de inverno aí com você. E falta pouquíssimo.*

— Meu Deus! Eu não acredito! *Hyung*! Hoje é, definitivamente, o melhor dia da minha vida.

Depois que terminou de falar com o amigo, Junwoo ligou para Takeshi e conversou por boas horas com ele, sentindo-se mais contente a cada minuto que passava, aquecido em seu quarto, sabendo que, no cômodo ao lado, estava seu tio, o marido deste e o seu primo, e sabendo que seu pai estava onde merecia estar.

!

Quando a segunda-feira chegou, Junwoo foi saltitando para a escola. Ele cumprimentou todos os seus amigos com beijos no rosto e não se importou de abraçar Takeshi pela cintura e lhe beijar com a vontade que estava sentindo há dias, quase curvando as costas do garoto em quase noventa graus. Takeshi apenas gargalhou, atrapalhado ao tentar corresponder, mas não falhando e muito menos afastando o outro de si.

Eles passaram o dia inteiro grudados e, pouco antes da saída, quando tinham um horário livre, ficaram abraçadinhos na biblioteca, com Ravi, Bonhwa e Yoona na frente deles, os dois primeiros conversando baixinho e a última citada adormecida.

— O tio chamou vocês para jantar lá em casa hoje à noite — Junwoo murmurou, mordiscando o lábio inferior pela proximidade que estava de Takeshi. Era uma biblioteca, precisavam falar baixinho e, para aquilo, tinham que estar pertinho um do outro. Só por causa daquilo, claro.

— Eu vou, mas tenho trabalho antes — ele respondeu, enrolando uma mecha de cabelo do mais novo em seu indicador.

— Eu também — sorriu. — E vou passar em casa depois para falar com minha mãe.

— Vai resolver a questão da guarda? — indagou. Junwoo assentiu. — Acha que ela vai ficar tranquila com isso?

— Sim, acho — suspirou, deitando a cabeça no ombro do outro. — E acho que vou falar de você.

— Está pronto pra isso? — Takeshi cessou o cafuné que fazia no cabelo dele para encará-lo, os olhos capturando a expressão firme e decidida de Junwoo.

— Estou mais que pronto.

Quando deu o horário de fim das aulas, Junwoo seguiu para o trabalho. Lá, não precisou fazer muita coisa, pois como o inverno estava chegando, o clube ficava cada vez mais vazio e precisando cada vez menos de limpeza e arrumação. No entanto, ele ficou no local até dar o horário do fim de seu expediente. Despediu-se dos outros funcionários e da chefe antes de pegar o metrô de volta para casa.

Quando chegou à residência, notou que o gramado do lado de fora parecia ter sido cortado e regado há pouco tempo. Foi inevitável não sorrir, satisfeito com o que via.

Bateu à porta da casa e esperou esta ser aberta e, quando foi, sua mãe apareceu com um sorriso no rosto. Era tão estranho e tão satisfatório vê-la daquela maneira que, novamente, o adolescente ficou sem jeito e contente, e não sabendo como reagir, coçou a nuca e esperou ela falar algo.

— Entra, Junwoo. — Ela deu espaço, o tom de voz leve e contente. — Como está?

— B-bem... — Franziu o cenho, olhando em volta e notando a diferença de ambiente. A televisão estava ligada em um filme que ele desconhecia, o cheiro da casa e a iluminação era outra. *Estava tudo diferente.*

— E a senhora? — perguntou, virando-se para a mulher e vendo que ela separava alguns papéis na pequena mesa que havia naquele cômodo.

— Estou ótima para ser sincera. Eu... — Ela respirou fundo, parecendo decidida. Encarou-o. — Eu decidi que vou voltar para Masan.

Junwoo engasgou.

— É sério?

— Sim, eu... Eu não sinto que esta cidade seja meu lugar. Lá é minha casa e... Bem, Mei está lá e propôs de me ajudar a conseguir um trabalho — explicou, arrumando os fios de cabelo que Junwoo notou estarem soltos, pela primeira vez em anos. — O marido de Jooheon, aquele James, me contou que seu tio planejava entrar com a ação de guarda e, bem, eu decidi que vou conceder a guarda a ele.

Junwoo ficou, alguns segundos, em silêncio, surpreso com tudo que ouviu, mas sentindo-se extremamente contente por ver a mulher decidir algo por si mesma, assim como ele vinha fazendo depois de conseguir se libertar de seu pai. Jiyoon também estava livre e era aquilo que importava.

— Eu fico muito feliz por você, mãe, de verdade — conseguiu dizer, o sorriso quase rasgando os seus lábios. — Você... Como funciona a questão dos papéis? O tio vai ter que entrar na justiça, eu... Não sei como funciona. — Riu leve, aproximando-se dela quando ela apontou para os papéis em cima da mesa.

— A guarda tornou-se apenas minha quando seu pai foi preso e, bem, seu tio não precisa entrar na justiça ou coisa do tipo, porque estou permitindo que ele a tenha. Eu encontrei com ele hoje de manhã e fomos ao serviço social para resolver a papelada. James não foi junto, porque... Bem, seria melhor para a imagem de Jooheon que ele não fosse. — Ela abanou negativamente a cabeça. — Foi simples, no entanto, porque eu concedi e porque Jooheon é da família. Se fosse ele tentando adotar um filho com James aqui, não seria a mesma coisa, não seria permitido... Uma bobeira, porque tenho certeza de que ele é um pai muito melhor do que eu jamais fui.

Junwoo arfou, completamente mexido com a situação.

— Eu ainda vou poder me comunicar com a senhora, não é?

— É claro. — Ela sorriu, sem mostrar os dentes. Entregou a Junwoo o bolo de papéis que tinha em mãos e respirou fundo. — Nosso problema era seu pai, Junwoo, e ele não está mais aqui. Eu... — O sorriso sumiu do rosto dela ao que ela continuou: — Eu ainda não te vejo como um filho e espero que você me perdoe por isso.

— Eu nunca te culpei por isso. — Ele abanou a cabeça. — Não foi culpa sua. Você não teve o direito de escolher antes, mas agora você tem.

— Você vai ser um grande homem, Junwoo. — Soltou um riso nasal leve. — Algo que seu pai jamais foi.

— E jamais será — completou. — Bem, eu já vou indo, então...

— Não quer ficar para jantar? — Sorriu.

— Não, eu... — interrompeu-se, tendo uma ideia súbita. — Na verdade, a senhora não quer ir jantar na casa do tio Jooheon? Meus amigos estarão lá e eu gostaria que você os conhecesse.

Jiyoon pareceu surpresa com a oferta e passou alguns segundos encarando o garoto, a boca abrindo e fechando e nada saindo. Junwoo pensou em reforçar o pedido, com medo que ela achasse aquele convite algo bobo ou desnecessário, mas ela o surpreendeu ao dizer:

— Claro! Deixe-me só pegar o meu casaco e minhas coisas.

Pegar o metrô com sua mãe foi, no mínimo, estranho. Eles conversaram pouco, mas o silêncio que os tomava não chegou a ser incômodo, foi apenas comum e esperado, pois Junwoo imaginava que eles não teriam muito pra conversar. Entretanto, enquanto andavam do metrô até a casa de Jooheon, ele resolveu comentar sobre seus amigos.

— Você chegou a vê-los lá na escola — disse, caminhando ao lado da mulher. — Tem o sobrinho daquela moça que brigou com Daejung, o Ravi *hyung*, ele é muito divertido e... hm, artístico. A família dele é indiana e coreana. — Sorriu discreto. — Tem o Bonhwa, que não chegou a falar muita coisa, mas foi aquele que caiu logo que saiu da sala do Hajoon *hyung*, um pouco antes da gente entrar.

— Eu lembro. — A mulher riu baixo.

— Parte da família dele é ocidental, então ele tem olhos verdes incrivelmente bonitos.

Junwoo achou melhor não mencionar a amizade com o professor naquele momento, visto a quantidade de coisas que sua mãe teria que digerir, então prosseguiu:

— Tem a Yoona *noona*, ela não chegou a se aproximar muito da gente, mas ela é muito legal...

— Não é aquela da igreja? — Jiyoon franziu o cenho, confusa.

— Hm... Sobre isso... — Ele coçou a nuca, já vendo o prédio de seu tio no fim da rua. — Eu não saí com ela... Ela estava apenas fingindo ser uma garota por quem eu estava interessado...

Sua mãe o interrompeu:

— Pra você sair com aquele ruivo, né?

Junwoo arregalou os olhos.

— C-como...?

— Acho que o ditado é... as mães sempre sabem, né? — ela respondeu, suspirando em seguida, parecendo incomodada com o ditado que escolheu utilizar. — Sentia que você mentia durante muito tempo, Junwoo, apenas não falei nada, porque...

— Meu pai.

— Sim, eu sabia que ele não... entenderia tanto quanto eu sou capaz de entender.

Eles pararam em frente à portaria do prédio de Jooheon e o porteiro deu passagem, reconhecendo o rosto do adolescente e permitindo que eles pegassem o elevador até o andar do homem. Quando chegaram lá, Jooheon já os esperava, com a porta aberta e Dakho no colo.

— Woo! — a criança exclamou, já se esticando para os braços do primo. Junwoo não hesitou em ir até ele e pegá-lo em seus braços.

— Oi, pequeno. — Beijou-o na testa, sorrindo quando ele apertou suas bochechas e deu um beijo babado em seu nariz.

— Jiyoon, não sabia que vinha! — Jooheon soltou, nem um pouco antipático, apenas surpreso, curvando-se em educação para a mulher que fez o mesmo. — Entrem, por favor!

— Junwoo me convidou antes de pegar a papelada... — respondeu, olhando em volta, assim que entrou no apartamento. — Casa bonita!

— Obrigado! — O homem sorriu, fechando a porta. — James quem cuidou da decoração. Sou péssimo pra isso. — Abanou as mãos. — Vamos? Estão todos na cozinha, esperando por nós e... Junwoo — chamou o sobrinho, vendo-o desviar a atenção das palavras que Dakho murmurava em inglês para fitá-lo. — Temos uma surpresa pra você.

Curioso e ansioso, Junwoo foi à frente para a cozinha, com o primo nos braços. Um sorriso enorme tomou seus lábios ao ver todos os seus amigos, inclusive Hajoon, ali, em meio a um falatório alto e uma bagunça que o garoto demorou a entender: Takeshi e James tentavam decidir se o corte do frango em cima da pia estava correto, Bonhwa e Ravi brigavam para saber qual fruta combinava mais com a laranja para fazer um suco e Yoona e Hajoon discutiam sobre a posição de garfos e facas na enorme mesa de jantar.

— Junwoo chegou, gente! — Jooheon exclamou, aparecendo atrás do sobrinho e segurando-o pelos ombros. — Agora ou depois do jantar, ein?

— Agora! Por favooooor! — Ravi choramingou, deixando a discussão com Bonhwa de lado e nem percebendo que ele usou a distração dele para jogar a acerola na mistura de laranja e água.

— Não, depois do jantar! — Yoona rebateu, arregalando os olhos quando viu Jiyoon aparecer atrás de Jooheon. — Oh... Não sabia que a senhora vinha. — Curvou-se. Todos os outros fizeram o mesmo, cumprimentando-a. Takeshi gelou.

— Mãe... Essa é a Yoona. Bonhwa, Ravi, Hajoon e... Takeshi — foi apontando, sorrindo para Takeshi, no fim, tentando mostrar que estava tudo bem.

— Olá. — Ela acenou, parecendo bem sem jeito de estar naquele ambiente. — O senhor não é o professor?

— Er... Sim. — Hajoon coçou a nuca, as bochechas adquirindo um tom de carmesim.

— Peço desculpas por Daejung. — Ela prensou os lábios. — A todos vocês, inclusive, pela confusão que ele causou.

— Não precisa pedir desculpas. — Ravi abanou as mãos. — O que importa é que estamos todos bem, inclusive a senhora.

Ela sorriu.

— E essa tal surpresa? O que seria?

— Ah, vamos falar logo! — disse James, colocando o frango no centro da mesa de jantar quando Yoona terminou de arrumar os talheres. — Takeshi!

— Eu? — Takeshi arregalou os olhos, corando forte quando Jiyoon lhe analisou de cima a baixo, sem julgamento, mas, mesmo assim, com um olhar profundo, como se soubesse tudo que ele já tinha pensado a respeito de Junwoo. Engoliu em seco. — *O-okay...*

— Sem gaguejar, *hyung*, quem gagueja sou eu — Junwoo brincou, arrancando risadas de todos ali, inclusive de Jiyoon e Dakho, este último que riu apenas, porque viu todos rirem.

— *Aish*, garoto... — Takeshi abanou a cabeça, passando as mãos pelo rosto antes de falar: — Enquanto você trabalhava, nós todos viemos aqui e... Resolvemos umas burocracias, sabe? E, bem, nós... — fez um suspense, sorrindo quando viu a expressão ansiosa de Junwoo aparecer. — Compramos sua passagem e as nossas para São Francisco.

Todos esperaram uma reação de Junwoo, mas nada veio durante um breve minuto, em que ele ficou apenas encarando Takeshi, como se ele tivesse acabado de revelar que era um alienígena.

— Junwoo? — Jooheon chamou, apertando o ombro do sobrinho. — Olha, se está pensando no dinheiro, fica tranquilo que...

— Puta que pariu! — Junwoo colocou Dakho no chão e correu até os braços de Takeshi, envolvendo-o em um abraço e arrancando exclamações alegres de seus amigos.

O ruivo não hesitou em abraçar a cintura do mais novo, vendo, por cima de seu ombro, Jiyoon os encarar com um sorriso terno nos lábios e sibilar um "obrigada", ao mesmo tempo em que Junwoo murmurava diversos "obrigado" em seu ouvido, como se tudo que estivesse acontecendo, fosse por causa de Takeshi.

— Não me agradeça — murmurou de volta, apertando os braços em torno do outro.

O mais novo, no entanto, ignorou, enterrando a cabeça no pescoço de Takeshi, com o coração acelerado e lágrimas ameaçando deixar seus olhos.

— Foi apenas quando você entrou na minha vida que tudo começou a mudar, *hyung*. Então, sim, obrigado.

CAPÍTULO 12

!

— Dakho, solta! — era a décima vez que Jooheon repreendia o filho, lutando para conseguir mantê-lo em seu colo e soltar o cabelo de Yoona.

— Ele é uma graça! — Jiyoon comentou, aproveitando que estava do lado de Jooheon para inclinar-se minimamente e tocar na pequena mão do bebê, acariciando-a de leve. — Vocês o adotaram na Inglaterra, certo?

— Sim, lá é legal — Jooheon comentou, recebendo a atenção de todos os outros presentes à mesa. — Não foi um processo muito longo, graças às boas condições, tanto minhas quanto as de James. E, infelizmente, Dakho foi rejeitado por diversas famílias...

— Por causa da pele dele? — perguntou Hajoon, bebericando o copo de suco que segurava.

James assentiu, respondendo por sua vez: — Sim.

— Até na Inglaterra? — Ravi soltou, parecendo surpreso com o que acabara de ouvir.

— O racismo ainda é um enorme problema em escala mundial, até mesmo em países onde há mais negros do que brancos, como é o caso do Brasil — o tio de Junwoo rebateu, sorrindo leve quando Dakho entrelaçou seus dedos com os de Jiyoon e gargalhou para esta.

— É algo que está implantado na sociedade há anos... — Yoona continuou, arrumando o garfo e a faca em seu prato após terminar de comer. — Às vezes, nem percebemos. Tipo, existem expressões que usamos que nem percebemos serem expressões racistas.

— "Criado-mudo." — Bonhwa apontou, recordando-se de quando lera sobre o assunto.

— Criado-mudo? — Junwoo perguntou confuso.

— Antigamente, quando os negros eram escravizados, havia alguns que ficavam de pé, ao lado da cama, segurando itens como copo d'água e roupas. Muitos tinham que ficar imóveis por longos períodos ou tinham suas línguas arrancadas para não falarem. O nome da mesa de cabeceira vem desse papel que os escravizados exerciam — Takeshi explicou, levantando a cabeça do ombro do mais novo para olhá-lo enquanto explicava o motivo de tal expressão ser uma expressão racista.

— Oh, isso é... horrível. — Junwoo tinha os olhos arregalados, surpreso com a informação que lhe foi dada. — E tem outras expressões?

— Muitas — Bonhwa voltou a falar. — "Denegrir", "mercado negro", "ovelha negra"...

— Daejung costumava se referir a você como a "ovelha negra" da família — Jiyoon comentou, virando o rosto para Jooheon. — Eu nunca concordei com o termo... — Ela abaixou a cabeça logo em seguida, suspirando baixo. — Porque sabia a história toda por trás.

— Às vezes, utilizamos os termos sem saber o que eles querem realmente dizer, pois nos foi ensinado de tal maneira. O importante é aprender e não cometer mais o erro, não ignorar todos os anos de história do nosso mundo, fundado em ideologias racistas, machistas e preconceituosas em um geral — James acrescentou, começando a juntar os pratos de cima da mesa. — Bem... Quem vai querer sobremesa?

Bonhwa e Hajoon ajudaram James a colocar um mousse de maracujá em alguns potes e a distribuir para todos os presentes, sendo mais generosos no pote do pequeno Dakho que, segundo seus pais, era louco por aquele doce.

— Essa viagem... vai ser quando? — Jiyoon perguntou, já degustando do mousse, os olhos vagando pelos amigos do filho.

— No verão, logo após o fim das aulas em junho — respondeu Takeshi, tocando no joelho de Junwoo por baixo da mesa, acariciando-o. Foi o toque puro, um reflexo protetor que Takeshi passou a notar que tinha sobre o mais novo, no entanto, deixou o pobre garoto nervoso. Junwoo ficava nervoso com qualquer toque vindo de Takeshi.

— Por que não chama o Syao? — Jiyoon sugeriu, capturando o olhar do filho e não notando que ele encarava o nada, pensando no quão satisfatório e angustiante era o toque do ruivo sobre si quando não podia fazer nada a respeito. — Junwoo!

— Hm? — saiu do transe, engolindo em seco ao perceber que todos o encaravam. — Er... S-Syao? — precisou de poucos segundos para entender o que sua mãe lhe havia perguntado e, assim que entendeu, exclamou: — Oh, Syao! — afastou sua perna do toque de Takeshi, segurando a mão do ruivo com a sua. Takeshi riu baixinho.

— Ele vem no inverno, acho que vou falar com ele, assim que ele chegar.

Junwoo deu um sorriso meio tremido, seus dedos tamborilando a palma da mão de Takeshi.

— Seria incrível, se ele pudesse ir conosco — comentou Yoona, limpando o pote de sobremesa após ter sido a primeira a acabar.

— Talvez eu possa falar com a mãe dele — Jiyoon sugeriu. — Pode ajudar.

— Ainda mantém contato com Mei? — Jooheon perguntou, observando atentamente as reações da ex-cunhada.

Um sorriso pequeno e quase envergonhado ocupou os lábios da mulher que pousou a colher que usava para comer o doce sobre a mesa e fitou as próprias mãos, parecendo não ter coragem para encarar qualquer um que fosse.

— Sim — murmurou. — Nunca conseguiria me afastar totalmente dela, você sabe.

— Sei. — Jooheon sorriu.

— Mei? — Takeshi franziu o cenho. — O sobrenome do Syaoran não é "Huang"? A mãe dele se chama Huang Mei?

Quando Jiyoon e Junwoo assentiram, Takeshi ofegou surpreso, abanando a cabeça enquanto os outros alunos, com exceção de Junwoo, riam incrédulos.

— Pode ser apenas coincidência. — Ravi apontou.

— Ela é professora? — Takeshi perguntou para Jiyoon, virando o olhar para esta. Quando a mulher assentiu e comentou que ela já havia trabalhado em Seul, Takeshi riu. — É, não é coincidência. Ela foi nossa professora.

— Uma péssima professora — Yoona soltou, recebendo um tapinha fraco de Ravi. — O quê? Sinceridade, oras.

— Ela teve uma época meio difícil. Ela se tornou viúva e veio para Seul, porque o emprego pagava melhor, teve que deixar o filho com uma cuidadora por um tempo lá em Masan — Jiyoon revelou, olhando para o nada, parecendo recordar-se de algo que os outros eram incapazes de enxergar.

— Não justifica o modo como ela tratava os alunos — rebateu Takeshi, engolindo em seco quando sua *sogra* o fitou.

— Não, claro que não. — O sorriso fraco que ela exibiu tranquilizou Takeshi, que soltou a respiração que nem havia percebido estar segurando. — É apenas algo para levar em conta. Nada justifica agir mal com outras pessoas... — Ela levou o olhar para o filho. — Mas saber que tem algo por trás, algo que destruiu tanto a pessoa para ela chegar ao nível de machucar outras, talvez, traga a possibilidade de... de acreditar que ela pode se corrigir, se desculpar, se arrepender.

O silêncio instalou-se à mesa e, enquanto alguns preferiam fitar as próprias mãos e evitar colocar pressão na mãe e no filho, outros variavam o olhar de um para o outro, esperando que Junwoo entendesse que, com certeza, a mulher se referia aos erros que cometera com ele.

Junwoo precisou de alguns segundos para entender e analisar a situação. Seus dedos pararam de acariciar a mão de Takeshi e um sorriso pequeno ocupou seus lábios; sua mãe estava, realmente, na frente de todos os seus amigos e família, lhe pedindo perdão e admitindo os erros do passado. Obviamente que, após o dia da reunião de pais e professores, Junwoo esperava que algo do tipo fosse acontecer, principalmente após a conversa que tiveram em casa. Mas, ali, quando aconteceu, ele só soube sorrir.

— *Iti*! Ele tá todo felizinho! — Ravi provocou, tentando quebrar o clima tenso e conseguindo, arrancando risadas de todos, incluindo mãe e filho.

Dali para frente, as conversas fluíram com ainda mais facilidade, fazendo com que todos perdessem a noção do tempo e apenas aproveitassem o momento juntos. Jiyoon pareceu gostar bastante de James, visto que passou horas, com ele, falando sobre jardinagem, um *hobby* que os dois descobriram que tinham em comum.

Junwoo, completamente abobalhado com tudo que acontecia, sentou ao lado de Takeshi na pequena poltrona em que Takeshi se instalara e envolveu o pescoço dele com os braços, abraçando-o de maneira torta, mas não menos carinhosa ou boa.

— Agora vai aceitar meus carinhos, é? — Takeshi provocou, rindo quando sentiu, com a própria bochecha, a semelhante de Junwoo esquentar, denunciando o quão envergonhado ficou com a menção do transe que enfrentou com o toque do outro em seu joelho.

— Poxa, *hyung*... — Fez um bico, rindo com o outro em seguida. — Você me pegou desprevenido.

— Foi só um toque no seu joelho! — Takeshi rebateu baixo para não atrair a atenção dos outros na sala de estar.

— Mas foi um toque seu! — enfatizou, soltando-o para virar-se de frente para ele. Suas bochechas ainda estavam avermelhadas, mas o sorriso em seus lábios denunciava que ele não estava totalmente sem jeito com a conversa.

— Tá bom, tá bom... — Takeshi tombou a cabeça para o lado, sorrindo sapeca. — Quer dizer que até um mísero toque no joelho já está te fazendo pensar besteira, é?

Junwoo arregalou os olhos.

— *Hyung*!

— O quê? Foi você quem disse!

— Não foi isso que eu disse!

— Mas foi o que você quis dizer.

— Ugh! — Junwoo fez um bico. — Para com isso.

— Isso o quê? — Takeshi arqueou uma sobrancelha, risonho.

— Isso! — Apontou para o rosto alheio, resmungando em seguida.

— Junwoo, acho que, quando eu te provocar de verdade, você vai infartar.

— Eu não infartei quando... — foi diminuindo o tom de voz, fazendo, por míseros segundos, um gesto obsceno com a mão. Takeshi gargalhou alto. — *Hyung*!

— Oh, Woo, mas aquilo foi apenas uma provinha do que ainda está por vir...

Os olhos de Junwoo se arregalaram e ele abriu e fechou a boca repetidamente, não sabendo como reagir àquilo. Era óbvio que sabia que ainda faria outras coisas com Takeshi, afinal, queria fazer outras coisas com ele e sabia que Takeshi também desejava aquilo. Mas ouvi-lo falar, provocando o pobre coitado, que ainda não sabia como reagir àquele tom de voz rouco e àquela ousadia, fazia com que o rebuliço que Junwoo sempre sentia no estômago, quando estava com ele, triplicasse de intensidade.

— O-oh... — Abaixou a cabeça, corado. — Quando?

Takeshi franziu o cenho.

— Quando o quê?

— Quando vai vir, *hyung*? — conseguiu especificar depois de respirar por longos cinco segundos.

— Ah! — Ele finalmente entendeu, soltando uma risadinha fraca, suas mãos viajando até a cintura do outro, aproveitando que estavam esmagadinhos um contra o outro em uma poltrona. — Quando você quiser.

— Hm... — *Mas eu quero o tempo todo*, foi o que Junwoo pensou, mas não disse, porque foram interrompidos por Jiyoon.

— Junwoo, eu estou indo. Preciso organizar umas papeladas ainda... — ela disse, aproximando-se do casal na poltrona. Junwoo se levantou sem pressa, sorrindo leve e assentindo. — Você vai passar essa semana lá em casa para buscar o resto das coisas? Tem uma mala minha que você pode usar.

No fundo, era incômodo saber que Jiyoon, mesmo com seu marido não estando mais ali, ainda não queria criar o filho. Junwoo preferia, sim, morar com seu tio, com quem manteve uma relação fraternal desde o início. Jooheon se mostrou e agiu como um pai para ele, desde o primeiro momento, cuidando dele e dando seu melhor para mantê-lo por perto. No entanto, ter a consciência de que, mesmo com todos os obstáculos removidos, sua mãe ainda não fazia questão de tê-lo por perto como um filho, mexia com ele.

Era óbvio que mexeria, era sua mãe ali, afinal.

Sabia, entretanto, que estava fazendo aquilo pelo bem dela, que ela merecia a chance de ser feliz e sabia que, estando ao lado de Jooheon, ele também seria feliz. O sentimento que apertava seu peito por não ter tido a oportunidade de tê-la, vendo-o como um filho, sumiria em algum momento, ele tinha certeza.

Acompanhou a mulher até o metrô e despediu-se dela com um abraço.

Um abraço.

Aquele ato que foi puro e ligeiramente carinhoso desestruturou o pobre garoto, que voltou para sua casa com um sorriso bobo nos lábios, contente por tudo que estava acontecendo consigo. Quando chegou lá, encontrou seus amigos na porta, parecendo discutir por um pote que Hajoon tinha em mãos. Olhando melhor, Junwoo notou ser um pote recheado com a sobremesa que James havia feito. Riu baixinho, interrompendo a discussão:

— Vocês deixaram um pouco pra mim, né?

— Claro que não, você mora com o cozinheiro! — Ravi rebateu quase indignado. — Hajoon, ele disse que era para todos, você não vai levar pra sua casa!

— E você vai levar pra sua? — o professor rebateu, desviando o pote das mãos de Bonhwa que tentou puxar dele.

— O pote vai acabar caindo no chão — Junwoo murmurou para Takeshi, colocando-se do lado dele e observando o momento em que Yoona também tentou puxar o recipiente com o doce. — Você também vai pra casa, *hyung*?

— Vou, sim. Preciso fazer uns trabalhos que são para entregar essa semana — Takeshi suspirou, virando o rosto para Junwoo. — Você já fez?

— Uh... Não, tinha me esquecido. — Fez um bico sem nem perceber, tentando recordar-se dos trabalhos que precisaria entregar.

— Os dois são pra sexta, o de Sociologia e o de Geografia — Takeshi o relembrou. — Quer fazer junto comigo?

— Hoje?

— Não, hoje eu vou fazer o de Matemática, que ainda não entreguei. — Ele fez uma expressão culpada quando Junwoo arqueou as sobrancelhas.

— *Hyung*! Esse trabalho era para duas semanas atrás!

— Eu sei! Não me culpe, *okay*? Eu não estava conseguindo fazer. — Fez um bico, assim como o mais novo havia feito alguns segundos antes.

— Por que não me pediu ajuda? — Junwoo indagou, cruzando os braços e se apoiando ao lado da porta do apartamento.

— Ah, Woo, você tinha que fazer o seu e estava preocupado com outras coisas. Fora que eu estava tentando provar a mim mesmo que conseguia ser bom em Matemática... Falhei — suspirou.

— Por que quer ser bom em Matemática? — Franziu o cenho, confuso.

— Porque me sinto inteligente.

— Mas o que tem a ver uma coisa com a outra, *hyung*? Não é porque você é ruim em Matemática que não é inteligente.

Takeshi sorriu assentindo.

— Eu sei... É só algo inconsciente, sabe?

— Você é inteligentíssimo, *hyung*! Eu lembro quando você apresentou aquele trabalho de Sociologia e o professor não parou de te elogiar. — Junwoo deu um leve empurrão no ombro do mais velho, que sorriu e abanou a cabeça negativamente e modesto. — É sério! E todas as coisas que você já me explicou, envolvendo a comunidade LGBT, preconceitos em um geral, história...? *Hyung*, você tem conhecimento para dar e vender, não é porque você é ruim em Matemática que é burro!

— Eu já disse que te adoro?

Junwoo sentiu as bochechas esquentarem com a pergunta de Takeshi e, sem saber como responder, apenas abaixou a cabeça com um sorriso abobalhado no rosto. Meu Deus, o rebuliço parecia que ia rasgar seu estômago, sair de dentro do corpo dele e pisotear o órgão. Não era possível que fosse legal alguém causar tantos sentimentos de uma vez só em outro alguém!

— Eu também te adoro, *hyung*...

Um beijo teria acontecido ali, no corredor do andar, mas eles foram interrompidos por um estilhaço alto e um palavrão gritado, vindo de Yoona.

— O mousse! — ela choramingou.

Junwoo gargalhou.

— Eu avisei!

Eles acabaram marcando de fazer os dois trabalhos para a próxima sexta-feira, juntos, na casa do ruivo. Junwoo ficou ansioso, já que passaria um tempo sozinho com o mais velho e, talvez — só talvez —, eles conseguissem... fazer o que ambos queriam tanto fazer. Não sabia dizer o que era, exatamente, mas ele queria. *Deus, como queria.*

!

No dia seguinte, Junwoo chegou atrasado à escola. O motivo foi que havia dormido bem demais. Ele dormira extremamente confortável, sabendo que, no quarto ao lado, seu tio dormia ao lado do marido que amava e que, no outro cômodo, Dakho estava em seu décimo quinto sono, coçando a barriguinha gordinha. Aquele havia sido um dos melhores sonos que o adolescente já tivera ao ponto de não escutar o despertador e precisar ser chamado trinta minutos depois pelo tio. Ele entrou no segundo tempo — de Física — e sentou-se ao lado de Eunhye, que o recebeu com um sorriso doce nos lábios.

— Como você está? — ele perguntou baixinho, tirando o caderno da bolsa.

— Nervosa... Vou fazer a denúncia na sexta e a resposta do juiz deve vir segunda — ela prensou os lábios, olhando para frente para não chamar a atenção da professora. — Tenho medo do que pode acontecer.

— E onde você está ficando? — Junwoo sussurrou, entendendo a preocupação da garota.

— Estou com Mirae, na casa dos pais dela. Seunghyun tentou se comunicar comigo e tentou aparecer lá, mas os pais da Mirae são bem importantes e tem muitos seguranças pela casa... Então, me sinto mais segura. — Ela respirou fundo, ajeitando o cabelo. — Obrigada por concordar em ir comigo, Mirae e James fazer a denúncia.

— Não precisa me agradecer. Seria desumano eu negar algo assim a você, *noona*. — Ele abanou a cabeça, como se a possibilidade fosse absurda. E era. — Vai dar tudo certo, fique tranquila.

— Que o juiz te ouça.

No intervalo do almoço, Junwoo pediu para seus amigos irem à frente, pois queria ligar para Bora, já que passara tempo demais sem falar com a garota e, mesmo assim, ela havia o ajudado na delegacia. Ela atendeu no quarto toque:

— *Woo?*

— Oi! Sou eu! — Ele sorriu, apoiando-se contra seu armário. — Como você está?

— *Eu estou bem, oppa.* — Ela também parecia sorrir. — *Mas a pergunta certa seria saber como você está.*

— Eu estou ótimo, Bora, juro, acho que não poderia estar melhor! — Ele suspirou, sentindo que, de fato, aquela leveza que sentia no peito era uma das melhores sensações que ele já havia tido. — Eu queria te agradecer, sabe? Pelo outro dia.

— *Não precisa me agradecer por isso, oppa, de verdade. Eu nunca gostei de seu pai, foi extremamente satisfatório o ver ir pra cadeia.* — Ela riu leve. — *E sua mãe? Ela está bem? Minha mãe tentou ligar para ela, mas ela não atendeu.*

— Ela tá ótima. Deve voltar para Masan em pouco tempo.

— *Voltar?* — Bora parecia verdadeiramente surpresa. — *E você vai junto?*

— Não, não. Eu vou ficar aqui com meu tio.

— *Aquele que estava do seu lado na delegacia?*

— Sim. Ele é casado com o advogado que defendeu eu e minha mãe... E, bem, ela concedeu minha guarda a ele. E era o que eu queria — foi firme.

— *Mas você não quer ficar com sua mãe?*

— Eu quero que ela seja feliz — a resposta veio rápida. — E ela não era feliz comigo. E nunca seria verdadeiramente. Ela vai voltar para Masan e vai fazer o que sempre quis fazer, sabe? Talvez, ela comece a trabalhar e vai ficar ao lado da pessoa de quem ela gosta...

— *Ela tinha um amante?* — Bora exclamou.

— Não. — Junwoo riu. — Ela tinha apenas um velho amor que, provavelmente, ainda a espera.

— *Isso é... Wow. Eu não esperava, oppa, mas se você está feliz... Vá em frente.*

— Eu estou feliz, Bora, estou realmente feliz.

— *Ah, Woo, será que nós poderíamos sair para conversar algum dia? Sabe, queria te falar umas coisas que descobri sobre mim mesma...* — Ela pareceu hesitar no início, mas logo o pedido saiu.

— Claro. Vamos nos falando por mensagens e aí marcamos — o garoto respondeu contente.

A felicidade dele não se esvaiu nem mesmo quando teve que limpar os banheiros do clube, mais tarde, naquele mesmo dia. Ele passou o horário inteiro cantarolando uma música que Bonhwa lhe havia mostrado mais cedo, dançando junto com a vassoura ou o esfregão, o sorriso sempre presente nos lábios até para desejar "boa tarde" para pessoas mal-educadas que nem olhavam em sua cara.

Quando deu o fim de seu expediente, Junwoo passou alguns minutos conversando com Sooyoung, que falava sobre o pedido de casamento que seu noivo fizera para ela, com flores, uma serenata e um jantar à luz de velas. Ela disse que foi a coisa mais linda que já vivenciou, por mais que tenha sido algo romanticamente brega, segundo ela.

Junwoo não achou brega, achou lindo.

E ele não conseguiu deixar de pensar... Será que deveria pedir Takeshi em namoro? Era isso que eles eram, afinal, certo? Eles se beijavam, andavam de mãos dadas, adoravam um ao outro, não ficavam com mais ninguém e... Eles deveriam se denominar namorados, mas não houve um pedido. E Junwoo estava cogitando fazê-lo. Não sabia como nem quando, mas queria fazer algo romântico para Takeshi, vê-lo ficar abobalhado com algum ato seu e terminar o dia podendo dizer que Ishikawa Takeshi era seu namorado.

Deus, um namorado!

Junwoo nem notou que estava sorrindo para o nada, os dentinhos salientes mordendo seu lábio inferior, ansiando fazer qualquer coisa romântica que viesse em mente. Estava tão entretido em ter ideias que não percebeu o motivo de seus pensamentos aparecer na porta do clube, impedindo-o de sair e fazer seu caminho até o metrô.

— Oi, gatinho, vem sempre aqui?

O mais novo arregalou os olhos pelo susto, mas logo relaxou, rindo com a pose de malandro que Takeshi fez propositalmente.

— *Aish, hyung*! Você me assustou — resmungou, envolvendo o pescoço do ruivo em um abraço logo em seguida. — O que está fazendo aqui?

— Não posso buscar meu bebê no trabalho? — perguntou, apertando de leve a cintura fina de Junwoo ao que se afastaram.

— Bebê? Eu sou mais alto que você — rebateu, ganhando, em retorno, uma expressão indignada do outro.

— Mas eu sou mais velho, me respeita, seu moleque! — Deu um tapa fraco na testa do outro. — E esqueceu que marcamos de ir para minha casa fazer o trabalho hoje, hm?

— Não esqueci. Ia só passar em casa antes para comer — explicou, começando a caminhar com Takeshi em direção ao metrô.

— Você pode comer lá em casa, Woo.

— Não queria incomodar...

— Eu vou te dar um tapa. E não vai ser dos bons.

— *Hyung*!

Takeshi arregalou os olhos.

— Você entendeu isso?

— C-claro, ué... — gaguejou, corando levemente sob o olhar surpreso do outro.

— Junwoo, Junwoo... O que eu fiz com você?

A casa de Takeshi ficava em uma estação próxima ao clube, então não demoraram tanto a chegar à residência. Takeshi quem abriu a porta, ouvindo uma música alta vindo da cozinha e risadas acompanhando a melodia.

Takeshi sorriu, já imaginando o que encontrariam assim que entrassem no cômodo.

Shutaro e Sanji dançavam juntos, uma caixinha de som tocando alto a música "Can't Take My Eyes off You"[8] e algo fervia no forno, já que, provavelmente, estavam cozinhando juntos e se distraíram com algo.

— Filho! — Sanji exclamou sorridente, soltando-se do marido. — Oh, Junwoo! — Sorriu mais ainda ao ver o mais novo atrás do ruivo. — Takeshi não falou que vinha hoje.

— O estoque de camisinha acabou! — Shutaro advertiu de brincadeira, gargalhando quando ambos os garotos ficaram corados. — Meu Deus, nem parece que pensam em sexo quarenta vezes por dia.

— Pai, fica quieto e preste atenção para não deixar a comida queimar — Takeshi proferiu, abanando a cabeça, sem coragem de olhar para Junwoo naquele momento. — Viemos fazer um trabalho.

— De anatomia? — seu pai continuou. Sanji gargalhou.

— Não! — grunhiu, arregalando os olhos ao ouvir uma risadinha de Junwoo. — Até você? — Virou-se para o mais novo.

— É engraçado... — Corou de leve, coçando a nuca.

— Onde foi que eu errei? — o mais velho brincou, tampando o rosto. — Bem, só queria saber se vocês têm comida o suficiente pro Woo comer com a gente.

— Claro, claro, não se preocupem. — Sanji gesticulou com as mãos, indo até o balcão para terminar de cortar a cebola e o alho que deixara ali.

— E o que estão cozinhando? — Takeshi ergueu um pouco o pescoço, tentando xeretar a panela com água fervente.

— Macarrão de pinto! — Shutaro exclamou animado.

— Quê?

Sanji riu e repetiu:

— Macarrão de pinto.

— Como assim? — Junwoo franziu o cenho, confuso e com as bochechas vermelhas.

— Meu amigo trouxe da Itália — Shutaro quem respondeu, erguendo um dos pacotes de macarrão em formato de pênis.

— Eu... — Takeshi abriu e fechou a boca, tentando pensar em algo, mas nada saiu. — Ok. Vamos estudar, Junwoo. — Puxou o mais novo para fora da cozinha, levando-o até seu quarto.

— Se forem transar, coloquem música! Não queremos ouvir gemidos! — gritou Sanji.

— Meu Deus! — Junwoo murmurou, rindo em puro desespero e vergonha, entrando no quarto do mais velho e colocando sua mochila ao lado da cama. — Eu adoro seus pais, *hyung*, mas... eles me deixam envergonhado.

---

[8] Música: *Can't Take My Eyes of You*, Frakie Valli (1967).

— Você se acostuma — Takeshi rebateu, jogando-se na cadeira de sua escrivaninha. — Então, começamos com... Sociologia?

— Sim, pode ser.

Takeshi pegou uma cadeira no quarto de seus pais e colocou de frente para sua escrivaninha, possibilitando que Junwoo se sentasse ali também e utilizasse a mesa para escrever. Não demoraram muito a começar, já que o trabalho era de tema único e um tema que Takeshi possuía uma facilidade grande para falar sobre. Ambos se ajudaram, rindo de vez em quando, quando se distraíam com algo bobo, como a boca alheia ou algum comentário com duplo sentido que vinha aparecendo muito.

— Bonhwa não para de me mandar mensagem... — Takeshi bufou, pegando o aparelho que vibrava sem parar em seu bolso.

— Responde, *hyung*, pode ser importante — Junwoo disse, concentrando-se, no entanto, em finalizar a frase que faltava para fechar seu trabalho.

Takeshi leu as mensagens que seu melhor amigo havia enviado e soltou uma risada baixa com o desespero alheio em ser respondido. Quando leu tudo, no entanto, ofegou animado.

— Bonhwa tá vindo aqui.

— Pra quê? — Junwoo franziu o cenho.

— Pra gente pintar o cabelo.

— Quê? — O mais novo arregalou os olhos. — C-como assim, *hyung*?

— Pintar o cabelo! Ele comprou descolorante e a cor que eu queria. — Takeshi levantou-se de sua cadeira extremamente animado. — Ele vai retocar o vermelho dele e eu vou pintar!

— Oh, sim... — Junwoo assentiu. — Mas e o trabalho?

— A gente acaba antes de ele chegar. — Takeshi começou a se alongar. — O que acha de pintar também?

— Eu? Pintar o cabelo?

Takeshi assentiu.

— Você já mencionou que pensou, uma vez, em pintar, não?

— Oh, é verdade... — Coçou a nuca. — Mas nunca achei que teria a oportunidade.

— Bem, está tendo. — Takeshi sorriu malandro. — O que acha? Pensa rápido, vou falar pro Bonhwa trazer outra cor.

— Que cor? — Junwoo arfou ansioso.

— Não sei, escolhe! — o mais velho apressou, rindo quando o mais novo olhou para os lados, desesperado.

— Eu não sei!

— Rápido!

— Mas eu não sei, *hyung*!

— Um... — Pegou o celular.

— Ugh!

— Dois... — Digitou a senha.

— Er... — Levantou-se rápido. — Rosa!

— Qual tom de rosa?

— Argh, Takeshi, eu não sei!

— Deixo o Bonhwa escolher? — Começou a digitar a mensagem. Junwoo assentiu e, então, ele enviou. Esperaram poucos segundos até terem uma resposta. — Ele vai trazer.

— Meu Deus... O que eu fiz? — Ele arregalou os olhos em choque com a decisão que havia tomado.

— Relaxa, Woo, depois de um tempo sai. Mas você vai ter que descolorir pro rosa pegar. — Takeshi voltou a se sentar na cadeira. — Agora, senta essa bundinha aí e vamos terminar esse trabalho.

Junwoo se sentou novamente e finalizou seu trabalho, distraindo-se o tempo inteiro, no entanto, por pensar que, em poucos minutos, estaria tirando o castanho de seu cabelo e colocando um rosa no lugar. Onde ele foi parar?

Bonhwa não demorou muito a chegar. Foi o tempo suficiente para que os garotos terminassem o trabalho de Geografia que, para a sorte de ambos, era curto e não exigia muito esforço, além de extrair informações do livro didático. Logo após acabarem, a campainha tocou e os dois desceram para recepcionar o amigo.

— Eu tô varado de fome. Sério, comeria um rebanho de vacas inteiro agora — foi a primeira coisa que Choi disse, entrando com uma sacola cheia de utensílios que Junwoo desconhecia, deixando-a sobre o sofá. — Preciso comer antes de qualquer coisa.

— Meus pais tão fazendo macarrão de pinto.

— Quê?

— Macarrão de pinto — Takeshi repetiu. Bonhwa riu.

— Ótimo, tava doido pra comer um pinto mesmo.

Takeshi gargalhou.

— Bonhwa! — Junwoo soltou assustado com a depravação e o duplo sentido.

— Sua mente é tão podre quanto a minha, Woo. — Bonhwa se aproximou do mais novo e deixou um beijo em sua bochecha. — Oi!

— Oi, *hyung*. — Junwoo riu baixinho.

— E comigo? A sua alma gêmea sou eu! — Takeshi fez birra, cruzando os braços.

— Que alma gêmea ciumenta que eu fui arranjar... — Bonhwa fingiu reclamar, se aproximando do ruivo e lhe abraçando. — *Iti*, pitico — zombou da altura do outro, bagunçando seus fios.

— Sai fora! — Takeshi riu, o empurrando. — Então... Vamos comer?

Na cozinha, Shutaro e Sanji colocavam a mesa para todos e, assim que viram Bonhwa, cumprimentaram-no com a mesma animação de sempre, arrancando um sorrisinho besta de Junwoo, que pensava no quão grato era por ter tido a possibilidade de conhecer pais incríveis como aqueles e ainda ficar com o filho deles. Junwoo era um baita de um sortudo.

— Meu Deus, são, realmente, pintos! — Bonhwa pegou um dos macarrões e ergueu-o, gargalhando com o formato de pênis.

— É pra relembrar meus velhos tempos — Shutaro dramatizou, fingindo limpar uma lágrima.

— Velhos? A gente ainda usa os dildos. — Sanji franziu o cenho.

— Mãe! — Takeshi exclamou, quase engasgando com pintos.

Junwoo somente riu baixinho, focando em comer o macarrão delicioso que o casal havia feito. Era estranho colocar algo com aquele formato na boca, mas, bem, uma hora ou outra ele o faria, certo? Sentiu as bochechas pinicarem com o pensamento.

— Veio para fazer o trabalho também, Bon? — Shutaro perguntou.

— Nah, vim para pintar os cabelos desses dois e o meu. — Sorriu quadrado.

— Oh, de que cor?

— Eu vou retocar o vermelho; Takeshi vai trocar pro roxo e Junwoo vai pintar de rosa cereja.

— Rosa cereja? — o mais novo questionou curioso. — Foi o tom que escolheu?

Bonhwa assentiu.

— Acho que combina com você — explicou.

— É o que vamos descobrir. — Takeshi arqueou as sobrancelhas, zombando da expressão ansiosa de Junwoo. — Relaxa, se der errado, jogamos preto por cima.

— E como estão os planos pra viagem? — Sanji quem perguntou.

— Já compramos as passagens, falta reservar o hotel que Hajoon está pesquisando e calcular a quantia de dinheiro que vamos ter para os restantes das coisas — explicou Takeshi, finalizando seu prato de macarrão e já o enchendo com mais. — Mas tá tudo no esquema.

— Que bom! Talvez, fosse melhor, se vocês dividissem quartos no hotel para não ficar muito caro — a mãe aconselhou.

— Posso ficar com você, *hyung*? — Junwoo já perguntou, virando-se para Takeshi.

— Oras, é claro, vocês não são namorados? — Shutaro soltou, respondendo à pergunta que fora feita a seu filho.

— Algum dos dois já pediu? — Bonhwa se intrometeu, virando o rosto para os amigos.

Takeshi não respondeu, fitando o mais novo, esperando que ele fosse dizer algo, mas Junwoo não queria revelar que planejava pedi-lo em namoro. E se Takeshi resolvesse pedir antes? Seus planos — nem feitos ainda — iriam por água abaixo! Ele não podia deixá-lo fazer o pedido! Ele quem queria fazer!

No desespero daquele assunto ser prolongado e Takeshi descobrir seus planos secretos, Junwoo mudou de assunto:

— Ham... A comida tá muito boa, *noona*.

Sanji franziu o cenho, confusa.

— Obrigada... Macarrão ao alho e óleo é minha especialidade. Simples, mas delicioso.

Sanji começou a tagarelar sobre comidas com o marido e Bonhwa, deixando Takeshi e Junwoo lidarem com o rubor que ocupava ambas as bochechas e a timidez que surgiu por conta do assunto anteriormente abordado. Tentando amenizar o clima, Junwoo sorriu para o mais velho e disse que estava ansioso para pintar o cabelo.

Takeshi, mesmo que tivesse estranhado o comportamento do outro, resolveu ignorar aqueles pensamentos que o perturbaram e respondeu-o com um sorriso no rosto, desfocando o assunto "namoro".

!

— Ok. Tirem as camisetas, não queremos nenhum tecido manchado. — Bonhwa já começara dando ordens, dirigindo-se ao banheiro para separar os utensílios que utilizariam para a pintura.

Junwoo observou Takeshi remover a camiseta sem problema algum, expondo o torso marcado e o mamilo furado. Engoliu em seco, observando a pele branca brilhar sob a luz da lua que entrava pela janela aberta do quarto do mais velho. Suspirou baixinho, segurando a barra da própria camiseta, não conseguindo desviar o olhar da beldade que era o corpo do outro. Ele nunca tinha se sentido daquela maneira por algum outro corpo, era um conjunto de sensações novas que o revirava e o bagunçava por inteiro e, por Deus, era tão gostoso. Tão, tão, tão gostoso...

— Junwoo, não vai tirar a blusa?

Junwoo saiu de seu transe sobre como Ishikawa Takeshi era gostoso, com a voz do mesmo que o encarava divertido após ter pegado o mais novo no flagra. Ele arqueou uma sobrancelha, rindo e se aproximando do outro.

— Quer ajuda? — mordiscou o próprio lábio inferior, descendo o olhar pelo tronco de Junwoo ainda coberto.

Junwoo assentiu.

O sorriso malicioso nos lábios de Takeshi cresceu e, aproveitando a permissão dada, segurou a barra da blusa alheia e ergueu-a lentamente, expondo, pouco a pouco, a pele imaculada do moreno, que parecia ainda mais atraente sob a luz do luar, parecendo gritar para que a tocasse e a marcasse por completo.

— Eu vim aqui pra pintar o cabelo e não pra ser *voyeur*. Eu preciso de um preparo psicológico antes, sabe? — Bonhwa interrompeu o momento, assistindo ao Takeshi jogar a camiseta de Junwoo sobre a cama e virar-se para ele com um olhar assassino. Sorriu. — Peguei as toalhas velhas que sempre usamos, ok?

— Só vamos logo. — Takeshi bufou baixinho, nem tendo tempo de admirar um Junwoo sem camisa em seu quarto e sendo puxado para dentro do banheiro por Bonhwa. O mais novo foi atrás, ainda sentindo o coração palpitar pelo momento que teve com Ishikawa.

— Pó descolorante e água oxigenada... — Bonhwa listou, misturando os dois ingredientes após colocar a toalha nos ombros e os outros dois terem feito o mesmo. Esperou alguns segundos após ter feito a mistura e pegou o pincel de pintura capilar, virando-se para Junwoo. — O virgem primeiro, vem!

— Virgem? — Junwoo corou, aproximando-se do ruivo, no entanto.

— De cabelo, *saeng*. — Bonhwa riu, já começando a passar o descolorante no cabelo do outro.

— Não só de cabelo... — Junwoo acabou completando, encolhendo-se com os olhares que recebeu. — O quê?

— É estranho ver você fazendo piadas sexuais — proferiu Takeshi, rindo baixinho. — Mas eu gosto.

— Claro que gosta, você quem vai transar com ele. Enquanto isso, eu sofro — Bonhwa brincou, ainda passando a química no cabelo virgem de Junwoo.

— Para de dar em cima dele, Bonhwa! — Takeshi choramingou, pegando outro pincel para começar a descolorir o próprio cabelo. — Não gosto de ter competição.

— Competição? *Hyung*... Eu gosto de você. — Junwoo fez um bico.

Bonhwa riu.

— Viu? Nem precisei responder essa.

Os três mergulharam em algum assunto aleatório enquanto esperavam o descolorante fazer efeito nos cabelos de Junwoo e Takeshi. Bonhwa aproveitou o tempo para retocar o seu com a tinta vermelha, sentando-se no chão do banheiro em seguida e rindo do desespero de Junwoo ao sentir a cabeça queimar.

— Relaxa, é normal! E já tá fazendo efeito! Olha no espelho.

Junwoo se levantou, levando um susto ao ver seu reflexo. Tocou superficialmente nos fios longos, rindo animado ao vê-los loiros:

— Eu tô parecendo uma Barbie!

— Depois de descolorir você pode cortar também — Bonhwa sugeriu.

— Eu sei cortar bem os cabelos alheios — comentou Takeshi, rindo baixinho da carinha fascinada que Junwoo tinha para o espelho.

— Eu não sei... Gosto deles longos.

— Então os deixe longos. — Bonhwa deu de ombros e Takeshi assentiu.

— Mas são bem difíceis de cuidar... — Junwoo continuou suspirando.

— Então, corte.

— *Aish.* — Junwoo riu. — Eu decido quando descolorir tudo.

Minutos depois, os três enxaguaram a cabeça juntos no chuveiro, molhando-se por completo e fazendo graça com o feitio, rindo alto enquanto brincavam de molhar uns aos outros ainda mais.

Sanji apareceu quando estavam secando os cabelos com toalhas e chamou Bonhwa para ajudá-la a fazer a sobremesa que havia comentado mais cedo — que o Bon disse ser louco para provar —, já que Shutaro estava no limite de sua habilidade culinária — ela fora totalmente esgotada, no dia, após ele ferver a água e colocar o macarrão dentro. Aproveitando que tinha acabado a sua parte, Bonhwa concordou e deixou os dois sozinhos no banheiro.

— Vai querer cortar? — Takeshi perguntou, sorrindo doce para um Junwoo, que tentava arrumar seus fios de frente para o espelho.

— Acho que sim... Pode cortar pra mim? — Virou-se para o, então, loiro.

— Claro. Vou pegar um banquinho para você sentar.

Quando ele já tinha a tesoura em mãos e analisava os fios do mais novo, Junwoo sorriu contente:

— Eu tô muito feliz.

— Isso é bom, né? — brincou Takeshi, rindo, começando a picotar o cabelo alheio.

— Muito! A cada dia que passa, sinto que é o melhor dia da minha vida — Riu. — Mas, definitivamente, o melhor foi o dia do jantar na casa do meu tio. Ver minha mãe socializando com todo mundo... foi incrível!

— Poxa, só essa parte do dia? E a parte em que ficamos agarradinhos em uma poltrona? — Takeshi fez um bico e Junwoo riu bobo, vendo-o através do espelho.

— Eu gostei, mas você ficou zoando com minha cara, *hyung*!

— Como assim? — Franziu o cenho.

— Você falou sobre... aquilo lá — Corou.

— Aquilo?

— Aquilo lá que aconteceu naquele dia, *hyung*!

— Que dia, Junwoo?

— No dia da festa à fantasia!

— Oh! A punheta!

— *Hyung*!

— O quê? — Riu. — Foi uma punheta em você, porque eu nem gozei.

— Oh... — Junwoo abaixou o olhar, extremamente corado. — Me desculpe...

— Por que pedir desculpa, Woo? Não foi culpa sua e eu não fiquei bravo nem nada, relaxa. — Deu um tapinha leve na nuca do mais novo, sorrindo quando este voltou a erguer a cabeça, aliviado. — Mas eu queria gozar, sabe... — Sorriu malandro. Junwoo riu.

— V-você me deixa envergonhado quando fala assim.

— Você não pareceu envergonhado quando falei aquelas putarias pra você naquele dia — rebateu.

O mais novo tampou o rosto, sentindo as bochechas queimarem junto com sua virilha. Recordar-se daquele dia era, simplesmente, um pedido aberto para que o tesão o atingisse com força. Ele ainda não sabia lidar direito com a enxurrada de excitação que Ishikawa Takeshi lhe causava, então, evitava recordar-se do momento em que ele o tocou para não ter que ficar daquele jeito do nada, até porque as memórias sexuais que tinha com o ex-ruivo sempre vinham em momentos inoportunos.

— Mas era diferente — resmungou. — Eu e-estava... sabe. — Apontou para a própria virilha.

— Eu posso te deixar assim em dois segundos — desafiou, finalizando o corte de cabelo que Junwoo nem percebeu ter avançado enquanto ele pensava no tesão que o atingia quando se recordava das mãos de Takeshi nele.

— *Hyung*, seus pais estão aqui! — Arregalou os olhos.

— E? — Riu sapeca, abaixando-se um pouco até ter a boca perto o suficiente da orelha do outro. — Não se preocupou em gemer para mim quando seus tios estavam no quarto ao lado.

Junwoo suspirou pesado, sentindo os pelinhos de sua nuca levantarem com a respiração alheia chocando-se contra sua pele. Engoliu em seco, virando o rosto um pouco para o lado e mordiscando de leve o próprio lábio inferior, buscando conter o nervosismo e ansiedade que o tomaram naquele momento.

Takeshi o encarava, passando os olhos por todos os pontos de seu rosto, mas focando, principalmente, os lábios rosinhas sendo mordidos. O mais velho quase arfou, soltando a tesoura no chão e levando a mão até segurar a nuca de Junwoo, segurando os fios ali e forçando-o a olhar para o espelho.

— Lembra, Woo? — continuou, a voz descendo para aquele tom que enlouquecia o pobre coitado. — Quando você me deixou te tocar e gemeu daquele jeitinho manhoso pra mim? — Arrastou os lábios pelo lóbulo da orelha do mais novo, fitando-o através do reflexo de ambos. — Se contorceu todinho enquanto eu me divertia com seu pau... — Riu, capturando o lóbulo com a orelha e chupando-o lentamente, arrancando um ofegar surpreso de Junwoo.

— *H-hyung*... — manhou, segurando as bordas do banquinho com força até suas juntas ficarem brancas, nunca deixando de observar o espelho. — Eu... — Não conseguiu terminar, as pálpebras tremendo quando os lábios de Takeshi se arrastaram pelo seu pescoço.

— Você... — incentivou, roçando o nariz na pele sensível da nuca de Junwoo.

— Eu q-quero... Hm... — Fechou os olhos, respirando fundo ao buscar ignorar a timidez para falar o que queria. — Eu q-quero te fazer gozar.

Takeshi precisou de alguns segundos para se recompor do efeito que aquela frase teve em si; arfou baixinho e enterrou o rosto no pescoço alheio, fungando o cheirinho gostoso de sabonete que Junwoo tinha. Sorriu maliciosamente, entreabrindo os lábios e lambendo a pele do pescoço do mais novo, subindo até sua orelha.

— Ajoelha.

Sem precisar ouvir duas vezes, Junwoo o fez, sentindo as pernas tremerem levemente pelo nervoso. Virou-se de frente para o mais novo, observando os mamilos eriçados e o piercing que parecia ainda mais reluzente. Não se aguentou e levou a mão até ali, beliscando de leve o mamilo furado, arrancando um gemido surpreso de Takeshi que segurava a barra da calça de moletom que vestia.

— Eu quero tentar algo e, se você não quiser, me diga que eu paro — Takeshi advertiu, seu tom de voz voltando ao normal e um olhar preocupado surgindo em suas feições. Para ele, como Junwoo se sentiria era o mais importante, já que ele nunca havia feito nada como aquilo antes.

— T-tudo bem, *hyung*. — Junwoo lambeu os lábios, ainda fascinado com o mamilo furado, brincando com o dedo ali. Takeshi suspirou.

— Tire minha calça, Junwoo.

O mais novo obedeceu, descendo as mãos até a barra da calça de Takeshi e puxando-a com facilidade, expondo as coxas fartas cobertas até o meio pela cueca boxer apertada que marcava perfeitamente o volume dele. Junwoo ofegou baixinho, largando o tecido da calça, fascinado com o que via bem na sua frente e, em um impulso, ergueu as mãos até agarrar as coxas do outro.

— O q-que você quer que eu faça? — perguntou ansioso, umedecendo os lábios mais uma vez.

Takeshi sorriu, levando as mãos até os fios curtos de Junwoo, segurando-os com firmeza.

— O que acha de me fazer gozar com sua boca?

A primeira reação de Junwoo foi arregalar os olhos, assustado com o pedido, já que estava pensando que usaria apenas as mãos. No entanto, ao observar atentamente o membro alheio que parecia crescer de tamanho a cada segundo que passava, a boca do adolescente salivou e ele suspirou baixinho, não sabendo como reagir à vontade que estava tendo de colocar um pau na boca. Por isso, engoliu em seco. Ele, definitivamente, colocaria um pau na boca.

— P-preciso que me guie, então, *hyung* — pediu, apertando as coxas uma última vez antes de arrastar as mãos até a barra da cueca, começando a puxar o tecido para baixo.

— Não se preocupe. — Takeshi arfou baixinho com o olhar de desejo que o outro tinha sobre suas partes. *Mal podia esperar para que ele visse...*

— Wow!

Junwoo afastou um pouco o rosto quando o pau de Takeshi saltou para fora, quase batendo em seu rosto. Grande, era, definitivamente, grande. Junwoo abriu e fechou a boca, tentando pensar em alguma maneira de colocar tudo aquilo na boca. Seria impossível.

Observou atentamente o formato alheio, fascinado com a forma que parecia crescer cada vez mais, ficando vermelho e com mais veias saltadas, a cabecinha brilhando e... Uma pimenta?

— *Hyung*? — Junwoo arregalou os olhos, surpreso, tocando a tatuagem que Takeshi tinha na virilha. — Por que tem uma pimentinha aqui?

— História para outra hora, Junwoo. — Takeshi acabou rindo de leve, rouco, acariciando o cabelo do garoto ajoelhado. — Agora... — Com cuidado, puxou o rosto do outro para mais perto, incitando-o a ficar cara a cara com seu pau. — Comece com as mãos.

Hesitante, porém determinado, Junwoo levou a destra até o pau de Takeshi, tentando recordar-se como ele havia feito consigo no outro dia. Com a mão esquerda, apoiou-se à coxa dele, arrastando-se um pouco mais para perto, sentindo os joelhos pinicarem por causa do cabelo no chão, que eles não se importaram em remover.

Iniciou os movimentos para cima e para baixo, como já fez com ele mesmo, engolindo a saliva que se acumulava cada vez mais. Ofegante, cravou as unhas na coxa de Takeshi ao ver a cabeça de seu pau começar a gotejar, denunciando o quão excitado já estava e, por Deus, seu membro completamente duro, apontando para frente, em direção à boca de Junwoo, grande e repleto de veias, só fez com que o mais novo tivesse o impulso de ceder aos seus desejos e cair de boca.

Literalmente.

Envolveu a cabeça com seus lábios, ouvindo um gemido surpreso vindo de Takeshi que apertou seus fios com mais força, tomando cuidado para não empurrá-lo contra a própria virilha e forçar na garganta dele.

Junwoo sentia as coxas e as mãos tremerem, sua virilha começando a repuxar cada vez mais e o seu pau já marcando a calça jeans que vestia.

— Cuidado com os dentes... — Takeshi preferiu advertir, mesmo que o outro não estivesse encostando os dentes à carne sensível. — Chupa.

Junwoo conteve o gemido pelo arrepio que desceu por sua espinha ao ouvir o tom rouco do outro, fechando os olhos e começando a chupar apenas a cabeça, sua mão ainda subindo e descendo no resto da extensão enquanto a outra arranhava a coxa farta. O mais novo resolveu seguir seus instintos, rodeando a língua em torno do pau de Takeshi enquanto descia lentamente, chegando um pouco antes da metade e já sentindo a garganta reclamar. Ignorou, motivado em dar o máximo de prazer ao outro, voltando a chupar com devoção, sentindo aquele gosto peculiar do pré-gozo inundando sua boca.

— Porra, Junwoo — gemeu, seus dedos tremelicando em torno dos fios claros do mais novo. — Olha pra mim.

Ele ergueu o olhar, pressionando a língua contra a cabeça sensível do pau de Takeshi, ouvindo-o gemer satisfeito com o movimento e vendo-o tombar a cabeça para o lado, as pálpebras parecendo pesar em puro deleite. Sentindo-se contente por estar fazendo direito, Junwoo afastou o rosto, soltando o membro de Takeshi com um "ploc" sonoro.

— Tá gostoso? — perguntou baixinho, não cessando a masturbação.

Takeshi assentiu, umedecendo os lábios, abrindo um sorriso malicioso em seguida.

— E pra você, Woo, tá gostoso?

O mais velho segurou o pulso de Junwoo, afastando-o de seu pau para ele mesmo segurá-lo pela base, roçando a cabeça inchada de tesão pela bochecha do outro, molhando-a com o pré-gozo que vazava cada vez com mais intensidade. Junwoo gemeu surpreso com o quão gostoso era ver Takeshi o encarando com aquela expressão safada, esfregando o pau em seu rosto. Assentindo, Junwoo manhou:

— S-sim, *hyung*.

— Então, você gosta de sentir meu pau na sua boca, hm...? — Riu, arrastando a glande até os lábios de Junwoo, passando-a por ali como um batom, quase gemendo com a visão do mais novo com os lábios melados. — Coloca a língua para fora.

Quando Junwoo obedeceu, Takeshi deu batidinhas leves com seu pau ali, arfando gostosamente com a expressão satisfeita que tomou as feições do mais novo.

Junwoo voltou a envolver o pau com sua boca, cobrindo os dentes com os lábios e já chupando com força, se arrepiando com o gemido que Takeshi deixou escapar. Segurou a extensão pela base, inclinando-se para frente quando o outro voltou a segurar sua nuca, relaxando o maxilar para tentar descer os lábios ainda mais. Engasgou, no entanto, quando chegou à metade.

— Ugh, é muito grande, *hyung* — choramingou, passando a língua pelas veias saltadas e subindo até o topo. — Muito grande... — suspirou.

— E você adora, não é? — Sorriu malicioso. — Chupa até onde conseguir, Junwoo.

Com a virilha queimando de tesão e o pau ardente pulsando cada vez mais, Takeshi tombou a cabeça para trás e gemeu de deleite ao sentir Junwoo ir e vir, chupando-o com devoção, como nunca havia feito antes. Fechando os olhos, Takeshi passou a controlar os movimentos, apertando os fios da nuca de Junwoo e empurrando-o para frente e para trás, contendo a vontade de foder sua boca.

Voltou a olhar para o rosto de Junwoo, vendo-o com os olhinhos fechados, a saliva escorrendo pelo canto da boca e a vontade que, visivelmente, estava sentindo de chupá-lo cada vez mais.

— Merda... — gemeu, levando a outra mão até o próprio mamilo, sentindo que estava cada vez mais próximo de gozar. — T-tenta ir mais rápido... — pediu, estremecendo com o olhar quase inocente que recebeu de Junwoo.

— Me guia, *hyung* — pediu manhoso, sem nem perceber, voltando a colocá-lo na boca e, surpreendentemente, tirando a mão do pau de Takeshi.

— Oh, porra! — gemeu.

Takeshi começou a puxá-lo para frente e para trás, sentindo a boquinha dele quente em torno de seu pau e a língua provocando-o da melhor maneira possível. Estremeceu, as coxas se contraindo em puro prazer quando Junwoo gemeu contra ele, agarrando-se em suas pernas para poder ter estabilidade. Começou a movimentar os quadris devagar quando os espasmos começaram, gemendo cada vez mais alto, conforme Junwoo, focando dar prazer ao mais velho, passou a apertar as próprias coxas uma contra a outra, tremendamente duro.

— Eu vou gozar, Junwoo — avisou, um gemido rasgando sua garganta quando Junwoo apertou os lábios em seu pau antes de distanciar o rosto.

Voltou a punhetar o próprio membro, observando a boca inchada de Junwoo completamente melada e as bochechas dele avermelhadas. O mais novo não se levantou, no entanto, os olhinhos brilhando na direção do caralho pulsante de Takeshi.

— Goza em mim?

O pedido o pegou tão de surpresa que ele parou os movimentos, ofegante, encarando Junwoo.

— N-não quer? — o mais novo perguntou, franzindo o cenho, ainda roçando uma coxa na outra.

— Porra, Junwoo, é claro que eu quero — grunhiu completamente excitado. — Abre a boca — pediu.

Ele o fez, entreabrindo os lábios e fixando seu olhar na expressão de prazer do mais velho que passou a respirar com dificuldade, o peito inflando e as coxas tremendo com mais força. Quando Takeshi sentiu que era o momento, os espasmos deliciosos percorrendo as veias e a onda de prazer tomando seu cérebro e corpo, colocou o membro contra a boca de Junwoo, gozando por todo seu rosto. Jatos atingiram seu nariz, seus olhos, seu cabelo e, principalmente, dentro de sua boca.

Junwoo não hesitou em engolir o que caiu na língua, não se incomodando com o gosto que chegou a ser até um pouco doce, ficando mais excitado com o gemido rouco que rasgou a garganta de Takeshi assim que ele gozou.

— Meu Deus... — Takeshi arfou, passando o polegar pelo rosto de Junwoo, tirando os resquícios de porra que haviam por ali, levando até sua boca. O mais novo nem hesitou, abrindo novamente a boca e chupando o resto do gozo que Takeshi lhe dera. — Como pode ser tão gostoso?

Junwoo sorriu satisfeito, pronto para pedir que Takeshi também o compensasse, já que ele estava duro como nunca esteve antes. No entanto, alguém bateu na porta do banheiro.

— Eu tenho certeza que vocês estão fazendo alguma merda, então, por favor, se vistam — Bonhwa exclamou.

Os dois se ajeitaram apressadamente, Junwoo sentindo-se um pouco desanimado por não ter tido a oportunidade de ser tocado também. Meu Deus! Bonhwa lhe veria duro! Arregalou os olhos, tampando a própria intimidade com as mãos.

— *Hyung*... — chamou perdido.

— Oh... — Takeshi suspirou, mordendo o lábio e contendo a vontade de mandar Bonhwa ir embora para ele cair de boca no pau do garoto. — Eu te prometo que te compenso depois, ok? — sussurrou, deixando um selinho nos lábios do outro. — Entra embaixo do chuveiro de cueca e liga a água fria.

Junwoo não hesitou em obedecer, agradecendo mentalmente que o box não era de vidro e Bonhwa não poderia vê-lo através. Ficou somente de cueca e ligou a água gelada, escutando o momento em que Choi adentrou o cômodo.

— Vocês nem pintaram o cabelo ainda, né?

Junwoo riu.

— Aposto que pintou o rosto dele com outra coisa e agora ele tá se lavando.

— Não exatamente... — Takeshi respondeu.

— Ah, me mama, Takeshi.

E Junwoo gargalhou, feliz demais para conseguir se conter.

CAPÍTULO 13

Junwoo estava surpreso consigo mesmo.

Ele nunca pensou que poderia, em toda sua vida, tocar um homem da maneira que tocou, se excitar com a forma suja que Takeshi utilizava para falar com ele e ainda deixar-se dominar por ela, acabando por fazer uso dela também. Obviamente, ele já havia entendido e aceitado que gostava e queria — o tempo inteiro — tocá-lo. No entanto, era surpreendente para si e, provavelmente, para Takeshi também, o fato dele ter conseguido se soltar daquela maneira.

Não estava arrependido, longe daquilo. O que aconteceu serviu somente para deixá-lo mais ansioso para ir além, já que sabia que ainda tinham muita coisa para testar.

Recordou-se de quando seu tio lhe explicou o famoso método de limpeza que o passivo precisava fazer antes de algum envolvimento sexual... Mas Junwoo não sabia quem seria o passivo. Não sabia se era algo que ele queria, por mais que soubesse que Takeshi, provavelmente, faria ser bom e não sabia se ele teria a capacidade de fazer algo sério como aquilo ser bom para Takeshi. Talvez, eles devessem testar tudo, certo?

Junwoo não sabia, mas estava ansioso. Queria ir além e queria ter a oportunidade de ficar sozinho com o mais velho para não só tirar suas dúvidas, como entender tudo na prática. Definitivamente, ele tornou-se um safado.

— O cabelo ficou tão bom a ponto de você estar rindo pra si mesmo no espelho? — Bonhwa perguntou, se aproximando do mais novo por trás e segurando-o pela cintura carinhosamente. — Ou o trato que o Takeshi deu em você foi tão bom a ponto de você sorrir pro nada?

O de cabelo rosa — e curto — gargalhou.

— *Hyung*, não pode ficar se intrometendo assim nas intimidades dos outros. — Fez um bico. Bonhwa o encarou indignado.

— Que absurdo! Eu ajudei a juntar vocês dois, tenho todo o direito de me meter na vida sexual de vocês.

Junwoo aproveitou que Takeshi estava no banheiro lavando o cabelo, e sorriu envergonhado.

— Posso fazer uma pergunta?

— Já sei que não vai ser como chupar um pau, porque você fez isso alguns minutos atrás — rebateu, sentando-se na cadeira da escrivaninha de Takeshi, rodando nela e rindo junto ao mais novo. — Diga.

— É que... C-como a gente sabe quem... Hm... — Sentiu-se envergonhado de continuar, as bochechas começando a queimar. — Qu-quem vai... — tentou gesticular, acabando por enfiar um dedo por entre um círculo que fez com a outra mão. No entanto, Bonhwa estava distraído com o quão giratória era a cadeira de Takeshi e acabou não escutando. — Bon!

— Hm? — Ergueu a cabeça, sorrindo quadrado depois. — Desculpe. Qual foi a pergunta?

— Na hora d-do sexo, *hyung*. — Engoliu em seco ao que viu a sobrancelha de Bonhwa se arquear. — C-como sabemos quem... — Não finalizou, dando graças a Deus que o mais velho entendeu.

— Quem mete e quem leva?

Junwoo corou com o vocabulário, mas assentiu.

— Normalmente é algo do momento, se vocês não tiverem conversado sobre antes — Takeshi proferiu, parando de girar. — Já falou com o Takeshi sobre? — Junwoo negou. — Então, saiba que ele é versátil.

— Versátil? — Franziu o cenho.

— É, ele faz os dois. Ele dá e ele come. — Riu com a expressão assustada do outro. — Não se engane com o porte pequeno dele.

— Como assim?

— Não é porque ele é um gay de estatura pequena, com uma boa bunda, que é, necessariamente, o que dá. — Deu de ombros. — Existe um estereótipo tanto em casais gays quanto lésbicos que acredita que o ativo ou ativa da relação é sempre a mais alta, mais forte, e o passivo ou passiva é a pessoa mais baixa, com curvas mais acentuadas. É um estereótipo totalmente heteronormativo, já que impõe que a pessoa com traços mais "femininos" — fez aspas com os dedos — seja a passiva.

— Oh, entendi... — Junwoo franziu o cenho, incomodado com aquele comentário. — Então, as pessoas teriam tendência a me ver como... como o ativo?

— Sim, mas todos sabemos que você tá doido pra liberar pro Takeshi. — Bonhwa piscou divertido.

— Bon! — Riu alto. — Então... — Respirou fundo. — Acha que eu tenho que conversar com ele antes?

— Pode ser, Woo, talvez, isso te faça se sentir mais confortável na hora que acontecer.

Como se tivesse sido cronometrado, Takeshi saiu do banheiro com o cabelo roxo úmido, vestindo apenas uma calça de moletom — para o desespero do pobre Junwoo —, cantarolando algo que Junwoo não soube identificar. Ele notou o silêncio que reinou no ambiente assim que pisou no local e riu.

— Eu vou fingir que não sei que vocês estavam falando de mim.

— Que nada! — Junwoo riu nervoso. — O cabelo ficou incrível, *hyung*! — tentou mudar de assunto, levantando-se e aproximando-se do mais velho para tocar nos fios recém-pintados.

— Eu também adorei. — Takeshi sorriu, resolvendo deixar de lado o fato de que sabia que os dois estavam desviando do assunto que discutiam antes dele aparecer. — O seu ficou a sua cara. — Tocou nos fios rosados do mais novo, penteando-os delicadamente. Junwoo sorriu, inclinando-se, quase que sem perceber, contra o toque de Takeshi. — Eu gostei muito.

— Chega de *boiolice* — Bonhwa brincou. — Vamos comer a sobremesa que eu fiz com Sanji *noona*?

!

Junwoo aguardava a resposta a respeito da denúncia ao lado de Eunhye e Mirae, segurando a vítima em um abraço lateral enquanto encaravam James de longe, que conversava com um dos oficiais. Junwoo tentava tranquilizar a menina, repetindo que ficaria tudo bem, mas nem ele mesmo sabia o que ia acontecer.

Eles fizeram a denúncia, apresentaram as provas, fizeram a parte deles. No entanto, e se tudo desse errado? E se Seunghyun descobrisse e fosse atrás da garota após o mandado de afastamento da vítima ter sido negado? O que ele seria capaz de fazer? Eram muitas perguntas que rondavam a mente do pobre adolescente que passara a sentir que não tinha estômago para aquele tipo de situação. No entanto, ele não soltou a mão de Eunhye.

— E se ele vier atrás de mim? — ela sussurrou, tirando o rosto do pescoço de Mirae e apertando a mão de Junwoo com força, os dedos suados.

— Não posso dizer que ele não vai, mas se ele for, será pior para ele e você vai estar bem protegida, Hye — Mirae a confortou, os olhos grandes brilhando em preocupação.

— Você não disse que tem seguranças na casa de Mirae? — Junwoo perguntou. Eunhye assentiu.

— Não posso ficar lá para sempre.

— Claro que pode, você pode se mudar para lá até as coisas melhorarem, Eunhye — afirmou Mirae. — Depois, a gente vê o que a gente faz. Podemos tentar recuperar seu apartamento...

— Não quero. Quero queimar aquele lugar — ela suspirou, puxando os fios longos e castanhos para trás, agoniada.

— *Noona*, desculpa perguntar, mas e seus pais? — Junwoo acabou soltando, com medo que a garota tivesse alguma história familiar trágica. Não queria ser indelicado, mas imaginou que os pais de Eunhye fossem enfrentar a situação junto com ela ou fazer algo a respeito.

Ela suspirou.

— Não tenho mãe e meu pai é diplomata, está sempre viajando. Não quis preocupá-lo.

— Mas isso é algo sério, *noona*. — Ele franziu o cenho, imaginando que o pai dela ficaria preocupado, caso descobrisse depois. — E se algo tivesse acontecido com você? Seu pai precisa saber.

— Eu disse a mesma coisa — Mirae repreendeu a outra, acariciando os fios bagunçados dela. — Precisa falar com ele.

— Só depois que tudo estiver resolvido. — Ela desviou o olhar. — Por favor, não insistam.

Mirae, notando a tensão nos ombros da amiga, virou-se para Junwoo:

— Adorei o visual novo. Só não sei se estão te levando a sério aqui dentro.

Funcionou, pois Eunhye soltou uma risadinha fraca. Junwoo sorriu junto, entendendo o que Mirae estava tentando fazer.

— Eu acho que o rosa combinou comigo.

Cinco minutos após conversarem sobre cores de cabelo, o delegado se aproximou com dois oficiais em sua cola, um bolo de papéis em mãos e um olhar sério no rosto. Um dos oficiais disse algo para ele, em tom baixo, e ele assentiu, indicando o balcão da recepção da delegacia em seguida. Após aquilo, se aproximou de James e começou a falar algo com ele. Junwoo sentiu o coração acelerar no peito e, nervoso, apertou os dedos de Eunhye.

— Senhorita Im! — o delegado chamou, olhando para Eunhye de longe.

Nervosa, a garota andou na frente de Junwoo e Mirae, temendo as palavras que sairiam da boca do homem.

— Como está? — Ele sorriu simpático. A garota apenas deu de ombros, forçando um sorriso. — Peço, primeiramente, para que fique tranquila. Nós enviamos o caso ao juiz e já temos um mandado a ser feito.

— E o que seria? Ele vai ser preso? — Eunhye questionou angustiada.

O delegado suspirou.

— Infelizmente, não podemos prendê-lo de imediato. Na lei, existe a necessidade de aplicação de medidas protetivas, determinando o afastamento do agressor da vítima e de tudo que está relacionado a ela, como amigos, familiares, tudo. O juiz aplicou sentença formalmente e nós vamos até a residência de Shin Seunghyun. — Checou a ficha que carregava em mãos. —

Vamos anunciar o afastamento dele da senhorita e ele deverá respeitá-lo até nova ordem, que virá somente se ele cometer algum ato que a ordem impede. Se ele desobedecer ao mandado, será, imediatamente, preso.

Eunhye pareceu analisar a situação, seus olhos perdidos no chão enquanto Mirae fazia outras perguntas ao delegado, como a distância mínima que Seunghyun deveria manter da garota.

Os olhinhos preocupados de Junwoo fitaram a colega, que ainda estava em seus braços, sem saber como reagir ao fato de que Seunghyun não seria preso e ainda poderia fazer o que fez, com ela, com outras mulheres. Deveria ser horrível ter que conviver com aquilo em mente, porque, mesmo que ele fosse obrigado a manter distância de Eunhye, aquilo não o impedia, de fato, de agir de maneira irracional e ir atrás dela, mesmo correndo o risco de ser preso. Ameaças ainda poderiam ser feitas ou coisas piores. Era preocupante.

O grupo ficou mais um tempo dentro da delegacia. James tratou de tranquilizar Eunhye com seu conhecimento em advocacia enquanto Mirae e Junwoo tentavam assegurar que fariam de tudo para protegê-la. Junwoo até mesmo perguntou se ela não queria ficar, com ele, na casa de Jooheon, caso ela fosse se sentir mais segura com James por perto, mas Eunhye respondeu que, com Mirae, seria melhor, já que os seguranças eram muitos e deveras assustadores.

— Fique em casa até se sentir mais segura, não saia a não ser que seja por extrema necessidade — James sugeriu.

— Isso, a gente faz maratona de Friends[9]! — Mirae exclamou, tentando, de toda maneira, animar a melhor amiga. Eunhye riu tristonha.

— Você odeia Friends.

— Mas eu assisto por você! — a loira resmungou, encostando a cabeça à de Eunhye.

— Tudo bem, vai dar tudo certo. — A morena respirou fundo, limpando as lágrimas. Ela levantou-se, sendo acompanhada do resto e expirou pesadamente. — Tenho que ter em mente que ele é alguém importante, uma figura pública por causa do pai dele, tem que ser bem-visto, então ser preso, talvez, não esteja nos planos dele. — Ela riu, quase irônica. — É, acho que sou mais uma das mulheres humilhadas por um homem importante e rico.

— Não — negou Mirae, franzindo as sobrancelhas. — Você é mais uma das mulheres corajosas que denunciou um homem nojento e que não é digno de ter tudo que tem.

— Minha *noona* uma vez disse que... — Junwoo começou tímido — muitas mulheres não denunciavam alguns homens por serem namorados, maridos ou homens importantes. Você fez isso, Eunhye. E conseguirá se livrar dele.

---

[9] *Friends*: famosa *sitcom* norte-americana (1994).

Eunhye sorriu triste, um tanto mais leve, no entanto. Assentiu e, após respirar fundo novamente, disse:

— Vamos pra casa.

!

— *Hyung*! Ele é um gênio! — exclamou Junwoo, largando o balde de pipoca para saltar na cama, extremamente animado com o filme exibido na televisão do quarto de Ravi.

— Gênio, bilionário, playboy e filantropo — Takeshi rebateu risonho, contente por Junwoo estar gostando tanto do filme que o grupo escolheu.

— Eu sabia que ele ia gostar do Homem de Ferro... — Yoona sorriu, estendendo a mão para Hajoon. — Meu dinheiro.

— Vocês apostaram isso? — Junwoo franziu o cenho, confuso.

— Sim, porque o Hajoon jurava que você ia gostar mais do Homem Aranha — ela respondeu, pegando o dinheiro que o professor, a contragosto, estendeu para ela.

— Oh... Eu gosto dele também. — Deu de ombros, apoiando as costas contra o peito de Takeshi, já que estava entre as pernas dele. — Mas gosto mais do Homem de Ferro.

— O Doutor Estranho dá de dez a zero em todos eles juntos — resmungou Bonhwa, incomodado, pois naquele filme, o seu herói preferido não aparecia.

Eles continuaram a debater sobre as qualidades e defeitos de todos os heróis enquanto o filme rolava, parando a conversa apenas quando era alguma cena de luta que, segundo Ravi, era necessária ter toda a atenção. Quando o filme chegou ao fim, Junwoo implorou para que vissem mais e o resto concordou, mas exigiu mais comida.

— Posso ajudar você a fazer mais pipoca, *hyung* — ele se ofereceu quando viu que Ravi era o único que ia até a cozinha para fazer mais comida.

— Seria ótimo. — O mais velho sorriu.

Quando chegaram à cozinha, no entanto, a tia de Ravi estava com uma amiga ali, rindo alto enquanto dividiam uma garrafa de vinho, ambas apoiadas ao balcão. Ária sorriu para o sobrinho e Junwoo quando os viu:

— Mais pipoca?

— Sim. — Ravi abriu um sorriso de canto. — Oi, *noona* — cumprimentou a amiga da tia.

— Olá, querido. — Sihyeon, a amiga de Ária, acenou com a mão ossuda e as unhas vermelhas para Ravi, trocando o olhar em seguida para Junwoo. — E você, rosadinho, é...?

— Lee Junwoo, prazer. — Curvou-se tímido.

— Oh, Lee? É filho do pastor que foi preso? — Ela pareceu verdadeiramente surpresa.

— Sihyeon... — Ária advertiu, não sabendo se aquele assunto incomodaria o adolescente.

— É... S-sim. — Junwoo coçou a nuca meio sem jeito, mas apenas por ter sido pego de surpresa e não porque o assunto o incomodava. — Não tem problema, *noona*. — Sorriu para Ária.

— Não sabia que namorava o Ravi! — continuou Sihyeon, não notando que estava sendo extremamente inconveniente.

Ravi, naquele meio tempo, esperava as pipocas começarem a estourar na panela que já havia colocado no fogo, o maxilar travado, porque não era lá grande fã daquela amiga de sua tia em específico.

— Oh, não, não namoro o *hyung*. — Abanou a cabeça. — Estamos apenas vendo um filme...

— No quarto dele? Os dois sozinhos? — Ela riu ironicamente. Sihyeon não sabia que os outros amigos de Ravi e Junwoo estavam lá também. — Sei bem que filme é esse.

— Sihyeon. — Ária foi mais dura, fitando a amiga de maneira séria. — Já chega de se intrometer na vida dos outros, né?

— Oras, mas é algo completamente normal! Namoros, sexo... Todo mundo faz! — ela exclamou, achando graça da situação toda.

Ravi desligou o fogo e bufou, virando-se para a mulher.

— Não, nem todo mundo faz. Nem todo mundo tem a porra do fogo na boceta que a senhora tem, *noona* — debochou. — Nem todo mundo sente a necessidade de transar ou de se meter na porra da vida sexual e romântica dos outros.

Sihyeon ficou em silêncio, em choque com as palavras rudes e necessárias que deixaram os lábios de Ravi. Ela virou-se para Ária, esperando que a amiga fosse defendê-la, mas a tia de Jung somente bebericou seu vinho, um sorriso divertido dançando em seus lábios. Junwoo, preocupado com a reação que o amigo teve, aproximou-se daquele e resolveu que ele mesmo faria a pipoca.

— Vamos pra sala, Sihyeon — Ária murmurou risonha, puxando a amiga para a sala de estar.

— Tá tudo bem, *hyung*? — Junwoo perguntou, abaixando o fogo e mexendo a panela quando o milho começou a estourar. Ravi suspirou.

— Sim, sim. Eu só nunca gostei dessa mulher e odeio gente inconveniente.

— Sua tia não sabe que você não gosta dela? — Ravi negou. — E por que não fala?

— Não acho necessário. — Deu de ombros. — Se, algum dia, sentir que cheguei ao meu limite, aí eu falo.

— Esse não foi seu limite, *hyung*? — perguntou, virando a pipoca no enorme balde, rindo baixinho com o mais velho. — Você xingou ela! — Gargalhou.

— Eu sei, eu sei, mas você não me viu no auge da minha raiva, Woo. Eu sou uma pessoa tranquila. — Piscou.

Junwoo cessou a risada aos poucos, engolindo em seco com o pensamento que lhe veio em mente.

— Hm... *Hyung*! — chamou, impedindo que Ravi deixasse a cozinha com a garrafa de refrigerante em mãos. O mais velho virou-se para ele com aquele costumeiro sorriso doce nos lábios. — As pessoas perguntam muito sobre isso pra você?

— Sobre o quê? — Franziu o cenho. — Sexo?

Quando Junwoo assentiu, Ravi pousou o refrigerante no balcão da cozinha e encostou-se ali, assentindo.

— Infelizmente, sexo é a principal coisa que esperam de um adolescente — respondeu. — É tão esperado que se você for virgem com mais de dezenove anos, as pessoas ficam chocadas. Mas se você tiver dezoito e transar com uma porrada de gente, te chamam de vadia, galinha e etc. — Riu sem humor. — A sociedade adora colocar pressão nas pessoas, principalmente nos adolescentes e isso gera aqueles problemas que você, com certeza, já ouviu falar: ansiedade, depressão... Quando fui ao psicólogo, tive que explicar o motivo de não ser sexualmente ativo depois que ele ficou extremamente surpreso quando neguei, e ainda disse que eu era uma "joia rara" — fez aspas.

— Joia rara? — Junwoo franziu o cenho.

— Sim, por não transar. Ele achava que eu não transava por escolha própria e, ao menos, me pediu desculpas depois que expliquei minha situação. — Deu de ombros. — Me sinto mal por dizer isso, mas se pudesse escolher, eu escolheria ter essa libido que os adolescentes tanto falam sobre. Queria poder escolher, queria poder não ter que ficar sem jeito quando algum conhecido faz piadinha sobre sexo e espera que eu a complemente ou ria... É difícil. Pode parecer fútil, mas é difícil.

— Não é fútil, *hyung*! — Junwoo caminhou até o outro, segurando-o pelos ombros. — É quem você é, você precisa abraçar isso. Eu imagino que deva ser difícil e, infelizmente, não posso dizer que entendo, porque não entendo como você se sente, sabe?

— Claro que não sabe, passa o dia inteiro pensando no corpinho do Takeshi nu — zombou, quebrando o clima sério para rir junto ao mais novo.

— Eu tô falando sério, *hyung*. — Fez um bico. — Vocês, uma vez, me falaram sobre a palavra "normal". — Ravi o encarou, esperando que ele continuasse. — O que é o normal? O normal muda pra cada pessoa, *hyung*. E se o normal para alguns é que a gente sinta vontade de transar, pra você, não é e está tudo bem!

— Garoto... — Ravi não conseguia parar de sorrir e, sem se conter, puxou o garoto para um abraço que foi prontamente correspondido. — Você é meu maior orgulho.

Quando voltaram ao quarto, uma discussão alta acontecia entre Takeshi e Bonhwa enquanto Hajoon e Yoona assistiam risonhos e soltando alguns comentários entre as frases dos dois melhores amigos.

— O que houve, gente? — Junwoo perguntou curioso, aproximando-se do de cabelos roxos para sentar-se entre as pernas dele novamente. Ajeitou-se ali e já atacou o balde de pipoca que trouxera.

— O Bonhwa falando que piercing dói mais que tatuagem. Ele nem tatuagem tem! — Takeshi exclamou, abraçando a cintura de Junwoo. — Eu tenho os dois, sei do que eu tô falando.

— Mas piercing dói pra caralho, Takeshi, e eu tenho em locais que você não tem! Em cartilagens mais sensíveis! — Bonhwa rebateu emburrado.

— Ele tem uma tatuagem na virilha, deve doer mais, *hyung*. — Junwoo murmurou, não notando que todos os olhares caíram sobre si naquele momento.

— Quer dizer que o Junwoo já viu a pimentinha? — Yoona brincou.

— Meu Deus, o que eu tô fazendo aqui? Isso é tão inapropriado... — Hajoon resmungou, tampando o rosto com um dos travesseiros de Ravi.

Bonhwa riu e falou: — Junwoo já viu a pimentinha e o pimentão.

Junwoo gargalhou.

— Junwoo! — Ravi riu junto. — Não era pra você entender essas coisas.

— Eu disse pra vocês que a criança não é mais criança — acrescentou Takeshi, pegando um punhado de pipoca.

— Não é mais criança, mas ainda ama um pirulito, né? — continuou Yoona, arrancando mais risadas de Junwoo, por mais que as bochechas do garoto estivessem ruborizadas. — Que absurdo.

— Vamos voltar pro assunto tatuagem, por favor — pediu, parando de rir aos poucos.

— Ainda acho que piercing dói mais. — Bon deu de ombros.

— Isso deve depender muito de onde é o piercing e de onde é a tatuagem, gente. — Hajoon bufou.

— No braço dói? — Junwoo perguntou, virando o rosto para Takeshi.

— Por quê? Quer fazer? — o mais velho rebateu.

Junwoo não respondeu de imediato, pois não tinha certeza da resposta. Ele achava tatuagens bonitas, por mais que se assustasse quando via alguém que carregava muitas delas, mas o conceito de ter algo com um significado marcado na pele era algo que ele achava interessante. Então, deu de ombros.

— Eu acho que faria... Se achasse algo com um significado legal.

— Tatuagem não precisa ter significado. — Yoona abanou as mãos. — Eu tenho um pêssego no tornozelo.

Junwoo riu baixinho.

— Eu sei que não precisa, mas queria algo com um significado bonito pra mim...

— Eu tenho uma ideia! — soltou Ravi, levantando-se da cadeira em que estava sentado, coçando a garganta e ajeitando a roupa, como se fosse fazer um discurso de extrema importância. Olhou para o alto, afastou as mãos como se revelasse algo e, então, disse: — Ishikawa Takeshi.

— *Hyung*! — O rosado riu alto, assim como todo o resto no cômodo. — É sério!

— A gente pode ir a uma loja de tatuagens e ver, Woo. Vai que você gosta do desenho de algum artista? — Takeshi sugeriu, apoiando o queixo ao ombro do mais novo. — Você pode até fazer o piercing na orelha que tanto gosta.

— Eu quero! — ele exclamou animado.

— A gente tá corrompendo o garoto — zombou Hajoon. — Eu sou professor, olhem onde estão me enfiando!

E a tarde daquele fim de semana seguiu daquela maneira, com o grupo terminando por dormir junto, amarrotado, um em cima do outro, determinados a acabar a maratona de Vingadores no dia seguinte, já que era um domingo. O assunto piercing e tatuagem não voltou à tona, mas Junwoo passava a maior parte do tempo tentando pensar em algo que pudesse ter um significado para si. Ele sabia que, em algum momento, aquilo viria e estava ansioso para saber o que sua cabecinha, já evoluída, lhe diria.

— Por que será que o diretor chamou todos nós? — Yoona perguntou, batucando as unhas bem feitas no braço da poltrona da sala de espera do diretor do colégio. Ao lado dela, Junwoo, Takeshi, Ravi e Bonhwa olhavam em volta ou tentavam lidar com a própria ansiedade, visto que nenhum deles sabia o motivo de terem sido chamados ali.

Era quarta-feira e teria sido um dia normal de aula em que os professores colocavam pressão nos alunos pelas provas, mesmo que faltassem alguns meses para as tais, se não fosse pelo chamado do diretor, convocando os cinco adolescentes para a sala dele.

— Ninguém sabe — resmungou Takeshi. — Alguém aqui fez alguma merda?

— Não, eu tô parado há tempos. Tava planejando umas merdinhas pra fazer, mas acho que isso é um aviso do universo — respondeu Ravi, os cantos de seus lábios curvando para baixo como acontecia quando ele ficava cabisbaixo.

— O diretor está aguardando vocês — a secretária interrompeu a conversa dos cinco, abrindo a porta da sala do homem para eles.

— Oh, finalmente. Sentem-se! — o velhote exclamou, indicando as cadeiras. — Não tem cadeira pra todo mundo, mas podem se sentar nos braços delas e, enfim, fiquem à vontade.

Bonhwa franziu o cenho, notando o quão doce o homem soava, quase cuidadoso. Sentou-se no braço da cadeira que Junwoo escolheu e cruzou os braços esperando, assim como todo o resto.

— Bem, como estão? — perguntou, sorrindo leve com os murmúrios que recebeu em resposta. — Senhor Lee, o colégio ficou sabendo do que aconteceu com seu pai e das mudanças da sua guarda. Pelo que entendi, agora, está sob a guarda de seu tio, certo? Lee Jooheon, se não me escapou?

Junwoo assentiu nervoso:

— Isso mesmo, senhor.

— Ótimo, ficar no mesmo ambiente que o senhor Lee, talvez, não fosse o melhor, caso queira manter os seus resultados impecáveis como estão — o homem acrescentou, arrancando uma careta dos adolescentes.

— É pra isso que chamou ele? — Takeshi quase rosnou incomodado.

O diretor negou.

— Não, não! Na verdade, chamei o grupo de vocês para fazer um pedido.

— Pedido? — Ravi franziu o cenho.

— É. Como sabem, vamos entrar no inverno e terá o grande recesso de inverno antes das provas. — Eles assentiram. — E, ultimamente, a qualidade dos colégios tem sido avaliada também, em função de grandes eventos planejados, eventos que propõem uma confraternização entre os alunos. Eventos que vocês estão acostumados a organizar, certo? — Sorriu, parecendo ansioso.

— Já vi tudo — resmungou Yoona, recebendo uma cotovelada de Ravi. — O senhor quer que façamos um evento para antes do recesso de inverno? E o que seria? Um baile de inverno? — debochou, mas o silêncio que reinou na sala e os olhares dos amigos sobre si deixaram clara a resposta. — Ah, não.

— Essa é uma ótima ideia! Podemos fazer como naqueles filmes americanos de que os alunos tanto gostam, contratar... Como é que vocês chamam? Um DJ? — O velhote franziu as sobrancelhas, confuso. — Isso, aquele que cuida da música. Podemos fazer um grande buffet e decoração típica de inverno... A ideia e organização vêm de vocês, porém o colégio ajudará no *budget*[10] e vocês não terão gastos, somente ganhos, já que vendendo ingressos e cobrando algumas atrações, poderemos cobrir o valor gasto com a decoração e dar uma porcentagem pra vocês. Não será nada grande, mas será bem valorizado no diploma, também. O que me dizem?

Os adolescentes se entreolharam, ponderando a situação.

Junwoo estava meio perdido, sem saber se ele tinha um local de fala naquela decisão, porém gostando bastante da sugestão. Ele nunca tinha ido a um baile! Poderia ser divertido! Ele poderia se vestir bem, convidar Takeshi para dançar consigo...

Contente com aquelas ideias, abriu um sorriso animado na direção de Takeshi, que suspirou e assentiu, sorrindo leve, antes de virar-se para o diretor e dizer: — Nós topamos.

---

[10] *Budget*: "orçamento", em inglês (TRADUÇÃO NOSSA).

!

Após o trabalho, naquele mesmo dia da semana, Junwoo marcou de se encontrar com Bora, em uma pequena lanchonete, perto da casa da garota, já que o pai dela não quis que ela fosse muito longe por ser um dia de semana e já ser noite. Junwoo aceitou, sem problema algum, feliz por ver a garota depois de semanas.

— *Oppa*! — Ela sorriu, entrelaçando os braços no pescoço de Junwoo e abraçando-o. — Como está?

— Bem! — Os dois caminharam até uma das mesas e sentaram-se. — Como estão seus pais?

— Ah, bem. — Ela deu de ombros, olhando rapidamente o cardápio. — Meu pai nem ficou surpreso com a coisa toda do seu pai e disse que estava feliz por sermos apenas amigos. — Ela riu envergonhada.

— Ele sabe que você está com Somi?

Ela negou.

— Não, mas minha mãe sabe.

— E como ela reagiu? — perguntou curioso.

— Ela disse que imaginava, porque eu e Somi sempre fomos... um pouco diferentes de outros grupos de melhores amigas. — Ela riu leve. — Mas ela ficou preocupada com o que meu pai acharia sobre eu ser lésbica.

O mais velho franziu o cenho.

— Mas eu achava que você não gostava de se rotular.

— Era sobre isso que eu queria falar com você... — Bora se interrompeu quando uma garçonete se aproximou, questionando sobre o pedido de ambos. — Oh, eu vou querer um suco de laranja e um sanduíche natural.

— O mesmo, mas quero suco de abacaxi. — Junwoo proferiu, sorrindo simpático para a funcionária. — Estava dizendo... — incentivou-a a continuar.

— Eu conversei com a Moon Somi e uns amigos dela outro dia e eles me apresentaram um ponto de vista interessante sobre essa questão de rótulos. É um ponto de vista que nem todo mundo que faz parte da comunidade tem, mas eu percebi que concordo com ele — ela começou, tamborilando os dedos na mesa. — Nós vivemos em uma sociedade que nos impõe rótulos, sim, porém, na comunidade LGBT, esses rótulos representam uma luta. Uma luta histórica que vem acontecendo desde o início dos tempos; e eu sinto que, dizendo que não quero me rotular, estou ignorando essa questão. Sou apaixonada por uma mulher, sinto vontade de beijar, tocar e estar com essa mulher, quero casar com ela e nunca me senti assim por um homem, nem por aqueles com quem namorei e que, agora, percebo que o que eu sentia por eles era algo mais fraternal, já que os dois com quem estive eram amigos próximos meus. Então, eu sou lésbica, quero assumir a luta pelos meus direitos; quero, algum dia, me casar com essa mulher por quem sou apaixonada e quero poder dizer isso em voz alta, *oppa*.

— Isso é... Isso é muito bonito, Bora. — Junwoo sorriu, os olhos brilhando. — Eu fico feliz que você tenha se encontrado dessa maneira.

— Além da conversa que tive com Moon e os amigos dela, eu... Eu enfrentei uma situação difícil. — Coçou a garganta, meio desconfortável. Parou de falar quando a garçonete se aproximou com os pedidos dele e agradeceu baixinho, voltando à conversa alguns segundos depois. — Nesse dia, fomos a uma festa e voltamos sozinhas. Eu e Moon. Estava de noite e acabamos tendo que passar por uns becos para chegar à casa dela, que não é em um bairro muito agradável, você sabe.

Junwoo assentiu, preocupado com o que ela diria.

— Um grupo de caras da nossa idade parou a gente.

— Bora... — murmurou temeroso com o que poderia ter acontecido.

— Não tocaram na gente. — Ela abanou as mãos, tranquilizando o garoto. — Um deles me assediou verbalmente. — Ela engoliu em seco. — Eu ia ignorar e continuar andando, mas a Moon fez questão de dizer que eu era a namorada dela e que ele devia respeito a mim, mesmo se eu estivesse sozinha naquele momento. Os caras riram e o que tinha me assediado falou: "Namoradas? Se beijem aí, então, pra provar.". A gente ignorou e foi embora, mas, Woo, você não tem noção do nojo que eu senti.

— Bora... — suspirou, segurando a mão da garota por cima da mesa. — Eu não posso nem imaginar como deve ter sido pra você.

— Não, realmente, não pode. E o que me deixou enfurecida foi que... Isso acontece com mulheres lésbicas o tempo inteiro! Homens sexualizando elas, como se tivessem o direito, sendo minimizadas na sociedade por, além de serem mulheres, serem homossexuais. Junwoo, eu quero lutar contra isso — finalizou, respirando fundo por tentar conter a enxurrada de sensações em seu peito. Junwoo sorriu.

— Você está e você vai, Bora, cada vez mais. Todo dia que você disser pra alguém que namora a Moon, sempre que você sair de mãos dadas com ela, sempre que você enfrentar alguém ou falar como se sente para quem não tem local de fala na situação, como é o meu caso, você está lutando contra a opressão que existe sobre vocês.

— Eu sei, mas eu quero fazer mais! — Ela sorriu ansiosa. — Eu queria conhecer mais mulheres lésbicas, queria juntá-las e criar algo... sabe? Apoiar meninas mais novas que se sentem como eu, que estão confusas ou que acham que é errado... Não sei, sinto que posso fazer mais, Woo.

— Por que não cria algo com a Moon? Posso chamar o pessoal para ajudar com ideias... Mas vocês duas que comandariam — sugeriu, dando uma golada no suco de abacaxi.

— Eu acho ótimo! Muito obrigada, *oppa*. — Ela balançou as pernas, feliz.

— Ah, a gente vai organizar um baile de inverno na nossa escola... — Junwoo iniciou outro assunto. — Provavelmente, terão convites mais formais, mas eu queria já convidar você e sugerir ir com Moon. O Syao *hyung* também irá, provavelmente.

— Meu Deus, sim! Claro! — Bora sorriu. — Somi tava doida pra usar um terno rosa meio salmão que ela comprou! Ela vai amar.

— Perfeito, então.

Mais tarde, naquele mesmo dia, Junwoo encontrou com seu tio na rua de casa. Aparentemente, o mais velho precisava ir à farmácia comprar remédios para Dakho, e Junwoo se ofereceu para ir junto e fazê-lo companhia, coisa que não foi negada.

— Como foi o trabalho hoje? — Jooheon perguntou quando eles entraram na loja.

— Ah, ótimo. As coisas estão ficando bem tranquilas, porque o inverno está chegando — explicou, acompanhando-o até o balcão, os olhos analisando o ambiente. — Oh, *hyung*... — chamou, sentindo as bochechas esquentarem.

— Sim. — Jooheon virou-se para ele após entregar a receita para o balconista.

— Aqueles não são... — Coçou a nuca, indicando com a cabeça a prateleira a qual se referia. Jooheon acompanhou o aceno do sobrinho e soltou uma risada ao ver do que se tratava.

— Aparelhos de enema, sim.

— É igual o seu... né? — Ele nem notou que estava caminhando na direção dos aparelhos de higiene. Ouviu seu tio confirmar e mordeu o lábio inferior, envergonhado. — Será que eu...

— Deveria levar um? Sim. — Jooheon checou os remédios que o balconista lhe entregou e assentiu, pedindo para ele esperar. — Pega esse aqui, é portátil, prático, já que não sabemos quando vai acontecer. — Deu de ombros, pegando o produto. — Mas lembre-se que não precisa fazer sempre.

— Oh, *o-okay*... — Quase explodindo, Junwoo apertou o aparelho nos braços e *voltou* para o balcão com o tio. — Er...

— Pode ficar tranquilo, moço. — O balconista riu, estendendo a mão para ele e pegando o produto quando Junwoo teve coragem o suficiente para lhe entregar. — Eu uso também. Minha namorada gosta de... Bem, ela tem uns fetiches.

— Informação demais, amigo, informação demais — zombou Jooheon, passando o cartão e pegando a sacola na qual o funcionário colocara os remédios e o produto.

— Eu vou explodir. — Junwoo tampou o rosto enquanto saíam da loja, envergonhado como nunca.

— Relaxa, Junwoo, você vai transar! — Jooheon gargalhou quando recebeu um tapa fraco no ombro. — E olha... Você vai transar com o garoto que gosta, nem todo mundo tem essa sorte.

Junwoo suspirou, assentindo para si mesmo.

— Espero que eu faça isso direito e não suje ele.

Jooheon explodiu em mais risadas.

— Junwoo!

— *Hyung*... como foi sua primeira vez? — perguntou, já sentindo que não era preciso ter vergonha daquele ao seu lado.

— Qual delas? Teve minha primeira vez com uma mulher, com um homem sendo ativo e com um homem sendo passivo — não poupou o palavreado, sorrindo ao ver as bochechas em tom carmesim do sobrinho.

— Hm... Todas.

— Com uma mulher foi estranho e ruim. Foi estranho, porque foi com uma amiga próxima e eu estava forçando a mim mesmo, forçando-me a sentir algum tesão pelo sexo feminino, mas não funcionou e, bem, passei vergonha, mas, no fim, rendeu boas risadas. — Sorriu, recordando-se dos momentos. — Depois, foi com um homem, sendo passivo, já que, normalmente, quando não se é experiente, é melhor ser passivo primeiro, já que para foder direito é preciso de certo treinamento.

— Oh... — Junwoo fez um bico pensativo. Então... Ele quem levaria primeiro?

— Eu gostei muito. Não foi a melhor, mas foi bom e o homem foi bem cuidadoso. — Deu de ombros. — Minha primeira vez sendo ativo foi ótima, já que foi com James e eu já estava muito apaixonado. Ajudou bastante na questão do nervosismo e essas coisas. James soube me tranquilizar e me guiar. — Sorriu abobalhado.

— Vocês são muito fofos, *hyung*. — Junwoo riu, observando a forma como Jooheon parecia um bobão apaixonado quando falava de James. Parecia ele falando de Takeshi.

— Eu tenho certeza de que vai ser ótimo com o Takeshi, Junwoo. Ele gosta de você e você dele, vocês se entendem e ele sabe que você não tem experiência — o tio o tranquilizou, tocando-o no ombro quando entraram no prédio.

— Sim... Eu também tenho, *hyung*. — Sorriu ansioso.

Junwoo passou o resto daquele dia pensativo, um sorriso dançando em seus lábios e o coração acelerando sempre que pensava em Takeshi e em como queria dar o próximo passo com ele, ter aquela intimidade a mais com o garoto pelo qual estava apaixonado. Ele estava nervoso, sim, mas tinha a certeza de que amaria cada segundo do que quer que ele e Takeshi fossem fazer. Porque ele amava Ishikawa Takeshi e tudo ficava melhor quando era feito com alguém amado.

CAPÍTULO 14

De todas as coisas que Junwoo havia descoberto e de todas as coisas que ele havia permitido entrar em sua vida, a melhor, provavelmente, fora a música. Obviamente, ele já conhecia algumas, como aquelas que, às vezes, tocavam no mercado, e ele procurava entender o que os cantores falavam, por mais que não fosse excelente em línguas estrangeiras ou as que Syaoran conseguia, poucas vezes, lhe mostrar. No entanto, quando se libertou e se permitiu conhecer outros estilos, outras vozes e outras batidas, foi como se uma nova vida tivesse começado.

Música era algo incrível, algo que ele podia manter por perto quando estava triste, desanimado, contente ou... apaixonado. E lá estava ele, aspirando o chão do ginásio do clube enquanto ouvia a voz de Matthew Healy em seus fones de ouvido, repetindo a frase "eu não poderia estar mais apaixonado" e, por Deus, como Junwoo se identificava com aquilo naquele momento.

Ele sorriu para o nada, rodando com o aspirador sem fio nos braços, fechando os olhos e apreciando a melodia que inundava todo o seu ser. Estava tão imerso na intensidade da música que Choi Bonhwa lhe havia indicado, que não notou sua chefe adentrando o ginásio naquele momento e sorrindo para o que viu.

Sooyoung era uma grande fã de Junwoo. Desde que Jooheon lhe havia falado sobre ele, ela teve um bom pressentimento a respeito do garoto, imaginando que ele fosse alguém determinado a superar as dificuldades familiares e ir atrás do que queria. Como a chefe era uma grande amiga do tio dele, o homem não escondeu a verdadeira situação do sobrinho, mas Sooyoung não explicitou aquele fato para o adolescente e não disse nada quando o garoto lhe trouxe a autorização assinada pelo tio e não pelos pais.

O que importava para a mulher era o quão honesto e dedicado Lee Junwoo era e como ele havia superado todas as suas expectativas, tornando-se o funcionário que ela mais tinha prazer em conversar e manter por perto.

— *Noona*! — ele gritou, arrancando os fones de ouvido, assustado, e desligando o aspirador, achando estar encrencado. — M-me desculpe! E-eu estava distraído, mas eu j-juro que...

— Relaxa, criança. — Ela gargalhou, se aproximando dele. — Eu também ouço música enquanto trabalho.

Corado, o adolescente abaixou o olhar, tentando acalmar as batidas aceleradas do coração.

— Hm... E-está tudo bem? Precisa de algo?

— Na verdade, vim apenas te comunicar sobre o calendário de férias. — Ela indicou a prancheta que carregava com uma das mãos. — O inverno está chegando, então deve saber que terá um recesso, já que o clube não abre durante essa época do ano.

— Oh, não sabia... — Junwoo arregalou os olhos. — Quanto tempo?

— O inverno inteiro. — Ela sorriu doce. — E, depois, reabrimos e vem a época mais intensa do ano.

O adolescente, no entanto, distraiu-se após a fala da chefe, pois percebeu que tinha uma viagem programada para o verão e aquela era, provavelmente, a época que o clube ficava mais cheio. Meu Deus, fora total irresponsabilidade não pensar no seu trabalho durante a época que viajaria! Ele só tinha pensado em juntar o dinheiro para comprar a passagem e... Merda!

— Noona... E-eu... Eu dei um leve vacilo. — Coçou a nuca, sorrindo nervoso. Sooyoung franziu o cenho, confusa.

— Vacilo? Que vacilo?

— Eu... Meio que tenho uma viagem marcada pro verão — suspirou.

— Oh! — ela pareceu surpresa. Checou a prancheta em mãos, mexendo nos papéis antes de suspirar. — Eu acho que teremos funcionários o suficiente para o verão e como você é encarregado apenas pela arrumação noturna, pode ser que não seja um problema tão grande. Só saiba que não pagaremos pelo tempo que você estiver fora, *saeng*.

— Eu sei, *noona*, estou ciente. — Soltou o ar, sentindo um alívio no peito com o sorriso que a mulher lhe ofereceu. — Obrigado por não...

Foi interrompido:

— Dar uma bronca? Oras, você merecia — ela zombou, apertando o ombro do mais novo. — Já acabou seu horário, querido, por que não vai pra casa?

— Oh! Nem notei. — Ele checou o horário no celular, vendo que, realmente, seu turno já havia acabado. — Obrigado, de novo, *noona*. — Curvou-se, educado e agradecido.

— Deixa de bobeira. — Ela riu, pegando o aspirador das mãos dele. — Vai logo, eu guardo pra você.

Junwoo saiu do clube com os ombros e a coluna doendo, resultado das semanas exaustivas que vinha tendo, já que o grupo, além de cada um estar ocupado com seus respectivos trabalhos, estava tendo que pensar na organização do baile de inverno que aconteceria, de fato, antes do recesso da estação. Yoona relutou contra a proposição várias vezes, mesmo que soubesse que não adiantaria de nada, já que todo o resto do colégio parecia empolgado com a ideia de um baile americanizado.

— Mamadores dos colonizadores brancos que votam no Trump — foi o que ela disse, arrancando risadas de todo o grupo.

Ravi ficou encarregado da decoração junto com Bonhwa. Os dois descobriram que o colégio guardava muita tralha de eventos anteriores que poderia servir para o baile, como papelões cor de gelo, que Bon utilizaria para fazer grandes flocos de neve que penduraria no teto e nas paredes. Choi ficou tão empolgado que, durante as semanas que passaram, seu quarto era uma bagunça de papelão, durex, tesoura, lápis e comida.

Takeshi e Junwoo ficaram encarregados dos cartazes e da divulgação, já que Takeshi era popular e conseguiria atingir um grande número de pessoas nas redes sociais, e Junwoo tinha um talento desconhecido por si para as artes e acabou criando bons cartazes e edições.

Junwoo ficou contente por participar daquele projeto e deixava bem evidente sua animação quando estava com Takeshi, sorrindo para o nada, cantarolando e sempre empolgado com as ideias que tinha. Foi bom para o mais novo, pois também ficou mais grudado com Takeshi, conversando sobre tudo e nada, dormindo juntos e trocando beijos.

No entanto, nada além daquilo.

Junwoo ficou levemente decepcionado quando nada mais aconteceu depois do dia em que pintaram o cabelo, já que tinha muita coisa que ele ainda queria fazer. Não saberia listá-las, mas sabia que queria e, infelizmente, ainda tinha vergonha de pedir para o de cabelos roxos, do nada. Além de que Takeshi não havia tentado mais nada com Junwoo, então... Junwoo estava necessitado.

Suspirou com o pensamento, apoiando a cabeça contra o suporte do metrô. Ele se tornou um safado necessitado do corpo de Ishikawa Takeshi.

Seus pensamentos a respeito de sua depravação foram interrompidos pelo seu celular que parou de emitir a música em seus fones de ouvido e começou a tocar. Junwoo tirou o aparelho do bolso e sorriu de leve quando viu o nome de sua *noona* na tela. Atendeu no terceiro toque.

— *Noona*?

— Café ou chá?

— Quê? — o garoto franziu o cenho, saindo do metrô quando chegou à sua estação.

— Café ou chá? Rápido.

— Hm... Nenhum dos dois. Chocolate quente. Não gosto de coisas amargas.

— Café será. — Ela riu e Junwoo ouviu barulhos do outro lado da linha, então deduziu que ela estivesse preparando a bebida. — Tudo bem?

— Tudo sim, eu tô voltando do trabalho — suspirou cansado, caminhando pelas ruas ainda movimentadas. — Você não trabalhou hoje?

— Fui dispensada mais cedo. — Deu uma pausa. — Escuta, Woo... Queria te pedir um favor.

— Pode pedir, *noona*.

— Pode ir comigo, amanhã, escolher um vestido pro baile?

Junwoo sorriu contente com o pedido.

— Claro! Eu também preciso de uma roupa, né?

— É, né! Acho que só o Takeshi vai querer te ver pelado. Quer dizer... Eu não me incomodaria, sabe? — brincou, arrancando uma risada alta do mais novo.

— *Noona*!

— O quê? É verdade, oras. Ainda mais depois do Takeshi dizer que você tem um pau fofinho...

— Quê?

— Ish...

— C-como assim, *noona*? — Junwoo gaguejou completamente corado. Seu *hyung* estava falando de seu pênis para os outros?

De certa forma, seria hipócrita reclamar, já que Junwoo já havia falado sobre o tamanho quase assustador do pênis de Takeshi para Syaoran, arrancando gargalhadas e comentários nada puros do mais velho. Não era que Junwoo estava incomodado com Takeshi falar sobre seu corpo, mas ele queria saber o que exatamente Takeshi falava... Era apenas curiosidade.

— Ele disse que tinha um tamanho perfeito, sabe? Que a cabecinha era toda fofinha e que ficava vermelhinho quando você...

Foi interrompida:

— Chega! — exclamou extremamente envergonhado. — *Noona*... Ele nem viu direito. — Fez um bico.

— Se ele falou é porque viu, Takeshi não mentiria, principalmente, sobre isso. — Yoona riu. — Mas, então, vamos amanhã?

— Sim, sim. Os outros vão com a gente?

— Queria ir só com você, Woo. Passar um tempo eu e você para falarmos de homens.

— *Noona*! — gargalhou junto à garota.

— Pode ser? — Era possível ouvir o sorriso na voz dela.

— Claro, eu vou adorar.

No dia seguinte, Takeshi tentou ficar junto de Junwoo e passou horas emburrado quando o mais novo o rejeitou para sair com Yoona, coisa inadiável, segundo o de cabelo rosa. O mais velho resmungou, fez drama, alegou que estava necessitado de atenção, mas Junwoo não cedeu e precisou desligar o telefone na cara dele depois de um tempo tentando lhe explicar a situação.

— Ele desligou na minha cara! — Takeshi exclamou indignado, fitando o próprio telefone que anunciava o fim da chamada.

— Também, né? Tu fez um drama do caralho, Takeshi — Ravi rebateu, rindo.

— Desculpa se eu quero passar um tempo com meu quase namorado. — Fez um bico, jogando-se no sofá de Hajoon. — Tô triste.

— Para com isso — o professor proferiu, sentando-se na poltrona com Banguela em seu colo, que ronronava e esfregava-se no dono quando tinha oportunidade. — Ele precisa passar um tempo com os outros amigos também, né?

— Mas eu só queria ir junto! — choramingou.

— Takeshi, você nunca foi tão grudento — comentou Bonhwa, pausando o videogame que jogava na televisão para virar o rosto para o melhor amigo. — O que houve?

— Sintomas da paixão — rebateu Ravi, sentando-se no chão para poder ficar mais próximo do grupo.

— Deve ser isso mesmo — Takeshi suspirou. — Não consigo parar de pensar nele, é o tempo todo, o tempo inteiro, vinte e quatro horas por dia, sete dias por semana...

— Chega, chega. — Hajoon abanou a mão livre. — Quando vai pedir ele em namoro?

— Pois é, já passou da hora — completou o Jung, assistindo a um Takeshi emburrado sentar-se no sofá e cruzar os braços, parecendo pensativo.

— Acho que no baile... Será que ele vai ficar com tanta vergonha que vai falar "não"? — ponderou, arregalando os olhos com a possibilidade.

— Você é burro? — Bonhwa rebateu. — Ele já está de joelhos por você, Takeshi. É claro que ele não vai rejeitar.

— É... acho que vai ser no baile mesmo. — Takeshi assentiu para si mesmo. — Vou pedir uma música pro DJ e aí vou subir no palco e...

— A Yoona já estaria em seu segundo vômito, se estivesse ouvindo isso — zombou Kwan, rindo junto aos outros.

— Por falar no baile, gente. — Bonhwa chamou a atenção deles. — Eu vi um negócio no *Pinterest* que me deu uma ideia.

— O quê?

— Então, eu estava procurando inspirações para as minhas roupas e vi um cara com um smoking colorido... — Sorriu, recordando-se da imagem. — E aí, eu pensei, por que não usarmos, cada um, um smoking de uma cor diferente? Mas que, no fim, combine.

— Como assim? — Ravi franziu o cenho, e Hajoon estava tão confuso quanto ele, mas Takeshi sorriu.

— Tipo o arco-íris?

— Isso! — Bonhwa bateu palmas. — Cada um com uma cor do arco-íris.

— Meu Deus, isso é brega — resmungou Hajoon.

— Mas o significado é bonito, poxa — Bonhwa fez um bico, cruzando os braços, emburrado, assim como o melhor amigo. — E vamos sair incríveis nas fotos, se nos colocarmos um ao lado do outro.

— Será que vendem smokings que não sejam das cores tradicionais? — o de cabelo roxo perguntou curioso.

— Na loja onde compro minhas coisas deve ter e acho que, se não tiver na hora, eles devem fazer — respondeu Ravi, animando-se com a ideia. — Eu topo.

— Eu também, né? — o professor acrescentou, sorrindo quando viu os seus alunos soltarem exclamações animadas para a resposta positiva dele. — Mas temos que falar com a Yoona, o Junwoo e o Syaoran.

— E escolher as cores! — Bonhwa exclamou, tirando o celular do bolso para ligar para Yoona que, coincidentemente, já estava com Junwoo.

Bonhwa explicou a situação toda para a garota, que colocou no viva-voz para que Junwoo também ouvisse. Ambos gostaram da ideia e Junwoo até mandou uma mensagem para Syaoran, no intuito de deixá-lo por dentro do que fariam e para perguntar se ele queria fazer também. O mais velho, prontamente, concordou, já que estaria em Seul no dia do baile. No entanto, exigiu pegar a cor laranja, já que comprara um lenço daquela cor e queria utilizá-lo.

— Fale pra ele tirar as medidas dele, Junwoo, porque aí a gente compra o smoking dele na loja que o Ravi falou — Bonhwa disse para o mais novo, ainda na ligação. — Então, Syaoran de laranja... Quem vai de vermelho?

— Eu posso ir. — Hajoon voluntariou-se. — É minha cor preferida.

— Tudo bem... Eu quero ir de amarelo — pediu Bon. — Nunca usei muita coisa dessa cor, por mais que goste muito dela.

— *Okay*... — Yoona, do outro lado da linha, riu baixo. — Hajoon, vermelho; Syaoran, laranja; Bonhwa, amarelo. As piores cores já foram, posso ir de azul?

— Tem verde e azul antes do roxo, né? — indagou Ravi. — Então... você de azul e eu de verde? Um verde bonito, pelo amor de Deus! E aí o Takeshi vai de roxo, já que ele ama essa cor.

Takeshi assentiu alegre: — Vai combinar com meu cabelo.

— Por mim... Acho que vai ser fácil achar um vestido dessa cor que me agrade.

— E eu? — disparou Junwoo.

O grupo ficou em silêncio, percebendo que as cores da bandeira da comunidade eram apenas as já citadas e já preenchidas, não sobrando uma para Junwoo. Bonhwa, imediatamente, desanimou-se, já que estava claro para si que não faria aquilo caso alguém ficasse de fora.

— Ah, merda... Melhor deixar — foi interrompido.

— Branco — exclamou Takeshi. — Junwoo, você vai de branco! Porque a cor branca é a junção de todas as cores.

Os olhares caíram sobre Takeshi, que tinha se aproximado do telefone para que o mais novo o escutasse.

Junwoo, a princípio, não disse nada, confuso com a ideia, mas acabou sorrindo, porque sentiu que havia um significado a mais por trás daquilo para si e não se tratava somente de uma cor escolhida por acaso para um smoking.

Para ele, ouvir aquelas palavras, sentir que Takeshi estava sorrindo enquanto dava aquela ideia e ver o olhar esperançoso de Yoona sobre si, o fez pensar que, de certa forma, ele tinha um pouco de cada um deles dentro de si. Junwoo tornou-se quem era com a ajuda de cada um, Junwoo era Junwoo por causa de Takeshi, Hajoon, Bonhwa, Syaoran, Ravi e Yoona.

Então, não conseguiu conter o arfar, contente demais.

— Eu amei a ideia, *hyung*.

— Perfeito! — exclamou Bonhwa, animado com a própria ideia que parecia ter sido concretizada. — Vocês estão no shopping, já?

— Sim, paramos pra comprar sorvetes. Junwoo tá parecendo uma criança comendo. — Yoona dedurou, rindo quando o mais novo soltou um "hey!" indignado. — Eu vou comprar meu vestido agora com ele. Já sabem onde vão comprar os smokings?

— Ravi falou da loja que ele compra os utensílios *drag*, como não é uma especializada nisso, deve ser mais barata que em uma loja tradicional, mas ainda assim de boa qualidade — explicou Bon. — As cores mais básicas como vermelho ou branco, talvez tenha em uma loja de smoking mais tradicional, caso precisarmos.

— Talvez — a garota respondeu. — Por que vocês não vem pro shopping? Marquem uns vinte minutos e venham.

— Perfeito! — Takeshi quase gritou, levantando-se do sofá. — Vou me arrumar.

Ravi riu, abanando a cabeça.

— Nos vemos daqui a pouco.

Yoona desligou o telefone e virou-se para um Junwoo todo atrapalhado com o doce que escorria pela casquinha de biscoito. Ela riu e pegou um dos guardanapos que não utilizou, entregando-o para que ele não se sujasse todo. Junwoo sorriu tímido, pegando o pedaço de papel e limpando, com certa dificuldade, os cantos da boca.

— Vamos primeiro comprar meu vestido e os meninos vão vir encontrar a gente mais tarde.

— *Okay, noona* — assentiu, finalizando seu sorvete quando colocou o último pedaço da casquinha na boca. — Acho que preciso ir ao banheiro me limpar.

— Eu também acho. — Ela riu. — Vem, vamos.

Os dois caminharam em direção ao banheiro daquele andar, comentando sobre a escolha de cores que haviam feito com o grupo. Junwoo estava extremamente animado com a ideia e mostrou-se ansioso para as fotos que o grupo, provavelmente, tiraria. Yoona, mesmo que achasse a ideia de um baile ultrapassada demais, sorriu e concordou, já que a ideia de cores seria a representatividade que eles sempre queriam mostrar.

— Vai você primeiro, Woo. Eu seguro sua mochila — ela disse, pegando a bolsa que foi estendida e apoiando-se à parede em frente aos banheiros.

Enquanto o mais novo foi se limpar e aproveitar para fazer xixi, Yoona ficou ali, esperando, mexendo no celular. Ela estava tão distraída que não notou o olhar duro do segurança sobre si, analisando-a de cima a baixo e fazendo uma careta para o que via.

— Pronto, *noona*! Pode ir — Junwoo voltou, pegando sua mochila e a bolsa que ela carregava.

No entanto, quando Yoona foi entrar no banheiro feminino, o segurança resolveu se aproximar dos dois amigos e impedi-la de continuar o caminho.

— Ei, garoto, o que pensa que está fazendo?

Junwoo e Yoona viraram o rosto para o homem, ambos com uma visível careta, incomodados com a abordagem sem noção.

— Não sou um garoto — ela rebateu, virando-se para tentar, novamente, entrar no banheiro e fazer suas necessidades.

— Não é o que parece. Saia daí ou terei que usar a força.

Junwoo, indignado com a fala do segurança e sentindo o peito apertar com a expressão envergonhada que tomou o rosto da amiga ao que ela percebeu que tinham pessoas parando para ver o que acontecia ali, aproximou-se do segurança e impediu-o de continuar seu caminho até Yoona.

— É minha *noona*, é uma mulher. Ela só quer usar o banheiro — proferiu, educadamente, por mais que seu peito estivesse começando a ferver.

— Aquilo ali não é uma garota — o segurança insistiu, empurrando Junwoo para agarrar o braço de Yoona. — Me mostra sua identidade.

Yoona sentiu vontade de chorar naquele momento. Infelizmente, em sua identidade, constava apenas o seu nome de nascimento e uma foto antiga sua e, se ela mostrasse ao segurança, era capaz dele expulsá-la do shopping.

— Não tenho aqui comigo, senhor — ela rebateu. — Pode me soltar? — pediu, tentando puxar seu braço de volta, mas o segurança não permitiu.

— Eu vou ter que lhe tirar daqui à força, então, garoto.

Naquele ponto, diversos grupos de pessoas haviam parado de andar para assistir à confusão. A porta do banheiro masculino, assim como a do feminino, estava aberta, e curiosos tentavam espreitar, buscando entender o que acontecia.

— Solta ela! — Junwoo exigiu, agarrando o braço do segurança e conseguindo, por pouco, soltar Yoona dele. — Ela é uma garota e quer apenas usar o banheiro!

— É a porra de um pervertido que quer espiar as garotas, pirralho. Reveja os seus amigos! — o homem exclamou, ajeitando o terno antes de pressionar a escuta em seu ouvido. — Sinto muito, mas vou ter que chamar o reforço e tirá-lo do shopping à força.

— Qual o problema? A garota só quer usar o banheiro! — uma menina que assistia a tudo, através da porta aberta do banheiro feminino, perguntou, aproximando-se do grupo. — Não estou enxergando o que está impedindo-a.

— O problema é que não é uma garota, é um garoto — apontou para as roupas largas que Yoona vestia. — Se ela me provar que é uma mulher, eu deixo.

— E existe mulher de mentira para alguma ter que te provar que é de verdade? — a garota rebateu, segurando delicadamente o pulso de Yoona que tremia levemente, com uma vontade de chorar subindo a garganta. — Vem — e puxou-a para dentro do banheiro.

— Esse mundo se tornou um mar de pouca-vergonha — o segurança resmungou, afastando-se dali e voltando ao seu posto.

Junwoo, que observava a situação, sentiu-se mal. Será que Yoona passava por situações como aquela diariamente? Ele não conseguia imaginar como era ter alguém questionando quem você era sempre que tinha a oportunidade; não conseguia imaginar a dor que sua *noona* poderia estar sentindo naquele momento.

Suspirou, esperando, pacientemente, a volta da amiga e, quando a viu deixar o banheiro ao lado da garota que a havia puxado para dentro, ambas sorrindo e conversando algo, Junwoo sentiu um alívio no peito. Ver o sorriso no rosto de Yoona e o acolhimento que somente outra mulher podia lhe dar, fez o mais novo sentir-se melhor.

— Obrigada, de novo — Yoona murmurou para a menina, pegando sua bolsa com Junwoo, que sorriu tímido para a outra mulher.

— Não me agradeça. — Ela abanou as mãos. — Você é uma mulher linda, Yoona, não deixe um homem escroto, como aquele, tirar o sorriso do teu rosto.

Junwoo assentiu, como se concordasse com as palavras da moça. Yoona ficou sem resposta, envergonhada com o elogio e sem ter reação perante uma mulher incrível como aquela.

A mulher despediu-se dos dois e eles seguiram para a loja de vestidos que Yoona havia dito ser a que mais combinava consigo. Junwoo respeitou o silêncio da amiga que fitava as próprias mãos enquanto caminhava pensativa.

— A minha voz continua muito grossa? — ela perguntou, de repente, quando ambos já estavam dentro da loja. — Eu comecei o tratamento com estrogênio há pouco tempo, então...

— Sua voz mudou, *noona* — ele respondeu, admirando a quantidade absurda de vestidos expostos nos cabideiros. — E seu cabelo cresceu muito.

— Talvez, o problema tenha sido o chapéu — ela murmurou, quase que para si mesma, indicando o chapéu de pescador que vestia e que cobria todo seu cabelo, já que ela prendera os fios com um coque.

— O problema era ele.

O sorriso doce que abrigou os lábios da garota foi o suficiente para que eles deixassem aquele assunto de lado e focassem a escolha do vestido dela.

Junwoo sugeriu um vestido longo, azul-claro, mas Yoona explicou que queria algo mais curto, com mais detalhes e mais escuro, já que o tom de azul da bandeira LGBT+ era mais escuro. E então, enquanto Junwoo procurava por algo que agradasse a amiga em um dos cabideiros do fundo da loja, Yoona achou a roupa perfeita:

— Woo, Woo, olha! — ela chamou, correndo até ele com o vestido em mãos. Junwoo virou-se para a garota e analisou o vestido que ela carregava nos braços. Era lindo. O corte da roupa deixava os ombros expostos e a saia era um pouco mais curta na frente que atrás, bem solta e com um tecido diferente da parte do torso. O corpo do vestido possuía uma parte em renda, com desenhos de flores, cobrindo a parte de baixo e dando um quê a mais ao conjunto todo.

— É perfeito, *noona.* — Ele sorriu quando a garota colocou a roupa em frente ao próprio corpo e deu um giro, fazendo a saia rodar de maneira bonita. — Acho que combina demais com você. Não vai experimentar?

— Vou sim, me espere aí.

Enquanto a esperava do lado de fora dos provadores, Junwoo resolveu mandar uma mensagem para Bora, contando sobre o planejamento das roupas e perguntando se ela não queria fazer parte, junto à Somi. A garota respondeu que já tinha seu vestido e ele era azul-claro, então Junwoo deu a ideia de que o tom se encaixava entre o azul de Yoona e o verde de Ravi.

Bora ficou extremamente animada, surtando via mensagem, e Junwoo só soube sorrir. Ele perguntou o que Somi vestiria, já que se recordou de Bora falando que ela já tinha um terno que queria muito usar e quando a garota lhe respondeu que o terno era nos tons da bandeira lésbica, Junwoo não pôde pensar em nada mais perfeito.

— O que acha?

Ele ergueu a cabeça, arregalando os olhos quando viu a amiga naquele vestido incrível.

— *Noona...* — soltou embasbacado.

Ela removera o chapéu para experimentar a roupa, permitindo que os fios longos e lisos caíssem sobre seus ombros de maneira quase delicada. O vestido moldava perfeitamente o seu corpo e, mesmo que ela ainda não possuísse seios, a roupa não deixou de cair perfeitamente bem nela.

Yoona segurou a saia e rodou, rindo quando viu que Junwoo estava sem palavras.

— Quer dizer que eu ganhei do Takeshi? Finalmente! — brincou e os dois riram.

— *Noona*, de verdade, você está incrível — conseguiu dizer, por fim. — Acho que o Bon e o Hajoon *hyung* vão infartar.

A garota gargalhou.

— Não coloquei essa roupa pra agradar macho, Junwoo.

— Eu s-sei! — Abanou as mãos, como se repreendesse a si mesmo. — Me desculpe.

— Eu tô brincando, bobinho. — Ela sorriu. — É, eu acho que vou levar esse mesmo.

— Não poderia ter feito escolha melhor.

Quando deixaram a loja com o vestido em mãos, Junwoo recebeu uma mensagem de Takeshi, que dizia que o resto do grupo já estava no shopping, pronto para iniciar as compras. Então, Yoona e o mais novo seguiram para o ponto de encontro e, assim que chegaram, a garota mostrou seu vestido para todos eles, recebendo exclamações e elogios pela escolha feita.

Junwoo entrelaçou os dedos aos de Takeshi quando o grupo seguiu para a loja indicada por Ravi, rindo alto da empolgação de Bonhwa, que saltitava na frente deles, o braço enlaçado com o de Jung.

— Mal posso esperar pra ver você de terno branco — comentou Takeshi, sorrindo quando viu as bochechas de Junwoo ficarem vermelhas.

— Para de me deixar envergonhado — o mais novo resmungou ao que entravam na loja, já sendo recepcionados, alegremente, por um dos vendedores. — Nunca usei um terno ou smoking.

— As medidas têm que ser exatas para ficar bonito — comentou Yoona, abraçando a sacola de seu vestido. — Por falar nisso, Syaoran te mandou as medidas dele? — indagou. Junwoo assentiu. — Ótimo, então.

O vendedor mostrou os modelos de smoking para o grupo, dizendo que eles poderiam encomendar as cores que quisessem com as medidas tiradas. Naquele momento e naquela loja, não havia nenhuma das cores desejadas pelos garotos, resultando em um bico infantil no rosto de Bonhwa, mas que logo foi substituído por um sorriso quando o vendedor foi tirar suas medidas.

— Posso ajudar tirando as dos outros — ofereceu Takeshi, sorrindo simpático para o vendedor que estava sozinho, cuidando da loja naquele horário.

— Oh, sim, se não for incômodo. — Entregou uma das fitas métricas para o de cabelos roxos. Takeshi, prontamente, caminhou até Junwoo, um sorriso travesso nos lábios.

— Abra os braços, querido.

O de cabelo rosa riu baixinho, mas fez o que lhe foi dito, afastando os braços do corpo e erguendo-os, permitindo que Takeshi começasse a medir seus bíceps, aproximando demais o corpo do dele.

— Precisa ficar pertinho assim mesmo, *hyung*? — Junwoo sussurrou risonho, sentindo os arrepios subirem por sua nuca quando Takeshi riu, a boca perto demais da sua.

— Só fique quieto e aproveite — o outro rebateu, descendo a fita para a cintura de Junwoo e enrolando-a ali, fitando-o nos olhos enquanto o fazia. — Você é lindo, sabia?

— Aprendi com você — flertou, sorrindo com a gargalhada que o mais velho emitiu com a resposta.

— Você virou um safado flertador, garoto.

— Aprendi com você — repetiu, umedecendo os lábios quando Takeshi enrolou a fita em seu quadril, puxando-o mais um pouco para perto. — *Hyung*... — chamou quase em tom de aviso.

— O quê? — Sorriu inocente. — Fica quietinho que agora é a medida das coxas.

Após anotar as medidas que já havia tirado, Takeshi ajoelhou-se na frente do mais novo enquanto o outro engolia em seco, desviando o olhar para o resto do grupo para não permitir que sua mente viajasse para lugares inapropriados naquele momento. Ele preferiu ficar observando o vendedor tirar as medidas de Hajoon, conversando com ele a respeito do trabalho de professor. O garoto nem percebeu que sua perna começou a balançar, somente quando sentiu a mão de Takeshi agarrar sua coxa e segurá-la.

— Para de balançar a perna, Junwoo — exigiu, dando um tapinha ali. Junwoo mordeu o lábio, nervoso, mas obedeceu. — Prontinho — o mais velho murmurou, levantando-se. — Medidas tiradas.

Após o vendedor tirar as medidas de Ravi e de Takeshi e pegar as que o último havia tirado de Junwoo, anotou as cores que o grupo queria e os modelos, sugerindo algo de especial para o mais novo.

— Como o seu seria todo branco, você poderia fazer algo diferente para a camisa que fica por baixo — iniciou a explicação. — Nos smokings ou ternos com cores, as camisas que ficam por baixo são sempre brancas, entende? Então, como o seu é todo branco, algo diferente por baixo ficaria legal.

— O que sugere? — Junwoo perguntou curioso.

— Eu tenho uma camiseta social branca aqui que é meio transparente. Tem vários tamanhos dela, então acredito que tenha uma que se encaixe em suas medidas. — Chamou o garoto para que ele o seguisse. Junwoo o fez. — E ela tem alguns detalhes que combinam com o modelo de terno que você escolheu.

Junwoo observou no espelho que o vendedor indicou para ele, segurando a camisa em frente ao próprio corpo. Era linda, bem costurada e, com certeza, combinaria com o terno branco. Umedeceu os lábios, sorrindo e virando-se para Takeshi, que o acompanhara até ali.

— O que acha, *hyung*?

— Eu achei linda — respondeu, já imaginando que o torso do mais novo ficaria bem exposto com aquela blusa. — Vai ficar... perfeito. — Umedeceu os lábios. — Ham... Não vai experimentar?

— Vou sim.

Junwoo seguiu para os provadores e vestiu a blusa com calma, observando-se no espelho e sorrindo com o resultado. Ele sabia ter a cintura fina e aquela camisa somente marçou ainda mais aquele traço de seu corpo, dando-lhe um charme a mais. Contente, ele pegou o telefone para tirar uma foto e abriu a galeria para checar o resultado, dando de cara com a foto que havia tirado, vestindo apenas a meia-arrastão e uma cueca boxer extremamente agarrada em suas coxas. A foto que ele havia tirado antes da festa à fantasia.

— E se... — murmurou, sorrindo sapeca, selecionando a foto com a meia-arrastão e enviando-a para Takeshi, esperando que ele visse somente depois.

Depois de se trocar, saiu do provador e foi falar ao vendedor que levaria a blusa, indo pagar por ela, seu terno e o de Syaoran. Jooheon havia lhe dado um pouco de dinheiro para que ele não perdesse todo o salário do mês. Junwoo tentou rejeitar várias vezes, mas o tio era insistente quando queria.

O grupo deixou a loja após o resto pagar pelo que havia encomendado.

Hajoon reclamava, o tempo inteiro, do preço da roupa, alegando que era demais para um smoking, mas, depois que Ravi lhe deu um tapa na nuca, ele parou.

— Isso é falta de respeito com teu professor. — Apontou o dedo para Ravi.

— Antes de ser meu professor, você é meu amigo. — Abraçou o mais velho pelo pescoço, quase o derrubando, ali, no chão do shopping.

— Junwoo! — Bonhwa gritou do nada, assustando todos os amigos.

— Deus, *hyung*, o que houve? — o mais novo perguntou assustado.

Bonhwa apontou para frente deles e, quando Junwoo seguiu o dedo dele com o olhar, franziu o cenho. Era um estúdio de piercings e tatuagens.

— Agora? — exclamou assustado. — Mas eu preciso me preparar física e psicologicamente, *hyung*!

— Deixa de bobeira! Vamos! — Puxou Junwoo dos braços de um Takeshi igualmente sem reação e empurrou-o para dentro da loja. — Boa tarde! — cumprimentou o balconista.

O grupo todo entrou atrás deles. Ravi riu da reação do mais novo enquanto Yoona pensava na possibilidade de, também, fazer um piercing, e Hajoon questionava a si mesmo o que ele estava fazendo ali.

— Então... Esse garotão aqui está querendo fazer um brinco e um piercing na orelha — Bonhwa falou pelo mais novo, fitando-o. — E, claro, uma tatuagem. — Virou o rosto para o balconista.

— O brinco e o *piercing* sou eu que faço — o homem totalmente pintado respondeu sorridente. — E temos dois tatuadores disponíveis agora. Quer checar o trabalho dos dois?

— Perfeito — Bonhwa quem respondeu, novamente, pegando os dois portfólios que lhe foram entregues. — Vem, Junwoo — puxou o mais novo até o sofá da recepção.

Junwoo, que ainda estava um tanto perdido com a situação, olhou para Takeshi que, naquele momento, já estava achando graça da situação. Não era como se Junwoo não quisesse fazer aquilo, porque ele queria, só que não esperava que fosse ter a oportunidade tão cedo.

— Sabe que não precisa fazer, se não quiser, né? — disse Takeshi, sentando-se ao lado dele. — Você nem tinha pensado na sua tatuagem ainda.

— Pois é... — o mais novo resmungou, coçando a nuca. — Talvez, olhando o trabalho dos tatuadores, eu tenha alguma ideia.

Então ele pegou um dos portfólios e começou a folheá-lo, apreciando alguns dos desenhos, em silêncio, e gostando do estilo do tatuador, que era algo bem *old school*. Ele escutou Bonhwa soltar comentários positivos a respeito de alguns desenhos do outro tatuador, mas estava bastante interessado no portfólio que tinha em mãos.

Nada parecia suficiente para que ele quisesse marcar sua pele para a eternidade. Até que ele viu o desenho de uma bússola.

Não era uma bússola tradicional, eram mais duas flechas que se cruzavam e, por fora delas, havia uma bússola, como se ela estivesse cortada ao meio. Era um desenho estilizado que agradou Junwoo ao extremo. Ele passou os dedos delicadamente sobre o papel, pensando em qual significado poderia dar a uma bússola.

E aí, olhou para o grupo em volta de si. Olhou para cada um deles, vendo-os imersos na discussão a respeito do desenho que Bonhwa mostrava, rindo ou soltando comentários avulsos. Recordou-se de como escolheram o branco para ele e de como aquilo era perfeito, pois havia um pedaço de cada um deles em si. Pensou, novamente, que ele só era ele por causa deles. Ele só se encontrou por causa deles.

Olhou para a bússola novamente e sorriu contente.

A bússola era feita para chegar ao seu destino e Junwoo chegara ao seu por causa deles.

Choi Bonhwa, Jung Ravi, Huang Syaoran, Kwan Hajoon, Min Yoona e Ishikawa Takeshi eram sua bússola.

— Eu já sei o que eu quero fazer.

!

— Vai doer? — Junwoo repetiu, sentindo o coração acelerado de ansiedade.

— Pode doer, sim — respondeu o tatuador, decalcando o desenho da bússola no antebraço do garoto. — Mas, nessa área, não é muito comum.

— Se doer, aperta minha mão — sugeriu Takeshi, estendendo a palma para que o mais novo a segurasse.

Junwoo havia acabado de furar a orelha e ainda sentia certo ardor na área, pelo furo recente. Não precisava de mais dor no corpo, já tinha sido o suficiente por um dia. No entanto, lá estava ele, depois de mostrar sua identidade falsa para o balconista, esperando o tatuador enfiar aquelas milhares de agulhas em seu braço e marcar sua pele para sempre.

Respirou fundo.

— Você não me disse o significado da tatuagem, Woo — falou Takeshi, tentando distrair o mais novo quando o homem se inclinou para começar o trabalho.

— A bússola representa vocês, *hyung* — começou, sorrindo leve. — Bússolas são utilizadas para conseguirmos chegar a algum lugar, para nos acharmos. E eu me encontrei por causa de vocês.

Takeshi ficou sem palavras. Ele abriu e fechou a boca diversas vezes, sem conseguir expressar o que aquelas palavras significativas tinham causado em seu peito. Então, ele somente apertou a mão de Junwoo, mostrando-lhe o sorriso que o rosado tanto amava ver em seu rosto. Aquele sorriso que fazia seus olhos sumirem e se tornarem duas linhas, aquele sorriso que expunha seu dentinho levemente torto. Ah, Junwoo amava aquele sorriso.

— Você, até agora, não me disse o que a tatuagem de pimentinha quer dizer, *hyung* — retrucou, decidindo que, realmente, era melhor não olhar para o que o tatuador fazia. Ele não estava sentindo dor nenhuma e esperava que continuasse daquela maneira.

— Ah... — Riu meio sem jeito por ter que responder aquilo em frente ao tatuador. — Hm... Costumavam me zoar por causa do meu tamanho e por causa do tamanho das minhas mãos. Falavam que eu não era... Hm, avantajado lá embaixo. — As bochechas queimaram quando ele percebeu que o tatuador o fitou pelo canto dos olhos. — Falavam que eu tinha uma pimentinha.

— Oh... — Junwoo riu. — Tadinho!

O tatuador coçou a garganta.

— Desculpe, moço — Takeshi aprontou-se em dizer, completamente envergonhado.

— Tudo bem, todos temos nossas loucuras. — O homem riu de leve.

— Eu fiz em uma noite de bebedeira — continuou a contar. — Não teria feito isso se estivesse completamente são.

— Entendi. — Junwoo riu mais uma vez. — Eu gostei dela, *hyung*.

O tatuador riu.

— Doeu pra fazer — o de cabelo roxo comentou, dando de ombros. — Doeu bastante. Mas eu tenho um conhecido que disse que a virilha não é o pior lugar. Ele tem uma tatuagem de lobo no pescoço e contou que lá foi pior pra ele.

— O pescoço é horrível mesmo — comentou o tatuador, ainda concentrado no desenho que fazia no braço de Junwoo. — Eu fiz uma rosa no pescoço de um garoto e ele só faltou espernear. Chorou a sessão inteira.

A sessão fluiu tranquilamente, o tatuador puxava uns assuntos, de vez em quando, para distrair Junwoo, e Takeshi ajudava, já que o resto do grupo estava, do lado de fora, esperando por eles. Em uma hora, o trabalho foi concluído e Junwoo sentiu uma vontade grande de chorar ao se olhar no espelho.

Cabelo rosa, orelha furada e um braço tatuado. Se seu pai o visse, provavelmente, diria que Junwoo estava irreconhecível. Mas, não, Junwoo era mais ele, naquele momento, do que jamais fora antes.

Lee Junwoo havia se encontrado.

CAPÍTULO 15

— Junwoo, que história é essa de tatuagem?

O adolescente, que lavava a louça do almoço, levou um susto e virou-se para James, que estava parado, encostado ao batente da porta da cozinha, com uma sobrancelha arqueada e um olhar duvidoso sobre ele.

— Ham... — Coçou a nuca, esquecendo-se de que estava com espuma de sabão na mão e levando outro susto com a sensação molhada naquela parte do corpo. — Eu...

— Eu contei a ele, Woo, desculpa. — Jooheon adentrou a cozinha, risonho. — Ele tá só fingindo pra te assustar.

— Fingindo? — James abanou a cabeça. — Tô nada. Junwoo, como você conseguiu fazer a tatuagem? Você não é menor de idade?

— Er... — O mais novo prensou os lábios, sentindo as bochechas esquentarem por ter que revelar aquilo. — S-sou... É que... Eu tenho uma identidade falsa. — Riu sem jeito.

— Que absurdo! — James suspirou, massageando as têmporas e fazendo uma grande cena. — Em que erramos, amor? — dramatizou, virando-se para o marido. — E-ele é só uma criança — gaguejou falsamente, começando a fingir lágrimas logo em seguida.

— Já deu, James. — Jooheon revirou os olhos, mas o sorriso em seu rosto era evidente.

— *Aish*, *hyung*! — Junwoo resmungou, inconformado com a atuação do outro tio. — Não me assuste assim, achei que tinha ficado bravo de verdade.

— Claro que não! — O homem riu, limpando as lágrimas falsas. — Eu acho que você deveria ter esperado um pouco, porque, bem, sempre nos arrependemos das primeiras tatuagens, principalmente se forem feitas antes dos dezenove. — Deu de ombros. — Mas o que importa é o momento e, no momento, você quis e achou um significado pra ela.

— Tatuagens não precisam de significado — resmungou Jooheon, cruzando os braços repletos de desenhos.

— Você fala isso, porque tem o Patrick[11], com meia-arrastão e salto, tatuado na sua coxa — o britânico rebateu, arrancando uma risada do de cabelos cor de rosa.

— É sério? — Junwoo perguntou risonho. — Por que fez isso?

— Eu tava bêbado — choramingou. — E eu era muito novo. De qualquer maneira, não adianta ficar dando sermão no Junwoo. Já foi, ele já tá marcado pra sempre.

— Não tô dando sermão, *aish*. — James bufou. — Só fiz um draminha.

— A minha tatuagem tem um significado, *hyung*, se isso te acalma — o adolescente proferiu, deixando a louça de lado para conversar melhor com os dois adultos. — Fiz pensando nas pessoas que permitiram que eu fosse quem eu sou.

— Parece bonito — comentou Jooheon, sentando-se sobre a mesa de jantar. — Imagina a cara do seu pai, se visse isso.

Junwoo riu.

— Acho que ele infartava. Não ia nem me deixar entrar na igreja.

— Por falar em Igreja... — o tio iniciou. — Você sente falta de ir? Você quer ir?

Ir à Igreja já foi bom para Junwoo. Talvez, não a parte em que ele ouvia coisas que soavam absurdas aos seus ouvidos ou em que presenciava tanto a hipocrisia de seu pai quanto a de alguns fiéis, mas, no início, quando seu pai explicava sobre a fé em si, sobre o amor que Ele dava aos seus seguidores, Junwoo se sentia bem.

Ele gostava da ideia de proteção, da ideia da fé, do sentimento de poder se agarrar a algo quando tudo estava desmoronando. Junwoo recordava-se de quando estava confuso com relação ao que acontecia entre ele e Takeshi e, em uma noite, chorou, pedindo uma resposta a Deus.

Não saberia dizer se fez o que fez, porque Deus o guiou, mas conversar com Ele, quando sentia que precisava, lhe fazia bem. O problema foi quando a sujeira que presenciava, na Igreja, tornou-se maior do que a vontade de ir até o local para agarrar-se à fé. E, perceber que não precisava ir até o solo sagrado para se conectar a Ele, fez com que Junwoo sentisse ainda menos vontade de ir à igreja.

— Não sei... Eu não gostaria de ir à central, aonde eu ia com meus pais. — Olhou para as próprias mãos, em dúvida.

[11] Patrick Estrela: personagem do desenho "Bob Esponja, calça quadrada" (Nickelodeon, 1999).

— Não precisa ser essa — respondeu Jooheon, sentindo as mãos do marido sobre seus ombros, deixando um carinho gostoso ali. — Podemos procurar outra.

— O médico de Dakho nos falou de uma. — James atraiu a atenção dos dois para si. — Quando nós estávamos desesperados com a recaída dele. É uma Igreja mais liberal, o pastor, aparentemente, é um estrangeiro que reside aqui há um bom tempo e é bem mente aberta.

— Vocês não foram quando souberam dela? — o adolescente indagou.

— Não tivemos tempo, mas nós fizemos uma espécie de oração em volta da cama dele no hospital — contou Jooheon, rindo triste com a lembrança. — Não nos dirigimos a nenhuma dessas divindades diretamente, sabe? Não falamos com Deus, Buddha ou qualquer outro, porque não acreditamos que eles possam, realmente, existir... Mas também não duvidamos, entende? É confuso, eu sei.

Ele riu verdadeiramente quando viu a expressão perdida do sobrinho.

— Mas eu e James acreditamos que exista algo, como uma força superior, mas que estará sempre fora do alcance do ser humano. Não achamos que a gente tenha a capacidade de entendê-la e, muito menos, que ela exista em uma forma humana ou algo do tipo.

— Eu acho que entendi, sim — assentiu pensativo. — Você me falou que era... agnóstico?

— Isso. — Sorriu contente por ele ter se lembrado. — É basicamente não acreditar em nada, mas não duvidar de nada.

— Mas sua família não é católica, *hyung*? — perguntou a James, já que ele vinha de um país onde a maioria seguia tal religião.

— Sim, mas eu nunca me adaptei ou acreditei em todos aqueles ensinamentos. — Deu ombros. — No começo, foi um problema, para eles, que eu não me identificasse, mas depois eles entenderam.

— Eu só quero que você tenha em mente uma coisa, Junwoo. — Jooheon chamou a atenção do sobrinho, abrindo um sorriso reconfortante para ele. — Não importa em que eu e James acreditamos, a escolha é sua. Se você quiser ir a essa Igreja, nós podemos te levar sem problema nenhum. Se você quiser pintar as palavras da Bíblia na sua parede, a gente te ajuda. — Riu junto ao adolescente. — Religião só é um problema quando é utilizada como desculpa para atacar ou machucar alguém.

— Eu gostaria de ir a essa Igreja, sim, *hyung* — respondeu, por fim, abrindo um sorriso. — Gostaria de conhecer.

— Marcaremos um dia, então.

Mais tarde, naquele mesmo dia, Junwoo se divertiu com as mensagens no grupo que Bonhwa havia criado com ele e o resto de seus amigos. No entanto, notou a ausência de Takeshi, que não entrava desde o dia anterior e, coincidentemente, ainda não havia visto a foto que Junwoo havia enviado.

— Alguém sabe o que aconteceu com o Takeshi *hyung*? — gravou um áudio e enviou para o grupo.

Enquanto esperava uma resposta, olhou em volta, sentindo-se extremamente confortável naquele ambiente agradável que era o seu quarto em sua nova casa, porém, ao fitar as paredes brancas demais e a falta de decoração, pensou que, talvez, aquele ambiente que já era bom, poderia melhorar. Ele poderia pintar as paredes, pedir alguns itens a mais ao seu tio.

Ele teria pensado em mais coisas, se seu celular não tivesse vibrado, indicando que recebera uma resposta no grupo.

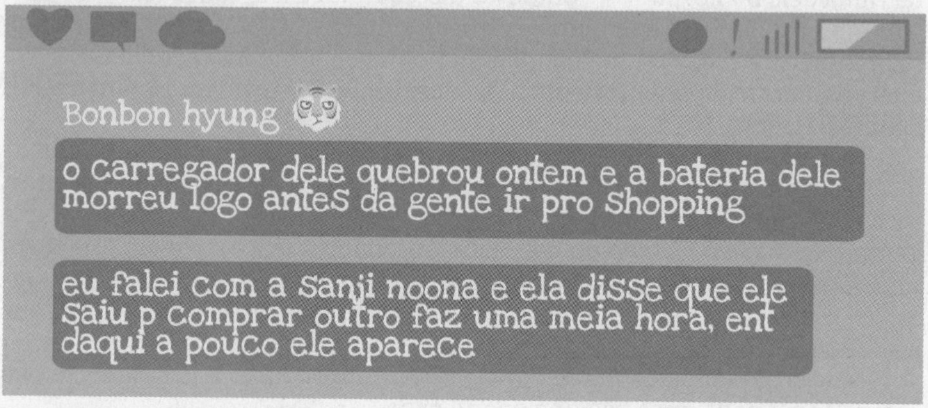

Junwoo suspirou ansioso, pois sabia que assim que Takeshi ligasse o celular e entrasse no aplicativo de mensagem, veria a foto que ele havia mandado no dia anterior; não sabia explicar em voz alta o motivo de ter feito aquilo, mas imaginava que quisesse deixar Takeshi tão aceso quanto ele estava nas últimas semanas.

Ele tinha consciência de que Takeshi o queria tanto quanto ele queria o mais velho, mas também sabia que Takeshi tinha mais experiência e que tinha mais facilidade para esconder quando se sentisse necessitado. E aquilo estava enlouquecendo o pobre Junwoo.

Ele mordiscou o lábio inferior, observando a foto que havia enviado exibir dois símbolos de "visualizado", mostrando que havia sido entregue. Dois segundos depois, Takeshi ficou online.

— Merda, merda, merda — resmungou, repensando sobre seus atos e cogitando a possibilidade de apagar a foto antes que Takeshi visse.

Tarde demais, o mais velho havia acabado de visualizar.

Junwoo esperou. Esperou longos cinco minutos, vendo a mensagem visualizada e sentindo-se enjoado com a falta de resposta do outro. Será que ele estava fazendo outra coisa ao mesmo tempo e nem havia visto, de fato, a foto? Será que havia deixado o celular cair dentro da privada como Junwoo já fizera?

No entanto, todas as hipóteses foram por água abaixo quando viu a tela de seu celular mudar, mostrando que ele estava recebendo uma chamada de Takeshi.

— A-alô! — Coçou a garganta após gaguejar, sentindo-se patético por estar nervoso daquela maneira.

— Você tá sozinho?

— Sim... O que houve, *hyung*? Por que não me respondeu?

— Está no seu quarto? — Fez outra pergunta, a voz firme.

— Sim... — Junwoo franziu o cenho, confuso com o rumo daquela conversa.

— Por que me enviou aquela foto, Junwoo?

O mais novo teria achado que Takeshi estava, de alguma forma, bravo com a afronta que enviar aquela foto havia sido. No entanto, era possível sentir o sorriso na voz dele.

— E-eu... — hesitou, agarrando o cobertor que estava sobre parte de suas pernas, agoniado. — Eu achei bonita, *hyung*... E quis te mostrar.

— Bonita? — Takeshi soltou uma risada. — Junwoo, eu sonho com o dia em que vou poder te foder com você usando aquela meia-arrastão.

A resposta pegou o pobre Junwoo tão de surpresa que ele deixou o telefone cair no colchão e embolou-se para pegá-lo de volta, o coração acelerado e a pele totalmente arrepiada. Ele poderia passar anos ao lado de Takeshi, mas nunca deixaria de se sentir daquela maneira quando o mais velho usasse aquele tom nada puro para dizer aquelas frases nada inocentes.

— E eu acho que você sabe disso — continuou Takeshi, estalando a língua como se reprovasse o ato do mais novo. — E usufrui pra me provocar.

Junwoo umedeceu os lábios, seus dedos agarrando o lençol com mais força.

— *H-hyung*... Eu... — Não soube o que responder, já que, de fato, mandara a foto, porque queria provocá-lo.

— Viu? Não consegue nem me rebater. — O rosado conseguia ouvir a movimentação dele. — Me diz, Junwoo, o que você queria ao me provocar desse jeito? Hm?

Junwoo estava acostumado a ficar sem palavras, mas, por Deus, ele não conseguia, sequer, raciocinar naquele momento. Respirou fundo uma, duas, três vezes e, mesmo assim, não conseguiu pensar em que dizer para Takeshi. Não sabia como expressar toda a vontade que tinha do mais velho em palavras, estava com vergonha.

— Vai ficar tímido agora, *saeng*? Logo você que já ficou de joelhos pra mim e me deixou gozar nesse rostinho lindo?

— *Hyung*... — Sentiu as bochechas corarem e, impulsivamente, levantou-se correndo de sua cama para trancar a porta do quarto, voltando a se deitar alguns segundos depois. — É que eu queria... Hm... Q-queria que você... Que nós fizéssemos mais coisas.

— E por isso me mandou a foto? Pra me atiçar? — Takeshi sorria. — Bem, funcionou.

— E... E o que a gente vai fazer? — Junwoo mordeu o lábio.

— Eu já tô me tocando desde o momento que pus os olhos na sua foto. Resta saber se você vai fazer o mesmo.

Junwoo arregalou os olhos, sentindo a queimação na virilha se intensificar.

— Vai se tocar pra mim, Woo-*ah*?

Quase como se fosse Takeshi quem comandasse todas as suas ações, a mão livre de Junwoo escorregou lentamente até pairar sobre sua virilha coberta por uma calça de moletom. Ele engoliu em seco, roçando o indicador naquela área sensível enquanto sentia o coração bater com força contra seu peito. Será que Takeshi conseguia ouvir?

— Oh, eu tenho certeza que sua mão já está até lá. — O mais velho riu sapeca. — Vamos, Woo, coloca seu pau pra fora.

Junwoo fechou os olhos com força. Por que aquelas palavras rudes o excitavam tanto?

Então, o mais novo obedeceu, puxando o moletom e a cueca para baixo, expondo o membro semiereto, que bateu em seu estômago, cada vez mais pesado pelo tesão que o consumia. Roçou o indicador ali, arrepiando-se com o toque simples e, quando ouviu um ofegar vindo de Takeshi, firmou a mão na base de seu pau.

— Você... O que você tá fazendo agora, *hyung*? — perguntou tímido, a voz tremelicando e a respiração ofegante.

— Agora, eu tô molhando minhas coxas com pré-gozo, desejando que fosse seu rostinho no lugar. Me diz, Junwoo, você gostaria de estar me chupando agora, hm? — provocou, sabendo que o palavreado sujo era a fraqueza do mais novo.

— Oh, Deus... — sussurrou, começando a mexer o pulso para cima e para baixo. — Sim, *hyung*, e-eu gostaria...

— Gostaria de quê, Woo? Quero que me diga com as palavras exatas — exigiu.

— G-gostaria de estar te chupando. — Arfou, pressionando o polegar contra a cabeça de seu pau ao sentir pulsar com a imagem que tinha em mente. — Queria e-estar sentindo seu pau na minha boca, h-*hyung*... Qu-queria sentir você todo.

— Todo, Junwoo?

— S-sim — gemeu, arqueando as costas levemente e afastando mais as pernas, os movimentos cada vez mais rápidos. — S-sua boca, suas mãos, s-seu pau.

— Ah, Junwoo... — Takeshi também gemeu, arrepiando cada pelinho do corpo alheio com aquele som gostoso. — Eu preciso sentir você inteiro, também. Preciso sentir... Preciso foder você.

Junwoo gemeu mais alto, torcendo o pulso.

— E c-como vai fazer isso, *hyung*?

— Como? — O sorriso que preenchia os lábios de Takeshi era totalmente cafajeste. — Quer que eu diga como vou te foder, anjo?

— S-sim — manhou, desacelerando os movimentos da mão para que não chegasse a seu limite rápido demais. E, mesmo devagar daquele jeito, ele sentiu que não seria capaz de aguentar muito, já que esperava por um momento como aquele há muitas semanas. Estava necessitado demais. — Por favor, *hyung*.

— Ugh, pede "por favor" de novo — Takeshi gemeu e Junwoo conseguiu ouvir os sons molhados do outro lado da linha. O mais novo sorriu, extasiado.

— *Por favor, hyung, me fala como vai me foder*.

— Garoto... — o de cabelo roxo precisou de um momento para recuperar o fôlego, mexido demais com as palavras que deixavam a boca de Junwoo. — Ah, Junwoo, a primeira coisa que eu vou fazer é ficar de joelhos pra você. Te chupar até você estar tremendo nos meus braços, puxando meus cabelos e me pedindo pra gozar. Mas aí... — Riu em meio a um arfar e Junwoo gemeu manhosamente, voltando a acelerar o movimento das mãos. — Eu vou parar, te colocar de quatro na cama e vou te beijar lá. Sabe? Vou molhar todo o seu cuzinho com a minha saliva para poder deslizar pra dentro de você depois.

— *Hyung*! — chiou alto, tremendo cada vez mais. Sua mão já não estava ritmada, ele estava completamente desesperado, os movimentos bagunçados enquanto ele próprio era uma bagunça de arfares e gemidos — F-fala mais — pediu, fechando os olhos e forçando a cabeça contra o travesseiro, tentando, de alguma forma, descontar todo o prazer que estava sentindo com poucas palavras e sua imaginação.

— E quando eu estiver finalmente dentro de você... Sentindo você me apertar todo, vou te foder cada vez mais rápido, vou fazer você gemer todo manhosinho pra mim enquanto eu marco sua cintura com meus dedos e digo no seu ouvido o quão bom você é pra mim. Você quer isso, Junwoo? — o tom de Takeshi era baixo, totalmente sensual e estava acabando com o pobre Junwoo, que já sentia suas coxas tremerem e o pau pulsar sob seu toque. — Me diga o quanto você quer isso.

— E-eu quero, por favor. Eu quero muito, Takeshi *hyung* — pediu manhoso, se contorcendo na cama ao sentir os espasmos percorrerem todo seu corpo até sua virilha.

— Então goza pra mim, Junwoo.

E o corpo de Junwoo obedeceu, tremendo sobre a cama, todo suado e necessitado, seu pau liberou toda a porra contida sobre seu estômago e lençóis, fazendo uma bagunça que Junwoo se preocuparia depois, pois ficou ainda mais extasiado ao ouvir o gemido rouco de Takeshi, chamando por ele.

— *Hyung*... — Riu envergonhado, abrindo a boca depois de alguns minutos em silêncio, tentando recuperar a respiração. — Você é um safado.

— Eu? — o outro riu também, ofegante. — Nós dois somos.

— E... hm, Takeshi? — quando ouviu um “hm?” vindo do mais velho, prosseguiu: — Quando... quando aquilo vai acontecer?

Junwoo não podia ver, mas Takeshi deixou um sorriso brilhante transparecer ao ouvir a pergunta, contente com o pensamento de que o mais novo confiava em si para compartilhar daquela intimidade consigo. Era um grande passo em um relacionamento e saber que Junwoo mal podia esperar por aquilo, assim como ele, era incrível.

— Quando nós menos esperarmos, Woo. Não acho que é bom planejarmos um dia específico, isso só vai nos deixar nervosos e, bem, é melhor deixar as coisas acontecerem naturalmente — respondeu doce.

— Eu espero que aconteça logo, então — proferiu baixinho, corando quando percebeu que Takeshi havia lhe escutado.

— Não tem nada que queira conversar antes de fazermos isso? — Takeshi perguntou, em dúvida. — É normal ter muitas dúvidas.

— Eu acho que prefiro tirar na hora, caso eu não saiba fazer algo, o que, com certeza, vai acontecer. — Riu envergonhado. — Porque eu não sei fazer nada.

— Você sabe chupar um pau.

— Porque você me ensinou, *hyung* — suspirou. — Mas se eu tiver alguma dúvida, vou falar com você, prometo.

— Tudo bem. Deixa eu ir agora, preciso responder as mensagens que ignorei quando vi sua foto — brincou, arrancando uma risada tímida do mais novo.

— *Aish*! Tchau!

!

A concepção do tempo era engraçada aos olhos de Junwoo, porque, para ele, quando as pessoas estavam incomodadas, tristes, entediadas, o tempo passava lentamente. Depois de passar horas analisando aquele fato, ele percebeu que era porque, quando se estava triste, entediado ou qualquer outro estado de espírito ruim, as pessoas reparavam demais no relógio.

A questão era que Junwoo estava feliz. No auge de sua felicidade. A cada dia que passava, ele percebia que, durante o dia inteiro, estava com um sorriso no rosto, sem sentir-se para baixo, triste ou desanimado. Ele tinha a companhia das pessoas mais incríveis que já conhecera, tinha um baile chegando, um planejamento de pedido de namoro e uma viagem vindo pela frente. Não tinha motivo para sentir-se triste.

Então, quando ele percebeu, o tempo havia passado e o inverno chegara sem nem permitir que ele se preparasse física ou psicologicamente. Junwoo, simplesmente, acordou em uma manhã qualquer, tremendo de frio, e viu, através da janela da sala de estar, as pessoas completamente agasalhadas na rua. E, um dia depois de ter acordado gelado ao extremo, ter tomado chocolate quente de manhã com Dakho e seus tios, chegara o momento que Syaoran estaria de volta a Seul.

Entretanto, quando estava vestindo um cachecol e um segundo casaco para ir à estação de trem, ele recebeu uma ligação de sua mãe. Parou no meio de seu quarto, surpreso, fitando o aparelho com os olhinhos brilhantes arregalados. No quarto toque, atendeu:

— *Junwoo!* — ela chamou.

— Oi! — ele respondeu, soltando a respiração que nem notara estar segurando. — Como a senhora está?

— *Eu tô ótima. E você? Como estão as coisas aí com Jooheon?* — Jiyoon parecia estar sorrindo e aquilo o tranquilizou. Passou a ajustar o cachecol no pescoço enquanto se observava no espelho e ouvia sua mãe falar consigo.

— Tudo ótimo. — Ele sorriu leve. — Você... você voltou para nossa antiga casa?

— *Na verdade, eu queria lhe contar justamente sobre isso. Eu... eu estou na casa de Mei.*

— Oh... — Mordeu o lábio inferior, contendo a vontade de fazer diversas perguntas a respeito da relação das duas.

— *E vi que Syaoran foi hoje cedo para Seul e pensei, então, em ligar pra você* — ela continuou. — *Eu estou trabalhando, Junwoo.*

— Jura? — ofegou surpreso. — Com o quê?

— *Estou dando aulas de artes no seu antigo colégio. Como eles estavam desesperados à procura de um professor pra essa disciplina, não se importaram com minha falta de estudos na área. Confiaram no meu talento.* — Jiyoon riu meio sem jeito. — *Eu estou muito feliz.*

— Isso é ótimo! De verdade! Fico feliz por você, mãe.

— *E eu fico feliz que você também esteja feliz aí.* — Ela respirou fundo. — *Quero que saiba que... Eu lhe apoio em todas suas escolhas. Sejam elas quais forem. De estudos, trabalho, tudo. Você se mostrou um garoto que transcendeu além da criação infeliz que seu pai e eu lhe demos, então tenho certeza de que suas escolhas vão te levar ao caminho certo. Sei que não fui uma boa mãe e cheguei a considerar a possibilidade de ficar em Seul com você e tentar novamente, mas essa não sou eu, Junwoo.*

O garoto assentiu, mesmo que ela não pudesse ver.

— *Eu só ia nos deixar mais infelizes, se permanecesse aí. Seul não é meu lugar* — ela falou.

— Eu sei, e...

Foi interrompido:

— *Mas é o seu. Você é um garoto do mundo, Junwoo. Sempre foi curioso, sempre quis saber mais do que nós permitimos e, na primeira oportunidade que teve, foi atrás desse "mais". Não pare por aí, continue indo atrás das coisas, pois você ainda tem muito para conquistar.*

— Mãe, e-eu... — gaguejou, sentindo o bolo subir na garganta e o peito apertar, deixando transparente para si o quão emocionado se sentiu com as palavras da mulher. — Eu sinto muito por tudo que aconteceu com a senhora, de verdade.

— Não é você quem tem que se desculpar, Junwoo. — Ela riu quase triste. *— Você não é o errado da história. Nunca foi.*

— Você... Você chegou a ir ver Daejung depois daquele dia? — tomou coragem para perguntar, ouvindo um suspiro antes da resposta.

— Sim. Eu precisava dizer tudo que guardei durante muito tempo. Tinha muita coisa entalada em mim.

— Eu imagino... — Junwoo coçou a nuca. — Eu acho que vou vê-lo, também, algum dia.

— Eu acho que pode te fazer bem. Sabe, eu me senti incrível quando disse, na cara dele, que nunca o amei, nunca quis um filho dele e que a mulher que eu amava me esperava de braços abertos até hoje.

Junwoo abriu um sorriso, fitando o chão.

— Eu sabia.

— Tal mãe, tal filho — ela brincou, sorrindo ao sentir na voz de Junwoo que ele também o fazia.

— Isso não faz sentido, eu não gosto de mulheres, mãe.

Quando ouviu a risada alta da mais velha, Junwoo sentiu um estado de euforia inigualável. Ele olhou-se através do espelho uma última vez, observando o quão aberto era o sorriso em seus lábios. Sorriu ainda mais, o coração acelerado, esmagando-se contra sua caixa torácica.

Deus, como ele estava feliz.

Junwoo seguiu até a estação de trem com um sorriso brilhante nos lábios, recebendo olhares estranhos por estar quase saltitando ao invés de caminhar. Quando chegou a seu destino, procurou pelo trem de Syaoran em uma das televisões que anunciava as chegadas à estação e viu que aquele já havia chegado. Então, correu até a plataforma indicada.

— *Hyung*! Syao *hyung*! — gritou, acenando enquanto corria após avistar o mais velho descer do trem com uma grande mala, sendo puxada por uma mão e uma mochila nas costas. — *Hyung*!

Syaoran virou-se na direção da voz, abrindo um sorriso enorme ao ver Junwoo correndo até si, jogando-se em seus braços quando estava perto o suficiente. Syao gargalhou e abraçou-o de volta, girando-o no ar.

— Meu Deus, que saudade que eu estava de você! — exclamou, afastando-se um pouco de Junwoo para observá-lo. — Eu acho que nunca vou me acostumar com esse seu cabelo. E esses piercings! Junwoo, você tá gatíssimo.

— Ah, *hyung*, para! — Riu, ajeitando os fios desgrenhados pelo vento gelado que batia neles. — Eu também estava com muitas saudades de você.

— Vamos recuperar todo o tempo perdido, mas antes... Vamos andando pra sua casa, porque, pelo amor de Deus, tá frio demais. — Tremeu sob o casaco pesado que vestia, agarrando o cabo da mala para iniciar o caminho para fora da estação.

— Me dê sua mochila — o mais novo pediu, pegando o objeto pesado das costas do amigo para facilitar o caminho. — Você vai amar a casa do tio Jooheon. Ele mora em um prédio bem luxuoso e meu quarto é enorme, *hyung*.

— Jura? E tá bem decorado? — Arqueou as sobrancelhas de maneira zombeteira. — Porque seu antigo quarto... — Fez uma careta.

— Ainda não, mas eu combinei com o Takeshinie *hyung* de pintar as paredes e comprar coisas pra decoração. — Deu de ombros. — Só não sei quando vamos fazer isso. — Riu de leve.

— E o pedido de namoro? Quando vai ser?

— Eu vou pedir no baile, *hyung*. — Sorriu tímido. — Não vai ser nada muito elaborado, sabe? Só vou pedir uma música pro DJ, mas vou fazer o pedido enquanto dançar com ele, bem baixinho, só pra ele.

— Queria eu namorar fofinho igual vocês — suspirou, fingindo tristeza. — Se vai ser algo simples, porque estava tão desesperado com os preparos, Woo?

— Porque eu quero falar as coisas certas. — Engoliu em seco. — E eu sei que vou ficar nervoso, então prefiro deixar tudo preparadinho e...

Foi interrompido:

— Preparar tudo só vai te deixar mais ansioso, nervoso e vai te fazer tropeçar nas próprias palavras na hora — Syaoran rebateu, adentrando o metrô da estação quando chegaram. — Fique confiante, você sabe se expressar e desenvolveu muito isso ao longo do tempo.

— Eu sei... Mas é algo muito importante. — Fez um bico sem nem perceber, abaixando o olhar. — Eu quero que seja muito especial pra ele.

— E vai ser, Junwoo. É *você* pedindo-o em namoro. Com certeza, vai ser especial.

Quando chegaram ao apartamento, Syaoran foi bem recepcionado, encantou-se com Dakho e elogiou tanto o apartamento quanto o casal que o acolhia. James adorou o garoto e ofereceu-lhe seu tão prestigiado mousse de maracujá, contando sobre a vez que Yoona, Ravi, Hajoon e Bonhwa derrubaram o pote por não conseguirem dividir e acabaram brigando pela sobremesa.

— Por falar em Bonhwa... Ele me chamou pra sair com ele amanhã — Syaoran disse para Junwoo. O outro deixou de comer o doce para fitá-lo, com uma expressão confusa.

— Sair... Sair?

— Como assim sair? Sair, Junwoo. — Riu. — Sair, oras. Vamos ao cinema.

— E vocês vão... Hm... — Coçou a garganta, checando Dakho pelo canto dos olhos antes de voltar a fitar o melhor amigo. — Sabe? Beijar?

— Ah, isso eu não sei. — Deu de ombros. — Não me importaria.

— Acho que o Bonhwa quer, já que não chamou mais ninguém. — Riu baixinho, olhando para a colher que brincava com o mousse em seu pote.

— Por que não aproveita pra pintar seu quarto com o Takeshi?

— Vai pintar o quarto? — Jooheon, que lavava a louça junto ao marido, virou-se para entrar na conversa. — Eu ia te sugerir isso, mas esqueci.

— Eu vou e queria saber onde comprar algumas coisas de decoração, também. — Coçou a nuca, tímido. — Se importariam se eu mudasse tudo?

— Deixa de bobeira, Junwoo, o quarto é seu. Você faz o que quiser. — Piscou para o sobrinho. — Eu tenho alguns materiais que você e Takeshi podem usar, tipo jornal pra cobrir o chão, alguns rolos de pintura... James, pode pegar e deixar no quarto dele?

— Claro. — Sorriu para Junwoo.

— Então... Vou falar com o Takeshi *hyung* — ele exclamou animado, pegando o celular do bolso para enviar uma mensagem ao mais velho. — Ah, os ternos devem chegar amanhã! Vão entregar na casa do Ravi.

— E as preparações pro baile? Como estão? — perguntou Syaoran, pegando mais mousse.

— Já está tudo no ginásio. E sexta-feira, depois da nossa última aula, vamos arrumar tudo, porque o baile é sábado — explicou. — Eu quase me enrolei, porque era muita coisa pra pensar. Desde a decoração até a comida, música... Mas, no fim, foi bem tranquilo. Um pessoal do colégio nos ajudou também.

— Se quiserem, posso ajudar vocês na sexta — Syao ofereceu, sorrindo contente quando o mais novo começou. — Ótimo! Sempre foi meu sonho viver um desses momentos de filmes adolescentes.

Syao decidiu dormir no quarto de Junwoo, aproveitando o tamanho exagerado da cama do garoto e sentindo saudades demais para, simplesmente, escolher dormir na sala, longe de tudo e de todos. Junwoo não se importou e sentiu o peito quentinho quando seu *hyung* deitou-se ao seu lado, com aquele pijama de flanela rosa-bebê e a uma pelúcia de lhama, sua fiel companheira.

— *Hyung*, minha mãe disse que está morando na sua casa... — Junwoo comentou baixinho, encolhendo-se sob as cobertas quentes e apreciando o ambiente escuro e aconchegante.

— Sim, ela tá. Eu não a reconheci quando ela apareceu lá, Junwoo, juro. — Ele riu de leve. — Era quase como se... Como se ela brilhasse. Um brilho que ela nunca teve estando com seu pai, sabe?

— Sei... — Sorriu meio bobo. — Ela tá trabalhando, né?

— Sim! Na escola em que eu estudo. — Apertou mais a pelúcia em seus braços. — Ela desenha muito! As aulas de arte são só até o primeiro ano, então eu não pude ter aula com ela, mas passei na sala dela para ver os desenhos e... São surpreendentes!

— Eu me lembro de quando vi o caderno dela. Aquele que tinha o desenho da sua mãe, sabe? — Syao assentiu. — Também fiquei chocado com o talento que ela tem. E, hm... Você sabe que elas... — deixou no ar, observando o rosto de Syaoran.

— Se gostam? Sim. — Sorriu. — É legal, né? Nossas mães juntas e nós somos melhores amigos... Junwoo, somos quase meio-irmãos! — Gargalhou.

— Sim!

— E como você tá com tudo isso? — perguntou, após recuperar-se das risadas. Junwoo suspirou.

— Feliz, *hyung*. O lugar dela é lá. O meu é aqui.

— Mas você sabe que tá tudo bem sentir-se mal com isso, né? Ela é sua mãe, apesar de tudo. — Syao ergueu a mão, tocando os fios rosados alheios.

— Me senti mal no início, mas já consegui engolir tudo. Às vezes, eu... Eu me pergunto como seria, se ela tivesse escolhido ficar e como seria nossa relação, se tentássemos melhorar, estando um com o outro. Mas, no fundo, sei que isso só faria mal a ela. — Deu de ombros, respirando fundo. — Eu estou bem e ela também, isso é o que importa.

— Você amadureceu demais. Quanto tempo eu dormi? — Syaoran brincou, dando um tapinha na testa de Junwoo, arrancando uma risada dele. — Você até fez uma tatuagem antes de mim!

— Pois é, *hyung*. Muita coisa mudou! Agora, tenho cabelo rosa, sou tatuado e eu transo.

— Você o quê?

— Eu tenho cabelo rosa.

— Não! Repete isso aí, você transa? — Syaoran exclamou alto demais, repreendendo a si mesmo em seguida. — Junwoo, você já deu?!

— *Hyung*! — exclamou, tampando a boca alheia por alguns segundos enquanto segurava o riso. — Não! Eu não dei! Ainda.

— *Chunwoo*! — resmungou contra a palma do outro, puxando o pulso dele para que tivesse a boca liberta. — O que você já fez?

— Ah... Eu meio que... Hm, já... — Umedeceu os lábios. — Já c-chupei ele.

— Ok. Eu desisto. — Syaoran levantou-se da cama, caminhando até a porta do cômodo com a pelúcia nos braços.

— Aonde você vai? — tentou não gritar, franzindo as sobrancelhas.

— Pegar água benta pra te benzer. Isso não é normal, não, não, você é uma criança... — e foi resmungando até a cozinha.

Junwoo gargalhou silenciosamente, puxando o cobertor até cobrir a cabeça, sentindo-se em um estado de felicidade extremamente satisfatório. Ele esperou que o mais velho voltasse e, quando ouviu os passos se aproximando, colocou a cabeça para fora.

— Voltei, com chocolate.

Syaoran sentou-se na cama, cobrindo as pernas e deixando a pelúcia em seu colo para abrir o pacote cheio de bombons.

— *Hyung*! Isso é do Dakho — repreendeu, por mais que sentisse a boca salivar ao ver o de cabelo preto engolir o chocolate. — Ah, a gente compra outro. Me dá um — pediu, estendendo a mão.

— Eu tava brincando, tá? Você tem total direito de expressar sua sexualidade, só precisa me contar quando for fazer isso — apontou, sorrindo quando o mais novo assentiu, como uma criança inocente, com os cantos da boca sujos de chocolate. — Como foi sentir um pau na boca? Não que eu não saiba.

— É gostoso.

— Junwoo! — choramingou. — Preciso me acostumar com essas suas respostas.

O mais novo riu.

— Tô sendo sincero, *hyung*.

— Ele era depilado? Não tenho absolutamente nada contra com quem prefere ter os pelos, mas poderiam dar uma aparadinha de vez em quando, sabe? É muito ruim chupar e sentir os fios se enrolando na sua língua. — Fez uma careta.

— Oh... Eu não tinha reparado. — Junwoo franziu o cenho. — Mas não senti na minha boca, então não eram tão longos... — Desceu o olhar para a própria pélvis. — Será que eu tenho que me depilar? Não sei fazer isso, *hyung*.

— Ah, Woo, essa questão de aparar é como eu me sinto. Não sei se o Takeshi pensa do mesmo jeito... Ele já falou algo sobre?

Junwoo abanou a cabeça negativamente.

— E ele já te tocou e já te viu pelado, então não tem por que se preocupar. Fora que o importante é como você se sente com teu corpo, não ele. Você se incomoda com pelos? — perguntou, fitando o melhor amigo com um olhar curioso.

— Eu nunca parei pra pensar nisso. — Um bico nasceu em seus lábios. — Não tenho muitos, na verdade.

— Realmente, suas coxas e pernas são quase lisinhas — comentou Syaoran. — Mas, de verdade, não se preocupa demais com isso. E lembre-se que o importante é como você se sente. — Engoliu mais um chocolate. — As pessoas criam uma exigência insuportável sobre corpos alheios. Essa coisa de pelos é pior ainda para as mulheres, já que o homem hétero acha que toda mulher tem que ser lisinha. — Abanou a cabeça, indignado ao recordar-se do que algumas amigas suas já haviam falado sobre homens que foram para a cama com elas.

— E... E os pelinhos lá atrás?

— No cu?

— *Aish*, é no cu.

— Ah, eu, particularmente, não tenho tanto lá, então nem me preocupo. — Deu de ombros.

— Hm... — Junwoo franziu o cenho, tentando lembrar se tinha pelos naquela área. — Eu não lembro se tenho — resmungou.

— Depois você olha, Woo. — Riu. — De novo, lembre-se que é você que tem que se sentir bem com teu corpo, ok?

— Ok, *hyung*.

— Tão fofinho... — suspirou, fazendo um carinho na testa do mais novo. — Nem parece que chupa pau.

— *Hyung*!

!

No dia seguinte, após terem almoçado um prato cheio de *Jajangmyeon*[12] feito por Jooheon, Syaoran foi se preparar para sair com Bonhwa enquanto Junwoo foi até James para lhe pedir os materiais de pintura que haviam sido mencionados anteriormente pelo seu tio.

— Oh, eu me esqueci! — o britânico deixou de dar a comida ao filho para se levantar. — Pode dar a comida dele enquanto pego as coisas?

— Claro! — Sentou-se no lugar antes ocupado pelo mais velho e sorriu para Dakho, achando extremamente fofa a maneira como ele estava completamente sujo de molho vermelho ao redor dos lábios. — Abre a boquinha, *saeng*.

Guiou a colher de plástico até os lábios de Dakho, que gargalhou antes de abrir a boca e receber, alegremente, o macarrão dentro dela. Ele bateu as mãozinhas na mesa de plástico da cadeira alta e começou a cantarolar uma melodia desconhecida por Junwoo que preferiu somente observá-lo em silêncio, apreciando a companhia do primo.

— Pronto, Junwoo! — James apareceu, batendo as mãos para se livrar do excesso de poeira. — Tem tinta branca, rosa, laranja e azul. E bastante das três, então acho que dá pra aproveitar bem.

— Muito obrigado, *hyung*. — Sorriu, voltando a se levantar e tirando o celular do bolso para enviar uma mensagem a Takeshi. No entanto, o interfone tocou antes que ele pudesse terminar a ação. — Eu atendo! — exclamou, correndo até o objeto. — Oi!

— Tem dois garotos aqui querendo subir, senhor. Takeshi e Bonhwa — o porteiro falou.

— Pode subir! — E desligou.

Junwoo correu até a porta do apartamento, animado, abrindo-a e esperando ansiosamente para ver as portas do elevador abrirem e Takeshi e

---

12 *Jajangmyeon*: prato típico coreano.

Bonhwa aparecerem. Dois minutos depois, aconteceu, e um Takeshi, tão ansioso quanto Junwoo, correu para os braços do mais novo, beijando-o na primeira oportunidade que teve.

— Parem com isso, eu fico triste — Bonhwa dramatizou. — Não tenho um amorzinho.

— Eu posso te dar amor, também, *hyung* — murmurou Junwoo, após separar-se do de cabelo roxo, puxando Bonhwa para um abraço.

— Vai vir com beijos?

— Ei, ei! — Takeshi deu um tapa na nuca de Bonhwa. — Olha o respeito.

— Beijos na boca, não. — Junwoo sorriu. — Mas posso fazer igual você faz comigo. — Segurou ambas as bochechas do ruivo e depositou um beijo fofo em sua testa. — Tá se sentindo melhor?

Bonhwa choramingou:

— Inferno de garoto fofo! — E abraçou-o pela cintura mais uma vez. Takeshi sorria observando a cena.

Junwoo deu espaço para que eles entrassem na casa e, quando os três estavam na sala, Syaoran apareceu, segurando seu casaco pesado de inverno com uma mão enquanto a outra tentava ajeitar os fios escuros. Quando viu Bonhwa e Takeshi, correu para cumprimentá-los.

— Oi! — exclamou, abraçando primeiro Takeshi para depois fazer o mesmo com Bonhwa. — Não tinha percebido que estava sentindo tanta falta de vocês até vê-los aqui no meio da sala. — Riu.

— Também sentimos sua falta — comentou Bonhwa, observando Syaoran com um de seus sorrisos retangulares no rosto. — Como foi a viagem?

— Gelada. O aquecimento do trem estava com defeito. — Fez uma careta com a recordação.

— Em Masan é menos frio, não? — indagou Takeshi, removendo seu casaco e deixando-o no encosto de uma das poltronas, pousando sua mochila ao lado do móvel em seguida.

— Muito menos. Tive um choque térmico quando cheguei aqui — suspirou. — Mas o Junwoo me esquentou bem.

— *Hyung*... — Junwoo riu. — Eles vão entender errado.

— Entender errado? Você quem tá com a mente poluída demais — ele rebateu. — Takeshi, o que você fez com meu filho, cara?

— Eu não fiz nada! — Takeshi riu, puxando seus fios coloridos para trás. — Ele que se revelou.

— Estava sempre dentro dele — Bonhwa provocou, cutucando a costela do mais novo. — Vocês vão fazer o quê? Por favor, não me digam que pretendem transar com uma criança na casa.

— Cala a boca, Bonhwa! — Takeshi revirou os olhos. — Nós vamos pintar e decorar o quarto dele.

— Mandem foto quando acabarem — proferiu Syaoran, vestindo o casaco.

— E vocês, vão aonde? — Takeshi repetiu a pergunta, fitando o melhor amigo.

— Cinema. — Bonhwa deu um sorrisinho, pegando na mão de Syaoran para sair do apartamento. — Conversar sobre a época em que ele não estava aqui, comer uns doces e pipoca, trocar uns beijos... — foi listando, conforme deixava o apartamento com o mais velho. — Adeus!

Junwoo gargalhou, abanando a cabeça.

— *Aish*, eu tava com muita saudade do *hyung*.

— Eu imagino, ele é seu melhor amigo. Não consigo nem imaginar ficar longe do Bonhwa como você ficou do Syaoran — Takeshi respondeu. — Onde está seu tio?

— Ele saiu para ir ao mercado. James tá dando comida pro Dakho na cozinha. Quer falar com ele?

Takeshi assentiu.

Após cumprimentar o marido de Jooheon e o filho deles, seguiu para o quarto de Junwoo, sentindo as mãos do mais novo segurarem sua cintura com carinho enquanto caminhavam. Sorriu abobalhado e puxou-o para um beijo quando já estavam dentro do cômodo.

— Por que fico com saudade mesmo tendo te visto há pouco tempo? — Takeshi resmungou, abraçando a cintura do outro. Junwoo sorriu contra os lábios dele.

— Porque você gosta de mim, *hyung*.

— Gosto mesmo, sou apaixonado — suspirou, depositando um selinho molhado em sua boca. — Completa e loucamente apaixonado por você.

— Eu também sou por você... — murmurou de volta baixinho, como se fosse um segredo. — Às vezes sinto que meu coração vai explodir.

Takeshi riu baixinho, encostando as testas.

— É boa né? Essa sensação.

— No início eu achava que era infarto. — Fez um bico. O mais velho gargalhou.

— Quando você percebeu que gostava de mim? — Abriu os olhos, afastando-se um pouco para poder fitar Junwoo enquanto ouvia a resposta.

— Oh... Eu acho que não demorei muito a me afeiçoar a você, mas demorei a entender o que eu queria — revelou, apertando os ombros fortes de Takeshi. — Lembra quando subimos naquela colina e eu tirei umas fotos suas?

Quando o outro assentiu, continuou:

— Então, eu reparei demais na sua boca, naquele dia, através das fotos. Foi lá que eu entendi que queria te beijar.

— Deu pra perceber, você deu muito zoom na minha boca. Eu estranhei, mas nunca falei nada e, bem, depois de um tempo eu esqueci. — Riu, estalando um beijo na ponta do nariz de Junwoo. — Por isso fugiu correndo, né?

Junwoo assentiu.

— Fiquei com medo. Desculpe, *hyung*.

— Não peça desculpas. — Franziu o cenho. — Tudo aconteceu no momento que tinha que acontecer.

— Eu também acho. — Sorriu abobalhado. — Nosso primeiro beijo foi bom, né?

— Ainda não sei como você me confundiu com uma garota. — Estalou a língua no céu da boca, afastando-se do mais novo para pegar o lençol velho no chão que James havia deixado ali, cobrindo a cama de Junwoo com ele.

— A ideia de ser um garoto nem passou pela minha cabeça, *hyung*. — Soltou uma risada fraca, pegando os jornais para começar a forrar o chão. — Acha que vai ficar legal se pintarmos de laranja?

— Acho que sim, mas também acho que você pode deixar uma das paredes brancas para decorar ela com pôsteres e essas coisas. O que acha? — sugeriu, apontando para a parede em frente à cama do mais novo, onde sua escrivaninha ficava encostada.

— Sim, sim. Acho legal! Onde posso comprar pôsteres? — perguntou, animado com a ideia.

— Em alguma loja de CDs e DVDs. — Takeshi olhou para o próprio corpo e fez uma careta. — Woo, você tem uma camiseta velha pra me emprestar?

— Uh... — Junwoo fez o mesmo, fitando a blusa que vestia e notando que era uma de suas novas que Jooheon lhe havia dado. — Não tenho...

— Então vamos fazer sem camisa — foi o que Takeshi disse antes de remover a blusa que vestia, dobrando-a e deixando sobre a escrivaninha de Junwoo. — Vai, tira a sua para eu poder cobrir a escrivaninha.

O mais novo demorou, alguns segundos, a assimilar, visto que travou com a visão do torso alheio totalmente nu. Junwoo acreditava que nunca ia se acostumar com o quão bonito era o corpo de Takeshi. E, naquele momento, ele percebeu que tinha uma paixão especial pelo peitoral do mais velho.

— *Okay*... — murmurou, retirando a camisa que vestia e colocando-a sobre o móvel antes de ajudar a cobri-lo. — Coloca música no seu celular, *hyung*.

Takeshi o fez, aproveitando que o som de seu aparelho era bom o suficiente para eles não sentirem tanta falta de um alto-falante. Deixou uma playlist qualquer no aleatório e passou a preparar a tinta com Junwoo. Eles viraram o balde de tinta no suporte do rolo de pintura e, após molharem dois daqueles com o líquido colorido, começaram a pintar a primeira parede.

As músicas passavam e o tempo também. Quando Junwoo olhou para o relógio, percebeu que já estavam há quase duas horas na mesma parede e, por ter se distraído ao checar o horário, não notou que tocou no muro recém-pintado.

— Ah, não! — choramingou ao sentir a palma molhada de tinta. Takeshi gargalhou.

— Isso que dá ser desatento.

— *Hyung*! — exclamou levemente ofendido. Então, resolveu se vingar e arrastou sua mão por um dos ombros de Takeshi, sujando-o. — Agora, sim.

— Garoto...! — O queixo de Takeshi caiu, expressando sua indignação. — Ah, você vai se ver comigo.

E logo após aquela frase, os dois se enfiaram em uma confusão de tintas e risadas, ambos se sujando até que parecesse não haver um pedaço de pele livre da cor laranja. Como o chão coberto de jornal também se tornara um mar de tinta, Junwoo acabou pisando em falso e tropeçando, estabacando-se no chão e puxando Takeshi junto.

— Au! Minha cabeça! — o mais novo choramingou, sentindo o teto da cabeça latejar pela batida.

— Meu Deus, tá tudo bem? — As feições de Takeshi, imediatamente, tornaram-se preocupadas e ele nem se importou com o fato de estar no colo alheio, focando somente verificar se não havia sangue ou algum inchaço. — Onde foi?

Junwoo murmurou um "aqui , indicando o local com a mão antes de se perder completamente na beleza do garoto em cima de si. Seus olhos mergulharam em cada traço bem delineado de Takeshi, levando-o a pensar o que tinha feito para ter um cara tão lindo como aquele apaixonado por si. Takeshi era dono de uma beleza estonteante, tanto física — que não era amenizada nem quando ele estava todo sujo de laranja — quanto interna, e aquilo deixava Junwoo em um estado de euforia quase sufocante.

Umedeceu os lábios, sentindo o coração bombear seu sangue com mais velocidade. Takeshi devia ter sentido também, pois seus olhos encontraram os semelhantes de Junwoo, pegando-o no flagra.

— O quê? — murmurou, tentando não sorrir e falhando.

— Você é lindo demais, *hyung* — revelou, encaixando sua mão na cintura de Takeshi enquanto a outra subia até tocá-lo em sua bochecha. O mais velho não respondeu, sendo pego totalmente de surpresa pelo elogio.

— Mesmo todo sujo de tinta laranja? — Arqueou as sobrancelhas, tentando não demonstrar que ficara extremamente sem jeito com o elogio repentino.

— De qualquer jeito — Junwoo suspirou, acariciando a bochecha quente de Takeshi. — Sua beleza é... é única.

Deixando Takeshi ainda mais surpreso, Junwoo ergueu o tronco, sentando-se no chão forrado de jornal. Ficou cara a cara com o de cabelo roxo, encostando seus narizes antes de roçar calmamente a boca na dele, arrepiando cada pelinho do corpo quente de Takeshi.

— Eu não acho que vou me acostumar com seus flertes — confessou baixinho, sentindo as pálpebras pesarem quando Junwoo pressionou os lábios nos dele em um selinho molhado. — Nem com suas provocações... — quase choramingou ao sentir a mão alheia apertar a cintura com vontade. —

E muito menos com essas suas... atitudes — sussurrou ofegando quando Junwoo lambeu seu lábio inferior lentamente. — Me beija logo.

E Junwoo obedeceu, chocando sua boca contra a de Takeshi com uma intensidade e necessidade que ele passou a sentir sempre que estava no mesmo ambiente que o outro. Sua mão na cintura de Takeshi o puxou para mais perto, deixando os torsos laranjas colados um no outro, compartilhando da tinta e da quentura que subia pelos membros dos dois adolescentes.

As mãos de Takeshi agarraram a nuca de Junwoo, aproveitando-se dos cabelinhos cor de rosa ali. Puxou, apertou e brincou com os fios até sentir os suspiros satisfeitos dele contra sua boca. Sorriu minimamente e mordiscou o lábio inferior do rosado, chupando-o para dentro de sua boca antes de voltar a beijá-lo com ainda mais fome que antes.

Junwoo não conseguia mais se controlar, a vontade que sentia de Takeshi pesava demais, tirava o ar, o chão, a coordenação... A única coisa que sua mente conseguia formular era: Takeshi, Takeshi, Takeshi. Mais. E, por causa daquilo, não conteve os movimentos mais ousados e certeiros, escorregando as duas mãos para agarrar a bunda do mais velho.

— Ah, Junwoo... — Takeshi riu provocativo, afastando minimamente as bocas enquanto subia uma mão para segurar o maxilar marcado de Junwoo. — Aperta o seu *hyung* com força, hm?

E o mais novo obedeceu novamente, fechando os dedos na carne farta da bunda de Takeshi, apertando como se dependesse daquilo. Consequentemente, as bocas voltaram a se encontrar e os corpos também, permitindo que Takeshi sentisse os mamilos eriçados de Junwoo contra os seus. Arteiro, escorregou a mão antes na nuca do mais alto até alcançar o peitoral dele, roçando o dedo em seu mamilo e causando tremores de excitação em Junwoo.

Quando Takeshi espalmou as mãos no peitoral forte de Junwoo e arrastou-as por seu torso, sentiu que estava espalhando a tinta ainda úmida no corpo dele e acabou rindo, interrompendo o beijo:

— A gente tá totalmente sujo.

— Não tem problema, *hyung* — murmurou e puxou ele de volta, beijando-o com mais fervor e voltando a apertar sua bunda.

Takeshi não lutou contra e apenas aceitou os toques, empurrando-o lentamente contra o chão até estar, de fato, sobre seu corpo, a bunda encaixada nas coxas fartas de Junwoo. O dito cujo não se intimidou e apenas agiu, conforme sua excitação o guiava, levando-o a descer as mãos até as pernas de Takeshi, cravando os dedos nas coxas cobertas pela calça. Ele realmente queria que eles estivessem sem roupa naquele momento.

— *Hyung*... Eu quero muito transar com você.

Takeshi ofegou, as mãos puxando os fios de cabelo de Junwoo com força enquanto sua língua se movia com mais intensidade dentro da boca dele. Tesão... Takeshi estava com muito tesão.

Os movimentos começaram a ficar mais rápidos, os sons mais altos e os corpos cada vez mais quentes, incitando Takeshi a começar a rebolar no colo do mais novo, pressionando-se contra a ereção que já sentia que estava se formando. E quando Junwoo gemeu gostosamente contra sua boca, Takeshi sentiu que poderia gozar só com aquilo, com uma mera pegação.

— Porra, meus olhos!

Os dois adolescentes, no chão, assustaram-se com um grito e, imediatamente, se separaram, olhando na direção da voz. Syaoran tampava os olhos, dramatizando, e Bonhwa ria baixinho, segurando duas sacolas que, pelo cheiro, carregavam alguma comida.

— Quando não é o Ravi, é qualquer um de vocês, né? Vocês me odeiam? — Takeshi resmungou indignado, sentindo tapinhas em sua coxa. Desceu o olhar para Junwoo e viu as feições desesperadas. — Desculpe... — murmurou sorrindo sem jeito e saindo do colo de Junwoo.

— Desarma a barraca, Junwoo — zombou Bonhwa, analisando o cômodo. — Vocês só pintaram uma parede?

— Vocês não iam sair? — Takeshi rebateu ainda indignado. Enquanto isso, Junwoo tampava a ereção com os braços, sentado todo torto.

— A gente deixou de ir ao cinema, porque não tinha nenhum filme bom, aí fomos a algumas lojas e depois decidimos comprar comida pra todos nós e passar o tempo com vocês, seus ingratos — proferiu Syaoran, já destampando os olhos. — Vamos comer o lanchinho e, depois, a gente ajuda vocês.

— É o que nos resta, né? — Dando de ombros, Takeshi levantou-se e ajudou Junwoo a fazer o mesmo.

— E-eu vou ao banheiro antes — o mais novo murmurou, encolhendo os ombros timidamente e saindo do quarto para enfiar-se no toalete, como se não tivesse acabado de dizer, explicitamente, que queria transar com Takeshi.

— Nem parece que chupa pau — Syaoran e Bonhwa disseram ao mesmo tempo, rindo alto e junto em seguida.

— Tão a fim de levar tinta também? — Takeshi questionou, não dando tempo de raciocínio aos outros dois e já jogando o líquido neles, iniciando, então, mais uma guerra de tintas.

CAPÍTULO 16

!

Junwoo estava enjoado.

Nervoso, talvez, fosse o termo correto, mas o nervosismo incitava o enjoo no corpo dele e ele acabava passando a maior parte do tempo com uma careta no rosto, tentando ignorar o embrulho em seu estômago. E era horrível, porque, para ele, enjoo era pior do que qualquer outra coisa — pior que dor de cabeça, dor de dente, dor nos músculos. A pior coisa do mundo era perder o apetite, sentir-se incapaz de pensar, porque havia um azedo na sua garganta e seu estômago resolvera que era um ótimo momento para balançar e contorcer-se dentro de sua barriga.

Então, Junwoo odiava sentir-se nervoso. Mas lá estava ele, após a última aula do dia, olhando para cada canto daquele ginásio, sentindo todo o seu interior se revirar de ansiedade.

Estavam todos ali e o ginásio quase todo arrumado, com os flocos de neve de papelão pendurados no teto, em alturas diferentes, a enorme mesa de comida e bebidas — o diretor precisou explicitar diversas vezes que não deveriam ser alcoólicas — já em um dos cantos do local, mesmo que só fosse ser preenchida no dia seguinte. Havia algumas mesas redondas espalhadas pelo recinto, com toalhas brancas e flores azuis no centro enfeitando, deixando um grande espaço no centro do ginásio para que os estudantes dançassem. Em paralelo à mesa de comida, um pequeno palco havia sido montado e o DJ contratado por Yoona já havia deixado seus equipamentos sobre ele, alegando que precisaria apenas de alguns minutos, no dia do evento, para finalizar a montagem.

A questão era que Junwoo estava nervoso. Estava no ambiente onde pediria para Takeshi ser seu namorado; onde olharia nos olhos dele e diria com todas as palavras que queria ele ao seu lado para sempre. Ele já não se via sem estar com Takeshi, já não sabia como passar um dia sem trocar palavras ou sentir o toque dele, já não enxergava sua vida sem Ishikawa Takeshi estrelando como protagonista nela.

Estava apaixonado; estava amando.

E estava, definitivamente, enjoado.

— Você tá bem? Tá meio pálido. — Hajoon apareceu do seu lado, tocando-lhe o ombro com carinho.

— Tô meio enjoado, mas já passa... — murmurou em resposta, sorrindo pequeno para o professor.

— Se precisar, eu tenho remédio de enjoo na minha sala e posso buscar para você — sugeriu verdadeiramente preocupado com o estado do mais novo.

— Tá tudo bem, *hyung*, de verdade.

Hajoon e Junwoo continuaram a enfeitar as paredes do local com os itens fornecidos pela escola, conversando sobre as roupas encomendadas que chegaram à casa de Ravi no início da semana. Cada um foi em um dia diferente para ver se os ternos se encaixavam bem nos respectivos corpos. E dera tudo certo. Junwoo fizera questão de não ir no mesmo dia que Takeshi, pois queria que o mais velho o visse somente no dia do baile e, segundo os elogios de Ravi, o pobre coitado infartaria com a transparência da camisa social.

E lá estava Junwoo, cada vez mais enjoado.

— Acho que terminamos — o mais novo proferiu, afastando-se da última parede que precisava ser enfeitada. Hajoon fez o mesmo.

— Fizemos um bom trabalho — o professor afirmou, abraçando-o pelo ombro. — Acha que vão reparar no enfeite que eu quebrei e pendurei mesmo assim?

— Acho que não, *hyung*. — Riu.

Os dois foram se juntar ao resto do grupo, que se reuniu em frente à mesa em que as comidas seriam colocadas. Yoona lia a lista de coisas que eles precisavam fazer e, quando anunciou que estava tudo completo, as exclamações contentes vieram.

— Ficou incrível, gente — falou Syaoran, admirando o trabalho feito no ginásio. — Juro, tô me sentindo naqueles filmes americanos.

— A única diferença é que não teremos rei e rainha — rebateu Ravi. — Isso tá muito ultrapassado.

— Tudo isso aqui é muito ultrapassado, mas vocês são bregas demais e não percebem — Yoona rebateu, guardando a lista e a caneta em sua mochila.

— Bem, cada um para seu canto agora, então, né? — Bonhwa questionou, fazendo um bico. — Não gosto de ficar afastado de vocês — dramatizou.

— Amanhã de manhã, a gente vai se encontrar — disse Takeshi, abraçando Junwoo por trás para mantê-lo por perto. — Que horas temos que estar aqui, por falar nisso?

— O baile começa às sete da noite, então... melhor chegarmos umas quatro. E sem atrasos! — Hajoon quem respondeu, apontando o dedo para Takeshi, que tinha o hábito de se atrasar.

— Eu não me atraso, eu chego elegantemente — o de cabelo roxo rebateu, erguendo o queixo em uma pose falsamente esnobe.

— *Hyung*, você se atrasa.

— Junwoo!

— Desculpa. — Estalou um beijo na bochecha do mais velho.

O grupo se separou minutos após a conversa e Junwoo seguiu para casa com Syaoran e Takeshi, que pediu para dormir lá para que, no dia seguinte, os três fossem juntos até a casa de Ravi se preparar com o resto. Quando chegaram ao apartamento, deram de cara com a cena incrivelmente fofa de Dakho no meio de Jooheon e James, os três sentados no sofá, assistindo ao final de "Procurando Nemo".

— Oh, chegaram! Finalmente! Tava esperando vocês para pedir uma pizza — comentou Jooheon, já pegando o celular para pedir.

Junwoo, Takeshi e Syaoran removiam os casacos pesados e os penduravam no cabideiro ao lado da porta. O mais velho deles soltou um resmungo satisfeito antes de retirar os sapatos e caminhar até o sofá, sentando-se pouco afastado de James.

— Pizza de quê?

— Quatro queijos, por favor — pediu Takeshi, fazendo o mesmo caminho que o mais velho. — E eu topo assistir a um filme da Disney.

— Ótimo! Jooheon estava querendo ver Monstros S.A — o britânico respondeu, assistindo ao marido afastar-se para fazer o pedido. — Conseguiram montar tudo pro baile?

— Sim, amanhã vamos chegar mais cedo apenas para preparar a mesa de comida e ajudar o DJ — explicou Takeshi, abraçando a cintura de Junwoo quando este se sentou ao seu lado no sofá.

— As provas de vocês são quando? — Syaoran perguntou. — Porque, nas duas semanas depois do recesso de inverno, eu vou ter que me matar de estudar em Masan — choramingou.

— Na mesma época que as suas, pelo visto. Duas semanas depois do fim do recesso — Junwoo quem respondeu, suspirando. — Não quero nem pensar no tanto de coisa que teremos que estudar.

— O último semestre é sempre o pior — Takeshi acrescentou. — No primeiro ano quase levei bomba no último.

— No meu segundo ano... Nossa, foi desastre atrás de desastre. — Syaoran abanou as mãos, como quem tentava afastar as lembranças de si. — Junwoo me ajudou bastante nas matérias científicas que sempre foram minhas maiores dificuldades.

— Esse desgraçado não tem dificuldade com nada, já percebeu? — perguntou Takeshi, fingindo ignorar a presença do mais novo encostado a seu corpo.

— Sim! Chega a ser irritante! Ele faz os trabalhos todos certinhos, sem dificuldade, sempre tem perguntas pros professores, por mais que tenha vergonha... É um geniozinho — adicionou Syaoran, entrando no jogo de Takeshi para provocar o pobre Junwoo, que fazia um bico.

— Não é culpa minha, *aish*... — resmungou. — Eu só gosto de aprender.

— Eu também, mas todos têm limites e você não tem nenhum! Você é bom em tudo! — Syaoran choramingou, parecendo estar discutindo pelo tom de voz, mas o sorriso em seu rosto demonstrava o contrário.

— Deve ter puxado o tio. Jooheon também era um gênio nos tempos de escola e faculdade — comentou James, segurando as mãozinhas de Dakho, que queria ficar de pé no sofá.

— Nunca fui um gênio, só gostava de estudar — o Lee mais velho proferiu, voltando a se sentar ao lado do filho após ter finalizado o pedido.

— É isso que eu digo, poxa! — Junwoo apontou, satisfeito que o mais velho o compreendia. — Não é minha culpa se vocês gostam mais de fazer outras coisas. — Ficou emburrado e cruzou os braços, tentando ignorar as cutucadas na costela que Takeshi deu.

— Ô meu *amô*, ficou bravinho? — Takeshi brincou, ouvindo as risadas dos outros ecoarem pela sala enquanto ele tinha os olhos presos no mais novo. — Não faz esse bico ou vou ter que encher ele de beijos.

O bico aumentou.

— Safado! — Syaoran exclamou.

O grupo decidiu assistir ao filme que haviam escolhido na sala de cinema, já que decidiram ter o máximo de conforto possível. Junwoo foi buscar sua coberta quentinha em seu quarto e enrolou-se sob ela com Takeshi, entrelaçando seus dedos e somente afastando-os quando a pizza havia chegado.

Jooheon colocou o filme após dividir os pedaços e acolheu o filho em seu colo, sorrindo completamente bobo com as reações exageradas que ele tinha para o desenho animado. Junwoo, por outro lado, intercalava a atenção entre o filme e seus dedos melecados com gordura de queijo. Teve o pensamento podre de limpá-los no cobertor, mas rapidamente mudou de ideia e lambeu-os antes de levantar-se para ir lavá-los. Quando retornou à sala de cinema, voltou a se enfiar sob a coberta e a agarrar Takeshi como se dependesse daquilo. E dependia, de certa forma.

O filme acabou com um Junwoo todo bobo com os personagens, mas, principalmente, com a relação da Boo com o Sullivan. Com o tempo, Junwoo havia percebido ser bem sensível quando o assunto era filmes, principalmente aqueles mais infantis. Ele quase chorou com Monstros S.A, por Deus!

— Olha, eu escolhi dormir no chão, porque quero ficar com vocês, mas, por favor, não façam saliências sob minha presença — Syaoran pediu quando os três adolescentes estavam no quarto de Junwoo, ajudando o mais velho a preparar o colchão e as cobertas no chão.

— Fica tranquilo, *hyung*. — Junwoo o tranquilizou — Não vamos fazer nada. Só dormir.

— Agarradinhos — complementou Takeshi.

Syaoran revirou os olhos, mas sorriu.

Junwoo os deixou ali para trocar de roupa no banheiro e, ao fazê-lo, acabou batendo os olhos em sua própria virilha, notando os poucos pelos que havia ali. Ele suspirou, passando a mão sobre eles e sentindo o quão ralos eram. Não incomodavam, então deu de ombros, virando de costas e, com as bochechas vermelhas, afastou as bandas de sua bunda.

Nem um mísero pelinho.

Deu um sorriso contente e voltou ao quarto após terminar de se vestir, acabando por ouvir parte da conversa que Takeshi e Syaoran estavam tendo:

— ... é um contexto histórico, entende? — o mais velho dizia.

— O quê? — Junwoo perguntou curioso, já se enfiando sob suas cobertas quentinhas.

— A diferença entre bissexual e pansexual — respondeu Syaoran. — Eu tava falando disso com o Bon outro dia.

— Eu lembro quando ele me falou sobre... Ele disse que o pan se atrai por pessoas, independente do gênero. — Junwoo respondeu visivelmente interessado no assunto.

— É, e o bissexual por mais de um, podendo ser dois ou mais — Syao acrescentou. — E o pan gosta de todos. "Pan" vem de "todos".

— Mas o termo bissexual surgiu para se referir a dois gêneros. Assim como "pan" vem de todos, o "bi" vem de dois. É um termo que surgiu quando a ideia de existir mais de dois gêneros nem era considerada, entende? — Takeshi rebateu, tanto para Junwoo quanto para Syaoran. — Então o "pan" surgiu para se referir a mais de dois, sem limitações, isso porque as pessoas eram muito mais transfóbicas antigamente, até mesmo dentro da própria comunidade, então o significado de bissexual mudou para "acabar" — fez aspas com os dedos — com essa transfobia no termo. Muita gente define, hoje, como bissexual alguém que sente atração sexual por mais de um gênero, incluindo os não binários, ou seja, alguém que é arromântico pode ser bi, mas não pan.

— Quê? Por quê? — Junwoo soltou completamente confuso.

— Porque o pan significa amar independente de gênero, amar as pessoas, tem a ver com atração romântica. O bi tem relação com atração sexual.

— Então... no seu entendimento, alguém que é assexual pode ser pan, mas não bi? — Syaoran buscou entender melhor. Quando Takeshi assentiu, ele continuou. — É que, pra mim, ser arromântico ou assexual não tinha nada a ver com bissexualide, heterossexualidade e afins. Na minha concepção, você pode ser assexual e ser hétero, gay, etc.

— Foi isso que o Ravi *hyung* disse — murmurou Junwoo, os olhinhos brilhando de puro interesse no debate. — Mas qual é o certo, então?

— Não tem certo. Dentro da própria comunidade, existe essa divisão de pensamentos e a questão é que não devemos tomar um lado sem ouvir todos antes. Claro que opiniões que ferem outras pessoas não são válidas, mas isso não é o caso aqui — Takeshi quem respondeu, sorrindo doce ao acariciar os fios de Junwoo. — Então, há pessoas que pensam como eu e pessoas que pensam como o Syaoran. O Bon, por exemplo, deve pensar como ele.

— E você, Woo? — o mais velho perguntou.

— Hm... Eu não sei bem, mas acho que na minha cabeça o que o Syaoran *hyung* disse faz mais sentido — proferiu pensativo. — Principalmente, pelo que o Ravi já tinha me falado antes sobre a assexualidade. Mas o que você disse também me parece bem válido, Takeshinie. *Aish*, tô confuso...

Takeshi gargalhou.

— É normal, relaxa.

— O importante é estar aberto para tudo que pessoas da comunidade possam te dizer — Syao adicionou, sorrindo para Junwoo. — Quando me falaram sobre essa confusão entre bissexuais e pansexuais, a primeira coisa que pensei foi que os rótulos não deveriam ser tão importantes.

— Mas, às vezes, são, sim, *hyung* — rebateu Junwoo. — Bora me explicou que na sociedade atual, infelizmente, rótulos são necessários para representar uma luta. Você ignorar a nomenclatura "gay", "lésbica", seja o que for, é ignorar uma luta que pessoas antes de você fizeram para chegar a ter a liberdade que você tá tendo agora.

— Eu nunca tinha pensado por esse lado... — Syao murmurou, os olhos um tanto arregalados. — Eu sempre me denominei como gay, não tive problemas em dizer quando me perguntavam, mas sempre pensava nessa questão de rótulos.

— Você fica sexy falando desse jeito — Takeshi murmurou para Junwoo, rindo baixinho quando as bochechas dele coraram.

— Eu disse: sem saliências!

Takeshi jogou um travesseiro em Syaoran.

— Não posso nem elogiar ele? Saco.

Junwoo riu baixinho.

— Deixem de bobeira. Vamos dormir!

— Humpf... — Syaoran resmungou, espreguiçando-se antes de deitar-se. — Vamos. E repito: sem saliências!

— Tá bom, tá bom. — Takeshi abanou as mãos, virando-se para Junwoo e abraçando-o pela cintura após a luz do abajur ser apagada por Syaoran. — No quentinho com meu amorzinho.

— Meu Deus, *hyung*, que melosidade.

— Garoto!

Junwoo riu.

— Mas eu gostei. — Encolheu-se mais sob a coberta e enrolou as pernas na cintura do mais velho. — Eu tô ansioso pra amanhã.

— Eu também! Vai ser incrível — Takeshi suspirou bobo. — Vamos dançar todos juntos, usando ternos combinando... Tem coisa mais brega?

— Verdade. — Riu baixinho. — Eu tô nervoso também.

Takeshi franziu o cenho, sentindo o estômago gelar.

— Hm... Nervoso por quê?

Junwoo arregalou os olhos, notando o que havia deixado escapar.

— Boa noite!

Para fugir do olhar questionador do outro, virou-se de costas, puxando os braços do de cabelo roxo para que ele o abraçasse pela cintura. Takeshi até pensou na possibilidade de perguntá-lo o que era aquilo tudo, mas ficou com medo que Junwoo tivesse descoberto sobre seus planos de pedi-lo em namoro no dia do baile e, bem, preferia não dar mais corda para não aumentar ainda mais as suspeitas do mais novo.

— *Hyung*... — Junwoo chamou em um sussurro após alguns minutos em silêncio. Não estava conseguindo dormir e não queria que Takeshi ficasse pensativo sobre seu nervosismo mencionado.

— Hm?

— Tá acordado?

— Tô, né?

— Eu te adoro.

Takeshi sorriu completamente abobalhado.

— Eu também te adoro.

!

— Bom dia! — o rosado exclamou assim que pisou na cozinha, sendo seguido por um Takeshi carente, agarrado à sua cintura, e um Syaoran sonolento, agarrado à sua pelúcia. No entanto, notou as expressões de descontentamento nos rostos dos tios e, rapidamente, perguntou: — Aconteceu algo?

— Recebemos um e-mail do colégio de Dakho — Jooheon quem respondeu, já que James estava ocupado tentando conter a própria raiva enquanto dava comida ao filho. — Mandaram uma advertência a respeito do cabelo dele.

— Como assim? — Syaoran perguntou confuso.

— Pediram para que a gente “amenizasse” o cabelo dele. — Jooheon riu completamente incrédulo, como se fosse absurdo o que dizia. E era. — Que prendêssemos quando ele fosse pra aula ou que alisássemos.

— Que absurdo! — Takeshi abanou a cabeça, indignado. — Como podem ter a audácia de pedirem algo assim?

— Eu não sei, sei que vou até essa porra de colégio reclamar ou vou até a delegacia denunciá-los por racismo — grunhiu, puto, precisando de alguns segundos, respirando fundo, antes de voltar a falar: — Vocês vão pro Ravi agora?

— Íamos tomar café com vocês, *hyung* — Junwoo respondeu cauteloso, aproximando-se do tio e tocando-lhe carinhosamente o ombro. — Prefere que a gente coma lá e vocês possam ir mais rápido até o colégio?

— Eu agradeceria, sim, Junwoo, se for possível. — Jooheon sorriu triste, segurando na nuca do sobrinho para beijá-lo na testa. — Divirta-se muito hoje, ok?

— Pode deixar. — Abraçou-o pela cintura antes de ir até James e Dakho para despedir-se deles.

Os três adolescentes foram se arrumar para ir até a casa de Ravi. Jung pediu para que eles tomassem banho antes de ir, então Junwoo deixou que Takeshi fosse antes dele e esperou com Syaoran em seu quarto. Syao estava comentando sobre como as paredes ficaram legais laranjas, fuçando as gavetas de Junwoo até achar algo que o fez rir.

— Hm... Acho que, talvez, seja bom usar hoje, né? — perguntou, atraindo a atenção de Junwoo para a embalagem da ducha higiênica que tinha em mãos.

Junwoo arregalou os olhos, puxando o pacote das mãos do melhor amigo e escondendo-o atrás de si. Lançou um olhar para a porta, desesperado com a possibilidade de Takeshi entrar naquele momento e vê-lo, mais uma vez, segurando um aparelho de enema.

— Eu ia usar já — falou baixinho, enfiando o pacote fechado embaixo das roupas que havia separado para si.

— Vai perder o cabaço, porra! — Syaoran exclamou, agarrando Junwoo com um abraço apertado em meio a gargalhadas.

Quando Junwoo estava no banho, ele passou alguns longos minutos encarando o objeto de higiene íntima. Engoliu em seco e depois de apertar a bola que guardava a água quando cheia, testando-a, resolveu que, de fato, ele faria aquilo. Colocou-se de cócoras no chão do chuveiro e, após encher a duchinha com água, iniciou a limpeza.

Fez uma careta. Era estranho.

No fim, no entanto, quando viu a água saindo de si bem limpinha, decidiu que era o suficiente e terminou seu banho. Guardou o aparelho no armário do banheiro após limpá-lo e voltou para o quarto, vestido e pronto para que eles pudessem ir à casa de Ravi.

Chegaram à casa de Jung logo depois e quem abriu a porta foi Bonhwa, já vestido com seu terno amarelo, o cabelo vermelho perfeitamente alinhado, uma maquiagem leve no rosto e um sorriso retangular e animado nos lábios.

— Oi!

— Já? — Takeshi questionou, admirando o melhor amigo. — Você tá incrível.

— Tá parecendo uma banana! — Yoona gritou de dentro da casa. Syaoran e Junwoo gargalharam.

— Entrem logo. — Bonhwa puxou-os para dentro. — E vão se arrumar! Precisamos estar lá o quanto antes!

— Eu preciso comer antes de qualquer coisa — respondeu Syaoran, virando-se para um Ravi largado no sofá, pintando as unhas. — Tem comida?

— Pode assaltar a geladeira à vontade. — Ravi abanou a mão que secava, sorrindo para os recém-chegados.

— Onde tá o Hajoon *hyung*? — Junwoo perguntou.

— No banho, o chuveiro dele quebrou — respondeu Jung.

— Yoona, vai se arrumar enquanto eles comem. — Bonhwa cutucou a amiga, incentivando-a a largar o programa de culinária que passava na televisão para ir se arrumar.

— Tá cedo ainda — ela resmungou.

— Mas ainda tem muita gente pra se arrumar — ele rebateu.

— Ugh.

Yoona foi, então, se aprontar e, enquanto ela estava no banho e os meninos comendo, Hajoon desceu, o terno vermelho moldando seu corpo esguio e bonito de maneira quase sensual, arrancando um assobio de Bonhwa. Bonhwa puxou-o pela mão e girou-o no meio da sala, exaltando-o.

— Você ficou incrível, *hyung*.

— Tô me sentindo tipo um sinal de trânsito.

Ravi riu.

— Realmente, agora que você falou, não vou conseguir não rir quando te olhar.

Alguns minutos depois, o trio que estava na cozinha terminou de comer e seguiu para o quarto de Ravi, onde ele havia dito que estavam os ternos, todos esticados em algum canto do cômodo. Takeshi pegou o seu e disse que se trocaria no banheiro da tia de Ravi, que não estava em casa, porque estava na boate, resolvendo burocracias do local.

Syaoran vestiu o seu mais rápido que Junwoo, que abotoou errado os botões da blusa social transparente, arrancando uma risada alta dele que precisou ajudá-lo. Após vestir o blazer branco por cima da camiseta, o tecido abraçando perfeitamente os músculos leves que ele tinha nos braços, Junwoo se admirou no espelho do armário de Jung.

Sorriu com o resultado, alinhando seus fios de cabelo com os dedos, mas percebendo que não dava muito efeito. Syaoran percebeu e estendeu um pente que estava sobre a escrivaninha repleta de maquiagens de Ravi. O mais novo agradeceu e penteou seu cabelo para o lado, a divisão ficando perfeita e deixando uma parte dos fios bem cheia, dando-lhe um charme excepcional.

— Eu acho que tô vendo um anjo. — Takeshi havia entrado no quarto, as roupas que vestia antes sendo seguradas por uma de suas mãos e a outra apoiada na maçaneta da porta. Seus olhos estavam presos a Junwoo, viajando de cima a baixo no corpo do garoto, apreciando a forma como a roupa lhe caíra extremamente bem: Junwoo vestindo calças brancas. Aquela era, definitivamente, sua nova fraqueza.

— E eu acho que tô vendo uma berinjela — rebateu Syao, quebrando a troca intensa de olhares.

— Tá falando o quê, laranja irritante? — resmungou Takeshi, jogando a camisa que vestia antes no rosto de Syaoran, rindo junto a este logo em seguida.

— Parem com isso. — Junwoo gargalhou, seus olhos admirando o quão lindo Takeshi também estava naquele terno peculiar. — Você tá lindo, *hyung*.

Takeshi sorriu abobalhado.

— Obrigado, Woo.

— Posso pentear seu cabelo? — o mais novo pediu, aproximando-se de Takeshi com o pente em mãos. Takeshi assentiu, sem hesitar, sentando-se na cama e abrindo um pouco as pernas para que Junwoo ficasse entre elas. — Seus fios são muito macios.

— Fiz hidratação ontem — murmurou em resposta, fechando os olhos quando sentiu o pente ser substituído pelos longos dedos de Junwoo. Ele amava um cafuné no cabelo.

— Me ensina como fazer?

— Uhum — suspirou, segurando a cintura de Junwoo quando ele se aproximou um pouco mais e abrindo os olhos ao sentir o pente voltar a alinhar seus fios roxos. — *Iti*, dá pra ver os mamilozinhos! — exclamou, subindo uma mão para beliscar um dos mamilos de Junwoo, visíveis por conta da blusa transparente.

— *Aish*! — tentou desviar, rindo.

— Acham que tá bom de maquiagem? — Syao chamou a atenção deles, virando-se para os dois, um *lip tint* de cor neutra em suas mãos.

— Tá perfeito, *hyung* — Takeshi respondeu e o mais novo assentiu.

— Passa em mim também! — Junwoo pediu, aproximando-se de Syao para ter os lábios pintados pelo batom leve.

Quando desceram para a sala de estar, Yoona já estava ali, pronta, entre Bonhwa e Hajoon. Os três conversavam tranquilamente, em meio a risadas e comentários sobre como seria aquela noite. Takeshi sorriu com a visão, satisfeito por não existir um clima tenso entre o trio e, para chamar a atenção deles, assoviou.

— Meu Deus, Yoona!

— O quê? — ela arregalou os olhos.

O vestido que ela havia comprado com Junwoo moldava seu corpo de maneira graciosa e, para combinar com ele, ela fizera uma maquiagem bem leve e discreta, usando uma sombra azul no canto dos olhos e um batom rosado que realçou seus lábios cheinhos. No entanto, diferente de, provavelmente, todas as garotas que iriam àquele baile, Yoona calçava um par de tênis e não saltos. Ela odiava saltos.

— Você tá incrível, garota! — Syaoran respondeu por Takeshi, chocado com a beleza dela. — De verdade, o vestido está sensacional e os tênis... combinaram perfeitamente.

Yoona corou tímida com a série de elogios que seguiram, vindos de todo o resto que ainda não havia dito nada. Ela bufou, depois de alguns segundos, inconformada com o poder que eles estavam tendo de deixá-la totalmente sem graça. Eles só pararam quando Ravi chegou, o rosto com mais maquiagem que todos os outros juntos, mas não deixando de estar lindo, extravagante e lindo.

Os lábios de Jung estavam pintados em um vermelho forte, os olhos enfeitados com lápis, delineador e um conjunto de sombras de diferentes tons de verde, combinando de maneira extraordinária com o terno também verde que ele vestia.

— Um mais bonito que o outro, vamos causar demais — Bonhwa soltou.

— Bora te respondeu, Woo? — Takeshi perguntou ao mais novo, virando-se para ele.

Junwoo havia enviado uma mensagem para Bora, perguntando a que horas ela chegaria com Somi e ambas haviam escolhido chegar na hora que o resto dos convidados chegaria mesmo, já que Somi demorava muito a se arrumar e Bora não queria correr.

— Sim, ela vai encontrar a gente na hora do baile mesmo — respondeu.

— A gente precisa tirar fotos! — Syaoran exclamou, já tirando o celular do bolso e procurando um local para apoiá-lo. Pegou uma garrafa de água cheia que alguém deixara na mesa de centro da sala e a colocou sobre o móvel alto da televisão, apoiando o aparelho ali. — Venham, venham.

O grupo se juntou em frente à câmera, cada um discutindo sobre a posição escolhida por algum outro, não percebendo que o timer fora programado para cinco segundos e para diversas fotos, pegando-os em meio a discussões, risadas e tropeços, já que Junwoo escorregara e Hajoon fora junto.

A última foto, no entanto, conseguiu ser perfeita, com um Junwoo ajoelhado, um sorriso enorme nos lábios, as mãos segurando as de Takeshi que estavam sobre seus ombros. Yoona segurava Hajoon pela cintura, impedindo-o de cair novamente enquanto Ravi, Syaoran e Bonhwa se abraçavam os três juntos, gargalhando por estarem com medo de estragarem as maquiagens.

Junwoo ficou o caminho inteiro com um sorriso gigante nos lábios, soltando risadas altas de vez em quando, principalmente pelo grupo ter decidido ir de metrô, acabando por causar uma pequena confusão e chamar muita atenção pelas roupas coloridas. Quando estavam esperando chegar à estação mais perto da escola, Junwoo ficou apoiado contra Takeshi, não querendo encostar-se às paredes do transporte público pelo medo de sujar a roupa branca.

Quando desceram na estação, Junwoo começou a ficar nervoso novamente. Seu sorriso foi diminuindo cada vez mais enquanto seu olhar acompanhava um Takeshi saltitante e animado; ele estava começando a hiperventilar. *Vou pedir Takeshi em namoro, vou pedir Takeshi em namoro, vou pedir Takeshi em namoro*, era o que seu cérebro insistia em repetir de maneira gritante.

Passaram-se vinte minutos e eles, finalmente, chegaram ao terreno da escola, onde cumprimentaram alguns professores que estavam do lado de fora, conversando. No dia anterior, Bonhwa pegou o tapete vermelho que o colégio guardava para a formatura no fim do ano e colocou-o no pátio, criando um caminho da porta do edifício onde ficava o ginásio até os portões. Como a iluminação ali era boa, aquela escolha de decoração dera um ar muito mais interessante ao ambiente.

Enquanto a maioria do grupo dirigia-se direto ao ginásio, Ravi e Takeshi foram até a cantina para conferir se todo o buffet planejado estava pronto. Junwoo e Yoona foram ajudar o DJ enquanto Hajoon e Bonhwa conferiam todo o resto do ambiente, checando a posição dos enfeites e mesas.

— Ufa! Finalmente! — Takeshi exclamou após ajudar um dos cozinheiros a colocar a última bandeja de salgadinhos sobre a enorme mesa de comidas e bebidas. — Quanto tempo falta?

— Só vinte minutos. Acho que o DJ já vai colocar... — Yoona foi interrompida quando uma música começou a soar no ambiente, o volume em um nível agradável e em uma altura que permitia conversar e dançar sem atrapalhar. — Perfeito!

Não demorou muito a chegar os alunos, cada um tendo uma reação diferente perante a decoração feita pelo grupo. A maioria ficava encantada ou chocada e o resto ficava indiferente, mais preocupado em se empanturrar de salgadinhos gordurosos ou ponche.

Junwoo deixou o grupo no local quando recebeu uma mensagem de Bora, correndo para o pátio, ansioso para ver a amiga. Quando a encontrou, abriu um sorriso enorme, vendo-a em um abraço carinhoso com Somi, ambas perfeitamente arrumadas.

Somi vestia o terno com tons de rosa, os tons da bandeira lésbica. Ela tinha um coque nos fios cinza, mas alguns estavam soltos, dando um ar mais casual à sua vestimenta. Bora, por outro lado, usava um vestido azul-claro, longo que ia até seus pés cobertos por um salto prateado e ainda possuía uma pequena cauda, dando-lhe um ar muito elegante e atraente para quem olhasse. Seus fios castanhos caíam sobre seus ombros em ondas perfeitas e ela usava um pouco mais de maquiagem que Somi.

— *Oppa*! — ela exclamou, saindo do abraço da namorada para cumprimentá-lo.

— Oi, Kim! — Ele a abraçou antes de fazer o mesmo com Somi, que parecia bem contente ao vê-lo. — Vocês estão lindas!

— Você também. Com essa blusa, ficou ainda mais sexy! — Bora arqueou as sobrancelhas de maneira divertida enquanto cutucava a barriga dele. — Takeshi deve ter amado.

— *Aish*, vamos entrar!

Junwoo voltou para dentro do ginásio acompanhado das duas garotas que não paravam de elogiar a decoração e todo o trabalho feito pelo grupo, inclusive os ternos coloridos — que chamaram muita atenção. O mais novo ficou realmente contente com os elogios e o seu sorriso só aumentou ao ver o resto de seus amigos extremamente felizes com a presença das duas garotas.

Syaoran ficou agarrado à Bora, conversando com a garota, durante longos minutos, ambos sentados lado a lado à mesa redonda que o grupo havia escolhido para ficar. Hajoon havia se afastado, por um breve momento, para cumprimentar os seus colegas de trabalho e para não chamar muita atenção do inspetor Yeobin para o grupo. No entanto, mesmo de longe, o professor sorria sozinho quando via os amigos rirem.

— Quer um ponche? — Takeshi apareceu atrás de Junwoo, que sentara de frente para Somi e ao lado de Yoona, esticando um copo com o líquido vermelho rosado dentro.

— É gostoso mesmo? — perguntou curioso, pegando o copo da mão do mais velho. Quando ele assentiu, Junwoo bebericou o líquido e sentiu o docinho descendo por sua garganta. — Hmmm, é uma delícia, *hyung*.

Takeshi sorriu e sentou-se ao lado dele, entrando na conversa de Bonhwa e Ravi sobre a pista de dança não estar muito cheia. Os alunos pareciam estar mais interessados em comer, beber ou dançar perto de suas mesas enquanto conversavam com seus respectivos amigos.

Junwoo começou a bater os pés, ansioso, já que sabia que assim que a pista de dança enchesse e o grupo acompanhasse o fluxo, ele se prepararia psicologicamente para dizer as palavras que ainda não havia escolhido. Sentiu as mãos começarem a soar e ficou tão absorto em sua ansiedade que não notou Bonhwa levantar-se e bater palmas, chamando a atenção de todo o resto.

— Vamos puxar essas pessoas pra essa porra de pista nem que seja a última coisa que eu faça!

Ele foi o primeiro a colocar-se no meio do ginásio e começar a balançar-se ao som da música que estava quase no fim, mas que seria logo substituída por outra. Ravi gargalhou da empolgação do amigo e correu para acompanhá-lo, sendo seguido por Yoona, Syaoran, Bora e Somi. Takeshi, que estava pronto para também correr até eles, virou-se para um Junwoo de olhos arregalados em uma expressão de quase choque, em transe.

— Junwoo! — chamou, confuso, balançando as mãos em frente ao rosto dele. — Woo, tá tudo bem?

— Ah... — recuperou-se, abanando a cabeça antes de se levantar. — Sim, sim, vamos, né? Temos que dançar e eu tenho que... — deixou a frase no ar, fazendo com que Takeshi franzisse o cenho, perdido. — Vamos!

E foi Junwoo quem puxou o mais velho para juntar-se ao restante do grupo logo quando a música "You Need To Calm Down", da Taylor Swift, começou a tocar. Takeshi sorriu com a coincidência, já que aquela música era um hino LGBT e tanto. Eufórico, começou a pular com os amigos em meio a gargalhadas e cantos altos e desafinados.

O plano de Bonhwa funcionou, pois não demorou a juntar mais alunos na pista, mexendo-se tão excitados e animados quanto eles. Alguns professores também se arriscaram, como o de Educação Física, que era mais agitado que os outros. Hajoon também foi um deles, e, não resistindo, aproximou-se do grupo e entrou na rodinha que eles haviam formado, dançando com menos jeito que a maioria ali, mas não se intimidando por causa daquilo. Junwoo gargalhou quando Takeshi rodou e o puxou para si ao exclamar:

— *Cause shade never made anybody less gay!*

Eles eram o destaque e não havia dúvidas sobre aquilo. Os ternos e vestidos coloridos se sobressaiam no meio da pista e a animação deles era superior a qualquer outra.

As músicas foram passando e a excitação não diminuía, o que rendia momentos de muitas risadas e dancinhas bobas do grupo. Mas tudo mudou quando uma música lenta começou a tocar.

Junwoo e Takeshi sentiram ambos os corações baterem forte no peito, já que os dois planejavam fazer o pedido logo que uma música mais lenta iniciasse, sem que o outro soubesse.

O de cabelo rosa observou Somi enlaçar os braços no pescoço de Bora enquanto a morena segurava sua cintura. Hajoon, naquele momento, sorriu para os alunos e apontou para o grupo de professores, anunciando que voltaria para lá. Ravi convidou Yoona para dançar e a garota aceitou de bom grado, extremamente feliz. Syaoran, com seu jeitinho particular, apenas jogou-se dramaticamente nos braços de Bonhwa, exigindo uma dança lenta, já que estavam todos de "casalzinho".

— Quer dançar comigo? — Takeshi e Junwoo perguntaram um para o outro ao mesmo tempo, ambas as bochechas queimando quando perceberam.

As pessoas, em volta deles, já estavam todas com pares, dançando lentamente ao som de "Adore You", da Miley Cyrus, não notando que os dois adolescentes se encaravam, envergonhados por terem feito o pedido juntos.

Takeshi quem tomou a iniciativa, no entanto, erguendo os braços e entrelaçando-os no pescoço do mais alto. Junwoo, mesmo tímido e nervoso, segurou na cintura fina e marcada do de fios roxos, puxando-o delicadamente para mais perto e começando a se mexer de um lado para o outro, acompanhando o ritmo gostoso da música.

— Takeshi, eu...

— Junwoo, eu...

E, de novo, os dois falaram ao mesmo tempo, soltando risadas abafadas ao perceberem.

— Vai você primeiro, Woo.

— Não, *hyung*, fala você... O que tenho pra falar é bem sério, então... — Engoliu em seco.

— O que eu tenho pra falar também é muito sério — suspirou, abanando a cabeça. — Você primeiro. É uma ordem.

— Oh, *okay*... — Junwoo respirou fundo, fechando os olhos por breves segundos antes de abrir a boca novamente. — Sabe, *hyung*, quando eu te conheci, a primeira coisa que reparei foi no seu modo de se vestir e como você se destacava com sua jaqueta rosa, sapatos que brilhavam e gargantilhas... Você sempre foi diferente aos meus olhos e, mesmo depois de descobrir que todos vocês eram diferentes, cada um no seu jeitinho, você continuou sendo... Sendo o-outra coisa a meu ver... — iniciou, erguendo o olhar para fitar Takeshi nos olhos.

Junwoo fez uma pausa tentando controlar os seus batimentos cardíacos e sua respiração descompassada. Takeshi, para ajudar, acariciou a nuca do garoto com seus dedinhos gordinhos, observando-o atentamente.

— Continue... — pediu.

— O que eu sentia por você, no início, parecia ser inexplicável, *hyung*, p-porque eu nunca havia me sentido daquela maneira antes. Meu coração acelerava, i-igual tá fazendo agora. — Riu envergonhado. Takeshi sorriu, sentindo os olhos lacrimejarem. — Minhas mãos suavam, eu gaguejava mais que o normal e sentia que ia explodir... E eu entendi depois, *hyung*. Eu entendi que eu sentia que ia explodir... Explodir de amor.

Takeshi entreabriu os lábios, surpreso, não notando que a primeira lágrima escorrera por sua bochecha.

— E quando eu compreendi o que sentia e aceitei, eu abracei com tanta, mas tanta força esse sentimento que... Que eu já não me vejo sem ele. Não me vejo sem sentir que quero t-te beijar o tempo inteiro, não me vejo sem querer sentir seu cheiro o tempo todo, sem querer te tocar o tempo todo, te abraçar, te ter do meu lado nem que seja para falar do quanto a sociedade te irrita — falou e Takeshi riu, o queixo tremelicando. — Eu sei que já deixo bem explícito o quanto gosto de você, *hyung*, mas eu sempre vou sentir que não é o suficiente. Nada é suficiente quando se trata de você. Cem beijos não seriam o suficiente para matar minha vontade, mil abraços, dez mil, seja o que for. Eu sempre, *sempre* — enfatizou — vou querer mais. E eu s-senti que precisava d-dizer mais, então d-desculpa se eu g-gaguejar, e-eu ainda n-não... — e começou a travar, sendo interrompido quando Takeshi encostou a testa na sua, fechando os olhos e apertando sua nuca com força.

— Ssh, não se preocupe com isso, apenas continue — sussurrou, já sem controle nenhum sobre as lágrimas que deixavam seus olhos e caíam sobre seu terno roxo.

Junwoo fechou os olhos e respirou fundo.

— Eu sinto que preciso dizer mais, sinto que nada que eu disser vai ser suficiente, e-então... Eu q-quero dizer que... Que eu te amo, *hyung*. — Takeshi soluçou. — Eu a-amo, sim. Amo muito. Eu amo tudo em você, desde a sua mania de tampar a boca quando sorri, porque acha que vão reparar no seu dente tortinho, até o quanto você gosta de chá e de falar de sua mãe — murmurou, apertando os olhos com força. — Eu amo cada traço seu, Takeshi *hyung*, e eu não quero, nunca, abrir mão deles. Então... V-você aceita namorar comigo?

Quando a resposta demorou, Junwoo entrou em pânico por um milésimo de segundo, até abrir os olhos e ver que, na verdade, Takeshi chorava descontroladamente, o rosto já vermelho e os lábios prensados para que não engolisse as próprias lágrimas ou não soltasse soluços altos demais.

— *Hyung*!

— Caralho, Junwoo, é claro que eu aceito! — exclamou, apertando o garoto em seus braços e esmagando-o em um abraço. — E-eu ia pedir também! Você estragou meus planos, Junwoo!

— Oh... Ia? — Arregalou os olhos, surpreso. — Mil d-desculpas, *hyung*, não era a intenção.

— Cala a boca, nada poderia ter sido melhor do que ouvir tudo que você tinha pra me dizer, Woo — murmurou, voltando a encostar a testa à do mais novo antes de lhe dar um selinho lento. — Nada, nada... Nada poderia ser melhor do que ter você.

Quando os lábios ansiosos se encontraram, foi como uma explosão para os dois adolescentes. Talvez, fosse algo clichê para quem ouvisse ou olhasse de fora, mas, para Takeshi e Junwoo, aquele beijo foi como nenhum outro havia sido, oficializou-os como um casal, veio depois de um "eu te amo" e fora tão intenso que eles se sentiram sozinhos naquele ginásio, não notavam outras presenças, não ouviam mais a música. Eram só eles. Apenas Takeshi e Junwoo.

— Eu também te amo — foi o que Takeshi sussurrou contra os lábios de Junwoo.

Em meio a lágrimas de felicidade, com o coração quente e recheado de amor, como nunca esteve antes, Junwoo sorriu. Sorriu, porque estava amando Ishikawa Takeshi e sorriu, porque Ishikawa Takeshi o amava.

CAPÍTULO 17

!

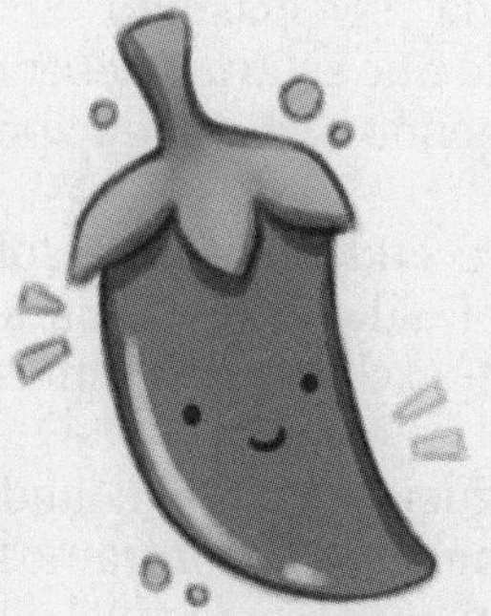

— Não, Hajoon, é esquerda e direita! Depois, você chuta com a esquerda!

Ravi tentava, de todas as formas, ensinar a sequência de passos para o professor que, além de estar tímido por, cinco minutos antes, quase ter derrubado a mesa do buffet, não tinha muita coordenação quando o assunto era dança. Entretanto, ele continuava tentando, insistindo e pedindo a Ravi para repetir mais uma vez a sequência.

— Eu desisto — murmurou Bonhwa, jogando-se na cadeira branca e soltando a respiração cansada. — Dança não é pra mim.

Já era quase meia-noite e, mesmo assim, o ginásio ainda estava lotado, parecia que quanto mais tarde ficava, mais animados os alunos se sentiam. Os professores, por outro lado, bocejavam e se forçavam a comer para não deixarem o sono dominá-los e obrigá-los a deixar o local. Eram responsáveis pelos estudantes, então não podiam, simplesmente, ir pra casa.

— Caralho, Syaoran! — Somi exclamou, gargalhando da expressão emburrada da namorada, que murmurava diversos xingamentos.

O trio jogava um *beer pong*[13] improvisado sobre a mesa grande que o grupo havia escolhido para ficar — com bolinhas de papel ao invés de bolinhas de pingue-pongue e ponche ao invés de cerveja. Era a décima vez seguida que Syao acertava uma bolinha dentro de um dos copos, restando somente um para que ele ganhasse a partida contra Bora. Ela, por outro lado, ainda precisava fazer três pontos.

[13] *Beer pong*: consiste numa variação do jogo pingue-pongue. Os jogadores tentam acertar as bolinhas dentro de copos de cerveja do adversário, sobre a mesa de pingue-pongue, e, ao acertar, o adversário precisa beber a cerveja no copo atingido. O jogo termina quando todos os copos do time adversário acabam.

Enquanto Yoona filmava Ravi tentando ensinar os passos para Hajoon, Takeshi sentava-se ao lado de Bonhwa para assistir à partida de Syaoran contra Bora. Junwoo havia se afastado ao sentir o celular vibrar incansavelmente, anunciando que estava recebendo uma ligação.

— Oi, tio — disse, atendendo a chamada após chegar ao corredor vazio que ia do ginásio até o pátio.

— Oi! — respondeu, parecendo um tanto afobado. — Conseguimos falar com a diretora do colégio do Dakho e eles recuaram com a atitude ridícula.

— Isso é ótimo, *hyung*! — exclamou contente. — Estão voltando pra casa, então?

— Então... Por isso te liguei — iniciou, falando algo com James do outro lado da linha antes de continuar. — Encontramos os pais de uma amiguinha do Dakho e eles estavam indo para este festival de esculturas de gelo que tem às margens da cidade durante todo o inverno. James queria muito ir e Dakho pareceu animado depois de ver os vídeos. — Riu de leve. — Então, nós estamos indo, agora, pra lá.

— Oh, entendi — murmurou, assentindo para si mesmo. — E voltam que horas?

— Essa é a questão: o festival vai até amanhã à noite. O pessoal dorme nos *hostels* que tem espalhados pelo local, que é turístico — explicou. — Você tem a chave? Importa-se de ficar somente com Syaoran esta noite?

Junwoo não queria. Ele, realmente, não queria ter tido o reflexo de pensar coisas sujas, mas foi inevitável quando entendeu que a casa seria sua pelo resto da noite, caso Syaoran decidisse não dormir lá. Então, com as bochechas coradas, perguntou baixinho:

— Hm... E-eu posso chamar o Takeshi *hyung*?

Jooheon ficou, alguns segundos, em silêncio, antes de rir baixinho.

— Claro. Tem camisinha na minha cômoda, caso precisem.

— *Hyung*!

— O quê? Vai me dizer que não é pra isso que quer chamá-lo, hm? Não nasci ontem, garoto. — Gargalhou.

— *Aish*! Tá bom! Admito, sim, pensei nisso, m-mas, mesmo assim, tenho vergonha!

— Não tenha vergonha do seu tio que também dá a bunda de vez em quando, Junwoo.

— Meu Deus... — Junwoo pressionou as têmporas, envergonhado, mas com uma vontade absurda de rir. — Ok, tio, vou voltar pro baile.

— Até amanhã!

— Até.

Quando Junwoo voltou para dentro do ginásio, o sorriso que surgiu em seus lábios foi instantâneo ao ver que alguns membros do grupo voltaram para a pista: Yoona, Ravi e Bonhwa dançavam juntos, cantando, a plenos pulmões, as palavras da música "Rainbow Dragon"[14] que, com toda a batida e melodia poderosa, encorajava as pessoas a serem mentalmente mais abertas, dizendo coisas como "eu percebi que eu podia comer umas bundas, se quisesse, ou fumar grama, se eu quisesse". Era como se o DJ conhecesse perfeitamente aquele grupo que organizou o baile.

— Era algo importante? — Takeshi puxou a cadeira ao seu lado para que Junwoo se sentasse.

Syaoran, que parou de jogar para que Somi fizesse uma partida contra a namorada, prestou atenção no melhor amigo.

— Era o Jooheon? — perguntou curioso. Junwoo assentiu, prensando os lábios, tentando pensar em uma maneira de dizer o que queria dizer. — O que houve? Deu merda na escola do Dakho?

— Não, não... Deu tudo certo, é que... — Coçou a nuca, desviando o olhar tanto de Takeshi quanto de Syaoran. — Eles foram pra um festival de esculturas de gelo e, hm, o festival dura até amanhã.

Mesmo que fosse óbvio o que Junwoo estava insinuando, Takeshi pareceu não entender e ficou somente encarando-o, em dúvida, inexpressivo. Syaoran, no entanto, teve o raciocínio mais rápido e, ao perceber que Takeshi estava sendo totalmente lerdo, riu baixinho e resolveu responder por si só:

— Bonhwa me chamou pra dormir na casa dele. Então... Não vou dormir com você hoje, Woo. Sinto muito. — Deu uma cotovelada em Takeshi.

— Ouch! — exclamou o de cabelo roxo, sentindo a costela queimar pelo ato bruto de Syaoran. Quando o olhou e viu a expressão séria que ele tinha e que Junwoo continuava em silêncio, Takeshi entendeu. — Ah! Ah! — Virou-se pro namorado. — Eu... Eu posso dormir lá?

— Pode! — Junwoo soltou alto até demais, sacudindo-se na cadeira e quase caindo dela.

— Deus, sejam menos óbvios. Todo mundo, agora, sabe que vocês vão transar — disse Somi, grunhindo baixo ao receber um tapa no ombro, vindo de Bora.

— Ué, deixem eles, são namorados, afinal — rebateu Syaoran, abrindo um sorriso enorme ao ver as bochechas dos garotos corarem com a denominação.

— É... Namorados... — Junwoo murmurou, um sorrisinho bobo nascendo em seus lábios.

— Gente, gente, gente! — Yoona se aproximou, aos berros, chamando a atenção de todos na mesa e com Bonhwa, Ravi e Hajoon em seu encalço. — O baile já tá quase no fim, então... Vamos fazer algo diferente?

— O quê? — Takeshi perguntou confuso, mas já se levantando e caminhando atrás da garota que indicou que era para eles a seguirem.

---

[14] Música: *Rainbow Dragon*, Keiynan Lonsdale (2019).

Todos eles correram pelos corredores vazios, um Hajoon meio hesitante sendo o último da fila, mas resolvendo ignorar o medo ao notar que nenhum de seus superiores ou colegas de trabalho passaria por ali e o veria. Somi precisou segurar na mão de Bora, porque ela tropeçava a cada dois segundos. Takeshi, gargalhando com um Bonhwa correndo desengonçado, entrelaçou seus dedos nos de Junwoo sem perceber, correndo com ele ao seu lado.

Yoona fez o grupo subir diversos lances da escada de incêndio até chegarem ao teto do edifício. A última vez que estivera ali fora quando teve aquela conversa com Hajoon e ali estava ela, quase no fim de seu último ano escolar, usando um dos vestidos mais bonitos que já vira na vida, com os sentimentos românticos já bem resolvidos dentro de si. Só precisava colocá-los para fora e o faria em breve.

— Meu Deus, é alto demais — choramingou Ravi, incomodado com a altura.

— É só não ficarem na beira — advertiu a garota.

Os nove se colocaram lado a lado em frente à beirada do edifício. Ravi um pouco mais atrás pelo receio de cair, segurando na mão de Bonhwa; Somi e Bora abraçadas, a mais nova enlaçando a cintura de Moon, que tinha um sorriso carinhoso nos lábios; Hajoon entre Bonhwa e Syaoran enquanto Yoona estava no centro, ao lado de Takeshi, que era abraçado por Junwoo.

O céu estrelado era observado por todos e mesmo com o vento gélido se chocando em suas peles, nada os impediu de ficarem ali, em silêncio, apreciando o momento e a música que ainda podia ser escutada, mesmo que meio abafada.

— Eu não sabia que dava pra observar isso tudo da cidade daqui — Bonhwa comentou, surpreso, de fato, com a vista.

— Por isso eu sempre vinha — respondeu Yoona, abraçando o próprio corpo pelo frio e respirando fundo.

— Dá pra ver a torre de Seul! — Junwoo apontou, os olhinhos brilhando de admiração. — É tão lindo!

— Não mais lindo que você. — Takeshi soltou baixinho para si mesmo, não notando que o mais novo havia escutado. Junwoo sorriu bobo, o beijando na bochecha e apertando-o ainda mais em seus braços. — Não era pra você escutar. — Riu.

— A *boiolagem* de vocês não é segredo pra ninguém — intrometeu-se Syaoran, rindo quando todos concordaram.

— Por falar nisso... — Ravi coçou a garganta, fazendo graça. — Vou aproveitar este momento para me desculpar por todas as vezes que interrompi vocês.

— Realmente, Ravi *hyung*, você se superou nessa categoria — comentou Junwoo, rindo da expressão de falsa tristeza que Jung fez. — Mas como eu disse pro Takeshi *hyung*... Eu acho que tudo aconteceu no momento em que tinha que acontecer.

— Vocês acreditam nisso? — Yoona quem perguntou, atraindo os olhares para ela. — Que tudo acontece por um motivo?

— Destino... — murmurou Takeshi, apertando os olhos de leve ao pensar no assunto.

— Eu acredito — devolveu Junwoo, os dedos pressionando a pele de Takeshi coberta pelo terno roxo. — Acho bonita a ideia de destino. Pensar que, desde o início, eu estava fadado a encontrar vocês, a descobrir outro mundo e a... me apaixonar. E mesmo pensando que posso estar destinado a muitas coisas, sei que não vou deixar de me surpreender com o que vier.

Por não receber uma resposta ao que disse, Junwoo fitou os amigos em dúvida, vendo que estavam o encarando, pensativos. Takeshi, na sua frente, virara levemente o rosto para fitá-lo com carinho, suas mãos colocando-se sobre as de Junwoo em sua cintura.

— Ficou tudo muito intenso de repente — murmurou Hajoon, arrancando risadas dos adolescentes. — Eu não posso demorar muito aqui em cima, gente.

— Só mais um pouquinho — pediu Bonhwa, fechando os olhos e inspirando fundo o ar gelado e noturno.

O grupo ficou durante mais um tempo ali em cima, até começarem a notar algumas pessoas deixando o ginásio para irem embora. Já estava realmente tarde, então todos desceram e despediram-se de conhecidos que os cumprimentavam quando esbarravam com eles. Hajoon voltou a ficar ao lado dos professores e o resto do grupo se dividiu entre ajudar o DJ a desmontar o equipamento todo e ajudar o pessoal da cozinha a retirar as comidas e bebidas da mesa.

Já era uma da manhã quando o ginásio estava vazio, somente com Hajoon, o diretor e o grupo, que se aproximou dos superiores para se despedir.

— Vocês fizeram um ótimo trabalho — o homem proferiu, as mãos dentro dos bolsos da calça social bege horrível que vestia. Junwoo lembrou-se de suas antigas calças. Elas eram feias daquele jeito.

— Você parece surpreso — Yoona rebateu, não poupando o leve deboche. O diretor não pareceu se importar, no entanto.

— Oh, não. Recrutei vocês, porque sabia que fariam um ótimo trabalho — respondeu risonho. — Bem, o pagamento de vocês será entregue na semana da volta às aulas. Tudo bem?

— Sem problemas — Takeshi quem disse, sorrindo de leve para o homem. — Podemos ir, então? — parecia ansioso. E estava, é claro. Iria à casa de seu namorado. Sozinhos.

— Sim, sim! Muito obrigado pela ajuda, meninos.

Após recuperarem suas coisas, todos se dirigiram ao pátio, onde se separariam. Somi e Bora pegaram um táxi após se despedirem e agradecerem pelo convite. Hajoon ofereceu uma carona para Bonhwa, Syaoran, Yoona e

Ravi, já que iam todos para a mesma direção. Então, ficaram somente Takeshi e Junwoo ali, parados sobre o tapete vermelho, a iluminação fraca do ambiente sobre eles.

— Vai demorar muito? Tô com frio, *hyung* — comentou o mais novo, abraçando o próprio corpo e dando pulinhos para se esquentar. Takeshi havia pedido um Uber e estavam esperando pelo motorista.

— Não vai, não. Dois minutos — respondeu, rindo e se aproximando de Junwoo para esquentá-lo com um abraço. — Você gostou de hoje? — perguntou baixinho.

— Como não gostar? Estava com meus amigos e com meu namorado — rebateu, abrindo um sorriso sapeca ao sentir as bochechas do mais velho esquentarem com a denominação. — Você tá com vergonha, *hyung*? — Gargalhou.

— Garoto, onde já se viu desrespeitar os mais velhos assim? — brincou, apertando a cintura de Junwoo de maneira que fizesse cócegas. Junwoo se contorceu, tentando desvencilhar-se. — Agora quer fugir, é?

— Não, não, cosquinha não! — gritou, gargalhando e se remexendo nos braços alheios.

O momento foi interrompido por uma buzina, que os assustou. Ao perceberem que era o Uber, riram de si mesmos e seguiram para dentro do veículo. Junwoo disse o endereço ao motorista simpático e, depois, deitou a cabeça no ombro do namorado, entrelaçando os dedos com os dele. Não demoraram a chegar a casa e, assim que a porta do apartamento foi fechada, Junwoo estagnou no meio da sala de estar.

Estavam sozinhos. Ele estava sozinho em casa com seu namorado. Era óbvio que eles iam transar. Era óbvio que Junwoo queria transar! E ele sabia que Takeshi queria também, mas não tinha caído a ficha até aquele momento. Então, ele travou.

— Woo! — Takeshi chamou, abrindo o terno roxo para ficar um pouco mais despojado e viu como o olhar de Junwoo acompanhou, nervosamente, aquele movimento seu. Então, ele entendeu e ofereceu um sorriso para tranquilizá-lo.

— Fique tranquilo, você sabe que não vamos fazer nada que você não queira.

— Eu quero! — exclamou um pouco alto demais, assustando Takeshi. — É c-claro que eu quero. Eu só... tô nervoso.

— Hm... — O de cabelo roxo pareceu pensativo durante breves segundos, até seu rosto acender como quem havia acabado de ter uma ideia. — Jooheon te deu uma caixinha de som depois que pintamos o quarto, né?

— Ahm... Sim... Mas o que... O que isso tem a ver? — perguntou, seguindo os passos de Takeshi até seu quarto após ele indicar com um aceno de cabeça que era para Junwoo acompanhá-lo.

Quando chegaram ao quarto, ao contrário do que Junwoo achava que aconteceria, Takeshi não acendeu a luz do teto, mas o abajur ao lado da cama, iluminando o ambiente apenas um pouco. O rosado engoliu em seco, sentindo um arrepio de antecipação na nuca.

— Um dos poderes da música é... relaxar — murmurou Takeshi, conectando o seu celular via bluetooth na caixinha de som e colocando uma playlist especial no aleatório. — Senta na cama, Woo.

O mais novo obedeceu, tentando ignorar o nervosismo que corria por suas veias e sentou-se na ponta da cama bem arrumada. Sua perna esquerda balançava, denunciando a sua ansiedade e, quando Takeshi percebeu aquilo, aproximou-se dele e o tocou no joelho, o impedindo de continuar.

— Depois de tudo que a gente já fez... — sussurrou, aproximando os lábios gordinhos dos semelhantes de Junwoo, roçando-os. — Você ainda fica tímido assim?

As batidas intensas de "Run My Mouth" de Ella Mai acompanharam o movimento que Takeshi fez para se sentar no colo de Junwoo, seus braços entrelaçando o pescoço do rosado para que os rostos ficassem a milímetros de distância, atiçando cada vez mais o pobre Junwoo. Em um impulso, Junwoo deixou que suas mãos segurassem a cintura fina de Takeshi, apertando, conforme ele raspava a boca na sua.

— É que você me deixa muito nervoso... — revelou, como se fosse alguma novidade, fechando os olhos quando os lábios de Takeshi se arrastaram por sua bochecha e desceram lentamente até o pescoço dele. Sua pele se arrepiou por completo ao que o ar que saía pela boca do mais velho se chocou ali e, como reflexo, Junwoo pressionou os dedos na cintura dele. — P-posso fazer... Posso fazer uma pergunta? — conseguiu proferir com certa dificuldade, a voz tremendo de leve.

— Uhum — murmurou Takeshi, espalhando beijinhos na área abaixo da orelha de Junwoo.

— E-eu que vou... Eu q-que vou ser o... — não conseguiu terminar, porque um arfar rasgou sua garganta ao que ele teve o pescoço mordido e chupado pelos lábios famintos de Takeshi.

— É o que você quer? — perguntou, deixando um rastro de saliva na pele alheia até colar sua boca na orelha dele. — Quer me sentir dentro de você hoje? — sussurrou cuidadoso, sorrindo quando viu o garoto estremecer com a fala.

Junwoo não hesitou: — Sim... Sim, por favor.

Quando a resposta veio, Takeshi tomou a atitude de colar sua boca na de Junwoo, iniciando o beijo intenso que estavam querendo dar há horas. As línguas brigavam por espaço, atrapalhando-se quando o ofegar necessitado de Junwoo interrompia o ósculo, excitando cada fibra do corpo de Takeshi por saber que apenas um beijo seu era capaz de deixar Junwoo daquele jeito.

Dominado pela batida sensual que ainda ecoava, o mais velho segurou os dois lados do blazer branco de Junwoo para removê-lo lentamente, recebendo um olhar ansioso deste, que fitou a peça de roupa que cobria o torso de Takeshi. O de cabelo roxo riu baixinho antes de assentir, observando atentamente a expressão excitada que se apoderou do rosto delicado de Junwoo ao que se permitiu remover o blazer roxo de Takeshi.

Takeshi desceu o olhar até o torso do namorado e o tocou ali, roçando o indicador sobre o mamilo eriçado dele que aparecia pela transparência da blusa. Fechando os olhos, Junwoo deixou um gemido fraco escapar por seus lábios ao sentir aquele toque tão sutil, porém tão provocante.

— Eu amo o quão sensível você é... — revelou Takeshi, pressionando o dedo com mais força naquele ponto erógeno de Junwoo. — Amo o fato de já poder sentir seu pau duro embaixo de mim, sem eu ter feito nada de mais... — E riu malandro, mordiscando o lábio inferior de Junwoo antes de chupá-lo para dentro da boca.

— O s-seu também está, *hyung*... — e surpreendendo até si mesmo, Junwoo levou sua destra até ficar sobre o pano da calça social de Takeshi, tocando o volume ali presente.

O mais velho abriu um sorriso ainda mais malicioso e começou a mover os quadris contra a mão de Junwoo, acabando por pressionar o pau do garoto com a bunda, dado os movimentos lentos e intensos. Mesmo surpreso, Junwoo não cessou o toque e usou um pouco mais de força para massagear Takeshi, sentindo todo o corpo agradecer por aquilo, já que sentir um Ishikawa Takeshi duro era o suficiente para acendê-lo por inteiro.

— I-isso... — Takeshi gemeu, tombando a cabeça para o lado e fechando os olhos quando Junwoo começou a mover a mão para cima e para baixo, punhetando-o sobre a roupa.

— G-gosta assim? — perguntou o rosado, um pouco envergonhado ainda, mas extasiado com a forma como Takeshi se movia em seu colo. Parecia em sintonia com a música e aquilo só servia para destruí-lo ainda mais, esperando ver o namorado livre de todo o tecido que o cobria, tomando-o para si. — *Hyung*, eu... — disse algo baixo demais para que o outro ouvisse.

— O quê? — perguntou com dificuldade, pedindo para que ele repetisse e deixando de se mover, permitindo que Junwoo raciocinasse antes de soltar as palavras que queria soltar.

— Eu quero te ver sem... Sem as roupas — revelou, por fim, ofegante.

Takeshi arqueou uma sobrancelha, umedecendo os lábios ao senti-los secar de ansiedade com as palavras do mais novo. Ele não precisou responder, pois somente o olhar pervertido serviu para que Junwoo entendesse que aquele pedido o deixara queimando de tesão; ele seria atendido.

Então, Takeshi se levantou, o corpo parecendo reclamar por se ver separado de Junwoo e, ao ouvir as primeiras notas de "If You Let Me"[15], começou a abrir os primeiros botões da blusa social.

Os olhinhos curiosos e excitados de Junwoo prenderam-se ali de imediato e, fascinados, acompanharam cada mísero movimento de Takeshi, captando o exato momento em que ele abriu o último botão e tirou a blusa do corpo. O torso levemente definido, o peitoral forte e o mamilo furado arrancaram suspiros de Junwoo que, sem controle algum sobre seu corpo, apalpou o próprio pau sobre a calça branca.

— Sem se tocar — exigiu Takeshi, estalando a língua no céu da boca em seguida. — Quero que me olhe e foque só nisso, Woo. Apenas em mim.

— M-mas, *hyung*... — tentou, porém interrompeu quando viu a sobrancelha do mais velho arquear-se. Então, obedeceu, afastando a mão de sua virilha.

— Bom garoto... — Takeshi riu, abrindo os botões da calça social e assistindo aos olhos de Junwoo pousarem famintos ali. — Você está tão necessitado, bebê...

Junwoo não respondeu, pois não soube o que dizer. Afinal, era verdade. Estava mais necessitado do que nunca. Suas mãos suavam, sua virilha queimava e seu lábio inferior tremia de ansiedade, desejando ter todo o corpo de Takeshi exposto para si e, assim, possuí-lo e doar-se totalmente.

— Eu consigo sentir sua vontade daqui... — Takeshi murmurou sorrindo ao que removia a calça por completo, expondo a cueca que marcava o seu pau totalmente duro. — Consigo enxergar o quanto tá doido pra me ter tocando você, chupando, fodendo... Mas também é tão óbvio, Woo... — Fez uma pausa, a mão descendo lentamente pelo próprio torso até agarrar a extensão que quase gotejava por baixo da boxer. Junwoo salivou. — É tão óbvio o quanto você tá ansioso pra mamar o seu *hyung*. Você quer, hm? Quer ter o meu pau na sua boca de novo?

Junwoo viu perfeitamente o momento em que Takeshi começou a punhetar sobre a cueca, o tecido parecendo ficar cada vez mais apertado e úmido, expondo o quão excitado o descendente japonês estava. Tão excitado quanto o próprio rosado, que sentia que a calça explodiria por causa do tesão que ela estava contendo.

— Sim, p-por favor... — manhou, inclinando-se para frente quando Takeshi deu um passo e ficou entre suas pernas, o pau dele a centímetros de seu rosto. — Tira, *hyung*... — pediu.

— Mas eu não terminei. — Riu sapeca. — Você vai me chupar, sim, fica tranquilo... — Levou o polegar até o lábio umedecido do mais novo, pressionando o inferior e vendo-o entreabrir a boca depois de engolir em

---

[15] Música: *If You Let Me*, Sinéad Harnett ft. GRADES (2016).

seco, os olhinhos ansiosos fitando-o. — Mas vai ser enquanto eu te chupo também.

Junwoo não entendeu de primeira, focando demais o momento em que Takeshi colocou o polegar dentro de sua boca. Seu corpo agiu sozinho e, quando percebeu, estava chupando o dedo dele, olhando-o nos olhos enquanto fazia e observando o quanto aquilo parecia agradar o mais velho.

— Levante, tire a roupa e depois deite em cima de mim — grunhiu Takeshi, tirando o dedo da boca alheia.

O de cabelo rosa obedeceu sem nem hesitar, removendo o resto da roupa com pressa enquanto assistia, quase hipnotizado, ao Takeshi retirar a última peça que cobria seu corpo e deitar-se confortavelmente na cama. Sentiu a boca salivar ao ver o pau dele balançar devagar, apontando para frente e babando o pré-gozo que Junwoo se sentiu louco para colocar dentro da boca.

Um safado, Junwoo, é isso que você é.

— Não, não, Woo... — Takeshi interrompeu ao ver o garoto subir na cama de frente para si. Sorriu ao ver a confusão estampada nas feições dele. — Com a bunda virada pro meu rosto.

Envergonhado por finalmente entender o que o outro planejava, Junwoo assentiu e, devagar, fez o que lhe foi pedido. Colocou uma perna de cada lado do rosto do mais velho, sentindo-se extremamente exposto e encolhendo-se levemente por conta daquilo. Takeshi, ao notar, o tocou brevemente, nas coxas, antes de dizer:

— Não fique tímido, você é lindo e eu nunca vou me cansar de ver você todinho.

Junwoo abriu um sorriso leve, fitando o de cabelo roxo por cima do ombro e vendo o exato momento em que os lábios cheios dele foram umedecidos.

Takeshi encarava o pau endurecido do rosado com fome, a boca sendo maltratada pela vontade de engoli-lo por inteiro enquanto as mãos apertavam as coxas gostosas.

Junwoo precisou desviar o olhar para não se sentir mais excitado com a visão, mas a que teve no lugar não diminuiu, nem um pouco, o seu tesão: o pau de Takeshi estava ali, bem na sua cara, as coxas fartas um pouco afastadas e a cabecinha gotejando de maneira tentadora. Ele deveria pegar nele antes? Colocar direto na boca? Sim, ele já tinha feito aquilo, mas não deixava de ficar nervoso com a situação toda.

Engoliu em seco, mordendo o lábio inferior antes de se apoiar nos cotovelos para ficar em uma posição melhor. Esticou a destra até dedilhar uma das coxas de Takeshi, trilhando um caminho até a virilha e sorrindo ao ouvir o mais velho suspirar quando ele pressionou os dedos na pequena tatuagem ali.

— Eu... Nunca vou deixar de me surpreender com o tamanho — revelou baixinho, corando ao ouvir a risada de Takeshi. — Será que... Será que vai caber?

Sem dar um tempo para Takeshi processar a pergunta, Junwoo agarrou seu membro pela base e arrastou, suavemente, a mão para cima e para baixo, usando o pré-gozo que escorria como lubrificante para deslizar com mais facilidade. Takeshi gemeu surpreso e ergueu o quadril para cima em um impulso, deixando a ideia de colocar na boca mais tentadora para Junwoo.

Então, Junwoo colocou a língua para fora, dando a primeira lambida de gato no topo do pau de alheio, arrepiando o mais velho até o último fio de cabelo. Sorriu ao ouvir o gemido mais alto dele e, motivado, voltou a lambê-lo, dessa vez indo da base até o topo, pressionando a língua com mais força quando chegou ali.

— Merda, Junwoo — xingou, apertando com força a bunda que estava quase sobre o seu rosto.

Tentando recobrar a consciência e agir, Takeshi usou o momento em que o mais novo parecia pensar no que fazer a seguir para colocar a sua boca em ação: capturou a cabeça do pau alheio entre os lábios e deu o primeiro chupão, protegendo os dentes com os lábios e firmando as mãos na bundinha arrebitada.

Junwoo estremeceu, deixando um gemido rasgar sua garganta com a sensação nova e extremamente deliciosa. Arrepiado até o último pelo do corpo, tentou chupar a extensão de Takeshi com fervor como fizera da última vez, mas falhou ao sentir a boca dele começar a ir e vir em seu pau. O som molhado ecoava pelo quarto, acompanhando a melodia das músicas sensuais que tocavam e, como se o objetivo fosse levar Junwoo aos céus, Takeshi usou uma das mãos para brincar com suas bolas.

Gemendo manhosamente, Junwoo deitou a cabeça na coxa alheia, fraco ainda, mexendo o pulso para cima e para baixo no pau de Takeshi, descompassado, mas ainda com força. Fechou os olhos, sentindo as próprias pernas tremerem de prazer ao ter a língua de Takeshi judiando de sua cabecinha e, em seguida, entreabriu os lábios, querendo dar prazer ao de cabelo roxo, como ele estava fazendo consigo.

Ainda com a cabeça deitada e a bunda arrebitada, cada vez mais colada ao rosto de Takeshi, Junwoo trouxe a ponta do pênis do mais velho para seus lábios, chupando intensamente, em meio a gemidos, aquela parte enquanto sua mão se ocupava com o resto, indo e vindo preguiçosamente, já que seu corpo parecia focar mais a boca do namorado lá embaixo.

— Porra, tão gostoso... Seu gosto é incrível, sabia? — Takeshi gemeu, apertando a carne da bunda de Junwoo com tanta força que a marca de sua mão permaneceu ali, ardendo na pele do mais novo. — Mas tenho certeza de que aqui atrás deve ser ainda melhor.

Junwoo, a princípio, não entendeu o que ele quis dizer, mas tudo ficou claro quando sentiu os lábios do mais velho depositarem um beijo em seu períneo, arrastando-se lentamente até sua entrada logo em seguida.

— *Hyung*... — manhou, recordando-se das palavras que ele dissera na chamada especial que fizeram no outro dia. O pau do mais velho ainda estava ali, roçando nos lábios de Junwoo com os movimentos que os quadris do outro faziam involuntariamente. — Você vai... — Ofegou surpreso, ao sentir mais um aperto forte em sua bunda. — Vai chupar... Chupar o meu... — não conseguiu dizer todas as palavras, sendo interrompido pelos próprios gemidos ao que Takeshi puxou-o para baixo, fazendo com que ele se apoiasse inteiramente a ele, seu pau passando a roçar no peitoral de Takeshi.

— O seu cuzinho, Woo? — soltou, rindo maliciosamente, afastando as bandas da bunda do mais novo. — Você quer que eu faça isso tanto quanto eu quero fazer? — perguntou provocante, colocando a língua para fora e roçando-a, perigosamente, em volta da entrada de Junwoo. — Hm? Me responde.

— Sim, sim... — arfou, arqueando um pouco as costas ao sentir mais uma lambida naquela área inexplorada. Sua mão tremeu sobre o pau de Takeshi e cessou os movimentos, já que Junwoo não conseguia pensar em mais nada que não fosse a boca de Takeshi afundada em seu cuzinho. — Por favor, *hyung*... Por favor — pediu, não notando que começara a rebolar devagarinho, os olhos fechados e a boca acumulando saliva.

— Por favor o quê? Me pede direito — exigiu, esticando o indicador até roçar nas pregas da entrada rosada do mais novo. — Com as palavrinhas certas.

Junwoo hesitou, o corpo dando solavancos leves de prazer pelas provocações feitas por Takeshi que parecia não ter nenhuma pena, soltando lufadas de ar quente contra a entrada de Junwoo. Foi questão de segundos para que Junwoo não aguentasse mais, gotejando sobre o peitoral do Takeshi, dizendo, por fim:

— Por favor, *hyung*, chupa o meu cuzinho, por favor...

Junwoo nunca achou que pudesse sentir algo tão prazeroso quanto o que sentiu quando a língua de Takeshi molhou sua entrada inteira. Ele gostou de ter o pau chupado, sim, mas quando os lábios fartos do namorado se fecharam ali e chuparam o seu buraquinho intensamente, a língua ainda o provocando ao ameaçar entrar, Junwoo pôde jurar que havia visto estrelas.

Sua mão esquerda agarrou a coxa do mais velho, os dedos marcando a pele branca com afinco ao que sentiu mais uma chupada lá. Ele não conseguia mais pensar em chupar Takeshi, não tinha coordenação e nem concentração o suficiente para dar atenção ao pau dele. Se tentasse, acabaria fazendo uma besteira.

— *Hyung*... — gemeu, sem nem saber o que queria dizer. Seu corpo agia por si só, apenas exigindo mais dos movimentos certeiros da língua de Takeshi que ameaçava, o tempo inteiro, entrar nele. — B-bota...

Junwoo sentiu o sorriso de Takeshi contra sua bunda e, sem lhe dar tempo, o mais velho apenas empurrou sua língua para dentro da entrada, movimentando lentamente o músculo até ter um Junwoo vibrando em seus braços, gemendo como se nunca tivesse sentido nada como aquilo.

E nunca sentiu, de fato.

Takeshi empurrava sua língua para dentro dele lentamente, não querendo assustá-lo, mas buscando aproveitar cada centímetro dele. Suas mãos esmagavam a pele das coxas fartas do namorado entre os dedos enquanto Junwoo passara a morder o próprio punho, tentando conter os gemidos que dilaceravam sua garganta.

— Não, não... — Takeshi repreendeu-o, tirando a boca de sua entrada para falar direito e ter a atenção definitiva de um Junwoo ofegante em si. — Sem conter seus gemidos, eu quero ouvir tudo.

— Mas e-eu... — tentou dizer algo, porém, novamente, o som de prazer intenso o interrompeu, escapando por seus lábios ao que ele fechava os olhos e voltava a deitar a cabeça contra a perna de Takeshi. — M-mais... — pediu, começando a mover os quadris de maneira involuntária.

Takeshi pareceu aprovar o gesto, já que suas mãos agarraram a cintura de Junwoo, forçando-o a rebolar contra seu rosto. Sua língua começou a fazer movimentos circulares e curvar-se dentro de Junwoo, causando tremores incontroláveis no garoto.

Junwoo abriu os olhos, sem cessar os movimentos dos quadris e pôde enxergar o pau de Takeshi mais avermelhado que antes, parecendo bem mais duro e molhado. O mais novo grunhiu excitado e não aguentou, segurando a extensão alheia e colocando-a para dentro da boca novamente, chupando o que aguentava de maneira descoordenada, já que a língua de Takeshi dentro de si era algo que tirava demais o foco.

— J-Junwoo! — Takeshi arfou, tombando a cabeça para trás ao sentir a língua do namorado brincar com sua fenda.

— Não p-para, *hyung* — choramingou, esticando o braço para agarrar o cabelo de Takeshi e tentar puxá-lo de volta para o que fazia antes. Takeshi riu.

— Safado! — E estalou um tapa fraco na bunda dele.

Junwoo deu um salto, largando o pau de Takeshi.

— *Hyung*! — Virou o rosto.

— Quê? — Takeshi franziu o cenho, completamente suado, os fios grudados na testa.

— Você me bateu!

— Oh... — Ele pareceu, pela primeira vez em um momento como aquele, tímido. — Desculpe por não sugerir isso antes de fazer, é que... Foi automático.

— A-as pessoas fazem isso? — Junwoo franziu o cenho, confuso, observando a marca dos dedos de Takeshi, causada pelos apertões fortes que ele havia dado anteriormente. Ele gostava das marcas... — E-elas gostam?

— Nem todo mundo — explicou, acariciando a área em que havia batido. — Eu gosto, mas não quer dizer que temos que fazer.

Junwoo hesitou, abrindo e fechando a boca, sem saber como responder. Pareceu estranho a ideia de Takeshi estapeá-lo enquanto lhe dava prazer, mas não era como se não fosse atraente. Junwoo gostava de testar coisas novas e, quando sentiu o tapa fraco do mais velho, não repudiou o ato, somente se surpreendeu. Por fim, deu de ombros.

— P-podemos tentar. Eu não sei se gosto... Só levei um susto quando você deu.

— Tudo bem, me desculpe por fazer sem ter avisado — disse totalmente diferente do safado de alguns segundos antes que tinha o rosto enterrado na bunda do namorado. — Quer que eu continue ou quer tentar outra coisa?

— Não, não! — apressou-se. — Continua!

Takeshi gargalhou antes de assentir e começar a espalhar beijos belas nádegas do mais novo, atiçando-o e já arrancando suspiros dele. Junwoo voltou a dar atenção para o pau esquecido de Takeshi, que continuava duro como pedra, brilhando e inchado, chamando pelo garoto, que voltou a cair de boca na extensão consideravelmente grande.

Não demoraram a mergulhar no clima recheado de tesão, com gemidos de ambos ecoando em sincronia com a música, chocando na pele sensível e arrancando tremores e arrepios do casal. Junwoo não sabia se aguentaria por muito mais tempo, pois já sentia as coxas tremerem, os espasmos descendo por sua espinha e o maxilar doer quando ele tentava empurrar Takeshi mais fundo em sua garganta.

— Tira a boca — Takeshi exigiu, subindo uma mão até alcançar o ombro de Junwoo, tentando puxá-lo. — Tira a boca, Junwoo — repetiu e, para reforçar a ordem, estalou o segundo tapa na bunda dele, fraco, mas ainda marcante.

Junwoo gemeu surpreso, soltando o pau de Takeshi e erguendo um pouco a coluna, o corpo estranhando a sensação de ardência, mas não rejeitando. Era somente... novo e interessante.

— Faz de novo... — pediu, sem fitar o mais velho, engolindo em seco ao sentir mais um arrepio rasgar sua espinha com o tapa certeiro que atingiu sua bunda. Gemeu. — Eu acho... A-acho que eu gosto.

Takeshi não respondeu, apenas sorriu satisfeito e voltou a tentar puxá-lo para cima.

— Quero que sente direito, Junwoo.

— S-sentar? — Franziu o cenho, olhando para a posição que estavam. Seu pau ainda estava contra o peitoral de Takeshi, encharcando-o com a pré-porra que escorria pela fenda. — M-mas se eu sentar e-eu vou...

— Sentar na minha cara, sim. É o que eu quero que você faça. Vem!

Mesmo receoso com medo de sufocar o mais velho, Junwoo apoiou-se no peitoral molhado de Takeshi para sentar-se direito e com calma.

Takeshi, no entanto, estava ansioso, então somente agarrou a cintura alheia e puxou com força, voltando a enfiar sua língua dentro do mais novo.

Junwoo, surpreso com o movimento, contorceu-se e gemeu manhoso, cravando as unhas curtas no peitoral do outro.

— *Hyung*! — exclamou, tremendo, sentindo os músculos retesarem e os sentidos falharem, dando espaço somente para a sensação do orgasmo que se aproximava.

Takeshi buscava respirar pelo nariz, deixando a saliva escapar de sua boca em excesso, molhando toda a entrada de Junwoo e escorrendo um pouco por suas bochechas, mas nada que o incomodasse. Apertou com força as bandas da bunda de Junwoo, afastando-as para ter mais acesso e movimentar sua língua com mais facilidade, divertindo-se com o buraquinho dele.

Junwoo começou a rebolar com movimentos tremidos, porém intensos, buscando por mais daquilo que somente Takeshi poderia lhe dar. As mãos de Takeshi exploravam sua pele, apertando-o onde podiam, até que a destra agarrou seu membro, punhetando.

Foi o estopim para o mais novo, que não aguentou a tamanha junção de sensações e arqueou as costas, deixando toda sua porra jorrar pelo corpo embaixo do seu, sujando a mão do namorado e o peitoral. O gemido manhoso, que atravessou sua boca, arrepiou um Takeshi satisfeito por ter feito o namorado chegar àquele estado.

O orgasmo foi intensamente extraordinário para o garoto, que continuou a tremer e gemer mesmo depois de ter liberado todo o gozo preso dentro de si. Ele precisou de uns bons segundos para se recuperar, tentando controlar a respiração e a vontade de voltar a sentar no rosto do mais velho.

— Meu Deus! — sussurrou ainda tremendo, caindo para o lado e saindo de cima de Takeshi.

Pelos próximos dois minutos, a única coisa que podia ser ouvida dentro do quarto era a música que ainda tocava e as respirações ofegantes dos dois. Junwoo estava de olhos fechados, buscando recuperar as forças perdidas ao gozar e, quando finalmente conseguiu abrir os olhos novamente, viu Takeshi lambendo os próprios dedos, engolindo sua porra.

— *Hyung*! — exclamou, inclinando-se para segurar o pulso dele. — Não faz isso!

— Por quê? — perguntou, franzindo o cenho. — Tá docinho, cê andou tomando suco de abacaxi?

Com as bochechas queimando, Junwoo tentou não pensar no fato de que, sim, ele tomara muito suco de abacaxi nas últimas semanas. Mas não foi intencional, já que, até aquele momento, ele não sabia que a fruta poderia deixar o gozo mais... agradável de se engolir.

— É nojento assim, *hyung*...

— Mas você já tomou a minha. — Arqueou uma das sobrancelhas, os dedos ainda sujos entre os dois rostos. — Quando me chupou no banheiro.

— Mas foi direto... Tava quente...

Ele corou ainda mais, engolindo em seco. Takeshi gargalhou.

— Eu te juro que é gostoso... Se não fosse, eu não estaria fazendo.

Junwoo viajou o olhar dos dedos sujos de Takeshi até os lábios molhados dele, recordando-se da vez em que teve o gozo dele em sua boca. Não foi ruim, mas não era algo maravilhoso também. Takeshi gostava mesmo? Sua porra era boa? Era doce?

Decidido a saciar a curiosidade, Junwoo agarrou o pulso de Takeshi e puxou-o até si, lambendo os dedos sujos de gozo até limpá-los totalmente, saboreando aquele gosto não ordinário, mas... Doce, sim, era doce.

— Acho que essa coisa de abacaxi é verdade, então... Não sabia que isso era... — Junwoo foi interrompido ao que Takeshi puxou-o para um beijo, enlaçando as línguas violentamente.

Pegou o mais novo de surpresa, sem dúvidas, mas Junwoo não hesitou em corresponder, apoiando as mãos ao lado da cabeça de Takeshi para ter mais estabilidade e conseguir beijá-lo direito. A questão foi que Takeshi não aguentou ver um Junwoo com aquele olhar quase inocente, lambendo seus dedos com devoção, como se a coisa mais gostosa estivesse ali, escorrendo por eles. Então, beijou-o com todo o tesão que ainda percorria seu corpo. E era muito, porque Takeshi ainda estava totalmente duro.

— Sobe no meu colo — murmurou contra a boca de Junwoo, mordiscando seu lábio inferior. O outro obedeceu, colocando as coxas, uma de cada lado do quadril de Takeshi, antes de se inclinar e voltar a beijá-lo. — Encaixa sua bunda aqui. Isso — instruiu, segurando a cintura dele e tentando ajeitá-lo para que a entrada de Junwoo roçasse em seu pau, mas, do nada, parou.

— Merda!

— O quê? F-fiz algo errado? — perguntou assustado, afastando o rosto para poder olhá-lo.

— Não! — e suspirou, puxando os fios molhados de suor para trás. — Camisinha... Eu não tenho.

— Oh! — Junwoo saltou da cama quase caindo por não ter estabilidade nas pernas direito pelo recente orgasmo. — Ai! — Apoiou-se à parede, arrancando uma risadinha de Takeshi.

— E eu nem te fodi ainda.

— *Aish*! — Junwoo grunhiu, mas acabou rindo com o namorado. — Vou pegar a camisinha... nas coisas do meu tio.

— Pega duas.

— *Hyung*!

— Três, na verdade.

Junwoo não deu bola para a risada alta do mais velho e, com um sorriso bobo nos lábios, correu, completamente nu, até o quarto de Jooheon e James. Quando chegou ao recinto, caminhou até a cômoda e abriu a gaveta, apressado, dando de cara com vários pacotes de camisinhas diferentes: morango, menta, banana, refrescante, prolonga o efeito... O que ele deveria escolher? Ficou perdido, olhando os pacotes, alguns abertos com menos camisinhas que outros. Engoliu em seco, seus olhos dançando de um para o outro, totalmente em dúvida. Meu Deus, o que ele deveria fazer?

— Tá tudo bem? — Takeshi apareceu, também totalmente nu, o pau apontando para cima e chamando, imediatamente, a atenção de Junwoo.

O rosado mordeu o lábio inferior, desviando o olhar.

— É que... Tem muitas, não sei qual escolher — e suspirou, mostrando os pacotes para o mais velho.

Takeshi se aproximou, franzindo o cenho. Ele passou os olhos por cada embalagem, rindo discreto antes de pegar uma dentro da gaveta. A "extra lubrificada". Junwoo leu a embalagem e soltou um "ah".

— Não temos lubrificante, então... — Takeshi agarrou a mão dele e puxou-o de volta para o quarto. — É estranho estar pelado no quarto dos seus tios.

— É estranho andar pelado... Fica... Hm, balançando. — Apontou para o membro entre as pernas, que balançava para os lados a cada passo que ele dava. Takeshi gargalhou, fechando a porta do quarto de Junwoo assim que passaram por ela.

— Bem, voltando ao que interessa... — Jogou o pacote fechado de camisinha na cama e pegou Junwoo pela cintura em seguida, puxando-o para perto. — Eu nem acredito que estamos fazendo isso... como namorados.

Junwoo sorriu meio bobo, encostando a testa à de Takeshi, arrepiando-se quando ele escorregou as mãos para sua bunda. O mais novo o segurou pela nuca, cravando as unhas curtas ali e lhe deu um selinho molhado, chupando seu lábio inferior. Respirou fundo, buscando coragem para falar o que veio à mente no momento seguinte:

— Você vai foder seu namorado, *hyung*? — perguntou, enfim, ouvindo Takeshi arfar contra seus lábios e apertá-lo com mais força. Corou, mas permaneceu firme, decidido a tentar provocar o mais velho com palavras, assim como ele fazia consigo. — Eu quero muito...

— Como você quer, meu anjo? — questionou Takeshi, andando com o corpo colado ao de Junwoo até a parte de trás dos joelhos dele encostarem à cama. — Em qual posição quer que seu namorado te foda, hm?

— E-eu não sei... — Estremeceu nos braços do mais velho, arrastando as mãos pelo corpo dele até tê-las sobre o peitoral forte. Inconscientemente, seu dedo passou a roçar no mamilo furado de Takeshi, pressionando-o.

— Posso te comer de ladinho... — sugeriu, sendo interrompido por um ofegar surpreso de Junwoo.

— M-me comer? — gaguejou, não acostumado com o termo.

— Isso, meu amor — continuou, apertando a bunda dele com força, massageando a carne entre seus dedos. Roçou os narizes em um beijinho que seria fofo, se não fosse o resto das condições. — Ou pode ser de frente, pra eu ver o seu rosto se contorcer de prazer enquanto vou fundo no seu cuzinho...

— *Hyung*... — Arqueou as costas quando sentiu o indicador de Takeshi voltar a roçar em sua entrada. — Qualquer u-uma, por favor... Eu só quero que... — suspirou.

— Fala — mandou.

— Que você me coma... — disse, por fim, beliscando o mamilo eriçado do mais velho.

— Deita na cama e afasta bem as pernas, Woo.

Junwoo obedeceu, o coração acelerado, duas vezes mais rápido que as batidas da música que, pela primeira vez, ele conhecia. "Good For You"[16] já era uma música muito repetida em seus ouvidos enquanto trabalhava, mas, em nenhum momento, ele se imaginou ouvindo-a naquela situação. Nunca imaginou que as batidas pareceriam ainda mais sensuais, estando de fundo, e um Takeshi que o observava profundamente, a mão alcançando o próprio membro para começar a se masturbar enquanto os olhos subiam e desciam pelo corpo exposto na cama.

Saber que o motivo de Takeshi estar pingando, como estava, era ele, serviu para deixá-lo no mesmo estado de excitação em que esteve antes de gozar: cheio de tesão.

Takeshi não tinha vergonha, o olhava faminto, subindo e descendo a mão sobre o próprio pau enquanto admirava as coxas de Junwoo se afastarem, convidando-o para se colocar ali no meio.

— Você é tão lindo... — sussurrou o mais velho, subindo na cama e colocando-se sobre o corpo de Junwoo. Apoiou uma mão ao lado da cabeça dele e a outra desceu pelo peitoral forte, acariciando-o lentamente. — Tão gostoso... — Beliscou um dos mamilos de leve, roçando o dedo delicadamente em seguida até senti-lo enrijecer sob seu toque. Junwoo arfou, as pernas tendo o reflexo de quase se fecharem, mas Takeshi impediu. — Tão delicioso... — continuou, descendo o rosto e colocando a língua para fora, lambendo os lábios umedecidos de Junwoo. Ofegante, Junwoo fez o mesmo e as línguas se entrelaçaram fora das bocas enquanto a mão de Takeshi alcançava a entrada exposta do mais novo.

— *Hyung*... — arfou, sentindo o indicador alheio rodear aquele pontinho tão sensível de seu corpo.

— Eu vou te foder com meus dedos antes, amor — explicou, subindo a mão novamente e encostando o indicador e o dedo do meio na boca do namorado. — Chupa.

[16] Música: *Good For You*, Selena Gomez (2015).

Entendendo o que o mais velho faria, Junwoo abriu a boca, dando espaço para os dedos. Encharcou-os de saliva assim como Takeshi havia pedido para que ele fizesse, chupando-os sem nenhum pudor, arrancando suspiros satisfeitos do outro. Afinal, a visão que Takeshi estava tendo era enlouquecedora.

— Chega, senão eu vou gozar só com isso — Takeshi murmurou, tirando seus dedos da boca alheia. Ouviu um muxoxo de Junwoo. — Se doer, você me para, ok? E se não quiser mais fazer, me diga imediatamente — explicou, olhando nos olhos de Junwoo, sério, transmitindo a segurança que o mais novo já sabia que teria com ele.

— Sim, *hyung* — respondeu baixinho, apoiando as mãos nos ombros de Takeshi. — Obrigado por... Por ser paciente comigo — sussurrou, fazendo um carinho delicado na nuca dele.

— Não me agradeça por não fazer mais que minha obrigação, Woo — proferiu o mais velho, arrastando os dedos molhados em torno da entrada de Junwoo. — Relaxa...

Junwoo fechou os olhos quando Takeshi passou a espalhar beijos delicados por seu rosto, tentando tranquilizá-lo enquanto forçava a pontinha de seu indicador para dentro dele. Com calma, tentou distrair o mais novo com seus beijos carinhosos enquanto forçava cada vez mais para dentro, mas não pareceu funcionar, já que sentiu perfeitamente o momento em que Junwoo tensionou sob seus braços.

— Tá doendo? Quer que eu pare? — perguntou preocupado, afastando o rosto do pescoço do outro.

— N-não para, só... fala comigo — pediu, abrindo os olhos que lacrimejavam um pouco. — Os beijos não estão f-funcionando... Então, fala comigo, por favor.

Takeshi assentiu um tanto nervoso por estar com grande responsabilidade em mãos, mas logo teve uma ideia quando abaixou seu olhar para o membro abandonado de Junwoo e o viu menos endurecido. Umedeceu os lábios, erguendo o olhar para o rosto do namorado enquanto se apoiava em seus joelhos. Com a mão que não estava lá embaixo, segurou o pau de Junwoo e se inclinou até ter a boca diante dele.

— O que quer que eu fale, hm?

— Q-qualquer coisa... — gemeu manhoso ao sentir Takeshi masturbá-lo. Consequentemente, relaxou, e Takeshi voltou a empurrar o dedo para dentro do garoto. — Fala... — hesitou, abrindo e fechando a boca para soltar a respiração pesada, antes de finalmente conseguir dizer: — F-fala daquele jeito...

— Que jeito, Woo? — provocou, sorrindo maliciosamente, pois sabia o que o outro queria.

— F-fala o que você v-vai fazer comigo...

— Quer saber como vou te foder, meu amor? — perguntou, apenas para torturá-lo ainda mais.

E sorriu satisfeito ao ver o outro tremelicar embaixo dele, arqueando as costas discretamente por já ter metade do dedo dele em si.

— Você vai sentir meu corpo coladinho ao seu, Junwoo. Vai me ouvir dizer as palavras que tanto ama bem no seu ouvido, vai me pedir para dizer que quero te comer... E aí, enquanto eu disser o quanto você me deixa louco com esse corpo gostoso e seu gemido manhoso...

Colocou todo o indicador dentro dele, punhetando seu pau cada vez com mais fervor.

— Eu vou colocar meu pau nesse seu cuzinho apertado... — continuou.

Movimentou-se lentamente dentro de Junwoo, arrepiando-se com a forma como o corpo dele se contorceu, já mergulhado no prazer que somente ele era capaz de lhe proporcionar.

— E vou te foder do jeitinho que você tanto quer — disse mais. — Devagarinho até você começar a me pedir pra ir rápido...

— D-devagarinho — manhou, rebolando contra o dedo de Takeshi que passou a ir cada vez mais rápido. — V-vai fazer com carinho, *hyung*?

— Uhum... — Riu, curvando o indicador para ver Junwoo se revirar, arfando alto. — É assim que você quer?

— S-só no começo... — tentou dizer, afastando mais as pernas quando a mão do namorado que ainda o masturbava também acelerou. — Depois... D-depois você tem que ir rápido, a-ah!

— Rápido, hm? — Deixou de curvar o dedo para voltar a entrar e sair totalmente com ele, arrancando gemidos desesperados de Junwoo. — Quer que o *hyung* te foda rápido e com força, Woo?

E, para dar reforço à sua fala, Takeshi ameaçou colocar o outro dedo, brincando com a cabeça do pau gotejante de Junwoo enquanto isso. O mais novo abriu os olhos molhados, a saliva escorrendo pelos cantinhos de sua boca entreaberta e o olhar pedinte. Os gemidos voltaram a sair sem controle algum e Takeshi enxergou os mamilos enrijecendo quando ele colocou, por fim, o segundo dedo.

— R-rápido, *hyung*, por f-favor!

E Takeshi atendeu ao pedido sem dizer mais nada, aproveitando que Junwoo já estava acostumado com a abertura que seus dedos faziam para acelerar o movimento dos dois dedos, conforme os gemidos do rosado ficavam mais altos. O mais velho sentia o buraquinho do outro o apertar e não conseguia pensar em mais nada que não fosse o momento em que poderia estar, definitivamente, dentro dele.

Junwoo estava em uma bagunça de sons deliciosos, suor e lamúrias, falando coisas desconexas e tentando achar algum suporte para suas mãos, que acabaram agarrando o lençol da cama, amassando o tecido entre os dedos.

— P-para, para! Se não eu v-vou gozar de novo, Takeshi-*ah*... — pediu, contorcendo-se para fugir do toque alheio.

Takeshi parou, rindo satisfeito; buscou pela camisinha e tirou uma embalagem de dentro do pacote. Abriu-a com os dentes e encaixou o látex em seu pau, deslizando-o para baixo, sob o olhar de Junwoo.

— Seu pau é bonito... — o de cabelo rosa soltou de repente, esticando a mão para tocar a ponta da camisinha que ficava um pouco mais acima para dar espaço ao pênis coberto e não estourar quando estivesse dentro dele. — Ew, é toda melecada!

— É lubrificada, Junwoo. — Takeshi gargalhou, voltando a se ajeitar sobre o corpo dele, pegando uma das coxas fartas pela parte de trás e erguendo-a um pouco para ter mais acessibilidade. — Não vou mentir, ok? — Junwoo assentiu, apoiando as mãos no peitoral dele. — Vai doer bem mais que os dedos.

— Eu continuo querendo, *hyung* — afirmou, acariciando os mamilos do mais velho. — E se doer demais, eu peço pra parar. Não se preocupe, *okay*? Só... continue a falar aquelas coisas... — Corou quando viu o sorriso malicioso do outro. — Não ria de mim!

— Não tô rindo, é que eu gosto do quão safado você é quando se trata de falar besteiras no seu ouvido — continuou sorrindo, arrastando os lábios pelo maxilar marcado do mais novo, mordendo de leve a pele ali. — Adora ouvir seu *hyung* falando putaria pra você, hm? É um garotinho sujo mesmo...

Junwoo fechou os olhos, completamente arrepiado.

— Olha só... Mal comecei e já tá quase gemendo — provocou risonho, segurando o próprio pau pela base para guiá-lo até a entrada de Junwoo, roçando a cabecinha ali. — Imagina quando meu pau estiver indo fundo em você, hm?

As unhas curtas de Junwoo se fincaram nos ombros de Takeshi e o garoto respirou fundo, focando as coisas que o mais velho sussurrava em seu ouvido para não pensar demais na ardência que já começava a se fazer presente.

Takeshi forçou um pouco para dentro, sentindo a entrada se contrair para expulsá-lo, causando um espasmo de prazer por ter o pau espremido. Junwoo apertou os olhos, travando o maxilar com a dor quase insuportável que sentiu quando a cabeça entrou por completo. Suas unhas pareciam que iam rasgar a pele de Takeshi pela força que ele fazia e, sem conseguir aguentar, travou, abraçando o pescoço do namorado para murmurar:

— Para, para, e-espera...!

Takeshi esperou, pacientemente, mesmo que sentisse seu membro pulsar e a virilha queimar com o tesão que era estar, finalmente, dentro de Junwoo. Com uma mão, ele se apoiava na cama e decidiu que, com a outra, voltaria a masturbar o pau esquecido do mais novo, que murchava cada vez mais pelo foco que ele estava dando à dor.

— *Hyung*... — uma lágrima escorreu pela bochecha de Junwoo. Takeshi fitou-o, preocupado.

— Quer que eu pare? — perguntou sério.

— Não, não... Só... Espera e... continua — referiu-se à mão que voltou a punhetar.

Takeshi sentia o suor escorrer pelas têmporas, dado ao quanto ele tinha que se conter para conseguir ficar parado no mesmo lugar, resistindo à tentação que era se enterrar no outro. Para distrair tanto Junwoo quanto a si mesmo, ele mordiscou o pescoço suado do mais novo, espalhando beijos molhados por ali para depois deixar um rastro de saliva até a orelha dele.

— Eu consigo sentir você me apertando todinho, Woo — sussurrou, a voz rouca e recheada de tesão. Junwoo gemeu, parecendo ficar mais relaxado, os olhos se fechando e a entrada dando mais espaço para Takeshi.

— P-pode ir mais — murmurou, puxando os fios da nuca do namorado com força ao senti-lo empurrar e parar quando metade daquele pau enorme estava dentro de si. — D-deus, é muito grande, *hyung*! — choramingou, puxando o rosto do mais velho para que eles ficassem cara a cara. — Vai mais rápido com a mão — pediu, remexendo os quadris devagar, cada vez mais acostumado com a invasão.

Takeshi obedeceu, torcendo o pulso de vez em quando, voltando a deixar o pau de Junwoo totalmente duro contra seu estômago, pingando de prazer. Sorriu ao senti-lo ainda menos tenso e ao vê-lo assentir, empurrou por completo, as bolas se chocando contra a bunda de Junwoo.

— Porra! — gritou o mais novo, surpreendendo Takeshi por ter xingado tão de repente. — Merda, merda... Eu a-acho que tô te sentindo no meu estômago.

O mais velho não aguentou e gargalhou, acabando por arrancar um sorriso meio lento do outro.

— Podemos parar...

Foi interrompido:

— Não quero parar, que s-saco! — lamuriou, gemendo quando Takeshi mexeu-se para se ajeitar sobre seu corpo. — Hm... P-pode se mexer de novo?

Arqueando uma sobrancelha, Takeshi mexeu somente o quadril daquela vez, empurrando um pouco para trás antes de voltar para frente, arrepiando-se por completo ao ouvir o gemido alto que rasgou a garganta de Junwoo. Sentiu a carne de seu ombro ser maltratada pelas unhas curtas, porém bem feitas, e inclinou-se para baixo, roçando a boca na de Junwoo.

— Posso?

Junwoo assentiu manhoso.

Os movimentos começaram suaves, porque Takeshi sabia que se fosse com toda a vontade que tinha guardada em si, não acabaria bem, então iniciou lento. Suas mãos largaram o membro de Junwoo para percorrerem o corpo sensível abaixo do seu, apertando a cintura e puxando-o contra si. Junwoo gemia baixinho, sentindo arrepios desconhecidos, porém deliciosos subirem por suas pernas, torso, até chegar à nuca, o fazendo tombar a cabeça para trás e afastar os lábios do namorado.

Takeshi aproveitou o pescoço que foi exposto para si e passou a marcá-lo, lambendo o pomo de adão e chupando a pele logo abaixo quando acelerou os movimentos do quadril, sentindo todo o interior de Junwoo se contrair em torno de seu pau, apertando-o com vontade. Gemeu rouco, mordendo a pele do outro com um pouco mais de força, marcando-a com um vermelho escarlate.

— M-mais... — Takeshi conseguiu distinguir entre as palavras desconexas ditas por Junwoo, que passara a se contorcer ainda mais, erguendo o quadril para que o seu pau roçasse contra a barriga dele e também fosse estimulado.

Então o mais velho foi com mais força, ouvindo o som gostoso do choque, entre as peles, cada vez mais alto, sintonizando com os gemidos manhosos que Junwoo deixava escapar. Takeshi puxou a coxa esquerda dele para cima, erguendo-se para poder se movimentar com mais facilidade, estocando contra o mais novo com o tesão que vinha guardando há meses.

— H-*hyung*! — Junwoo gritou, arqueando as costas de repente, seus braços tremeram e as mãos pareceram buscar algo para agarrar, os dedos agoniados acabando por achar o próprio peitoral em que descontou o prazer com arranhões. — O q-que... O que foi isso? — gaguejou, conseguindo abrir os olhos por breves segundos para ver um Takeshi completamente suado e perdido na cena deliciosa que era ele se contorcendo por ter a próstata encontrada.

— Seu pontinho especial — grunhiu Takeshi, sorrindo maliciosamente antes de estocar novamente naquele lugar, arrancando mais um gemido desesperado do mais novo que só soube pedir por mais. — Tá gostoso, hm? — provocou, arrastando uma das mãos pela perna torneada de Junwoo, apertando gostosamente a pele quente e suada.

Junwoo não respondeu, somente contorceu-se mais, quase chorando de prazer quando as estocadas voltaram a ficar lentas e Takeshi voltou a se inclinar sobre ele, capturando seu lábio inferior entre os dentes, chupando-o.

— Quero que deite de ladinho, anjo — murmurou o mais velho, passando a língua lentamente pela boca de Junwoo antes de se afastar e sair de dentro dele lentamente.

Junwoo gemeu dolorido, sentindo sua própria entrada se contrair no vazio, como se estivesse em busca daquilo que estava tendo minutos antes. A sensação era estranha, como se ele passasse a estar incompleto. Engoliu em seco com o pensamento, quase rindo por pensar o quão safado era de sua parte se sentir incompleto sem um pau dentro dele.

— Onde está aquela sua meia-arrastão? — Takeshi perguntou, a voz em um tom mais baixo que o normal pelo tesão cada vez mais forte, já que ainda nem havia gozado, diferente do mais novo.

— Na minha gaveta... Mas... — Junwoo ia perguntar o motivo da pergunta repentina, mas ao ver o namorado o olhar com uma sobrancelha arqueada, como se ele soubesse o motivo da pergunta, o fez recordar, novamente, da ligação que tiveram. — Oh...

— Veste pro seu *hyung*, hm? E deixa ele te comer de ladinho.

Junwoo fechou as próprias pernas em reflexo ao ouvir aquelas palavras, sentindo a fisgada intensa na virilha. Ouviu uma risadinha de Takeshi, que pareceu saber o que ele havia sentido com as palavras sujas, mas ignorou envergonhado e caminhou com dificuldade, pois suas pernas tremiam, até a gaveta do armário. Respirou fundo, tentando controlar o próprio corpo — que se assemelhava a uma gelatina — e puxou o tecido de dentro do móvel.

— Não sei se vou conseguir vestir — foi sincero, caminhando de volta para o namorado estirado na cama de casal, olhando com aqueles olhos penetrantes. — Me ajuda?

Pareceu ter feito a pergunta certa, pois Takeshi soltou um grunhido excitado e sentou-se na cama, afastando as pernas para fora e puxando Junwoo para que ele ficasse entre elas. Ele pegou a meia-arrastão e se abaixou, soltando, propositalmente, lufadas de ar pesadas contra a pele de Junwoo. Encaixou o tecido em um dos pés e fez o mesmo com o outro em seguida, puxando-o devagar para cima, pressionando os dedos quando eles roçavam na pele imaculada da perna de Junwoo.

Quando chegou à área de seu membro, Takeshi colocou a língua para fora e lambeu-o da base até o topo, olhando bem nos olhos de Junwoo enquanto o fazia. Junwoo tremeu, apoiando-se aos ombros alheios para não cair, mais gemidinhos necessitados escapando por seus lábios.

— Depois eu vou comprar outra pra você, ok?

Junwoo ia perguntar o motivo, já que aquela estava intacta e era só lavar depois. No entanto, após encaixá-la corretamente no corpo de Junwoo, Takeshi puxou-o de volta para cama e o fez deitar de lado, encaixando-se atrás dele em seguida. Um segundo após, Junwoo ouviu o som do tecido rasgando e sentiu a pele da bunda pinicar.

— *Hyung*! Você rasgou ela? — perguntou, os olhinhos arregalados.

— Como quer que eu te foda se ela tá tampando seu cuzinho lindo, hm? — Arrastou a mão pela coxa de Junwoo, apertando-a com força antes de depositar mais um tapa na bunda arrebitada e agora exposta. — Você fica absurdamente lindo com essa meia, Woo — comentou, como se fosse segredo, sussurrando no ouvido de Junwoo enquanto levantava sua coxa e guiava seu membro até a entrada dele. — Me deixa louco pra te empinar pra mim e... — Não finalizou a fala, enterrando-se lentamente no garoto e gemendo junto com ele ao sentir-se, novamente, apertado. — Porra!

Junwoo tombou a cabeça no travesseiro, levando uma de suas mãos para trás, agarrando a cintura do namorado para puxá-lo contra ele ao senti-lo começar a se movimentar. Arfava, sem controle algum, empinando-se sem perceber e afastando cada vez mais as pernas, dando espaço para que Takeshi fizesse o que bem entendesse consigo.

— Você é apertado demais, puta merda! — Takeshi xingou, mordiscando o lóbulo da orelha de Junwoo após sussurrar contra ela, soltando a perna dele para estapear mais uma vez sua bunda enquanto se afundava ali, estocando cada vez com mais força e velocidade, ignorando os protestos do quadril cansado. — Geme pra mim, Junwoo, geme mais e diz o quanto gosta do meu pau indo fundo no seu cuzinho, hm? — murmurou rouco, assistindo à pele do pescoço do passivo se arrepiar.

— Eu a-adoro... — Junwoo gemeu, levando a mão para trás e cravando as unhas na cintura do Takeshi, passando a rebolar com afinco contra ele, sentindo o pau surrar sua próstata de maneira enlouquecedora. — E-eu... Eu... Eu vou... — tentou, mas não conseguiu falar mais nada, os gemidos sempre o interrompendo e tirando Takeshi do sério por serem incrivelmente gostosos de escutar.

— Já vai gozar? — perguntou, soltando a coxa de Junwoo para agarrar seu membro esquecido sobre o tecido da meia-arrastão, passando a punhetar por cima daquele, esfregando a peça contra o pau gotejante. — Vai se sujar todinho de porra, porque ama o quão fundo e gostoso meu pau vai em você, né? Você é um garotinho sujo e safado, mesmo...

Junwoo não conseguiu aguentar, tremendo, conforme os espasmos tomavam seu corpo sensível, contorcendo-se contra a mão de Takeshi. Gozou no exato momento em que o pau do namorado fodeu sua próstata novamente. Soltou um gemido tão alto e manhoso que teve a certeza de que todos, no prédio, ouviram, e sua porra sujando todo o tecido da meia-arrastão.

— Onde quer que eu goze? — perguntou Takeshi, sem parar de movimentar a mão e o quadril, continuando a foder Junwoo como se ele não tivesse acabado de ter um orgasmo intenso. — No seu rosto, como na última vez, na sua boca? — sugeriu, subindo sua mão pelo corpo de Junwoo até alcançar seus lábios, pressionando os dedos sujos com a porra do namorado ali. Junwoo nem pensou e só abriu a boca, acolhendo os dedos melados, já sentindo que estava prestes a endurecer novamente.

— Na minha boca, na minha boca, por favor. Por favor, *hyung*... — manhou, pressionando a bunda contra a pélvis do mais velho, mexendo-a de um lado para o outro. Takeshi gemeu, estalando mais um tapa na bunda dele antes de se afastar e colocar-se de joelhos na cama.

— Abre a boca — mandou, colocando um joelho de cada lado do rosto do mais novo enquanto retirava a camisinha, dava um nó e a jogava no chão. Punhetou o próprio pau durante poucos segundos, perdendo-se na visão deliciosa que foi Junwoo afastando os lábios e mirando-o com aqueles olhos quase inocentes, se não fosse o resto da situação. — Puta merda... — arfou, deixando toda sua porra sair de seu pau e ir diretamente para a boquinha de Junwoo.

Quando libertou tudo, Takeshi jogou-se cansado, ao lado do corpo do namorado, olhando para o teto e respirando fundo. Ouvia a respiração de Junwoo tão ofegante quanto a sua, mas sendo interrompida por sons de saliva.

— A sua não tá muito doce, *hyung*... — murmurou, fazendo uma careta. — Eca, tá muito ruim.

Takeshi gargalhou.

— Desculpa, esqueci o abacaxi diário.

— Ugh! — Junwoo choramingou, sentando-se na cama com dificuldade. Esticou-se para pegar a garrafa de água que sempre deixava cheia na cômoda e virou goela abaixo, anotando mentalmente que era para limpar a boca da garrafa depois. — Da outra vez não tava tão ruim.

— Na próxima, vai estar melhor, prometo — respondeu Takeshi, puxando-o de volta e o abraçando, encaixando a mão na bundinha arrebitada. Junwoo colocou a perna sobre a cintura alheia e abraçou-o pelo pescoço. — Tá tudo bem? Tá doendo?

— Um pouco... Deve doer mais depois, né?

— Quando você for andar ou sentar em cadeiras, provavelmente — suspirou, acariciando o rosto do mais novo e encostando as testas. — Você foi incrível, sabia?

Junwoo sorriu bobo.

— Eu te amo tanto...

Takeshi ofegou.

— Acho que nunca vou me acostumar com isso, aquece meu coraçãozinho todo.

— Aquece o meu quando você me fala essas coisas fofas, também... — Riu todo abobalhado.

— É seu coração que aquece também quando te falo aquelas putarias?

— *Hyung*!

E observando Ishikawa Takeshi rir, Junwoo só conseguia pensar no quão sortudo era por ter aquele homem, ao seu lado, o amando tanto quanto ele o amava e lhe proporcionando momentos simples, porém incríveis como aqueles. Junwoo sentia como se tivesse acabado de ganhar na loteria, mas nunca nenhuma quantia de dinheiro traria as mesmas sensações que Takeshi trazia.

CAPÍTULO 18

Dor.

Junwoo sentia dor no quadril, no torso, nas pernas e, principalmente, na bunda.

— Ouch! Tá ardendo! — choramingou desesperado quando Takeshi dedilhou sua entrada com os dedos encharcados de Hipoglós[17].

— Respira fundo e tenta se concentrar em outra coisa, Junwoo — disse o mais velho, prensando os lábios em seguida para não rir, já que a situação, por mais que preocupante, era engraçada.

— Eu não consigo! — exclamou, dando um salto na cama quando o dedo indicador de Takeshi pressionou seu buraco avermelhado e ardido. — Que humilhação.

— Não é humilhante, Junwoo, é normal — Takeshi o repreendeu, espalhando com cuidado a pomada. — Pronto, depois passamos mais.

— *Hyung*, sinto muito, mas eu nunca mais faço isso — murmurou manhoso, deixando que Takeshi subisse sua calça de moletom por ele. Takeshi riu e se levantou, caminhando até o banheiro do corredor para lavar as mãos. — Não vai responder? — gritou.

Takeshi voltou, calmamente, para o quarto, secando as mãos na camiseta enorme que vestia.

— Não, porque eu sei que te faço mudar de ideia com uma frasezinha suja.

— Isso não é justo... — Fez um bico, ajeitando-se com cuidado na cama. — Eu tô até com mais marcas que você! — indicou o próprio torso, que realmente estava completamente coberto por manchas vermelhas.

— Quer igualar? — perguntou o mais velho, erguendo a camisa do namorado que carregava em seu corpo, expondo sua pele nua. O membro flácido, mas ainda grande, batia em sua coxa interna e a barriga marcada subia e descia à medida que ele respirava.

---

[17] Pomada para assaduras.

— A-abaixa isso... — murmurou Junwoo, descontente com a queimação imediata que sentiu nas bochechas e na virilha.

Takeshi riu baixinho e caminhou até o mais novo, deitando ao seu lado na cama.

— Você dormiu bem?

— Sim, pelo menos não senti as dores enquanto dormia — explicou, aceitando de imediato o abraço que Takeshi o ofereceu. Encolheu-se no peito dele e agarrou-o pela cintura. — Mas, por favor, vamos esperar um pouco pra fazer de novo.

Takeshi gargalhou.

— Relaxa, Woo, só vamos fazer de novo, se você, realmente, quiser, e tem outros jeitos de fazer, sabe.

Junwoo franziu o cenho.

— Como assim?

Eles foram interrompidos:

— Eles estão vestidos? — exclamou Syao, do lado de fora do quarto enquanto um Bonhwa alegre abria a porta do quarto.

— Sim, infelizmente — respondeu, não escondendo a decepção.

— Como vocês entraram? — Takeshi perguntou confuso.

— A porta tava aberta e o porteiro me reconheceu — Syaoran proferiu, adentrando o quarto junto com o mais novo. Ele ainda vestia o terno da noite anterior e Bonhwa usava apenas uma calça de moletom leve e uma camiseta de banda. — E aí, como foi a transa?

Takeshi ia dizer que não era da conta deles, mas Junwoo respondeu por ele: — Ótima. Incrível, na verdade. Só tá tudo doendo...

Os três mais velhos fitaram Junwoo com surpresa, esperando que ele continuasse a falar, mas ele apenas ficou quieto, observando-os em dúvida.

— O quê? Por que tão me encarando?

— Algum de vocês vai conseguir se acostumar? — Syao soltou, suspirando dramaticamente. Ambos, Takeshi e Bonhwa, abanaram a cabeça negativamente enquanto Junwoo soltava uma risada envergonhada. — E seu tio, Woo? Só chega à noite mesmo?

— Hum... Não sei — respondeu, esticando-se para pegar o celular sobre a cômoda. — Oh, tem algumas mensagens dele.

Jooheon enviara algumas mensagens dizendo que chegaria no horário do almoço, com comida pronta, porque nem ele e nem James estavam dispostos a cozinhar. Havia três mensagens repetidas perguntando se ele e Takeshi gostavam de comida chinesa e as três foram enviadas cinco minutos antes de Junwoo pegar o aparelho.

— Vocês gostam de comida chinesa? — perguntou e respondeu ao tio quando todos acenaram positivamente. Alertou que havia dois convidados em casa e, em seguida, voltou a colocar o celular em cima da cômoda. — E a noite de vocês, como foi?

— Ah, muita fofoca — respondeu Syaoran, dando de ombros. Bonhwa riu. — E, claro, alguns beijos aqui e ali.

— Bocas aqui e ali — completou Bonhwa, gargalhando da expressão chocada do melhor amigo.

— Chega, chega — resmungou Takeshi. — Não quero detalhes.

— Mas eu quero saber de vocês! — Bonhwa rebateu. — Conta, Junwoo, quem deu?

— Tu ainda tem dúvida? Claro que foi o Junwoo! — disse Syaoran, dando um tapa fraco na testa de Bonhwa.

— E quando vão inverter os papéis? — completou Bon, mexendo as sobrancelhas de maneira insinuante.

Junwoo corou e, sem saber como responder, fitou Takeshi que apenas sorria, parecendo bem confortável em responder:

— Quando o Junwoo quiser.

— Pronto, agora ele vai explodir — apontou Syao, rindo junto aos outros dois enquanto Junwoo enfiava a cara no travesseiro. — Comemora, Junwoo! Agora somos todos irmãos de...

— Não completa essa frase — advertiu Takeshi, em um tom que seria sério, se não fosse pelo sorriso em seus lábios cheios.

— Ok, ok! — Syaoran abanou as mãos, demonstrando que deixaria para trás o assunto.

Após alguns minutos que foram recheados de risadas dos três mais velhos envergonhando constantemente o mais novo, Jooheon chegou com James e o filho, chamando a atenção do grupo pelo barulho alto da porta e os sons infantis que Dakho sempre fazia quando estava animado demais. O grupo todo se juntou na cozinha para comer os diversos pratos chineses que o casal trouxera. Junwoo preferiu ajudar o tio até o fim, atrasando o momento em que teria que se sentar na cadeira dura da mesa de jantar.

— Senta, Junwoo, eu coloco pra você — disse James, indicando a cadeira ao lado de Takeshi.

Como se seus amigos soubessem o motivo dele estar demorando tanto a se sentar, os três fitaram-no com divertimento no olhar, esperando assistir à cena de um Junwoo tentando disfarçar a dor aguda que sentia em suas partes baixas.

— Quer uma almofada?

Quem perguntou foi Jooheon, que Junwoo percebeu estar encarando-o com o mesmo divertimento no olhar que os adolescentes. Sem dignidade nenhuma, Junwoo apenas suspirou e assentiu, assistindo ao tio ir buscar uma almofada na sala. Ainda assim, doeu quando ele sentou, mas a dor amenizou quando Takeshi segurou em sua mão e entrelaçou os dedos com os seus.

— E como foi o baile? — James puxou assunto após todos se instalarem.

O assunto fluiu com aquela naturalidade gostosa, aquecendo o peito de Junwoo quando risadas ecoavam após a menção de algum momento cômico da noite anterior. Ele ficou realmente encantado com as descrições dos tios sobre as esculturas de gelo que viram e pediu para que ele fosse junto na próxima vez, coisa que foi imediatamente aceita.

— Então, Junwoo tem algo a dizer... — Syaoran soltou de repente, quase rindo ao receber um olhar duvidoso do melhor amigo. Com o olhar, ele indicou os dedos entrelaçados dele com os de Takeshi.

— Oh... — O mais novo corou, um sorriso tímido tomando seus lábios como se o que ele estivesse prestes a dizer fosse novidade para alguma das pessoas presentes. — Eu e o *hyung* estamos, oficialmente, namorando!

Takeshi sorriu abobalhado.

— Finalmente! — Jooheon exclamou, batendo palmas. — Já tava mais do que na hora.

— Quem fez o pedido? — o britânico perguntou, interessado e com o mesmo sorriso fraternal e orgulhoso nos lábios.

— Eu fiz, mas o *hyung* ia fazer também, eu só falei primeiro — explicou, fitando o namorado com os olhos brilhando.

Takeshi suspirou encantado com o brilho puro que ocupava os orbes de Junwoo. Era como se houvesse milhões de galáxias dentro daquelas duas bolinhas escuras, chamando para que ele mergulhasse ali, cada vez mais fundo.

— Eu tô muito orgulhoso! Sério, Junwoo! — comentou Jooheon, apertando carinhosamente o ombro do sobrinho. — Nem parece que você foi criado por um homem como o seu pai.

Junwoo suspirou, assentindo.

— É complicado, né?

— Por falar no seu pai... Você chegou a visitá-lo na penitenciária? — Syaoran perguntou curioso. — Porque você me disse que sua mãe foi...

— Não, não fui. Acham que eu deveria?

Ninguém respondeu durante breves segundos, cada um parecendo pensar em uma resposta digna para aquela pergunta que, de fato, era complicada. Jooheon, entretanto, foi o primeiro a abrir a boca:

— Eu acho que seria bom. Se abrir pra ele sabendo que ele não pode fazer nada contra você, pode ser algo bom, Junwoo — sugeriu, falando calmo e cuidadosamente. — E se você for, eu gostaria de ir com você. Não preciso estar junto a vocês, mas também queria falar com ele...

— Você iria comigo? — perguntou, esperançoso. Quando Jooheon assentiu, o mais novo sorriu decidido. — Então, eu vou. Hoje mesmo, se der. Quero fazer isso logo.

— Depois que comermos, nós vamos — respondeu o tio, também sorrindo.

O peso da indecisão sumiu de imediato no peito de Junwoo e, quando ele viu que seus amigos e seu namorado sorriam para ele, o local foi rapidamente preenchido por aquela sensação quente que ele tanto amava. Ele tomou a decisão certa. E tinha certeza daquilo.

!

— Qual dos dois vai primeiro?

O policial encarava Junwoo e Jooheon à espera de uma resposta que nenhum dos dois parecia saber dar. O tio e o sobrinho se encararam, perdidos, até Junwoo reunir forças e coragem para dizer:

— Eu vou, *hyung*.

— Tem certeza? — perguntou o mais velho, o tocando no ombro carinhosamente. Junwoo assentiu e, antes de entrar na sala de visitas, deu um sorriso para o tio, que foi prontamente correspondido.

A sala estava caída. O lugar todo era meio caído, com cheiro e sons desagradáveis que Junwoo esperava nunca ter que sentir ou ouvir novamente. O recinto em si era todo cinza e a mesa no centro, com uma cadeira de cada lado, prateada e toda arranhada, como se já tivesse ocorrido confrontos enormes sobre ela. Ele fez uma careta. Mas nada superou a careta de seu pai ao colocar os olhos nele.

— Mas que merda... — sussurrou, olhando para Junwoo como se fosse um alien no lugar do adolescente.

Junwoo não se importou e agradeceu o guarda antes de se sentar na cadeira dura, ignorando a pontada que sentiu na base de seu quadril e a ardência que insistia em se fazer presente. Forçou um sorriso para Daejung e apoiou os braços na mesa, inclinando-se levemente para frente.

— Oi — murmurou, sentindo o coração acelerar freneticamente quando seu pai finalmente o encarou nos olhos.

— Você está irreconhecível, moleque — grunhiu, mexendo os pulsos dentro das algemas, como se quisesse removê-las dali.

Junwoo analisou o homem que, um dia, chamou de pai, vendo os machucados visivelmente recentes em seu rosto e um inchaço infeliz em sua testa. Ele vinha levando surras naquele lugar?

— Você nunca me conheceu de verdade — respondeu Junwoo, umedecendo os lábios. — Como tá sendo passar os seus dias aqui?

— Zombando do seu próprio pai, Junwoo? — Riu de escárnio. — Não me surpreende depois das suas afrontas ridículas contra mim.

— Ridículas? Mesmo estando atrás das grades, você acha que foram ridículas? — A pergunta trouxe um silêncio pesado à sala, silêncio que não intimidou Junwoo, pelo contrário, sentiu-se ainda mais motivado a continuar a colocar todo aquele peso que carregava em seu peito, há anos, para fora: — Você enfiou tanto eu quanto Jiyoon em uma gaiola, esperando que nenhum dos dois fosse acordar pra realidade. Realidade que é muito diferente do que você quis me fazer acreditar que era.

— Eu te criei do jeito certo.

— Não! — exclamou indignado com insistência. — Você me prendeu, me impediu de ver o mundo como realmente era, me fez cogitar a ideia de que amar a pessoa que eu amo era errado.

— Amar a pessoa que você ama? — Franziu o cenho. — Do que você tá falando, moleque?

— Eu tenho um namorado, Daejung. E eu o amo.

O silêncio voltou. E, depois, foi preenchido pelo sorriso de Junwoo com o olhar atônito de Daejung.

— Eu só, realmente, precisava te dizer, sabe? — continuou. — Nossa, é um alívio! — suspirou, pressionando a palma da mão contra o peito.

— Alívio? — Daejung riu, parecendo ter acabado de sair de um transe. — Alívio por ter se tornado a porra de um viadinho? — foi levantando a voz, sacudindo os pulsos com mais violência.

Junwoo não recuou.

— Me chame do que quiser, Daejung, nenhuma palavra sua vai me machucar — rebateu, travando o maxilar e assumindo uma pose que nunca imaginou assumir na frente de seu pai. — Eu sou apaixonado por um homem, sim, namoro um homem. Isso faz de mim um "viadinho" como você diz? Sim, mas eu me orgulho disso! Me orgulho de ter a coragem de falar em voz alta que amo ele! Me orgulho de amar alguém! Diferente de você que nunca soube o que é amor.

— Não fale do que não sabe, moleque. Amor? Isso que você diz ter é depravação! Perversão! Você vai queimar no fogo do inferno! — gritou, levantando-se de sua cadeira e machucando os pulsos no processo. Grunhiu de dor. — Igual à vadia da sua mãe.

— Não ouse falar dela assim! — Junwoo também se levantou, apontando o dedo para o mais velho. — Ela foi muito mais corajosa do que você jamais foi e jamais será! Eu tenho orgulho de ser filho dela.

— Parece que ela não tem muito orgulho de ter você como filho, não é? — debochou. Junwoo sentiu o peito apertar de raiva.

— Ah, ela tem, pai — ironizou, rindo sem humor algum. — E disse com todas as palavras que eu sou o homem que você jamais foi e jamais será. Diferente de você, eu dei a escolha a ela. Uma coisa que eu não deveria nem ter o poder de dar! Ela está fazendo, hoje, o que sempre quis fazer e nunca vai me machucar saber que pude proporcionar isso a ela.

— Eu oro todo dia para que ela e aquela estúpida Mei apodreçam no fogo do inferno. E agora, vou orar para que você tenha o mesmo fim — respondeu Daejung, os olhos em fúria sobre ele.

— Vai ser uma surpresa quando você chegar lá e não encontrar nenhum de nós três.

— Com você ou...

Foi interrompido:

— Tá tudo bem aqui dentro? — Jooheon, com sua pose intimidante para quem não o conhecia, adentrou a sala, o guarda atrás por também ter escutado os gritos, analisando a pose de Daejung e Junwoo com dúvida nos olhos. O adolescente assentiu, virando o rosto de volta para o ex-pastor.

— Sim, eu já estava acabando, na verdade.

— O que você tá fazendo aqui? — perguntou Daejung, apertando os olhos e analisando o irmão de cima a baixo com nojo.

— Oh, mamãe não te contou? — Junwoo quem respondeu, o tom debochado surpreendendo o tio. — Eu moro com o tio Jooheon, o marido dele e Dakho, meu primo.

Daejung caiu na cadeira, estupefato e com a expressão de puro desgosto. Jooheon sorriu.

— Seu filho é incrível, Daejung. Sabe, todo dia vou duvidar que ele tenha saído de você.

— Seu filho de uma puta! — gritou o ex-pastor, sacudindo-se cada vez mais. — Você desvirtuou o meu filho! Transformou-o na porra de um viado nojento igual a você!

— Não, Daejung, ninguém influencia a sexualidade de ninguém — rebateu, revirando os olhos como se já esperasse aquilo vindo do irmão. — Se não eu seria tão hétero quanto você, não? Afinal, o que mais você e os nossos pais tentaram fazer foi influenciar minha sexualidade.

— Eu era apaixonado pelo Takeshi antes de conhecer o tio, de qualquer maneira — acrescentou Junwoo, já sem paciência com as reações de seu pai. — O que importa é que eu queria contar pra você, sabe? E queria agradecer pelo escândalo que você fez na minha escola naquele dia — suspirou. — Sem ele, eu não poderia estar onde estou hoje.

Daejung parecia que ia explodir a qualquer momento, seus olhos vagando pelo rosto do filho como se ele carregasse protuberâncias assustadores na pele. Junwoo sorriu, mais uma vez, totalmente inabalado.

— Adeus, Daejung.

E o adolescente saiu da sala, deixando seu tio junto ao irmão, para que eles pudessem conversar em paz. Sentiu o peito leve, como se tivesse acabado de fazer o que precisava fazer há anos. Era incrivelmente satisfatório. Abriu um sorriso para o guarda:

— Está tendo um bom dia, senhor?

O guarda franziu o cenho, surpreso com a pergunta e ficando levemente sem jeito.

— Ahm... Sim, sim.

Junwoo esperou uns bons cinco minutos, surpreso por não ouvir nenhuma gritaria vinda de dentro da sala e, contente, assistiu a Jooheon deixar a sala com um sorriso tão grande quanto o dele nos lábios.

— Como foi?

— Eu fiz o que sempre quis fazer — respondeu aliviado. — Acho que, a partir de hoje, vou dormir sem nada me incomodando no fundo da minha mente.

— Eu tô com a mesma sensação — disse Junwoo, rindo. — Obrigado, senhor guarda, tchau!

O guarda, ainda meio surpreso com a educação do adolescente, acenou simpático, para os dois, após acompanhá-los até a saída.

Quando chegaram à casa, Takeshi e Bonhwa ainda estavam lá e pareciam completamente eufóricos enquanto James ria, segurando o filho no colo, e Syaoran parecia em choque, observando o nada.

— O que houve? — perguntou Junwoo, estranhando, assim que passou pela porta de entrada junto ao tio.

— Syaoran vai com a gente! — gritou Takeshi.

— Pra onde? — Jooheon quem questionou.

— São Francisco! — respondeu Takeshi, gesticulando exageradamente. — Ele vai com a gente!

— Meu Deus! — Junwoo correu animado até se jogar ao lado de Syao que ainda parecia meio chocado. — E por que não tá animado?

— Eu só tô... pensando — respondeu, coçando a nuca. — Usei parte das minhas economias pra faculdade pra comprar a passagem e, agora, me bateu a possibilidade de não conseguir a bolsa e ter que pagar e ficar em dívida... — suspirou, no fim, passando os dedos entre os fios de cabelo.

— Pra onde você vai se candidatar? — perguntou Bonhwa, curioso.

— Vou me inscrever para as três S.K.Y[18], com pedido de bolsa nas três. Mas também vou tentar outras que não são de elite, sabe? Pra não viver somente arriscando — respondeu.

— Você vai conseguir, *hyung*... Suas notas são muito boas, por mais que você enfrente dificuldades — assegurou Junwoo, tocando o ombro do melhor amigo para acalmá-lo.

— Eu sei, mas é que tem muita gente tentando bolsa... — Respirou fundo, erguendo a cabeça. — Vocês não vão tentar bolsa?

— Eu pensei, mas meus pais têm condições de pagar, então preferi deixar pra quem precisa mais e resolvi que vou procurar um emprego de meio período para poder ajudá-los ou, pelo menos, pagar pelo meu apartamento — respondeu Takeshi.

— Meu tio se ofereceu para pagar a minha, desde que eu entre para uma das S.K.Y — disse Bonhwa. — E eu nem sei o que quero fazer exatamente.

Junwoo, observando os três conversarem, sentiu um peso nas costas ao perceber que ele não tinha absolutamente nenhuma ideia do que queria fazer

---

[18] S.K.Y – Sigla usada para se referir às três universidades sul-coreanas mais prestigiadas: Seul National University, Korea University e Yonsei University.

futuramente. Ele ainda não havia pensado no fato de que as inscrições universitárias estavam próximas e que ele precisava focar os exames antes de se jogar totalmente na viagem que fariam. O que queria para seu futuro? Com o que queria trabalhar? O que queria estudar? Junwoo não tinha ideia.

— E você Junwoo, sabe o que vai fazer? — Jooheon quem perguntou, notando a expressão perdida do sobrinho.

— Na verdade... — murmurou o mais novo, suspirando. — Eu não tenho ideia.

— Não precisa ter pressa pra saber! Mesmo que você entre em um curso que tenha suas matérias preferidas, você pode mudar caso não goste — Takeshi quem falou, segurando a mão do namorado e entrelaçando os dedos com os dele.

— E você pode se candidatar pra uma bolsa também, Woo. Não precisa ser uma das S.K.Y; se você achar que é pressão demais, existem muitas universidades pelo país — acrescentou Bonhwa, recebendo um aceno de Syaoran e Takeshi como apoio.

— Eu troquei de curso duas vezes antes de achar o lugar que me encaixava melhor — disse James, sorrindo para o rosado.

— Não tem problema nenhum, de verdade, Junwoo. — Jooheon também sorriu para ele. — Apenas foque em dar o melhor nos seus estudos e na hora das inscrições, a gente vê o que faz.

Junwoo assentiu, tentando focar a mudança de assunto que veio logo depois, mas algo, no fundo de sua mente, insistia em atormentá-lo por conta daquela grande escolha que precisaria fazer em algumas semanas.

— Vamos pra São Francisco! — gritou Syao, assustando Junwoo ao que o puxou para cima e começou a dançar com ele, sacudindo-o de um lado para o outro.

O mais novo gargalhou, entrando no clima com Takeshi, Bonhwa e o melhor amigo. Mesmo que ainda tivesse as provas para fazer, aquela grande decisão para tomar e ficar longe de Syao por um tempinho, ele tinha em mente que, logo depois, fariam aquela grande viagem e passariam por momentos incríveis juntos.

!

— Não, *hyung*, foi primeiro o Irã e, depois, o Iraque.

Junwoo soltou uma risadinha quando o namorado bateu com a testa contra o livro de História e as fichas feitas pelo mais novo sobre a matéria que insistia em não entrar na cabeça de Takeshi: aquela que envolvia tudo sobre o Oriente Médio.

— Eu desisto por hoje. — Takeshi bufou, fechando o livro e guardando as fichas dentro dele antes de colocá-lo de volta em sua mochila pesada. — Como você conseguiu guardar tudo dessa matéria tão rápido?

— Eu gosto muito de história, *hyung*, você sabe. — Deu de ombros.

— Mas esse assunto, em específico, é complicado demais — completou um tantinho indignado.

— Ele tem mais informação e mais datas pra guardar, sim, mas o acho tão interessante quanto os outros. — Riu. — Você vai chegar lá, *hyung*.

— Eu espero, porque não aguento mais! — choramingou, deitando a cabeça no ombro de Junwoo e, de longe, recebendo olhares feios da bibliotecária. Não se importou. — Como tá se sentindo com a chegada das provas?

Eles já estavam em plena primavera, com noites geladinhas e o sol não tão forte que esquentava as manhãs e permitia que eles andassem de camiseta no meio do dia. Junwoo gostava bastante da primavera, porque ela não era nem lá, nem cá; havia dias em que ele podia sair de casa com um short e uma camiseta e outros em que precisava usar uma calça e um casaco. No entanto, não havia nenhum dia em que já saía suando do chuveiro após um banho gelado ou com as mãos e pés congelando, mesmo estando de meia e luvas dentro de sua própria casa.

Aquela primavera estava passando rápido demais.

Rápido, porque ele tinha tanta coisa para fazer e tanta coisa para pensar que não se dava conta do tempo passando. Os exames finais estavam perto, passava o dia inteiro com a cara nos livros quando não estava no clube trabalhando. Com o salário recebido nos últimos meses, ele conseguira juntar uma boa quantia que serviria para pagar a parte do hotel que seu tio o deixou pagar e para se alimentar e comprar as coisas que quisesse na cidade.

Com relação aos estudos, Junwoo passava o tempo estudando até mesmo dentro do clube, que não possuía tantos clientes assim naquela época, somente em dias específicos. E, por mais que estivesse se sentindo confiante para as provas, estava agoniado, porque ainda não chegara a uma conclusão a respeito do que escolher para sua faculdade.

Ele conversou bastante com Syao a respeito daquilo, resultando em chamadas de vídeo que duravam mais de quatro horas e Syaoran fez o máximo para aconselhá-lo e não o pressionar.

Além do melhor amigo, Junwoo conversou bastante com o namorado a respeito e com sua mãe.

Jiyoon e Junwoo se falavam regularmente. A mulher gostava de falar sobre o seu trabalho e Junwoo gostava de ouvir e de se sentir próximo a ela. Ela o aconselhou a listar suas matérias preferidas e, imediatamente, Junwoo colocou História e Geografia no topo. Não sabia quais profissões — além de professor — poderia ter ao estudá-las no ensino superior, mas sua mãe o aconselhou a pesquisar melhor, já que ele era um grande amante da matéria de Hajoon e de Geografia.

Seus amigos, por mais que soubessem o que queriam como estudo na faculdade, pareciam tão nervosos e ansiosos quanto ele, já que se candidatariam para universidades exigentes e não tinham certeza nenhuma de seus resultados.

Hajoon, como um bom professor e ótimo amigo, somente tentou tranquilizá-los ao máximo e ajudá-los com o que podia, sem ultrapassar demais os limites, e disse-lhes o que tinha mais chance de cair na prova. Houve um dia que o grupo até se juntou na casa do professor e fez uma chamada com Syaoran para estudarem História. Jooheon dava seu máximo para ajudar o sobrinho quando podia, assim como James, que tinha uma facilidade assustadora com matemática e tirava as poucas dúvidas que Junwoo tinha.

— Junwoo!

O adolescente se assustou com o grito vindo da sala de estar. Franzindo o cenho, largou sua escrivaninha cheia de cadernos e papéis e correu para ver o que estava acontecendo, com medo que fosse algo sério. James saíra com Dakho e Jooheon passara o dia trabalhando, mas havia acabado de chegar e estava estagnado no meio da sala de estar com uma enorme mala azul.

— Que isso, *hyung*? — perguntou assustado.

— Presente pra você! — exclamou ofegante, largando a mala azul e a bolsa lateral da mesma cor que parecia conjunto. — Pra sua viagem. Comprei no caminho de volta pra casa.

— Meu Deus, não precisava... — respondeu estupefato, aproximando-se da mala empacotada com um plástico duro. — É bem grande, acha que vou precisar desse espaço todo?

— Talvez, é bom levar muitas roupas, é verão! Vai suar muito! — disse Jooheon, entregando a bolsa de ombro para Junwoo. — E essa aqui você leva contigo no avião.

— Oh, *okay*! — Sorriu animado.

— Você foi buscar seu passaporte? — perguntou atento.

— Sim, fui hoje, mais cedo, antes da aula. — Sorriu. — James e Dakho chegam pro jantar?

— Sim, sim, eu pensei em fazer um jantar típico do país dele, inclusive. Normalmente é um prato que comem no domingo, mas eu fiquei com vontade de fazer, então vai ser hoje mesmo — disse o tatuado, ajudando Junwoo a levar a mala e a bolsa para o quarto dele.

— Posso te ajudar.

Tio e sobrinho seguiram para a cozinha e iniciaram os trabalhos com o som baixo de uma música escolhida por Jooheon ecoando no ambiente. Junwoo estava cortando as batatas e contando sobre os estudos de História que fizera na casa do professor quando James e Dakho chegaram. O garotinho, já caminhando, quase se estabacou no chão ao correr até seu outro pai.

— Oi, oi — cumprimentou James, dando um selinho no marido e um beijo na testa de Junwoo. — Hmmm... *Sunday Roast*[19]? Sério? Tá querendo alguma coisa, Jooheon? — o britânico começou a falar em sua língua materna, travando o cérebro de Junwoo por míseros segundos, já que ele não esperava a mudança de língua naquele momento.

— Eu? Claro que não, oras, eu só estava com vontade de comer os legumes cozidos e a batata assada — respondeu, também em inglês, após abaixar-se para falar com o filho.

James os ajudou a cozinhar após trocar a roupa de Dakho e a sua pelas camisetas e shorts velhos que costumava vestir em casa. O jantar estava delicioso e veio acompanhado das histórias incríveis que Jooheon e James contavam sobre o tempo deles no país europeu, lugar que Junwoo, com certeza, visitaria um dia.

— *Hyung*... — chamou quando estava lavando a louça ao lado do tio. — Quando podemos ir àquela igreja que você mencionou?

— Oh, eu tinha me esquecido completamente! — Arregalou os olhos. — Mas podemos ir nesse domingo, o que acha?

— Perfeito. Hm... Takeshi *hyung* pode ir conosco?

— Claro, mas fale com ele antes para ter certeza de que vai se sentir confortável em ir. Tem muita gente que não gosta — respondeu e, de imediato, Junwoo assentiu.

Ele sabia que Takeshi não tinha nenhuma religião, ou melhor, Takeshi nunca havia parado para responder aquela pergunta diretamente. Então, ele não sabia se o namorado iria se sentir desconfortável em um ambiente religioso, por mais acolhedor que fosse.

Quando encontrou com Takeshi, no dia seguinte, na escola, foi uma das primeiras coisas que perguntou ao mais velho:

— *Hyung*, você iria à Igreja comigo?

— Igreja? A central em que você ia com seus pais? — Franziu o cenho.

— Não, não. Uma Igreja que o tio Jooheon falou sobre, na verdade. O médico do Dakho falou para eles e parece que o pastor é um estrangeiro que reside aqui há um tempo e é alguém bem liberal, sabe? Então eu fiquei curioso e... — suspirou. — Eu acredito em Deus, sabe? E sinto falta de me sentir em um ambiente para focar isso.

— Não precisa se justificar pra mim, meu anjo. — Takeshi se apressou em dizer, segurando ambos os lados do rosto do mais novo e sorrindo para ele. — E eu adoraria ir com você.

— Mesmo? — Seus olhos brilharam.

---

[19] *Sunday Roast*: tradicional prato do Reino Unido.

— Sim, com certeza. Eu não tenho nenhuma religião, você sabe, mas não me incomodo com quem a pratica, desde que pratique do jeito certo, ou seja, sem ofender ninguém — disse, descendo as mãos pelas laterais do corpo do namorado até entrelaçar os dedos com os dele. — Quando vamos?

— No domingo, pode ser? — perguntou o mais novo, animado pela resposta positiva que havia recebido.

— Perfeito. E, ahm... — Takeshi pareceu meio sem jeito, mas quando recebeu um olhar doce de Junwoo, incentivando-o, continuou: — Meus pais queriam que você fosse jantar lá em casa nesse fim de semana, sabe? Então... o que acha de ser depois de irmos à igreja no domingo?

Junwoo sentiu as bochechas esquentarem com a pergunta. Sim, ele já conhecia os pais de Takeshi, eles estavam na delegacia quando seu pai foi preso, então não seria grande coisa.

Isso se ele não tivesse que fazer outra apresentação, daquela vez como namorado de Takeshi.

Era bobeira ficar nervoso com aquilo? Talvez, mas Junwoo não podia evitar. Ele olharia nos olhos do pai de Takeshi tendo consciência de que Ishikawa Shutaro sabia que ele beijava seu filho, trocava carinhos e... Argh, Junwoo estava nervoso, sim. E muito!

E conforme o fim de semana foi se aproximando, o nervosismo somente aumentou, pois seu tio contou do desastre que foi o primeiro encontro dele com os pais de James. Os adultos gargalhavam, sem notar o desespero no olhar dele, que não sabia a que se apoiar para se acalmar.

Syaoran o ajudou a escolher algo para vestir que servisse para ir à igreja e ao jantar depois. Confortou-o com palavras tranquilizadoras, por mais que soltasse umas piadinhas de vez em quando, mas nada que trouxesse o desespero de volta ao mais novo.

— Isso, a blusa social ficou perfeita, sério — elogiou, assistindo ao Junwoo avaliar a si mesmo no espelho do quarto dele. — E é em um azul pastel, então fica sério, mas arrumadinho, sabe? E a calça preta... Nem preciso comentar.

— É, acho que vai ser isso mesmo. — Junwoo sorriu satisfeito com seu reflexo. — Como tá minha mãe, *hyung*?

— Bem animada com o trabalho — respondeu sorrindo. — E ela e minha mãe estão ainda mais... Hm, próximas. — Riu. — Outro dia, eu vi as duas se beijando na cozinha... Foi meio estranho.

— Meu Deus! — Junwoo exclamou, rindo impactado.

— Estranho, talvez, não seja a palavra certa. O melhor seria surpreendente, porque eu não tava esperando encontrar aquilo tão cedo, elas são muito reprimidas, sabe? Mesmo eu sempre falando abertamente sobre como nós dois estamos bem com isso e que elas não precisam se preocupar, elas têm uma história e... Bem, não é uma história tão boa, sabe? — explicou, recebendo um aceno positivo de Junwoo.

— Eu imaginei que elas fossem se sentir assim, na verdade. É bom saber que elas estão se soltando.

— Pois é, antes elas escondiam tanto as coisas que nem os próprios filhos enxergavam que tinha algo de errado — completou, suspirando. — Eu só... Tô muito feliz por elas.

— Eu também, *hyung*.

No domingo, Junwoo acordou cedo, sem a ajuda de um despertador. Ele se arrumou calmamente, tentando não dar muita bola para a ansiedade do jantar naquela noite. Quando estava terminando de arrumar o cabelo, combinou com Takeshi de encontrá-lo em sua casa mesmo e irem todos juntos à igreja no carro de James.

— Você acabou de sair do banho e já está suado? — perguntou Jooheon quando se sentaram à mesa para tomar café.

— É que eu tô nervoso — respondeu, respirando fundo. — Quero causar uma boa impressão aos pais do Takeshi.

— Mas eles já não te conhecem? — Franziu o cenho. — Eles estavam na delegacia quando seu pai foi preso, não?

— Sim, mas me conheceram como o amigo do *hyung*, sabe? E não como namorado — disse, bebericando o chá em seguida.

— Duvido muito que eles já não soubessem que você estava com ele, Junwoo.

— Eu não consigo evitar ficar nervoso, de verdade...

— Relaxa, é impossível você causar uma má impressão, de verdade. Qualquer pai ou mãe gostaria de te ter como genro — interferiu James, sorrindo de maneira dócil para o garoto.

A campainha tocou e Junwoo correu para receber o namorado, derretendo e esquecendo todo o nervosismo quando ele colou a boca na sua.

— Oi — sussurrou Takeshi, sorrindo.

— Oi... — murmurou em resposta, agarrando a camisa social do mais velho, mantendo-o perto. — Você chegou rápido.

— Eu tava ansioso pra te ver — foi sincero, dando de ombros.

— Já tomou café?

— Não... Tem comida? — Os olhos brilharam. Junwoo riu.

— Sim, acabamos de sentar pra comer. Vem.

O conforto que Junwoo sentia ao estar com aquelas pessoas, fazendo algo simples, como tomar café da manhã, era, com toda a certeza, a melhor sensação que o adolescente já sentira. Ele tinha certeza de que nunca mais sentiria algo parecido, aquele quentinho familiar que esquentava seu peito e fazia com que tivesse um sorriso no rosto o tempo inteiro, sem nem perceber.

O caminho até a igreja não foi longo, principalmente porque James preencheu o silêncio conversando bastante com os dois adolescentes, tanto sobre a viagem quanto sobre a faculdade. De todos do grupo, Junwoo só tinha conhecimento do que Takeshi e Syaoran escolheram estudar. Takeshi inclinou-se para Ciências Políticas e Syao para Publicidade, cursos que Junwoo descobriu que, realmente, combinavam com seu namorado e melhor amigo. Ele só esperava que os dois não ficassem muito longe de onde ele fosse ficar e, mesmo que ficassem, aquilo, com certeza, não o impediria de buscar pela companhia dos dois o tempo inteiro.

— Chegamos — murmurou Jooheon, estacionando no meio fio, ao lado da igreja.

O local parecia mais um casarão enorme, com um jardim extremamente florido e acolhedor que guiava até a entrada. A porta, grande como era, estava aberta e parecia convidar qualquer um que passasse por ali. Ao lado dela, havia um cartaz que anunciava os horários dos cultos e a disponibilidade do pastor que, aparentemente, residia no local, visto a enorme disponibilidade.

Quando passaram pelo salão de entrada, que continha algumas mesas com alguns panfletos de psicólogos, diversos grupos de ajuda e da própria Igreja, chegaram a um salão principal que, em uma casa usual, seria a sala de estar, mas ali parecia mais um local para assistir às palestras. Havia diversos bancos enfileirados, virados na direção de um pequeno palco que, no fundo, carregava alguns instrumentos.

As pessoas não se viraram para olhar a chegada dos novos visitantes, mesmo que Junwoo estivesse de mãos dadas com Takeshi e James carregasse o filho no colo enquanto Jooheon tocava em seu ombro. Pelo contrário, todos pareciam alegres, conversando entre si, já que o culto ainda não havia começado.

Junwoo notou que havia muitas pessoas com etnias diferentes ali, coisa que não costumava ver em sua antiga igreja. E ele chegou até mesmo a ouvir algumas pessoas falando em outro idioma.

— Bem-vindos! É a primeira vez de vocês aqui? — perguntou uma mulher de meia-idade, coreana, porém diferente da maioria das mulheres daquela faixa etária, com o cabelo pintado em um rosa-choque cativante. Ela sorria alegre para o grupo que ainda estava parado perto da entrada do salão, observando em volta.

— Sim, sim. Um conhecido nosso nos falou sobre esse local e ficamos curiosos — Jooheon quem respondeu simpático.

— Fico muito contente que resolveram vir! O culto começa em alguns minutos... Temos café, caso queiram, e um bolo de laranja delicioso que uma das fiéis trouxe. Estão logo ali. — E apontou para uma mesa que Junwoo não havia visto antes. — Fiquem à vontade!

— Eu já gostei desse lugar — murmurou Takeshi, para o namorado, quando a mulher se afastou. — Nunca achei que fosse ver tanta gente diferente dentro de uma igreja.

— Nem eu — respondeu Junwoo, virando o rosto para o mais velho. — Eu tô curioso para saber sobre o que vai ser o culto de hoje.

— Como era o do seu pai na sua antiga igreja? — perguntou Takeshi, apoiando-se a uma pilastra que sustentava o teto alto da sala. — Se estiver tudo bem falar.

— Claro, claro — apressou-se em dizer, pois, realmente, não se incomodava em responder aquilo. — Meu pai falava bem, tinha uma boa oratória, mas... Ele era meio autoritário, sabe? Às vezes, soltava umas coisas que contradiziam os ensinamentos de Deus mencionados antes e, infelizmente, por ser bom em articular, as pessoas não percebiam. Eu demorei a perceber.

— O bom foi que você notou, certo? — Esticou a mão para segurar a de Junwoo, entrelaçando os dedos com os dele. — Tinha música na sua igreja?

— De vez em quando, sim, mas era raro. Acho que Daejung não era muito fã.

— Você gosta de música gospel? — perguntou curioso.

— Hm... Não me incomodo. As melodias são bonitas, mas, às vezes, eu sinto que algumas são... um pouco demais — respondeu, não percebendo que começou a fazer um carinho na mão alheia com o polegar.

— O fanatismo é a principal coisa que me faz desgostar de Igrejas e das expressões da maioria das religiões — iniciou Takeshi. — E quando eu fui a uma Igreja igual a que você frequentava, foi a imagem que me passou quando os ouvi cantando, então, talvez, seja por isso que eu não goste. Sei que nem todos são fanáticos, mas é o que acontece na maioria das vezes. E não acho que o fanatismo seja o jeito certo de praticar a religião, que é para ser algo bonito e sincero.

— É assim que eu penso também, *hyung*. O problema não está em Deus ou na religião em si e, sim, no jeito que algumas pessoas interpretam e praticam.

Poucos minutos depois, o pastor subiu no pequeno palco improvisado no salão, sorrindo simpático quando assistiu às pessoas se sentarem e finalizarem as conversas paralelas que estavam tendo. Era um homem de pele preta e enrugada, cabelo escuro com entradas grandes e olhos levemente caídos, porém dóceis.

Calmamente, seus olhos viajaram por cada rosto, reconhecendo os que estavam em todos os fins de semanas e, coincidentemente, pararam na família de Junwoo. O pastor apertou levemente os olhos, já que os rostos não eram familiares, mas não houve absolutamente nada de ruim em seu olhar ao passar pelas tatuagens no corpo de Jooheon ou no cabelo colorido de Junwoo e em seus dedos entrelaçados com os de Takeshi.

— Vejo alguns rostos novos aqui hoje — comentou sorridente. — Sejam bem-vindos e espero que se sintam bem conosco. — A voz do homem era reconfortante, rouca, mas alta o suficiente para ressoar por todo o ambiente. Não era autoritária como a de Daejung, coisa que já deixou os nervos de Junwoo menos aflorados.

As palavras fluíram com uma leveza antes desconhecida por Junwoo, emitidas com clareza. Ele falava sobre coisas básicas, apresentando os quatro evangelhos canônicos e explicando alguns princípios, como em uma aula, em que aceitava algumas perguntas de pessoas que não estavam familiarizadas com o assunto e debatia quando havia alguma dúvida. Era fluído e ele parecia conversar, parecia dar uma aula e não impor qualquer coisa que fosse.

— Hoje, eu quis focar assuntos básicos, porque, como eu disse, vejo muitos rostos novos — explicou, após finalizar o culto. — Espero mesmo que tenham gostado.

Algumas pessoas foram falar com o pastor, cumprimentá-lo e Junwoo sentiu vontade de fazer o mesmo, agradecê-lo por não ser como seu pai, por ser verdadeiro e tratar do culto com uma conversa, uma troca de ideias e algo bem mais familiar do que um momento para imposição de ensinamentos, muitas vezes, duvidosos.

— Quer falar com ele? — perguntou Takeshi, notando o olhar do namorado sobre o homem.

— Eu quero, sim, você pode me esperar?

— Claro, fico aqui com seus tios. Vai lá.

Junwoo se aproximou lentamente, observando duas mulheres se despedirem do pastor com um curvar respeitoso e, logo em seguida, os olhos do homem caíram sobre si. Ele sorriu ansioso e também se curvou, cumprimentando.

— Primeira vez em uma Igreja, jovem? — o homem perguntou simpático e com aquele sorriso dócil ainda presente nos lábios. Para Junwoo, o pastor lembrava Ravi: sempre com aquele sorriso doce e amigável nos lábios.

— Na verdade, não, senhor — respondeu, coçando a nuca. — Meu pai era pastor.

— Era?

— Ele foi preso.

A resposta, com certeza, pegou o homem de surpresa.

— Oh, por essa eu não esperava.

— É... Acontece que ele não era um bom homem e os ensinamentos que dava aos fiéis eram apenas palavras sem fundamentos.

— Eu vi uma notícia recentemente... Foi o pastor da Igreja Central, meu querido? Era seu pai? — questionou verdadeiramente interessado.

— Isso. Não me orgulho muito, sabe? — Riu leve.

— É uma pena, alguém que deveria proporcionar o melhor através das palavras de Deus... — suspirou. — Fico feliz que, apesar disso, não tenha decidido deixar a fé para trás.

— Meu tio me falou sobre esse local por ser mais liberal, mais...

— Verdadeiro!

— Isso. — Sorriu tímido. — Então eu quis vir e... trouxe minha família e meu namorado.

O homem lançou um olhar rápido para James, Jooheon, Dakho e Takeshi, que conversavam perto da saída do salão, rindo de algo que a criança havia feito no rosto do adolescente, já que o de cabelo roxo segurava-o no colo. O pastor sorriu, voltando seu olhar para Junwoo em seguida.

— É uma família linda realmente. E, se me permite dizer, você e o garoto formam um belo casal — disse, tocando o ombro de Junwoo carinhosamente.

— Eu... fico aliviado em ouvir isso, de verdade. Eu tinha medo de... de vir aqui e ser rejeitado — admitiu, soltando a respiração que não notou ter segurado.

O pastor, entretanto, recolheu a própria mão, rindo leve. Observou, mais uma vez, Jooheon e James, pegando Dakho enquanto Takeshi lançava um olhar furtivo ao namorado para checar se ele estava bem. Quando voltou, novamente, seus olhos para Junwoo, o seu sorriso aumentou.

— Deus não rejeita o amor, meu jovem.

!

— Tem certeza, *hyung*?

— Junwoo, já lhe disse: eles te conhecem! Não entendo por que esse nervoso todo!

— *Hyung*, agora serei apresentado como seu namorado! Óbvio que estou nervoso!

— Respira!

— Mas...

— Respira!

Junwoo inspirou e expirou profundamente, engolindo em seco quando viu, pelo canto dos olhos, a maçaneta da porta de entrada girar. Takeshi, imediatamente, agarrou a mão do namorado, tentando conter o riso ao ver a imagem de sua mãe e seu pai, ambos sérios, encarando Junwoo como se o avaliassem dos pés à cabeça.

— Boa noite, senhor e senhora Ishikawa! — exclamou, curvando-se exageradamente e ficando daquele jeito por longos segundos.

— Levante-se, garoto — rebateu Shutaro, os braços cruzados em uma pose quase ameaçadora. Junwoo levantou corado. — Ajeite essa jaqueta, ela tá toda amassada — continuou, apertando os olhos como se o que Junwoo vestia fosse ridículo. O garoto, envergonhado, obedeceu rapidamente.

Takeshi prendeu o riso.

— Dê um giro.

— O q-que...? — gaguejou, olhando para Takeshi em dúvida, esperando que lhe explicasse o motivo de Shutaro ter exigido aquilo. Quando o namorado não disse nada e continuou a encarar os próprios pés, tão sério quanto os pais, Junwoo obedeceu e deu um giro hesitante.

Sanji gargalhou de repente.

— Meu Deus, coitado do garoto! Vem aqui, pequeno! — E ela puxou o genro para seus braços, sufocando-o em um abraço.

Junwoo ficou em choque durante breves segundos, os olhinhos arregalados e os braços hesitantes em abraçar a mulher de volta. Entretanto, ao ver um sorriso zombeteiro aparecer nos lábios do sogro, o adolescente soltou o ar aliviado.

— E-eu... Eu fiquei com medo! — exclamou ainda levemente ofegante e se afastando um pouco de Sanji. — Achei que o senhor estava realmente... Hm, bravo comigo. — Coçou a nuca, fitando Shutaro.

— Claro que não, garoto. Eu só combinei com o Takeshi que ia te assustar um tico antes da gente te convidar pra entrar — contou risonho. — Vem cá, também quero um abraço.

Deixando a vergonha de lado, Junwoo soltou um risinho e caminhou até o homem, também o abraçando, diferente dos cumprimentos costumeiros que havia entre os sul-coreanos. Takeshi, que observava a cena, finalmente expôs sua vontade de rir e puxou o namorado para dentro de casa quando os pais deram espaço.

— Viu? Eu disse que não tinha nada com que se preocupar — repetiu, dando um beijo na bochecha do mais novo. — Eles te adoram.

— Te adoramos tanto que já fizemos macarrão de pinto pra você! — Sanji exclamou, acenando para que todos a seguissem para a cozinha. — Infelizmente, hoje, não teremos esse prato extraordinário. Preferi fazer algo mais tradicional, sabe?

— Mamãe fez o *Bulgogi*[20] dela. É incrível! Sério! — Foi arrastando Junwoo atrás de seus pais e puxou uma cadeira para ele quando chegaram à mesa de jantar já posta.

— Seu pai quem fez o arroz! — Sanji avisou, pegando a tigela com a carne para finalizar a montagem da mesa.

— O meu pai, hm... Ele tenta, né? — finalizou Takeshi, rindo baixinho ao se sentar ao lado do namorado. Junwoo quis rir, mas se conteve quando viu a expressão falsamente tristonha de Shutaro.

— Vou processar vocês por danos morais — reclamou, resmungando. — Meu arroz está uma delícia, ok?

— Vamos ver, né? — provocou Sanji. — Mas e então, quem vai me contar como rolou o pedido de namoro?

— Mas eu já te contei! — reclamou Takeshi, agradecendo baixinho quando sua mãe lhe serviu após ter feito o mesmo com Junwoo.

— Mas eu quero ouvir a versão do Junwoo. Então, querido, me conta! — pediu, batendo palmas animadas após se sentar.

---

20 *Bulgogi*: prato típico da culinária coreana.

— Não vai me servir, não? — perguntou Shutaro, franzindo o cenho. Sanji o encarou séria. — Ok, ok, já entendi.

— Então... Eu fiquei preparando o que deveria dizer durantes dias, pensando no que seria melhor para expressar o que sentia, mas, no final, acabou que improvisei — começou a contar, pegando os *chopsticks*[21] para também começar a comer. Junwoo sentia o olhar dos sogros e do namorado sobre si, mas os seus estavam presos na comida, recordando-se da cena do baile. Sorriu. — Eu disse o que sentia, com todo meu coração e... Acho que deu certo, né? Falei tudo enquanto a gente dançava.

— *Adore You*... — murmurou Takeshi, também sorrindo meio abobalhado ao lembrar-se da música.

— Do Harry[22]? — indagou o japonês, arregalando os olhos, ansioso. Takeshi negou.

— Miley[23].

— Puff, teria sido mais intenso se tivesse sido do Harry — rebateu o pai, tirando risadas de todos ali.

— Meu marido tem um *crush* no Harry Styles, sabe? — Sanji fingiu reclamar, abanando a cabeça como se estivesse decepcionada. — Como posso competir com Harry Styles, Junwoo? Me diz.

— Realmente... — Junwoo acabou soltando, levando um tapinha na nuca de Takeshi. — Tô brincando, *hyung*. — E enfiou um bocado de carne na boca.

— E vocês foram aos finalmente naquele dia mesmo, né? — a pergunta de Shutaro fez Junwoo engasgar.

— Pai, te falei pra não mencionar isso! — exclamou Takeshi, tentando não rir enquanto batia nas costas do mais novo. — Desculpa por isso, Woo.

Junwoo estava todo vermelho, tentando recuperar a respiração enquanto limpava a boca com um guardanapo. Sanji ria baixinho e Shutaro ainda lhe encarava, esperando uma resposta.

— É... Eu preciso responder? — Junwoo perguntou, após alguns segundos. Quando Shutaro e Sanji não disseram mais nada e permaneceram olhando-o à espera de uma resposta, Junwoo respirou fundo, as bochechas queimando e gaguejou: — Hm, sim... Fomos aos finalmente... Er, naquele dia mesmo.

— Takeshi contou tudinho! — a mãe exclamou risonha, batendo palmas. — Ele, inclusive...

Foi interrompida:

— Chega, mãe! — soltou Takeshi, abanando negativamente a cabeça. — Por que não conta como você e o papai se conheceram? Junwoo vai amar a história.

---

21 *Chopsticks*: varetas utilizadas como talheres na cultura do Oriente Médio (também chamados de *hashi*, *jeotgarak*, entre outros nomes menos populares).

22 Harry Styles: cantor britânico. Uma de suas músicas se chama *Adore You*.

23 Miley Cyrus: cantora norte-americana. Uma de suas músicas também se chama *Adore You*.

— Ai, não... — murmurou Shutaro, tampando o rosto. — Todo dia isso, cara.

Junwoo riu baixinho, tomando cuidado para não engasgar de novo com o pedaço de carne que mastigava. Sentiu Takeshi segurar sua mão por baixo da mesa e, contente, entrelaçou os dedos com os dele, o coração batendo forte com a sensação gostosa.

— Então...! — Sanji riu. — A gente estudava junto, né? Nós dois éramos os alunos com as melhores notas da escola, sempre revezando o primeiro e segundo lugar, lutando para superar um ao outro. Fazíamos todas as disciplinas extracurriculares e uma delas era Teatro. O problema foi que Shutaro entrou nessa somente pra tentar me superar nela também, já que ele morre de medo dos palcos...

Foi interrompida novamente:

— Eu entrei, porque eu gostava de Hamlet[24]! — rebateu.

— Mentira! — ela apontou. — E não foi Hamlet, Shutaro, foi Macbeth[25].

— Mesma coisa — resmungou. Takeshi e Junwoo riram.

— E teve uma aula de teatro em que aprendemos sobre o improviso e como ele salva as pessoas no palco — ela prosseguiu, ignorando os resmungos do marido. — E eu e ele fomos sorteados para fazermos uma cena juntos e, tudo começou bem, até ele começar a hiperventilar e ter um ataque histérico. Eu usei aquilo como parte da cena e nada acalmava ele...

Ela abaixou o olhar, como se recordasse da cena, um sorriso bobo nascendo em seus lábios. Shutaro também sorria.

— E eu... Acabei o beijando, colocando como parte da cena e usando isso como desculpa durante meses, até admitir que, na verdade, achei o pânico de palco dele tão precioso que precisei tascar um beijão nele ali, na frente de todo mundo — Sanji finalizou.

— Isso foi fofo — comentou Junwoo, sorrindo. — Parece até um filme.

— Vou escrever uma *fanfic* sobre vocês — brincou Takeshi, finalizando seu prato de comida. — E contar que terminaram como um casal muito moderno de pais que não se importa que o filho os ouça transando.

— Pais transam, Takeshi. Supere — rebateu Sanji, revirando os olhos.

— Por falar em pais... Takeshi chegou a mencionar vagamente sobre os seus, Junwoo. E, bem, eu acabei conhecendo os seus, né? — comentou Shutaro, cuidadoso, receoso que aquele, talvez, fosse um assunto difícil para Junwoo, mas ele sorriu para o sogro, incentivando-o a continuar. — Está tudo bem entre você e sua mãe?

— Sim, tudo ótimo, na verdade — respondeu sorridente. — Converso com ela toda semana e ela parece estar bem feliz. E eu estou também, então... não poderia estar melhor.

---

[24] *Hamlet:* obra dramática de William Shakespeare (1603).

[25] *Macbeth*: outra peça de William Shakespeare (1606).

— Ela é uma mulher guerreira, sua mãe, sabe? — disse Sanji, atraindo os olhos do mais novo para si. — Requer muita coragem para uma mulher deixar que os policiais saibam sobre a violência doméstica que acontece com ela em casa. Muitas não denunciam no fim.

— A gente tem uma parenta... Minha tia, irmã da mamãe, que sofreu na mão do marido durante anos e nunca denunciou — contou Takeshi, a expressão densa por conta do assunto sério. — Ela esperou ele morrer pra contar.

— A sorte dela foi que ele não morreu muito tarde, já que era militar e estava sempre em operações de risco. Mas quando ele estava em casa... — Sanji suspirou. — Eu tentei, muitas vezes, ajudá-la, me sentindo horrível por não ter percebido antes.

— Ela não contou nem para a senhora? — Junwoo perguntou assustado, um amargo subindo em sua garganta.

— Não, querido. E não me chame de senhora — respondeu, sorrindo leve com a expressão envergonhada do genro. — Ela só me contou depois que soube da morte dele, por meio de uma carta do comandante dele. Ele era muito venerado, pois sempre foi um bom soldado, tinha uma imagem assustadoramente positiva... Quem acreditaria nela, certo? — Riu, sem humor algum. — Bem, nosso pai não acreditou quando ela contou. Eu e nossa mãe acreditamos e, a pedido dela, nunca mais mencionamos aquilo, mas nossa mãe pagou uma psicóloga que a acompanha até hoje. Ajudou bastante.

— É horrível pensar que há mulheres que sofrem tanto em casa e... ficam caladas, porque sofrem nas mãos de homens importantes — complementou Shutaro. — Eu já fui anestesista em diversas cirurgias emergenciais de mulheres vítimas de abuso, tanto em casa quanto na rua. Evitava o máximo tocá-las e sempre pedia para uma de minhas auxiliares perguntar antes se preferiam que fossem somente mulheres a operá-las ou tratá-las.

— Isso é... horrível. — Junwoo respirou fundo.

— É a realidade — disse Sanji. — Infelizmente, é a nossa realidade.

Um silêncio pesado pairou sobre a mesa, cada um deles refletindo sobre o que havia acabado de conversar, até Shutaro derrubar o chá quente que havia pegado, sobre a própria calça, soltando um berro dolorido que ecoou pela vizinhança inteira.

— Shutaro! — exclamou Sanji, gargalhando junto ao filho. Junwoo estendeu os guardanapos, contendo o riso. — Ele é sempre assim, Junwoo. Pode rir.

E mesmo com os resmungos de Shutaro, Junwoo gargalhou junto ao namorado e à sogra, sentindo-se mais contente do que nunca por estar rodeado por aquelas pessoas que, desde o início, acolheram-no de braços abertos. Era como uma segunda família que ele encontrou por obra do destino.

Naquela noite, Shutaro ensinou a Junwoo como jogar *Wii Sports*[26]. O homem ficou indignado que o garoto o venceu em todas as partidas, mesmo que fosse sua primeira vez jogando. Sanji chegou a filmar a derrota do marido, que alegava que Junwoo estava mentindo, porque era impossível, em sua concepção, alguém ser tão bom em algo, sem nunca ter feito antes.

Takeshi pediu para que o namorado passasse a noite ali, mas Junwoo teve que negar, pois todas as suas coisas estavam em casa e eles tinham aula no dia seguinte. Então, Sanji o levou para casa de carro após ele se despedir do namorado e do sogro. Ele não conversou tanto com a mulher durante o caminho, mas o silêncio não foi desconfortável.

— Chegamos — ela murmurou, estacionando em frente ao prédio. — Diga um olá aos seus tios por mim.

— Eu direi, *noona*. Muito obrigado por hoje! — respondeu, curvando-se respeitosamente ainda dentro do veículo.

— Não precisa me agradecer. Takeshi está mais feliz do que jamais foi e eu devo isso a você, Junwoo. — Sorriu. Junwoo também sorriu.

— Ele quem me faz muito feliz, *noona*. Ele me ajudou demais e eu devo tudo a ele. Tudo mesmo.

— Eu não costumava gostar muito dos namorados que o Takeshi arranjava, porque, bem, pra mim, eles nunca estavam à altura do meu filho. Nunca foram o que ele precisava realmente — disse, adotando uma postura mais séria. — Mas você, Junwoo... Você é diferente.

— E é o que eu quero ser, *noona*. Diferente.

No dia seguinte, Takeshi parecia mais sorridente do que o habitual. Ficou repetindo para Junwoo que seu pai estava encantado com ele e que já queria convidá-lo para passar o dia com eles novamente para jogarem *Wii*. Junwoo adorou a ideia e ainda brincou com o fato de que ganharia dele novamente.

— Não diga isso perto dele — murmurou Takeshi, rindo.

No intervalo do almoço, Junwoo recebeu uma mensagem de Bora, pedindo para eles se encontrarem durante a semana, como estavam fazendo normalmente. Aceitando, Junwoo marcou com ela de ir a uma lanchonete para almoçarem juntos no dia em que ele saía cedo. Quando chegou a data, despediu-se de Takeshi com diversos beijos, desculpando-se por não almoçar com ele naquele dia, mas o namorado não se mostrou incomodado e apenas fez um draminha para ganhar mais beijos.

— Eu já pedi seu suco de abacaxi — disse Bora assim que Junwoo chegou à mesa. Ele riu e a cumprimentou com um abraço, ignorando o reflexo de piadas sujas que seu cérebro formulou naquele momento.

— Como você tá? — Sentou-se.

— Incrível! — Ela também se sentou. — Eu contei aos meus pais que estou namorando a Moon, Woo.

---

[26] *Wii Sports*: jogo eletrônico de esportes (Nintendo, 2006).

— E seu pai? — Arregalou os olhos.

— Ficou trancado no escritório dele durante muitas horas, sozinho... — Ela abaixou a cabeça, pensativa. — Mas, depois, me chamou pra conversar e, bem, deu tudo certo. Ele falou umas coisas meio... Meio infiltradas naquele preconceito instalado na sociedade de maneira quase imperceptível, mas achei melhor explicar isso pra ele depois, se não o pobre coitado ia explodir.

— Isso é muito bom, Kim! De verdade, eu fico muito feliz por você! — exclamou, segurando a mão da amiga por cima da mesa e sorrindo calorosamente para ela.

— E como estão as coisas com o Takeshi? Já que depois do baile... né? — Ela riu. — Rolou? — Junwoo corou, mas assentiu. — E como foi? — perguntou curiosa.

— Foi incrível! — suspirou, recordando-se daquela noite. — Eu achava que as coisas não poderiam ficar melhores e, bem... ficaram.

— Quem deu?

— Bora! — exclamou, arregalando os olhos. — Que indiscreta!

— Oras, você é meu melhor amigo e eu exijo saber se foi você quem deu! — ela prensou os lábios, contendo o riso. Bufando, Junwoo assentiu novamente.

— Sim, fui eu.

Bora soltou exclamações animadas, batendo palmas.

— Eu sabia! Vou pegar meu dinheiro com a Moon depois.

— Vocês apostaram isso? — perguntou estupefato. Quando a amiga assentiu, ele bufou novamente. — Minha vida privada não tem nenhuma dignidade.

— Mas e aí... Quando vocês vão inverter os papéis?

E lá estava a mesma pergunta que Bonhwa havia feito no dia seguinte à transa que Junwoo havia tido com o namorado. E, novamente, ele não soube o que responder, pois o pensamento o assustava um pouco. Afinal, ele sabia que era preciso de muito cuidado para fazer algo como aquilo. Cuidado e experiência, coisas que ele estava adquirindo aos poucos e que não sabia quando teria o suficiente para fazer algo como ser o ativo.

— Eu não sei... É algo bem difícil e eu não sou tão experiente assim... — Coçou a nuca, envergonhado.

— Mas o Takeshi pode te ajudar, não? Caso os dois realmente queiram — perguntou.

— Eu vou falar com ele sobre isso — assentiu, completando em seguida. — Só não sei quando.

Enquanto Kim Bora e Lee Junwoo conversavam sobre aquele assunto, coincidentemente, a poucos quilômetros dali, Min Yoona e Ishikawa Takeshi falavam sobre a mesma coisa no intervalo de estudos de matemática que estavam tendo juntos.

— Vai deixar ele te comer, então? — perguntou a garota, apoiando-se aos travesseiros fofinhos do amigo.

— Óbvio que vou. Imagina que desperdício seria não deixar — respondeu rindo. — Eu só não sei quando ele vai se sentir confiante o suficiente para fazer isso, já que ele sabe o quanto é difícil.

— Guia o coitado, poxa!

— Eu vou, *noona*, vou ajudar ao máximo, mas também não vou pressioná-lo, né? — rebateu, aproximando-se da amiga para se deitar ao lado dela. — E você?

— Eu o quê?

— Bonhwa e Hajoon, Yoona — explicou sério, apoiando a cabeça à mão para observá-la melhor. Surpreendentemente, Yoona sorriu.

— Vou falar com eles assim que as provas acabarem.

— E eu posso saber sua decisão? — perguntou curioso.

— Claro que não, você vai saber junto a todo mundo. — Deu um tapinha fraco na testa do amigo. Takeshi fez um bico sem nem perceber, inconformado, já que era sua melhor amiga ali.

— Você só me parece tranquila demais para quem vai escolher um dos dois caras que são apaixonados por você e que também são seus melhores amigos... — soltou, preocupado com a tranquilidade da garota ao abordar aquele assunto.

No entanto, para a surpresa de Takeshi, Yoona apenas sorriu.

CAPÍTULO 19

!

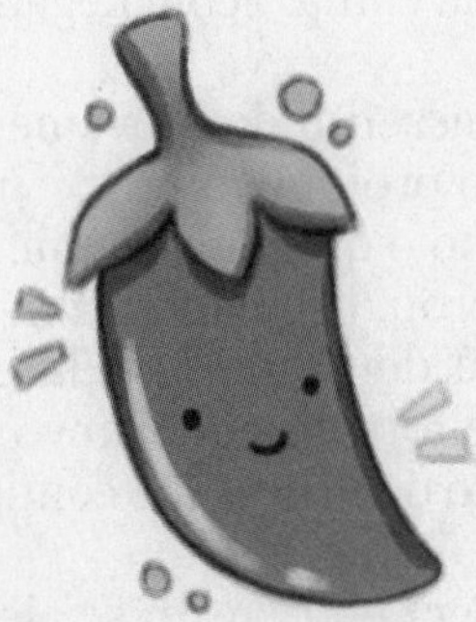

Junwoo não desejaria aquele nervosismo a ninguém, nem a seu pior inimigo. Aquela sensação que vinha à boca do estômago, parecendo invalidar todo o esforço que você foi capaz de fazer durante semanas para enfiar matérias e mais matérias na cabeça, aquela voz no fundo de sua mente que dizia: você não vai conseguir, mesmo que tenha estudado, é difícil! Por que acha que tantos reprovam?

E, para piorar, Junwoo ouvira James dizer que, realmente, não importa o quanto você tenha estudado, seus resultados vão depender de como você está se sentindo no dia da prova. Então, o nervosismo não era um bom sinal.

E não era apenas por causa das provas, havia mais coisas em jogo, como o seu futuro. Afinal, Junwoo ainda não havia decidido para o que aplicar nas faculdades e as inscrições já haviam começado. Ele ainda tinha tempo, já que duravam muitas semanas, mas era horrível não saber o que fazer e ter todos os seus amigos, ao seu lado, decididos sobre o que escolheriam.

Junwoo estava se sentindo um inútil.

E se sentiu daquela maneira durante a semana inteira de provas, mesmo que soubesse que havia conseguido responder tudo na prova de História e na de Geografia, mesmo que tivesse reconhecido que a ajuda de James fora grande para seu desempenho na avaliação de Matemática... Nada cobria aquela sensação de inutilidade por não saber o que escolher para o seu Ensino Superior.

Mesmo dias após a última prova, quando já não tinham mais aulas, só procedimentos burocráticos, preparação para a formatura e para a recepção dos resultados, Junwoo ainda andava meio cabisbaixo, fugindo do assunto "faculdade" quando seus tios ou amigos lhe perguntavam. Ele achava que ninguém tinha percebido, mas Takeshi notou.

— Acho que a Yoona fez uma ótima escolha em aplicar para Ciências Sociais, né? — Takeshi soltou a pergunta quando estavam os dois sozinhos no quarto de Junwoo, deitados na cama, aconchegados, após terem assistido ao *Up*![27]

Junwoo respirou fundo, assentindo brevemente.

— Acho que sim. — E não prolongou.

— O Syao escolheu mesmo o quê? — insistiu.

— Publicidade — murmurou, brincando com os próprios dedos.

— É um ótimo curso! Já deu uma olhada pra ver do que se trata? — perguntou, apoiando-se ao peitoral do mais novo para observá-lo melhor.

— Hm, não, mas não acho que combine comigo... — suspirou. — *Hyung*, não sei o que fazer.

— Não sabe o que escolher? — Takeshi se ajeitou, sentando-se de frente para o namorado. — Eu achava que você já tinha escolhido, meu bem. Afinal, as provas já acabaram e as inscrições já começaram...

— Eu iniciei as candidaturas, mas não escolhi os cursos, só as universidades — respondeu, os olhos baixos, com vergonha de sua própria situação. — Eu sei que já deveria ter escolhido, mas não tenho ideia do que quero fazer.

— Já pensou em História?

— Sim, mas eu não quero ser professor de História, *hyung*.

— Mas você não precisa ser professor, Woo. Você pode começar com um diploma de História e depois abrir pra outras áreas, fazer um mestrado que vem pela abertura que o estudo de História dá, entendeu? São muitas oportunidades — sugeriu, sorrindo pequeno quando Junwoo se mostrou interessado. — Você pode se interessar por arqueologia, antropologia, sociologia... Que são coisas que você estuda quando faz um curso de História.

— Não precisa ser uma escolha definitiva, né?

Aquele era o maior medo de Junwoo: escolher algo que ele não tinha certeza e acabar sendo uma escolha definitiva, uma escolha que não poderia mudar ou trocar depois. Mas, ali, quando Takeshi acenou negativamente e o segurou pelas mãos, ele sentiu aquele nervosismo que vinha sentindo, há semanas, se dissipar.

— Claro que não, Woo, você é jovem! Vai errar em muitas escolhas ainda e essa pode ser uma delas.

— Você... Faria a inscrição comigo aqui, Takeshi-*ah*? — perguntou, já puxando o computador de sua cômoda e trazendo o aparelho ao seu colo.

— É claro! História, então? — perguntou, animado.

— História. — Sorriu.

Alguns dias depois de Junwoo ter feito as aplicações para os cursos de História da Yonsei, Seoul National University e outras universidades na

[27] *Up! – Altas Aventuras*: animação da Disney-Pixar (2009).

capital, Hajoon convidou o grupo para passar uma tarde em sua casa, almoçar e fazer mais preparativos para a viagem que estava cada vez mais próxima. Takeshi, que dormiu na casa do namorado, foi com ele.

— Nossa, esse risoto tava incrível, Bon — disse Takeshi, com as mãos sobre a barriga levemente estufada, largado no sofá.

— Minha mãe que me ensinou, que bom que gostaram — respondeu contente. — Ela vem cozinhando pra mim mais do que o normal, usando a desculpa de que logo eu não vou estar com ela.

Junwoo riu baixinho com a expressão de Bonhwa, que era um misto de emburrado e preocupado, já que, aparentemente, ele ficaria longe da mãe ao cursar o que Junwoo descobriu que ele tanto desejava cursar: Psicologia.

— Mas você não se candidatou pra universidade aqui em Seul, *hyung*? — Junwoo perguntou curioso.

— Sim, mas pretendo ficar em alojamento de estudantes, já que vai ser mais perto da universidade e poderei ter privacidade e independência — disse, sentando-se ao lado do garoto.

— Todos... Todos vocês vão ficar aqui em Seul, né? — a pergunta veio de Yoona. — Eu não tô preparada para me ver sem vocês, não.

— Eu pretendo, já que a Karts[28] é a melhor para artes cênicas... Mas apliquei para universidades em outras cidades por precaução — Ravi respondeu.

Junwoo ficou durante alguns segundos em silêncio, um baque tendo caído sobre si por não ter pensado antes na possibilidade de ficar afastado de seus amigos. Quer dizer, ele se inscreveu para todas as universidades da cidade assim como o namorado, então os dois sabiam que permaneceriam na capital, juntos. Mas... e o resto?

Se Ravi resolvesse aceitar a universidade em outra cidade, se Syaoran mudasse de ideia e fosse pra Busan... seria difícil, Junwoo não se sentiria completo, não se sentiria bem. E talvez, fosse um pensamento egoísta, já que a escolha de faculdade deveria se basear no que fosse melhor para eles próprios e não em quais amigos estariam em qual cidade, mas Junwoo não conseguia evitar. Queria ficar perto deles.

— E você, *hyung*? Vai continuar ensinando na escola? — perguntou Junwoo para Hajoon, tentando amenizar a ansiedade que se apossou dele naquele momento.

— Provavelmente — respondeu. — Eu recebi propostas em outras escolas, mas pretendo permanecer nesta.

— Vai continuar com nosso legado, né? Propagando diversidade — perguntou Takeshi, cutucando a barriga do professor.

— Já falei até com o diretor.

— Falou? — Bonhwa franziu o cenho. — Falou o quê?

---

[28] KARTS: *K-Arts University* – Universidade Nacional de Artes da Coreia.

— Que ia querer continuar com os eventos para levantar fundos tanto para a escola quanto para outras coisas, organizações, fundações... Apresentei o projeto todo, ele aceitou e pareceu bem feliz. — Sorriu.

— E você nem contou pra gente! — exclamou Yoona, dando um tapa na nuca do mais velho.

— É que vocês estavam preocupados com as provas, faculdades... Não quis dar mais uma coisa para vocês terem em mente — explicou-se. — Mas agora que as provas já passaram... resolvi falar.

— Eu espero que você consiga fazer ainda mais coisas do que já fez, *hyung* — disse Takeshi, sorrindo doce.

O grupo resolveu assaltar a geladeira de Hajoon, mas quando descobriram que não havia nada não saudável, Bonhwa se ofereceu para ir até o mercado comprar alguns doces para, então, eles jogarem ou assistirem a um filme juntos.

Junwoo notou o desconforto passageiro de Hajoon ao aceitar a proposta, parecendo incomodado com a palavra "doces" e recordou-se de Takeshi contando-lhe que o professor já tivera distúrbios alimentares que, por vezes, resolviam aparecer novamente.

Buscando distraí-lo daquele pensamento, Junwoo se aproximou do professor e perguntou quais jogos ele tinha. Os dois passaram um bom momento debatendo sobre os jogos e, por mais que Junwoo não os conhecesse muito bem, Hajoon fez questão de explicar cada um para o garoto, listando os prós e contras.

— Sem jogo de tiro, por favor — pediu Bonhwa, já largado no sofá com diversos doces sobre sua barriga. Takeshi, Yoona e Ravi, às vezes, arrancavam um dele, mesmo tendo alguns em mãos.

— Escolhemos o de dança, *hyung* — comentou Junwoo, balançando a caixa do jogo *Just Dance*.

— Ah, não... — resmungou Yoona. — Acho que vou ficar nos chocolates.

— Ah, vai ser divertido! Junwoo nunca jogou! — rebateu Ravi, largando os doces para se levantar. — Vamos, quero jogar primeiro. E meu adversário vai ser... Hajoon.

— Você quer me humilhar, é isso? — resmungou o professor, agarrando o segundo controle após entregar outro para Jung.

— Que humilhar o quê? Você sabe dançar, só não reconhece isso — rebateu, piscando para o mais velho.

Os que não participaram da primeira partida ficaram jogados no sofá, gargalhando dos rebolados exagerados de Ravi e da tentativa falha do professor cantar afinadamente enquanto dançava. Junwoo não se controlou, chegou a chorar de rir quando o professor quase quebrou um móvel por cair em cima dele no fim da partida.

— Desisto, desisto. Você precisa de um adversário páreo pra você, Ravi! — ofegou, tentando controlar a respiração. — Vai, Takeshi.

O controle foi prontamente agarrado pelo de cabelos roxos, que deixou um beijinho na testa do namorado antes de se aprontar para enfrentar Ravi em uma música da Jennifer Lopez.

Bonhwa gritava animado, cheio de chocolate na boca, e Yoona filmava enquanto Hajoon tentava recuperar o fôlego. E Junwoo... Bem, Junwoo se perdeu nos movimentos do namorado.

Takeshi se movia graciosamente, o quadril imitando os movimentos sensuais que a boneca na televisão fazia, atraindo o olhar de Junwoo para aquela área do corpo dele. E o mais novo nem se sentiu culpado, completamente ciente que já não era problema ou segredo para ninguém que ele era totalmente fissurado no corpo do namorado. E ele sabia que Takeshi olhava para suas coxas e bunda da mesma maneira. Cansou de pegá-lo no flagra, admirando as suas curvas abaixo do quadril.

No entanto, naquele momento, o que veio à mente de Junwoo ao observar a bunda de Takeshi não foi bem algo em que já havia pensado com tanta frequência. Em sua cabeça, ecoavam as vozes de Bora e Bonhwa, perguntando quando eles inverteriam os papéis, ou seja, quando Junwoo foderia Takeshi. Ele não sabia, mas estava extremamente curioso para abordar o assunto com o mais velho, já que não poderia simplesmente chegar nele dizendo: "Vamos foder, eu fico por cima". Ele não tinha experiência naquele quesito e morria de medo de machucá-lo, já que sabia que podia ser doloroso.

Respirou fundo, buscando controlar as imagens que insistiam em aparecer em sua mente, torturando-o com a possibilidade de possuir Takeshi daquele jeito. Deveria falar com ele o quanto antes? Ou, talvez, tirar dúvidas com alguém, antes de falar com o namorado, para parecer um pouquinho mais experiente no assunto? Não sabia.

Ansioso, Junwoo murmurou um "vou ao banheiro" para quem pudesse ouvi-lo e seguiu, sentando-se na privada após trancar a porta do recinto. Tirou o celular do bolso e pesquisou "como ser o ativo em uma relação homossexual".

As respostas foram variadas e não ajudaram em nada. Repetiam várias vezes que o importante era deixar o parceiro relaxado, deixá-lo focar outra coisa que não fosse a dor que sentiria. Junwoo sabia daquelas coisas, mas não havia mais informações úteis. Rolou várias páginas e... nada. Até chegar a um depoimento em que um cara contou que buscou fazer algo mais romântico e tranquilo por ser a primeira vez dele como ativo, ou seja, era melhor não partir para algo mais bruto.

Junwoo franziu o cenho ao ler. Ele e Takeshi eram um tantinho brutos e ele não sentiu vontade de que fosse diferente. Era sensual, o fazia se sentir poderoso e tirava o fôlego. Não queria que fosse diferente para o namorado, queria que se sentisse da mesma maneira.

Desistiu de procurar algo no celular e voltou à sala, ouvindo piadas sobre ter "cortado o rabo do macaco" ou "afogado o marinheiro". Ele não entendeu e deu de ombros, pedindo para jogar uma vez.

O resto do dia seguiu entre risadas, despreocupação e conversas descontraídas, já que o grupo já não estava dominado pelo estresse que as provas causavam. Planejaram, contentes, o dia da viagem, que estava cada vez mais próximo, discutindo sobre as roupas que usariam e o que levariam nas bolsas de mão.

Junwoo, que nunca havia saído do país, ficava ainda mais bobo ao pensar que faria aquilo em poucas semanas. Ele sempre sentia uma sensação boa no peito quando pensava que se formaria em pouco tempo, que viajaria com seus melhores amigos, que sua mãe estava bem, que seu pai estava onde devia estar... Estava tudo indo bem, tudo certo, menos um mísero detalhe:

— Você não sabe meter? — Syaoran gargalhava do outro lado da tela, divertindo-se com a conversa que estava tendo com o melhor amigo.

— Eu te falei que, na nossa primeira vez, eu fiquei por baixo, *hyung* — choramingou levemente envergonhado.

— Mas vocês não transaram de novo depois disso?

— Não tivemos muito tempo... Mas rolaram outras coisinhas, sim — respondeu.

— Entendo, então... Você quer ser o ativo na próxima vez, né? Olha, eu acho que o melhor jeito de fazer certo é conversando com o Takeshi, porque as preocupações dele podem não ser as mesmas que as minhas, sabe? E é com ele que você vai transar — explicou.

— Eu tenho vergonha.

— Garoto, você já sentou na cara dele! — exclamou. Junwoo não se conteve e riu alto com o amigo. — Mas, olha, o principal é você ir com calma, sabe? Não fica preocupado, o Takeshi sabe que você não é muito experiente e que vai precisar ser guiado, e isso nunca foi um problema pra ele, certo?

— Não... Tem razão, eu preciso falar com ele. Mas... acho estranho falar e planejar quando vai acontecer, sabe? Essas coisas não deveriam ser planejadas — comentou.

— Nesse caso, é melhor, sim, porque se trata de uma primeira vez. Conversa com ele, Woo, aproveita que as provas acabaram e que, agora, as nossas únicas preocupações são a formatura e a viagem.

Junwoo assentiu e preferiu mudar de assunto, perguntando sobre a relação do amigo com Bonhwa. Syaoran não se importou com a pergunta e respondeu que estavam tendo uma espécie de amizade colorida que, por mais incrível que parecesse, estava dando certo. Syaoran não se incomodava ao ouvir Bonhwa falar sobre Yoona e suas frustrações e até aconselhava-o. Os dois estavam felizes e bem, o que, segundo Junwoo, era o que mais importava.

Yoona também estava feliz. Por mais difícil que a decisão tenha sido, ela estava bem.

Checou a resposta de Hajoon no celular uma última vez antes de respirar fundo e bater à porta do professor. Guardou o aparelho no bolso e ajeitou os fios escuros que caíam sobre seus ombros, apreciando as ondas que os cachos largos faziam. Sorriu contente.

Alguns segundos depois, a porta foi aberta, porém não por Hajoon e sim por Bonhwa que, ao ver a garota, sorriu. Ela sorriu de volta e o abraçou para cumprimentá-lo antes de entrar na casa.

— O Hajoon tá fazendo um café. Ele diz que o desestressa — disse Bonhwa, fechando a porta da casa e conduzindo a garota até a sala.

Yoona avistou um terno estendido no grande sofá e deduziu que era a vestimenta que o professor usaria na formatura. Sua beca também já estava em casa e ela estava ansiosa para usá-la por cima do vestido branco que sua madrasta a havia presenteado.

— Oi! — O professor apareceu na sala com duas xícaras de café. — Trouxe pra você. Bon, não fiz pra você, porque sei que você não gosta.

— Odeio. — Ele fez uma careta. Yoona riu e agradeceu, pegando a xícara da mão do mais velho. — Então...

— Então... — Hajoon reforçou.

— Então... — Yoona repetiu, soltando uma risada fraca nasal da expressão de preocupado do professor.

— Não é mais fácil só dizer "você" pro escolhido? — Hajoon perguntou tenso. Bonhwa riu.

— E onde tá o drama nisso, *hyung*?

— Essa é a questão... — a garota murmurou, interrompendo-os. — Eu não quero causar esse drama na vida de vocês. — Quando os dois nada disseram e apenas a encararam confusos, ela continuou: — E faz alguns meses que me sinto assim.

— Como assim? — o mais novo perguntou, franzindo o cenho.

Com o sorriso sumindo do rosto e um semblante sério tomando o lugar dele, Yoona sentou-se na poltrona para não amassar o terno do professor e prosseguiu:

— Quando eu me descobri, passei por momentos insuportáveis, vocês sabem disso. Minha mãe não me aceitar, eu achar que meu pai era um daqueles babacas que abandonam a família quando se vê "encurralado" — fez aspas com os dedos. — Eu realmente me via sem saída, achava que minha vida ia ser aquele inferno pra sempre.

Os dois, na sua frente, concordaram silenciosamente, atentos. O café de Hajoon estava esquecido em suas mãos, gelando, conforme o coração do homem batucava em seu peito como sempre fazia nas situações envolvendo os outros dois naquele recinto.

— Até que você percebeu. — Yoona olhou para Bonhwa. O garoto engoliu em seco. — Você me enxergou, sem eu precisar te dizer nada. Você foi o primeiro a entender e o primeiro a me abraçar. E isso, querendo ou não, me impactou. Impactou bastante, Bon — disse, sorrindo leve. — Você acabou tomando uma parte imensa da minha vida e eu percebi que, quando tinha dificuldades relacionadas à minha questão, eu ia atrás de você, porque você foi o primeiro.

Yoona se levantou e Bonhwa quase engasgou nervoso como nunca.

— Mas quando Syaoran chegou, eu percebi que... que as coisas se embaralharam.

— C-como assim?

— Quando vi vocês dois se beijando na boate, eu não senti ciúmes. E eu fiquei chocada justamente por não sentir ciúmes e Bora percebeu isso. Foi ela quem me aconselhou — respondeu, tocando no ombro de Bonhwa com a mão livre. — A parte que você ocupou em meu coração por ser o primeiro a me enxergar como eu era e com amor, me fez pensar que eu estava apaixonada por você, mas, Bon... Eu acho que... Acho que eu nunca estive. Quando vi vocês dois, só me senti preocupada. Preocupada que Syao fosse se sentir da mesma maneira que eu e precisar de você para um apoio emocional como eu precisava. E ainda preciso.

Quando a cabeça de Bonhwa abaixou e Yoona viu o queixo dele tremer, apressou-se para segurar o rosto dele e manter o contato visual.

— Eu me apaixonei pelo o que você me deu, me apaixonei pelo amor e aceitação que você me deu sem eu ter pedido.

Ela esperou o garoto dizer algo, mas ele somente sorriu fracamente e assentiu, suas mãos buscando algo para agarrar e encontrando a barra do suéter que Hajoon vestia. O professor, que estava em choque, somente observava, mas não repeliu o toque do garoto. Ao contrário, ele se aproximou.

— E você, *oppa*... — murmurou a menina, virando o rosto para o mais velho. Sem largar o ombro de Bonhwa, ela pousou a xícara de café sobre a mesa de centro da sala e tocou no braço do professor. — Você foi quem me deu um clique no primeiro dia que me viu e perguntou como eu queria ser chamada. Quando você, uma figura de autoridade sul-coreana, um homem cis, reconheceu quem eu era e me respeitou sem nem hesitar, eu enxerguei a minha situação de maneira diferente.

Hajoon, que sentia a mão tremer, preferiu também pousar sua xícara.

— Eu comecei a procurar maneiras de mudar minha identidade, minha certidão e... Foi por algo que você me disse que fui atrás do meu pai. Eu comecei a pensar que meus amigos não eram os únicos que deviam e que podiam enxergar quem eu era. Eu entendi que tinha direito a um local na sociedade e que deveria lutar por ele. E você me ajudou!

Lágrimas começaram a descer pelo rosto da menina, conforme ela falava.

— Você, um professor, não hesitou em entrar pro nosso grupo de amigos — continuou —, não hesitou ajudar cada um de nós com seus problemas, mesmo estando na posição que estava e isso... isso me fascinou, *oppa*. E eu, de novo, me confundi. Eu sempre fui uma pessoa carente de compreensão e, quando vocês dois mostraram isso sem eu pedir e me incentivaram mais que qualquer outra pessoa a ter o meu lugar e meu local de fala, eu... Eu achei que era algo mais, mas nunca foi. Nenhum dos dois. — Sorriu triste. — Mas sempre teve algo o impedindo, *oppa*.

O homem assentiu, prensando os lábios.

— Você ama e sempre amou mais o seu trabalho do que eu e não seria nada bom para a sua reputação nós ficarmos juntos, mesmo que fosse após a minha formatura. Boatos circulariam e chegariam, com certeza, aos ouvidos dos seus superiores.

Ela subiu a mão até tocar no rosto do professor, acariciando sua bochecha.

— Você sempre soube disso, Hajoon-*ssi*. Eu e você sabemos que foi um fator tão importante quanto a minha própria confusão. Não o culpo por isso, nunca o culpei. É o que você ama fazer, é quem você é.

— Então... Sua resposta é nenhum dos dois? — Bonhwa precisou confirmar, o coração apertado. Porém, no fundo, algo dentro de si gritava aliviado, assim como em Hajoon. Ambos sabiam que, se não fosse o escolhido, a dor de ver a garota que amavam com o melhor amigo atrapalharia muito a vida pessoal deles. Talvez, fosse um pensamento egoísta, insensível, mas era como os dois se sentiam.

— É... Essa é a minha resposta.

Hajoon que, até então, estava quieto, respirou fundo, tocando na mão da garota e acariciando-a, tentando mostrar que estava tudo bem.

— Eu acho que prefiro assim, se estamos sendo cem por cento sinceros nessa situação. Querendo ou não, isso afetou bastante minha amizade com o Bonhwa e minha vida pessoal... Foi bem sufocante e você deve imaginar.

— Eu peço desculpas por isso, eu devia ter falado antes — disse, apertando tanto o ombro de Bonhwa quanto a nuca de Hajoon. — Eu só precisava ter certeza. Quero ver vocês dois felizes, porque é isso que me faz feliz e tenho certeza de que, como amigos, os três estarão melhores.

— Eu... — proferiu Bonhwa, abrindo e fechando a boca, algumas vezes, antes de finalmente continuar. — Obrigado. Eu acho que, no fundo, eu imaginava que essa seria sua decisão.

— Sério? Fui transparente assim? — Ela sorriu mais aliviada.

— Eu achava que ia ser o Bon — disse Hajoon, também sorrindo e voltando a pegar sua xícara, o coração deixando de massacrar, repetidamente, sua caixa torácica.

— E eu, na maior parte do tempo, achei que ia ser você, principalmente depois da coisa toda com o Syao *hyung*.

— Fazer o quê? Posso dizer, então, que sou uma garota cheia de surpresas? — perguntou, puxando os dois para um abraço. — Obrigada por tudo desde o começo, desde que puseram os olhinhos mágicos de vocês em mim. Obrigada por abraçarem quem eu era antes mesmo de eu ter feito isso.

Quando os garotos envolveram os braços na cintura dela e murmuraram palavras que somente aqueceram seu coração, Yoona viu que as mãos deles também estavam entrelaçadas e sentiu, finalmente, com todo seu coração, que havia tomado a decisão certa.

!

— Como está se sentindo?

Junwoo ergueu os olhos para o tio através do espelho, seus dedos apertando o chapéu da beca que já cobria seu corpo. Quando se vestiu, pensou que se destacaria no meio dos outros estudantes, já que a beca vermelha com os seus fios de cor rosa não eram lá um bom disfarce no meio da multidão.

— Nervoso? — Soou como uma pergunta e aquilo acabou arrancando uma risada de Jooheon que, assim como o sobrinho, estava bem-arrumado.

— Tá me perguntando? — brincou risonho. O tio pegou nos ombros do sobrinho, massageando carinhosamente aquela área do corpo do garoto enquanto falava: — Quando eu me formei, estava em uma mistura de alívio com tristeza.

— Tristeza? — Junwoo franziu o cenho, confuso, porém interessado.

— Sim — concordou. — Estava triste, porque ninguém da minha família foi à comemoração.

— Ah... — A expressão de Junwoo se entristeceu, o garoto sentindo uma compaixão extrema pelo parente. — Eu sinto muito.

— Não sinta, aquilo só serviu para me deixar ainda mais convencido de que o que eu faria a seguir era o certo. — Sorriu. — Eu me sentia aliviado por ter, finalmente, chegado ao fim dos estudos escolares, por ter me tornado maior de idade e poder, finalmente, fazer o bom uso das minhas economias e fugir daquelas pessoas que se diziam minha família.

— Você não se arrepende de nada, então?

— De absolutamente nada — respondeu, apertando um pouco os ombros do mais novo. — Eu quero que saiba que me sinto a pessoa mais feliz do mundo por poder te dar o que não tive, por poder ser a família te acompanhando nesse momento importante da sua vida.

Junwoo sentiu um bolo se formar na garganta e os olhinhos grandes lacrimejarem, denunciando que havia se emocionado com as palavras do mais velho.

— Obrigado, tio. Eu... Eu te amo.

Jooheon, um pouco surpreso pela frase dita, ofegou, ainda encarando-o através do espelho. Precisou de alguns segundos para processar o que ele havia dito e, gaguejando, tentou responder:

— E-eu também te amo, Junwoo.

Os dois se abraçaram como nunca haviam feito com outro parente, Junwoo não conseguindo conter o sorriso que se apossou de seus lábios imediatamente ao ter os braços do tio o envolvendo daquela maneira carinhosa. Jooheon, todo bobo com a demonstração de carinho que havia recebido, deixou uma risada escapar.

— E... Tio...

O mais velho encarou-o

— O quê?

— Eu também não me arrependo de nada.

No carro dos tios, a caminho da escola, Junwoo descobriu que James era um baita fã de Bruno Mars e acreditava, com todas as forças, que ele era o filho nunca revelado de Michael Jackson. Era engraçado ouvi-lo listando suas teorias enquanto Jooheon fazia careta e Dakho tentava cantar a música que tocava no rádio.

As primeiras pessoas que encontraram, quando saíram do carro, foram Jung Ravi e Ária. O garoto havia enfeitado sua beca com glitter e alguns detalhes a mais, colocando um pouco — bastante — de sua personalidade ali. Sua tia, ao seu lado, sorriu de imediato ao ver a família Lee e, em seus saltos que a deixavam três palmos mais alta que James, se aproximou para cumprimentá-la.

— Que família linda chegando a um colégio importante de um país antiquado como o nosso! — exclamou a mulher, abraçando cada um e dando uma atenção especial ao pequeno Dakho, que pareceu encantado com os brincos que enfeitavam as orelhas dela.

— Sua família é tão linda quanto, Ária — respondeu James, tocando no ombro de Ravi antes de puxá-lo para um abraço. — Eu achei sua roupa incrível.

— A tia me ajudou — respondeu, sorridente.

Ravi entrelaçou seu braço ao de Junwoo quando o grupo começou a caminhar até o ginásio, onde a cerimônia aconteceria, murmurando que ele parecia a pimenta que Takeshi tinha tatuada na virilha, devido à beca vermelha e o cabelo rosa cereja.

— Isso, pra mim, é elogio — rebateu, gargalhando com a expressão surpresa do amigo.

Yoona foi de encontro a eles quando adentraram o local cheio, acompanhada de Chunghee, Danbi e Eunbi, que saltitava contente e pareceu encantada quando pôs os olhos em Dakho. Ela exclamou o nome do garoto e correu até ele, pedindo a Jooheon que pudesse pegá-lo no colo. A diferença de idade deles não era muita, mas também não era o suficiente para que o homem confiasse totalmente nos braços pequeninos da menina. Então, ele se agachou e a ajudou a segurá-lo.

— Você está linda, *noona* — comentou Junwoo, admirando a amiga de cima a baixo. — O vestido ficou lindo em você. E seu cabelo cresceu muito!

— Sim! Tá lindo, né? — perguntou, parecendo orgulhosa de si mesma. — Danbi *noona* vem me ensinando algumas hidratações.

— Pô, me passa aí também — pediu Ravi, admirado com o quão brilhante os fios da amiga estavam. Ela riu, mudando de assunto ao olhar em volta, analisando o ambiente lotado de estudantes, pais e professores.

— Vocês encontraram os outros?

— Takeshi *hyung* me mandou mensagem há alguns minutos — respondeu Junwoo, checando seu telefone mais uma vez. — Disse que seus pais atrasaram, porque o Shutaro se queimou com o secador.

— Típico — proferiu a garota, rindo junto aos outros.

Chunghee e Danbi conversavam animadamente com os tios de Junwoo e Ária enquanto seus filhos brincavam no chão. Os três adolescentes, enquanto isso, procuravam por seus amigos, que ainda não haviam dado sinal de vida naquele dia tão importante.

Bonhwa foi o próximo a aparecer, surpreendendo todos por estar caminhando ao lado de seu irmão. O mais velho parecia um pouco sem jeito naquele ambiente, mas também não dava sinais de que queria se afastar. Atrás deles, a mãe e o pai de Bonhwa caminhavam de mãos dadas, ambos encarando os filhos, admirados. Eles pareciam contentes com a cena e, notando aquilo, Junwoo abriu um leve sorriso.

— Oi, gente! — Bon exclamou assim que se aproximou dos amigos. — Vocês se lembram do meu irmão, Jiyong, né?

O dito cujo parecia verdadeiramente tímido ao encarar as pessoas que havia enfrentado quando apareceu no colégio apenas para bater no irmão. No entanto, tentou sorrir e passar alguma espécie de confiança, que foi bem recebida pelos outros três.

— Começamos com o pé esquerdo, né? — perguntou Ravi, estendendo a mão para Jiyong. — Prazer, Ravi.

— Yoona — continuou a garota, seu sorriso não sendo tão receptivo quanto os outros.

— Junwoo — terminou, acenando discretamente.

— Prazer, gente e... Obrigado — respondeu o garoto.

— Então... Falta só o Takeshi — comentou Yoona, voltando a olhar em volta. — Ah, falando no diabo...

Ansioso, Junwoo se virou na direção indicada pela garota e o sentimento que dominou seu peito foi quase ensurdecedor, fazendo com que enxergasse somente aquele garoto lindo, tentando abotoar sua beca enquanto segurava o chapéu com uma mão, os cabelos bagunçados e uma gargantilha enfeitando seu pescoço de maneira graciosa. Junwoo suspirou, completamente perdido com aquela visão.

— Limpa a baba. — Ravi deu um esbarrão no cotovelo do mais novo. Junwoo passou a mão pelo queixo. Ele estava realmente babando?

— Oi, oi! Desculpem o atraso! Já começou? Não, né? — Takeshi jogou tudo de uma vez, parando ao lado dos amigos. — E... — Virou o rosto para Jiyong, franzindo o cenho. — Oi?

— Oi! Takeshi, né? Bonhwa, hm, me falou bastante de você — disse, trazendo uma expressão ainda mais duvidosa para o rosto de Junwoo.

Sem responder nada ao garoto, Takeshi preferiu somente sorrir, virando-se em seguida para o namorado, segurando-o pelo rosto para lhe dar um beijo nos lábios.

— Oi, anjo.

— Oi, *hyung* — respondeu, sorrindo bobo. — Cadê seus pais?

— Estacionando.

Os dois entrelaçaram os dedos, caminhando junto ao grupo quando o diretor os chamou para se sentarem nas cadeiras arrumadas de frente para o palco improvisado. Enquanto isso, os pais e familiares eram convidados a se acomodarem nas arquibancadas, onde os torcedores ficavam durante um jogo no ginásio.

Jooheon disse algo para James quando Junwoo ainda estava ali perto e, deixando os filhos no braço do britânico, correu porta a fora. Junwoo franziu o cenho, confuso, mas não teve tempo de dizer nada e somente acompanhou a massa de estudantes que se organizava.

Quando estavam todos sentados, o palco foi ocupado pelo diretor e por Hajoon. E, surpreendentemente, o primeiro a ir até o microfone foi o professor enquanto o diretor segurava uma caixa com, provavelmente, os diplomas dos formandos.

— Diferente dos anos anteriores, esse ano, eu fiz um pedido especial ao nosso diretor — iniciou, ajeitando os óculos de grau em seu rosto. — Pedi que eu fosse o orador dessa cerimônia anual que, por mais que se repita sempre e se torne algo comum para os muitos funcionários desse local, para mim, esse ano, é diferente. — Sorriu. — Diferente, porque, nesse ano, eu pude conhecer diversos alunos com os mais distintos talentos, dedicados e determinados a irem atrás do que desejam para si. Vi muitos enfrentando a autoridade quando se sentiam injustiçados, vi muitos tirarem dúvidas sem medo de parecerem idiotas para os medrosos que, muito provavelmente, tinham as mesmas questões. Vi muitos darem o seu melhor para provarem ser capazes. E eu vim aqui dizer que vocês são, sim, capazes. Capazes como nenhum outro grupo de alunos que eu tenha visto. Saibam que cada um de vocês merece cada mísera migalha do que vão conquistar; cada um de vocês, mesmo com obstáculos e desavenças, serão capazes de chegar aonde quer que seja que queiram chegar. Seja sozinho, seja com a ajuda daqueles que vocês amam... Cada um de vocês tem um espacinho reservado nesse mundo enorme e cheio de oportunidades.

Hajoon interrompeu a salva de palmas que se iniciou, com um gesto, dando mais um sorriso antes de finalizar:

— E eu me sinto o professor e o ser humano mais sortudo do mundo por ter feito parte dessa jornada de vocês. Então, queria que me dessem a honra de ser aquele que entregará o diploma que acompanhará vocês na vida.

E outra salva de palmas veio, com assobios histéricos de Ravi, Junwoo, Bonhwa, Takeshi e Yoona. O professor pareceu distinguir os gritos deles no meio da multidão, já que seus olhos viajaram até o grupo e os sorrisos deles aumentaram.

— Então... Pela ordem listada aqui... Kang Nara — chamou, pegando o primeiro diploma arrumado na caixa que o diretor lhe estendeu.

A lista seguiu com os sons de aplausos e gritos para qualquer aluno que fosse. Mesmo com as mãos doendo, Junwoo se sentia cada vez mais animado, contente por ver que estava ultrapassando uma grande etapa de sua vida, subindo um degrau a mais como uma nova pessoa.

— Choi Bonhwa!

A garganta de Junwoo doeu ao gritar para o amigo e, impulsivamente, lançou um olhar para onde a família do garoto estava, vendo sua mãe em lágrimas enquanto seu irmão e seu pai assobiavam animados.

Sorriu, voltando os olhos ao palco para ver Bonhwa e Hajoon curvando-se um para o outro quando era visível que queriam se abraçar. Riu baixinho, voltando a bater palmas quando o próximo nome foi chamado.

— Min Yoona! — chamou o professor depois de alguns alunos terem subido para buscar seus diplomas, o orgulho vibrando em seus olhos.

A garota subiu quase saltitando, ignorando alguns aplausos hesitantes de alunos preconceituosos, quando até mesmo o diretor parecia contente por vê-la ali, com seu vestido e seus cabelos enormes. O professor lhe entregou o diploma, sorridente, e se curvou, observando a menina fazer o mesmo antes de se virar para a plateia e, destemida, erguer a mão que segurava o rolo de papel. "Eu consegui". Eram as palavras que brilhavam em seus olhos.

— Lee Junwoo!

Junwoo não saberia dizer o que foi melhor: ouvir seu nome ser chamado, ver o sorriso orgulhoso nos lábios de Hajoon, receber um beijo de seu namorado e sacudidelas de seus amigos ou olhar para a arquibancada e ver sua família gritando, levantando no ar um Dakho agarrado a um buquê de flores e um celular aceso. Junwoo, naquele momento, não soube dizer o que havia na tela do celular, mas, mais tarde, veria que era Syaoran, também vestido com sua beca, comemorando junto a todos ali.

— Parabéns, Junwoo — murmurou Hajoon antes de se curvar para ele, sorrindo daquela mesma maneira especial que sorrira para Yoona e Bonhwa.

Do palco, Junwoo acenou para seus tios e para Dakho que, em uma tentativa falha, tentou acenar de volta, porém quase deixou o buquê cair.

O próximo a ser chamado ao palco, foi Ravi, que dançou rapidamente com sua beca brilhante antes de pegar, graciosamente, o pequeno rolo de papel da mão do professor. E, sem se importar, jogou-se nos braços de Hajoon e do diretor, deixando ambos sem jeito e sem reação imediata, permitindo que Ravi agarrasse o microfone e gritasse: "Consegui, porra!"

— Ishikawa Takeshi!

Junwoo, sem medo nenhum ou qualquer outro sentimento ruim que pudesse reprimi-lo, envolveu os braços no pescoço do namorado e o beijou carinhosamente, murmurando um "Parabéns", assim como ele havia feito consigo.

Takeshi, quando chegou ao palco, após pegar o diploma das mãos de Hajoon, virou-se na direção da plateia, segurando o microfone que lhe foi concedido pelo professor após um olhar confirmativo do diretor.

— Como muitos sabem, eu e meus amigos somos o comitêzinho improvisado de todos os eventos dessa escola e, pelo amor de Deus, futuros formandos, continuem com nosso legado! — exclamou, recebendo assovios e gritos de outros alunos mais novos que também foram à cerimônia e ocupavam as arquibancadas com os familiares. — Tragam a representatividade que nossa geração precisa, por meio de festas, cinemas, lavagem de carros... Qualquer coisa que venha à mente criativa que eu sei que vocês têm!

Junwoo sentia as palmas das mãos queimarem pela velocidade e intensidade com as quais batia uma mão na outra, o sorriso brilhante ocupando seus lábios e o orgulho enchendo o peito.

— Vocês estavam tãaaao lindos! — Sanji exclamou assim que o grupo de adolescente se aproximou dos pais, com os diplomas em mãos. — Shutaro filmou tudinho!

— Me manda depois, por favor. Eu não consegui, porque fiquei segurando o Dakho — disse Jooheon, massageando os braços.

O filho, ainda muito animado, pediu para descer de seu colo e, agora, estava nos braços de um Junwoo todo bobo com os "Parabéns" em inglês que o primo lhe dava. Dakho, com aquele sorriso inocente de criança, estendeu o buquê a Junwoo que, com o braço livre, abraçou-o ainda mais bobo.

— Junwoo — chamou James, estendendo-lhe o celular. — Caso não tenha visto de longe.

Junwoo pegou o celular das mãos do tio e quase chorou de felicidade ao ver seu melhor amigo do outro lado da tela, no meio de uma bagunça parecida com aquela que havia ali. A única diferença era que as becas do colégio de Masan eram azuis e não vermelhas.

— *Hyung*! — gritou Junwoo, chamando os outros com um gesto de cabeça.

— Syao! — Bonhwa gritou, apoiando-se ao ombro de Junwoo para acenar para Syaoran.

— Garoto, azul caiu benzão em você! — Ravi exclamou, também tentando se enfiar no meio das diversas cabeças para enxergar a tela. Takeshi e Yoona faziam o mesmo, rindo de suas tentativas falhas.

— Não tô ouvindo porra nenhuma! — Syao gritou. — Essas pessoas, aqui, falam alto demais!

Junwoo gargalhou.

— Parabéns, *hyung*!

— Não ouvi! Mas parabéns Junwoo! E parabéns pra todos vocês, seus filhos da puta! — gritou mais uma vez.

Quando Junwoo desligou a chamada, pela comunicação estar difícil demais, Chunghee pediu para que todos os formandos se juntassem para a foto que queria fazer do grupo. Então, ainda segurando Dakho, o mais novo de todos sentiu sua cintura ser envolvida por Takeshi enquanto Bonhwa e Yoona colocavam-se ao seu lado e Ravi se sentava no chão.

— Esperem, esperem! — Hajoon apareceu gritando, esbarrando nas pessoas para conseguir se enfiar na foto. — Posso aparecer?

— Deve! — Chunghee respondeu risonho. — No três, ein!

Mais de uma foto foi tirada e somente cessaram quando Junwoo reclamou de dor nos braços.

— Amor, seu telefone tá vibrando — murmurou Takeshi, a mão sobre o bolso traseiro da calça de Junwoo.

— Por que sua mão ta aí, *hyung*? — perguntou rindo, mas tirando o aparelho do bolso.

— Hábito — respondeu rindo também.

Junwoo pegou o aparelho, afastando-se do grupo para atender quando enxergou no visor a palavra “Mãe”. Precisou sair do ginásio para atender, gesticulando para que seus tios esperassem junto aos outros que ele, logo, estaria de volta. Quando chegou a um ambiente um pouco mais silencioso, atendeu a ligação:

— Alô!

— Junwoo, finalmente! — Era possível sentir o sorriso na voz da mulher. — Estou tentando te ligar há um tempinho.

— Eu estava na cerimônia, me desculpe — respondeu suspirando.

— Já acabou? Como foi? — perguntou animada.

— Incrível! Agora, sou formado.

— Eu sabia que você ia conseguir. Sempre foi bastante inteligente, não me surpreende — disse. — Então... Já fez suas inscrições?

— Já, sim, História. — Sorriu. — E eu tenho praticamente certeza de que foi a escolha certa.

— Isso é ótimo, Junwoo. E a viagem? Tudo pronto?

— Já comecei a arrumar a mala. Takeshi *hyung* me ajudou bastante — murmurou, recordando-se da bagunça de roupas e beijos que resultaram da tentativa de arrumação da mala. — Mas ainda faltam algumas coisas.

— E o visto? Conseguiram?

— Foi um pouco complicado e meio chato, mas conseguimos no fim.

— Que bom! — Ela ficou em silêncio durante poucos segundos. — Junwoo... Eu... — hesitou.

— O que foi? — Franziu o cenho, sentindo uma leve preocupação.

— Eu estou orgulhosa de você.

E Junwoo não poderia se sentir mais feliz.

!

— Cuidado, Woo!

Takeshi gargalhava a cada tropeço que Junwoo dava. Os dois subiam a colina que haviam subido da primeira vez que saíram juntos, em meio a risadas e comentários sobre como a beca que estavam usando era longa e atrapalhava no processo.

— Por que você quis vir logo aqui, *hyung*? — perguntou ofegante quando, enfim, chegaram ao topo. — Wow, eu esqueci como a vista daqui de cima era linda.

E, realmente, era uma visão de tirar o fôlego: toda a cidade magnífica que era a capital sul-coreana, com a torre no centro se destacando entre os prédios. O céu, pela proximidade do verão, estava claro, sem nuvem alguma, permitindo que o casal se deliciasse ainda mais com a vista.

— Você é a vista mais linda — flertou Takeshi, risonho, sentando-se no gramado e gesticulando para que o namorado se sentasse ao seu lado.

— *Hyung*, seus flertes estão ficando meio caretas. — Sentou-se.

— Junwoo, eu vou te dar um tapão. E no rosto, porque, na bunda, você gosta. — Riu alto com o soco que recebeu no ombro.

— Me respeita, Takeshi-*ssi*!

— Desculpe, desculpe — murmurou, entrelaçando os dedos com os dele e deitando a cabeça no ombro alheio. — Hoje foi um dia e tanto, né?

— Sim... Nem acredito que já nos formamos. Parece que foi ontem que entrei na escola e comecei a estudar com vocês — respondeu, respirando profundamente. — Como será que vai ser daqui pra frente?

— Acho que vai ser a mesma coisa. Vamos estar todos juntos, estudando o que escolhemos estudar. Talvez, passemos a estar mais ocupados, porém continuaremos juntos.

— Mas e se algum de nós acabarmos indo estudar em outra cidade? — Ele franziu as sobrancelhas, incomodado com o pensamento.

— Se isso acontecer... continuaremos juntos, até mesmo à distância — proferiu firme. — Distância não é um empecilho quando a amizade é verdadeira. Pegue você e o Syaoran como exemplos, anjo.

— Eu sei... — suspirou. — Mas é que não consigo imaginar ficar sem vocês. Agora que o Syao *hyung* vai vir também, seria ruim que algum de nós saísse.

— Eu sei, mas você tem que pensar que nossa prioridade é o estudo, Woo. Se algum de nós acharmos que vai ser melhor, para o futuro acadêmico, uma faculdade em outra cidade... não serão os amigos que impedirão de ir. Na verdade, os amigos devem ser os primeiros a apoiar — argumentou, acariciando os dedos ansiosos do mais novo.

— Você não quer ir pra outra cidade não, né? — Virou o rosto para Takeshi, os olhinhos arregalando-se com aquela possibilidade. Takeshi sorriu.

— Não, Woo, eu vou ficar em Seul com você.

— Mas por causa de mim ou você que quer?

— Porque eu quero, anjo. A Seoul National University é a melhor opção pro que eu quero fazer, eu te falei — disse, rindo levemente com o desespero do namorado.

— Eu também queria ser aceito nessa. Jooheon *hyung* disse que é ótima pra História.

— Imagina, hm? Nós dois universitários e namoradinhos. — Cutucou a barriga de Junwoo.

— Não preciso imaginar, porque vai acontecer, *hyung*. — Encolheu-se levemente pela cosquinha.

— Vai, sim.

— *Hyung*... — chamou, hesitante. Quando Takeshi virou o rosto para ele, recordou-se de quando estiveram ali pela primeira vez e ficou hipnotizado com o quão linda era a boca de Takeshi. Nada mudou.

— O quê? — perguntou, seus olhos também viajando por meio do rosto bem esculpido do mais novo.

— Eu te amo muito.

Takeshi sorriu abobalhado.

— Eu te amo.

Realmente, nada havia mudado.

CAPÍTULO 20

Sentir-se ansioso era péssimo. E Junwoo pôde tirar a prova daquele fato nas semanas que seguiram após a formatura. Além de ter que esperar longos dias pela resposta da faculdade, Junwoo precisou aguentar a série de planos que ele e os outros faziam a respeito da viagem que aconteceria em poucos dias, deixando-o ainda mais nervoso e louco para que o dia chegasse logo. E seus tios não o ajudaram, ambos lhe contavam sobre suas experiências em aviões e viagens em geral, tanto as ruins quanto as boas.

Antes da faculdade e da viagem, havia algo mais importante: Huang Syaoran. O dia da chegada de seu melhor amigo foi um dia corrido, já que Junwoo precisou buscá-lo após o trabalho, mas, no fim, quando se sentou para jantar pizza com o mais velho e seus tios, em meio a gargalhadas e com a companhia de quem tanto sentiu falta, o cansaço todo valeu a pena.

Syaoran, no entanto, era pior que Junwoo no quesito ansiedade: ele estava eufórico. Só conseguia falar sobre o que fariam quando chegassem ao país americano, sobre o que queria comer e sobre o quanto precisava treinar seu inglês.

— "Olho" e "eu" têm a mesma pronúncia, qual o sentido? — reclamava.

— Como assim? — Junwoo franziu o cenho.

— *Eye* e *I*. "Comprar", "Tchau" e a preposição "Por" também. Porra! O que os americanos tinham em mente? É tudo igual! — choramingava, lendo o pequeno guia de conversação em inglês que havia comprado. Junwoo riu baixinho, enfiando mais blusas dentro de sua mala. — Bater e beterraba também. Junwoo, eu desisto. — E jogou o pequeno livro do outro lado da cama.

— Por que você precisaria falar beterraba lá, *hyung*?

— Sei lá, vai que eu fico com vontade de comer beterraba? Acontece, sabe?

— Entendi. — Riu.

— Junwoo — chamou Syaoran, depois de alguns segundos em silêncio. O mais novo virou-se para ele. — Toma.

Por ter o reflexo relativamente bom, o rosado conseguiu agarrar o pacote que o mais velho jogou para ele. Apertou a visão para ler o que estava escrito e, por fim, arregalou os olhos.

— *Hyung*!

— O quê? Vai precisar, não? Ou já desistiu de foder o Takeshi?

— Não, eu só... — parou de falar, sentindo as bochechas quentes ao ler mais uma vez as palavras "Camisinha com sensação prolongada". — Urgh, que vergonha!

— Coloca na bolsa logo.

Junwoo suspirou, mas obedeceu e enfiou o pacote na sua mochila, sentindo as bochechas ainda mais quentes quando viu que já havia se lembrado de enfiar o aparelho de enema no mesmo buraco da mochila em que enfiou as camisinhas. Precisava lidar com o fato de que ele era um safado e até seu melhor amigo já sabia daquilo.

Mais uma semana passou e, para o alívio da ansiedade de Junwoo, ela foi repleta de encontros do grupo de amigos, já que todos precisavam se distrair e faziam aquilo ao se juntar na casa de algum deles para assistir aos filmes ou comer. Dentre os filmes, Bonhwa e Ravi insistiram para Junwoo assistir a *Crepúsculo*, mas o garoto não curtiu tanto e ficou, o tempo inteiro, perguntando por que diabos os vampiros brilhavam. Syaoran só soube rir e dizer que sabia que aquilo ia acontecer e, por isso, havia sugerido ao grupo assistir a *Diários de um Vampiro* ou *Entrevista com o Vampiro*, em vez de "vômito de adolescente de doze anos", segundo ele. Ravi ficou indignado.

Faltando apenas quarenta e oito horas para o grande dia, Takeshi apareceu de surpresa no trabalho do namorado, com uma caixinha da cafeteria onde trabalhava, em mãos.

— O que é isso, *hyung*? — perguntou, já sorrindo.

— Uma tortinha de banana. Eu sei que é a sua fruta preferida e quando vi o doce na vitrine, não resisti, precisei comprar pra você.

— Não precisava, Takeshi-*ah*.

— Claro que precisava, você tá trabalhando o dia inteiro.

Depois de trocarem um beijinho rápido, os dois decidiram ir até um pequeno parque que havia ali perto para que Junwoo pudesse comer o doce e para eles terem um momento juntos. Sentaram-se no banco entre duas enormes árvores no canto do parque e ficaram agarradinhos enquanto Junwoo apreciava a enorme quantidade de açúcar daquela torta.

— Sabe... Eu estava falando com o Syaoran hoje e, hm... — iniciou Takeshi, recebendo um olhar curioso do namorado. — Ele dedurou você.

— Sobre? — Franziu o cenho, confuso.

— Ele me disse que você anda tendo umas vontades...

— Ah, não.

— Junwoo, por que você não falou comigo desde o início ao invés de ficar pesquisando as coisas na internet? — perguntou risonho, tirando a pequena caixa vazia do colo do mais novo. — Já te disse que não precisa ter vergonha disso.

— Eu sei, mas, *hyung*, é vergonhoso de qualquer jeito — choramingou, abanando a cabeça.

— Sexualidade é vergonhoso, Woo?

— Não... É que eu fico com vergonha de expor essas... Essas minhas vontades.

— A vontade de me foder?

Junwoo bufou.

— É, Takeshi-*ah*, isso.

— Bom, saiba que essa vontade não é unilateral, ok?

— Hm... — O mais novo umedeceu os lábios, tentando conter o sorriso que quis tomar conta de seus lábios imediatamente. — E quando vai rolar?

— O que acha de... — iniciou Takeshi, inclinando-se até ter os lábios bem pertinho da orelha do namorado. Suspirou lentamente ali, observando os pelinhos da nuca de Junwoo levantarem de imediato. Sorriu e prosseguiu. — Em alguma de nossas noites em São Francisco, hm? Eu deixo você me deitar do jeitinho que quiser na cama e você pode fazer o que bem desejar.

— Tudinho? — ofegou.

— Tudinho.

Junwoo precisou de alguns segundos para recuperar a respiração que ficou desgovernada pelo efeito que o mais velho tinha causado em si e, logo após normalizá-la, virou o rosto para colar seus lábios nos de Takeshi.

Trocaram um beijo lento que ficava cada vez mais intenso pelos toques certeiros que o mais velho dava no pescoço e cintura de Junwoo. O mais novo sentia-se quente quando a respiração pesada de Takeshi batia em seu rosto e a sensação molhada de suas bocas juntas não o ajudava.

E, por Deus, estavam em um espaço público — por mais que estivesse vazio —, mas Junwoo, simplesmente, não conseguiu se controlar. Agarrou a nuca de Takeshi e puxou-o para si, encostando-se contra o banco e sentindo o namorado se ajeitar para ficar, de certa forma, por cima dele.

O ritmo do ósculo acelerou e, em meio a toques firmes e insinuantes, Junwoo conseguia ouvir o próprio coração acelerado dentro do peito. Não importava quanto tempo passasse, quantos beijos eles trocassem, todos pareceriam ser o primeiro. As sensações eram tão intensas quanto e só contribuíam para que ele percebesse o quão louco era por Ishikawa Takeshi.

!

— Passaporte?

Junwoo assentiu.

— Dinheiro?

— Peguei.

— Visto?

— Peguei, *hyung*, fica tranquilo — respondeu, rindo, colocando sua mochila no carro ao lado da mala que seu tio o havia presenteado. Syaoran fez o mesmo, reclamando do peso de sua mala de mão.

— É só pra ter certeza, porque se você lembrar de algo quando estivermos no aeroporto, vai tudo pros ares. Não tem como voltar e não perder o voo — disse Jooheon, ajeitando Dakho na cadeirinha do banco traseiro do carro enquanto James se ajeitava no banco de motorista.

— Eu tô mais preocupado com o Hajoon *hyung*. Ele contou que, uma vez, esqueceu o passaporte e só lembrou quando estava na fila do controle.

Syaoran riu baixinho, enfiando-se no meio do banco traseiro.

— Manda mensagem pra ele agora e pergunta se ele pegou o passaporte. Se um não vai, ninguém vai!

Junwoo entrou no carro, mas assim que se sentou no banco ao lado do melhor amigo, enviou uma mensagem para o professor que, em resposta, lhe enviou uma foto com o passaporte e o visto colado ao rosto.

— A escala de vocês é onde mesmo? — perguntou James, dando partida no carro.

— Japão — respondeu Syao, sorridente. — Pena que não vamos ficar tempo o suficiente para conhecer... Vamos ficar no aeroporto mesmo.

— Prestem muita atenção nas telas com as partidas de avião! Às vezes, muda o portão ou o horário e vocês nem veem! — Jooheon continuou com seus alertas e, daquela vez, Junwoo apenas assentiu risonho. Syaoran fez um joinha com a mão. — É normal ficar todo preocupado assim? — murmurou, passando a mão pela testa, respirando fundo.

— Coisa de parente superprotetor — respondeu James, aproveitando que estavam no sinal vermelho pra apertar a coxa do marido. — Já estão todos a caminho, Junwoo?

O de cabelos rosa cereja confirmou, checando as mensagens no grupo que tinha com o resto do pessoal no *Kakaotalk*[29]. Yoona já estava no carro com o pai, madrasta e irmã, reclamando que Hajoon havia saído de casa naquele instante enquanto todos os outros já estavam nos devidos transportes. O professor se defendeu, dizendo que era melhor chegar cinco minutos atrasado por ter conferido mais de uma vez se havia pegado tudo do que chegar mais cedo e descobrir, no aeroporto, que havia esquecido algo.

O caminho até o aeroporto não chegou a ser muito longo, o trânsito estava normal, então em vinte minutos eles chegaram. Enquanto James estacionava, Jooheon seguiu para o Terminal Um com o sobrinho, Syaoran e

[29] *Kakaotalk*: mais popular aplicativo de conversas instantâneas na Coreia do Sul.

o filho, procurando pelos outros, parecendo mais ansioso que o próprio Junwoo, que só sabia rir.

— Junwoo! Syao! — o grito veio de Ravi, que estava sentado sobre uma enorme mala empurrada por sua tia. Ele quase caiu ao sair de cima do objeto, mas não se abalou e somente apertou o passo para chegar mais rápido aos dois. O abraço que trocaram deu a impressão de que eles não se viam há dias, pareciam parentes ou amigos que estavam se reencontrando no aeroporto após um voltar de viagem, mas era somente animação pelo que fariam juntos em algumas horas.

— Vocês não têm noção do quanto eu sofri pra arrumar minhas malas, cara — reclamava Ravi, choramingando. — Mas, no fim, consegui trazer somente o necessário.

Diferente de Junwoo e Syaoran, que tinham somente uma mala grande e uma mochila, Ravi tinha uma mala tão grande quanto ou maior, uma mediana, uma mochila e uma maleta que, provavelmente, era onde estavam suas maquiagens.

— Só o necessário, *hyung*? — rebateu Junwoo, risonho.

— O necessário pra um ano — zombou Syao.

— Não me julguem, ok?

Ária juntou-se à família para esperar pelos outros e, alguns minutos após James aparecer, reclamando do quão lotado estava o estacionamento, Yoona chegou, acompanhada por Hajoon, Bonhwa e sua família. Eles todos se encontraram no estacionamento e seguiram juntos para o terminal.

Bonhwa estava acompanhado somente por sua mãe e explicou, quando perguntaram, que seu pai e seu irmão estavam trabalhando e não puderam comparecer. A mulher parecia levemente tímida, mas custou apenas um comentário risonho de Ária e um de pai orgulhoso de Chunghee, para que ela se soltasse.

— E vamos de Takeshi atrasado mais uma vez — reclamou Yoona. — Aposto que a culpa é do pai dele.

— Dessa vez não. — Como se estivesse planejado, Shutaro apareceu atrás do grupo, junto à mulher e ao filho. Takeshi deu um sorriso envergonhado quando recebeu olhares duvidosos de todos ali. Como ele não se justificou, seu pai resolveu que o faria por ele. — Takeshi precisou parar na farmácia.

— Pai, chega — pediu. Sanji riu.

— Meu filho, é algo natural... — tentou, mas foi novamente interrompido por Takeshi que tampou sua boca.

— Tá menstruado? — perguntou Bonhwa, o tom divertido.

Shutaro tentou dizer algo, mas ninguém entendeu, pois Takeshi fez questão de falar por cima e de apertar a mão contra a boca do pai com mais força.

— Vamos fazer o check-in? — exclamou, tentando desviar a atenção de todos.

Quando estavam na fila do check-in e despache de malas, o assunto sobre o motivo de Takeshi ter sido o último a chegar foi esquecido e o garoto aproveitou para se esgueirar para o lado de Junwoo e abraçá-lo pela cintura, mantendo-o colado em si enquanto conversavam.

— Tá nervoso pra pegar o avião? — perguntou o mais velho.

— Não... Eu deveria?

— A maioria das pessoas tem medo na primeira vez e algumas continuam com medo nas outras vezes — respondeu, dando de ombros. — Eu tive medo na primeira vez.

— O Hajoon *hyung* comentou sobre as turbulências que podem ter — comentou, virando um pouquinho o rosto para poder olhar para o namorado. — Você já pegou muitas?

— Algumas... Elas podem ser assustadoras, realmente.

Junwoo suspirou.

— Agora, você tá me colocando medo, *hyung*.

— Relaxa! — Riu. — Vou estar ali pra segurar sua mão. E vamos ter bastante tempo pra assistir aos filmes.

— Só no segundo voo, né? O primeiro é curtinho.

— Isso — murmurou, deixando um selinho casto nos lábios de Junwoo, porque estavam próximos demais aos seus e acabou não resistindo. — Você não tem noção do quanto eu tô feliz por fazer esta viagem com você.

— Eu também. — Sorriu bobo. — É a primeira vez que vou viajar de avião e é com vocês. Não poderia ser uma primeira vez melhor.

— Acabaram? — perguntou Syaoran, alto o suficiente para chamar a atenção dos demais para o casal que trocava carícias. Todos riram.

O funcionário, finalmente, os chamou para realizar o check-in. O procedimento era chato, mas com o número grande de familiares presentes, o tempo pareceu passar mais rápido em meio a risadas altas e conversas aleatórias.

— É melhor vocês irem, o voo sai em trinta minutos e vocês ainda têm que passar pela segurança — aconselhou a mãe de Bonhwa. — Hajoon, querido, você que é o mais velho e responsável, cuide dessas crianças.

Yoona arqueou uma sobrancelha, querendo rir.

— Pode deixar, senhora Choi — respondeu o professor, curvando-se respeitosamente.

— É... juízo! — exclamou Ária, puxando o sobrinho para um abraço apertado.

— Você falando isso, *noona*? — debochou Ravi, recebendo um tapa na nuca.

— Olha o respeito com sua tia.

Jooheon e James fecharam Junwoo e Syaoran em um abraço junto a Dakho, desejando boa viagem e os aconselhando a comprar o chip de telefone assim que chegassem ao solo norte-americano para que pudessem se comunicar. Junwoo sorriu e concordou, agradecendo mais uma vez pelos tios terem permitido que ele estivesse ali.

— Deixe de bobeira, você merece ainda mais — disse James, bagunçando o cabelo de Junwoo. — A gente te ama.

— Eu também amo vocês.

Quando o grupo se separou da família e seguiu para o controle de bagagem de mão, Junwoo entrelaçou os dedos com os de Takeshi e caminhou na frente, quase saltitando em ansiedade.

— Caralho, que nervoso! Vai que eu tô com uma arma e não sei? — comentou Ravi, assistindo a algumas pessoas serem revistadas pelos seguranças.

O controle não demorou e, quando notaram, já estavam na área de embarque. Ravi se atrapalhou com suas bolsas, mas Hajoon o ajudou, já que era o único que só tinha uma pequena mochila consigo.

— Vocês olharam as atrações que vão ter, na parada, este ano? — disse Yoona, mostrando a página que abrira no celular. — Vai ser absurdo, não consigo acreditar que nós estamos indo.

— É um sonho se realizando — completou Bonhwa, olhando pelas enormes janelas da área de embarque para assistir ao avião que decolava. — Mas eu tô cagado de medo de pegar o avião. Odeio aviões.

— Relaxa, se cair, pelo menos, vamos morrer juntos e felizes — Syaoran disse despreocupadamente. Junwoo arregalou os olhos.

— E se a gente sobreviver e ninguém achar a gente? E se pararmos em uma ilha desconhecida? — Bonhwa foi listando. — Vocês não são as primeiras coisas que eu levaria comigo pra uma ilha deserta.

— Coisas, Bonhwa? — Hajoon perguntou, prendendo o riso.

— Você me entendeu.

— Não estamos em Lost[30], Bon — disse Takeshi.

— Mas vai que a gente tá em Grey's[31]? A vida é uma tragédia, apesar de tudo! Vai que um morre pressionado por um pedaço da asa do avião, o outro perde a perna e o outro morre no hospital algumas semanas depois de encontrarem a gente? O que a gente faz? — Bonhwa choramingava.

— A gente segue pra próxima temporada — respondeu Yoona.

— Sua insensível.

Quando os portões do avião abriram, o grupo seguiu animado para dentro da máquina voadora. As aeromoças e comissários de bordo eram todos americanos e Ravi achou que era um bom momento para treinar seu inglês

---

[30] LOST: série norte-americana, onde uma queda de avião deixa os sobreviventes perdidos em uma ilha deserta (2004).

[31] GREY'S ANATOMY: série médica norte-americana. No episódio 24 da 8ª temporada, alguns dos médicos sofrem um acidente de avião com muitas baixas, mas alguns sobrevivem e esperam por dias em uma floresta até serem resgatados (2005).

fajuto, arrancando boas risadas dos funcionários, mas irritando alguns passageiros que vinham atrás e queriam ir logo a seus lugares.

— Me dá aqui sua mochila, Woo — pediu Takeshi, já que o namorado entrou na fileira de três primeiro para ficar na janela.

— *Hyung*, você alcança? — referiu-se ao bagageiro que ficava no teto. Takeshi lançou-lhe um olhar duro. — Ok.

Junwoo entregou-lhe sua mochila e assistiu à Yoona sentar-se atrás deles entre Hajoon e Bonhwa enquanto Ravi ficava na fileira do meio, ao lado de Syaoran, que resolveu ser a vela do casal "Tawoo" — como ele próprio apelidou — e sentou-se na ponta da fileira de três.

— Sem saliências, por favor — pediu, apoiando a cabeça ao ombro de Takeshi e juntando as mãos em frente ao peito como se implorasse. — Esperem chegar ao hotel.

— *Hyung*, estamos em um avião. Não vamos fazer nada — rebateu Junwoo, rindo.

— É, *hyung*, você tem uma péssima imagem nossa — disse Takeshi, em um tom meramente debochado, arrancando uma risada de Syaoran.

— Claro, claro. E fui eu quem criou essa imagem, uhum.

Quando o piloto anunciou que decolariam em alguns minutos, as portas foram fechadas pelos comissários de bordo e as aeromoças se instalaram para fazer as típicas explicações de segurança para caso algo acontecesse. Junwoo as observou em silêncio, seus olhinhos se arregalando quando mostraram como o colete salva-vidas e a máscara de oxigênio funcionavam.

— E se as máscaras caírem de repente, *hyung*? — perguntou Junwoo, assustado, olhando para o teto de sua cadeira. Takeshi riu, contido.

— Se cair, é só colocar. Eu te ajudo.

— Não! Você não viu o que a moça explicou? Primeiro colocar em si mesmo! Você tem que colocar em você, *hyung*!

— Me preocupo mais com a sua segurança, Woo.

— Isso não é hora pra ser romântico, Takeshi-*ssi*.

Durante a decolagem, Junwoo conseguia ouvir os choramingos de um Bonhwa com medo, os suspiros sonolentos de Yoona — que já estava quase dormindo — e os murmúrios reconfortantes do namorado.

Takeshi fez questão de entrelaçar seus dedos com os dele e acalmá-lo, relembrando-o a cada dois minutos que, em pouco tempo, estariam em solo norte-americano para comemorar o orgulho LGBT.

O voo de Seul até Tokyo durou duas horas. Junwoo se sentiu frustrado por conseguir ver somente as nuvens. Syaoran explicou que os aviões voavam acima delas e só desciam no momento de pouso, logicamente. Mesmo vendo apenas o céu azul e as nuvens extremamente brancas, Junwoo permaneceu com os olhos colados na janela, apreciando a calmaria que a visão oferecia a ele.

O pouso foi tranquilo e, logo, estavam em frente ao segundo portão de embarque, esperando dar o horário para entrar no avião. Bonhwa já choramingava de novo e, daquela vez, Syaoran e Ravi estavam fazendo de tudo para animá-lo. Hajoon estava mais quieto, mexendo em seu celular com uma expressão de sono enquanto Yoona bebia um copo enorme de café que comprara.

— *Hyung*, as televisões! — apontou o rosado, quando estavam dentro da enorme máquina voadora. — As cadeiras parecem maiores.

— Normalmente, as de aviões grandes como este, pra voos internacionais, são maiores e mais reclináveis — comentou Takeshi. — Vai querer sentar próximo à janela de novo?

Junwoo assentiu empolgado e entrou na fileira de três, já se acomodando depois de entregar sua mochila ao namorado. Daquela vez, quem se sentou ao lado deles foi Hajoon. Yoona ficou na poltrona da ponta na fileira do meio, ao lado de dois desconhecidos enquanto Syaoran, Bonhwa e Ravi se sentaram na poltrona de trás.

— Já pode colocar o filme? — perguntou Junwoo, tocando na tela acesa na poltrona da frente. No entanto, ela permaneceu exibindo a logomarca da empresa. — Ué!

— Tem que esperar o avião estar estabilizado no céu — respondeu o mais velho. — Enquanto isso... Quer ouvir música comigo?

Quando o mais novo concordou sorridente, Takeshi esticou um dos fones para ele e encaixou o outro na própria orelha. Colocou o álbum do Troye Sivan para tocar e encostou sua cabeça a do namorado, murmurando a letra da música baixinho. O mais novo, por sua vez, ficou desenhando padrões aleatórios nas costas da mão de Takeshi, seus olhos pesando com a lentidão da música e o clima calmo que o dominou ali.

A decolagem atrasou alguns minutos e o casal acabou adormecendo. Junwoo foi o primeiro a acordar quando o avião estava no céu, já mais escuro, e a sinalização para colocar os cintos estava desligada. Espreguiçou-se após remover os fones de ouvido e olhou para os outros amigos, vendo que estavam todos assistindo a algo em suas respectivas televisões.

Animado, Junwoo clicou na sua e procurou por um catálogo de filmes. Estavam todos separados por categorias diferentes e, quando viu uma denominada “LGBT”, quis gritar de felicidade. Cutucou Takeshi e o observou se espreguiçar e remover os fones antes de falar:

— O que foi, Junwoo-*ah*?

— Eles têm filmes LGBT!

— Mesmo? — Arregalou os olhos, inclinando-se para olhar o catálogo na televisão de Junwoo. — Meu Deus, isso é novo.

— A qual vamos assistir?

— Vamos ver juntos?

— É claro. A gente pode dividir o fone — disse, indicando o fone que eles ofereciam para todos os passageiros. — Qual vai ser, *hyung*?

— Deixa eu ver... — murmurou. Rolou pelo catálogo por alguns segundos até sorrir e clicar em um filme com a capa que era a maior parte azul e embaixo havia dois rostos: um garoto moreno com a cabeça deitada no ombro de outro loiro que aparentava ser mais velho.

— "Me Chame Pelo Seu Nome"? — sugeriu o mais novo, curioso.

— Takeshi.

— O quê? — Franziu o cenho. Takeshi riu.

— É um romance incrível, Woo. Você vai gostar. Os atores têm uma química...

Junwoo não questionou, pois confiava no gosto do mais velho. Os dois colocaram, cada um, um lado do fone e encostaram, novamente, as cabeças, acomodando-se para assistir ao filme que parecia ser um dos preferidos de Takeshi. E conforme a história ia se desenrolando, Junwoo começou a entender o porquê. A trilha sonora era de arrepiar, os cenários e fotografias eram incríveis, completos, e os atores se encaixavam perfeitamente em seus devidos papéis.

Elio, o personagem mais novo, foi o que chamou mais a atenção de Junwoo, não por sua beleza extraordinária, mas pelo seu jeito confuso, intenso e apaixonado. Junwoo conseguia sentir a frustração do garoto com relação a Oliver, seu par romântico, e sentia-se cada vez mais ansioso pelo que estava por vir. E quando veio, Junwoo sentiu-se quente. Ele conseguia sentir a tensão que pairava entre os personagens na cena do primeiro beijo deles e era uma das sensações mais esquisitas que já havia sentido.

Ele assistiu ao momento em que Oliver se apoiou sobre o cotovelo no gramado e estendeu a mão, tocando nos lábios de Elio que, imediatamente, abriu a boca, convidando o homem mais velho para algo que ele queria desde a primeira troca de olhar. Oliver o segurou pelo queixo e virou a cabeça dele para que o olhasse e aquilo foi a deixa para que Elio também se colocasse sobre o próprio cotovelo e os dois ficassem cara a cara. Junwoo respirou fundo e se ajeitou na poltrona. Takeshi sorriu.

Oliver era um provocador, continuou segurando o queixo de Elio e se aproximou, roçando a boca na do mais novo enquanto ele afastava os lábios, ansioso e necessitado, assim como Junwoo estava ficando com aquela cena.

A falta de música deixava tudo mais intenso e quando Elio lambeu a boca de Oliver e o loiro sorriu antes deles juntarem os lábios um ao outro, Junwoo resmungou, apertando o braço da poltrona do avião.

Os estalos dos beijos e os sons das respirações dos atores estavam tirande Junwoo do sério e ele passou a se remexer repetidamente sobre seu assento, os olhos, no entanto, focando a cena tão esperada. Oliver virou o rosto, quebrando o beijo e deixando Junwoo tão frustrado quanto o pobre Elio, que respirou ofegante.

— Não! Por que ele se afastou? — sussurrou exasperado.

— Shiu... — Takeshi tampou a boca do namorado e o esperou assistir ao resto.

Elio, decidido a ter mais do que teve, jogou-se nos braços de Oliver e voltou a beijá-lo, quase subindo por cima do corpo do mais velho, mas ele novamente o interrompeu com diversos "não". Junwoo, ainda mais frustrado, inclinou-se e deu pause no filme, inconformado.

— Eu preciso de um momento — murmurou, fechando os olhos.

— Ficou excitado, hm? — perguntou Takeshi, risonho.

— Eles têm muita química, *hyung*... — tentou se justificar, tampando o rosto em seguida. — Que vergonha!

Junwoo não recebeu uma resposta imediata e estranhou, franzindo o cenho antes de destampar sua visão e notar um Takeshi com um sorrisinho sacana nos lábios.

— O que... — sussurrou, mas Takeshi o interrompeu, erguendo a mão e tocando com o indicador em seus lábios rosados, arrastando-o pelo inferior enquanto o encarava. Junwoo ficou, imediatamente, sério.

As luzes da cabine do avião estavam todas apagadas, já que era noite e a maioria dos passageiros estava adormecida. Takeshi se aproveitou daquilo para saciar a vontade que se apossou dele desde que começaram a assistir ao filme juntos. Observou a reação do namorado quando pressionou o polegar em seu lábio, puxando-o para baixo antes de se aproximar e encostar os narizes, roçando-os.

— *Hyung*... — murmurou Junwoo, a respiração cada vez mais pesada.

Takeshi, novamente, não disse nada e somente prosseguiu com sua provocação: mordiscou o lábio inferior de Junwoo antes de chupá-lo lentamente, descendo a mão até agarrar a nuca do mais novo e mantê-lo parado, firme em seu lugar, já que era capaz de Junwoo desfalecer em seu assento.

A mão de Junwoo procurou algo para se agarrar e encontrou a coxa de Takeshi; seus dedos apertaram a pele coberta com firmeza, puxando-a um pouco para tentar ficar mais próximo ainda do namorado, mas o braço da poltrona o impedia. O tesão subia pelas coxas de Junwoo até atingir sua virilha e lá estava ele, com o rosto a milímetros do de Takeshi, ofegando, a virilha quente com tão pouco.

— É a sua vez... — Takeshi sussurrou contra a boca alheia.

Junwoo demorou um pouco a entender, mas quando seus olhos capturaram, pela visão lateral, a tela da pequena televisão com o filme pausado, entendeu o que o namorado queria.

Então, assim como Elio fez com Oliver, Junwoo estendeu a língua para fora e lambeu os lábios de Takeshi, observando-o suspirar com necessidade de mais. Eles roçaram as bocas uma na outra por mais alguns segundos antes de Junwoo se inclinar e beijá-lo com fome.

Enquanto a mão de Takeshi apertava sua nuca e infiltrava os dedos nos fios de cabelo bagunçados de Junwoo, as mãos do mais novo tornavam-se tão desesperadas quanto seu beijo, apertando a cintura e a coxa farta de Takeshi, querendo puxá-lo para seu colo.

Os estalos do ósculo soavam eróticos demais para quem quisesse ouvir, mas o casal não se importou, assegurado pela baixa luminosidade e por estar no canto da fileira de assentos. Por isso, os dois continuaram a embolar as línguas uma na outra, cada vez mais excitados pelos toques que ficavam cada vez mais ousados, incitando-os a fazer algo que não deveriam fazer dentro de um avião.

— Com licença, senhores...

Junwoo afastou-se de imediato de Takeshi, os lábios inchados e bem mais avermelhados que antes. Olhou para a aeromoça e sentiu as bochechas esquentarem com o sorriso divertido que ela tinha nos lábios. Takeshi, envergonhado, não conseguiu nem olhar para ela.

— Vão querer o jantar? Temos macarrão ou frango.

Os dois concordaram e ela entregou uma bandeja para cada um, perguntando se deveria acordar Hajoon para lhe oferecer o jantar. Takeshi o fez, no entanto, e o professor agradeceu, já que estava morrendo de fome.

— Isso é tão frustrante... — murmurou o rosado, depois de alguns minutos, mastigando sua comida lentamente enquanto resmungava.

— Nem me fala — respondeu o mais velho. — Mas vamos mudar isso quando chegarmos ao hotel, *okay*?

Junwoo sorriu animado.

— Tudo bem.

Eles realmente planejavam matar toda a frustração e tesões acumulados, que foram gerados durante o longo voo e intensificados pelo resto do filme, assim que chegassem ao hotel, mas quando finalmente chegaram ao Aeroporto Internacional de São Francisco e descobriram que era meio-dia, as esperanças foram diminuindo, já que o resto do grupo parecia bem animado para aproveitar aquele dia nas ruas norte-americanas.

— Finalmente! Terra firme! — exclamou Bonhwa, jogando-se no chão do aeroporto assim que passaram pela segurança.

— Levanta, doido, ainda temos que pegar nossas malas! — Syaoran puxou-o pelo braço.

— Calma, ainda sinto que tô voando — reclamou , erguendo-se com a ajuda do amigo.

Junwoo olhava em volta, já admirado com a diferença étnica que estava percebendo apenas dentro do aeroporto. Conforme caminhavam pelos corredores, seguindo em direção ao local de recuperar as malas, via diferentes *outdoors* de boas-vindas para os turistas e os moradores que estavam de volta. “Bem-vindo à terra da liberdade!”, “Welcome to San Francisco!”, “São Francisco vos aguarda para experiências inesquecíveis!” e mais slogans bobinhos, mas que deixaram o adolescente ainda mais animado. Ele estava em outro país! A ficha não havia caído durante os voos, mas quando viu a cidade através do vidro do avião no momento do pouso e conforme lia aqueles cartazes, seu coração foi se acelerando e sua mente repetindo: *Olha onde você está! Olhe com quem está!*

E Junwoo olhou. Assistiu aos melhores amigos correndo e saltitando na sua frente, apontando para todos os cantos, lendo os *outdoors* em voz alta e já planejando as milhares de coisas que queriam fazer. Sentiu como se flores estivessem nascendo em seu peito, dando-lhe uma sensação de explosão de emoções.

Quando todos pegaram suas malas e passaram pelos portões de saída do aeroporto, Junwoo quase chorou de alegria: estava fazendo um sol absurdo, o céu azul como nunca e, por mais que fosse uma paisagem totalmente urbanizada, com carros e ônibus, foi ao ouvir exclamações em inglês e com aquela visão que ele, finalmente, se tocou que estava em São Francisco.

— Gente, olhem!

Todos seguiram o olhar de Yoona e foi como se eles fossem celebridades recebidas por fãs naquele momento, pois o que viram foram mais *outdoors* e cartazes, mas, daquela vez, anunciando a parada gay que aconteceria em alguns dias. Decorações de arco-íris, desenhos de casais LGBT... O sorriso nos lábios de Junwoo quase rasgou seu rosto.

— Vamos pegar um táxi ou o ônibus? — perguntou Hajoon.

— Ônibus, meu filho, tá achando o quê? Ninguém é rico aqui não, economizar até o último fio, porque estamos em tempos de crise! — exclamou Ravi em resposta, já apontando para o ponto de ônibus. — Vamos!

Eles percorreram nove paradas de ônibus em trinta minutos até o The Adrian, hotel em que passariam as duas semanas de viagem. A paisagem ficava, a cada minuto, mais bonita, e Takeshi apontava os locais que havia visto pela internet, indicando que, em algum momento da estadia deles, iriam ali.

— É aqui — chamou Bonhwa. — *Bus, stop*[32]! — gritou para o motorista, recebendo olhares curiosos de vários passageiros.

— Tá querendo controlar o ônibus, Bonhwa? — perguntou Takeshi, gargalhando.

— Tô tentando me comunicar com o motorista — respondeu com um bico nos lábios. — Ele vai passar do nosso ponto.

— Não vai não, ele tem parado em todos os pontos, Bon, relaxa — murmurou Ravi.

No entanto, Bonhwa tinha razão, pois quando chegaram ao ponto, logo em frente ao hotel, o motorista não parou e aquilo rendeu uma confusão: Junwoo ficou completamente confuso, olhando em volta, Takeshi exclamou

---

32 "*Bus, Stop!*": "Pare, ônibus!", em inglês (TRADUÇÃO NOSSA).

um palavrão, Ravi gritou um extenso "ué!", Bonhwa um "eu avisei" e Yoona começou a gritar em coreano com o motorista que, nem ao menos, lhe deu atenção. Enquanto isso, Syaoran filmava a primeira trama da viagem e Hajoon se encolhia envergonhado.

— Com licença, vocês têm que apertar o botão — disse uma mulher, em inglês, falando com o professor e indicando o botão vermelho em uma das barras para segurar.

— Oh, obrigado — respondeu, se curvando educado e já se apressando para apertar o botão para que pudessem descer no próximo ponto.

— Porra, agora, vamos ter que andar até lá. Que sacanagem! O ponto anterior era na cara do hotel — resmungava Ravi, arrastando suas malas com dificuldade.

— São só duas quadras, relaxa — disse Syaoran. — Podemos observar a cidade no caminho.

— Não quero observar a cidade carregando uma caralhada de mala — continuou a reclamar.

— Olhem! Bandeiras LGBT penduradas nos postes! — apontou Takeshi, entrelaçando seus dedos nos de Junwoo para puxá-lo para mais perto.

Quando pararam de falar sobre o incidente no ônibus e passaram a prestar mais atenção na rua, viram que, na verdade, estavam em uma das avenidas principais, onde o desfile passava. E além das bandeiras nos postes, havia outros preparativos visíveis: as lojas e restaurantes em volta já haviam adotado algumas pinturas e cartazes apoiadores da comunidade, além de bandeiras, e a rua estava pintada com um extenso arco-íris.

E aquilo seguiu até a rua do hotel. No próprio local onde se hospedariam, havia bandeiras penduradas em frente ao *outdoor* com o nome do edifício. Junwoo sorriu ao ver que não colocaram somente a bandeira LGBT, como a trans, lésbica, bissexual e pansexual. Esquentou-lhe o coração.

— Hajoon, você fala com a recepcionista? — perguntou Yoona. — Você é quem fala melhor.

— Claro — respondeu o professor, já se dirigindo à recepção.

Conferiram a reserva, fizeram o pagamento e pegaram as chaves dos três quartos. Ravi, Bonhwa e Yoona ficariam em um; Syaoran e Hajoon em outro e Junwoo e Takeshi no último, todos no mesmo andar.

O mais novo de todos estava ansioso, tanto para se livrar de suas malas quanto para agarrar o namorado assim que estivessem sozinhos e com uma cama à disposição. Ficou animado, porque ninguém do grupo havia comentado de sair naquele momento, já que estavam todos querendo comer com calma, tomar banho e se arrumar aparentemente. Eles dois teriam tempo de sobra.

— Não é grande, mas é confortável — comentou Takeshi assim que entraram no cômodo.

A cama de casal bem arrumada ficava logo de frente para a porta, no centro do quarto. De cada lado dela, havia uma pequena cômoda com lâmpadas e, de frente, uma mesa maior, com uma chaleira e guias turísticos da cidade. Acima dela, havia uma televisão e, no canto esquerdo, ao lado da porta que dava para o banheiro, uma janela.

— É muito confortável e tem ar-condicionado, *hyung* — disse Junwoo, apontando para a máquina branca no teto, acima da cama.

— Graças a Deus — respondeu o outro, deixando sua bolsa e mala no chão. — Vou tomar um banho rapidinho, *okay*?

O mais novo assentiu e resolveu usar aquele tempo para colocar o chip que havia comprado, no aeroporto, no celular, e pegar o wi-fi do hotel para enviar uma mensagem aos seus tios e sua mãe. Avisou que estavam todos bem e vivos, já no hotel. Imaginou que não fosse receber uma resposta tão cedo, pois era madrugada em Seul.

Enquanto escrevia uma mensagem para Bora, sentiu mãos em seus ombros. Sorriu, travando a tela do celular, mas não se virou, pois sentiu os lábios de Takeshi percorrerem seu pescoço até chegar à sua orelha, onde suspirou antes de mordiscar o lóbulo. Sussurrou:

— Me dê sua mão.

E pronto, o clima mudara da água para o vinho.

Junwoo obedeceu e, ainda sem olhar, estendeu sua mão para trás, sentindo Takeshi agarrar seu pulso carinhosamente e guiá-lo até seu quadril. Junwoo fechou os olhos, suspirando ao sentir a pele quente e levemente úmida pelo banho que o mais velho havia acabado de tomar. E, por Deus, Takeshi estava nu. Completamente nu.

— *Hyung*... — chamou em tom de aviso.

— Só me toque, Junwoo — pediu.

E Junwoo não teve motivo para negar. Suspirava de deleite ao sentir os lábios molhados marcarem sua pele, espalhando saliva com beijos lentos por todo seu pescoço até chegar a seu ombro. E enquanto Junwoo arrastava a mão pela lateral de uma das coxas do namorado, Takeshi aproveitava para puxar a camisa dele e expor mais da pele lisinha. Chupou a área recém-exposta, ofegando ao sentir os dedos de Junwoo se esticarem para apertar sua coxa com força, puxando-o para que ele ficasse de joelhos na cama, atrás do mais novo.

— Você deveria ter entrado no banho comigo, Junwoo-*ah*... — murmurou Takeshi, beijando o chupão que havia feito no ombro dele antes de começar a puxar a camisa de Junwoo para cima, removendo-a do corpo esguio do outro. — Nem lá dentro eu tive um momento de paz, porque fiquei pensando em você... — continuou a provocar, colando seu quadril nas costas de Junwoo e deixando que ele sentisse, finalmente, a semiereção que carregava.

— E o que você tava pensando, Takeshi-*ah*? — perguntou manhoso, os olhos se fechando e a respiração tornando-se cada vez mais acelerada. Suas mãos voaram para frente de seu corpo e ele se apalpou sobre a calça em busca de algum alívio.

— Prefere que eu te mostre? — Foi a última coisa que o mais velho precisou dizer, pois Junwoo assentiu eufórico, o tesão acumulado atingindo-o com um impacto descomunal.

Takeshi voou para frente do mais novo e colocou uma perna de cada lado do quadril alheio, permitindo que o rosado apreciasse sua nudez enquanto tinha o pescoço maltratado novamente pelos lábios carnudos.

Junwoo agarrou as coxas do mais velho enquanto observava o piercing do mamilo dele brilhar por causa das gotículas de água que ainda escorriam de seu cabelo até o resto de seu corpo, além da tatuagem na virilha que Junwoo passou a achar extremamente sexy. Tudo em Ishikawa Takeshi era sexy.

Gemeu baixinho ao sentir mais um chupão em seu pescoço e apertou as coxas fartas, puxando o namorado contra si quando teve os cabelos da nuca agarrados e os lábios amassados por ele. Junwoo, imediatamente, pediu permissão com a língua para que iniciassem um beijo faminto. Subiu a mão pelo corpo alheio até agarrar a cintura e cravar os dedos ali, derretendo-se na boca gostosa. Takeshi suspirou com o aperto e, em resposta, chupou sua língua lentamente, passando a mexer o quadril para frente e para trás.

— A calça, *hyung*, a calça — reclamou, e Takeshi riu baixinho antes de se afastar para remover o jeans do mais novo.

— Puta merda!

Assustando-se com o grito inesperado, Junwoo quase derrubou Takeshi ao afastar-se abruptamente de seu corpo, o estalo das bocas, se separando, soando extremamente alto e arrancando uma boa risada de... Ravi, é claro. Quem mais poderia ser?

— Desculpem, desculpem! — exclamou, tampando a visão ao perceber que Takeshi estava nu. — Mas porra, a gente acabou de chegar e vocês estão assim! Tá de manhã! A gente quer sair!

— Ravi, puta que pariu — resmungou Takeshi, bufando.

— Vão se arrumar! — disse. — E se estiverem demorando demais, vou falar pro Syao chamar vocês. Com a câmera ligada!

Aquela foi a deixa para o casal frustrado terminar de se preparar para o passeio que o grupo queria fazer. Ambos estavam um tantinho emburrados por terem sido interrompidos, mas o bico nos lábios do mais novo arrancou boas risadas de Takeshi, que lhe deu diversos beijinhos fofos pelo rosto antes de dizer que aquela noite seria deles.

O grupo todo se encontrou em frente ao elevador, com roupas diferentes que, provavelmente, chamariam bastante atenção na rua. Não que se importassem, principalmente Ravi, que estava com uma de suas camisetas floridas e bermuda estampada.

— Tem um restaurante aqui na frente que, de acordo com *o Google*, não é muito caro — comentou Yoona dentro do elevador. — Vamos?

— É restaurante coreano? — perguntou Hajoon.

— Você veio pra outro país e quer comer comida do seu? — perguntou Syaoran, rindo.

— É claro, ué. Vou comer comida estadunidense pra quê? Me encher de hambúrguer e batata frita? Se a gente estivesse no México, Brasil ou na Itália tudo bem, mas estamos na capital mundial da obesidade. Então, não, obrigado — rebateu o professor.

— O restaurante é indiano — disse Yoona, checando o celular. — Pode ser, senhor frescura?

— Perfeito.

Quando chegaram ao saguão, no entanto, Bonhwa pediu que esperassem, pois queria olhar onde ficavam a piscina do hotel e a parte de café da manhã. Ravi o acompanhou enquanto os outros conversavam:

— Não pode ser só eu falando, vocês têm que treinar o inglês de vocês também — dizia o professor.

— Mas é difícil! — reclamou Yoona. — Eu tenho a língua meio presa, é complicado.

— Eu posso ensinar algumas coisas a mais a vocês, mas só se prometerem que vão tentar.

— Nem em uma viagem, você larga sua vocação de professor, hein? — comentou Syaoran. — Fofo.

— Ser professor é minha vida, Syao.

— Desculpem-me... — chamou um desconhecido, aproximando-se do grupo e falando em coreano, surpreendendo todos em volta. — Eu não pude deixar de escutar...

O homem tinha a pele preta, o cabelo crespo e bem armado em um *Black Power* incrivelmente atraente. Parecia ter por volta de trinta anos e tinha os olhos puxados e escuros, além de um sorriso simpático dançando em seus lábios grossos: era extremamente bonito e chegou a arrancar um ofegar de todos ali.

— Você é professor? — perguntou curioso, dirigindo-se a Hajoon, que estava um tanto sem graça por sentir-se completamente hipnotizado pelo homem. — Coreano?

— Sim... Sou professor de História em uma escola em Seul e eles são alunos antigos meus — explicou a situação. — Formaram-se agora.

— Oh, que incrível e vocês estão aqui em viagem escolar? — Sorriu.

— Não, não. Viemos para a parada LGBT.

— Então... São amigos?

Hajoon sentiu-se levemente hesitante em responder, com medo que o homem entendesse aquilo de forma errada, mas ele carregava um sorriso tão doce e uma curiosidade tão genuína que foi impossível mentir para ele.

— Sim, todos nós sonhamos juntos com essa viagem por dois anos.

— Fazem parte da comunidade, então? — Quando Hajoon assentiu, o sorriso do homem somente aumentou. — Eu sei que isso pode parecer extremamente estranho, mas você é exatamente o que vim procurar aqui, senhor.

— Me chame de Hajoon.

— Hajoon. — Estendeu a mão para que se cumprimentassem. — Eu sou Kwame. Também sou professor de História, mas tenho doutorado em civilizações africanas. Fiz meu ensino médio em Busan, porque nasci lá. Meu pai é coreano e minha mãe africana. Angolana para ser mais específico.

— Você fala português também, então? — perguntou Hajoon, cada vez mais hipnotizado.

— Sim, falo. — Riu leve. — Dou aulas em Nova Iorque, em uma grande escola pública de lá. E, recentemente, criei um projeto com a ajuda de outros professores e de alguns alunos do terceiro ano, com base nos interesses deles a respeito de coisas que não existem no ensino tradicional.

— Como o quê? — perguntou curioso.

— Como educação sexual, educação sobre "minorias"... — fez aspas com os dedos. — Como a comunidade LGBT, a população preta, mulheres. Além desses assuntos, a maioria dos alunos tinha interesse em culturas que não são muito mencionadas, como a africana, coreana, tailandesa, brasileira...

Ele juntou as mãos em frente ao corpo, parecendo ansioso para falar mais:

— Então... eu, uma professora tailandesa de História, que é trans, e uma brasileira, especializada na cultura de seu país, criamos o projeto "Professores pelo mundo". Nós três damos aula em Nova Iorque, mas pretendemos nos juntar com mais professores interessados e passar por diversas escolas tanto aqui, nos Estados Unidos, como em outros países.

— Uau... Eu estou sem palavras. É uma ideia incrível, meu Deus. — Hajoon encontrava-se estupefato.

— Eu disse tudo isso, porque além de você ser professor de História, faz parte da comunidade e poderia ser de grande ajuda. Você teria algum interesse?

A pergunta pegou Hajoon de surpresa e sentindo o olhar ansioso de Takeshi, Syaoran, Junwoo e Yoona sobre si, não soube o que responder. Era uma proposta e tanto, com objetivos nobres, mas que, provavelmente, o afastaria de seu país, de sua família e de seus amigos. Ele tinha que pensar e não conseguiu emitir uma resposta imediata.

— Não precisa me responder agora! — Kwame apressou-se em dizer. — Eu ficarei uma semana, aqui, em São Francisco e, depois, voltarei à Nova Iorque. O projeto se iniciará apenas no próximo ano letivo, porém teremos que começar os planejamentos oficiais bem antes, comunicar as escolas e... Enfim, não vou encher sua cabeça enquanto você não concordar. — Riu tímido, abrindo sua mochila e tirando de dentro um cartão azul. — Aqui, meu número. Caso se interesse, me ligue.

— Eu... Eu vou pensar, sim. Muito obrigado pela oferta — respondeu Hajoon, um tanto perdido na situação, pegando o cartão.

Kwame despediu-se deles e seguiu para a recepção do hotel no mesmo momento em que Bonhwa e Ravi voltavam. Notando que o professor estava imerso em pensamentos, encarando o nome e o número de telefone no pequeno pedaço de papel, nem Takeshi, nem Junwoo, Syaoran ou Yoona disseram algo a respeito da proposta, respeitando o tempo de pensamento do professor.

— Kwame Choi Juma, professor de História e civilizações africanas — sussurrou, lendo o cartão. Virou o rosto para onde o homem tinha caminhado e o viu sorrindo para a recepcionista, pegando uma chave com a mulher logo em seguida.

Parecendo sentir o olhar sobre si, Kwame virou o rosto para ele e sorriu uma última vez antes de desaparecer entre os hóspedes e seguir para o elevador.

Hajoon desviou o olhar dali e fitou os seus amigos, vendo um Ravi animado, comentando o quão grande era a mesa de buffet enquanto os outros gargalhavam de um Bonhwa emburrado por não ter conseguido falar em inglês com um moço bonito. Hajoon suspirou, olhando para o cartão uma última vez antes de guardá-lo no bolso. Sendo uma decisão importante ou não, ele não decidiria antes de aproveitar cada segundo daquela viagem ao lado de seus melhores amigos.

CAPÍTULO 21

!

Junwoo lembrava-se de ver fotos e vídeos de outros países em suas aulas de Geografia ou História, porém nunca achou que fosse conhecer algum deles. Mas lá estava ele, os olhos presos a algo que achava que veria somente em livros e cartões postais.

A ponte Golden Gate foi um dos principais assuntos que Junwoo precisou estudar quando entrou no assunto "mundo moderno", já que era considerada uma das sete maravilhas. E, por mais que fosse um monumento totalmente urbano, era fascinante olhá-lo. Uma estrutura gigante, em um vermelho gritante, com milhares de veículos circulando sobre ela. Era um reflexo do enorme mundo em que vivia, de tudo que ainda tinha pra ver, de tudo que ainda tinha para descobrir. Respirou fundo, fechando brevemente os olhos.

— Aquele restaurante indiano não foi uma boa ideia — Ravi interrompeu seus devaneios com mais uma de suas lamúrias a respeito do rebuliço dentro de seu estômago. Rebuliço que, infelizmente, estava sendo causado por uma comida que não desceu do jeito certo e não por causa de alguém.

— Não venha com vontade de cagar logo agora, pelo amor de Deus — pediu Yoona, abaixando o celular após fazer o décimo stories para seu Instagram.

— A vontade não é de agora, ela tá aqui desde que eu coloquei aquele *vindaloo*[33] na boca.

— Ninguém mandou, a mulher avisou que era bastante apimentado — rebateu Bonhwa, rindo baixo da maneira como Ravi se contorcia.

---

[33] *Vindaloo*: também chamado *vindalho*, é um prato da culinária indo-portuguesa.

— Gente, alguém tira uma foto minha com o Junwoo? — pediu Takeshi, puxando o namorado pelas mãos para que eles ficassem lado a lado, em frente à ponte que ocupava o fundo da paisagem de maneira grandiosa.

Depois que Hajoon tirou uma foto do casal, eles decidiram tirar uma do grupo e Syaoran foi o encarregado de pedir a um casal de velhinhos que tirasse para eles.

— *Picture, please*[34]! — pediu, indicando o celular enquanto estendia o aparelho para a senhora.

A mulher assentiu sorridente, mas não parecia saber manejar o aparelho, já que olhava para a tela do celular com um grande ponto de interrogação dançando em seu rosto. Syaoran suspirou, saindo da pose para se aproximar e explicar à mulher o que fazer:

— *Here, here*[35] — indicou, sinalizando onde mulher tinha que tocar.

A senhora pareceu, finalmente, entender e conseguiu tirar diversas fotos do grupo, parando somente quando Syaoran disse que estava bom. Eles agradeceram e Syao virou-se orgulhoso para Hajoon:

— Tá vendo, você não é o único fluente aqui.

— Gente... — Ravi se contorceu. — Eu preciso ir ao banheiro.

— Segura esse intestino, por favor — pediu Yoona, já caminhando para sair do local.

— É que não tá mais no intestino! Tá na portinha! Na portinha!

Junwoo gargalhou, apoiando-se aos ombros de Ravi enquanto caminhavam.

— Pensa em outra coisa, *hyung*.

— Não consigo! E é melhor não ficar atrás de mim, eu tô peidando podre.

Com uma careta e uma risada alta, Junwoo se afastou de Ravi para caminhar ao lado do namorado, com os dedos entrelaçados aos dele. No segundo em que o olhou, viu que Takeshi tinha uma câmera apontada para seu rosto.

— Diga, Junwoo-*ssi*, está gostando de São Francisco?

— Tô amando. É tudo lindo demais.

— Não tão lindo quanto você — flertou o mais velho, registrando o exato momento em que os olhinhos de Junwoo se esbugalharam e as bochechas ficaram em um tom carmesim extremamente adorável. — Viu como ele cora, gente?

— Você tá filmando isso pro Instagram, *hyung*? — exclamou, esticando a mão livre para agarrar o celular. — Me dá!

Takeshi gargalhou e desviou, conseguindo postar o vídeo antes que Junwoo tirasse o aparelho de sua mão. E quando Junwoo o tinha para si, franziu o cenho, irritado por não saber a senha.

---

[34] "*Picture, please*!": "Foto, por favor!", em inglês (TRADUÇÃO NOSSA).

[35] "*Here, here*": "Aqui, aqui", em inglês (TRADUÇÃO NOSSA).

— *Aish*, isso é *bullying* — resmungou, devolvendo o celular a Takeshi que, prontamente, o guardou no bolso traseiro da calça.

— *Bullying* foi o que o Ravi fez com a gente no hotel.

O próximo ponto que o grupo decidiu visitar levava dezessete minutos de ônibus, segundo o celular de Hajoon, porém dezessete tornou-se trinta, já que precisaram parar em um restaurante para que Ravi usasse o banheiro. E, infelizmente, nos Estados Unidos, aparentemente, era preciso consumir para utilizar o banheiro de algum local e, no restaurante em que pararam, os preços eram, simplesmente, absurdos.

— Quinze dólares um copo de suco? Essa porra vai ter o quê? O segredo da paz mundial em uma cartinha ao lado? A porra da senha da conta bancária da Kylie Jenner[36]? — Yoona reclamava, xingando a cada palavra e número que lia no cardápio.

— Pede uma água — sugeriu Takeshi, checando o cardápio. — Sete dólares uma garrafa de água? Mas que merda!

— Tô falando que eles devem colocar ouro nessa comida.

No fim, enquanto esperavam por Ravi, Hajoon e Syaoran dividiram uma garrafa de água, já que Takeshi, Yoona, Bonhwa e Junwoo se recusaram a pagar tal quantia por uma garrafa pequena.

— Sou outra pessoa — murmurou Ravi, satisfeito, deixando o restaurante ao lado dos amigos.

— Eu também. Depois de gastar três dólares e cinquenta em uma garrafa de água quando eu podia ter comprado um litrão de Coca-Cola, naquela loja, perto do hotel — reclamou Syaoran.

— Escolha um lugar melhor pra cagar da próxima vez, Ravi — pediu Takeshi, rindo no fim.

— Eu não mando no meu intestino!

Eles ficaram cerca de quinze minutos no ônibus que os deixou em frente ao Pier 39, um dos principais pontos turísticos da cidade, onde as pessoas se reuniam, principalmente, para comer e assistir aos leões-marinhos lutando por espaço nas plataformas do local.

— Meu Deus, são tão fofinhos! — exclamou Junwoo, apontando para um que era bem menor que os outros. — Olhem, um bebê!

— Um bebê bem forte — comentou Syaoran após vê-lo estapeando o braço de um dos leões-marinhos adultos.

O grupo tirou várias fotos e fez diversos vídeos de Syaoran e Ravi imitando os leões-marinhos, ato que rendeu boas risadas e olhares estranhos dos outros turistas incomodados com a felicidade alheia.

— Dá pra ver a ilha de Alcatraz daqui — apontou Hajoon.

— O que tem lá? — Junwoo questionou, interessado. — Parece tão pequena.

---

[36] Kylie Jenner: famosa empresária e *socialite* norte-americana.

— Antes era uma base militar, depois se tornou uma prisão de segurança máxima e, agora, é só um ponto turístico — explicou. — Foi uma prisão durante vinte e nove anos e abrigou alguns dos criminosos norte-americanos mais perigosos.

— Não tem aquele filme... "Fuga de Alcatraz"? — perguntou Bonhwa. — Minha mãe adora esse filme.

— Sim, o filme é sobre o prisioneiro que conseguiu escapar e nunca mais foi visto, então não sabem se ele morreu afogado, como a maioria que tentava fugir, ou se está desaparecido. Frank Morris era o nome dele.

— Fala mais, meus gostos peculiares incluem saber sobre casos de criminosos famosos — pediu Syaoran, o queixo apoiado na mão enquanto ouvia Hajoon atentamente. O professor riu.

— Não tem muito que falar, além disso. Tornou-se uma prisão durante a guerra civil por causa das fortes correntezas e das correntes de ar frio, mas não foi oficialmente utilizada como fortaleza.

— Por que deixou de ser uma prisão? — Takeshi perguntou com curiosidade.

— Porque os donos do lugar perceberam que ela não era exatamente de alta segurança, se fosse comparar com os avanços tecnológicos de pós-guerra.

Depois de lerem uma pequena brochura a respeito da ilha, que foi entregue por um guia, o grupo decidiu parar para tomar café em um dos restaurantes do píer que, por sorte, era bem mais barato que o escolhido por Ravi para usar o banheiro.

— Vão vocês fazer o pedido — disse Hajoon, já sentando-se à mesa. Todos o encararam com um ponto de interrogação explícito na cara.

— O quê?

— Com meu inglês que se baseia em "*fuck*" e "*korean restaurant*"? — indagou Bonhwa, cruzando os braços. — Tem que ser você, *hyung*.

— Vocês conseguem. Deixem o Ravi fazer para compensar o perrengue que a gente passou.

— E pra compensar as vezes que interrompeu Junwoo e eu — completou Takeshi.

— E as vezes que não deixou a gente assistir às apresentações antes do público da boate — acrescentou Yoona.

— Vocês me odeiam, é isso.

Os seis seguiram juntos até o balcão da cafeteria e Ravi deu seu máximo para explicar que queria um expresso, dois cafés com leite, três cappuccinos e um mocha.

— Um nome, por favor — pediu o balconista, em inglês.

— Ahn? — Ravi franziu o cenho.

— Nome — repetiu, gesticulando daquela vez.

— Oh, Ravi!

— August?

— Ahn? No, no! Ravi! — E soletrou em seguida.

— Pra comer aqui ou levar? — perguntou o homem. Os seis ficaram perdidos.

— Hajoon! — chamou Ravi, virando-se.

— O quê? — Quando Ravi apontou para o atendente e ele repetiu a pergunta para o professor, Hajoon respondeu: — Aqui.

O grupo instalou-se à mesa junto ao mais velho, e Ravi suspirou aliviado, como se tivesse acabado de correr uma maratona e pudesse finalmente descansar.

— Nunca mais.

— Vocês precisam praticar e só vivenciando pra aprender — disse o professor, rindo.

— Se até pedir comida é difícil, imagina situações mais sérias. Imagina manter uma conversa com alguém! — exclamou Syaoran, arregalando os olhos. — Tô fora. Eles que aprendam coreano.

— Estadunidenses aprendendo outra língua? — Yoona riu. — Vai chover hambúrguer, se isso acontecer.

— Desculpem-me... — um homem de terno e gravata, branco como uma folha de papel e o perfeito clichê loiro de olho azul se aproximou. Parecia ter por volta de trinta anos, uma pose esnobe e arrogante. Passou os olhos por cada um sentado à mesa, uma careta nascendo em suas feições quando viu as mãos de Junwoo e Takeshi entrelaçadas sobre a mesa. — Essa mesa está reservada.

— Não vi nada indicando uma reserva, senhor — respondeu Hajoon, não perdendo a expressão surpresa do homem ao ouvir seu inglês impecável.

— Pois bem, eu telefonei para fazer uma reserva e escolhi a mesa com a vista para o mar.

— Senhor... Tem outras mesas com vista para o mar. Não pode deixar a gente aqui, visto que não tinha nada indicando sua reserva?

— E você acha que eu vou deixar minha mesa de todo dia para uns imigrantezinhos de merda? Saiam da minha mesa e voltem para o país de vocês!

Hajoon arqueou a sobrancelha, completamente incrédulo com o destrato que receberam sem terem feito nada de errado. Ele viu a cara de perdido dos amigos e agradeceu mentalmente por não entenderem o que foi dito. Nenhum deles merecia a raiva que ele sentiu naquele momento.

— Primeiro, senhor, nós não somos imigrantes, somos turistas e, mesmo que fôssemos, isso não dá o direito ao senhor, norte-americano padrão de classe alta, provavelmente apoiador do Trump[37], nos destratar desta maneira

---

[37] Donald Trump: 45º presidente dos Estados Unidos, conhecido por suas políticas xenofóbicas anti-imigração.

quando temos os mesmos direitos que o senhor — respondeu Hajoon, levantando-se da mesa para encarar o homem no mesmo nível.

— E não tinha outro lugar para turistar não, *japa*? Brasil, por exemplo. Por que escolheram a América, se sabem que não gostamos de vocês aqui? — inquiriu o homem, espumando de raiva.

— O Brasil fica na América, senhor "Sou-ótimo-em-geografia". Brasileiros são americanos. Você mora nos Estados Unidos, América do Norte, sabe? A América tem um norte, um centro e um sul, ok? — debochou, cruzando os braços. — E eu sou sul-coreano, não que isso faça diferença pro seu ego ignorante.

— Não faz mesmo, não. Eu só quero a minha mesa.

— Então, procure por uma em outro restaurante, senhor, porque aqui você não fica — disse o balconista que trazia os pedidos do grupo. Ele sorriu de maneira irônica para o engravatado. — E se não sair, eu chamo os seguranças.

O homem pareceu pensar em retrucar, mas ao ver o olhar sério do funcionário, saiu em passos duros, dando bufadas como um touro. O atendente suspirou, virando-se para o grupo com um sorriso aliviado nos lábios:

— Ainda bem que ele saiu, porque não temos seguranças.

Hajoon riu baixinho e agradeceu, ajudando-o a colocar os pedidos na mesa. Quando se sentou novamente, Junwoo foi o primeiro a perguntar:

— O que aconteceu aqui?

Depois que finalizaram o café da tarde, decidiram ir caminhando até a Grace Cathedral, uma catedral famosa por seus mosaicos, labirintos, vitrais e perfeita réplica da obra de Ghiberti[38], "Portão para o Paraíso", uma porta dourada com desenhos em relevo. Caminharam durante trinta minutos e esperaram cinco em uma fila de turistas que queriam visitar o mesmo local. Quando, enfim, entraram, perceberam que era um ambiente silencioso, onde apenas fotos sem flash eram permitidas.

— Me sinto muito pressionado a ser silencioso — sussurrou Ravi. — Eu vou acabar tropeçando e derrubando tudo.

— Me dá sua mão — murmurou Takeshi de volta, agarrando ao braço de Ravi para guiar e impedir que fizesse uma performance indesejada dentro do local.

Junwoo olhava para todos os lados, admirado com a beleza da catedral. Os vitrais eram estonteantes e davam um ar bem colorido ao local que, em sua maior parte, era cinza. Viu pessoas rezando, acolhidas pelo ambiente e sorriu minimamente, sentindo-se confortável por observar.

O dia estava chegando ao fim, mas aquilo não desmotivou o grupo, que decidiu visitar mais um lugar. Passaram em um mercado para comprar alguns

[38] Lorenzo Ghiberti: escultor italiano renascentista (1378 – 1455).

aperitivos e seguiram para o jardim botânico, conhecido, na cidade, por ser o melhor local para fazer piqueniques, por conta do extenso campo, ambiente florido e lagos.

Quando chegaram ao lugar e acharam um bom ponto para se sentar e comer, todos se deitaram no chão e apreciaram o sol de verão um pouco antes dele se pôr. Junwoo fechou os olhos, sentindo que poderia adormecer com o vento fresco e a luz alaranjada esquentando-o.

— Você fica lindo desse jeito — sussurrou Takeshi contra sua orelha. O mais velho estava deitado ao seu lado. — Eu tiraria uma foto, se não estivesse com preguiça de levantar.

— Nada de preguiça. Temos coisas a fazer mais tarde — murmurou Junwoo, os olhos ainda fechados e a expressão tranquila.

— Eu tô aqui falando que você tá lindo e você pensando em me fo...

Foi interrompido por uma mão em sua boca:

— Não fala alto assim!

— É segredo pra alguém? — perguntou risonho, uma sobrancelha arqueada. Junwoo revirou os olhos, sorrindo também e voltou a se deitar.

— Acho que esse foi o pôr do sol mais lindo que eu já vi — declarou Bonhwa. Ele estava sentado, diferente dos outros, admirando a paisagem.

— É porque eu tô embaixo dele — rebateu Syaoran, fazendo uma pose, já que estava de frente para ele. Bonhwa riu.

— Amanhã vai estar tudo ainda mais bonito — falou Yoona, os olhos fechados assim como os de Junwoo. — Os desfiles vão começar logo de manhã.

— Vai ser incrível. Mal posso esperar — proferiu o de cabelos roxos. — Quero ver todo mundo de pé logo cedo, ein?

— Você quem vai transar essa noite. A gente que deveria dizer isso pra você, né? — rebateu Syao, levando um chute leve do melhor amigo em seu pé. — Resenha no meu quarto e do Hajoon pra todos menos os Tawoo. Música alta pra tampar os gemidos dos dois desgraçados, quem tá dentro?

— Eu — disseram os quatro restantes em uníssono.

— Vocês são um bando de invejosos, porque quem vai levar pirocada no cu hoje sou eu! — Takeshi viu o namorado corar até o último fio de cabelo enquanto todo o resto da turma gargalhava. — Desculpa, amor! Mas eles precisam engolir essa verdade!

Mas Junwoo nem se importou com as risadas e com outros comentários safados, já que só conseguia repetir mentalmente o momento em que foi chamado de amor enquanto teve seus dedos entrelaçados aos do namorado.

Eram sete horas da noite quando chegaram ao hotel. Todos subiram juntos e separaram-se para tomar banho e descansar após um dia cheio. Takeshi jogou-se na cama assim que o namorado fechou a porta do quarto, afastando as pernas e abrindo os braços na direção do namorado.

— Pronto, sou todo seu.

— *Hyung*! — Gargalhou. — Tentador, mas eu vou tomar um banho antes.

Takeshi não disse nada e somente assistiu a Junwoo pegar uma cueca em sua mala antes de seguir para o banheiro.

— Deixa a porta aberta, deixa a porta aberta... — sussurrava o de cabelo roxo, os dedinhos cruzados na torcida. Quando viu que o namorado não trancara a porta, sorriu. — Isso!

Junwoo cantarolava enquanto removia a roupa e ligava o chuveiro. Quando viu o vapor aparecer e sentiu a temperatura agradável sob os dedos, sorriu satisfeito e enfiou-se debaixo da água. Encheu a mão de shampoo e esfregou seus cabelos com paciência, massageando-os para enxaguá-los logo depois. Enquanto se ensaboava, estava tão distraído com os pelinhos pequeninos em sua barriga que não notou Takeshi adentrando o cômodo, sorrateiramente, já sem roupa alguma. O mais velho abriu o vidro do box e, só então, Junwoo o notou.

— *Hyung*!

— Junwoo! — exclamou de volta, divertido. Entrou no box e fechou o vidro, aproximando-se do namorado.

— Por que entrou?

— Isso é pergunta que se faça? Queria ver você cantando e se ensaboando, ué. Continue. — Apoiou-se à parede do chuveiro, admirando o mais novo com um sorriso sacana nos lábios.

— Não consigo fazer isso com você assistindo — resmungou, descendo o olhar pelo corpo exposto do namorado.

— Já passou o condicionador? — Ele se aproximou de Junwoo e ficou de frente a ele, debaixo d'água.

Junwoo negou com a cabeça.

— Deixa que eu passo, então. — Takeshi pegou o condicionador e puxou o mais alto para que ele saísse debaixo da água. Esfregou os fios cuidadosamente, assistindo-o fechar os olhos e apreciar o carinho enquanto encaminhava as mãos até sua cintura, apertando-a delicadamente. — Gostou do passeio? — perguntou baixinho, ainda massageando o couro cabeludo de Junwoo. O mais novo ronronou positivamente. — Tá tão gostoso assim? Você está ronronando.

— Eu gosto quando você mexe no meu cabelo — murmurou satisfeito, puxando o namorado para mais perto e enfiando os dois debaixo da água. — Mas se você mexer demais, vai me deixar com tesão.

— Então... — Takeshi sussurrou, o sorriso safado crescendo em seus lábios enquanto infiltrava, mais uma vez, os dedos nos fios da nuca do mais novo e, daquela vez, os puxava com força. — Deixa eu mexer mais, hm?

As bocas ficaram perigosamente perto uma da outra, com água escorrendo entre elas, deixando o clima mais sensual e esquentando ambos os corpos quase que imediatamente. Takeshi arrastou os lábios contra os de Junwoo, lentamente, descendo uma das mãos até agarrar o quadril dele. O toque foi firme e desestabilizou totalmente o mais novo, arrancando-lhe um suspiro tremido.

— Por que você me tortura desse jeito? — perguntou baixinho, ofegando quando os dedos sorrateiros de Takeshi dedilharam sua virilha.

— Porque eu gosto de ver você todo rendido a mim, Junwoo-*ah*.

Junwoo choramingou e, surpreendendo tanto si mesmo quanto Takeshi, virou os corpos e prensou o mais velho na parede. A água passou a bater somente nas costas de Junwoo, que estava mais preocupado por corar com a atitude impulsiva que teve pela excitação.

— Continua — pediu Takeshi, ofegante, arrepiando-se todo com a pressão que o namorado fazia em seus quadris.

Motivado pela reação positiva, Junwoo enterrou o rosto no pescoço alheio e espalhou beijos pela sua pele, intercalando com mordidas ao ouvir os gemidos do namorado satisfeito. Suas mãos escorregaram até agarrar a bunda de Takeshi, apertando a carne entre os dedos, sentindo todo o corpo do mais velho estremecer.

— É assim que vai me apertar quando eu estiver sentando em você? — sussurrou Takeshi, aproveitando que sua boca estava bem perto da orelha de Junwoo. Mordiscou o lóbulo da mesma, chupando lentamente.

— *Hyung*... — gemeu, apertando com mais força, juntando os quadris e sentindo a ereção do namorado contra a sua.

— Me mostra, hm? Me mostra como vai me foder.

Junwoo, então, sentindo o pau pulsar a cada sílaba que deixava a boca de Takeshi, começou a mover os quadris para frente. Sua ereção raspava contra a do mais velho da maneira mais deliciosa possível, tornando-se ainda mais forte por sentir a extensão de Takeshi pressioná-la, as glandes sensíveis se tocando com os movimentos precisos. Com as mãos tremendo para puxar o mais velho para mais perto, ele cravou os dedos nas coxas fartas, puxando-as até que estivesse com Takeshi no colo.

Takeshi beijou o mais novo com urgência, estremecendo quando as línguas se encontraram de maneira violenta, explicitando o quão necessitado ambos estavam. As mãos dele se arrastavam pelas costas firmes de Junwoo, arranhando-as com suas unhas curtas, buscando pressioná-lo ainda mais contra seu corpo.

— Vamos pra cama, por favor — pediu exasperado, mordiscando o lábio de Junwoo com força quando ele simulou mais estocadas lentas.

Obedecendo, Junwoo desligou o chuveiro e, com o corpo pingando, correu para a cama da suíte. Deitou o mais velho no estofado, colocando-se imediatamente por cima para beijá-lo novamente, com aquela fome que sempre sentia quando estava tendo momentos quentes como aquele.

— Me dê seus dedos — pediu Takeshi, a respiração pesada chocando contra o rosto alheio.

O mais novo subiu a mão e teve o pulso segurado pelo namorado, que pegou seu indicador e dedo do meio. Com os olhos brilhando em pura malícia, Takeshi envolveu os lábios em torno dos dígitos alheios e chupou-os, sentindo o corpo de Junwoo tencionar sobre o seu. Junwoo gemeu, desejando que, no lugar de seus dedos, fosse o seu pau. Era uma visão pecaminosa tão excitante que o arrancou do eixo.

— Me prepare.

Junwoo entendeu o pedido, mas hesitou do mesmo jeito.

— *Hyung*... Mesmo que seja eu que, hm, vá fazer, eu preciso que me guie. Não quero te machucar.

Sorrindo com a doçura de Junwoo, com a mão que não segurava o pulso dele, Takeshi tocou em sua nuca e o puxou para baixo, colando novamente as bocas em um beijo um pouco mais calmo, porém ainda faminto. Enquanto os lábios se moviam um contra o outro, se amassavam em um ósculo firme, ele empurrou Junwoo para que este se sentasse na cama.

— Pega o lubrificante e a camisinha.

Junwoo obedeceu e, em meio a tropeços e uma dificuldade absurda de andar por conta do pau pulsante entre as pernas, conseguiu chegar à mochila e pegar os dois itens. Quando se virou para a cama e teve a visão que teve, Junwoo quase desfaleceu no chão daquele quarto quente e molhado pelos pingos de água que os dois corpos dos adolescentes excitados demais não secaram antes de transar.

Takeshi estava de quatro no estofado macio da cama, a bunda arrebitada de forma tentadora. Junwoo salivou pela perspectiva quase ilegal daquele corpo divino que estava ali, à sua disposição, esperando por ele.

Nervoso, o mais novo se aproximou em passos lentos até estar de joelhos atrás de Takeshi. Deixou as camisinhas e o lubrificante ao lado de seus corpos e segurou os lados da cintura alheia.

— Quero que molhe bem seus dedos e me foda com eles. Tudo bem por você, Woo? — pediu o mais velho, apoiando-se sobre suas mãos para conseguir ter uma boa visão do que Junwoo faria.

E ele assentiu, completamente devoto aos comandos de Takeshi. Encharcou os dedos de lubrificante, provavelmente pegando mais que o necessário pelo medo de machucar o outro. Primeiro, rodeou a entrada com o indicador, usando a outra mão de suporte na cintura dele, apertando a pele entre seus dedos. Observou como o corpo de Takeshi estremeceu sob seus toques e, sorrindo satisfeito, se inclinou até ter a boca rente ao pescoço dele.

Enfiou lentamente o indicador, perdendo o medo, conforme percebia Takeshi empinar-se mais, os pelos da coluna todos eriçados, os lábios entreabertos e olhos fechados. Junwoo lambeu uma linha do ombro até a orelha de Takeshi, mordiscando-a ao que começava a mexer o dedo em um vai e vem que ficava cada vez mais rápido.

A visão que Junwoo tinha de Takeshi era simplesmente incrível. A melhor que poderia ter na vida. Com a mão que antes estava na cintura, agarrou uma das bandas da bunda do namorado, afastando-a para conseguir enfiar mais um dedo nele.

— Isso, assim... — Takeshi gemeu em puro deleite quando um chupão do mais novo veio acompanhado de mais um dedo dentro de si. — Enfia, Junwoo, mais rápido. Me deixa pronto pra você.

Junwoo gemeu junto, aproveitando a posição para roçar o seu pau completamente duro e gotejante contra a coxa do outro, buscando por algum tipo de alívio. Qualquer um que fosse. Então, cada vez mais excitado, empurrou os dedos com mais força contra a bunda de Takeshi, sentindo-o se apertar em torno de seus dígitos, deixando-o ainda mais ansioso para sentir o seu pau ali dentro.

— Consegue me sentir piscar, Woo? — sussurrou Takeshi, a voz rouca e o tom provocativo arrancando um gemido necessitado do mais novo.

— Consigo e, ugh, merda, *hyung* — xingou, torcendo um pouco o pulso por acidente e surpreendendo-se com o gemido alto que recebeu em troca.

— D-de novo!

E Junwoo o fez. Torceu o pulso mais uma vez, ainda mexendo-o para frente e para trás, fodendo Takeshi como desejava fazer há semanas. Arrancou os gemidos mais deliciosos do namorado, observando-o se contorcer sobre seu toque, suando e tremendo, conforme seus movimentos aceleravam.

— *Hyung*, eu preciso... Preciso colocar meu pau — manhou, tirando seus dedos e suspirando em deleite com a visão da entrada alheia se contraindo no nada.

— Deixa eu molhar inteirinho antes.

Takeshi sabia que as falas explícitas excitavam o mais novo como nada mais e a prova era como a expressão dele tornava-se entregue, seus toques vacilavam e o suspiro deixava seus lábios. Era em momentos como aquele que o mais velho enxergava que Lee Junwoo estava totalmente entregue a si. E era em momentos como aquele que ele enxergava o quanto estava entregue a Lee Junwoo.

Colocou-se de quatro novamente, mas de frente para o rosado, agarrando as coxas dele para puxá-lo para mais perto. Junwoo buscou por apoio e encontrou os ombros de Takeshi, apertando-os com força para descontar o espasmo imediato que sentiu com o olhar que Takeshi deu em seu pau.

— Tão lindo! — murmurou, umedecendo os lábios enquanto levava uma mão até seu falo. Agarrou-o pela base e sorriu satisfeito. — E tão duro pra mim... — Takeshi beijou o prepúcio lentamente, encarando o mais novo sob seus cílios. Queria observar cada reação dele. Então, sem avisar, tocou a base da ereção com a língua, arrastando o músculo molhado até a glande. Ali, arrastou seus lábios na fenda grudenta antes de envolvê-la e chupá-la com gosto.

Junwoo tinha o corpo quente, o coração acelerado. Era tudo tão delicioso que surgia uma vontade imensa de ficar ali para sempre. O mais velho esticou a mão, agarrando a bunda de Junwoo e puxando o quadril dele contra seu rosto, abrigando-o cada vez mais em sua boca.

— Isso é maldade, *hyung* — lamuriou, apertando os olhos com força quando sentiu o aperto em sua bunda. Era tão gostoso.

Takeshi sentia todo o corpo queimar. Era enlouquecedor. Soprou a glande, satisfeito ao vê-lo tremer em suas mãos. Com o pau na boca, brincando com a extensão, lambendo-a e dando leves sucções, percebeu a inquietude do mais novo. Riu baixinho, achando ainda mais excitante a forma como Junwoo parecia totalmente perdido sob seus toques.

Colocou tudo na boca, sentindo a glande tocar o fundo de sua garganta. Quase engasgou, mas era completamente inebriante. Subiu e desceu, cobrindo cada pedaço de pele enquanto movia a língua para deslizar nas veias sensíveis. Os cantos de seus olhos já estavam molhados quando levantou novamente seu campo de visão até Junwoo, cravando seus orbes nos dele para que aquela imagem ficasse eternizada em sua mente.

Junwoo deliciava-se com a pressão que a garganta de Takeshi fazia em seu falo, o quase engasgo causando-lhe as sensações mais distintas e deliciosas. Ele abriu os olhos, porque sentiu que precisava assistir a Takeshi, e quase chorou com a visão, o pau pulsando ainda mais dentro da boca alheia.

Descontrolado, Junwoo apertou com mais firmeza os ombros alheios e estocou lentamente contra a boca, tremendo com o conjunto de sensações. Suas coxas tremiam, o abdômen se torcia e os gemidos deixavam sua garganta sem restrição nenhuma.

Takeshi continuou fazendo com maestria aquilo que sempre amou fazer: dar prazer a Junwoo. A sensação de encher sua boca com o pau era incrível e sentia vontade de transar a noite toda só pelo fato de estar ali, sugando a ereção inchada e gostosa.

— Vai colocar em mim agora, Junwoo-*ssi*? — pediu, soltando o pau dele em um estalo extremamente sujo. Virou-se de costas para o namorado e apoiou-se aos cotovelos, empinando para ele. — Vem.

Mesmo com o pau todo babado, Junwoo achou melhor derramar mais lubrificante sobre a camisinha após vesti-la. Segurou os dois lados do quadril do namorado e pincelou desajeitadamente o pau na entrada pulsante, forçando-a lentamente para dentro.

— Porra... — xingou baixinho, jogando a cabeça para trás. — *Hyung*, é m-muito apertado. M-me ajuda.

Takeshi esticou a mão para trás e segurou no pau do namorado, ajudando-o a guiá-lo para dentro de sua bunda.

Junwoo revirou os olhos e gemeu alto, acompanhado de Takeshi, que mal conseguia respirar devidamente, sentindo as paredes internas se alargarem, conforme Junwoo entrava nele. Seus dedos apertaram o lençol e ele murmurou um "espera!" abafado, sentindo aquela dor que sempre vinha antes do prazer, dominando todos os seus sentidos.

— C-cuidado, não é a mesma coisa que os dedos — murmurou Takeshi, a voz tremendo.

E Junwoo esperou parado, por mais que todo seu corpo quisesse se movimentar e proporcionar mais prazer. Takeshi era mais importante. Então, acariciou suas costas com os dedos tremelicando enquanto a outra mão subia até a nuca alheia e massageava ali, tentando relaxá-lo.

A preocupação por ver a expressão de dor de Takeshi quase fez seu tesão ir embora, mas Junwoo focou cuidar do corpo do namorado, beijando sua pele das costas e sussurrando que poderia parar a qualquer momento.

— Pode ir — murmurou o mais velho, sentindo-se menos tenso.

As estocadas começaram desajeitadas, já que Junwoo não tinha experiência alguma naquilo, mas assistiu à forma como os quadris de Takeshi se arrumavam para recebê-lo melhor, tentando guiar seus movimentos e acabou decorando como o namorado parecia gostar.

— Assim? — perguntou, nunca deixando de soar manhoso, empurrando os quadris lentamente para frente, sentindo as reboladas que Takeshi dava para lhe ter mais fundo lhe enlouquecerem de maneira que só ele sabia. — A-assim tá gostoso, *hyung*?

E Takeshi gemeu; gemeu porque as palavras que Junwoo deixava, inocentemente, escaparem, era o suficiente para lhe fazer queimar até o último nervo. Empurrou o quadril quase que bruscamente para trás, sentindo a mão de Junwoo apertar sua cintura com força. Ele arfou, desesperado, sentindo o mais novo começar a mover os quadris, forte e intenso, arranhando suas costas por buscar uma maneira de descontar seu tesão.

Junwoo se curvou sobre seu corpo, gemendo rente ao ouvido dele antes de deslizar a boca pelo pescoço liso, beijando-o com fome e fazendo questão de chupar com força para deixar inúmeras marcas; e Junwoo gostava de ver as marcas, tanto em seu corpo quanto no corpo do namorado.

Uma chama incandescente pareceu eclodir em cada célula do corpo de Takeshi ao ter Junwoo entrando e saindo dele repetidamente, cuidadoso porém intenso, forte, atingindo-o em pontos que ele sentia falta de ser atingido. Os gemidos deixavam sua garganta de maneira descontrolada, rasgando-a da mesma forma que Junwoo fazia consigo.

— Deixa eu sentar em você. Eu quero controlar — pediu, querendo ver as expressões de prazer de Junwoo por finalmente estar dentro dele.

Quando ele tirou o pau de seu interior e se deitou na cama, Takeshi sorriu, inebriado, colocando-se em seu colo e apoiando as mãos em seu peitoral forte.

— Era isso que você queria, hm? Estar dentro de mim desse jeitinho, não, é, Junwoo?

— Sim, *hyung* — gemeu alto quando Takeshi escorregou por sua extensão. Seu quadril moveu-se, imediatamente, para cima, estocando-o. Arqueou as costas e apoiou as mãos nas coxas alheias, apertando-as com força antes de subi-las e beliscar os mamilos do mais velho, brincando com a joia que residia em um deles. — É tão gostoso.

— E vai ficar mais.

Dito isso, Takeshi sentou com gosto, inclinando-se para tocar a testa molhada de suor na dele, conforme Junwoo também investia. As respirações estavam totalmente desreguladas, os movimentos opostos intensificando o tesão de ambos. Takeshi apoiou-se mais ao peitoral alheio, cravando as unhas em sua pele. Rebolou intensamente, extasiado por Junwoo não cessar as estocadas, mesmo quando era ele quem estava sentando.

Sua entrada ardia de maneira gostosa, contraindo-se em torno do pau alheio, apertando-o e provocando-o ainda mais. Um sorriso satisfeito domou os lábios de Junwoo quando os dedos de Takeshi esticaram e apertaram seus mamilos, provocando-os e observando-os endurecer sob seu toque.

— Tão sensível... — Riu provocante. Arrastou seus lábios contra os de Junwoo e mordiscou o inferior, chupando-o para dentro de sua boca.

Junwoo sentia o seu pau sendo espremido de forma gulosa pela entrada alheia e mordeu o próprio lábio com tanta força que chegou a sentir um leve gosto de sangue, mas não se importou, pois estava em outro mundo, imerso naquelas sensações que nunca imaginou sentir. E com Takeshi. Com Ishikawa Takeshi.

Takeshi queria vê-lo atingir seu máximo, então empurrou a bunda com mais força, engolindo o pau de Junwoo e contraindo-se propositalmente. Rebolava enquanto gemia copiosamente, as coxas contraindo-se sozinhas pelos espasmos deliciosos que percorriam todo seu corpo.

— Vai gozar pra mim, Junwoo-*ah*? Vai gozar bem gostoso pro seu namorado? — sussurrou contra a boca do mais novo, não parando os movimentos de seus quadris. Uma hora, rebolava lentamente e, na outra, empurrava violentamente para baixo, arrancando os gemidos mais necessitados de Junwoo, que tremia de tesão; não podia evitar, já que além de sentir tudo e mais um pouco, conseguia ver seu pau sumir dentro de Takeshi. Ele pulsava, sentia-se apertado e completamente melado, desejando cada pedacinho de Takeshi que pudesse ter.

Junwoo queimava de prazer.

E foi quando Takeshi sussurrou um "eu te amo" contra sua boca, movendo-se da maneira mais deliciosa possível, que Junwoo sentiu todos os músculos falharem e tremerem. Aquela onda de prazer intensa e indescritível subiu de seus pés e desceu de seu peito até seu pau, trazendo aquela explosão extraordinária e levando-o a jorrar dentro de Takeshi, sentindo a camisinha prender o líquido e impedir que sujasse o namorado por completo.

— Takeshi... — gemeu, sem parar de mover os quadris, querendo prolongar o orgasmo. Suas mãos subiram até a nuca do mais velho e puxaram para mais um beijo afoito, a saliva escorrendo pelo canto dos lábios de ambos pela falta de coordenação. — *Hyung*... Vem pra mim.

E para ajudá-lo, Junwoo escorreu uma das mãos até segurar o falo alheio e movimentou-a para cima e para baixo de maneira desajeitada, mas ainda extremamente prazerosa para Takeshi. O de cabelo roxo gemia contra os lábios vermelhos e inchados do mais novo, movendo o quadril para frente e estocando contra a mão dele, ao mesmo tempo em que ainda se fundia contra seu pau. E foram apenas segundos para que ele jorrasse sobre ambas as barrigas, sujando os dois corpos com o gozo branco e espesso enquanto gemia deleitosamente sobre os lábios do namorado.

Os dois ficaram daquela maneira, colados, com Takeshi sobre Junwoo, ofegantes e esperando as respirações normalizarem. Quando recobraram os sentidos, Junwoo sorriu, as bochechas esquentando.

— Eu também te amo, *hyung*. Eu só não consegui falar na hora — murmurou.

— Fofo até com o pau dentro de mim — devolveu, erguendo o tronco. — Você gostou?

— Eu fiquei com medo de te machucar — revelou.

— Se você não tivesse parado e esperado, teria me machucado, mas você fez direitinho, Woo. — Sorriu, dando-lhe um selinho lento. — Agora, a hora da verdade... Prefere dar ou comer, Junwoo?

O mais novo gargalhou.

— Qualquer coisa com você é gostosa, *hyung*.

Takeshi arqueou uma sobrancelha.

— Prefere dar, né?

Junwoo sorriu inocentemente. O mais velho riu.

— Quando for jogar a camisinha fora, dê um nó nela.

Com dificuldade, o mais novo conseguiu se levantar e fazer o que lhe foi dito. Lavou-se rapidamente no banheiro, limpando a barriga e encarando-se no espelho em seguida. Ele nem percebeu que carregava um sorriso bobo nos lábios, bobo por ter dado mais um passo em sua relação, bobo por saber que Takeshi confiava nele o suficiente para permitir que fizesse o que fez. Bobo por, mais uma vez, ouvir o namorado dizer que o amava.

Suspirou, pegando uns papéis umedecidos com água para levar até Takeshi e limpar a barriga dele. Quando chegou ao quarto, o mais velho estava sentado na cama, a cara branca enquanto encarava o telefone.

— *Hyung*, tá tudo bem? — perguntou preocupado, aproximando-se.

Takeshi não respondeu e somente estendeu o celular para ele. Era um e-mail da Universidade de Seul:

— Takeshi-*ssi*... — exclamou embasbacado. E então, leu atentamente as palavras: — "Prezado senhor Ishikawa Takeshi, temos o prazer em anunciar que o senhor foi aceito na Universidade de Seul para o curso de Ciências Políticas!" *Hyung*, você foi aceito! Você conseguiu!

E sem se importar com mais nada, Junwoo somente jogou-se em cima do mais velho, abraçando-o e rolando na cama com ele, parabenizando-o por um feito tão grande e importante como aquele.

— Eu sabia! Sabia que você ia conseguir!

— Junwoo! — Gargalhou. — Você tá me apertando!

— E vou apertar mais!

Junwoo só deixou de apertá-lo quando sentiu que o havia parabenizado o suficiente. Deixou milhões de beijos em seu rosto e, por fim, beijou-o na boca, murmurando que o amava.

— Olhe o seu e-mail! Talvez tenha algo!

De repente, o sorriso orgulhoso e animado de Junwoo foi substituído por uma expressão amedrontada. Ficou nervoso, suas mãos suaram e os olhos fugiram dos dele, perdendo-se no nada enquanto a mente vagava nas possibilidades que surgiriam dali para frente. Ou ele seria aceito e estudaria na mesma universidade que seu namorado, podendo vê-lo todo dia, almoçar junto e passar um bom tempo ao seu lado ou ele não seria aceito na mesma e, por mais que ficassem na mesma cidade, não poderiam se encontrar todos os dias, teriam que equilibrar o tempo juntos com o tempo de estudos e trabalho...

Ele sentiu, então, de imediato, o receio de olhar o que teria em seu e-mail. Poderia ser bobeira sua, já que sabia que milhares de casais precisavam lidar com o relacionamento realmente à distância, porque moravam em países ou cidades diferentes, mas Junwoo não gostava nem de pensar em não ver Takeshi todos os dias.

— Preciso mesmo olhar? — perguntou baixinho, os dedos brincando com a barra da cueca que vestiu.

— É claro que precisa. Por que não olharia, Woo? — Takeshi se arrastou para mais perto dele, abraçando-o pela cintura.

— Eu quero muito ser aceito na mesma universidade que você, *hyung* — revelou, suspirando tristonho. — Quero poder te ver todos os dias.

— Vamos dar nosso jeito, Woo, assim como demos pra tudo. — Puxou os cabelos dele para trás, acariciando sua bochecha em seguida. — Nem que eu me mude pra ficar pertinho de você e a gente possa ir junto pras nossas faculdades. Ok?

— Promete? — perguntou abobalhado com o carinho que enxergava nos orbes de Takeshi.

— Prometo. — Sorriu. — Agora olhe o seu e-mail!

E Junwoo o fez, com o coração acelerado e os pés balançando de ansiedade. Ele abriu a caixa de entrada e, quase sem esperança por não ver nenhum e-mail novo de imediato, atualizou-a. E deu de cara com uma mensagem não lida: *Você tem um novo e-mail de Universidade de Seul (SNU)* — era o que ele lia na tela.

— Vai! Vai! — Takeshi exclamou.

— Não consigo! Lê pra mim! — E jogou o telefone para que o namorado lesse o e-mail.

Takeshi riu e fez o que lhe foi pedido. Leu em voz alta cada palavrinha:

— "Prezado senhor Lee Junwoo, temos o prazer de..." Porra! Junwoo! — gritou, agarrando o namorado novamente em um abraço apertado, ficando por cima dele na cama.

E eles rolaram em meio a gargalhadas, os corações recheados de alívio e amor por estarem juntos ao receber aquela notícia que mudaria o rumo de suas vidas para sempre. Tudo mudaria, mas eles permaneceriam juntos.

CAPÍTULO 22

!

— Vem aqui.

Junwoo deu um passo para mais perto de Takeshi, ficando de costas para ele enquanto o mais velho segurava em seus ombros. Junwoo abriu os olhos e teve a visão do reflexo deles no espelho do banheiro do hotel. E foi uma das imagens mais bonitas que já viu.

Takeshi estava com os cabelos penteados para trás, expondo o *undercut* que havia feito em um surto na noite anterior, já que queria estar com sua melhor aparência para o desfile. Usava uma gargantilha de arco-íris brilhante, um *cropped* branco com os dizeres "*Proud and Loud*[39]" na frente, cada letra com uma cor diferente e uma calça jeans clara de cintura alta. E, para completar o look que quase arrancou um gemido de Junwoo, Takeshi tinha os olhos pintados com uma sombra leve e o desenho de uma bandeira gay dentro de um coração em sua bochecha.

— Eu achava que a bandeira gay era a do arco-íris — comentou quando Takeshi pintou, com tons de azul organizados dentro do coração.

— Muita gente acha, mas a de arco-íris é, na verdade, da comunidade LGBT.

E então, Junwoo pediu a Takeshi que pintasse suas bochechas: de um lado, a bandeira da comunidade e, do outro, a de sua sexualidade. E o mais velho o fez com um sorriso orgulhoso nos lábios, murmurando, a cada segundo que se passava, que ele estava lindo.

— E se a gente colocasse um brilho, *hyung*? — perguntou, indicando seus olhos após se olhar no espelho.

Takeshi concordou e usou o seu glitter para enfeitar tanto os seus olhos quanto os do namorado, tomando cuidado para não deixar cair na roupa.

---

[39] *Proud and Loud*: "Orgulhoso e alto", em inglês — no sentido dizer em voz alta o seu orgulho (TRADUÇÃO NOSSA).

Diferente de Takeshi, Junwoo vestia uma bermuda jeans e uma camiseta rosa larga que tinha a silhueta de dois homens se beijando estampada.

— Vamos ser o casal mais lindo daquela parada — declarou Takeshi, posando em frente ao espelho. Junwoo riu, abraçando-o por trás e negando.

— Você vai ser o garoto mais lindo daquela parada.

— Mentir é feio.

— Ainda bem que não minto.

Takeshi abanou a cabeça, rindo. Tirou o celular do bolso e apontou a câmera para o espelho, capturando aquele sorriso lindo que dançava nos lábios do namorado enquanto o abraçava. Enviou a foto para Junwoo e disse:

— Manda pros seus tios e pra sua mãe, Junwoo-*ah*.

O mais novo se afastou para enviar enquanto Takeshi saía do banheiro para preparar a mochila que eles levariam, carregada de água, alguns lanchinhos, dinheiro e toalhas. Junwoo apoiou-se à parede e enviou a foto para um grupo que Jooheon havia criado com eles, James e Jiyoon para que o adolescente não precisasse contar três vezes o que havia feito durante o dia.

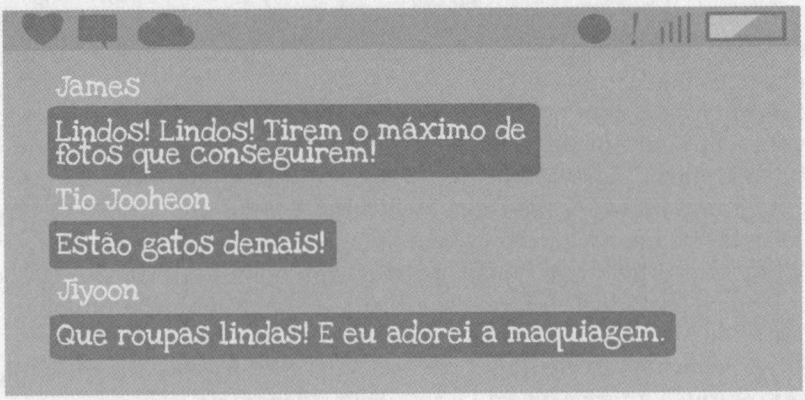

Junwoo sorriu bobo, sentindo o peito aquecido com as mensagens. Enviou mais uma foto sua, daquela vez uma selfie, com direito a biquinho e tudo. Acabou gostando da foto e a postou em suas redes sociais, anunciando que estava prestes a ir à parada gay de São Francisco.

— Bom dia, bom dia! Chega de putaria, porque hoje é dia de ousadia! — Syaoran entrou gritando dentro do quarto do casal, aproveitando que a porta estava encostada, pois Takeshi havia deixado o cômodo mais cedo para pegar maquiagem emprestada com Ravi. Ele vestia um *cropped*, assim como Takeshi, mas a peça era inteiramente um arco-íris e combinava perfeitamente com o jeans branco e a maquiagem bem colorida que preenchia seu rosto. Em suas costas, Syaoran carregava a bandeira gay e, nas mãos, o celular apontado para o casal já prestes a deixar o quarto.

— Como está hoje, casal Tawoo? Animados? Ansiosos? Cansados? Já que transaram bastante ontem — falou, filmando ambos. Junwoo corou.

— *Hyung*, para de filmar.

— Não, Woo, é pros meus seguidores. Eles precisam ver cada pedacinho deste dia incrível que vamos ter! — exclamou. — Já filmei todos e estão dignos de ficarem sobre o caminhão do trio elétrico onde vai ter os shows.

— Tô doido pra ver como o Ravi tá — comentou Takeshi, fechando a mochila e colocando-a nas costas. — Quando passei no quarto dele, tava saindo do banho ainda.

— Ele vai montado? — perguntou Junwoo, os olhos brilhando. — Eu quero muito ver!

— Então, vamos! — exclamou Syaoran, saindo do quarto e deixando a porta aberta para que o casal o seguisse.

Junwoo ia, mas foi impedido pelas mãos de Takeshi que seguraram em sua cintura e o viraram de frente para ele. Sem dizer nada, Takeshi apenas pegou a bandeira LGBT de cima da cama e colocou nas costas de Junwoo, deu um nó em seu pescoço para que ele conseguisse andar tranquilamente com ela. E, no fim, com um sorriso nos lábios, Takeshi selou os do namorado.

— Vamos?

Junwoo sorriu junto.

— Vamos.

O grupo todo se reuniu em frente ao elevador. Hajoon vestido com as cores da bandeira que o representava, Yoona no mesmo conceito, com uma saia azul e uma blusa branca preenchida com detalhes rosa. Bonhwa carregava a sua bandeira nas costas, assim como Junwoo e Ravi.

— Wow, *hyung*! — exclamou Junwoo, embasbacado.

Ravi usava um vestido longo, apertado e com as cores do arco-íris. Parecia ter ombreiras, já que, em um ombro, havia um tecido vermelho que seguia até o chão e, no outro, um roxo que decaía da mesma maneira, mas olhando melhor, Junwoo conseguiu enxergar que era a bandeira LGBT que, se puxada para frente, formaria uma espécie de capa sobre o vestido. Para completar o visual, a maquiagem extravagante de Jung vinha acompanhada de uma peruca vermelha com um coque bem alto.

— Gostaram? Fiz especialmente para hoje.

— Eu tô sem palavras — murmurou Takeshi. — Só sei que quero, pelo menos, setenta e sete fotos com você hoje.

— Que específico — disse Yoona, rindo.

Quando desceram para o saguão do hotel e acharam que receberiam muitos olhares estranhos pela forma como estavam vestidos, se surpreenderam ao ver que havia várias pessoas como eles. Várias. Muitas. O saguão inteiro.

— *Happy pride*[40]! — exclamou um funcionário para eles enquanto carregava um carrinho de malas na direção do elevador.

— Eu acho que esse elevador tá com problemas e nos trouxe pro paraíso — brincou Bonhwa, dando tapinhas no botão que chamava o elevador.

— Vamos pro buffet? Tô doido pra me encher de pão doce — disse Syaoran, já caminhando na direção do local, onde o café da manhã era servido.

E o "refeitório" não estava diferente do saguão: o público completamente diversificado, desde homens e mulheres mais velhos vestindo roupas coloridas a adolescentes com bandeiras, enchendo-se de comida para aproveitar ao máximo aquele dia. Os sete decidiram sentar a uma mesa redonda e revezaram para guardá-la enquanto alguns iam buscar por suas comidas.

— Por que eles comem ovos e bacon de manhã? — indagou Junwoo, sentando-se à mesa com um prato cheio de bolos e frutas.

— É da cultura — devolveu o namorado. — Lá na Coreia, comemos arroz, sopas e carne logo de manhã também.

— Eu sempre preferi comer frutas — comentou Bonhwa e Junwoo assentiu. — Acho que meu estômago não se sente pronto pra muita comida logo cedo.

— Eu sou exatamente o contrário — disse Yoona, sentando-se à mesa com um prato recheado de ovos, bacon e pão. — Delícia.

Eles tomaram café em meio a risadas e comentários sobre como estavam ansiosos para verem as atrações da parada. Ravi recebeu elogios de vários hóspedes que passaram por eles e, surpreendentemente, ficou envergonhado.

— Cê tá da cor da sua peruca — comentou Yoona, rindo.

— Gente, temos uma notícia pra dar — disse Takeshi, de repente, agarrando a mão de Junwoo sobre a mesa. O mais novo sorriu e assentiu ansioso.

— Já vão casar?

— Quem engravidou?

— Puts... Não usaram camisinha?

— Fiquem quietos! — rebateu Takeshi, rindo. — Não é nada disso.

— Nós olhamos nossos e-mails ontem e... — Junwoo umedeceu os lábios, fazendo uma pausa dramática. — Nós dois fomos aceitos na Universidade de Seul!

— Quê? Meu Deus! Parabéns! — Syao foi o primeiro a ter uma reação e deu um de seus abraços de urso em Junwoo, apertando-o carinhosamente.

Todos os outros parabenizaram o casal, igualmente surpresos e contentes pela conquista.

---

40 "*Happy pride*": "Feliz orgulho", no sentido de "feliz dia do orgulho LGBT", em inglês (TRADUÇÃO NOSSA).

— Eu não sabia que já tinham enviado resposta — comentou Bonhwa. — Que dia é hoje?

— Vinte e oito de junho — respondeu Takeshi. — As respostas, normalmente, vêm durante essa semana.

— Olhem os e-mails de vocês! — disse Hajoon, apressado.

Yoona, Syaoran, Bonhwa e Ravi tiraram, rapidamente, os celulares dos bolsos e mochilas e ficaram alguns segundos em silêncio, cada um checando a caixa de mensagem para ver se tinha algo.

— Puta merda! — gritou Bonhwa.

— O quê? O quê? — Hajoon se inclinou para ver o celular alheio. — Caralho, parabéns Bon! É a mesma que Takeshi e Junwoo!

— Vamos estudar os três juntos? — perguntou Junwoo, arregalando os olhos.

— Os quatro — disse Syaoran, mostrando o telefone, onde o e-mail de aceitação beirava.

Junwoo não conseguiu se recordar de um momento em que sentira-se tão alegre.

— E você, *noona*? — indagou Takeshi, tocando no joelho de Yoona.

— Eu fui aceita na Hanyang — respondeu, sorrindo pequeno. — É minha segunda opção.

— E a primeira?

— Yonsei, mas fiquei na lista de espera — e suspirou.

— Você vai passar, *noona*, eu tenho certeza. — Junwoo se inclinou sobre o namorado para dar apoio à amiga. A garota sorriu e assentiu, não se sentindo totalmente sem esperança.

— Ravi!! — chamou Bonhwa, já que o amigo permanecia encarando o celular com uma expressão de choque.

— Eu... Eu passei.

— Porra! Parabéns! — exclamou Takeshi, animado.

— Não, vocês não estão entendendo — disse Jung, os olhos quase saltando para fora dos orbes. — Eu fui aceito na KARTS! Na *fucking* KARTS! Onde o Suho, líder do EXO estudou! Vocês não estão me entendendo! Eu. Fui. Aceito! — gritou, levantando-se da cadeira. — Eu vou estudar na porra da KARTS! É agora que ninguém me segura!

E a gritaria durou até voltarem para o saguão do hotel, dez vezes mais animados por terem recebido respostas positivas de seus desejos para o futuro. Junwoo sentia os olhos lacrimejarem de emoção por ver seus amigos e namorado tão contentes, aproveitando ao máximo o momento e compartilhando com ele. Sentia como se pudesse explodir a qualquer momento.

— Kwame! — exclamou Hajoon de repente, parecendo subitamente nervoso quando viu o homem se aproximar ao lado de uma garota que deveria ter em torno de quinze anos.

— Olá! — O homem sorriu para o grupo, tirando o fôlego de todos ali por causa de sua beleza. — Vocês estão incríveis!

— Você também — respondeu o professor, lançando um breve olhar doce à menina encolhida ao lado de Kwame. — E você também, pequena — completou em inglês.

— Obrigada — agradeceu a garota, sorrindo sem mostrar os dentes. As bochechas ficaram vermelhas e aquilo arrancou uma risadinha de Kwame.

— Anaya é bem tímida — disse o homem. — É minha filha. Vim pra São Francisco, porque participar da parada gay foi o pedido de aniversário dela e poderia ser uma boa oportunidade pro meu projeto.

— Prazer, Anaya. — Hajoon esticou a mão para a menina, que fitou o pai antes de aceitar o cumprimento.

— Ele tá tão lindo — comentou a menina, apontando para Ravi. — Posso tirar uma foto com você, moço?

Ravi não entendeu, então fitou Hajoon em busca de uma tradução. O professor lhe disse o que a garota havia pedido e, imediatamente, Ravi abriu um de seus sorrisos brilhantes e assentiu.

— Claro!

Kwame tirou mais de uma foto dos dois e Syaoran aproveitou para pedir para tirar uma foto do grupo todo, com direito à participação especial da pequena Anaya. A garota perdeu a timidez em um estalo e passou um minuto inteiro elogiando a roupa de Takeshi, pedindo para que Hajoon traduzisse cada palavrinha.

— Não quer ir conosco? — perguntou Hajoon para Kwame, coçando a nuca por se sentir intimidado pelo gênio do outro.

— Eu adoraria — respondeu sorridente. — E aposto que Anaya também.

Então, os nove seguiram para as ruas.

Não era preciso ter uma rua principal, pois a parada gay da cidade a ocupava toda. Era fascinante, de tirar o fôlego e Junwoo sentiu-se entrando em um mundo paralelo, onde todos pareciam alegres, onde todos cantavam, onde todos pareciam livres.

E foi como ele se sentiu: livre. Saltitava na frente do grupo, de braços dados com seu namorado, sem medo nenhum de segurá-lo e vendo vários fazendo o mesmo que eles dois. Sem medo.

Ele viu um casal de velhinhas, vestidas de fadas, se beijando, viu um grupo de motoqueiros com os símbolos trans gravados em suas jaquetas, viu milhares de *Drag Queens* dançando em cima de seus saltos vinte... Junwoo estava em outro mundo.

— Olhem! — apontou Yoona, gritando por conta da música da *Lady Gaga* que tocava ao fundo. — É a Adore Delano, porra! Ravi!

E Ravi quase desmaiou com a visão do caminhão de trio elétrico, onde a famosa *Drag Queen*, tão admirada por seu estilo único, dançava, dublando a música da *Lady Gaga*. Correndo graciosamente sobre seus saltos, Ravi avançou o mais rápido que pôde, tentando ficar o mais perto possível do carro. Seus amigos voaram atrás, não querendo perdê-lo de vista.

— Vocês são lindos! — gritou uma garota, acompanhada da namorada, para Junwoo e Takeshi.

— Oh, *hyung*, isso eu entendi! — exclamou Junwoo, virando-se para as meninas em seguida. — Obrigado! — gritou de volta em inglês.

O asfalto das principais avenidas da cidade estava forrado com uma espécie de tapete de veludo vermelho que se colava ao chão, dando um ar de desfile ainda maior para a parada. As pessoas caminhavam, saltitavam e corriam por ele com copos na mão, glitter no corpo e gargantas afiadas, totalmente rasgadas pelos gritos histéricos animados.

Eles passaram em frente ao museu de artes asiáticas e o local estava com cinco bandeiras gigantescas, cada uma de uma cor e com uma letra formando a palavra *Pride*. Aquele era o sentimento que Junwoo sentia rasgar o seu peito com cada pequena coisa que via: orgulho. Orgulho de fazer parte daquilo.

Uma banda tomou a Avenida Van Nesse, rufando os tambores coloridos e criando uma ambiência ainda mais festiva. Junwoo dançou com Takeshi, mesmo sem conhecer a música, e o casal foi acompanhado por milhares de outros que resolveram se juntar e pular com eles.

Syaoran filmava tudo, mas depois de um tempo, não conseguiu mais e deixou o telefone de lado para aproveitar o momento com o melhor amigo, já que nunca achou que fosse vê-lo como ele estava ali, naquele mesmo segundo: todo colorido, dançando, sorrindo e nos braços de outro homem que o olhava da maneira mais apaixonada possível.

— Você parece uma princesa — disse um homem para Yoona, ao lado de uma mulher que vestia a bandeira trans como uma capa. E primeiramente, Yoona reparou nas cicatrizes abaixo do peitoral dele.

— E você é um homão da porra — respondeu ela, surpreendendo Hajoon pelo seu inglês que saíra perfeito.

— Desde quando você fala inglês? — perguntou o professor quando o casal se afastou.

— Sou uma caixinha de surpresa, já disse.

— Posso tirar uma foto do grupo bonito? — pediu um cara com uma câmera profissional, aproximando-se dos nove.

Hajoon concordou e puxou todos para juntar em frente ao homem. Kwame tentou dizer não, alegando que deveria ser uma foto em família, mas Ravi fez questão de puxar o professor e sua filha para posar junto a eles.

— Cerveja! — exclamou Takeshi, correndo na direção de um carrinho de comida que anunciava a cerveja geladinha. — Duas, por favor! — pediu e tirou o dinheiro do bolso para pagar.

— Eu quero! — disse Junwoo, agarrando a cintura do namorado.

— Peguei pra você, príncipe. — E estendeu o copão.

— Wow... Se não é um casal digno de estar em capa de revista! — exclamou um cara de cabelo grande, cheio de tatuagens, vestindo uma camiseta social aberta e um jeans preto extremamente colado. Ao lado dele, um garoto mais baixinho, também regado de tatuagens e olhos azuis brilhantes. — Posso marcar vocês?

— Marcar? — perguntou Junwoo, forçando seu cérebro lembrar de todo seu vocabulário, em inglês, existente.

O homem de cabelo grande mostrou o peitoral em que havia um desenho de lábios vermelhos com os dizeres "Casal elite da parada gay de São Francisco de 2021". Junwoo gargalhou e assentiu, indicando que era para o homem — que ele descobriu chamar-se Garry — colocar a arte em seu pescoço. Takeshi também não recusou, pedindo ao outro, mais baixinho, para colocar o desenho acima de sua linha V. O garoto pareceu adorar.

— Que foi isso? — perguntou Bonhwa, gargalhando ao se aproximar do casal e ver as tatuagens falsas.

— Somos um casal de elite aparentemente — respondeu Takeshi.

O caminhão de trio elétrico foi invadido por um grupo diversificado de pessoas e uma mulher negra com tranças coloridas pegou o microfone, chamando a atenção de todos ao que a música abaixou e sua voz soou nos alto-falantes:

— Como estão se sentindo hoje? — gritou, recebendo diversas respostas em retorno. Junwoo ouviu perfeitamente alguém gritar "me sinto bem gay e quis rir, pois era bem assim que ele se sentia. — Quero ver todos celebrando a alegria de viver, a alegria de ser quem é e ter orgulho disso! E não só hoje, meus queridos, mas sempre!

Mesmo sem entender, Takeshi gritou junto aos outros e começou a dançar com o melhor amigo quando a música alta voltou às caixas de som do caminhão. Ravi, Hajoon, Syaoran e Yoona puxaram Junwoo para a rodinha que criaram com um grupo de homens vestidos de Tinker Bell e o garoto adorou, jogando-se até mesmo no centro da roda para dançar a pedido deles.

Takeshi e Bonhwa juntaram-se a eles poucos minutos depois. Takeshi abraçou Junwoo pela cintura e dançou coladinho a ele, rindo com os passos incríveis que os homens desconhecidos faziam.

— *Hyung*! Eu tô feliz demais! — gritou Junwoo, abraçando o mais velho pelo pescoço.

— Ravi, é a sua música! — gritou Bonhwa quando os primeiros acordes de "I Want To Break Free" soaram em alto e bom som.

E Ravi dançou, mostrou seus melhores passos e interpretações para aquela música que tanto o definia. O sorriso quase rasgava seus lábios e ele só se intensificou quando seus amigos se juntaram a ele e cantaram a música do *Queen* com o inglês fajuto deles, porém sincero.

— É bonito de ver você compartilhando essa alegria com eles — comentou Kwame para Hajoon, observando sua filha dançar com Ravi um pouco mais à frente.

— Era nosso sonho estar aqui. E perceber que conseguimos realizar junto é... é muito bom. — Hajoon sorriu, assistindo ao Bonhwa e Syaoran rodopiarem juntos de mãos dadas.

— É essa sensação que eu quero oferecer aos alunos com o meu projeto. E me desculpe por ficar falando sobre isso, Hajoon, mas é que você é realmente o perfil que eu procuro — disse, rindo envergonhado por trazer o assunto à tona novamente.

— Vocês pretendem fazer temporada na Coreia do Sul também? — perguntou de repente.

— Sim, é claro. Talvez, seja mais difícil por ser um país conservador e...

Foi interrompido:

— Eu aceito.

Kwame arregalou os olhos.

— É sério?

— Sim, eu aceito. — Fitou novamente os amigos, vendo Yoona sobre as costas de Syaoran, gargalhando. — Eu quero trazer essa felicidade para os alunos. Quero trazer a representação de que precisam no ambiente escolar. Então... Eu aceito!

— Bonhwa, aquela pessoa ali não para de te olhar — disse Ravi, apontando para o outro lado da rua, onde havia, de fato, alguém que não tirava os olhos dele, enquanto todos andavam pela avenida.

— Ela é linda — comentou embasbacado.

— Só vai!

— Mas eu não sei falar inglês!

— Quem tem boca vai a Roma.

E Bonhwa foi, buscando não se afastar tanto dos amigos para não se perder. Chegou perto da pessoa, admirando a pele marrom e o cabelo curto, raspado do lado. Um piercing enfeitava os lábios cheios dela e a roupa contrastando com o visual alternativo, era uma vestimenta tradicional indiana.

— Desculpe-me, eu precisava dizer que você é incrivelmente bonita — disse respeitosamente e com o inglês tremido.

— Eu queria ir até você e dizer o mesmo — falou sorridente, mas Bonhwa não entendeu. Então, ela repetiu: — Você, bonito! — Apontou para ele. Bonhwa corou.

— Oh...

— Quero ver os casais todos juntos! — gritou a mulher sobre o caminhão, incentivando a formação de par na avenida.

Junwoo só compreendeu o que foi dito, porque viu várias pessoas se beijando e correndo de mãos dadas. Viu Hajoon gargalhar por Yoona puxar tanto ele quanto Syaoran para seus braços e saltitar junto a eles, já que eram os solteiros do rolé. Ravi também era, mas estava mais preocupado em fazer sua melhor performance de sua música preferida em todo o universo enquanto Bonhwa se aproveitou do momento para segurar na mão da pessoa ao seu lado e flertar mais um pouco, incentivado pelo clima e pela falta de incômodo dela por ele não ser fluente em inglês. Então, Junwoo entrelaçou os dedos com os de Takeshi e puxou-o, abraçando-o de lado.

— A bandeira tá caindo! — exclamou o mais velho, indicando o tecido nas costas do namorado que quase escorregou.

— Pera — ele murmurou, desfazendo o nó e virando a bandeira na lateral para que envolvesse tanto ele quanto Takeshi. — Agora, sim!

Eles ficaram cara a cara e Takeshi enxergou a felicidade genuína nos olhos do namorado; enxergou a euforia pura por estar compartilhando aquele momento com seus melhores amigos e com ele. Enxergou o amor e sentiu aquela quentura no peito que sempre aparecia quando estavam juntos. "*Porra, como eu o amo!*", pensou.

— Eu te conheço há um ano — disse, então, diminuindo o ritmo dos passos e aproximando-se para não precisar gritar e Junwoo ouvi-lo. — E perfeitamente, me lembro de quando nos falamos pela primeira vez.

Junwoo corou, um sorriso bobo nascendo em seus lábios.

— Tão tímido... — Takeshi riu, tocando-lhe a bochecha. — Eu nunca achei que fosse passar de uma queda, eu admito — continuou, tombando levemente a cabeça para o lado enquanto seus dedos acariciavam a pele lisa do mais novo. — Mas, quando dei conta, eu só pensava em você. Então, fiz de tudo pra me aproximar. E você se abriu, Junwoo.

Os olhinhos do rosado brilhavam, esperando pela continuação da fala pausada, porque Takeshi sentia um bolo se formar na garganta com as lembranças que enchiam sua mente.

— E o mais incrível é que não foi só pra mim. Abriu-se pra pessoas não convencionais. Pra pessoas não ordinárias, pra pessoas diferentes. — Ele parou de andar, já que o caminhão também havia parado. Suas mãos apertaram a nuca do namorado enquanto Junwoo apertava mais o tecido da bandeira que os envolvia. — Você abriu os olhos e enxergou, aos poucos, o mundo real. Você aceitou as diferenças e se libertou.

Junwoo já sentia os olhos molhados e acabou rindo por se emocionar tão fácil. Não pôde evitar, as palavras de Takeshi pesavam tanto em seus ombros quanto em seu coração e aquilo estava longe de ser ruim. Era o contrário: era gratificante e trazia a mais intensa das euforias ao peito.

— E poder dizer que eu fiz parte disso me faz a pessoa mais feliz do mundo.

— No começo eu senti medo, *hyung* — revelou baixinho, aproveitando que a música parecia ter diminuído. — Mas, depois... Foi como se... —

suspirou, fechando os olhos e roçando o nariz no de Takeshi. — Eu me libertasse.

— Você é livre, Junwoo-*ah*. Nós somos todos livres. Mesmo que encontremos problemas no futuro e no dia a dia, liberdade é o que nos define — apertou os dedinhos na nuca alheia.

— Eu tenho uma palavra melhor pra nos definir, Takeshi-*ah*.

Takeshi sorriu.

— Qual?

— Polêmicos.

E o beijo que seguiu a pequena, porém significativa palavra, foi, talvez, o melhor beijo que o casal já havia trocado. Os dois estavam cercados por pessoas como eles, cercados por seus melhores amigos e pessoas com os mesmos medos, mas também com os mesmos desejos e sentimentos que eles. Estavam compartilhando a liberdade, o amor que almejaram sentir quando colocaram os olhos um sobre o outro. Estavam se amando ali, em público, sem medo algum, envoltos pela bandeira que os representava, apertando-se como se dependessem daquilo.

Ali, eles eram o Junwoo e Takeshi polêmicos que sempre desejaram ser.

EPÍLOGO

O futuro era incerto.

Qualquer ser humano tinha consciência daquele fato. E, por mais que alguns acreditassem que Deus ou seus respectivos deuses tivessem planejado tudo para eles ou que outros acreditassem em destino, ninguém tinha plena certeza do que viria pela frente.

Às vezes, as pessoas sequer sabiam o que iam comer no almoço do dia seguinte.

E aquilo, talvez, fosse o que dava a graça de viver. Afinal, se você soubesse o que estava por vir, como poderia sentir-se animado o tempo todo? Em algum momento, a animação, a surpresa e a ansiedade mínima sumiriam, pois você já saberia o que aconteceria. Não haveria mais o mistério, o suspense, a incerteza.

E Junwoo descobriu-se alguém que era movido pela incerteza do futuro. Ele gostava de não saber o que estava por vir, gostava da surpresa. Por mais que a possibilidade de coisa ruim acontecer ainda existisse, ele gostava de não ter certeza do que enfrentaria na faculdade, do que seria quando crescesse, do que teria como trabalho.

Ele tinha certeza somente de uma coisa: que nada o tiraria de Takeshi.

E o futuro somente assegurou aquilo, pois além de estudarem juntos, resolveram dividir um apartamento com Syaoran, já que os três entrariam na mesma universidade e os três queriam economizar. Por mais que Syao tivesse que usar fones de ouvido em algumas noites, tampar a visão ao entrar na cozinha de vez em quando e lidar com as paredes irritantemente finas, amava morar com o melhor amigo e Takeshi.

Bonhwa chegou a cogitar a possibilidade de ficar com eles, mas como era alguém que se distraía fácil, pensou que morar com os melhores amigos enquanto estudava não era lá a melhor das opções. Então, decidiu morar no alojamento para estudantes da universidade — o que não foi um problema para a sua vontade de ver os amigos todos os dias, já que esbarrava com eles a todo o momento.

Já para Yoona, era um pouco mais difícil vê-los todos os dias, e ela — que achava que aquilo não seria um problema por ser alguém desapegada — se viu tristonha por frequentar suas aulas e não ter um Ravi perdido na matéria, um Bonhwa distraído e um Takeshi ao seu lado, flertando com Junwoo à distância. E, claro, um Hajoon para lhe dizer que seus trabalhos estavam perfeitamente redigidos.

Foi difícil se adaptar, pois não era todo local que era como a Avenida Van Nesse durante a parada gay. Na verdade, quase nenhum lugar traria o acolhimento que aquela avenida trouxe à Yoona. Então, lidar com os olhares de mais pessoas desconhecidas na faculdade, mais perguntas inoportunas e mais julgamentos, foi difícil, mas tinha um apoio em seu dia a dia.

No primeiro dia de aula, descobriu que Somi faria o mesmo curso e frequentaria as mesmas aulas. E foi ótimo saber que não estaria verdadeiramente sozinha.

Yoona conseguia enfrentar tudo. Além de ter a companhia de Somi, sabia que, no fim do dia, encontraria seu pai, irmã e madrasta em casa, de braços abertos, lhe perguntando como estava e como havia sido o dia de estudo. E, claro, no fim de semana, veria seus melhores amigos e falaria mal do pessoal da faculdade sem nenhum remorso.

Para Ravi, foi um pouco diferente.

Na KARTS, por mais que tivesse os filhinhos de papai ou os atores exibidos que juravam que estrelariam um dorama com Park Seojoon[41], havia aquelas pessoas humildes como Jung. As pessoas que o apoiaram e se aproximaram assim que notaram que os sorrisos do garoto eram genuínos e que, além de talentoso, poderia ser um amigo e tanto.

Ravi fez diversas amizades, coisa que deixou Bonhwa e Takeshi com um leve ciúme, que os levaram, até mesmo, a aparecer na faculdade do garoto, um dia, para buscá-lo e mostrar quem eram os verdadeiros amigos de Jung Ravi.

E por falar em verdadeiros amigos, por mais que Bora ainda tivesse o último ano de colegial pela frente, soube que ele não seria nada similar aos anteriores. A mãe da garota a transferiu para o colégio onde Junwoo e o resto dos meninos estudaram, motivada por uma conversa com Hajoon, que lhe falou sobre o projeto do qual fazia parte e que, para a sorte de Bora, começaria por Seul e, claro, pelo colégio onde ele dava aula.

Então, Bora teve a sorte de, em seu último ano de escola, aprender sobre culturas e civilizações pouco mencionadas, no dia a dia, em seu país, aprender

---

41 Park Seojoon: famoso ator sul-coreano.

sobre educação sexual — que ela descobriu precisar, mesmo que não se envolvesse com o sexo oposto. E, com a ajuda do professor, conseguiu criar uma associação na escola para manter as aulas de educação sexual mesmo quando o projeto de Hajoon fosse para outra cidade, tanto para os alunos héteros quanto para os alunos LGBT. Afinal, as meninas que se apaixonavam por outras, assim como ela, precisavam saber que até mesmo elas tinham que usar camisinha, não é?

Hajoon não se arrependeu de sua decisão.

Ele conheceu o mundo, conheceu pessoas como ele e diferentes dele, mas que sempre tinham algo para lhe mostrar, algo para lhe ensinar. E, assim como elas proporcionaram os mais diversos conhecimentos, ele levou os dele e os apresentou para quem quisesse ouvir. Hajoon viajou o mundo fazendo o que amava e acabou encontrando alguém que era tão apaixonado pelo ensino como por ele.

Kwame era um pai solteiro e Anaya não viu problema algum em ter outro pai, já que Hajoon tornou-se tão presente em sua vida a ponto dela saber a rotina perfeitamente calculada dele. E terminar o dia deitado ao lado do homem que amava após a filha bater à porta do quarto e trazer o chocolate quente, que ele sempre tomava antes de dormir, foi o que fez Hajoon descobrir que havia tomado a decisão certa.

Os sete não se arrependeram, os sete sentiam que estavam no lugar correto. E mesmo que não se vissem sempre, mesmo que precisassem remarcar alguns encontros por conta de imprevistos, sabiam que estariam sempre juntos.

Sabiam que seriam, para sempre, sete.

FIM

AGRADECIMENTOS

A garotinha de dez anos que pegava o computador da mãe emprestado para escrever histórias que nunca eram finalizadas está aos prantos neste exato momento.

Nunca imaginei que fosse conseguir chegar ao fim de uma história, quem dirá até o fim de adaptá-la para poder publicá-la. Mesmo após anos nas redes sociais, tendo um ótimo retorno de minhas publicações, muitas pessoas me acompanhando, eu continuo sem acreditar quando paro para pensar aonde cheguei.

Novamente, meus agradecimentos a toda a equipe da Editora Euphoria, mas principalmente à Nathalia, a patroa, a rainha do meu reino, a chefona. Você é tudo que mais admiro em uma pessoa e eu nunca terei palavras o suficiente para agradecer o quão especial foi ter você como guia, como mentora, de certa forma, nesse processo todo. Eu te amo muito.

Claro, agradecer, novamente, à Bia e Gabriela pelos seus talentos incríveis e por terem aceitado ilustrar o que escrevi. Vocês são incríveis.

Por último, quero agradecer a todos os meus leitores, dos mais recentes aos que estavam comigo quando tudo ainda era mato. Vou sempre me lembrar de cada mensagem que recebi, de cada elogio e encorajamento. Obrigada por estarem comigo durante todo esse tempo, por serem os melhores de todo o mundo. Nunca vou me esquecer de como vocês pavimentaram meu caminho.

Eu amo muito cada um de vocês, polêmicos.

ANYA

Dimensões 15,8x23cm
Orelhas 8cm
Papel Pólen 70g

Produzido em Rio de Janeiro — RJ
www.editoraeuphoria.com.br